Solitude 2
Unleash the Shadows

F. M. Winkel schreibt Geschichten, seit sie buchstabieren kann – davor malte sie sie. Nach ihrem trinationalen Masterstudium der Literatur-, Kultur und Sprachgeschichte in Frankreich, Luxemburg und Deutschland lebte sie eine Weile in der Schweiz, ehe sie zurück in ihre Geburtsstadt München zog. Während die Fantastik seit jeher ihr Herz höherschlagen lässt, steht sie besonders für Feminismus und Mental Health Awareness ein.

Weitere Bücher der Autorin bei Loomlight:

Bd. 1: Solitude
Devour the Light

Für mehr Informationen über **F. M. Winkel** und »Unleash the Shadows«
folgt der Autorin auf: **Instagram und TikTok @f.m.winkel** oder
unter https://fmwinkel.de/

Mehr über Loomlight und unsere Autor:innen unter:
www.thienemann.de/unsere-verlage/loomlight
und auf **www.instagram.com/loomlightverlag**
und auf **TikTok @thienemannverlag**

Direkt zu unseren Events und Lesungen:
www.thienemann.de/events-lesungen

F. M. WINKEL

UNLEASH THE SHADOWS

LOOMLIGHT

Liebe Leser:innen,

dieser Roman enthält potenziell triggernde Inhalte.
Auf der vorletzten Seite findest du eine Themenübersicht,
die Spoiler für die Geschichte beinhaltet.
Obwohl die Liste nach bestem Wissen angelegt wurde,
erhebt sie keinen Anspruch auf Vollständigkeit, da Auslöser
und deren Wahrnehmung vielfältig sein können. Außerdem
findest du ein Glossar für die wichtigsten Begriffe und
Wesen in dieser Welt.
Wir wünschen dir das bestmögliche Leseerlebnis!

F. M. Winkel und das Loomlight-Team

Pssst!
Siehst du diese Rankenvignette am Kapitelanfang?
Dann weißt du: Hier wird's spicy!

Für all die Frauen, die nach ihrem Feuer suchen.
Für all die Frauen, die es schon gefunden haben.
Für all die Frauen, die noch immer brennen.
Und die eines Tages ihre Flammen
zu Flügeln formen werden.

PLAYLIST

Taylor Swift – I can do it with a broken heart

Mono Inc. ft. Tanzwut – Right for the Devil

mgk ft. Bring Me The Horizon – maybe

Linkin Park – Heavy is the Crown

Black Veil Brides – Nobody's Hero

Tyler Bradon – Devil you know

Sum 41 – Breaking the Chain

Malik Harris – Better Man

Caleb Hearn, ROSIE – Little Bit Better

The Cab – Angel with a Shotgut

mgk ft. Halsey – forget me too

Black Veil Brides – Shadows Die

Sum 41 – Best of Me

Suicidal-Idol – Ecstasy (slowed)

Skillet – Not Gonna Die

Nessa Barrett – Grave

Taylor Swift – Who's afraid of little old me?

Banners – Start a Riot

All Time Low ft. Blackbear – Monsters

Linkin Park – Burning in the Skies

Shinedown – Monsters

Night Argent – Towers

Black Veil Brides – Lost It All

Bring Me The Horizon – Follow You

Myles Smith – Stargazing

Ray Dalton – Thee Unknown

Kyler England – When the World stops spinning[1]

scan me

[1] https://open.spotify.com/playlist/5wHOqcZX6ahwt8sruwLvJJ?si=n1o-_rbgRcitnMBWyCvnSw

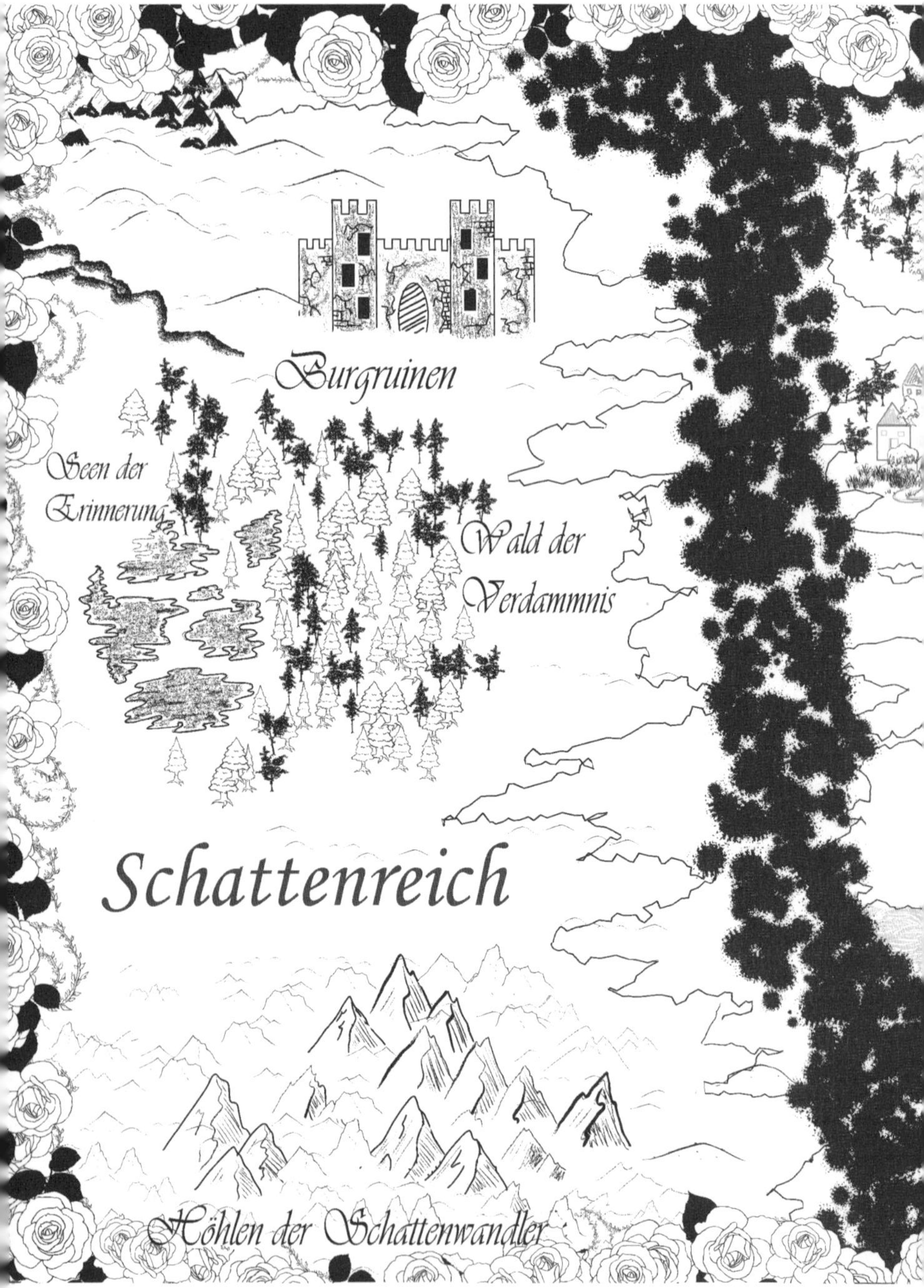

Burgruinen
Seen der Erinnerung
Wald der Verdammnis
Schattenreich
Höhlen der Schattenwandler

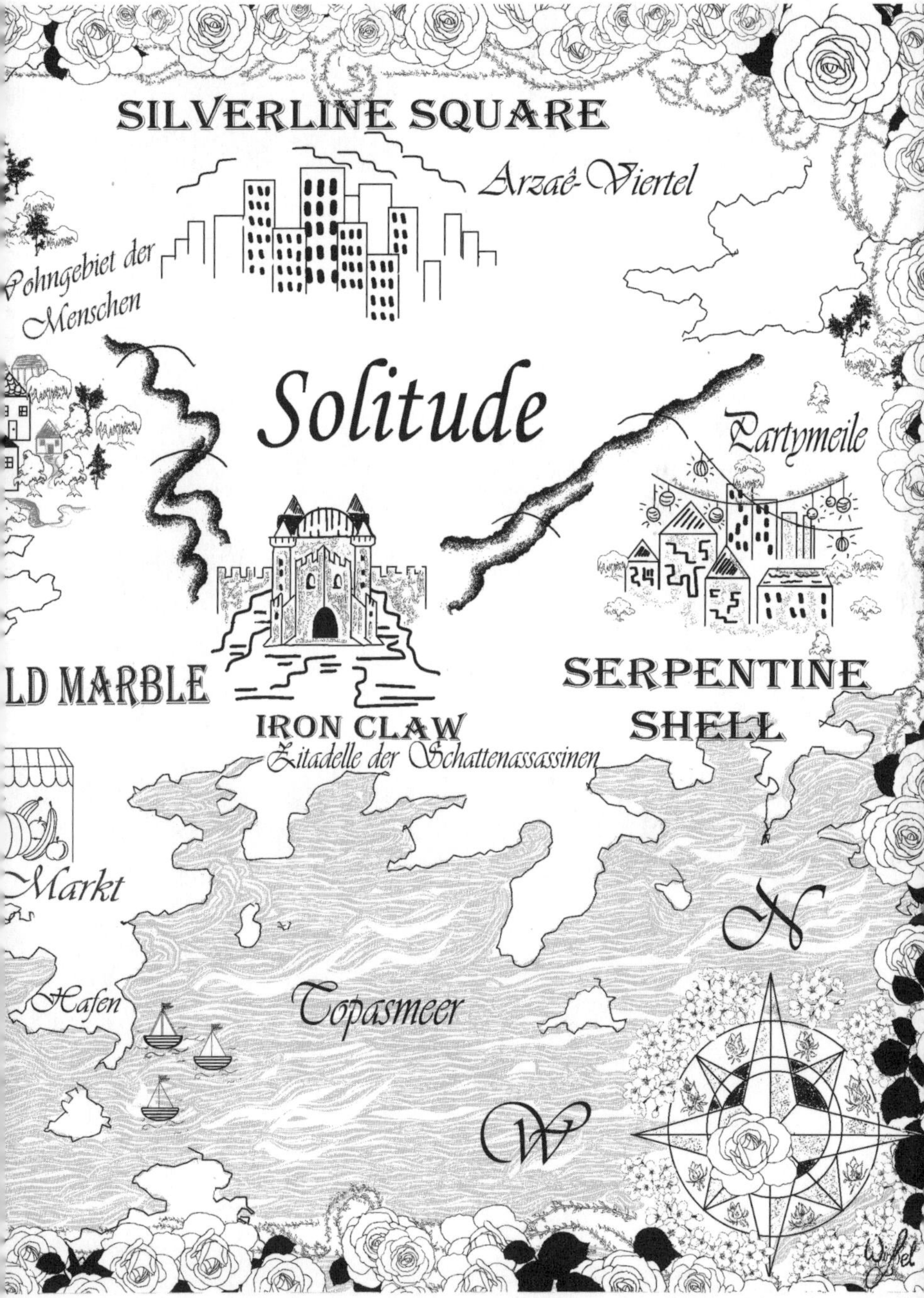

SILVERLINE SQUARE
Arzaê-Viertel
Wohngebiet der Menschen
Solitude
Partymeile
LD MARBLE
SERPENTINE SHELL
IRON CLAW
Zitadelle der Schattenassassinen
Markt
N
Hafen
Topasmeer
W

Prolog

Louve

Sterben ist einfach. Es ist das Leben, das mir Sorgen bereitet.

Mit zusammengebissenen Zähnen blicke ich hinab auf die honigfarbenen Fluten. Sie wirken so friedlich, fast verheißungsvoll, als würden sie nicht das Ende bringen, aber auch keinen Neuanfang. Sondern etwas dazwischen: das Vergessen.

Doch so ist es immer, nicht wahr? Es sind die süßesten Gifte, die dich holen kommen. Die dir Versprechen zuflüstern, ihre Geheimnisse mit dir teilen, und Lügen in zuckerwattesüße Wahrheit verpacken.

Schweigend starre ich hinaus auf das offene Meer. In Wirklichkeit könnte das Wasser fliederblau sein oder pechschwarz, ich weiß es nicht. Meine Informationen beruhen auf den gesprochenen Worten meiner Mitmenschen. Und auf den längst verblassten Erinnerungen eines Kleinkinds.

»Louve!«

Kalter Wind trägt meinen Namen über den Ozean. Schon bald werde ich Sâls Stiefelsohlen auf dem trockenen Kopfsteinpflaster des Hafens knirschen hören. Noch ist ihr Rufen nicht mehr als das Flüstern der See.

Sie wird es nicht rechtzeitig schaffen. Niemand ist schneller als der Tod. Nicht einmal eine Schattenassassinin.

Meine tauben Finger verkrampfen sich um die offene Fleischwunde an meinem Bauch. Die warme Feuchtigkeit rinnt über meine Arme, die Handgelenke, fließt über meine Hüften, die Knie hinab, ehe sie sich in einer Pfütze zu meinen Füßen sammelt. Tropfen um Tropfen sickert das Leben aus mir.

»Louve!«

Louve.

Louve …

Meine Mundwinkel zucken, als mein Verstand die sternenflutmilliarden Gefühle abspielt, die ich in den vergangenen einundzwanzig Zyklen beim Klang meines Namens durch fremde Lippen erfuhr.

Es ist die Stimme im Feuer, die mein Dasein als Sterbliche beendete. Ist Wrens Fluchen immer dann, wenn er mich in Bahnen zu lenken versuchte, die ich mit einem breiten Grinsen umging.

Es sind die Hassreden und Verwünschungen der anderen Auszubildenden, damals bis heute, die mich nicht einmal dann losließen, wenn ich vor Erschöpfung nicht mehr klar denken konnte. Sind die Befehle meiner Vorgesetzten, die Drohungen meiner Feinde, die Herausforderung der Schattenwandler. Es ist das Lachen meiner Eltern, das Kichern meiner besten Freundin Gría und ihrer kleinen Schwester. Meiner Familie.

Vor allem aber ist es die Liebe eines Mannes, die mir durch die Finger glitt wie hauchfeiner Wüstensand.

Jedes Wispern, jeder Laut, jeder Ruf ist eine Erinnerung, eine Farbe, ein winziges Fragment meines Selbst. Meine Bilder sind vollkommen in ihrer Andersartigkeit.

Ich verspreche dir, dich zu lieben, bis irgendein Narr jeden Stern in diesem Universum gezählt hat, bis jedes Sandkorn in jedem Ozean zu Asche zerfallen ist und jede einzelne Scherbe eines jeden gebrochenen Herzens dieser Welt wieder zusammengesetzt wurde.

Wie immer, wenn mein Herz im Takt zu seinem Namen pulsiert, mir die Erinnerung an ihn mit jedem Schlag fester in die

Eingeweide rammt. Ich fürchte, an ihnen ersticken zu müssen, vergrabe meine Fingernägel in meinen Daumenballen, bis der physische Schmerz den seelischen überschattet. Ein Ventil, das seine Spuren dort zeichnet, wo sie unter all den Narben, Versprechen und Lebewohls gar nicht mehr auffallen.

Kaum löse ich meine Hände von meinem Bauch, nehme den Druck von der offenen Wunde, tanzen weiße Flecken vor meiner Stirn. Galle brennt in meiner Kehle und meine Knie geben nach.

Ich weiß, dass mehrere meiner Organe schwer verletzt sein müssen, dass der Blutverlust mich umbringen wird. Und dass mir all diese Fakten in ihrer Gesamtheit eine Heidenangst einjagen sollten.

Mein Puls wird langsamer, ein tonloses Wiegenlied, die Melodie des Todes.

Dennoch lächle ich.

Lächle, weil mich mein gebrochenes Herz daran erinnert, wie sehr ich geliebt habe. Dass ich die Liebe meines Lebens fand. Dass ich sie verlor, das mag sein, wieder und wieder, mehr, als Sterne am Himmel stehen.

Doch er fand mich. Unter Milliarden und Abermilliarden Gesichtern, Stimmen, Welten und Leben fand er mich. Mit meinen letzten Atemzügen trägt der Wind unser Versprechen hinaus aufs offene Meer.

Auf Außenstehende muss ich wirken wie eine Wahnsinnige kurz vor dem mentalen Zusammenbruch. Die Hände voller Blut, die Lippen zu einem stummen Lächeln verzogen.

»Louve!«

Diesmal vernehme ich Sâls Schritte auf dem Gestein deutlich. Ihr Rauschen, Fauchen, Flehen. Mein Verstand raunt mir zu, dass ich halluzinieren muss, aber mein Herz widersetzt sich ihm.

»Louve!«

Für einen kostbaren Augenblick schließe ich die Augen, erlaube mir, die Welt der Lebenden auf der Zunge zu schmecken, und ihr Andenken mit mir in die Unendlichkeit zu tragen.

Gebe vor, es wäre *seine* Stimme, die meinen Namen ruft. Ein letztes Mal. Für immer.

»Louve, *nicht!*«

Es ist zu spät.

Ohne die Lider zu öffnen, schiebe ich mich vorwärts, durch mein eigenes Blut, durch die Überreste eines Lebens, das möglicherweise nichts bedeutet hat, und vielleicht alles. Für den Bruchteil eines Wimpernschlags wünschte ich, ich könnte meine Geistgefährtin Thuja nur noch einmal in meiner Seele spüren. Aber sie ist bereits vor langer Zeit verstummt.

Ich meine noch, eine Hand wahrzunehmen, die nach mir greift, und wieder ist da dieses närrische, vollkommen irrsinnige Lächeln auf meinen Lippen, das mir einredet, *er* umfasse meinen reißenden Schicksalsfaden.

Nur tut er das nicht.

Die Welt hört auf zu atmen. Und im nächsten Moment befinde ich mich im freien Fall.

Ich weiß nicht, ob ich weine oder lache oder irgendetwas dazwischen, als ich mit voller Absicht aus dem Leben stürze.

Ich weiß, dass er mich finden wird. Nicht heute und auch nicht in einer Zeitspanne, die von Menschen, Schattenassassinen oder Arzaê gezählt werden kann.

Doch er wird mich finden.

Ich verspreche dir, mich selbst dann noch an deinen Namen zu erinnern, wenn Abertausende Sonnen- und Mondläufe ins Land gezogen sind und von all dem hier nicht mehr übriggeblieben ist als Sternenstaub. An dein Lächeln.

»Enean«, wispere ich, weil ich will, dass sein Name das

letzte Wort ist, das meine Lippen sprechen. Es ist eine Ode, mein Vermächtnis, der Beweis, dass wir gelebt haben, er und ich und auch meine Eltern und Wren und Gría und all die anderen, die nach uns kommen.

Ich lächle, als mein Herz aufhört zu schlagen und die gierigen Klauen des Ozeans ihre Krallen nach mir ausstrecken. Ich lächle, als mein letztes Sanduhrenkorn in der Bewegung erstarrt, als kalte Wellen über mir zusammenbrechen und mich Finsternis empfängt.

Ich lächle, als ich sterbe.

Denn genau das ist es, wodurch er mich finden wird, bis ans Ende der Welt. Woran er sich erinnern wird, bis ans Ende der Zeit.

An mein Lächeln.

Denn es hat immer nur ihm gehört.

Dein Lächeln im Sternenstaub.

1. Kapitel

Louve – viele Sonnenläufe zuvor

> **Sumpfpiranha, der:** *Gattung: Schattenwandler. Lebt in den tiefsten Sümpfen des Schattenreiches; betäubt seine Opfer mit dem Gift seiner Fangzähne; löst starke Halluzinationen aus; Wirkdauer: 1–3 Rå-Uhrenflüsse*

Auf der Suche nach Halt tasten meine Finger durch den dickflüssigen Schlamm. Kälte umschließt meinen Körper von den Zehenspitzen aufwärts bis hoch zu meinem Kinn. Aus der Distanz muss ich wirken wie lebendig begraben. Dass ich mich seit beinahe einem Mondlauf genauso fühle, hat fast etwas Ironisches.

Ich forme meine Hände zu einer Schale, ehe ich die nach Fäulnis und Verwesung stinkende Masse auf meinem Haar verteile, bis ich mir sicher sein kann, dass keine einzige schneeweiße Strähne mehr zu sehen ist. Grobflüssig tropft die stinkende Brühe über meine Stirn, den Nasenrücken hinab. Angewidert verziehe ich den Mund. Was tut man nicht alles für einen gut bezahlten Job.

Wäre Wren jetzt hier, würde er mich mit einer gehörigen Standpauke aus dem Sumpf ziehen – mit den Füßen voran. Wäre Enean bei mir, würde er sich am Ufer krumm und bucklig lachen. Doch das sind sie nicht. Und einer der beiden wird es vermutlich nie mehr sein.

Wie immer, wenn ich an Enean denke, zieht sich mein Herz schmerzhaft zusammen. Das Leben ist ein unzurechnungsfähiges Miststück auf Koks.

Atmen, Louve, ermahne ich mich. *Du musst atmen.*

Mittlerweile ist es eine ganze Weile her, dass Enean sich unser Fluchtkapital geschnappt und Solitude ohne ein Wort verlassen hat. Sich einbildete, ich würde Wren, meinen Kampfpartner seit Kindesbeinen, ihm vorziehen. Nicht ich entschied. Mein Leben tat es.

Fakt ist, trotz all seiner Versprechen, Beteuerungen und Schwüre riss der Schattengott mir bei lebendigem Leib das Herz aus der Brust, schüttete eine ganze Wagenladung Teer darüber und tanzte auf der Asche Hula-Hoop. War ich eine Närrin, mehr in ihm zu sehen als den egozentrischen, impulsiven Gott der Schatten? Und doch ... Jeder Gedanke an ihn lässt mich glauben, zu ertrinken, zu verbrennen, zu ersticken, zu erfrieren. Ich sterbe bei lebendigem Leib. Sonnenlauf für Sonnenlauf, Atemzug um Atemzug. Mein Herz ist ein in einen Sturm geratenes Schiff, und Enean war mein Anker auf der stürmischen See meiner Existenz.

Über all dem schwebt bodenlose Wut. Und dann ist da noch die Akzeptanz. Das irrwitzige Wissen, weiterwaten zu müssen durch diesen gottverdammten Schlamm, und einem Panthergreif den Flügel abhacken, weil ein Auftraggeber mir ganze fünfzehn Bàs-Münzen dafür bezahlt.

Mucksmäuschenstill aale ich mich durch die klamme Kälte, mein Ziel fest im Visier. Seelenruhig kauert der Panthergreif am Rande des Sumpfgebiets und zerfetzt irgendetwas, das ich von meiner Position aus nicht erkennen kann. Seiner tiefschwarzen Silhouette nach zu urteilen, hat er die pergamentartigen Fledermausflügel angelegt. Je näher ich meiner Beute komme, desto stärker vermischt sich sein beißender Gestank nach verwestem Fleisch mit der modrigen Brühe, in der ich seit einem geschlagenen Rå-Uhrenfluss lauere. Ein widerwärtiges Schmatzen zerschneidet die schwüle Schwefelluft und dreht mir den Magen um.

Plötzlich reißt der Schattenwandler den Kopf hoch. Ich erstarre in der Bewegung. Hat er mich gewittert? Unmöglich, nicht umsonst suhle ich mich zur Tarnung in diesem Drecksloch. Ich verenge die Augen, konzentriere mich auf die diffus auslaufenden Konturen der Kreatur. Seine Wirbelsäule zeichnet sich in einem scharfkantigen Bogen auf dem buckeligen Rücken ab, die langen Flügel zucken unkontrolliert.

Letztere sind es, auf die ich es abgesehen habe.

Ich schrecke auf, als sich etwas in meiner linken Wade verbeißt. Innerlich fluchend über meine eigene Unachtsamkeit trete ich aus, was gar nicht so einfach ist, wenn man bis zum Kinn im Sumpf steckt. Ein erneuter Biss schickt einen Stich durch mein Bein, das Vieh muss sich in meinem Fleisch verkeilt haben und ich kann nur hoffen, dass es keine Muskeln durchtrennt hat. Meine rechte Hand gleitet meine Seite hinab bis zu der Halterung an meiner Hüfte, wo ich einen von drei Dolchen aus seinem Schlaf befreie. Mit dem Knauf in meiner geballten Faust ziehe ich mein Bein an und ramme die Schneide dorthin, wo ich meinen Angreifer vermute. Dabei achte ich darauf, den Panther am Ufer nicht aus den Augen zu verlieren.

Mit der freien Hand fasse ich tiefer in den Schlamm, während ich zeitgleich hacke und schneide, bis sich vereinzelte Luftblasen rund um meinen Körper bilden. Sie sind so fein, dass ich ihre Auren nicht ausmachen kann, doch vernehme ich das leise Aufplatzen an der Oberfläche. Die Blasen vermehren sich, gleichzeitig verbeißt sich das Mistvieh immer stärker in meinem Bein. Ich steche und trete, fluche lautlos, bis es sich ganz plötzlich löst. Ich halte den Atem an, warte, lauere, während die dickflüssige Masse rund um mich in Bewegung kommt und ein Objekt von der Größe einer Partypizza nach oben treibt. Mit gerunzelter Stirn betaste ich scharfkantige Schuppen. Ich zucke nicht zurück, als eine von ihnen meinen Zeigefinger aufschneidet und meine Haut zu kribbeln beginnt. *Mist.* War das Ding etwa giftig? Mein Bein jedenfalls spüre ich noch.

Mit einer Ruhe, die ich nicht verspüre, ziehe ich meinen Dolch an die Oberfläche und kann gerade noch rechtzeitig zwei der Schuppen von der Leiche trennen, ehe diese wie alles in diesem gottverdammten Reich zu Asche zerfällt.

Ich weiß nicht, wie viel Zeit mir bleibt, ehe der Schattenwandler wiederauferstehen wird. Die Meinungen diesbezüglich gehen stark auseinander und liegen irgendeiner hochkomplexen Formel wie Todeszeitpunkt mal Todesart geteilt durch Lebensdauer minus *was zur Hölle weiß ich* zugrunde. Ich erinnere mich vage daran, während meiner Ausbildung Wiederauferstehung in *Physica Daemonis* durchgenommen zu haben. Und dass ich den Großteil geschwänzt habe. Bin eben praxisorientiert.

Ich beiße mir so fest auf die Zunge, bis ich Blut schmecke, weil ich niemals wieder mit Enean *praxisorientiert* sein werde, und mache mich daran, mich zum Ufer zu schieben. Nun erkenne ich auch, was der Panthergreif massakriert. Eine Pranke hält den winzigen Schattenwandlerkörper fest, der Kleine muss Todesqualen erleiden. Wut blitzt in mir auf, während ich mir über die Lippen lecke. Es wird mir eine Freude sein, dem Drecksvieh die Flügel zu stutzen.

Nur noch wenige Schwimmzüge trennen mich von ihm, als mich ein mittlerweile viel zu vertrautes Prickeln im Nacken kitzelt. Meine Augen weiten sich. *Nicht jetzt, verflucht, nur nicht jetzt!*

Dann geht alles ganz schnell. Ich überbrücke die verbleibende Distanz. Der Kopf des Panthers schnellt in meine Richtung. Ich gehe jede Wette ein, er bleckt seine fauligen Zähne und setzt zum Sprung an. Die beiden Schuppen entgleiten mir, weil mir keine Zeit bleibt, sie irgendwo zu verstauen, und ich reiße erneut zwei Dolche aus ihren Halterungen. Nach Brache schmeckender Schlamm dringt in meinen Mund, als ich eine der Schneiden zwischen meine Zähne schiebe, den Fokus ganz auf den Schattenwandler vor mir gerichtet.

Ein ohrenbetäubendes Fauchen zerschneidet die stickige Luft. Er breitet seine Flügel aus, ihre triefend schwarze Silhouette schiebt sich vor die an diesem Ort verwaschen wirkenden Zwillingssonnen. Ich greife nach etwas, das ich zunächst für einen Ast halte – zumindest, bis es sich bewegt und mir ein glitschiger Schwanz ins Gesicht peitscht.

Die Klinge meines Drachenschuppendolches schneidet mir die Lippen auf, so fest beiße ich zu, damit er nicht versehentlich in den Tiefen des Sumpfes versinkt. Mit den nackten Füßen suche ich nach Halt, nach etwas, von dem ich mich abstoßen kann. Stattdessen rutsche ich tiefer in die stinkende Brühe, während der Panther mit ausgebreiteten Flügeln auf mich zuschnellt. Ich reiße meine bewaffneten Hände just in dem Moment hoch, als eine gigantische Pranke mit voller Wucht auf meinen Kopf trifft. Weiße Punkte summen hinter meiner Stirn und ich schmecke Blut, das Drecksvieh hat mich mit seinen Krallen erwischt. Mit einem Schrei, der mich beinahe meinen Dolch kostet, stürze ich mich auf den Schattenwandler. Ich verletze seine rechte Flanke, die Waffe bleibt bis zum Anschlag in seinen offenliegenden Knochen stecken. Bei dem schmatzenden Geräusch verziehen sich meine Lippen zu einem Grinsen. Anstatt jedoch zu kapitulieren, reißt der Panther seinen Schädel in den Nacken, breitet die Pergamentflügel aus und rammt mich mit vollem Körpereinsatz tiefer in den Sumpf. Mein Handgelenk knackt, gleichzeitig schlucke ich eine beachtliche Menge Schlamm. Mehr und mehr der kalten Masse dringt in meinen Rachen, während der Schattenwandler mich vollständig unter die Oberfläche drückt.

Mein Herz beginnt zu rasen, als ein weiterer Hieb mir den Dolch aus dem Mund reißt. Gurgelnd lechze ich nach Sauerstoff.

Wieder ist da dieses nervtötende Prickeln, das sich von meinem Nacken aus meine Wirbelsäule entlangzieht. Es wird stärker, penetranter, als würde es mich rufen. Denn genau das tut es.

Sollte ich das hier überleben, werde ich behaupten, ich hätte gekämpft. Dass ich alle mir zur Verfügung stehende Kraft gesammelt hätte, um den Panthergreif zu töten und mich an seinem sterbenden Körper zurück an die Oberfläche gezogen. Dass es ein Unfall war.

Stattdessen lasse ich los. Ich spüre, wie sich meine Fäuste um die Griffe der verbliebenen beiden Dolche lösen. Wie süße Schwerelosigkeit meinen Puls betäubt und ich mich vollends der Dunkelheit hingebe, dem Aufflammen einer letzten Erinnerung an das, was ich verloren habe.

Ein hysterisches Lachen entkommt meiner Kehle.

Ich weiß, dass das, was ich tue, nicht richtig ist. Dass ich mich aufgebe, für einen Mann, der mir den Himmel versprach und mir die Hölle zu Füßen legte. Aber es ist nicht nur das. Es ist eine tonnenschwere Symphonie aus Verlusten, die sich so unnachgiebig in meine Seele gewoben hat wie ein vergiftetes Spinnennetz. Und dieses Spinnennetz soll von nun an mein Leben sein.

Enean. Meine Eltern. Gría. Sie alle nahmen einen Teil von mir mit sich, als sie mich verließen. Was übrig blieb, ist nicht mehr als ein faustgroßer würgender Klumpen Schmerz. Und ich hasse ihn. Ich hasse sie dafür, dass sie gingen. Ich hasse mich dafür, dass ich blieb.

Am meisten aber hasse ich, dass ich nicht kämpfe, als mich die stählerne Finsternis des Sumpfes in ihre Tiefen zieht.

Dass ich lächle, als mein Schmerz mit mir versinkt.

2. Kapitel

Enean, 828 Zyklen zuvor

Regentropfen, schwerer als Hagelkörner, trommelten gegen die winddurchlässigen Fenster. Der Sturm bahnte sich seinen Weg durch das undichte Dach, verwandelte Wiesen und Wälder in unpassierbare Sumpfgebiete. Zahllose Kutschen wurden Opfer des Gewitters, Räder steckten im Schlamm fest, Pferde rissen sich unter den grellen Blitzeinschlägen los und suchten das Weite. Niemand, der bei Trost war, würde bei diesem Höllenwetter seine Bleibe verlassen.

Ich schätzte, gerade deshalb hatte ich mich dazu entschlossen, den Ball in dieser Nacht zu geben. Etwas an der Art, wie sie den Naturgewalten zu trotzen versuchten, nur um daran teilzunehmen, amüsierte mich. Ihre Schwäche amüsierte mich. Ihr Verlangen nach in süßen Wein, bildschönen Frauen und Jünglingen getränkter Sünde. Das Begehren, mehr zu sein, als sie je sein würden. Die Gier in ihren Augen, der alkoholschwangere Glanz in ihren Blicken. Es mit dem Sensenmann höchstpersönlich aufzunehmen, schlicht deshalb, weil ich sie dazu herausforderte. Ich gründete meine Macht auf ihrer Unterlegenheit. Labte mich an ihrer Furcht. Tanzte auf den Gräbern ihrer armseligen Hoffnungen.

Denn ich war ihr Fürst. Ihr Gebieter. Der Mann, der Tausende Leben genommen hatte. Der Männern ihre Frauen stahl, Müttern ihre Töchter. Der Dorf um Dorf dem Erdboden gleichmachte, ihre Hütten niederbrannte, ihr Vieh abschlachtete. Der sich im Blut ihrer Schreie aalte. Der mächtigste Mann des Reiches.

Sie sollten vor mir auf die Knie sinken, mein Name eine Hymne auf ihren flehenden Lippen. Denn für sie war ich ein Gott, allmächtig, gnadenlos, unzerstörbar. Ein Mann, auserwählt von den Mächtigsten, beflügelt von den Fäden der Schicksalsgöttin.

Draußen, vor den Mauern meiner Festung, herrschte die Hölle. Aber hier drin, auf dem Thron, weit über meinen feiernden Gästen, regierte ich. Der Teufel, im Leib eines Sterblichen.

Gelangweilt von ihrem Streben nach Anerkennung schwenkte ich meinen Kelch in meinen mit Juwelen geschmückten Händen. Beobachtete mein Volk, wie es tanzte, lachte, im Rausch seines eigenen Gelächters verglühte, aufgefangen von den Klängen des Streichquartetts. Mehr Musikanten, als ich zu zählen beabsichtigte, zupften und strichen sich ihre Finger blutig an ihren Fideln, Harfen und Leiern. Die Zeit verrann zwischen der Trägheit des Augenblicks, ich maß sie an den Arien unserer Sängerin. Machte ihre Unterbrechungen zu meinen, verlor mich zwischen ihren Beinen, küsste ihre vollen Brüste. Und fühlte nichts.

Ich war zum Zuschauer meines eigenen Bühnenstücks geworden. Beobachtete, nahm längst nicht mehr teil. Tastete, und spürte doch rein gar nichts. Ich war so gefangen in der Leblosigkeit meiner eigenen Existenz, dass ich im Nachhinein nicht sagen konnte, wann das Blutvergießen zum einzigen Zweck meines Daseins geworden war. Wann jene kostbaren Momente, in welchen ich auf dem Schlachtfeld einem Soldaten das Leben nahm, das Einzige geworden waren, das mich irgendetwas fühlen ließ. Macht. Lebendigkeit. Und der Hunger nach mehr, immer mehr.

Ich war derart in meine Gedanken versunken – verloren traf es wohl eher –, dass ich die Neuankömmlinge nicht bemerkte, die soeben durch die von der Dienerschaft weit geöffneten Flügeltüren in den Festsaal geführt wurden. Ich stützte mein Kinn auf meiner Faust ab, leerte den erst jüngst erbeuteten Wein aus meinem Kelch. Aus dem Augenwinkel beobachtete ich, wie drei Personen den Dienstboten ihre Umhänge reichten. Ein stämmiger Mann und seine Frau, die im Alter nicht an Grazie verloren hatte. Und ein junges Ding, vermutlich ihre Tochter.

Ich konnte nicht sagen, was mich dazu veranlasste, ihr meine Aufmerksamkeit zu schenken, war es doch wie ein unsichtbarer Drang, etwas nicht Greifbares, nicht Benennbares. Ein Hauch von Schicksal knisterte in meinen Venen, riss an meinen Eingeweiden, küsste mein Blut. Ich schob es auf den Wein. Selbst dann noch, als sich die Familie zum Thron begab, vor den wenigen Stufen innehielt, sich verbeugte, knickste.

Ich achtete nicht auf die Namen, die sie mir nannten, da sie keine Rolle spielten. Stattdessen verlor ich mich in der goldenen Haut des gestreckten Halses ihrer Tochter, als sie sich vor mir verneigte. Ihre Locken trugen die Farbe der Vergänglichkeit, eines Sonnenuntergangs kurz vor seiner Hinrichtung. Der fließende Stoff ihres Kleides umschmeichelte die schlanke Taille, liebkoste ihre Arme. Ich hatte sie noch nie zuvor gesehen. Doch als sie sich aufrichtete, das Kinn hob und sich der guten Sitte zum Trotz unsere Blicke trafen, erwachte etwas in mir zum Leben, das ich für vor lange Zeit im Krieg gefallen erachtet hatte.

Ihre Augen glichen einem von schneeweißen Wolken durchzogenen Frühlingshimmel. Einem verborgenen Fluss, über dessen Oberfläche die ersten zarten Eiskristalle sprossen. Sie waren die Ewigkeit, gefangen in der Seele einer jungen Frau.

Ihre wunderschönen Lippen öffneten sich kaum merklich, und ich konnte in ihren feinen Gesichtszügen lesen, dass auch ich etwas in ihr ausgelöst hatte. Ich sah es an der Weise, wie sich ihre Wangen röteten, wie sich ihre Brust kaum merklich hob und senkte, wie ihre rosafarbene Zungenspitze blitzschnell über ihre Unterlippe fuhr und diese winzige, kaum nennenswerte Geste ein Feuer in meinem Leib entfachte, das mich keine gestohlene Sünde dieser Welt je hatte fühlen lassen.

In Gedanken fuhr ich die unter Puder versteckten Sommerflecken nach, die die Haut über ihren Wangenknochen zierten. Sternbilder, dachte ich. Sie trug die Male der Sterne auf ihrer Haut. Und geronnenen Sternenstaub in ihren Augen.

Das gemeine Volk verfluchte Zeichen wie diese als Symbol des Teufels. Ich aber hatte soeben in ihrem Antlitz die Ewigkeit erfahren.

3. Kapitel

Louve

***Kadhís, das**: zimtartiges Gewürz; gewonnen aus Wurzeln der Wüstenregion Coherence. Verwendung: Verfeinerung von Süßspeisen*

»Sie kommt zu sich.«

»Gut, dann kann ich sie mit meinen eigenen Händen umbringen!«

»Reg dich ab, Wren. Hysterie steht dir nicht.«

Das Erste, was ich wahrnehme, ist mein noch immer schlagendes Herz. Und wie hartnäckig es trotz all meiner Boykottversuche kämpft. Meine Finger zucken, fast zeitgleich jagt ein stechender Schmerz durch mein linkes Handgelenk. Ich öffne die Lippen, ein schaler, fauliger Geschmack liegt mir auf der Zunge. Angewidert verziehe ich das Gesicht. Keuchend hebe ich meine unverletzte Hand und wische mir damit über den Mund – nur um damit noch mehr Schlamm in meinem Gesicht zu verteilen.

Unter meinem Rücken spüre ich hartes Geröll, der Gestank nach Schwefel und Aas liegt in der Luft. Blinzelnd öffne ich die Lider, fokussiere Athaír und Sôl, die sowohl im Schattenreich als auch in Solitude scheinen. Es dauert keinen Wimpernschlag, ehe sich zwei silberne Schattenassassinen-Auren in mein Sichtfeld schieben.

»Was hast du dir nur dabei gedacht?!« Wrens Fingernägel bohren sich in meine Schultern, als er mich unsanft aufrichtet. »Du hättest sterben können, Louve! Diese suizidale eine-Person-Spezialeinheit geht mir allmählich gehörig gegen den Strich.«

Ich versuche die Knie anzuziehen, wobei ich mir nur ein weiteres schmerzhaftes Stechen einhandele, diesmal in meiner linken Wade. Ach ja, irgendetwas hat mich gebissen.

»Was wurde aus dem Wren, der mich auf seinen Armen in Sicherheit trägt und anschließend mit frischen Waffeln und Kakao an meinem Bett sitzt?«, necke ich ihn. Jedes Wort kratzt in meinem Hals und es kostet mich alle Überwindung, nicht meinen Mageninhalt auf Wrens Schoß zu entleeren.

»Den hast du irgendwo zwischen der siebten und achten Scheißaktion binnen eines Mondlaufs verloren«, knurrt er sichtlich entnervt zurück. »Was ist nur in dich gefahren, Louve? Ich erkenne dich nicht wieder. Dir sollte inzwischen klar sein, dass es jetzt nicht mehr nur um dich geht.«

Ging es das denn jemals?, will ich erwidern. Doch ich verkneife mir den Kommentar, Wrens Genervtheitsbarometer liegt ohnehin bereits auf einer soliden Zwölf von zehn.

Stattdessen frage ich: »Wo ist der Panthergreif?«

Demonstrativ streckt Wren den Arm zur Seite aus. »Der Kopf ist dort.« Er bewegt seinen Arm ein Stück nach rechts. »Der Körper etwa da drüben.« Wieder fuchtelt er herum. »Und die Flügel müssten irgendwo dahinten liegen.«

Bei dem Wort *Flügel* horche ich auf. »Sie haben sich noch nicht selbst pulverisiert?«

»Oh, nein!«, mahnt mich Wren, als ich mich daranmache, auf allen vieren in die Richtung zu krabbeln. Dabei ignoriere ich das stechende Pulsieren in meiner Wade und schleife mein Bein mühsam hinter mir her.

Wren packt mich am Genick, als wäre ich ein ungezogener Welpe, was ihm einen gezielten Hieb von Sâl einbringt. Vermutlich fehlt nicht viel, und er legt mir ein Halsband mit Sensor an. Unbeirrt scanne ich die Umgebung nach dem verräterischen Glimmen der abgetrennten Flügel, und tatsächlich. Keine Armeslänge von mir entfernt erblicke ich die Silhouette von etwas, das durchaus als Schattenwandler-Leichenteil durchgehen könnte. Noch immer in Wrens Klammergriff strecke ich eine Hand nach meiner Beute aus. Doch schaffen es meine Finger nicht einmal in deren Nähe.

»*Jetzt* haben sie sich pulverisiert«, entgegnet Wren überflüssigerweise und zerrt mich auf die Beine.

Dabei bleibt mir nicht unbemerkt, dass er selbst taumelt. Schuldbewusst beiße ich mir auf die Unterlippe. »Ich wollte nicht, dass du verletzt wirst«, gestehe ich. »Ich hatte keine Ahnung, dass etwas in diesem Sumpf *lebt.*«

Unwillkürlich schlinge ich einen Arm um seine Taille, als er mich fest an seine Brust zieht. Seit der Dòchaş-Zeremonie hat sich etwas zwischen uns verändert. Noch weiß ich es nicht zu benennen, doch wollte ich ihm wirklich nicht mit meiner Nebentätigkeit als Untergrunddealerin schaden.

Er zuckt zusammen, kaum lege ich meine mit Blut und Dreck verschmierte Hand an seine Wange. »Wie übel sehen wir aus?«

»Ziemlich übel«, ertönt eine helle Stimme hinter mir, die ich ganz vergessen hatte. »Skala: Partnerlook-scheiße.«

Ich presse die Lippen aufeinander, um nicht loszuprusten. »Ich nehme an, der Panthergreif hatte keine faltbare Dusche unter dem Arm?«

Sâl stößt ein fieses Feenglöckchen-Kichern aus. Ein Lachen, das mir in den vergangenen Sonnenläufen mehr Halt gegeben hat, als sie sich vorstellen kann. »Ich fürchte, ihr müsst Solitude in all eurer Hässlichkeit betreten.«

Missmutig stöhnt Wren auf, legt aber das Kinn auf meinem Kopf ab. Offenbar hat er ganz plötzlich vergessen, dass meine Ermordung ganz oben auf seiner Liste steht. »Wir werden behaupten, gegen etwas Riesiges gekämpft zu haben. Gegen etwas von solch enormer Größe und Stärke, dass wir von Glück sprechen können, noch am Leben zu sein. Dennoch gelang es uns mit vereinten Kräften, die Bestie zu besiegen«, verkündet er stolz.

Und bringt mich damit abermals zum Prusten. »Wren!« Gespielt entrüstet greife ich mir an die Brust. »Du wirst doch nicht etwa den Kommandanten anflunkern? Was ist mit Ehre und ... das, was du eben immer so vor dich hin monologisierst, wenn du uns zur Schnecke machst?«

Wren drückt meine Taille. Ich hasse es, dass süße Hitze durch meine Brust schießt, kaum spüre ich seinen Körper dicht an meinem. Noch immer habe ich nicht den blassesten Schimmer, was genau die Zeremonie mit uns angestellt hat. Fakt ist, sie *hat* etwas mit uns angestellt. Sein Blut ist mein Blut, sein Leben fließt durch meine Adern. Na ja, so was macht etwas mit einer Frau.

»Meine *Ehre* hat sich in dem Augenblick verdünnisiert, als ich meine Partnerin halb tot aus einer gigantischen Schlammpfütze fischen musste.«

Ich lege den Kopf in den Nacken und schenke ihm mein unschuldigstes *Ich-war-das-nicht*-Grinsen. »Wollte Schwung in unsere Ehe bringen.«

Ich kann regelrecht spüren, wie Wren die Augen verdreht. »Wie wäre es, wenn du von nun an in eine andere Richtung *schwingst?*«

Mein Grinsen wird breiter. »Möglicherweise könnte ich es in Betracht ziehen, sofern du später Schmiere stehst, wenn ich einen Becher Schokoeis aus der Küche mopse.«

»Bist du nicht zu alt, um Süßes zu stehlen?«, stöhnt Wren und wischt mir nicht gerade sanft den Dreck aus dem Gesicht.

»Man ist niemals zu alt, um Süßes zu stehlen«, pflichtet Sâl mir bei.

Seit der Verurteilung ihrer Kampfpartnerin Schrägstrich kleinen großen Liebe Melyn hat sie es sich zur Aufgabe gemacht, mich mental für all den Mist zu entschädigen, den unsere Einheit mir angetan hat. Wobei *Mist* ein Synonym für den jüngsten Mordanschlag ist und *entschädigen* bedeutet, dass Sâl mir seither unentwegt am Rockzipfel hängt.

Ich war so lange eine Einzelgängerin, dass ich gar nicht weiß, ob ich gesellig wäre, wenn man mir jemals die Chance dazu gegeben hätte. Tatsache ist, dass ich Sâl nicht weggeschickt habe, als sie Wren aus unserem gemeinsamen Zimmer geworfen hat, um einen auf Pyjama Party zu machen. Dass ich sie nicht ein einziges Mal wegstieß, wenn sie mich in Solitudes berüchtigten Nachtclub *Rain 'n Sorrow* begleitete.

Seufzend löse ich Wrens Hand von meinem Bauch. Wie viele Ewigkeiten braucht es, um die Erinnerung an die Liebe deines Lebens aus deinem Herzen zu radieren? Ganz gleich, wie die Antwort auch lauten mag – es sind ganz sicher nicht genug.

»Beim Schattengott!« Bei Sâls Fluch zucke ich unweigerlich zusammen – wenngleich nicht aus den offensichtlichen Gründen. »Wren, siehst du das? Ist das … Rauch?«

Suchend drehe ich mich einmal um mich selbst, vermag die gelblichen Silhouetten vereinzelter Objekte, Wolkenschwaden und Ruinen jedoch kaum zu unterscheiden. »Es brennt?«

Das ist nicht ungewöhnlich, Pyromanie steht im Schattenreich quasi auf der Frühstückskarte. Ich verziehe die Lippen zu einem süffisanten Grinsen. Oh Mann, ich *liebe* es, sinnlos Kram anzuzünden.

»Das kommt von der Burg des Schattengottes«, mutmaßt Wren.

Sofort versteife ich mich. »Sicher?«, frage ich eine Spur zu schrill.

Wren jedoch ist mein plötzlicher Enthusiasmus entgangen. »Die Burg raucht. Rot. Was zum ...«

»Lass uns nachsehen?«, bitte ich.

Wäre ich allein, hätte ich mich längst mit erhobenen Dolchen auf den Weg gemacht. Nicht, dass noch sonderlich viel von meinen Waffen übrig ist nach der Nummer im Sumpf ...

»Sollten wir«, bestätigt Wren zu meiner Überraschung. »Schließlich ist unsere Einheit den vollen Sonnenlauf als Patrouille im Schattenreich eingeteilt. Es ist unsere Aufgabe, Auffälligkeiten nachzugehen und zu melden.«

Nach Eneans Verschwinden haben die Schattenwandler nicht aufgehört, nach ihm zu suchen. Niemand außer mir kennt den Grund für ihr suizidales Durchbrechen der Barriere. Noch sind es wenige, einer alle paar Sonnenläufe, doch wir wissen nicht, was passiert, wenn sie begreifen, dass ihr Gott nicht zurückkehren wird. Werden sie aufgeben? Oder komplett durchdrehen?

Obwohl mein Verstand längst weiß, dass Enean ganz bestimmt nicht in der Burgküche hockt und Marshmallows auf blutroten Stichflammen röstet, hält sich mein närrisches, durch den Fleischwolf gedrehtes Herz an diesem imaginären Hoffnungsfaden fest.

»Sollen wir H holen?«, fragt Sâl.

»Eigentlich sollte er längst hier sein«, stöhnt Wren. »Hätte nicht gedacht, dass ein Downgrade unserer Einheit überhaupt möglich ist.«

Weil es mir irgendwie leidtut, dass Wren sich solche Mühe gibt und dennoch immer die Loser-Truppe abkriegt, lege ich beschwichtigend eine Hand auf seinen Arm. »Sieh es positiv: Die anderen Einheiten haben es auch nicht wirklich besser getroffen.«

Nachdem wir Bash verloren hatten, weil ... na ja, weil Enean ihm mit voller Absicht den Schädel vom Hals gerissen hat, mussten wir aufstocken. Besonders, nachdem Melyn und Kendric nach ihrer *Töte-Louve*-Aktion vom Dienst suspendiert wurden. Keine Ahnung, wo man sie untergebracht hat, Sâl spekuliert auf den Knast. Da Kendric von Arzaê und damit den selbst ernannten VIPs der Stadt abstammt, gehe ich eher von einem Penthouse mit Meerblick aus. Nach etlichen Befragungen und juristischem Kram wird man sie vermutlich entweder freilassen oder einen Kopf kürzer machen. Mir soll es recht sein, ich trauere keinem von beiden nach. Nicht wie Sâl, die am Boden zerstört war, als sie begriff, was ihre Càraidt mir angetan hat. Oder Wren, der sich jetzt mit Rekruten herumschlagen muss, die ihre Ausbildung noch gar nicht richtig beendet haben.

Da nicht nur unsere Einheit in der letzten Zeit Verluste erlitt, beschlossen General Irquan und Generalin Dråga, den über zwei Zyklen begleiteten Außendienst abzukürzen und uns diejenigen Auszubildenden aufs Auge zu drücken, die sich nicht ganz so mies anstellen. Zumindest auf dem Papier. Wir hatten Glück: Da noch nicht sicher ist, was mit Melyn und Kendric passiert, hat man uns nur einen, wenn auch wesentlich älteren Rekruten aufgeschwatzt, um Bashs Lücke zu füllen. Und der steckt gerade ... *irgendwo.*

»Jetzt, wo du es sagst ... Seit wir die Barriere passiert haben, habe ich H nicht mehr gesehen«, überlegt Sâl.

Natürlich heißt H nicht wirklich H, sondern *Ich-bin-nicht-bereit-mir-den-Namen-von-jemandem-zu-merken-der-ohnehin-nicht-überleben-wird.* Das mag grausam klingen, doch kann ich es mir nicht erlauben, auch nur eine weitere Person in mein Herz zu schließen, die ich jeden Moment verlieren könnte. Keiner von uns kann das.

»Das darf doch nicht wahr sein«, knurrt Wren frustriert. »Sâl, geh ihn suchen. Louve, du kommst mit mir.«

Sâl schnaubt. »Du stehst viel zu sehr darauf, Frauen herumzukommandieren, Wren-Schätzchen. Ist das ein Fetisch oder nur schlechte Erziehung?«

»Er steht viel zu sehr darauf, generell alle herumzukommandieren«, verteidige ich ihn ... oder so.

»Ich habe gelesen, dass auf dieser Art von Mann in der Kindheit etwas zu viel herumgetrampelt wurde und sie deshalb im Erwachsenenalter den Drang verspüren, sich in einem verstörenden Ausmaß zu behaupten«, sinniert Sâl.

Grinsend presse ich die Lippen aufeinander. Seit sie Melyn verloren hat, ist ihr Bitch-Faktor um das Hundertfache gestiegen.

»Auf uns allen wurde in der Kindheit *etwas zu viel herumgetrampelt*«, entgegnet Wren mit einer Ruhe, die ihm später Migräne bereiten wird. »Wenn du Hayris nicht suchen möchtest, werde ich das übernehmen. Ich habe wirklich keinen Nerv mehr für diese endlosen Diskussionen.«

Begeistert schnippt Sâl in die Finger. »Hayris! Ich wusste, dass der Kerl einen Namen hat!«

H ist nicht auf Iron Claw aufgewachsen, sondern erst kürzlich zu uns gestoßen. Stammt angeblich aus Avidity. Keiner weiß Genaueres, er ist eher der schweigsame Typ Serienkiller.

Stöhnend murmelt Wren irgendetwas von *Wahnsinn*, *Irrenanstalt* und *die Göttin des Lichts stehe mir bei* und joggt von dannen. Verblüfft lege ich den Kopf schief. So resigniert habe ich ihn noch nie erlebt.

»Sâl, ich fürchte, du hast meinen Cåraidt ruiniert.«

»Dann sind wir ja jetzt quitt«, murrt sie.

Ich weiß, dass sie sich später mit einer Schüssel Kadhís-Popcorn für ihre schlechte Laune bei mir und Wren entschuldigen wird. Schließlich hat ihre Partnerin mich beinahe umgebracht, während meiner sie lediglich von A nach B dirigierte.

»Hey.« Sâl stößt mir den Ellbogen in die Seite. »Seit Decan Roughcrest sich vom Acker gemacht hat, schmollst du mir eine Prise zu viel. War der Typ wirklich so gut im Bett?«

Ich verdrehe die Augen. »Ja, Sâl. Die Aussicht auf schlechten Sex hat mein Leben zerstört.«

Sâl legt mir einen Arm um die Schulter und pult eine Ladung Matsch aus meinen Strähnen. Zuerst zucke ich instinktiv zusammen, weil ich Berührung stets mit Gefahr verband. Dann entspanne ich mich allmählich. Etwas, das ein Ding der Unmöglichkeit gewesen wäre, wäre nicht *er* in mein Leben getreten.

»Oh Mann, Louve. Du mochtest den Kerl echt, was?«

Ich beiße mir auf die Lippe, wäge ab, wie viel ich ihr erzählen kann. Schließlich nicke ich. »Hat dein Club gebrochener Herzen noch einen Platz frei?«

»Vergiss es.« Ihre Faust stößt gegen meine Schulter. »Zeit, aus dir wieder die Bad-Ass-Bitch zu machen, die keiner leiden kann«, kichert sie. »Ich hatte echt Respekt vor der Kleinen.«

»Dito.«

»Reden wir darüber, was vorhin im Sumpf passiert ist?«

»Nein.«

Ich war eine selbstbewusste, zielgerichtete, verschlagene Assassinin, ehe *ein Mann* in mein Leben trat und mich zu diesem winselnden, weinerlichen, hoffnungslosen Ding machte. Das Patriachat quetscht unsere Herzen aus wie überreife Orangen, damit uns die Schwerter von ganz allein aus den Händen gleiten. Dazu kommt meine liebste Nonsens-Rechtfertigung: Er war ja kein gewöhnlicher Kerl, sondern ... *(hier könnte deine Ausrede stehen).*

Doch Sâl hat recht – damit muss endgültig Schluss sein. Ich habe geliebt, wer ich war, bevor dieser egozentrische Holzkopf mein Herz mit Füßen trat. Zeit, wieder zu scheinen. Nein, ich werde *leuchten.* Mich wie die verdammte Sonne in meinem eigenen Glanz suhlen, während meine Peiniger in meinem Licht brennen.

»Uh, da ist es ja wieder.«

Ich hebe das Kinn. »Wo ist was?«

»Na, dieses gruslige *Fass-mich-an-und-Petroleum-wird-dein-geringstes-Problem-sein*-Lächeln.«

Ich lache auf. »Ich habe dir gesagt, die Haarspray-Feuerzeug-Sache war ein Unfall.«

»Als Unfall bezeichnet man es mittlerweile also, wenn man Mücken quasi mit Flammenwerfer abfackelt, weil man zu faul ist, das Fenster zu schließen?«

Mein Grinsen wird breiter. »Absolut.«

»Okay, du hast dir etwas verdient.«

»Ich *liebe* Geschenke. Was ist es? Eine Hüpfburg?«

»Besser.« Sâl nimmt ihren Arm von meiner Schulter und weist auf das Ufer des Deckslochs. Dort, wo eben noch der Panthergreif krepiert ist. »Sieh mal in deiner Tasche nach. Eine supercoole Assassinin hat möglicherweise einen Flügel zusammengefaltet, während Wreni-Bär dir den Schlamm aus dem Gesicht gewischt hat.«

Mit offenem Mund starre ich in Richtung Sumpf, verfolge seine leicht gelblich schimmernden Konturen, ehe ich tatsächlich den Umriss meiner gestohlenen Spezial-Artefakt-Tasche ausmache. »Das hast du nicht.«

»Ich muss zugeben, als du mir von deinem kleinen Nebengeschäft erzählt hast, war ich zunächst etwas skeptisch«, gesteht sie mir.

Bis heute kann ich nicht fassen, dass ich Sâl in einem Moment von Schwäche und Eiscreme gebeichtet habe, dass ich für meine Flucht aus dem System spare. Seit Enean nach Solitude kam, bin ich offener, beginne anderen zu vertrauen und – *würg* – kommuniziere.

»Aber dann dachte ich mir: Sei nicht so, Sâl. Die Kleine hat eine Menge durchgemacht. Wer bist du, ihr einen bescheuerten Panthergreifflügel zu verwehren? Also habe ich ihn abgehackt. Wren hatte ohnehin mal wieder nur Augen für …«

»Danke!« Mit einem breiten Grinsen falle ich Sâl um den Hals, nur um im nächsten Moment auf meine Tasche zuzulaufen.

»Irgendwann wirst du uns erzählen müssen, was genau du siehst, Babe, denn ich bin mir zu einhundertzehn Prozent sicher, dass du deine Tasche gerade nicht erschnüffelt hast!«

Über die Schulter werfe ich ihr eine Kusshand zu. »*Irgendwann* gehört zu meinen Lieblingswörtern.«

Erleichtert sinke ich neben dem unförmigen Glimmen in den feuchten Grund. Und stoße einen spitzen Schrei aus, als sich messerscharfe Fangzähne in meinen Hals graben.

4. Kapitel

Louve

Blutboa, die: *Gattung: Schattenwandler; häufig vorkommende Schlangenart; lebt in den südlichen Höhlen des Schattenreiches; Größe: ca. 3–4 Menschenlängen; Nahrung: Blut; Verwendung: Aus ihrer konservierten Lederhaut werden robuste Veredelungen für die Uniform der Schattenassassinen gewonnen*

»Woa!« Ich schnappe nach Luft, als sich meine dreckverkrusteten Finger in das *Ding* bohren, das mir buchstäblich an die Kehle gegangen ist. Meine Lungenflügel geben ein ungesundes Röcheln von sich, während ich meinen Angreifer mit aller Kraft von mir stoße. Ich spucke Blut in die feuchte Erde und fixiere den Schattenwandler auf allen vieren. Konzentriert verenge ich die Augen, betrachte das bizarre, zwischen Gelb und Schwarz pendelnde Glimmen. Während Ersteres das Wesen als Objekt auszeichnet und ich es aufgrund der Größe eines Schuhkartons mit meinem Lederbeutel verwechselte, schreit das diffuse Schwarz nach Schattenwandler.

Er liegt im Sterben.

Ich schlucke, als ich mich langsam auf die Knie schiebe. Erneut verbeißt sich die Kreatur in mir, eine Reihe messerscharfer Zähne bearbeitet das Blutboa-Leder meines Unterarms. Gleichzeitig treten aalglatte Pfoten nach mir und ich spüre einen etwa armlangen Schwanz zucken. Das Fauchen steigert sich zu einem schrillen Heulen. Meine Trommelfelle vibrieren.

Automatisch gleitet meine Hand zur Halterung an meiner Hüfte oder besser gesagt, in gähnende Leere. Stattdessen stoßen meine Fingerkuppen gegen etwas Hartes, Sichelförmiges: die Kralle oder ein gebogener Zahn des Panthergreifs. Der sterbende Schattenwandler stößt ein klägliches Zischen aus.

»Psst, ich versuche dir zu helfen!«, spreche ich das Letzte aus, was eine Schattenassassinin zu ihrem *Todfeind-in-angedeuteten-Anführungszeichen* sagen sollte.

Zwar ernte ich abermals einen kräftigen Biss in den Handrücken, bekomme das Panther-Bruchstück jedoch zu fassen. Kurz darauf zerfällt es wie sein Wirt zu Asche. Der Schrei des Wesens verflüchtigt sich zu einem herzzerreißenden Wimmern. Sein Blut strömt ungehemmt, offenbar hat der Panther irgendeine Arterie getroffen und ich habe es nur schlimmer gemacht. Mit zusammengebissenen Zähnen presse ich meine Hände auf die Wunde, während das Leben aus ihm herausfließt. Ein bitterer Nachgeschmack von Schuld rumort in meinem Magen. Nicht, weil ich den Kleinen nicht früher entdeckt habe. Sondern weil Kreaturen wie ich Kreaturen wie ihn töten.

Mit angehaltenem Atem beobachte ich, wie die Aura des Schattenwandlers immer stärker von Schwarz zu Gelb flackert. Die Tritte werden zäher, die Zähne verlieren an Bissfestigkeit, während der Kleine ein gurgelndes Fauchen ausstößt, bei dem sich mein Herz zusammenzieht.

Wäre Enean hier, würde er behaupten, mein Zögern bedeute Stärke, nicht Schwäche. Ich glaube ihm nicht. Trotzdem strecke ich vorsichtig eine Hand nach dem kleinen Kerl aus, der prompt einen halbherzigen Versuch unternimmt, nach mir zu schnappen. Meine Finger gleiten über glitschige Haut und gebrochene Flügel. Und da erst begreife ich, dass es sich der Größe nach zu urteilen um den mutierten Schatten eines verstorbenen Kindes handeln muss.

Ich schmecke Galle. Ich glaube, man *fühlt* den Augenblick, bevor man richtig beschissenen Mist baut, bis in die Knochen. Wer etwas anderes behauptet, lügt. Ich könnte die Sanduhrkörner zählen, die verstreichen, während ich den Beschluss fasse, den Verstand zu verlieren – und ihn konsequent in die Praxis umsetze.

Der Schattenwandler stößt ein letztes verzweifeltes Wimmern aus, kaum noch schwarze Flecken flackern in der sich mehr und mehr zum Objekt verflüchtigten Aura. Gleichzeitig reiße ich das Amulett von meinem Hals, das ich seit Eneans unfreiwilliger Wiederauferstehung stets bei mir trage – genau wie die irrationale Panik, die Roughcrests könnten ihn mit Gewalt aus Decans Körper reißen und sich sein Schatten auflösen, wenn ich ihn nicht beschütze.

Stattdessen ist es nun ein Schattenwandler-Junges, dem ich das Artefakt auf den sich windenden Körper presse. Sofort reagiert das kostbare Erz auf den Schatten und nimmt ihn in sich auf.

»Louve, was zum Aschegeier treibst du da?«

Hektisch reiße ich den glühenden Talisman zurück und stecke ihn in den hochgeschlossenen Kragen meiner Uniform – als sich Dunkelheit über die Zwillingssonnen schiebt.

Zeitgleich zerstößt ein grauenhaftes Brüllen die Atmosphäre. Noch immer auf den Knien, presse ich mir die Hände auf die Ohren, mein Trommelfell droht zu platzen. Mein Kopf sticht wie von tausend Dolchen durchstoßen und zum dutzendsten Mal an diesem albtraumhaften Sonnenlauf schmecke ich meinen eigenen Mageninhalt.

»Sâl?«, versuche ich gegen den Lärm anzukämpfen.

»Louve!« Sâl stürzt neben mir in den Sand. »Sie haben Wren. Louve, sie haben Wren!«

Ich reiße den Kopf in den Nacken, als sich ein überdimensionaler unsichtbarer Schraubstock um meinen Brustkorb legt und presst und dreht und quetscht. Nur, dass es sich nicht um *meine* Brust gelegt hat. Sondern um Wrens.

Keuchend schnappe ich nach Luft, als Donner den Erdboden erschüttert. »Was zum Galgenstrick treibt der Kerl?«

Sâl stößt einen Laut zwischen Keuchen und Schnauben aus. »Sieht aus, als würde er sich ermorden lassen. Und das noch vor dem Mittagessen! Ich bekomme schon vom Zuschauen Migräne.«

Ich blicke gen Himmel, suche Konturen in der drückenden Dunkelheit. Und tatsächlich. Ein Schattenwandler in der Größe eines ausgewachsenen Drachen breitet seine gigantischen nachtschwarzen Schwingen aus. Als abermals die Erde unter meinen Knien erbebt, begreife ich, dass es kein Donner ist, der einen ganzen Schwarm Greifvögel aufscheucht. Es ist das Brüllen der Kreatur.

Schnell greife ich mir meinen Lederbeutel und springe auf die Beine, werde jedoch sofort wieder von einem drückenden Schmerz im Brustkorb zurückgeworfen. Oh, wie ich diese Verbindung hasse! Ein mentaler erhobener Zeigefinger ermahnt mich, was Wren meinetwegen seit dem Dòchaş durchmacht.

Hastig wische ich die nagende Schuld beiseite und konzentriere mich auf den Schatten hoch über unseren Köpfen. Trotz der Distanz meine ich zwei silbrige Assassinen-Silhouetten in seinen Klauen zappeln zu sehen.

»Was ist es?«, schreie ich in Sâls Richtung, während der Untergrund vibriert und uns ordentlich durchschüttelt.

Irgendwo im Hintergrund vernehme ich das Kreischen eines Schwarms Wühlkrähen, die sich im Angesicht eines weitaus stattlicheren Feindes nicht die Bohne für uns interessieren.

»Ein gottverdammter Aasdrache!«, knirscht Sâl. »Ich habe noch nie einen zu Gesicht bekommen.«

Ich schüttle mir die Taubheit aus der angenagten Wade und straffe die Schultern. Das ist nicht gut. Von einem Aasdrachen verschleppt zu werden, ist in etwa das Worst-Case-Szenario des Schattenreichs. Die Viecher sind nicht nur schneller und stärker als gewöhnliche Sturmdrachen, sondern kaum totzukriegen. Uns wurde beigebracht, dass sie aus nichts weiter als einem gigantischen, tiefschwarzen Skelett bestehen, robust wie geschliffener Onyx. Sie haben kein Fleisch auf den Knochen, aber versteinerte Organe, die man nicht so leicht mit dem Schwert durchbohren kann. Diese werden erst zu Fleisch, wenn man ihm sein Herz einsetzt. Dieses allerdings tragen sie nicht im Körper, sondern verstecken es irgendwo im Schattenreich.

Was so viel heißt wie: Wren wird soeben von einem beinahe unbesiegbaren Untoten verschleppt. Und ich spüre jeden einzelnen verdammten Kratzer, der ihm zugefügt wird, als wäre es mein Körper, der dort oben, hoch in den Gewitterwolken zwischen knochigen Klauen, quetscht. Sâl kann von Glück sagen, dass ihr durch Melyns Festnahme die Zeremonie vorerst erspart geblieben ist.

»Er fliegt in Richtung Burg«, stelle ich eine Spur zu erfreut fest. »Liegt also quasi auf unserem Weg.« Zumindest, wenn man dort mal eben nachgucken will, ob der Schattengott rein zufällig zu Hause ist und grillt.

»Ernsthaft, Louve.« Sâl packt mich hart an der Schulter. »Was zum Aschegeier *siehst du?*«

Ich beiße mir auf die Innenseite der Wange, wäge ab, wie weit ich ihr vertrauen kann, wie sie die Information gegen mich verwenden könnte.

»Sâl …«, seufze ich schließlich. »Das ist nicht der richtige Zeitpunkt.«

»Ach, und wann wäre der?«, zischt sie, sichtlich gekränkt, weil ich ihr noch immer so wenig über den Weg traue. Ja, sie hat sich große Mühe gegeben, die beste Freundin zu mimen. Doch das hat Melyn auch – und wir wissen alle, wo das endete. Vertrauen bedeutet Tod.

»Irgendwann?«, gebe ich monoton zurück.

»Beim Schattengott, Louve!«, schreit sie mich an, obwohl die Erde bebt und die Luft vor Elektrizität knistert.

»Weißt du, du brauchst dich überhaupt nicht zu wundern, wenn du mutterseelenallein dastehst. Ich bemühe mich wirklich, deine Freundin zu sein. Wren bemüht sich, dein Freund zu sein. Sogar H-*irgendwas* bemüht sich, dass du ihm nicht den Kopf abreißt.«

Ich beiße mir so fest auf die Zunge, bis ich Blut schmecke. Ich hasse das. Ich hasse es, dass sie … recht hat. Zwar habe ich Wren mittlerweile die Wahrheit gebeichtet, doch nicht einmal bei Enean wollten mir die Worte über die Lippen kommen.

»Schön.« Ich verenge die Augen zu schmalen Schlitzen, das Silberleuchten ihrer Schattenassassinen-Aura bereitet mir Kopfschmerzen. »Aber wenn du es irgendjemandem verrätst, schneide ich dir die Zunge aus dem Hals und rühre sie dir ins Müsli.«

Ich liebe sie dafür, dass sie lacht. »Klingt fair.«

Ich hole tief Luft, wappne mich innerlich für einen Frontalangriff auf meine so mühsam aufrechterhaltene Schutzmauer, und flüstere viel zu schnell und schrill: »Ich sehe die Silhouetten von lebenden und toten Organismen in unterschiedlichen Farben, wodurch ich Arzaê von Menschen, Assassinen und Objekten unterscheiden kann.«

Ich ziehe die Schultern hoch, warte, dass sie sich über mich lustig macht, mir nicht glaubt. Stattdessen boxt sie mir mit der Faust gegen die Schulter und sagt: »Cool. Dann lass uns mal deinen Mann vor dem Drachen retten.«

»Das würde ich an eurer Stelle schön sein lassen.«

Gleichzeitig reißen Sâl und ich herum. Keinen Wimpernschlag später vergraben sich Krallen in meinem Nacken und knallen meinen und Sâls Kopf so heftig gegeneinander, dass ich zum ersten Mal seit siebzehn Zyklen den Sternen begegne.

5. Kapitel

Enean, 829 Zyklen zuvor

Krieg beherrschte das Land mit eiserner Faust. Hungersnöte raubten Kinder, rafften Frauen und Mütter dahin, während ihre Männer und Söhne auf dem Schlachtfeld fielen. Der Gestank nach verrottetem Fleisch und kaltem Blut säumte jeden Winkel auf dem Feld. Leichenberge stapelten sich, so weit das Auge reichte. Röcheln, gedämpfte Schreie, das Klagelied der im Sterben Liegenden zeichnete das Ende der Schlacht. Die letzten Strahlen der zweiten untergehenden Sonne, Sôl, schimmerten auf Tausenden zerstoßenen Rüstungen, Helmen, Schildern und Schwertern. Fliegen schwirrten über den Toten, Aasfresser kreisten unter den sich verdunkelnden Gewitterwolken.

Ich war allein mit meinem nachtschwarzen Rappen, das Schnauben seiner Nüstern unweit entfernt. Die Überlebenden hatten sich in unser Lager zurückgezogen, von hier aus konnte ich unsere Zelte nicht erkennen. Alles, was ich sah, war eine endlose Weite der Verwüstung. Und obgleich wir den Sieg davongetragen hatten, verspürte ich nicht die gleiche Freude wie bei den Malen zuvor.

Es waren ihre *Flussaugen, die mir ins Gedächtnis kamen, kurz bevor ich einem Mann die Kehle zerriss. Sie schienen weder anklagend noch wertend, und doch hielt ich inne, zögerte, ehe ich den nächsten Hieb tat, es beendete.*

Ich blickte hinab auf meine dreckverschmierten Hände, das getrocknete Blut auf meinem Schwert. Noch immer hallten mir die

Schreie meiner Opfer im Ohr, ich roch ihr Blut, den Gestank ihres Urins, wenn sie sich vor Angst einnässten.

Ich war nie für Gnade bekannt gewesen, sehr wohl aber für meine Grausamkeit. Ich hatte diesen Ruf stets mit einem gewissen Stolz getragen.

Bis sie *in mein Leben getreten war. Und ihre Sternenmale.*

Seit dem Ball hatte ich sie nicht wieder gesehen, ich war gezwungen, erneut zum Krieg zu rufen und mein Heer in den Kampf zu führen.

Doch wie ich so inmitten des Schlachtfelds stand, Feinde wie Verbündete zu meinen Füßen, das Grollen des Donners nebst kreischenden Krähen über mir, stellte ich mir zum ersten Mal die Frage, ob ich derjenige gewesen war, der diesen Weg für mich gewählt hatte. Oder ob er mich gewählt hatte.

Ich steckte mein Schwert zurück in die Scheide und kehrte dem Schlachtfeld den Rücken. Gerade wollte ich auf den Sattel meines Rappens steigen, da schlug unweit der Stelle, an der ich eben noch gestanden hatte, ein Blitz ein. Ruß und der Geruch nach verbranntem Fleisch erfüllten die Luft, Rauch stieg auf. Der Erdboden erzitterte in einer solchen Heftigkeit, dass sich das Pferd aufbäumte und ich es kaum im Zaum halten konnte. Der Schwarm tiefschwarzer Krähen kreiste über der Einschlagstelle, steigerte sein Geschrei.

»Ruhig«, versuchte ich das Tier zu besänftigen und legte meine bloße Hand auf seinen Hals. Es schnaubte, trat auf der Stelle, gehorchte jedoch.

Da plötzlich entlud sich ein erneuter Donnerschlag, nur dass er diesmal nicht von oben, sondern von unten zu kommen schien. Abermals vibrierte der Untergrund, erschütterte die leblosen Körper der Gefallenen – als sich plötzlich ein gigantischer Riss auftat, der Erdboden auseinanderklaffte.

Ich schreckte nicht zurück, das hatte ich nie. Beobachtete, wie der Krater die Toten schluckte. Das Beben nahm zu, mein Rappe riss sich los, galoppierte wiehernd davon. Ich aber verharrte an Ort und Stelle.

Und dann stieg er *aus der Dunkelheit.*

Ein Monster, größer als der höchste Baum, gigantischer als meine Wachtürme. Seine Haut ein tiefschwarzer Panzer, seine Pranken versehen mit sensengleichen Krallen. Zwei gebogene Hörner stießen aus seinem riesigen Schädel. Er hatte die Nüstern eines Stiers, das Maul einer Bestie und aus der Finsternis, die ihn umgab wie wabernde Schatten, funkelten Augen in der Farbe von frischem Blut.

Instinktiv zog ich mein Schwert, die Zähne gefletscht, nicht bereit, mich von dem Herrscher von Hölle und Folter holen zu lassen. Doch anstatt auf mich loszugehen, hob er seinen gewaltigen, muskulösen Arm und zeigte mit ausgestreckter Klaue auf mich, als wollte er mir etwas sagen. Sein Atem bildete nebelartige Wolken in der plötzlich erkalteten Atmosphäre.

Irgendetwas an der Art, wie er mich anstarrte, fordernd, wissend, zog mich hin zur Finsternis. Meine Füße bewegten sich von ganz allein auf das Ungeheuer zu, das Schwert glitt mir aus den Händen, als befände ich mich in einem Zustand des Träumens.

Ich war drauf und dran, den Krater zu erreichen, aus dem der Tod gestiegen war, da brach ein Sonnenstrahl durch die Gewitterwolken. Das Licht fiel genau zwischen uns, als wollte es mich daran hindern, den Weg der Dunkelheit zu wählen. Das Monster knurrte, sein Kopf schnellte zur Seite.

Ich runzelte die Stirn, folgte seinem Blick. Und meinte, in der Ferne, am Horizont, die Gestalt einer Frau wahrzunehmen. Ihr Körper wirkte nicht greifbar, sie leuchtete gleich einem eigenen Sonnensystem, strahlte von innen und außen. Ihr Licht durchbrach die Dunkelheit, als auch sie ihren Arm hob und mit ausgestrecktem Zeigefinger auf mich deutete.

Ich schüttelte den Kopf, verstand nicht, doch da war es bereits zu spät. Der Sonnenschein, den diese geheimnisvolle Fremde mir gesandt haben musste, wurde breiter, nahm an Umfang zu, bis ich gezwungen war, mich zu entscheiden. Würde ich in seine Helligkeit treten oder der Dunkelheit in die Tiefe folgen?

Noch immer streckten Himmel und Hölle ihre Hände nach mir aus, wartend, lauernd, auf meine Entscheidung. Doch anstatt ihrem Ruf als Auserwählter des Göttlichen zu folgen, wählte ich eine dritte Variante. Es waren jene flussklaren Augen, diese Sternenmale auf goldenen Wangen, die mich dazu brachten, zurückzutreten.

Ich drehte mich nicht um, als ich das Schlachtfeld verließ. Rannte, auf der Suche nach meinem Rappen, der mich nicht zurück zu unserem Lager, sondern geradewegs zu meiner Burg führen sollte.

An jenem Sonnenlauf wählte ich weder Licht noch Dunkelheit.

Ich wählte sie.

6. Kapitel

Enean

Wühlkrähe, die: *Gattung: Schattenwandler; jagt im Schwarm; Aasfresser; rasiermesserscharfer Schnabel; Größe: ½ Menschenlänge; unterentwickelt/triebgesteuert*

Mein Körper steht unter Storm, Tausende winzige Blitzeinschläge, die durch meine Venen jagen, mein Gehirn malträtieren, mir die Lungen zerfetzen. Meine Zunge ist geschwollen und meine Kehle brennt, als hätte man sie die ganze Nacht lang mit Schleifpapier bearbeitet. Meine Brust hebt und senkt sich stockend, eine dünne Schicht kalter Schweiß benetzt meine nackte Haut.

Ich sehe … Dunkelheit. Den Tod. Das Antlitz eines Monsters.

Mit einem gellenden Schrei reiße ich die Lider auf und bereue es noch im selben Moment. Blutrotes Neonlicht tränkt die Atmosphäre, nachtschwarze Seidenvorhänge verdecken die fünf Rundbögen, die jede einzelne Wand des Raumes zugänglich machen. Mit brennenden Augen starre ich hoch zu den diabolischen Deckenfresken. Kreaturen mit zerfetzten schwarzen Kutten und den starren Mienen mutierter Skelette schlingen ihre dürren Knochenfinger um die aus den Brustkörben ihrer flehenden Opfer tretenden Schatten. Tief in mir weiß ich natürlich, dass das blanker Unsinn ist – noch nie in beinahe eintausend Zyklen hat irgendein Kapuzenheini nach Lust und Laune Schatten geext. Doch damals, *vor* dieser Zeit …

Ich zucke zusammen. Spitze Krallen fahren über meine Brust, den Hals hinauf, ertasten meinen hämmernden Puls. Es dauert mehrere Wimpernschläge, bis ich realisiere, dass ich nicht halluziniere. Nur am Rande erkenne ich die Konturen des auf einem steinernen Podium befestigten kreisrunden Bettes, das bis zu meinen Hüftknochen gerutschte hauchfeine Laken, den Arzaê-Körper, der mir im Augenblick meines Erwachens mehr Angst einjagt als der des Monsters, in dem ich mein Leben lang steckte.

»Hast du wieder schlecht geträumt, Liebster?«

Mir bleibt nicht einmal die Zeit, den Kopf zu drehen, da schwingt sich die Sprecherin mit der Kraft einer Harpyie auf meine Hüften. Mit Silber verstärkte Fingernägel entlocken mir rubinrote Bluttropfen. Ein schneeweißes herzförmiges Gesicht beugt sich zu mir herab, die Augen von einem solch tiefen Braun, dass sie mich zu verschlingen drohen. Schwere rote Locken fallen der jungen Frau über die vollen, von einem champagnerfarbenen Negligé bedeckten Brüste. Brüste, die mir viel zu nah sind, als sie den Oberkörper auf meine Muskeln bettet, ihr Haar mich umhüllt wie seidiges Feuer.

Erst, als ihre warme Zunge das Blut von meinem Schlüsselbein leckt, erwache ich aus meiner Starre. Mit einem Knurren packe ich ihre Handgelenke und zerre sie von mir. Ihre Augen leuchten gleichermaßen überrascht wie berechnend, mein Blut tropft über ihre rot geschminkten Lippen.

»Schlechte Laune, Decan?«, fragt sie und streicht sich die Locken über die nackten, von schwarzroten Adern durchwobenen Schultern. Ihr Duft nach süßer Vanille dringt mir in die Nase. »Bislang waren dir die Dämmerungen doch stets am liebsten.«

Ihr Zwinkern lässt mich Galle schmecken, ich stehe einen

Fingerhut breit davon entfernt, auf ihr Nachthemd zu kotzen. Nur fürs Protokoll: *Bislang* impliziert keineswegs den vergangenen Mondlauf, innerhalb dessen ich vorgab, Decan Roughcrest zu sein, und Donna wiederum vorgaukelte, ihrem Mann alias meinem Stiefvater treu ergeben zu sein. *Bislang* bedeutet auch nicht, dass ich sie, seit ich den Körper ihrer Affäre in Beschlag genommen habe, auch nur mit der Kneifzange angefasst hätte. Stattdessen spricht sie vermutlich davon, dass sie Okon Roughcrest dann und wann zwischen den runzligen Daddy-Fingern entglitten ist, während sie dessen zweitjüngstem Sohn die Nächte versüßte. Na ja, zumindest, bis irgendjemand den Sprössling abgemurkst hat und ich mir seinen nicht gerade robusten Arzaê-Körper unter den Nagel gerissen habe.

»Wie du schon sagtest«, knurre ich und schiebe die Stiefmutter Schrägstrich Langzeitaffäre meines Golems von meinem Schoß. »Ich hatte einen Albtraum, der mir die *Dämmerungen* schrumpfen lässt. Wenn du mich also entschuldigen würdest? Ich muss die nächste Whiskey-Karaffe ausfindig machen.«

Mit einem wohlwollenden Schmunzeln sinkt Donna zurück auf die Matratze. Nie nachtragend, nie eingeschnappt. Ich mag sie, ehrlich. Also manchmal. Zum Beispiel, wenn sie mir keinen Vortrag hält, weil ich mir kurz nach Sonnenaufgang einen hinter dir Birne kippe. Im Ausgleich dafür mache ich keinen Terz aus ihrer Vorliebe für (mein) Blut.

Sie dreht sich auf den Bauch und winkelt die muskulösen Schenkel an, während ich in meine unter dem Bett hervorlugende Leinenhose schlüpfe. Keine Ahnung, woher Donna andauernd kommt. Hat etwas von einem Poltergeist, die Kleine. Ich schlafe ohne Donna ein, wache aber aus irgendeinem mir unerfindlichen Grund stets neben ihrem blutrünstigen Sanguê-Körper auf. Mittlerweile strapaziert die allmorgendliche Sorge vor dem Tod gehörig meine Nerven, denn müsste ich lügen, würde ich behaupten, Donna könnte mir mit ihrer Fähigkeit der Blut-Kontrolle nicht binnen eines Wimpernschlags das Licht ausknipsen. Tut sie aber nicht. Zumindest nicht, solange sie sich einbildet, ihr Liebster wäre einfach nur verdammt schlecht gelaunt – und nicht vom Schattengott höchstpersönlich besessen, während sein Schatten, seine Seele, irgendwo in den Tiefen des Schattenreiches vor sich hin schimmelt.

»Die unhöfliche weißhaarige Assassinin war übrigens wieder da.«

Sämtliche meiner Muskeln spannen sich zugleich an, meine Hände ballen sich an meinen Seiten zu Fäusten. »Ach ja?«, versuche ich so unbeeindruckt wie möglich zu klingen.

Äußerlich gelassen drehe ich mich zu Donna um, was zur Folge hat, dass ihre finsteren Augen jeden Millimeter meines nackten Oberkörpers in sich aufsaugen.

Zumindest, was das physische Erscheinungsbild angeht, hat R.I.P.-Duncan im vergangenen Mondlauf einen erheblichen Fortschritt durchlebt. Während der Kerl viel zu VIP war, um für Gesundheit, Frauen oder Selbstverteidigung trainieren zu müssen, habe ich es mir zur Aufgabe gemacht, seinem Körper jene Muskeln zu entlocken, die ein Schattengott auf Abwegen nach dem Verlust seiner magischen Fähigkeiten braucht, um auf Drachen zu reiten, gegen seine eigenen Leute zu kämpfen oder Louve vom Meeresgrund zu fischen.

Louve.

Allein bei dem Gedanken an sie dreht sich mir der Magen um – und zwar nicht auf eine heitere *Tanzen-bis-zum-Morgengrauen*-Weise. Was mich zu der überaus unglücklichen Einsicht führt, dass die nächtelangen Trainingseinheiten hauptsächlich dazu dienten, meinem Frust ein Ventil zu bieten.

»Das *Rain 'n Sorrow* ist der angesagteste Nachtclub in ganz Solitude«, erwidere ich mit einem künstlichen Lächeln, obgleich in meiner Brust ein Vulkan brodelt. »Viele Schattenassassinen verbringen dort ihre Freizeit.«

»Vor denen versteckst du dich aber nicht wie ein Kleinkind.« Donna rekelt sich auf den weinroten Laken. »Du hast in der Vergangenheit viel Zeit mit ihr verbracht.«

Eine Ader pulsiert an meinem Hals, als ich sämtliche Willensstärke aufbringen muss, um ihr ihren nicht umzudrehen. »Mein Vater hat mich während der vermehrten Schattenwandlerangriffe als Abgesandter für Iron Claw ausgewählt«, erinnere ich sie. »Du weißt schon – breite Schultern, schwarzes Haar, größenwahnsinnig und, ähm …« Gespielt nachdenklich tippe ich mir ans Kinn. »Zufälligerweise dein Ehemann?«

Donnas Miene verdüstert sich. »Ach, komm mir nicht mit *dem*.«

Ich hebe die Brauen.

»Ich bin nur überrascht«, wirft sie mir eine weitere Brotkrume hin. Habe ich schon erwähnt, wie sehr ich diese Frau verabscheue? Hassliebe nennen die Menschen das.

»Und ich erst«, entgegne ich entrüstet, weil ich keine Ahnung habe, wovon zum Aschegeier sie da sinniert.

Stirnrunzelnd suche ich den fünfeckigen Raum, der nichts weiter als das Bett enthält, nach meinem Hemd ab. Gerade als ich den nicht mehr ganz so weißen Stoff (Lippenstift trifft Fruchtcocktail) unter Donnas nackten Beinen hervorziehen will, schwingt diese selbige um meine Hüften und rammt ihre Mörderklauen in meine Kehle. Überrumpelt schnappe ich nach Luft. Ihre dunklen Augen funkeln, verloren zwischen *Hatte-noch-keinen-Kaffee-schlechte-Laune* und posttraumatischem Wahnsinn. Gleichzeitig schießt der Schmerz meines (Nach-)Lebens inflationär von ihrer Berührung aus durch meine Adern, prescht durch meine Organe, droht meine Eingeweide zu zerfetzen, lässt mein Blut kochen, bis es zu gerinnen beginnt.

Meine Augäpfel laufen Gefahr, unter dem Druck zu bersten. Unglücklicherweise zieht nicht mein Leben an mir vorbei, sondern meine Würde.

Verdammte Sanguê. Donnas Mundwinkel zucken, als sie sich mit der Spitze ihrer Zunge über die strahlend weißen Zähne leckt und ihre Finger von meiner Kehle löst. Kaum zieht sie ihre Macht zurück, knalle ich so heftig auf die Knie, dass ein ungesundes Knacken ertönt. Keuchend fasse ich mir an den Hals, ehe ich vor ihren kleinen Tänzerinnenfüßen meinen letzten Stolz erbreche. Waren ihre Zehennägel gestern nicht hellblau lackiert?

»Baby, du kränkst mich.« Mit ihrer schlanken weichen Mörderhand fährt sie mir zärtlich durch das schweißnasse Haar. »Weshalb kränkst du mich?«

Ich spucke einen Schwall Blut vor ihre Füße. »Weshalb versuchst du mich öfter zu ermorden, als du die Toilette aufsuchst? Kannst du dir nicht ein anderes Hobby suchen? Sukkulentenzüchten vielleicht? Oder Puzzeln?«

Wieder ist da dieses halb überlegene, halb unsichere Lächeln auf ihren blutverschmierten Horrorlippen. »Ich finde dieses hier gut.«

Sagte ich zuvor, ich könnte sie hin und wieder leiden? Offenbar hat sie mir eine Synapse zu viel gesprengt. Gott, wie ich diese Frau hasse. Würde ich noch im Körper des Schattengottes stecken, hätte ich das Miststück vermutlich längst zu meiner zweiten rechten Hand ernannt. (Noch furchteinflößender ist nur meine erste rechte Hand, Prejudice.)

»Dec, was ist nur los mit dir? Stell dich nicht so an, Arzaê heilen schnell.« Die kleine Ratte zieht einen Schmollmund. »Bislang hast du unsere Spielchen doch immer geliebt.«

Ich reiße die Augen auf und verschlucke mich prompt an meiner eigenen Spucke. »Ich dachte, ich probiere mal was

Neues aus«, presse ich hervor. »Mehr *sado* als *maso*, verstehst du? Für den kleinen Kick zwischendurch?«

Ihre Zehen bohren sich in meine Brust. »Als ich dich in Achĕş' niedlichem Spielzeugkerker gefunden habe, nahm ich an, deine *Vorlieben* hätten sich noch ein wenig gesteigert und wären nicht ...« Sie krümmt ihren kleinen Finger.

Heilige Scheiße. Wo bin ich nur hineingeraten?

Frustriert wische ich mir den Schweiß aus dem Nacken. »Wie oft noch? Achĕş hat mich *gefoltert* und mir keine versauten unterdrückten Begierden erfüllt! Verdammt, Donna, er hat mir *eine Niere entfernt!*« Nur, weil er angepisst ist, dass er meine Gedanken nicht lesen kann! Wie krank kann man sein?

Anerkennend nickt sie. »Und das mit beachtlicher chirurgischer Präzession. Hab dich nicht so, du hast ja noch eine.«

Mit dem Unterarm fahre ich mir über den Mund und richte mich auf. Bei dieser Familie ist jede Hoffnung verloren. Hätte ich nicht in einen durchtrainierten Schattenassassinen mit tollwütigem Geistgefährten inkarnieren können? Oder in eine Topfpflanze?

»Dec, ich habe das Gefühl, das zu deinen Ungunsten ausgelegte Machtgefüge in unserer Beziehung verstimmt dich.«

Ich vergrabe das Gesicht in den Händen. »Du hast es erfasst. Vorschläge?«

Donna zieht die weißen, von rotschwarzen Adern gezeichneten Beine in den Schneidersitz, legt den Kopf schief und tippt sich aufs Kinn. »Hm, wie wäre es mit einem hübschen Relikt? Paartherapie? Oder vielleicht ein neuer Haarschnitt? Ich bin sicher, du bist nur aufgebracht, weil dir andauernd die Strähnen in die Augen fallen. Oder bist du hungrig?«

Genau. Das wird es sein. Erneut schnappe ich mir mein Hemd, betrachte das ekelerregende Elend, ehe ich es in die nächste Ecke schleudere. »Ein Relikt?«

Was zum Aschegeier ist ein *Relikt* und weshalb weiß ich nichts davon? Sollte ich jemals wieder als Gott der Schattenwelt kandidieren, werde ich mir eine ganze Armee an Spionen auf dieser Seite der Barriere anschaffen.

Donna scheint meine Frage falsch verstanden zu haben. Gut gelaunt hüpft sie aus *meinem* Bett. Zugegeben, eigentlich ist es nicht wirklich mein Bett, sondern das des schrulligen Alten, dem ich seine Immobilie alias das *Rain 'n Sorrow* inklusive angrenzender Eigentumswohnung abgekauft habe.

»Okay, sollst du bekommen.« Sie schlendert auf mich zu, diese allmächtige Irre im Körper einer Sexbombe mit dem Geduldsfaden einer Handgranate, und schlingt die Arme um meinen Hals. »Du willst ein Relikt? Du bekommst ein Relikt.«

Seufzend lege ich den Kopf in den Nacken. Was ich wirklich will, ist das Zeug, das die Sterblichen als Kopfschmerztablette bezeichnen. Aber ein *Relikt* ist sicher auch nicht schlecht. Ich starre in Donnas unberechenbare Todesaugen. »Was habe ich davon?«

Und die Sensenfrau antwortet: »Macht. Es handelt sich um ein übernatürliches Relikt.«

Macht? Das ist gut.

Mit Macht werde ich die gesamte Familie Roughcrest auslöschen.

Mit Macht werde ich meine Identität als unbezwingbare Entität wiedererlangen.

Mit Macht werde ich die Liebe meines Lebens beschützen.

Ich hebe das Kinn, als ich wieder einmal der Finsternis meine Seele verkaufe. »Einverstanden. Was muss ich tun?«

7. Kapitel

Louve

Wald der Verdammnis, der: *Wächter unterirdischer Höhlensysteme im Schattenreich; Wurzeln reißen Opfer in vergessene Katakomben, um sie zu verdauen; weitgehend unerforschtes Gebiet*

Mein Kopf dröhnt, als hätte ich das gesamte *Rain 'n Sorrow* geext. Stöhnend bewege ich meine linke Hand auf meine Stirn zu und fahre zusammen, kaum berühren meine Fingerkuppen die Platzwunde. Feucht tropft mein eigenes Blut von meinen Fingern, während ich meinen Oberkörper schwer atmend hochstemme. Dabei stütze ich mich mit den Handflächen in irgendeiner kalten Pfütze ab, die hoffentlich nichts weiter als Wasser beinhaltet. Ich taste den Grund um mich herum ab, bekomme glattes Gestein zu fassen, feuchte Schieferplatten und irgendetwas Weiches, Moos?

»Louve?«

Ich spucke den schalen Geschmack aus und wische mir mit dem Unterarm das Blut vom Gesicht. »Sâl? Wo sind wir? Und wen müssen wir deshalb abschlachten?«

Ich nehme einen tiefen Atemzug, die Luft schmeckt nach Schimmel und Kälte. Erst dann erlaube ich mir, meine Umgebung einzuschätzen. Nicht, dass es sonderlich viel zu entdecken gäbe. Das einzige lebendige Glimmen ist das meiner

Beinahe-Freundin, die gerade dabei ist, auf allen vieren zu mir zu kriechen.

»Fuck.« Mit einer Hand umfasst sie mein Kinn, scheint meine Wunden zu begutachten, ehe ich sie ungewohnt sanft wegschiebe. »Und ich dachte schon, nach dem verbrannten Haferschleim zum Frühstück könnte der Sonnenlauf nicht noch unerträglicher werden.«

»Schlimmer geht immer«, erwidere ich lahm. »Glaub mir, Sâl. Ganz gleich, wie mies dein Leben auch ist, das Universum findet stets eine Möglichkeit, es ein klein wenig beschissener zu machen. Ich schätze, deshalb hat man zum Ausgleich Schokoladeneis erfunden.«

»Und Sex.«

»Und diese Drinks mit den winzigen Schirmchen.«

Rücken an Rücken richten wir uns auf. »Wir befinden uns in einer unterirdischen Höhle«, erklärt Sâl. »Verdammt dunkel, verdammt feucht, verdammt unheimlich.«

Stirnrunzelnd taste ich meine Uniform ab. Wie ist das möglich? Das Schattenreich hat keine unterirdischen Höhlen. Ich meine, *ja*, theoretisch gibt es da diese Ammenmärchen ominöser verborgener Höhlensysteme. Hatte Enean nicht mal angedeutet, dass die Wurzeln seines *Waldes der Verdammnis* ihre Opfer in irgendein unter der Erde liegendes Labyrinth zerren? Allerdings habe ich das Ganze für eine Psycho-Story gehalten, die man kleinen Assassinen erzählt, damit sie ihre Waffen ordentlich schärfen.

Fakt ist, durch den achthundert Zyklen alten Vertrag zwischen Enean und den Schattenassassinen sind wir nicht befugt, Expeditionsteams durch sein Reich zu jagen, schon gar nicht unterirdisch. Klar, so richtig erlaubt ist es auch nicht, die Barriere auf seiner Seite zu patrouillieren, aber das ist eine Grauzone.

»Schätze, wir sind jetzt offiziell Freiwild. Noch ist niemand hier«, stellt Sâl fest.

Ich kreise mit der Schulter, irgendetwas knackt. »Und wenn schon.«

Keinen Atemzug später klatscht Sâls flache Hand auf meine Wange. Das Geräusch echot durch die Höhle.

»Spinnst du?!«, fahre ich sie an und kicke ihr von hinten gegen den Fußknöchel, sodass sie das Gleichgewicht verliert und fluchend im Brack landet.

»Ich ramme dir jetzt nur deshalb keinen Pfeil in den Hals, weil mir die bitchige Louve weitaus besser gefällt als die schmollende.« Sie spuckt aus, vermutlich hat sie etwas von der fauligen Soße in den Mund bekommen. »Soll ich dir verraten, wie man Schmerz besiegt, Louve?«

Stirnrunzelnd zucke ich mit der Schulter. Was soll das nun wieder? »Alkohol?«, rate ich ins Blaue.

Sâls Lachen klingt leer. »Nein, Baby, Schmerz ist wasserfest.«

Ich will ihr sagen, dass ich keinen Schmerz verspüre. Dass ich die beste Kämpferin unseres Ausbildungszyklus war und über der ganzen verfluchten Welt stehe.

Doch Sâl weiß es besser. »Schmerz besiegt man mit Wut«, klärt sie mich auf. »Also hör auf zu jammern, klaub deine Eierstöcke auf und prügel dir dein verdammtes Selbstmitleid aus dem Hirn! Weshalb regst du dich überhaupt so auf? Du müsstest einen Mann schon in den tiefsten Punkt des Ozeans betonieren, damit er nicht früher oder später wieder angetanzt kommt – und, Süße, selbst von dort aus findet er einen Weg.«

Sie wirft mir ihren einzigen Dolch zu. »Glaub mir, wenn es so weit ist, willst du deine Zimmertür nicht mit verquollenen Augen öffnen. Du willst das Holz in seiner beschissenen Visage zersplittern sehen.«

Meine Mundwinkel zucken, als ich den Rauchadlerknochen-Knauf fest in meiner geballten Faust drücke. Das Miststück hat recht. »Lust, etwas anzuzünden? Teambuilding-Maßnahme?«

»Gute Einstellung.« Sie richtet ein bogenförmiges Objekt auf ihrem Rücken, offenbar hat unser Entführer zwischenzeitlich die Lust verloren und sie nicht entwaffnet. »Lass mich noch eben meine Pfeile einsammeln. Ich …«

Ich beuge die Knie, um Halt zu finden, als ein tiefes Grollen den Erdboden erschüttert. Die Wände erzittern, Geröll regnet mir in den Nacken, Staub wirbelt auf. Ich muss nicht sehen können, um zu wissen, dass Sâl und ich dasselbe denken: Der Aasdrache befindet sich irgendwo hier unten. Allerdings kann er nicht derjenige sein, der uns hergeschleift hat, schließlich war er zu dem Zeitpunkt damit beschäftigt, Wren und Klein-H zu verschleppen. Scharf ziehe ich Luft ein. Wren! Den hätte ich ja fast vergessen. Allein die Tatsache, dass ich noch am Leben bin, verschafft mir ein klein wenig Erleichterung. Denn, wenn ich nicht tot bin, bedeutet das –

»Louve, pass auf!«

Reflexartig springe ich zur Seite, als ein gigantisches schwarz glimmendes *Etwas* auf mich zuschnellt. Doch kaum lande ich wieder sicher auf meinen Füßen, trifft mich etwas so hart im Rücken, dass ich mit voller Wucht durch die Luft geschleudert werde und frontal gegen eine der Höhlenwände krache. Für einen Augenblick blitzen weiße Punkte auf und meine Knochen fühlen sich an, als hätte man sie nach außen gestülpt. In Gedanken entschuldige ich mich bei Wren für mögliche Brüche, nehme es aber sofort wieder zurück. Hätte er eben nicht derart versessen auf unsere Vereinigung gepocht, in der *mein Schmerz ist dein Schmerz* etwas zu wörtlich genommen wird.

»Louve!« Sâls Schrei holt mich zurück in die Gegenwart.

Hastig wische ich mir das Blut aus dem Mundwinkel und richte mich mit zitterndem Handgelenk, doch gezücktem Dolch auf. Nicht einmal als Kind war ich derart leichtsinnig. Ich denke an Leutnant Banister, der mich auspeitschte. An Kendric, der mir im Schlaf Pech ins Haar schmierte, Handgranaten in mein Zimmer kullerte und mir Abführmittel ins Müsli mischte. An all die Male, als Enean mir den Himmel versprach und mich an die Hölle verriet.

Und plötzlich ist sie da. Die Wut, von der Sâl gesprochen hat.

Leichtzüngig leckt sie über mein Innerstes, tastet nach meinen Blutkörperchen, ehe sie sie schlagartig zum Bersten bringt. Etwas in mir explodiert und von jetzt auf gleich rauscht blanker Zorn durch meine Venen.

Zorn wegen all der Ungerechtigkeit, die nicht nur mir, sondern dem Großteil der Schattenassassinen von Kindesbeinen an widerfuhr. Zorn auf diesen indoktrinierten Wahnsinn, der uns glauben lässt, die Monster lauern nicht in, sondern unter unseren Betten. Zorn auf mich selbst, weil ich mich in Selbstmitleid verlor und glaubte, keine andere Wahl zu haben, als mit Wren den Bund einzugehen, mich selbst limitierte, mich um meine eigene Zukunft betrog. Und Zorn auf Enean, meinen angeblichen besten Freund, der mich im Stich ließ, mir die große Liebe vorgaukelte, mich benutzte, um dem Schattenreich zu entkommen.

Ich bemerke erst, wie sich meine Nägel in meine Daumenballen krallen, als Blut über meine Fingerkuppen tropft und der Griff des Dolches in meiner Faust glitschig wird.

Plötzlich spielt es keine Rolle mehr, dass meine Messer und Dolche versunken sind. Ich war ein Kind, als ich Kreaturen, die zehnmal so groß waren wie ich, mit einem verfluchten Löffel kaltmachte.

Dann sprinte ich los.

Auf einen Blick versuche ich den uns angreifenden Schattenwandler zu erfassen. Mindestens zwanzig tentakelartige Fangarme in triefendem Schwarz versperren uns den einzigen Ausgang. Daran hängt ein gigantischer, runder Körper von der Decke. Kurz halte ich inne, weil ich etwas Derartiges noch nie zu Gesicht bekommen habe.

»Was ist das für ein Ding?«, schreie ich, während ich einem weiteren Tentakel ausweiche. Anstelle von feuchter Haut bekomme ich steinharte Schuppen zu fassen. Was bei den Göttern ...

»Das ist eine einäugige Nebelspinne«, ruft Sâl mir zu.

Eine *was?* Aus dem Augenwinkel nehme ich wahr, wie ihre silbrige Silhouette von einem Fangarm auf den anderen springt, sie wie Treppenstufen verwendet, um in einer Art Wandnische hocken zu bleiben. Sofort spannt sie den ersten Pfeil. Sollte sie beabsichtigt haben, den Körper zu treffen, könnte sie jedoch nicht mehr danebenliegen, denn einer der Tentakel wehrt sie mit einer einzigen fließenden Bewegung ab, während ein zweiter nur knapp unter ihren angewinkelten Knien einschlägt.

Mit zusammengebissenen Zähnen starre ich auf den Dolch in meiner Hand, meiner einzigen Waffe gegen *das da.* Mein innerer Wren rät mir, in Windeseile sämtliche Dolch-Kampftechniken herunterzurattern, rational, reflektiert vorzugehen, ehe ich mich für die effektivste Variante entscheide und aus dem Hinterhalt angreife, während Sâl das Vieh ablenkt. Mein innerer Enean hingegen schreit aus voller Kehle: *Du bist die einzige Waffe, die du brauchst.* Zeitgleich setze ich zum Frontalangriff an.

»Aus dem Weg!«, brüllt Sâl und lässt einen ganzen Pfeilhagel auf den Schattenwandler regnen.

Ich senke den Oberkörper, renne so schnell ich kann. Meine

Wade sticht noch immer an der Stelle, an der mich das Ding im Sumpf gebissen hat, und mein Handgelenk pulsiert.

Gekonnt springe ich über die sich windenden Tentakel hinweg. Wasser spritzt unter meinen Stiefeln, der Geruch nach feuchter Fäulnis sticht in meiner Nase und lässt mich schneller laufen. *Nicht stehen bleiben, niemals zurückblicken.*

»Louve, es ist ... Es hat sich unsichtbar gemacht! Da sind nur noch die feuchten Höhlenwände.«

Unsichtbar? Wovon zum Henkersbeil spricht sie?

Ich verenge die Augen, erkenne die rabenschwarzen Konturen der Kreatur genauso wie zuvor. »Es hat sich nicht von der Stelle gerührt«, rufe ich Sâl zu.

Ich stoße mich just in dem Moment von einem der steinharten Tentakel ab. Durch den Abstoß gelingt es mir, einen sauberen Salto hinzulegen, der mich dem Körper der Bestie ein ganzes Stück näher bringt. Zwei Tentakel, in denen besonders viele Pfeile stecken, hängen leblos hinab. Schon glaube ich mich am Ziel, da wickelt sich plötzlich etwas um meine verletzte Wade und reißt mich so heftig zu Boden, dass ich wie eine Puppe im Abwasser aufschlage. Nur ein Blinzeln vor meinem unschönen Abgang ziehe ich den Kopf zwischen meine Schultern und verhindere so, dass mein Marionettenspieler mir das Genick bricht. Ich habe kaum Zeit, Atem zu holen, da reißt mich das Mistvieh auch schon wieder in die Höhe. Scharfe Schuppen schneiden mir die offenliegenden Stellen meiner Haut auf. Ich kann von Glück sprechen, dass sie nicht meine Uniform durchdringen. Entschlossen klemme ich den Dolch zwischen meine Zähne, stemme beide Hände gegen den meine Taille umschlingenden Fremdkörper – und schreie auf. Ein Schmerz, als hätte ich in ein Fass Rasierklingen gefasst, zerreißt meine Handflächen, als ich die Unterseite des Tentakels berühre.

»Fass nicht die Unterseite an!«, ruft Sâl mir zeitverzögert zu. Na toll. »Das Gift in den Stacheln wirkt halluzinogen.«

Perplex reiße ich die Augen auf. »Du meinst *die* Stacheln, die gerade flächendeckend Nadelkissen mit meinen Händen gespielt haben?«

Shit.

Shit, Shit, Shit.

»Wie lange habe ich?«

»In deiner aktuellen Gestalt weitaus länger als in deinem vollständig manifestierten Körper. Der Mist kickt vermutlich erst in Solitude. Und wenn nicht er, dann das Zeug aus dem Fluss – stell dich in jedem Fall auf den Trip deines Lebens ein.«

Wow. Das bringt mich in etwa in Mückengröße weiter. Schnaubend verenge ich die Augen und konzentriere mich auf Sâls Silberglimmen. »Ein Tentakel tastet sich unterhalb deiner Knie auf dich zu, einer ist links von dir und der Rest spielt Windmühle.«

»Wir müssen versuchen, das Auge zu treffen!«, schreit Sâl und feuert blindlings einen weiteren Pfeil ab. Instinktiv drehe ich den Kopf zur Seite, als sich die Spitze nur unweit von mir zwischen die Schuppen bohrt.

Ein schmatzendes Geräusch ertönt, die Nebelspinne zuckt unkontrolliert. Ich nutze die Ablenkung und versuche, mich aus dem Klammergriff zu winden. Abermals zerstößt das Surren eines Pfeils die Atmosphäre. Erst da bemerke ich, wie still es ist. Dass die Kreatur keinen Mucks von sich gibt. Moment, hat sie überhaupt ein Maul? Beim nächsten Pfeilhagel lockert sich meine Fessel. Geschickt ziehe ich die Knie an und schleudere mich geradewegs durch die Umklammerung. Mit einem Grinsen auf den Lippen sprinte ich den gesamten Tentakel entlang nach oben und stoße dem Vieh meinen Dolch ins Fleisch, ehe ich senkrecht wieder hinabsegeln kann. Die

Spinne schüttelt sich, gibt jedoch nach wie vor keinen Laut von sich.

»Wo ist das Auge?«, schreie ich. Meine Stimme hallt als Echo durch die feuchten Wände, außer mir und dem im Wasser aufschlagenden Tentakeln ist nichts zu hören.

Gar nichts.

Plötzlich läuft mir ein Schauder über den Rücken. Mit beiden Händen am Dolchknauf, drehe ich den Kopf so weit, dass ich zu der Nische blicken kann, in der Sâl zuvor gesessen hat. Nur, dass keine Spur mehr von der Assassinin ist. *Was zum Nachtwaran …*

»Sâl?«, rufe ich.

Warte, lausche.

Nichts.

Fluchend stemme ich die Beine in den ausschlagenden Tentakel, versuche so viel von meiner Umgebung wahrzunehmen wie irgend möglich, während ich verbissen um Halt kämpfe. Nirgends aber ist auch nur das entfernteste Glimmen der Silbersilhouette der jungen Frau zu erkennen. Oder der gelbliche Schein ihrer Leiche.

Zähneknirschend rattern meine Gedanken. Sie kann nicht geflohen sein, ich hätte ihre Schritte gehört. Und die Tentakel nach ihr geschnappt. Hätte sie jedoch einer von ihnen erwischt, hätte sie aufgeschrien, oder ihr Körper wäre krachend zu Boden gegangen. Wie also kann sie sich einfach … dematerialisieren? Doch ehe ich meinen Gedanken zu Ende bringen kann, packt der Schattenwandler erneut zu. Ich ziehe die Knie an, klettere höher, bis ich genug Schwung habe, um noch einmal den Tentakel entlang zu sprinten. Unzählige Fangarme schlagen nach mir, doch ich weiche jedem einzelnen mit einem siegessicheren Lachen aus.

Gott, wie sehr ich das vermisst habe. Zwischen all den Heul-

und Eiscremeanfällen wegen Eneans Mist habe ich ganz vergessen, wie atemberaubend es ist, ich zu sein.

Ein letztes Mal stoße ich mich von den rutschigen Schuppen ab, hebe Sâls Dolch hoch über meinen Kopf und ramme dem Drecksvieh die Klinge exakt ins Zentrum seines Körpers, wo ich das Auge vermute. Zwar ist er für mich nicht mehr als ein kugelrundes schwarzes Pulsieren, doch verrät mir das unkontrollierte, mich durchschüttelnde Zucken, dass ich getroffen habe.

Ich packe fester zu, stoße tiefer, während irgendein stinkendes Sekret über meine Arme läuft und mich würgen lässt. Herzschlag um Herzschlag verstreicht, doch anstatt langsamer zu werden, wird das Biest immer schneller. Und verdammt wütend.

Mehr und mehr Schuppen reißen meine Haut auf, malträtieren meine Hände, die Ohren, das Gesicht. Doch ich bin keine Prinzessin. Ich bin der verdammte Drache. Und ich liebe jeden einzelnen Funken meines Feuers.

Mit einem kräftigen Hieb grabe ich den Dolch bis zum Anschlag meiner Handgelenke in das riesige Glubschauge, ehe ich mich mit vollem Gewicht und ausgestreckten Armen am Heft hinabbaumeln lasse. Sofort gibt dieses nach und rutscht mit mir abwärts, wobei ich den Augapfel senkrecht aufschlitze wie eine überreife Frucht. Stinkender Glibber spritzt mir ins Gesicht. Angewidert presse ich Lider und Lippen zusammen, trotzdem gelangt etwas in meine Nase. Würgend japse ich nach Sauerstoff.

Scheiß drauf. Sein Blut ist die Trophäe meines Triumphs. Ich ziehe die Knie an, stoße mich mit den Sohlen meiner Stiefel von dem zuckenden Körper ab und komme mit einem Rückwärtssalto inmitten des modrigen Abwassers zum Stehen.

Schwer atmend und mit gestrafften Schultern richte ich mich auf und warte ab, bis sich die Nebelspinne in das für

Schattenwandler typische Häuflein Asche verwandelt. Und falle aus allen Sternen, als der gewaltige Leib mitsamt seinen wild rudernden Riesententakeln auf mich zuschnellt. *Wie zum …* Tritt die Wirkung seines Gifts schon jetzt ein, halluziniere ich? Sâl sagte doch, ich müsste nur das Auge treffen!

Ich springe und sprinte und steche zu, doch das Vieh kommt immer näher, umkreist mich, wickelt mehr und mehr Tentakel um mich, schnürt mir die Luftzufuhr ab. Das wiederholte Aufkommen meiner Füße in der Brache, das Krachen splitternder Höhlenwände und das Sausen der Gliedmaßen durch die Luft verschwimmen zu einem monotonen Todesgesang. Ich versuche Sâls Namen zu schreien, bringe jedoch nicht mehr hervor als ein erbärmliches Gurgeln, als die Spinne meinen Hals erwischt und mich in die Höhe reißt. Süße Schwärze kriecht mir in die Kehle, nimmt mein Innerstes ein, füllt mich aus, zieht mich tiefer hinab in die Bewusstlosigkeit, ins Vergessen, während ich wie wild strample und um mich schlage.

Anstelle meines Lebens zieht meine eigene Dummheit an mir vorbei. Doch als ich schon glaube, das beschissenste Grab der Welt mein Eigen nennen zu müssen, erstarrt der Schattenwandler abrupt in der Bewegung. Ein ungesundes Ratschen ertönt.

Mit dem Gewicht des Schattenwandlers auf meinem Rücken krache ich unsanft zu Boden. Meine Knie zittern, als ich mich freikämpfe. Schwankend und mit grauenhafter Migräne komme ich auf die Beine.

Ich kann kaum Atem holen, da trifft mich etwas in der Größe einer geballten Faust hart an der Stirn. Reflexartig hebe ich eine meiner malträtierten Hände und erwische etwas gleichermaßen Glitschiges wie Festes. *Was …*

»Du hast sein Herz verfehlt, Assassinin«, ertönt eine tiefe Stimme unweit von mir.

Etwas Dunkles schält sich aus dem nun mehr freien Höhleneingang, während der Schattenwandler fast geräuschlos in sich zusammensinkt. Ein übergroßer Heißluftballon, dem man die Luft genommen hat. Etwas spät zähle ich eins und eins zusammen. Mit einem angewiderten Zischlaut lasse ich das Organ los, ehe ich es, noch bevor es in der Pfütze zu meinen Füßen aufkommt, wieder auffange. Wo ist mein verdammter Lederbeutel?

»Das Herz?« Suchend blicke ich mich um, ohne meinem Gegenüber den Rücken zu kehren.

Es gibt nur zwei Gründe, einem anderen das Leben zu retten: Aus Selbstlosigkeit, oder weil dir ein schneller Tod für ihn zu einfach wäre.

»Hättest du deine Hausaufgaben gemacht, wüsstest du, wie man eine Nebelspinne tötet.«

Ich schüttle meinen Verstand, weil die Stimme mir vage vertraut vorkommt.

Endlich entdecke ich nur wenige Schritte von mir meine Tasche mit dem konservierten Panthergreifflügel. Was eine Seltenheit wie ein Nebelspinnenherz wohl auf dem Schwarzmarkt einbringt? In Gedanken bade ich bereits in Gold, als mein Gegenüber plötzlich nähertritt. Ich hebe das Kinn, weiche nicht zurück, als sich der Schattenwandler zu seiner vollen Größe aufrichtet, sodass der einzige Ausgang erneut versperrt ist.

»Hallo, Louve«, sagt die Finsternis. »Ich möchte dir einen Handel vorschlagen.«

8. Kapitel

Enean

Dåyast-Kristall, der*: seltenster Edelstein des Verlorenen Reichs Verídha; wird aus illegalen Minen des Dschungelgebiets Envy gewonnen; aktueller Wert: 350 000 Bàs-Münzen*

»Kennst du das? Du legst eine schier endlose Wanderung hin und denkst dir: Wasser? Nö. Snacks? Lächerlich. Pause? Wozu, wenn ich doch noch ein paar weitere Rå-Uhrenflüsse lang sinnlos geradeaus laufen kann!« Mit finsterer Miene drehe ich mich zu Donna um. »Nein? Ich auch nicht.«

Donna zückt ihren spitzenbesetzten Papierfächer und wedelt sich Luft zu. Die uns umgebende Schwärze in Kombination mit ihrem unschuldigen Engelsgesicht verleiht ihr eine bizarre Horror-Puppen-Ausstrahlung. »Warst du schon immer so theatralisch?«

»Ja.«

Nachdem ich mich gewaschen und angezogen hatte, zwang Donna mir eine nervtötende Wanderung auf. Von meiner Immobilie in Serpentine Shell liefen wir nach Silverline Square, dem Norden Solitudes, genauer gesagt zum Roughcrest-Tower. Auf einer Skala von eins bis zehn belegte die Tatsache, dass mir auf dem Weg dorthin verweigert wurde, herauszufinden, worum genau es sich bei *Panjí-Milchshakes* handelt, eine Vier. Als mein Magen zu knurren begann und ich keine Zeit hatte, die in einem Schaufenster ausgelegten Waldbeertörtchen zu stehlen, rutschte sie auf eine solide Acht. Doch als ich hörte, wie ein Junge zu seinem Vater sagte, die Dinger würde es auch mit Erdnussbutterfüllung geben, pulverisierte sich die Skala und erreichte eine Zwölf.

Donna wollte von all dem nichts wissen. Stattdessen machte sie sich einen Spaß daraus, die Adern an meinem Bizeps zu zerplatzen wie Seifenblasen, sodass ich jetzt aussehe wie ein gereiztes, ausgelaufenes Tintenfass.

In einer der *Unsinniger-Kram-den-ich-absolut-brauche*-Boutiquen in Serpentine Shell gibt es einen Kerl, der Shirts bedruckt. Seit der Erdnussbutter-Sache spiele ich mit dem Gedanken, eines mit der Aufschrift *Augen auf bei der Frauenwahl* zu erwerben.

Louve würde mir niemals (niemals!) meine Erdnussbutter vorenthalten. Ich schätze, das macht sie zu der perfekten Frau.

»Wir sind da.«

Ich verziehe das Gesicht, lasse die neueste Apokalypse auf mich wirken. »Ich hoffe, das ist philosophisch zu verstehen. Willst du uns umbringen?«

Müsste ich die vergangenen Rå-Uhrenflüsse in drei Worten zusammenfassen, wären es: Langeweile, Hunger und Dunkelheit. Das furchtbar beengende gläserne Ding, das die Sterblichen als *Aufzug* bezeichnen, fuhr uns nämlich nicht wie sonst zwanzig Stockwerke hinauf bis in die Privatgemächer der Familie. Nein, heute entschied man sich dafür, abwärts zu fahren. Wir fuhren so tief, dass ich mir sicher war, mich noch in diesem Leben Auge um Auge mit dem Mittelpunkt des Erdkerns zu finden. Schließlich spuckte das Ding uns in einem feuchten unterirdischen Tunnelsystem aus. Flackernde Leuchtstäbe erhellten uns mehr schlecht als recht den Weg.

Und so wanderten wir dann durch schier endlose Gänge – hungrig, milchshakelos und voneinander genervt. Ich in Decan

Roughcrests maßgeschneidertem reiche-Leute-Anzug. Donna in dem kürzesten Paillettenkleid der Welt und hochhackigen Lackschuhen, die sie mir vermutlich in absehbarer Zeit ins Auge rammt.

Über unseren Köpfen hängen tonnenweise Fledermäuse. Nicht die gute alte selbstentflammbare Variante aus dem Schattenreich, sondern die nutzlose. (Donna hat mich so fassungslos angestarrt, als hätte man *ihr* das Erdnussgebäck vorenthalten, als ich den Viechern erfolglos befahl, sich zu entzünden.)

»Passiere die Tür und such das Relikt«, befiehlt sie in ihrer gewohnt nüchternen *mir-doch-fast-egal*-Art.

Nachdenklich streiche ich mir einige Strähnen aus den Augen. Wünschte gleichzeitig, es wären die Finger einer ganz gewissen Schattenassassinin, die sich in meinem Haar vergraben. Es bringt mich um, Louve nicht erklären zu können, was passiert ist. Dass ich mich nicht davonstehlen kann, um sie auf Knien anzuflehen, mir zu verzeihen. Ihr bei meinem Leben zu schwören, dass ich niemals vorhatte, sie zu verlassen. Sondern mich die jüngsten Ereignisse dazu gezwungen haben.

Doch damit ist bald Schluss. Denn Donna Roughcrest liefert mir soeben höchstpersönlich das Mittel, sie einen nach dem anderen abzuschlachten.

»Ich verstehe deinen Ansatz«, erwidere ich deshalb und begutachte die dicke, mit etlichen Schrauben versehene Stahltür. »Aber ich habe Anmerkungen zum Lösungsweg.«

Stöhnend vergräbt Donna das herzförmige Gesicht in den Händen. Zahllose Goldringe zieren ihre schlanken Finger. Vermutlich ist sie nur deshalb nicht sauer, dass ich vor einem Mondlauf ihren Mann ausgeraubt habe, weil sie sich selbst regelmäßig an Daddy Roughcrests Schatzkammer vergreift.

»Seit wann bist du so anstrengend?«, stöhnt sie.

Ich tippe mir mit dem Zeigefinger gegen das Kinn, während

ich ernsthaft über ihre Frage nachdenke. »Es war ein lauwarmer Herbsttag …«

»Decan!« Ihre tiefbraunen Augen funkeln mich herausfordernd an. »Ich warne dich.« Drohend schnellt ihr Blick zu meinen Blessuren.

Verfluchter Mist! »Weißt du, Achĕş behauptet, ich hätte ein Relikt gestohlen. Deshalb die Sache mit der Niere.« Seufzend fasse ich mir an den Rücken, wo eine wulstige Narbe prangt. »Und jetzt sollen wir ihnen schon wieder eines wegnehmen? Versteh mich nicht falsch, Prinzessin, der Nebeneffekt klingt vielversprechend. Aber vergiss nicht, dass *zwei* fehlende Nieren ein kleines Problem darstellen könnten.«

Desinteressiert zuckt Donna mit der Schulter. »Okon jammert ebenfalls pausenlos, weil ein Relikt gestohlen wurde. War vermutlich bei dem Kram dabei, den du neulich hast mitgehen lassen. Ich habe behauptet, es war die kleine Assassinin. Clever, nicht wahr?«

Mir klappt die Kinnlade hinab, während mein Herz zu Stein erstarrt. *Das hat sie nicht.*

Es kostet mich alle Überwindung, ihr nicht den mit allerlei Glitzerkram geschmückten Hals zu zerdrücken. In Gedanken höre ich bereits ihren Kehlkopf bersten.

Donna Roughcrest und ich sind wirklich ein ganz miserables Paar, weshalb begreift sie das nicht? Schließlich vergeht kein Sonnenlauf, ohne dass einer von uns dem anderen an die Gurgel geht.

»Ist auch egal«, spricht Donna weiter und kämmt sich mit den Fingern durch die offenen Locken. »In Solitude gibt es inoffiziellen Aufzeichnungen nach drei Relikte. Wenn wir zwei besitzen, bleibt ihnen ja noch eines – was soll die Raffgier? Okons war ohnehin nur irgendein langweiliger Armreif. Nicht einmal hübsch, hab mich nie darum gerissen.«

Ich habe noch nicht einmal die letzte Information verarbeitet, als diese mich erneut zur Salzsäule erstarren lässt. »Ähm, wie sah dieser Armreif denn aus?«

»Zwei goldene Sonnen, Athaír und Sôl. Eine kleine und eine große, die je ein Ende des Reifes zieren. Nichts Außergewöhnliches, verstehst du?«

Oh nein. Nein, nein, nein! »Klar, du hast Diamanten und Dåyast-Kristall verdient«, murmle ich, während ich zeitgleich überlege, wie ich Louve diese Juwelen beschaffen könnte.

Fühlt es sich falsch an, Donna derart zu hintergehen? Ein bisschen. Allerdings, wer im Glashaus sitzt ... Sollte sie herausbekommen, wer ich wirklich bin, wird sie nicht nur mich zerstückeln und ihren Haustier-Piranhas *Qual, Schmerz* und *Goldie* vorwerfen, sondern auch Louve. Donna ist nicht dumm, sie wird eins und eins zusammenzählen und Louve *ist* mein eins und eins. Und sie ist im Besitz dieses Armreifs. Eines Schmuckstücks, für das man mir ein gottverdammtes Organ aus dem Körper gemetzgert hat. Bleibt nur zu hoffen, dass Louve so wütend auf mich ist, dass sie das Ding in hohem Bogen aus dem nächstbesten Fenster katapultiert hat.

»Was ist so besonders an dem Armreif?«, bohre ich nach.

Donna betrachtet ihre metallischen Fingernägel. »Alles Ammenmärchen, Babe. Zerbrich dir dein hübsches Köpfchen nicht darüber.« Sie hebt das Kinn, schenkt mir ihr schönstes Vipernlächeln. »Außerdem sind wir wegen eines ganz anderen Relikts hier, oder nicht? Eines, das tatsächlich von Nutzen ist.« Ihre messerscharfen Fingernägel fahren über meinen Hals, unwillkürlich schlucke ich. Instinktiv versucht mein Verstand, meine Eisschatten zu beschwören. Nichts geschieht.

Donna ist mir so nah, dass sich ihr süßer Vanilleduft in mein Gedächtnis brennt. Lebwohl Vanillepudding, Vanilletörtchen, Vanilleeiscreme, Van...

»Alles, was du dafür tun musst, ist, durch diese Tür zu gehen.«

Sie stellt sich auf die Zehenspitzen und haucht mir einen Kuss auf den rasenden Puls. Ich will sie anschreien, dass ich nicht dieser Drecksack Decan bin. Dass er tot ist und ich sie nicht liebe, sofern Decan sie denn je geliebt hat. Und dass sich der Gott der Schatten trotz seines miesen Rufs absolut nichts aus SM macht. Allmählich geht mir die Tatsache, dass ich Donna seit mehr als einem vollen Mondlauf etwas vorspielen muss, gehörig auf die Nieren … Niere. Nicht mehr lange und sie wird mir nicht länger abnehmen, dass mir wegen der *fehlende-Organe-und-Folter*-Sache nicht danach ist, das Bett mit ihr zu teilen.

Als hätte sie meine Gedanken erraten, leuchten ihre Augen auf, ihre Lippen wandern meinen Kiefer hinauf, ihr Parfum strömt mir entgegen. *Nicht schon wieder.*

Mit einem hölzernen Lachen schiebe ich Donna von mir. »Durch diese Tür, ja?«

Sie legt den Kopf leicht schief, teils amüsiert, teils enttäuscht. Dann kramt sie in ihrer goldenen Handtasche (jap, Donna Roughcrest spaziert mit Handtasche durch die Hölle) und fischt etwas heraus, von dem ich nicht geglaubt habe, es jemals wieder zu Gesicht zu bekommen.

Es ist dasselbe in verschlissenes Leder gebundene Journal, das ich erst Okon und dann Louve gestohlen habe, ehe Donna es wiederum von mir gestohlen hat. Oder besser gesagt gerettet, als Achěş' Männer mich damals am Hafen abführten. Das Buch, das angeblich von der Göttin des Lichts höchstpersönlich stammt. Den Aufzeichnungen nach zu urteilen ist ihr Name Luría, eine ehemalige Schattenassassinin. Steiler Karrieregang, klar, und doch absoluter Bullshit, wenn man mich fragt. Tut aber keiner, weshalb Donna plötzlich hochmotiviert in dem antiquarischen Unsinn blättert. Ich meine, nur, weil eine Assassinin ihre höchsten Hochs und tiefsten Tiefs mitschreibt, bedeutet das noch lange nicht, dass sie spontan zur unsterblichen Göttin mutierte.

»Jetzt konzentrier dich.« Donna schnippt mit ihren Killer-Klauen vor meinem Gesicht. »Siehst du das?« Sie wedelt mit dem aufgeschlagenen Buch und deutet auf eine stark verblasste Zeichnung.

Ich neige den Kopf nach links, nach rechts, stehe kurz vor dem geistigen Handstand. Hält sie das Buch falsch herum? Ganz bestimmt hält sie das Buch falsch herum. »Was soll das darstellen?«

»Das ist es, wonach du suchst.«

Meine Brauen schnellen in die Höhe. »Warte. Ich suche nach etwas, das du in einem Märchenbuch entdeckt hast? Donna …«

Prompt landet der Buchrücken mit voller Wucht auf meiner Stirn. »Der Armreif ist ebenfalls darin abgebildet und der ist ja wohl auch echt. Der einzige Grund, weshalb noch niemand das zweite Relikt geholt hat, ist, dass Lurías Journal über Hunderte Zyklen von der Roughcrest-Dynastie verwahrt wurde.«

Fluchend reibe ich mir die Stirn. »Und die haben es sich nicht unter den Nagel gerissen, weil …?«

»Weil sie es nicht geschafft haben. Dutzende Männer und Frauen verloren ihr Leben bei dem Versuch. Irgendwann beschloss man, das Teil zu lassen, wo es ist. Wäre es so leicht zu beschaffen, hätten Okon und Achĕş es sich längst geschnappt.«

Ich atme tief durch, gedanklich mein morgendliches Mantra durchgehend.

Louve. Weltherrschaft. Erdnussbutter.

Louve. Weltherrschaft. Erdnussbutter.

Die magischen drei Worte, die mich in jeder Situation zu beruhigen wissen. Nur nicht an diesem Sonnenlauf, weil mir

Donna zwei von drei gestohlen hat, meinen Verlust aber zumindest auszugleichen versucht, indem sie mir das dritte quasi auf dem Silbertablett präsentiert. Na ja, auf die winzige Gefahr hin, bei der Beschaffung mein Leben zu verlieren.

Wieder wedelt sie so ungeduldig mit dem Buch, als wäre ich schwer von Begriff. »Präge es dir gut ein, Dec. Und komm gefälligst lebend zu mir zurück. Ich versuche, den Sauerstoffgehalt in deinem Blut so lange wie möglich aufrechtzuerhalten.«

Mit diesen Worten reißt sie die schwere Metalltür mit einer Leichtigkeit auf, als bestände sie aus Daunen, und befördert mich mit einem kräftigen Tritt mitten in den Trip meines Lebens. Denn unglücklicherweise ist die Tür keineswegs in die Höhlenwände eingemauert, sondern das Zentrum einer gigantischen Glasfront, hinter der Ruinen, Fische und menschliche Knochen aufblitzen – so tief unter Wasser, dass mir kaum Zeit bleibt, ein letztes Mal Luft zu holen.

9. Kapitel

Louve

***Rauchadler, der**: Gattung: Schattenwandler; intelligenter Einzelgänger; Durchmesser: ca. zwei Menschenlängen; Optik: meist goldäugig, blutrotes Gefieder*

»Du warst diejenige, die Sâl und mich verschleppt hat! Wenn es um Enean geht …«

»Oh, als ob die ganze Welt sich um den Schattengott dreht.« Die Gigantin starrt mich nieder.

Ich stehe im Zentrum ihres zuckenden Schlangenschwanzes, nehme den tiefschwarz glimmenden Umriss von Armen und einem offenbar menschlichen Oberkörper wahr. Ich weiß nicht, ob Schuppen oder Haare ihren Kopf bedecken. Hat sie das Gesicht einer Frau oder einer Schlange? Und weshalb hat sie nicht längst versucht, mich umzubringen?

Augenscheinlich unbeeindruckt kicke ich einen von Sâls Pfeilen mit der Stiefelspitze in die Luft und fange ihn auf. »Also geht es nicht um Enean?«

Ihr Schwanz knallt ohne Vorwarnung gegen die Höhlenwand, der aufwirbelnde Staub bringt mich zum Husten, Geröll trifft mich im Nacken. Fuck, da habe ich wohl einen Nerv getroffen.

»Natürlich geht es um den Schattengott!«, herrscht sie mich an. »Zunächst dachten wir, er würde nur mal eben einen kleinen Abstecher auf die grünere Seite des Zauns unternehmen. Nennen wir es chronische Langeweile oder Impulsivität oder *Enean.*«

Ich beiße mir auf die Innenseite meiner Wange, um nicht aufzulachen. Wo sie recht hat ... So unauffällig wie möglich wandern meine freien Finger zu Sâls Dolch an meiner Hüfte. Nie habe ich mich schlechter bewaffnet gefühlt.

»Ich verstehe nicht, wie ich dir helfen kann.« Oder ob ich das überhaupt will. »Enean ist weg. Ihr werdet die Stelle neu ausschreiben müssen.«

»Götter sucht man nicht, sie werden zu solchen gemacht!« Abermals kracht ein gewaltiger Schwall Steinsplitter auf mich nieder. Die Gute hat ihren Humor wohl mit dem Morgenkaffee verschluckt.

Instinktiv reiße ich mir die Arme vor das Gesicht. Jeder meiner Muskeln schmerzt, ein dumpfes Pochen hallt in meinem Kopf und mir ist übel. »Der Vorgänger wählt seinen Nachfolger und überträgt seine Macht auf ihn«, erwidere ich mit zusammengebissenen Zähnen. »Ich weiß. Wenn Enean ...«

»Enean wird niemandem seine Macht übertragen, du einfältige Göre!«, schneidet sie mir schroff das Wort ab. Mir fällt auf, dass sie leicht lispelt, vermutlich also eine Schlangenzunge besitzt. »Nichts liebt der Schattengott mehr als seine Macht.«

Nichts liebt er mehr ... und niemanden? Der Kloß in meiner Kehle, von dem ich nicht wusste, dass er da ist, sackt in meinen Magen.

Menschen kommen und gehen. Meistens gehen sie. Und ganz gleich, wie viele Schritte sie auch zurücklegen, wie schnell sie laufen, ob sie sich noch einmal zu dir umblicken oder nicht – du wirst atmen. In jedem beschissenen Moment deines Lebens wirst du weiteratmen. Weil wir trotz all den Narben und Stürmen und Verlusten eine winzige Prise unsichtbarer Hoffnung in uns tragen. Manchmal ist es nur verdammt schwer, sie zu sehen.

Atme.

Verflucht, Louve, atme!

»Ich habe ihn beobachtet«, zischt die Schattenwandlerin ungeduldig. »Und bevor du fragst: Nein, ich werde dir nicht verraten wie. Fakt ist, er wird schwächer. Seine Fähigkeiten sind nutzlos im Körper eines Sterblichen. Kannst du dir vorstellen, was geschieht, wenn Enean stirbt, ohne einen Nachfolger ernannt zu haben?«

Kann ich nicht, weil ich bei *Enean* und *Sterben* raus war. »Ich wiederhole mich ungern«, entgegne ich mit einer Ruhe, die ich definitiv nicht fühle. »Enean ist weg. Er ist vor einem Mondlauf aus Solitude abgehauen.« Ich straffe die Schultern, starre kalt hinauf zu der Stelle, an der ich ihr Gesicht vermute. »Bei allem nicht vorhandenen Respekt, Schattenwandlerin: Er wird nicht zurückkommen.«

Zwei, drei Herzschläge lang herrscht Stille. Die Luft stinkt nach Massaker, zwingt mich, den Atem anzuhalten. Ich fürchte schon, sie würde dem Boten den Kopf abreißen, da bricht sie plötzlich in solch schallendes Gelächter aus, dass die Wände beben und es abermals Steinchen und Staub regnet.

Ich spucke mir den Dreck aus dem Mund und streiche mir mit dem Unterarm über die Stirn. Was zum Nachtwaran … Ist das ein Verzweiflungslachen?

»Fertig?«, frage ich gelangweilt. »Ich habe noch etwas anderes zu tun. Dies und jenes und … *etwas.* Wenn du mich also entschuldigen würdest.« Kaum mache ich mich daran, über ihren gruseligen Schlangenleib zu klettern, stößt dieser so fest gegen meinen Brustkorb, dass mir die Luft wegbleibt. Doch sind es ihre nächsten Worte, die mir das letzte bisschen Sauerstoff aus der Lunge pressen.

»Der Schattengott hat Solitude nie verlassen, kleine Assassinin. Er hat lediglich *dich* verlassen. Das ist ein Unterschied.«

Jede Seele trägt eine ganz spezielle Wunde, die die Zeit niemals heilen wird. Herzschläge werden zu Mondläufen werden zu Zyklen. Du hast überlebt – doch sie hat es auch. Meine Wunde heißt Verlust. Und der Mann, den ich zu lieben glaubte, wie der Himmel die Sterne liebt, kippte das Salz eines ganzen Ozeans hinein.

Der Schattengott hat Solitude nie verlassen.

Der Schlag einer unsichtbaren Abrissbirne schlägt mir härter in den Magen, als der Schlangenschwanz es je könnte. Da ist einfach nur Leere. Und der Druck der ganzen Welt auf meiner Brust.

Er hat lediglich dich verlassen. Lediglich … mich.

Langsam nicke ich, streiche mir eine lose Strähne aus dem Gesicht, und setze ein erschöpftes Lächeln auf. »Und wenn schon. Was kümmert es mich?« Jedes Wort schmeckt nach Asche und Beton und Lügen.

Die Schattenwandlerin zögert, offenbar verwirrter als zuvor über die schubladenlose Verbindung ihres Gottes zu ihrer Feindin. »Die Schattenwandler wollen ihren Gott zurück, kleine Assassinin. Die Aufruhre nehmen zu, sie versuchen vermehrt einen Weg nach Solitude zu finden, um Enean zu folgen.«

Ich knirsche mit den Zähnen. Verdammt. Nachdem es in den vergangenen Sonnenläufen kaum einem Toten gelungen ist, die Barriere unbeschadet zu überwinden, glaubte ich, sie hätten aufgegeben. Und nicht, dass sie nur Anlauf nehmen würden … Sollten sie tatsächlich einen Weg finden, Enean zu folgen, können wir uns von Solitude verabschieden. Tausende Unschuldige werden in dem Chaos sterben, die Stadt in Trümmern liegen. Meinetwegen.

»Und was genau willst du jetzt von mir?«

»Ich muss ihn finden.« Ihr schuppiger Leib streicht meine linke Seite entlang. Es kostet mich alle Überwindung, mich nicht zu schütteln. »Du kennst Solitude besser als ich, mein Tod ereignete sich bereits vor sehr langer Zeit. Mir fehlt der Großteil meiner Erinnerungen.«

Ich hebe die Brauen. »Selbst wenn ich für dich Touristenführerin spielen wollte, du würdest in dieser Gestalt keinen Sonnenlauf in Solitude überleben«, erinnere ich sie.

»Und da kommst du ins Spiel.« Der Schlangenleib wickelt sich um meine Taille, schiebt mich näher, viel zu nah. Beinahe meine ich, den kalten Atem der Gigantin auf meinem Gesicht spüren zu können, was vollkommen unmöglich ist, da sie mich weit überragt. »Gib mir einen irdischen Körper, Schattenassassinin. Hol mich auf die andere Seite, so wie du es mit meinem Gott getan hast. Arbeite mit mir zusammen und verfrachte Eneans Hintern zurück auf die Seite der Welt, auf die er immer gehörte.«

Mir bleibt nicht die Zeit, meine Lippen zu einem Widerspruch zu öffnen. Aalglatte Schuppen umschlingen meinen Leib und reißen mich in die Höhe. *Kein Problem*, denke ich. Den Boden hat sie mir bereits mit der Wahrheit um Eneans Aufenthaltsort unter den Füßen weggezogen.

»Und bevor du die falsche Antwort wählst«, zischt sie, »lass mich dich noch ein wenig motivieren.« Diesmal bin ich mir sicher, ihren Eisatmen auf meiner Haut spüren zu können. Gänsehaut küsst meinen Nacken. »Ich habe drei deiner kleinen Freunde in meiner Gewalt, Schattenassassinin. Eine Entscheidung gegen mich ist eine Entscheidung gegen sie.«

10. Kapitel

Enean

Topasmeer, das: *grenzt südlich an Solitude; Flotten laufen über den Hafen von Old Marble aus; Flussarme trennen die Stadtteile; mehrere Sonnenläufe von der Handelsstadt Sanctuary entfernt; honigfarbenes Salzwasser; weitgehend unerforscht*

Allmählich beschleicht mich das vage Gefühl, ich hätte mir zuerst meine Optionen anhören sollen, ehe mich eine tyrannische Rothaarige in ein Aquarium in Übergröße schubste. Kaum hat Donna die Metalltür geöffnet, schwappt uns nicht der halbe Ozean entgegen. Stattdessen ist die Fläche starr wie Pudding. Zumindest, bis ich mich auf der anderen Seite befinde. Sofort ist meine Kleidung durchnässt und ich beeile mich, meine Schuhe von den Füßen zu treten sowie das immer schwerer werdende Jackett loszuwerden.

Je tiefer ich tauche, desto kühler wird das Wasser. Es weist nicht dieselbe honigwarme Farbe auf wie das Solitude umgebende Topasmeer. Zudem sind wir nicht weit genug gelaufen, um vom Norden Silverline Squares die gesamte Stadt unterirdisch durchqueren und an den Hafen Old Marbles stoßen zu können. Was bedeutet, ich befinde mich nicht im Topasmeer und damit nicht vor, sondern *unter* Solitude. Das Wasser hat eine grünlich-graue Färbung, wirkt irgendwie ... vergessen. Als wäre es Teil des Schattenreiches, der Toten, nicht der Lebenden. Was vollkommen unmöglich ist, anderenfalls wäre dieser Körper längst Geschichte.

Ein Schwarm länglicher tiefgrauer Aale mit rötlichen Fangzähnen schießt an mir vorbei, auf dem sandigen Grund tummeln sich allerhand Kreaturen, die ich zunächst mit Felsbrocken verwechsele, sich dafür jedoch etwas zu ambitioniert bewegen. Golden glühende Iriden graben sich durch die Dunkelheit, verfolgen jede meiner Bewegungen. Doch das ist nicht, was mir Sorgen bereitet.

Es sind die Unterwasser-Immobilien. Zahllose bodentiefe Bauten aus gerilltem, zerlöchertem Marmor, der seit Hunderten Zyklen von den Gezeiten bearbeitet worden sein muss. Grüne und schwarze Algen, gräuliche Anemonen und flache Muscheln überziehen die brüchigen Fassaden. Die fast zylinderförmigen Gebäude wachsen krumm und schief, werden nach unten hin breiter, verwurzeln mit dem Grund und bestehen fast ausschließlich aus nicht verglasten Rundbogenfenstern. Kohlrabenschwarze Augen, die mich zu Tausenden anstarren, lauern.

Wo zum Nachtwaran bin ich? Weshalb sprießen Marmorkuppeln unter der Stadt wie Pilze, als würden Solitudes Häuser unter der Erdoberfläche endlos weiterwachsen, ohne dass es jemand mitbekommt?

Donna sagte, ich würde einen Gegenstand finden, der mir unendliche Macht beschert – ich dürfte mich nur nicht töten lassen. Aber wovon? Was hat Hunderte Menschen und Arzaê das Leben gekostet?

Obwohl Donna mir versichert hat, mit ihrem Blut-Voodoo den Sauerstoffgehalt in meinen Adern so lange wie möglich zu erhalten, beginnt meine Lunge bereits zu brennen. Ich traue ihr kein Stück. Zwar glaube ich nicht, dass sie Decan absichtlich abmurksen würde, so viel Mühe wie sie sich für den armen

Trottel gibt. Durchaus aber traue ich ihr zu, spontan das Interesse zu verlieren und, na ja, meine Existenz kurzzeitig zu vergessen – die Gedanken in Donnas Kopf rasen unvorhersehbarer durcheinander als ein Schwarm Feuerspinnen. Wie viel Zeit bleibt mir?

Ich lege den Kopf in den Nacken, blicke hinauf zu den verwitterten, turmartigen Hochhäusern. Anstelle einer von Sonnenlicht durchfluteten Wasseroberfläche erkenne ich nichts als von fremdartigen, statischen violetten und neongrünen Lichtern beleuchtete Schwärze. Fast, als gäbe es eine Art Höhlendecke. Ich schlucke schwer. Sollte es keine zu durchbrechende Oberfläche geben, bin ich darauf angewiesen, den Weg zurück zu dieser verdammten Tür zu finden, ehe mir die Puste ausgeht.

Mit einem mulmigen Gefühl in der Magengegend mustere ich die sandfarbene Höhlenwand hinter mir. Lediglich durch das silbrige Funkeln des Metalls kann ich auf die Position des Ausgangs schließen. Weshalb beschleicht mich das Gefühl, meine *Geliebte* hätte mich auf ein Himmelfahrtskommando geschickt?

Würde Prejudice meine Misere mitbekommen, sie würde mich in Grund und Boden lachen und mich mit einem kräftigen Tritt in den Götterarsch daran erinnern, wer ich bin.

Plötzlich nehme ich ein sanftes goldenes Licht in einem der Fensterbögen wahr. Nicht stark, eher als würde jemand mit einer Kerze durch die Finsternis spazieren. Was vollkommen unmöglich ist, schließlich befinden wir uns unter Wasser. Abermals rebellieren meine Lungenflügel und ich beeile mich, dem Leuchten zu folgen, nicht ahnend, ob es sich als mein Sieg oder mein Untergang herausstellen wird. Eines aber wird es ganz gewiss nicht sein: Aufgeben. *Sie* aufgeben.

Anstatt dem Licht direkt entgegenzutreten, schwimme ich auf den danebenliegenden Rundbogen zu und hoffe so, einer möglichen Falle zu entgehen. Möglicherweise hätten wir das Journal *etwas* genauer studieren sollen, ehe Donna mich auf Schatzsuche schickte. Gerade will ich mich ins Innere des Turms schieben, da bleibe ich mit dem Knie an etwas Klebrigem hängen. Fluchend stütze ich mich am Rand des Torbogens ab und trete den Mist von mir – als sich plötzlich etwas seitlich über meinem Kopf löst und auf mich zurast. Ein ovalförmiges Objekt schleudert mich tief ins Innere des Raumes und wirft mich zu Boden. Hoffentlich hat das niemand gesehen.

Mit schmerzender Kehle stoße ich das mich knapp überragende Ding von mir und presse mir dir Faust auf den Brustkorb, als mich ein Schwindel erfasst. Ich japse nach Luft. Nur um voller Unglauben feststellen zu können, dass tatsächlich Sauerstoff meine malträtierte Lunge füllt. Offenbar befinde ich mich in einer Art unterirdischer Luftblase.

Mit einem unterdrückten Keuchen hebe ich den Kopf. Erst da erkenne ich, dass es sich nicht um verschiedene voneinander abgetrennte Zimmer handelt, sondern um eine einzige kreisrunde Ebene, flankiert von zwölf gleichgroßen Rundbögen, ähnlich meinem Schlafzimmer in Serpentine Shell. Auch von innen ist der Marmor porös, bewachsen von zahllosen düsteren Meerespflanzen und spitzen Muschelfragmenten. In der Mitte verläuft eine aus dem gleichen Material bestehende Wendeltreppe, die mich sowohl ein Stockwerk höher als auch tiefer führt. Es ist, als wäre das gesamte Gebäude aus ein und demselben Gesteinsbrocken geschaffen. Nur ... *wie?*

Stirnrunzelnd komme ich auf die Beine und blicke mich um. Genau wie die Metalltür, durch die Donna mich so selbstlos bugsiert hat, wirkt das Wasser auch von hier aus wie erstarrt, als verhindere irgendeine Form von Magie, dass es ins Innere des Gebäudes fließt. Kein Laut ist zu hören, doch der Unterdruck sorgt für ein penetrantes Rauschen in meinen Ohren.

Misstrauisch gehe ich auf die Stelle zu, durch die ich gekommen bin, und stecke den Zeigefinger durch die Wasserwand. Wie zuvor fühlt es sich an, als würde ich in Pudding wühlen. Wie ist das möglich? Wo bin ich?

Da entdecke ich bläulich schimmernde Fäden, die an den Seiten des Rundbogens hinabschwingen als hätte man eine überdimensionale Fliege aus einem Spinnennetz gerissen. Oder eben ...

Ich reiße herum, starre auf die menschengroße, fluoreszierende Abrissbirne, die mich so unsanft zu Fall gebracht hat. Mit etwas Fantasie wirkt das Ding wie ein gigantischer Kokon. Das Material schimmert im gleichen zarten Blau wie die Klebefäden, weshalb ich es von außen durch das verfärbte Meereswasser nicht wahrgenommen habe. Was ist das?

Ich löse mein Klappmesser aus der Halterung meines Gürtels und sinke vor dem Kokon auf die Knie, um kurzen Prozess zu machen. Es ist nicht besonders schwierig, sich durch die oberen Schichten zu schneiden, auch wenn das Zeug die Klinge verklebt wie Zuckerguss. Was um alles in der Welt ist das? Wusste Donna davon? Steckt das Relikt etwa in einem dieser Dinger? Ich stoße das Messer bis zum Anschlag in den oberen Bereich, als plötzlich ein kräftiger Ruck das Teil durchfährt und sich etwas um mein Handgelenk schließt. Instinktiv reiße ich das Messer heraus, nur um es abermals nach unten zu stoßen. Ein widerwärtiges Schmatzen zerschneidet die Stille wie ... zerfetztes Fleisch. Der Griff um meinen Arm wird träger, es wirkt beinahe, als hätte ich irgendetwas kurzfristig wiederbelebt oder mit meinem Gestocher überhaupt erst zum Leben erweckt.

Bläulich schimmernde Hände, transparent wie Wasser, gleiten von meiner Haut, zwischen den knochigen, deformierten Fingern breiten sich feine Schwimmhäute aus.

Nachdenklich streiche ich mir das klatschnasse Haar aus der Stirn. Mein Hemd klebt klamm an meinem Körper, um mich herum bildet sich bereits eine Pfütze. Ich weiß, ich sollte das Relikt suchen, ehe Donna von der anderen Seite der Tür das Interesse an meinem Überleben verliert, doch kratzt die Neugier quälend an meinen Nervenbahnen, sodass ich abermals das Klappmesser zücke.

Erneut setze ich an dem menschengroßen Kokon an, schneide ihn in einer geraden Linie von oben bis unten auf. Fast erwarte ich, dass Saugnäpfe oder Klauen oder Konfetti aus dem Klebesack schießen, doch nichts dergleichen geschieht. Eine Spur zu vorsichtig dafür, dass ich nur wenige Atemzüge zuvor den *erst-töten-dann-denken*-Messerstecher mimte, schiebe ich die durchtrennten Seiten auseinander.

»Was zum Henkersbeil ...« Mit gerunzelter Stirn beäuge ich ein grotesk deformiertes Gesicht mit eingedrückter Nase, blutunterlaufenen Augen und zum Schrei geöffneten, tiefvioletten Lippen. Kiemen breiten sich seitlich des Halses aus, der nackte Körperansatz ist über und über mit schleimigen Schuppen bedeckt. Was um alles in der Welt hat hier unten gebrütet?

Um sicherzugehen lege ich zwei Finger an die Stelle, an der bei Normalsterblichen der Puls schlägt. Nichts. Nachdenklich ziehe ich meine Finger zurück, bläulich-grauer Schleim klebt daran. Blut? Und weshalb fühlt es sich mit einem Mal wie ein Schlag in den Magen an, Leben zu nehmen? Das Schattenreich kann von Glück sprechen, mich als seinen Gott verloren zu haben ...

Schnaubend schiebe ich die Kokonhälften über dem Kopfende zusammen, als würde das irgendetwas daran ändern, dass ich die noch nicht einmal geschlüpfte Kreatur, ohne mit der Wimper zu zucken, abgeschlachtet habe. Bleibt nur zu hoffen, dass Mami Wassermonster nicht jeden Moment um die Ecke glotzt.

»Enean!«

Ich reiße so abrupt den Kopf hoch, dass irgendetwas in meinem Nacken knackt. Mein sekretverschmiertes Messer fest umklammert, springe ich auf die Beine. Nur um im nächsten Moment zur Salzsäule zu erstarren.

»Louve?!«

Ich muss gestehen, ich habe es nicht so mit der Liebe. Sehnsüchte sind Dolchstiche, Gefühle Kanonenkugeln und Kontrollverlust ein Todesurteil. Und auf einmal reicht dir jemand eine frisch gepflückte Rose, doch anstatt die satten roten Blütenblätter zu bewundern, stolpert dein Herz zurück, weil dein Verstand nach den Dornen sucht.

Und dann traf ich sie. Und auf einmal war ich das Arschloch mit den Dornen. Ich liebe wie das Messer in meiner Hand – blutig, unverhofft, tödlich. Jeder Kuss, jeder Blick in ihre Richtung, jede verdammte Berührung war ein weiterer Tropfen Gift für ihre Seele. Warum nur kann ich nicht aufhören, sie zu lieben?

Schuld nagt an meinen Eingeweiden, bittersüße Sünde, die durch meine Venen pumpt, mir Galle in den Rachen treibt und einen mentalen Faustschlag in den Magen verpasst. Louve hat geheilt, was sie nicht zerbrochen hat. Und brach dafür an meiner statt.

Ich trete einen Schritt vor und ein ganzes Leben zurück. »Louve ...«

Fast ehrfürchtig nehme ich den Anblick in mich auf. Ihr glattes, schneeweißes Haar, das sich noch über ihren Schultern in blutrote Spitzen verläuft, fast so, als würde sie jede einzelne Wunde, die man ihrem Herzen je zugefügt hat, auf ewig für alle Welt sichtbar tragen.

Sie sieht mich an, ihre wunderschönen, weichen Lippen leicht geöffnet, als wäre auch ich der Letzte, mit dem sie an diesem Ort gerechnet hätte. Ihr Brustkorb hebt und senkt sich unregelmäßig, ihre Atmung wird schneller und gleichzeitig doch so unendlich schwer.

»Louve, bitte, hör mir zu.« Vorsichtig trete ich einen weiteren Schritt auf sie zu, wage nicht zu blinzeln, denn sie ist mein Lieblingstraum, aus dem ich jeden Moment erwachen könnte.

Gierig sauge ich ihre bloße Existenz in mich auf, jeder Herzschlag, den ich von ihr getrennt bin, ist einer zu viel, obgleich ich derjenige war, der ihr Tausende und Abertausende Herztrennschläge gestohlen hat. Ihre bronzefarbene Haut birgt ein ganzes Sternenmeer an hauchzarten Sommersprossen, ihre fragile Gestalt wird umhüllt von nachtschwarzem Stoff. Ihre Füße sind nackt, flink, drehen sich fort von mir, laufen, fliehen, entziehen sich meiner Präsenz.

»Verdammt, Louve, warte!« Endlich kommt Bewegung in meine Beine, weil diese Frau mein entgegengesetzt gepolter Magnet und es ein physikalisches Gesetz ist, dass ich ihr folge, immerzu, für immer.

Ich weiß, dass meine ersten Worte an sie nach mehr als einem Mondlauf des Schweigens kein Fluch sein sollten, weil ich mir die Sätze nächtelang zurechtgelegt habe, nichts ahnend, dass sie im richtigen Moment auf meiner Zunge zu Blei schmelzen würden. Ich bin mir sicher, dass es irgendwo in dieser Welt einen Friedhof der ungesagten Worte gibt. Und dass jeder einzelne Grabstein meinen Namen trägt.

Louve erreicht die geländerlose Steintreppe, ihre nackten Füße machen keinen Laut, meine Ohren sind taub, als wäre ich noch immer dort draußen, tief unter Wasser. Ich ertrinke, ertrinke in ihr.

»Louve!«

Doch sie bleibt nicht stehen, läuft höher, wohin will sie? Weg von mir? Ich kann es ihr nicht verdenken. Was hat sie hier überhaupt zu suchen, wie hat sie mich gefunden? Meine Schritte werden langsamer, ihre schneller, und plötzlich sind wir nicht mehr entgegengesetzt, sondern gleich gepolt. Es ist ein Witz der Schöpfungsgeschichte, dass *gleichgepolt* gleichbedeutend ist mit *einander verlieren.* Mein Herz ist ein unregelmäßig pulsierender Teerkloß in meinem Brustkorb, und vielleicht sollte ich mich einfach umdrehen und gehen, so wie sie sich umdrehte und ging, weil ich mich umdrehte und ging. Aber ich kann nicht. Weil ich das Arschloch mit den Dornen bin. Und ihr selbst dann diese gottverdammte Rose zu Füßen legen würde, wenn sie jede Pore meiner Hände in Blut tränkt.

Ich erreiche eine Plattform, die genauso aussieht wie die darunterliegende. Ein Dutzend Kokons, einer für jeden Rundbogen, ein Dutzend Gründe für ein Seeungeheuer, mir die Eingeweide aus dem Leib zu reißen. Doch Louve läuft weiter und ich folge ihr. Weshalb nur kann ich nicht aufhören, der ihr unaufhörlich nachjagende vergiftete Pfeil zu sein?

»Louve!«

Ich passiere die letzte Stufe einer Ebene, begegne abermals exakt einem Dutzend Kokons. Suche nach dem Geist, der mir keine Ruhe lässt, weil ich nicht gewillt bin, ihn gehen zu lassen –

Als meine Erlösung wie aus dem Nichts vor mir auftaucht und ihre bronzefarbene Faust mit der Intensität einer Kanonenkugel tief *in* meinen Brustkorb stößt. Nach Sauerstoff lechzend sinke ich auf die Knie, meine Augen vor Unglauben weit aufgerissen, während eiskalte Finger mein Herz umschließen.

Ich wusste, dass ich irgendwann durch ihre Hand sterben würde. Das unausgesprochene Versprechen wurde in jenem Augenblick auf ihren Lippen geboren, als ich sie verriet, um mir Decans Körper zu schnappen.

Louves Mund verzieht sich zu einem diabolischen Grinsen,

ein Tintenfass aus Dunkelheit breitet sich über ihren Augäpfeln aus und erstickt jeden Funken Licht.

Ein Licht, das meine Louve nicht einmal dann verlieren würde, wenn sie den Rest ihres Lebens in Gefangenschaft verbringen müsste.

»Du … bist nicht Louve.« Frisches Blut fließt mit jedem Wort über meine Lippen.

Die Frau mit den seelenlosen Augen schüttelt den Kopf. Zeitgleich verliert die Erleichterung, die ich plötzlich fühle, ihren ungleichen Kampf gegen die Enttäuschung. Und als meine Welt eine radikale Hundertachtzig-Grad-Drehung hinlegt und süße Dunkelheit nach meinen letzten Atemzügen tastet, wird mir bewusst, dass es Schlimmeres gibt als den Tod: Den einen Menschen gebrochen zu haben, den man mehr liebt als Himmel und Sterne, als Sonne und Mond und Hoffnung und das eigene verdammte Leben.

11. Kapitel

Louve

> ***Rhínarskorpion, der:*** *Gattung: Schattenwandler; eine der kleinsten und giftigsten Skorpionarten im Schattenreich; Gift wird aus Blutkreislauf extrahiert, konserviert und von Schattenassassinen für Waffen (z.B. Pfeile, Bomben, Ampullen) verwendet*

Auf einer Skala von *Steak mit Marmelade* bis *nackt durch Iron Claw flitzen* belegt der Irrsinn, den ich soeben im Inbegriff bin zu tun, ein solides *Was zur Hölle.*

Für gewöhnlich streife ich ausschließlich nach Einbruch der Nacht oder in Momenten mentaler Krisen durch Solitude. Na ja, oder seit Neustem eben zugedröhnt im Dienst. Stocknüchtern, bei Sonnenlicht und in Silverline Square zählen hingegen definitiv unter meine Top 10 der *Nicht-für-alle-Schokoeiscreme-der-Welt.*

Während im Osten die neongetränkte, drogengepuderte Partymeile alias *Verdrängung mit Cocktailschirmchen* pulsiert, ist der Westen für die marinen Handelsflotten, die Marktstände und Wohnblöcke der Menschen Schrägstrich Langweiler reserviert. Und dann gibt es da natürlich noch den Norden, besser bekannt als Brutstädte selbst ernannter Eliteschnösel alias Arzaê. Ich brauche wohl nicht erst zu erwähnen, dass meine imaginäre Revolution exakt an dieser Stelle starten würde. Ein paar mit dem Gift der seltenen Rhínarskorpione getränkte Rauchbomben hier, eine Handvoll Krallensplittergranaten dort ... Feuer würden die nicht mehr ganz so ewig Lebenden aus ihren Penthousesuiten treiben, während Beben ihre Nobelrestaurants zum Einsturz brächten. Die Vergessenen Daller würden aus ihren unterirdischen Höhlen streben und auf den Grabstätten ihrer Peiniger tanzen.

Für einen kurzen Moment tönt Eneans Stimme in meinem Kopf, den mein irres Grinsen (seine Worte, nicht meine) gleichermaßen mit Horror wie Genugtuung erfüllt. Gleichzeitig ist da wieder dieses unbarmherzige, niemals enden wollende Stechen in meinem Brustkorb, das mich davon abhält, ihn ein für alle Mal zu vergessen.

Ich presse die Lippen zusammen und beschleunige meinen Schritt. Die Heiler haben meine äußeren Verletzungen weitgehend in den Griff bekommen, doch warnte man mich vor den Nachwirkungen des Schattenwandler-Giftes, die jederzeit eintreten konnten.

Die Hitze der Zwillingssonnen brennt mir unbarmherzig im Nacken, heizt meine aus dem gleichermaßen robusten wie flexiblen Leder einer Blutboa gefertigten Uniform jedoch nicht auf. Wohingegen es unter der nachtschwarzen Kapuze meines Capes in Saunatemperatur dampft. Und obwohl ich das Starren der wortwörtlich goldarschgepuderten Pseudo-Elitären nicht sehen kann, spüre ich ihre verächtlichen Blicke doch wie Hunderte feingliederige Risse in meiner eigenen Silberaura. Es gab Zeiten, da zogen sich jene spinnwebenfeinen Linien bis tief in meine Seele. Zerrten und stachen und flüsterten mir mit ihren Klingenzungen zu, nicht gut genug zu sein, nicht schön genug, nicht stark genug. Ich fühlte mich als das, was am Boden des Kolbens kleben bleibt, wenn man Perfektion destilliert. Heute, viele Mondläufe später, trage ich meine Narben mit

Stolz. Gleich irreversiblen Schwüren erinnern sie mich an etwas, das ich unter all dem Gelächter, den Tritten und *Buh*-Rufen beinahe vergessen hätte: mich. Ich hege keinen Groll gegen die Kakerlaken, die mich im Stich ließen. Denn ich kann den feinen Staub ihrer Asche bereits auf meinen Fingerkuppen spüren.

»Louve?«

Kaum baut sich der wolkenhohe Roughcrest-Tower vor mir auf gleich einer Gottheit, die es mit Füßen zu treten gilt, schiebt sich ein schultergroßer goldener Glimmer in mein Sichtfeld.

»Rúmian?« Obwohl meine Tarnung offensichtlich mies hoch zehn ist, schiebe ich mir die Kapuze tiefer in die Stirn. Hastig speichere ich die vagen Umrisse von Bänken, Grünflächen und Straßenlaternen ab. Einige wenige Silhouetten leuchten in königs-, himmel- und veilchenblauen Menschenfarben, die Mehrheit jedoch ist von goldenem Arzaê-Gold. Was sie gemeinsam haben? Absolutes Desinteresse für eine, die keine von ihnen ist. Weshalb es mich umso mehr überrascht, dass Rumían, Sohn von niemand anderem als Okon Roughcrest und einstiger Bruder von R.I.P.-Decan auf mich zu sprintet.

»Du bist hier!« Sein Lächeln strahlt quasi aus seiner Stimme.

Menschen sind Erinnerungsgefäße, gefüllt mit Momentaufnahmen. Kaum vernehme ich seine Stimme, kommen all die Fragmentsplitter der glücklichsten wie grausamsten Augenblicke meines Lebens zurück.

Eneans und mein erster Kuss.

Das Gefühl, nie mehr allein kämpfen zu müssen.

Grías Tod.

Eneans Verrat.

Das Gefühl, *für immer* allein kämpfen zu müssen.

Ich beiße mir so fest auf die Zungenspitze, bis der Geschmack nach Kupfer mich zurück auf den beschissenen Boden der Tatsachen holt.

»Bin ich nicht.« Mit einem langen Schritt überbrücke ich den letzten Abstand zwischen uns und presse ihm meine Hand auf den klebrigen Mund.

Blut rinnt über mein Handgelenk, als die Ratte mich beißt, doch ich halte ihn weiter fest. Anstandslos greife ich mir den jüngsten Roughcrest und zerre ihn in die nächstbeste Gasse. Ich ertaste Rauputz, alles hier riecht steril, nach Reichtum und Leblosigkeit. »Rumían, hör zu ...«

»Das würde ich an deiner Stelle nicht tun.« Jemand fasst von hinten nach meiner Schulter. Auch das noch.

»Kann man nicht einmal in Ruhe in den Tower einbrechen?«, stoße ich entnervt hervor. »Ich hasse verbale Interaktion.«

Mit der freien Hand packe ich den Unterarm meines Hintermannes, beuge mich leicht vor, um Rumían mit der anderen Hand fest an mich zu pressen, ehe ich meinen Gegner mit einem gezielten Wurf über meinen Rücken nach vorne befördere. Was soll ich sagen? Ich liebe es, andere das Fliegen zu lehren. Der Arzaê reagiert zu spät, sein Umriss kracht vor uns auf den Asphalt, ich kann Knochen brechen hören, vermutlich Rippenbögen.

»Warum hast du das getan?« Rumían reißt sich los, macht jedoch keinerlei Anstalten, abzuhauen. Es überrascht mich kein bisschen, dass er viel mehr neugierig denn entrüstet klingt. Schließlich ist er der Junge, der den Gott der Schatten zu seinem neuen besten Freund auserkor, einfach nur, weil Enean ist, wie er ist. Oder war. Bevor er meinen Platz auf seiner Prioritätenliste mit seinem eigenen Namen ausradierte.

Mir keinerlei Schuld bewusst, zucke ich mit den Schultern. »Ich hasse Konversation. Bin eher der introvertierte Typ Frau.«

Rumían geht vor meinem golden leuchtenden Opfer in die Hocke und piekt ihm ins Gesicht, als wolle er überprüfen, ob er noch am Leben ist. »Das ist *Acht*, einer meiner Bodyguards. Offenbar dachte er, du willst mich entführen.«

»Moment mal. Du nummerierst deine Bodyguards?« Ich blinzle. Wer zum Schattenwandler nummeriert seine Bodyguards? Okay, anders gefragt: Wer hat so viele Bodyguards, um sie nummerieren zu müssen? Und da dachte ich, die Schattenassassinen hätten einen Knall.

»Ich sollte verschwinden, ehe er zu sich kommt.« Abermals ziehe ich mir die verrutschte Kapuze tief ins Gesicht. »Brüche heilen bei Euresgleichen beunruhigend schnell.«

Der Junge springt auf die Beine. »Ich weiß. Einmal hat Decan, also der echte, mir den Arm gebrochen und die Nanny hatte nicht einmal Zeit, mir die Spiegeleier fertig zu braten, da war er schon wieder intakt.«

Mit erhobenen Brauen starre ich ihn an. Okay, ich habe Fragen. Nur an Zeit mangelt es mir. Wren, Sâl und H befinden sich noch immer im Schattenreich und ich kann die Sanduhrenkörner zählen, bis der Aasdrache auf die glorreiche Idee kommt, einen von ihnen aus Langeweile zu snacken.

Um diesen aufzuspüren und zur Strecke zu bringen, ist es bedauerlicherweise notwendig, meinen Teil des Deals mit dieser mental verwirrten Schattenwandlerhexe einzuhalten. Zwar könnte ich zumindest Wren halbwegs lokalisieren, doch nicht das Herz des verdammten Drachen. Was so viel heißt wie: Kein Enean, kein Deal, kein Drachenherz, kein Wren und keine Sâl.

»Decan war ein ziemliches Arschloch, was?« Ich recke den Kopf hinter der Hauswand hervor, überprüfe den Bereich vor dem Roughcrest-Tower nach potenziellen Gegnern. Sieben Arzaê, fünf Menschen, eine Menge Bänke, kein Enean. Mein Kopf ist ein Karussell aus *Was wäre wenns* und ich sollte schleunigst abspringen, bevor ich jedes einzelne davon auf meine Stiefel kotze.

»Echt stark von Enean, sich Decs Körper zu schnappen!«, ruft Rumían eine Spur zu enthusiastisch dafür, dass der Schattengott seinen Bruder abgemurkst hat. Zugegeben, er hat ihn nicht direkt umgebracht, doch lässt er seinen Schatten auf dem Grund der Seen der Erinnerung verrotten, anstatt ihn wie vereinbart zurück in seinen Körper zu stopfen.

»Apropos verräterischer Mistkerl. Irgendeine Ahnung, wo ich Enean finden kann?« Allein die Worte auszusprechen, bereitet mir Übelkeit.

»Moment. Ich dachte, er wäre deinetwegen ausgezogen?«

Verblüfft drehe ich mich zu Rumían um. Sein Geruch nach Apfelshampoo und Schokolade klebt an meinem Cape. »Was meinst du damit, er ist *ausgezogen?* Laut meiner ... Kontaktperson befindet sich Enean ganz in der Nähe.«

»Warum sprichst du wie eine Spionin?«, kichert der Junge.

»Warum sagst du mir nicht einfach, was ich hören will, und ich kümmere mich um den Rest?«, halte ich dagegen.

Nicht zu fassen, dass ich mit einem Kind diskutiere. Wie alt ist er, elf, zwölf?

»Ich sag's dir, wenn ich mitkommen darf.«

Ich verdrehe die Augen. »Du weißt doch gar nicht, wohin ich will.«

»Ist das ein Ja?«

»Das ist ein Vielleicht auf Probe. Also?«

Ein Stöhnen lenkt meine Aufmerksamkeit auf den zu sich kommenden Acht. Verdammt, mir läuft die Zeit davon.

Zu meiner Überraschung scheint Rumían der gleichen Ansicht. »Enean ist vor einer ganzen Weile mit Donna im Keller verschwunden. Ich habe beobachtet, wie sie mit dem Aufzug ganz nach unten gefahren sind. Dort, wo man nur mit Code hinkann.« Er tritt ganz nah an mich heran und senkt die Stimme. »Sie kamen nicht zurück.«

Was soll das nun wieder bedeuten? »Ach, und was gibt es dort unten zu tun? Kartoffeln schälen und Ratten vergiften?«

»Niemand schält Kartoffeln«, erwidert Rumían amüsiert. »Die kommen fertig aus der Küche.«

»Klar, ganz frisch vom Kartoffeltier.« Ich rolle mit den Augen. »Kennst du den Code? Kannst du mich zu Enean bringen?«

Ich weiß nicht, ob ich hoffe, dass er bejaht oder verneint. Ich will alles und nichts und irgendwas dazwischen. Es löst Brechreiz in mir aus, dass jede einzelne Antwort *seinen* verdammten Namen trägt. Und dass er mich zwang, von *alles* zu *dazwischen* zu *nichts* zu verrauchen.

»Ähm, na jaaa …«, druckst Ru plötzlich gar nicht mehr so motiviert herum.

»Nun spuck's schon aus! Kannst du oder kannst du nicht?«

Sag Nein, fleht mein Verstand.

Ich sterbe, wenn er jetzt nicht Ja sagt, lügt mein Herz mir vor. Konnte das Miststück noch nie leiden.

»Ich war noch nie dort unten. Hab's versucht. Hat mir drei gebrochene Rippen, ein Schleudertrauma und ein geschwollenes Auge beschert.« Er holt tief Luft. Ich glaube, mir wird schlecht. »Keine Chance.«

Meine Augäpfel brennen, weil dieser Halbwüchsige so viel mutiger ist, als ich es je sein werde. Weil er sich Knochen brechen lässt und seinen Stolz zertrümmern, nur um Antworten zu erlangen.

»Ich kann dich reinbringen.« Rumían tritt aus der Deckung des Gebäudes, auf den großen Platz vor dem Tower seiner Familie zu. »Aber ich kann dir nicht versprechen, dass du wieder rauskommst.«

Ein herausforderndes Grinsen zuckt über meine Lippen. »Abgemacht.«

12. Kapitel

Enean

***Arzaê, der:** selbst ernannte Elite Solitudes; erkennbar an spitz zulaufenden Ohren und makellosem Äußeren, oft mit besonderen Fähigkeiten geboren; werden bis zu 200 Zyklen alt (optisch jünger)*

Zeugt es von Stärke oder Schwäche, dem Tod nachzugeben? Einen Moment lang glaube ich tatsächlich, sie wären besser dran, würde ich diesen Körper verlieren. Louve, Donna, Prej, die Schattenassassinen und Solituder. Dann aber tut mein Herz einen weiteren Schlag und flüstert: Es gibt jemanden, der es verdient, dass du lebst – dich.

Etwas Spitzes vergräbt sich in meiner Haut, reißt an meinem Fleisch. Mit aller Kraft stoße ich das Wesen von mir. Knurrend presse ich mir die Hand auf meinen Hals, auf die Stelle, wo sich Fangzähne in meinen Adern verbissen haben. Heißes Blut rinnt über meine Finger und ich kann nur hoffen, dass sie keine Arterie getroffen hat und die Arzaê-Heilung schnell einsetzt.

Tiefschwarze Augen starren mich zornig an. Louves Doppelgängerin kauert auf allen vieren auf dem feuchten Grund, ihre dünnen Finger zu Klauen verkrampft, die Schultern hochgezogen. Das Fletschen ihrer Zähne, die verfärbt sind von meinem Blut, hat etwas Animalisches an sich.

Ohne sie aus den Augen zu lassen, komme ich auf die Beine.

Kurz befällt mich Schwindel, ich schwanke. Meine Lider werden schwerer, ich taste über meine Brust. Obwohl mir das Blut über den Torso rinnt und eine kleine Pfütze zu meinen nackten Füßen bildet, kann ich mein Herz schlagen spüren. Sie hätte es mir aus dem Leib reißen können. Weshalb hat sie gezögert?

Unter keinen Umständen werde ich an diesem Ort sterben. Nicht, während Louve in dem Glauben lebt, ich hätte sie absichtlich aufgegeben. Meine Wunden werden heilen, sie müssen einfach. Alles, was ich tun muss, ist, die Kreatur lange genug hinzuhalten. Meine Arzaê-Gene werden den Rest übernehmen.

»Niemand vor dir hat überlebt. Auch du wirst sterben.«

Die Stimme erklingt in meinen Gedanken, schlägt ihre Krallen in mein Gehirn. Ich versuche ihr zu widerstehen, beiße die Zähne so fest aufeinander, bis mein Kiefer schmerzt.

»Wer oder was bist du? Bist du für die Kreaturen in den Kokons verantwortlich?«

Das Wesen huscht um mich herum, stützt sich auf Händen und Füßen ab. Es ist vollkommen unmöglich, dass das da seine normale Gestalt ist. Es muss Louves Bildnis aus meinem Kopf gefischt haben, um mich in eine Falle zu locken.

»Man bringt sie hierher. Ihre Schreie hallen durch die Tiefen meines Ozeans. Dann werden sie wiedergeboren.«

Ich wische mir das Blut vom Hals und fixiere sie. »Wer bringt sie hierher? Woher stammen sie?«

Nicht einmal im Schattenreich existieren solche Kreaturen. Sie wirkte wie ein Zwischenstadion kurz vor der Transformation zu einem Schattenwandler. Doch wäre sie eine von uns, würde sie an diesem Ort nicht überleben.

»Sag schon, können eure Schattenwandler auf dieser Seite der Barriere existieren?«

Da endlich richtet das Wesen sich auf. Seine hervorstehenden Schulterblätter werden wie von einer unsichtbaren Kraft nach oben gezogen, die Arme stehen in einem unmenschlichen Winkel ab, die Zehenspitzen berühren kaum noch den Boden. Als würde sie von Marionettenfäden in die Höhe gezogen.

»Können sie?«, beantwortet sie meine Frage mit einer Gegenfrage.

Ich verschlucke mich an meiner eigenen Spucke. »Es gibt eine Möglichkeit für Schattenwandler, in Solitude zu überleben? Wie?«

Aus dem Nichts taucht eine Kreuzung mit der Überschrift *Lösung für all deine Probleme* vor meinem geistigen Auge auf. Wenn es einen Weg gibt, meine Untertanen immun gegen den endgültigen Tod zu machen, muss ich ihn finden. Ich würde die Arzaê stürzen und über Solitude regieren. Die Schattenwandler würden keinen Schaden anrichten, sie würden mir erneut dienen.

»Das ist für dich nicht mehr von Interesse.«

Erneut schnellt sie auf mich zu, die bleichen Lippen zu einem schrillen Schrei verzogen. Doch diesmal bin ich vorbereitet. Noch im Sprung fange ich sie ab und schleudere sie über mich, sodass sie kreischend hinter mir aufschlägt. Ich wirble herum, schon ist sie wieder auf den plötzlich spindeldürren Beinen. Ihr Genick knackst, als sie es ruckartig nach links und rechts reißt. Ein Arm ist verdreht, doch sollte sie Schmerzen verspüren, zeigt sie sie nicht.

»Weshalb siehst du aus wie Louve?«, fahre ich sie an. Es hemmt mich, dass sie ausgerechnet *ihre* Gestalt trägt. Ich meine, wie soll ich Knochen brechen, wenn es *ihre* Knochen sind, wie *ihr* Blut vergießen?

Ihre dunklen, pupillenlosen Augen blitzen wissend auf. *»Ich grabe in euren Köpfen nach dem Abbild, das für eure schwerwiegendste Schuld steht.«*

Wütend presse ich die Lippen aufeinander und gehe in Angriffshaltung. Kurz suche ich den Boden nach meinem Klappmesser ab und entdecke es unweit der Stelle, an der die Kreatur mich zum ersten Mal angefallen hat. Mein Blick schnellt zwischen der Waffe und meiner Angreiferin hin und her.

»Du gehst also davon aus, dass deine Opfer einknicken, weil sie sich bei deiner Visage scheiße fühlen?« Trocken lache ich auf. Aus dem Augenwinkel fixiere ich sie, dann hechte ich zu meinem Messer.

Zeitgleich stürzt sich die falsche Louve auf mich, bekommt meinen Bizeps zu fassen und klammert sich von hinten um meine Hüften, sodass ich fluchend zu Boden gehe. Ich strecke meine Hand nach dem Messer aus, greife ins Leere, als sie sich zischend in meiner Schulter verbeißt. Stechender Schmerz durchzuckt mich, doch ich ignoriere ihn und schnappe nach der Klinge. Blindlings ramme ich sie hinter mich, stoße auf Widerstand. Ein Schmatzen verrät mir, dass ich getroffen habe. Da packt das Wesen mit unmenschlicher Kraft mein Handgelenk und biegt es, bis mir vor Schmerz das Sichtfeld verschwimmt. Meine Muskeln geben nach und sie nutzt die Chance, mir mein eigenes Messer über das Schulterblatt zu stoßen. Kurz bleibt mir die Luft weg. Aber ich wäre nicht der Gott der Finsternis, wäre ich so leicht zu besiegen.

Ich bäume mich auf und werfe mich mit voller Kraft auf den Rücken, sodass sie vollends unter mir begraben wird. Ich erwarte, Knochen brechen zu hören. Stattdessen ertönt ein unheimliches Kichern. Fluchend drehe ich den Kopf und bemerke gerade noch rechtzeitig, wie sich ihr Arm unter meinem Rücken hervorschiebt und versucht, mit dem von meinem eigenen Blut verschmierten Messer auf meinen Hals einzustechen.

Jetzt reicht es. Brüllend rolle ich herum, packe ihren Hals und drücke zu. Mit der freien Hand grabe ich meine Fingernägel so fest in ihr Handgelenk, bis sich ihre Finger vom Knauf lösen und die Waffe klirrend zu Boden fällt. Mit den Knien fixiere ich ihre Oberschenkel und lege auch die andere Hand um ihren Hals.

Jetzt, da ich sie unter mir habe, sieht sie immer weniger aus wie Louve. Ihr Gesicht hat sich verändert, die Wangenknochen stehen stärker hervor, sie ist gewachsen, das blasse Haar länger, als verliere sie die Kontrolle über meinen Geist. Gut.

Mit beiden Händen drücke ich zu, bis ihre Augen flackern und sie den Mund zu einem erstickten Schrei öffnet.

»Du willst mich töten?«, ertönt ihre kratzende Stimme in meinem Kopf. *»Riskieren, meine Macht zu verlieren?«*

»Sag mir, wo das Relikt ist«, fahre ich sie an. »Du weißt es, habe ich recht? Bist du so was wie ein Wächter?«

Plötzlich flammt ein Licht auf ihrer Brust auf, ein faustgroßes goldenes Leuchten. *Was zur Schattenwelt …* Ein diabolisches Grinsen verdüstert ihre Miene. Da endlich begreife ich.

Meine Brauen schießen in die Höhe. »Du bist das Relikt, nach dem ich suche.« Es ist keine Frage.

Sie nickt zu meinen ihren Hals umschließenden Händen. Da erst bemerke ich, dass sie sich nicht wehrt. Warum?

»Ich beschütze die Wiegengabe seit Tausenden und Abertausenden Zyklen«, wispert sie. Wiegengabe?

»Ich sah Leben und Leben verblassen auf der Suche nach Macht.« Trotz meiner Umklammerung gelingt es ihr, die Mundwinkel zu heben. *»Wir sind gleich, du und ich.«*

Da flackert ihre geisterhafte Gestalt, scheint sich optisch zu verdoppeln, zu verdreifachen, als hätte ich mir sonst was eingeworfen. Ich presse die Augen zusammen, blinzle. Gleichzeitig spüre ich, wie sie erneut die Klauen in mein Gedächtnis schlägt. Im Gegensatz zu Achĕş ist sie jedoch ein zeitloses, unsterbliches Wesen und durchaus dazu imstande, es mit einem Gott aufzunehmen – ganz besonders, wenn dieser im Körper eines Sterblichen steckt.

Als ich die Lider aufschlage, lächelt mir Louve entgegen. Ich merke, wie sich mein Griff lockert. Hörbar schnappe ich nach Luft. Obwohl ihr mein Zögern nicht unbemerkt bleiben kann, wehrt sie sich nicht.

»Könntest du mich wirklich töten?« Diesmal klingt ihre Stimme ganz genauso wie die der Schattenassassinin. Ich zucke so heftig zusammen, als hätte sie mich verbrannt.

Das Schwarze in ihren Augen weicht einem sanften Himmelblau, rote Spitzen färben das wieder kaum schulterlange weiße Haar. Sommersprossen zieren ihre Wangenknochen. Plötzlich fühle ich mich, als hätte sie ihre Klauen nicht um meinen Verstand, sondern um mein Herz gelegt.

»Es tut mir so leid.« Die Worte kommen über meine Lippen, ehe ich sie stoppen kann. »Ich werde alles wiedergutmachen. Ich werde ein besserer Mann sein, Louve. Für dich.«

Fuck, wenn ich könnte, würde ich in der Zeit zurückreisen. Ich würde all die Momentaufnahmen ihres Lächelns in ein Fotoalbum stecken und es mit der gesammelten Kraft aller Sternschnuppenwünsche dort draußen zurück auf ihre Lippen zaubern. Scheiß darauf, ein Held zu sein. Alles, was ich mir wünsche, ist gut genug zu sein für sie. Ich würde für sie verglühen, würde mein Fall ein Meer aus Sternen für sie entzünden.

Zunächst führe ich den plötzlichen Schmerz zurück auf mein gebrochenes Herz. Doch schon im nächsten Moment spüre ich, wie frisches Blut mein Hemd verfärbt. Mit weit aufgerissenen Augen starre ich hinab auf Louves Ebenbild.

»Eure Schuld schaufelt euer Grab, Schattengott. Nicht einmal in eurem letzten Atemzug begreift ihr, dass das Tor zu eurem Gefängnis nur von innen geöffnet werden kann.«

Mit diesen Worten rammt sie mir erneut das Messer in die Brust.

13. Kapitel

Louve

Panjí, die: *Frucht; importiert aus dem Dschungelgebiet Envys; vierfache Süße herkömmlichen Zuckers; Verwendung: Süßwaren, Getränke*

Liebe ist ein zweischneidiges Schwert. Es ist ihm unmöglich, nur eine Seite zu verletzen. Es sei denn, die andere war von Anfang an kaputt.

In meinem Kopf spielte ich Nacht für Nacht Hunderte Versionen unseres Wiedersehens durch.

Mal flehte er mich auf Knien um Vergebung an, mal zeigte ich ihm die kalte Schulter und verließ ihn, so wie er mich ohne ein Wort verlassen hat. Ich musste das tun, um gewappnet zu sein. Denn die Wahrheit ist, wenn du deinem Henker unter die Augen trittst, dein blutiges Herz in seinen Händen erblickst, dann fühlst du so viel, dass du überhaupt nichts mehr fühlst.

Irgendwie ironisch, dass dennoch ich diejenige bin, der jetzt das Herz eines anderen so unbedacht aus der Hand gleitet, als wäre es nichts. Schmatzend landet das Organ neben meinen Stiefeln. Das Geräusch erinnert mich daran, wie ich als Kind eine überreife Panjí-Frucht mit bloßer Hand zerquetschte, um schneller an den Saft zu kommen.

Ich spüre frisches Blut von meinen Fingern tropfen. Es ist

kalt und wässrig. Was auch immer ich soeben getötet habe, war keinesfalls menschlich.

Mein eigener Atem kommt mir viel zu laut vor, weil das dieses bizarre Bauwerk umgebende Wasser Unterdruck erzeugt. In meinen Ohren rauscht es und ich kann einfach nicht aufhören, hinabzublicken auf die nachtschwarze Silhouette zu meinen Füßen. Nicht, als er mit einem Stöhnen zu sich kommt. Nicht, als er den Kopf hebt, mich erkennt, hörbar nach Luft schnappt. Nicht, als er sich aufrichtet und in meinen Gedanken all die Dinge sagt, die ich mir unzählige Male von ihm gewünscht habe. Doch die Wahrheit ist, es gibt nichts, was er sagen könnte, nichts, was er tun könnte.

Sicherlich irritiert tastet Enean seine Brust ab, die Kreatur muss sein Herz verfehlt haben, seine Selbstheilungskräfte haben ihm das Leben gerettet. Und ich.

Als die Stille mich unter ihrer Flut unausgesprochener Buchstabenfetzen zu ersticken droht, räuspere ich mich. »Was tust du hier?« Mir ist sehr wohl bewusst, dass er weiß, dass ich nicht von dieser bescheuerten Unterwassergrotte spreche.

Mit jedem Schlag pumpt mein Herz mehr Gift durch meine Adern. Schon kann ich den bitteren Verrat auf meiner Zunge schmecken, mein Gesicht prickelt von all den Schmerzerinnerungen der vergangenen Sonnenläufe, meine Hände fühlen sich taub an. Es hat etwas Lächerliches an sich, wie unwahrscheinlich viel Macht wir unserem eigenen Untergang schenken.

Enean hustet, taumelt auf mich zu, seine nachthimmeldunkle Präsenz tastet nach mir, ein Zuhause, das seinen eigenen Schlüssel verschluckt hat.

Ist es nicht das, was ich wollte, wovon ich geträumt habe? Diesen gottverdammten Schlüssel zurückzubekommen? Eisdornen legen sich um meine Brust, behindern meine Sauerstoffzufuhr. Gleichzeitig sprießt eine wolkenhohe Mauer aus Stahl und Beton und all den gebrochenen Versprechen um mein Herz.

Er macht einen weiteren Schritt in meine Richtung, testet aus, wie sehr er sich der tickenden Zeitbombe nähern kann, ohne sich die Finger zu verbrennen. Doch für jede Armlänge, die er sich mir nähert, weiche ich eine zurück. So sollte das nicht laufen. So sollte das nicht –

»Louve ...«

Beim Klang seiner Stimme, meines Namens aus seinem Mund, explodiert etwas in mir. Nicht langsam, nicht so, dass ich mich darauf vorbereiten könnte. Sondern als Supernova ohne Ankündigung.

»Louve, ich ...«

Keinen Atemzug später landet meine Faust in seinem Gesicht. Sein Nasenknorpel knackt, vermutlich ist er angebrochen. Kurz stöhnt er auf, macht jedoch keinerlei Anstalten, sich zu wehren. Als wartete er darauf, dass ich ihm an Ort und Stelle die Kehle aufschlitze.

Doch ich tue ihm den Gefallen nicht. Stattdessen suche ich nach der Silhouette meines Dolches, entdecke ihn unweit der Leiche. Funktioniere, ermahne mich zu atmen, drehe mich um, greife mir meine Waffe, und wende mich zum Gehen.

In meinen Träumen brach ich ihm keine Knochen. Stattdessen formte mein Schmerz Worte, die ich ihm mit dem Stolz einer Kriegerin ins Gesicht lachte. In meiner Vorstellung lief ich nicht weg. Ich kämpfte, blieb, siegte. Doch das hier ist kein Traum. Es ist so viel schlimmer.

Seine Schritte hallen durch den kargen Raum, jeder einzelne ein Pfeil in meinem blutenden Herzen. Haltloser Schwindel tastet nach mir, ich bin kurz davor, mich zu übergeben. Fast habe ich die Wendeltreppe erreicht, da legt sich eine Hand um meinen Unterarm. Sanft, um mir die Möglichkeit zu geben, sie wegzustoßen. Süße, giftige Hitze rieselt über meine Haut, elektrisiert meine Muskelstränge, hält mein Herz an Ort und Stelle – ehe es mit der Wurfkraft eines Meteoriten hinauf zu den Sternen schmettert.

Ich schmecke Galle.

Ich bin klatschnass und dass ich Donna Roughcrest überlebt habe, verdanke ich allein dem kleinen Rumían. Ich hasse jeden Atemzug an diesem merkwürdigen Ort.

»Nicht«, flüstere ich, obwohl ich es ihm in seine verfluchte Visage brüllen sollte. Männer raubten Frauen seit jeher ihre Stimme. Schon bald werde ich sie wiederfinden und mit ihrer Hilfe meine Welt zurückerobern. Und die seine brennen lassen.

»Bitte, lass es mich dir erklären.« Seine Worte sind warm und rau und nicht länger mein Zuhause.

Und plötzlich, als hätten die Sterne Erbarmen, fällt es mir leicht, mich seiner Berührung zu entziehen. »Du hattest deine Chance, es mir zu erklären, Enean. An jenem Abend, als du nicht aufgetaucht bist, ich glauben musste, du hättest Solitude ohne mich den Rücken gekehrt. Und in jeder gottverdammten darauffolgenden Nacht.«

Ich trete einen Schritt zurück, gebe meinen Grenzen den Raum, nach dem sie verlangen. »Ich bin keine Aufziehpuppe, die du nach Belieben aus ihrem Kästchen holen kannst. Wer zögert, verliert. Und du, Schattengott, hast mich verloren.«

»Louve, bitte …« Sein Flehen verursacht mir Brechreiz. »Sag das nicht.«

Schnaubend drehe ich mich zu ihm um, habe Buchstabenblut geleckt. Ich will, dass er leidet, wie ich gelitten habe, will, dass er die Abscheu, die Verachtung in meiner Miene liest, die für ihn stets war wie ein offenes Buch. Ist es meine Schuld, dass er jede einzelne Seite herausriss und auf ihrer

Asche tanzte? Wohl kaum. Es gab Zeiten in meinem Leben, da hätte mir eine niederträchtige innere Louve zugeflüstert, dass es sehr wohl meine Schuld ist. Dass ich nicht gut genug für ihn war, nicht geduldig genug, dass alles anders gewesen wäre, hätte ich doch nur und wäre ich doch nur und würde ich doch nur. Die heutige Louve aber weiß, dass toxische Mistkerle *Was wäre wenns* mit der Sorgfalt eines Profilandwirts pflanzen, ehe sie sie sich nach einer Runde Standmixer-Smoothie von den Lippen lecken. Ich werde jede einzelne beschissene Wurzel abfackeln, bevor es zur Ernte kommt.

»Es ist zu spät, Enean. *Du* bist zu spät.« Es juckt mich in den Fingern, einen dramatischen Abgang hinzulegen, und mir eine Pfeife mit den Erinnerungen an ihn zu stopfen. Doch brauche ich ihn, um Wren und die anderen zu befreien. Enean ist Teil des Deals.

Mein Stolz schmeckt nach vergorenen Trauben und Brechmittel, als ich ihn mit zusammengebissenen Zähnen hinunterschlucke. »Deine Schattenwandler-Freundin sucht nach dir. Sie verlangt deine Anwesenheit bei der Erfüllung meines Teils einer ... Abmachung.«

»Wer?«

Ich schnaube. »Groß, schuppig, beneidenswert unhöflich.«

Enean zieht scharf Luft ein. »Du hast einen Deal mit Prejudice gemacht?«

Ich winke ab, als wäre es nichts. Als wären *wir* nichts. »Du brauchst gar nichts weiter zu tun. Komm einfach mit zurück nach Solitude und sei präsent, wenn ich ...« Ich räuspere mich, weil ihn meine Vereinbarung einen feuchten Dreck angeht. »Schaffst du das?«

»Ich ... Natürlich, ich muss vorher nur ... Okay, ich weiß, dass klingt jetzt etwas merkwürdig, aber würdest du mir vielleicht das Herz geben?«

Irritiert runzle ich die Stirn. Was ist das schon wieder für ein metaphorischer Unsinn? Nicht zu fassen.

»Wenn du glaubst, ich würde dir noch einmal mein Herz auf einem Silbertablett servieren und dabei zusehen, wie du es in aller Ruhe filetierst, musst du bei deiner Auferstehung übler auf den Kopf gefallen sein, als ich angenommen habe.«

Offensichtlich kalt erwischt räuspert er sich. »Ich spreche von dem Organ hinter dir.«

Verwirrt öffne ich die Lippen, kapiere rein gar nichts, bis der Groschen fällt. Meine Aufmerksamkeit gleitet zu dem Matschkloß zu meinen Stiefeln, den ich Eneans Angreifer aus dem Leib gemetzelt habe. Kopfschüttelnd hebe ich ihn auf und klatsche ihn ihm in die ausgestreckte Hand. Niemals hat eine Metapher hässlichere Züge angenommen. »Du hast so einen Knall.«

»Ich verspreche dir, ich werde dir alles erklären, sobald wir …«

»In Gedanken platziere ich in diesem Moment meine Wurfsterne an deiner Halsschlagader, in deiner Stirn, an den Schläfen, und …« Betont langsam betrachte ich seine Gestalt. »Tiefer. Gott, so viel tiefer, du würdest dich wundern.«

Was glaubt der Kerl, wer er ist? *Ich werde dir alles erklären* – der verbale maskuline Freifahrtschein. Den ich mit einem einzigen Flammenwerfer-Blick in seine Richtung mit Brennstoff übergieße und ihm den verdammten Rauch in seine toxische Visage puste.

14. Kapitel

Enean

> ***Blutdiamant, der:*** *wird in unterirdischen Minengebieten in der Wüste Coherence abgebaut und zu Stahl verarbeitet; eines der robustesten Materialien Solitudes; Namensgebung: blutrote Färbung; Verwendung: Waffen, Infrastruktur*

Irgendwann einmal habe ich gehört, Menschen würden an Dämonen unter ihrem Bett glauben. Als würde sich die leibhaftige Finsternis die Mühe geben, sich unter deiner mottenzerfressenen Matratze auf die Lauer zu legen. Als hätte sie es nötig. Dass ich nicht lache. Wenn es deinen Dämonen in den Kram passt, tauchen sie unter der beschissenen Dusche auf oder während du deine Lieblingskekse kaust, und lachen dir in dein dämliches Gesicht.

Als Louve mir jetzt entgegentritt, das Kinn gehoben, die Schultern gestrafft, die Lippen zu einem *Greif-mich-an-und-stirb-beim-Versuch-Arschloch*-Lächeln verzogen, bin ich mir nicht sicher, ob ich in diesem Szenario der Dämon oder die Matratze bin.

Plötzlich zucken ihre Mundwinkel, alles in mir schreit danach, sie an mich zu reißen und ihr dieses gottverdammte Grinsen von den Lippen zu küssen, ihr Lachen zu schmecken, jetzt und bis in alle Ewigkeit. Ihre schmalen Schultern beben und sie presst sich eine blutverschmierte Faust auf den Mund.

Schüttelt den Kopf – und bricht in herzzerreißendes Gelächter aus.

Okay? *Was zum Henker …*

»Kennst du das Gefühl, wenn du eine Ewigkeit vor dir selbst auf der Flucht bist? Du rennst und rennst und eines Morgens klatschst du mit dem Gesicht voran gegen die nächste Wand und realisierst, dass du nur hättest stehen bleiben müssen?«

Ich ziehe die Brauen hoch, mustere sie mit gerunzelter Stirn. Ist es unhöflich, sie zu fragen, ob sie halb Serpentine Shell geraucht hat – und ob sie mir einen Zug abgeben kann?

»Gott, Enean, du bist die beschissenste Wand der ganzen Stadt.«

»Ähm … danke?«

»Das war kein Kompliment.«

»Auslegungssache.« Obwohl sich alles in mir dagegen sträubt, Louve auch nur für ein winziges Blinzeln aus den Augen zu lassen, zwinge ich mich, meine Aufmerksamkeit auf das sabbernde Leichenteil in meiner Hand zu richten.

Etwas dergleichen habe ich noch nie zu Gesicht bekommen. Der dumpfe Schmerz in meiner Brust tritt in den Hintergrund. Louve weiß es nicht, doch sind weder das frische Blut noch das Organ selbst von tiefrotem Blut. Hätte eine prall gefüllte Schatztruhe Innereien, würden sie genau so aussehen: Von einem geschmolzenen, funkelnden Gold, das nun nicht mehr nur über Louves feingliedrige Hände rinnt, sondern auch über mein Hemd tropft. Als würde ich Göttlichkeit bluten. *Endlich.*

»Enean? Was tust du?«

»Göttlichkeit bluten.« Plötzlich kann ich mich nicht mehr von dem schimmernden, nicht einmal handgroßen Objekt losreißen. Der Sog tastet nach meinem Inneren, leckt über meine Haut, hypnotisiert mich. Mit der Zunge fahre ich mir über die Lippen, spüre mein eigenes Herz, Decans Herz, pulsieren.

Meins.

»Enean? Hast du dir etwas eingeschmissen?« Louves Stimme klopft gegen die schimmernde, meinen Geist umgebende Glaskuppel – ein dumpfes Flüstern, tief unter Wasser. Ich sinke und sinke und ...

In Trance führe ich den goldenen Klumpen an meine Lippen. Kalt rinnt das glimmende Sekret über meine Finger, das Handgelenk, den Unterarm, hüllt mich ein in ein widernatürliches Leuchten. Ich vergesse zu atmen, als ich den ersten Bissen zu mir nehme. Kaum trifft das Blut auf meine Zunge, wandelt sich die Kälte zu gleißender Hitze. Mein Herzschlag beschleunigt, ich kann nicht aufhören, das Gold anzustarren, nehme meine zweite Hand zu Hilfe, verschlinge es, werde zu einem wilden Tier, einer ... *Bestie.*

»Himmel, Enean!« Louves schmale Finger fassen nach meinem Bizeps. »Bitte sag mir, dass dieses gruslige Schmatzen darauf zurückzuführen ist, dass du deine Notfall-Cookies aus der Hosentasche gefischt hast!«

Einen qualvollen Moment lang schnellt meine Aufmerksamkeit zu ihr, ehe ich mich wieder dem Herzen widme und den Rest gierig in mich hineinstopfe. Ein drängendes, krankhaftes Verlangen wächst in mir. *Mehr.* Ich will ... mehr! Ich habe keine Kontrolle über mich, über das, was ich tue, über meinen Körper, meinen Verstand. Obgleich die Hitze sich in meine Blutbahnen frisst, kochende Lava durch meine Gliedmaßen pumpt, meinen Magen zum Bersten dehnt und es überall in mir brodelt, kann ich nicht aufhören, *zu essen.*

»Okay, wir wussten alle, dass du irgendwann durchdrehst«, hämmert Louves Stimme gegen meine Verstandsglaskuppel, »aber ich dachte dabei mehr an *Ich-gründe-meine-eigene-Erdnusskrokant-Konditorei* als an Kannibalismus.«

Plötzlich überkommt mich ein nie dagewesener Schmerz.

Ein Schrei löst sich aus meiner Kehle, meine Beine geben nach, unsichtbares Feuer verbrennt mich, frisst mich bei lebendigem Leib. Was passiert mit mir?

»Enean!« Louve stürzt vor mir auf die Knie.

Brüllend presse ich die Handballen auf meine Schläfen, Louve umklammert meine Handgelenke. Die Kälte ihrer Haut trifft auf die Hitze meiner eigenen, Eis und Feuer prallen aufeinander und entfachen eine Supernova. Die ganze Welt stürzt von meinen Schultern angesichts dieser simplen Berührung und ich wünschte, Gott, ich wünschte so sehr, ich könnte sie erwidern, könnte Louve in meine Arme ziehen, mein Gesicht in ihrem nach zu Hause duftendem Haar vergraben, das Gefühl nach Ewigkeit und *alles ist gut, weil du da bist* einatmen.

Aber ich kann nicht. Die Welt beschließt, mir das Licht auszuknipsen, was für meinen unter Dauerstrom stehenden Verstand absolut logisch ist, weil *sie* mein Licht war und es nie wieder sein kann.

Ich weiß nicht, wie viel Zeit vergangen ist, ob ich ein neues Leben einatme oder lediglich meinen eigenen Tod. Stöhnend blinzle ich, als sich die Dunkelheit lichtet. Sofort fällt mein Blick auf das milchige Engelsblau von Louves Augen, halte ich mich fest an den Sternenbildern der ihre Wangenknochen zierenden Sommersprossen. Etwas in mir bricht und fällt und ich habe keine Ahnung, wie ich jemals wieder vollständig sein soll, wenn sie mit jedem Schritt, den sie sich von mir entfernt, die Scherben meines Herzens wie Brotkrumen verstreut.

»Ich dachte schon …« Ihre Finger wandern meine Wangen entlang, zögernd, fragend, den Hals hinab, tasten nach meiner Schlagader. Ich will in ihre Berührung fallen und niemals wieder landen. »Ich dachte, du wärst …« Ihre Stimme ist nicht mehr als ein windzartes Wispern. Als fürchte sie, einen tödlichen Fluch über mich zu bringen, sobald sie ihren Gedanken zu Ende spricht.

Meine Hände zucken, weil sie sich nach nichts mehr sehnen, als die ihren zu umfassen. »Mir geht es gut.« *Weil du bei mir bist.*

Den letzten Satz spreche ich nicht aus, da ich es verdammt noch mal nicht verdient habe. Nicht nach allem, was ich ihr angetan habe. Was ich ihr wieder antun werde, sobald wir draußen sind. Ich hasse es, dass ich ihre Dornen sein muss, das Monster unter ihrem Bett, der Pfeil in ihrer Seele. Und dass ich sie nur von diesem Monster retten kann, indem ich sie gehen lasse.

»Du hast keine Schmerzen?«, fragt sie.

Im Geiste mache ich eine Bestandsaufnahme und schüttle den Kopf. »Nein.«

»Gut.« Kaum ausgesprochen, holt sie aus und knallt mir ihre flache Hand mit einer Heftigkeit ins Gesicht, dass weiße Punkte vor meinem Sichtfeld tanzen. »Wenn du mir noch einmal solche Angst einjagst, füttere ich dich mit deinen eigenen Synapsen!«

Anerkennend stoße ich Luft aus, meine linke Wange pulsiert zum Takt ihrer Drohung. »Das war erstaunlich anschaulich, Love.«

Fuck. Ich erkenne meinen Fehler bereits in dem Moment, als ich das Wort ausspreche. Ihre Augen weiten sich, ihr Atem gerät ins Stocken. Innerlich wappne ich mich dafür, dass sie mit der praktischen Umsetzung der Synapsen-Sache beginnt.

Stattdessen richtet sie sich fast geisterhaft auf und wendet sich von mir ab. »Verschwinden wir von hier.«

Schweigend stehe ich auf, mehr unausgesprochene Wörter

in der Kehle, als es Sandkörner an der Bucht Old Marbles gibt. Louves Schritte hallen durch den ausgestorbenen Saal, in dem Zeit nicht existiert. Zwölf regungslose Kokons ruhen zwischen den ebenmäßigen Torbögen. Mein Blick fällt just in dem Moment auf den blutgetränkten Körper der Toten, als dieser in einem goldenen Schimmer erstrahlt. Das bleiche Haar ergießt sich in sonnengelben Locken, die Glieder werden kürzer, das Gesicht schmaler und für den Bruchteil eines Herzschlags liegt ein Kind vor mir, ein Mädchen. Ein Mädchen, das niemals wieder die Augen öffnen wird, weil ein faustgroßes Loch in seiner Brust prangt, aus dem das gleiche goldene Sekret sickert, das von meinen Händen tropft, mein Hemd verschmiert, meine Lippen färbt.

Mir bleibt nicht die Zeit für einen einzigen Atemzug, ehe sich das Schimmern verdichtet, den kleinen Körper im Licht unserer Zwillingssonnen erstrahlen lässt – und ihn zu Abermilliarden Glitzerpartikeln zerstäubt.

Als ich erneut ausatme, ist das Mädchen verschwunden.

Louve, die mir noch immer den Rücken zugewandt hat, hat nichts bemerkt. Sie betritt die Wendeltreppe und macht sich an den Abstieg.

Ihre Hände sind zu Fäusten geballt. Ich schnelle auf sie zu, lege meine Finger um ihr Handgelenk –

Wie aus dem Nichts explodiert gleißendes Licht in meinem Brustkorb. Mit geweiteten Augen fixiere ich meine Hände, starre das blutende Gold an, das plötzlich nicht nur auf meiner Haut, sondern *darunter* fließt. Gnadenlos frisst das Strahlen das Blau meiner Adern, breitet sich gleich einem Virus aus, kriecht meine Arme hinauf, über die Schultern, ehe es die Brust hinabsickert. Hektisch reiße ich mein Hemd auf, die Knöpfe lösen sich ab. Louve hält inne. Das Funkeln frisst sich meinen Torso entlang, erreicht die Beine, bis ich in gleißendem Gold erstrahle. Der Gott der Schatten *leuchtet!* Was für ein Albtraum. Was für ein irrsinniger, kranker, ironischer –

Da packt das Licht mein Herz.

»Verflucht, Enean, kann man dich keinen Moment lang allein lassen, ohne dass du Mist baust? Was zum Galgenstrick treibst du jetzt schon wieder?« Fluchend läuft Louve die wenigen Stufen zurück, die Lippen zu einem wütenden Strich verzogen, in der geballten Faust eine Klinge aus Blutdiamantstahl.

Ich will ihr antworten, dass sie mein Herzschlag ist, dass jeder Atemzug ohne sie schmerzhafter ist als jede erdenkliche Foltermethode im Schattenreich. Stattdessen ergreift mich abermals diese unbändige Hitze. Ich lodere, brenne, *verbrenne.* Louve nähert sich mir, erneut hangle ich nach ihrer Hand. Das Leuchten verstärkt sich, umhüllt jede Faser meines Seins, als wäre ich ein Heiliger.

Doch ich bin kein Heiliger. Mein Licht ist die Finsternis, mein Glaube sind meine Sünden. Und so stoße ich ein markerschütterndes Brüllen aus, als die Zwillingssonnen Solitudes in meinem Brustkorb explodieren. Ich sinke auf die Knie oder schwebe, ich weiß es nicht, den Rücken durchgedrückt, den Kopf so weit zurückgebogen, dass es mich nicht überraschen würde, würde Decan Roughcrests Genick brechen. Nur am Rande erkenne ich Louve, die eine Hand nach mir austreckt, die *immer* eine Hand nach mir ausstreckte. Ich hebe den Arm, meine Finger in ihre Richtung gestreckt, als ihr Gesicht vor mir verschwimmt.

Da ist nur noch Licht und Feuer und Schmerz – und plötzlich explodiert die ganze Welt.

15. Kapitel

Louve

> ***Göttin des Lichts, die:*** *Luría; ehemalige Schattenassassinin; wurde vor Tausenden Zyklen von der vorherigen Göttin erwählt; in Dall verehrt; tritt so gut wie nie in Erscheinung; regiert (angeblich) über das überirdische Reich des Lichts (Status: unbekannt/unerforscht)*

Als ich klein war, glaubte ich, mit der Luft die Welt anzuhalten. Einfach auf Pause zu drücken, mit aufgeblasenen Wangen und zusammengepressten Lidern. Heute, viele Zyklen später, weiß ich, dass die Welt nicht über genug Anstand verfügt, für die Ängste eines Kindes innezuhalten.

Eine gewaltige Druckwelle schleudert mich aus dem Raum. Mit der Schulter knalle ich gegen einen dieser von Gestein flankierten Kokons und reiße ihn mit mir. Ich spüre kaum, wie sich Sauerstoff zu Wasser wandelt, ich in den Ozean tauche. Mich drehe, nicht mehr weiß, wo oben und unten ist, weil die Explosion nicht nachlässt, mich ohne Erbarmen aus dem Gebäude katapultiert. Instinktiv versuche ich, nach etwas zu greifen, taste nach etwas, woran ich mich festhalten kann, und bekomme doch nur Wasser zu fassen. Die leblos glimmenden Konturen der zahllosen Kuppelgebäude verschwimmen zu einem Kreisel, winden sich und schaukeln, bis ich begreife, dass ich diejenige bin, die sich dreht und dreht und dreht.

Unterbewusst suche ich nach Eneans nachtschwarzer Silhouette, kann sie aber nirgendwo entdecken. Eine weitere Druckwelle erwischt mich, mir wird übel, gleichzeitig dringt Wasser in meinen Mund, meine Nase. Die Wirbel sorgen dafür, dass ich nicht länger imstande bin, meinen Körper zu kontrollieren, sodass meine Lippen wieder und wieder aufgerissen werden und immer mehr flüssigen Tod schlucken.

Einem Teil von mir war stets bewusst, dass es, sollte ich einmal sterben, die Hand des Schattengottes sein wird, die mir den Todesstoß versetzt. *Aber doch nicht so.* Ich gebe alles dafür, die Kontrolle über meinen Körper zurückzuerlangen, während Gebäude um Gebäude um mich einstürzt, sich die gelblichen Konturen ihrer Auren verschieben, kleiner werden, brüchig. Meine Lungen brennen in tausend Höllenfeuern.

Seit ich geboren wurde, hatte die Finsternis mich im Visier. Bis ich mich in sie verliebte. Sie nimmt und nimmt und als kaum mehr von meinem Bewusstsein, meinem Glauben an *gut* und *besser* und *für immer* übrig ist als ein knospengroßes Leuchten, hält das Schicksal inne.

Mich umfangen starke Arme. Und ich hasse es, dass sich ein winziges Lächeln auf meinen Lippen ausbreitet, doch kann ich nicht umhin, ihm, meiner Dunkelheit, mein letztes Aufatmen zu schenken, als sie mich fest an ihre Brust presst und mich fortbringt.

»Louve. Love, wach auf!«

Meine Lunge brennt, mein Körper protestiert, hat nicht den Anstand, auch nur einen Finger für mich zu rühren.

»Louve, komm schon ... Wenn du jetzt stirbst, muss ich noch vor dem Dinner das Schattenassassinen-Jenseits lokalisieren und eine Rebellion anzetteln, um dich zurückzuholen. Die Roughcrests werden sich fragen, wo ich stecke!«

Die letzten verbliebenen Lichtpunkte meines Bewusstseins umfassen seine Stimme, umklammern sie wie ein Ertrinkender. Denn genau das bin ich. Oder wäre es gewesen, wenn nicht –

Prustend schlage ich die Lider auf. Sofort krampft sich mein Körper zusammen und ich erbreche Unmengen Wasser und sogar etwas Blut. Meine Hände ertasten nun mehr feuchtes Gestein, gleichzeitig gieren meine Lungenflügel nach frischem Sauerstoff. Und dann, plötzlich, finden sie *seine* Hand, die mir das Haar aus dem Gesicht streicht, mir über den Rücken reibt und mir in winzige Tropfen gepressten Schmerz in die Augen treibt.

Sofort ziehe ich meine Finger zurück. »N-nicht.« Hustend stemme ich die Arme in den Grund und richte den Oberkörper auf.

Enean versteht sofort und ich verabscheue uns beide dafür, dass ich ihn für diese Geste liebe. Er zögert kaum merkbar, ehe er sich von mir löst. Mein verräterischer Körper protestiert, brüllt quasi danach, sich in seine Arme zu stürzen, den Kopf an seiner Brust zu verbergen und die Welt jetzt und für immer auszusperren.

Schattenassassinen lernen von klein auf, ihre Träume, Wünsche und Begierden tief in die Falltür ihrer Herzen zu sperren. Und so richte ich mich auf, wische mir das restliche Wasser aus dem Gesicht und versuche mir einzureden, dass es keine Tränen sind.

Einen Moment lang spiele ich mit dem Gedanken, mich für meine Rettung zu bedanken. Dann aber komme ich zu dem Schluss, dass ich ohne Enean überhaupt nicht in diese Situation geraten wäre.

Also streiche ich mir das nasse Haar hinter die Ohren, straffe die Schultern und räuspere mich. »Du bist ohne ein Wort untergetaucht. Hast einen geheimen Tunnel benutzt, um eine Unterwasserstadt ausfindig zu machen. Du hast ein Organ verspeist. Mit einer gigantischen Druckwelle etliche Gebäude zum Einsturz gebracht. Und uns dann zurück nach Solitude gebracht«, fasse ich das Offensichtliche zusammen.

Enean dehnt die Arme über dem Kopf, seine Gelenke knacken. »Fragen?«

Ich stoße Luft aus. »Nein. Gehen wir.«

Kurz drehe ich den Kopf, versuche mich zu orientieren, indem ich diese rätselhafte Höhlenwand mit der Metalltür fokussiere, und wende mich dann in die entgegengesetzte Richtung. Da es keinerlei Abzweigungen gibt, brauche ich nur geradeaus zu laufen. Noch immer brennen meine Lungenflügel und mir ist leicht schwindelig, doch ich straffe die Schultern und beschleunige meinen Schritt.

Da ich außer Enean keine Silhouetten ausmache, gehe ich davon aus, dass Donna kein großer Fan von Warten auf irgendwelche Typen ist. Hoffentlich ist Rumían zurück in den Tower geflitzt, ehe sie ihn zu fassen bekommen hat.

Es dauert nicht lange, da höre ich Eneans Stiefel hinter mir durch Pfützen und über Geröll laufen.

Ich zittere vor Kälte, meine Stiefel verursachen schmatzende Geräusche. Der Geruch nach feuchten Höhlenwänden und abgestandener Luft dringt mit in die Nase. Der enge Tunnel und die niedrige Decke lösen eine Beklemmung in mir aus, die ich in Dall nie verspürte.

Endlich holt Enean mich ein. »Was, wenn ich will, dass du Fragen hast?«

Ich beiße mir auf die Unterlippe, um ein Grinsen zu unterdrücken. Wie ich es liebe, ihn auf die Palme zu bringen. Selbstverständlich habe ich Fragen – mehr als Nervenbahnen im Körper. Mein Schweigen hingegen treibt ihn in den Wahnsinn. Der Schattengott ist ein Plappermaul mit dem Drang, mir jeden Unsinn aus seinem Alltag bis ins kleinste Detail zu schildern.

»Habe ich aber nicht«, lüge ich und versuche, flach durch den Mund zu atmen, um seinen vertrauten Duft nach frischer Minze, Frühling und Zitronengras nicht zu inhalieren. »Du hast gekniffen, als wir abhauen wollten. Schon kapiert. Du hängst an deinem Reich, an deinen Untertanen. Und offenbar gehst du gern Untergrundschwimmen. Man lernt nie aus, was?«

»Louve, es gibt eine Erklärung. Viele Erklärungen, um genau zu sein.« Schweigen. »Es ist kompliziert.«

Wut rauscht durch meine Glieder und sammelt sich in meinen Fäusten. Noch im Gehen reiße ich herum, packe ihn an den Überresten seines Hemdes und schubse ihn mit dem Rücken gegen die Höhlenwand. Bleibt nur zu hoffen, dass ihm das Zittern meiner Finger entgeht, weshalb ich sie umso kräftiger um den klammen Stoff wickle.

»Steck dir deine *Es ist komplizierts* sonst wohin. Verpack sie hübsch in deine *Erklärungen* und drapiere eine nette kleine *Es-tut-mir-leid*-Schleife darauf.« Ich hebe das Kinn, stoße ein trockenes Lachen aus. »Ich müsste noch Geschenkpapier von unserem letzten Date übrig haben, das du verpasst hast.«

Etwas in mir will ihm wehtun, so wie er mir weh getan hat. Ein anderer, wesentlich größerer Teil will einfach nur vergessen, sich umdrehen, nie mehr zurückblicken, Erinnerungen und Schmerz und all seinen Bullshit zerknüllen und wegwerfen.

Er umfasst meine Unterarme und beinahe wäre ich eingeknickt, hätte er nicht gesagt: »Ich habe das alles nur getan, um dich zu beschü…«

»Sprich den Satz zu Ende, Schattengott, und ich schwöre dir, du verlierst deinen Kopf«, fahre ich ihn zornig an. »Habe ich etwa jemals den Eindruck vermittelt, deinen Schutz zu benötigen?«

Ersteres ist dummerweise ein Bluff, weil ich während Eneans explosiver Einlage nun auch noch Sâls Dolch verloren habe. *Sâl.* Verdammt, ich muss mich beeilen! Erschrocken löse ich eine Hand von Eneans Hemd und taste über meinen Hals. Dass ich beinahe ertrunken bin, bedeutet, dass auch Wren … *verflucht.* Unruhig reibe ich das aus unseren Initialen geformte Mal an meinem kleinen Finger.

»Louve.« Enean legt seine Hand auf meine und zieht sie an die Stelle, an der einst sein Herz saß.

Ich schlucke schwer. »So oft wie du heute kontextlos meinen Namen flüsterst, spiele ich mit dem Gedanken an ein Trinkspiel.«

Dennoch entziehe ich mich ihm nicht. Ich kann nicht. Ich öffne die Lippen, aber zwinge mich, all die brodelnden Buchstabenbitten und -flüche zurückzuhalten. Hebe das Kinn, sodass mein kalter Atem auf den seinen trifft. Wir sind uns so nah, ich müsste mich nur auf die Zehenspitzen stellen und meine Lippen auf seine legen. Ein so winziger Abstand, der für ein ganzes Leben steht. Mir wird schwindelig vor Sehnsucht und Furcht.

Auch Enean scheint den Abgrund zwischen uns instinktiv zu erfühlen, diesen erdkerntiefen Schlund aus gebrochenen Versprechen, verbrannten Träumen und ungesagten Wahrheiten. Denn obgleich seine Fingerkuppen für den Bruchteil eines Atemzugs höher wandern, meinen Arm hinauf, als kämpfe er mit aller Macht dagegen an, mich an sich zu reißen, lockert er endlich seinen Griff und lässt mich los.

Atme.

Du musst … atmen.

Ich schenke ihm ein müdes Lächeln, als ich einen Schritt zurücktrete, unseren Krater bewusst in die Breite grabe. »Wir müssen uns beeilen. Meine Freunde brauchen mich.«

»Freunde?«, stößt er sichtlich überrascht aus. »Ich schätze, ich habe einiges verpasst.«

Ach, nur meine zwei für eine Hochzeits-Beerdigung. Doch behalte ich diese Wahrheit wie so vieles für mich. Ich fürchte, irgendwo in mir wuchert ein Wall aus ungesagten Sätzen, die sich so hoch über mir auftürmen, dass sie mich früher oder später unter sich begraben werden – ein falsches Wort und ich werde fallen.

Da hilft nur eines: Ablenkung. »Also. Was sollte diese widerwärtige Organ-Nummer? Ist das irgendein Fetisch, von dem ich wissen sollte?«

Ich spüre seine Gestalt hinter mir, mein zweiter Schatten. Der Gang ist zu eng, um nebeneinander zu laufen. Meine grausam schöne Erinnerung verfolgt mich buchstäblich.

»Gut, dass du fragst.«

Was fällt ihm ein, mit mir zu plaudern, als hätte er sich nicht verzogen? Man kann im Leben nicht auf Pause drücken und, wenn es einem in den Kram passt, wieder an derselben Stelle weiterspielen. Sagt einem das im Schattenreich niemand?

»Das war kein Fetisch«, spricht er ungeachtet dessen weiter. »Das war eine Relikt-Sammler-Nummer.«

Ich runzle die Stirn. »Was soll das sein?«

»Erinnerst du dich an dieses abgegriffene Lederbuch, das ich versehentlich bei Okon Roughcrest habe mitgehen lassen?«

Klar, nennen wir es *versehentlich.*

»Donna behauptet, es handelt sich um das Journal der Göttin des Lichts. Ihr Name ist Luría und sie steht auf Relikte. Eines dieser Teile ist der Armreif, den ich dir gegeben und den du hoffentlich in hohem Bogen aus dem nächstbesten Turmfenster geworfen hast.«

Ertappt wandern meine Finger zu dem fein verarbeiteten Metall an meinem Handgelenk, verborgen von meiner Uniform. Seit Enean verschwunden war, schwankte ich zwischen Loswerden und *meins, meins, meins.* Nicht, dass Ersteres besonders gut funktioniert hätte. Irgendein Mechanismus hat sich derart verhakt, dass ich das Teil nicht einmal mit meinem besten Dolch abbekommen habe. Also trug ich es weiter, nicht bereit, mir selbst gegenüber zuzugeben, dass ich es insgeheim gar nicht ablegen wollte. Weil es ... weil es alles war, was mir von ihm geblieben war.

Erbärmlich.

»Hab es weggeworfen«, lüge ich deshalb, ohne mit der Wimper zu zucken. »Keine Frau mit einem Funken Selbstachtung hortet den materiellen Mist des Mannes, der sie sitzen ließ.«

Lüge. Lüge. Lüge.

Ich beiße die Zähne zusammen und plötzlich wünschte ich, ich hätte es neben dem Dolch noch mit Säure, Sägen und Stichwaffen versucht.

»Gut.« Bilde ich es mir ein, oder schwingt ein dicker Kloß Enttäuschung in seiner Stimme? Er räuspert sich mehrmals. »Jedenfalls war ich hier, um das zweite Relikt zu suchen, da es mir meine Macht zurückbringen sollte. Seit ich in diesem Körper stecke ... bin ich nicht mehr ich, verstehst du?«

Und ob. Es ist, als hätte er die halbe Schublade dessen, was ihn ausmacht, im Schattenreich liegen gelassen. Enean verliert sich, Sonnenlauf für Sonnenlauf, ein kleines bisschen mehr. Lebt das Leben von Decan Roughcrest, und wenn er nicht acht gibt, wacht er eines Morgens auf und hat vergessen, dass er jemals Enean war.

Ich schweige.

»Ich wollte meine Macht zurück, ich fühlte mich so …«

»Ohnmächtig? Schwach? Sag Hallo zur Sterblichkeit, Enean.« Obwohl ich die Augen verdrehe, weiß ich genau, wovon er spricht. Das Gefühl absoluter Hilflosigkeit … Ich schlucke schwer. Es gibt einen Grund, aus dem ich mich Nacht für Nacht aus Iron Claw schlich, um so viele Schattenwandler wie möglich umzunieten. Die Bezahlung, natürlich, der Kick. Doch schwebte über all dem der Schrei eines verängstigten kleinen Mädchens, das mich anflehte, es mit Zähnen und Klingen, mit Mord und Todschlag zu verteidigen. Koste es, was es wolle. Niemals wieder wollte ich jene Machtlosigkeit fühlen, die ich an dem Morgen erlitt, als ich als Schattenassassinin erwachte, ohne meine Eltern, ohne mein Zuhause, ohne mein Augenlicht und ohne das Wissen, jemals wieder sicher zu sein.

»Ganz ehrlich?« Ich bleibe stehen, drehe mich aber nicht zu ihm um. Die den Tunnel erfüllende Stille hat etwas Endgültiges, Zeitloses an sich. Als würde jedes Wort, das man an diesem Ort ausspricht, tief in die Chroniken des Universums geritzt. Weshalb es mir trotz unserer … nennen wir es *Differenzen*, umso wichtiger ist, ihm zu gestehen: »Ich verstehe es. Würde mir jemand sagen, mir würde unbeschreibliche Macht zuteil, wenn ich Organe in einem mysteriösen Aquarium in Übergröße verschlinge … Warum nicht?« Ich stoße ein trockenes Lachen aus. »Ich würde keinen Augenblick zögern.«

Ich spüre seine Fingerkuppen an meinen, noch bevor er mich berührt. Und für einen resignierten Herzschlag lasse ich ihn sogar gewähren. Weil … weil seine Hand alles war, was ich hatte, als ich *nichts* mehr hatte.

»Du bist nicht machtlos, Louve. Nicht mehr.« Er zögert, bietet mir die Gelegenheit, mich zurückzuziehen, ehe er seine Finger fest um meine schließt. »Nach allem, was du durchgemacht hast, kennst du das Minenfeld des Lebens in- und auswendig. Du bist längst nicht mehr das Mädchen von damals, das die Welt anflehte, anzuhalten, nur um einmal tief durchatmen und seine Kräfte für eine neue Rüstung sammeln zu können. Heute marschierst du mit erhobenem Kinn durch all die physischen und verbalen Bomben und Angriffe der Realität und bleibst erst dann stehen, wenn die verdammte Welt die weiße Fahne vor dir hisst.«

Ich schlucke schwer. Langsam löse ich meine Hand aus seiner. »Was, wenn ich es leid bin, durch metaphorische Schlachtfelder zu laufen? Wenn ich noch immer die Zeit anhalten möchte, nur um zu atmen?« Schnaubend schüttle ich den Kopf. »Ich wollte, dass wir gemeinsam die Welt zum Stillstand bringen, Enean. Du und ich. Aber du hast dich für die Tretminen entschieden. Und mir damit die Entscheidung abgesprochen.«

Eneans nachtschwarze Silhouette flackert auf. »Du wirst aus Solitude verschwinden, Louve, das stand nie zur Diskussion.« Etwas Endgültiges liegt in seinen Worten.

Fassungslos reiße ich herum. »Und was ist mit dir? Willst du dein restliches Leben Decan Roughcrest spielen? Hast du auch mal über das große Ganze nachgedacht?«

Plötzlich rauscht er auf mich zu, hüllt mich ein in den schlimmsten Albtraum meines Wackelpuddingherzens, das Gesicht nur einen Kuss von meinem entfernt. Ich spüre seinen Atem auf meinen Lippen, als wäre es mein eigener, weil wir *immer* dieselbe Welt geatmet haben, dieselben Hoffnungen, dieselben Träume, dasselbe *wir.* »Ob ich über das große Ganze nachgedacht habe?« Er stößt ein ungläubiges Lachen aus und schon glaube ich, er würde abermals nach meinen Händen greifen, mich küssen oder schütteln. Nichts dergleichen geschieht. »*Du* bist mein großes Ganzes, Love. Warum begreifst du das nicht?«

Ungläubig schüttle ich den Kopf, trete einen Schritt zurück.

»Als Nächstes willst du mir wohl erzählen, der vergangene Mondlauf war nichts weiter als ein Irrtum? Der Einzige, der rein gar nichts kapiert, bist du, Enean!« Schreie ich? Oh ja. »Begreifst du eigentlich, was du mir angetan hast? Ich habe dich geliebt, verflucht! Und du bist ohne ein Wort der Erklärung aus meinem Leben verschwunden. Weißt du, wie es sich anfühlt, wenn die Person, die dir am wichtigsten ist, das verdammte Zentrum deines Sonnensystems, einfach so abhaut? Du bist nicht mehr du selbst, seit du in diesem Körper steckst.«

Er geht auf mich zu, ich weiche vor ihm zurück. »Louve, du weißt, was du mir bedeutest. Du weißt es!«

»Ach, tue ich das?« Ich drehe mich weg, um das buchstäbliche Ende des Tunnels zu suchen, und mit ihm einen Auftragskiller für dieses beschissene *zu viel*, ehe ich darin ertrinke. »Ich schätze, dann haben wir unterschiedliche Definitionen von Liebe.«

Niemals gelebte Erinnerungen an die Zukunft brennen in meinen Augen und ich zwinge mich, all unsere *vielleichts* wegzublinzeln. Hastig fahre ich mir mit der flachen Hand über das Gesicht und beschleunige meinen Schritt.

»Louve, bitte glaub mir, dass es dich unglücklich machen würde, mit mir abzuhauen. *Ich* würde dich unglücklich machen. Es ist … kompliziert, ich kann es dir nicht erklären, aber …«

»Redest du dir das ein, um besser schlafen zu können, Schattengott? Dass es in Ordnung ist, anderen ihre Gefühle und Entscheidungen abzusprechen? Eine Entschuldigung ist keine echte, wenn es dabei nur um dich geht«, fahre ich ihn an.

»Louve, komm schon, ich verspreche dir …«

»Wenn ich könnte, würde ich dir deine gottverdammten Versprechen ins Gesicht spucken!«

Ich mache mir weis, dass ich aus dem Tunnel renne, weg

von ihm. Doch die Wahrheit ist, ich laufe vor mir selbst davon. Fliehe vor dem, was ich nicht fühlen, nicht erkennen, nicht aussprechen, nicht wahrhaben will. Und irgendwann, so schwöre ich mir, werde ich schneller sein als meine Dämonen. Denn in einem Zweikampf würde ich stets den Kürzeren ziehen.

16. Kapitel

Enean, 824 Zyklen zuvor

Der Regen war zurückgekehrt. Später würde ich begreifen, dass er mir stets Glück bescherte. Manche nannten ihn die Tränen der Göttin des Lichts, eine Gabe des Schicksals, ihr Geschenk an uns, ihre sterblichen Kinder.

Es hatte geregnet, als ich meinem Sternenmädchen zum ersten Mal begegnet war. Damals, als ihre Kutsche vom Weg abgekommen, ihr Pferd durchgegangen war und ihre Familie in meiner Burg Schutz gesucht hatte.

Es hatte geregnet, als ich sie zum ersten Mal geküsst hatte, ihre Lippen an meinen geflüstert, was mein Herz längst wusste. Liebesheiraten kamen in diesen unsicheren Zeiten nicht häufig vor. Niemand hatte je von mir erwartet, meine Frau zu lieben. Aus Liebe zu heiraten. Und doch …

Es hatte geregnet, als ich das Flehen meiner engsten Vertrauten mit Füßen getreten und allen Warnungen zum Trotz eine Frau geehelicht hatte, die nicht meinem Stand entsprach.

Es hatte geregnet, als ich mich verliebt hatte.

Hatte geregnet, als ich sie bat, meine Frau zu werden.

Geregnet, als sie mir das Ja-Wort gab, im Tempel der Göttin, zu Füßen der Hohepriesterin.

Regen hatte die Geburt unseres ersten Kindes begleitet, ein kleines Mädchen, das unverkennbar die Sternmale seiner Mutter auf den rosigen Wangen trug. Ich hegte keinen Groll, dass mir meine

Frau keinen männlichen Nachkommen geschenkt hatte, ich fühlte mich trotz dem finsteren Wispern meiner Berater nicht in Gefahr, mein Reich zu verlieren. Stattdessen liebte ich dieses winzige Wesen, das mir schon bald zum kostbarsten Schatz werden sollte.

Zyklen zogen ins Land und zum ersten Mal herrschte Frieden.

Und doch überraschte es mich keineswegs, als ich hoch oben auf einem meiner Wachtürme stand, unter mir bewachsene Felder und Wiesen, Wälder und Dörfer, weiter als der Horizont, und der erste Tropfen fiel.

Ich wusste es, bevor die Wehen einsetzten. Ihre Schmerzen durchbrachen die Stille der Burg, hallten als Echo durch die steinernen Wände, verklangen tief und stechend in meinem Herzen. Die Zeit zerrann zu einer undefinierbaren Masse, zäh und klamm in meinen schweißnassen Händen.

Mein Atem stand still, mein Herzschlag hielt inne, als ihre Schreie verebbten.

War sie tot?

Hatte sie diese zweite Geburt nicht überstanden?

Was war mit dem Kind?

Es war, als läge nicht sie in den Händen der Hebammen hinter der verschlossenen Tür, als würde nicht sie Schweiß und Tränen und Blut geben für ein Wunder, zu dem ich selbst niemals imstande sein würde. Stattdessen fühlte ich, wie ein Teil meiner Seele, meines Selbst in ihrem Leid verging, sterben würde, wenn sie starb.

Sie, mein Licht, meine Liebe, mein Stern. Mein Leben.

Da plötzlich durchbrach ein Kreischen die Stille.

Die Tür wurde aufgestoßen und eine der Hebammen reichte mir ein warmes Bündel Leinen. Ich trat an ihr vorbei, suchte in dem mit kostbaren Gütern geschmückten Raum nach meiner Frau, musste mich vergewissern, dass sie am Leben war, dass sie atmete. Erst, als ich den vor Mühsal und Pein geweiteten Flussaugen meiner Liebsten begegnete, ein erleichtertes Lächeln auf ihren Lippen, wagte ich, das Kind in meinen Armen zu betrachten. Himmelblaue Engelsaugen trafen auf meine, eine winzige Faust streckte sich nach mir.

Ich eilte zu meiner Frau, ignorierte die Proteste der Hebammen, sie müssten sie zurechtmachen, sie säubern, die Laken wechseln, das Blut abwaschen. Stattdessen fiel ich neben ihr auf die Knie, strich ihr das schweißnasse Sonnenuntergangshaar aus der Stirn und küsste ihre kraftlose Hand.

»Haben wir eine Tochter oder einen Sohn?«, fragte sie mit bebender Stimme. Mir entging nicht die Furcht in ihren Worten, nicht das Zittern, die Sorge, die Angst, nicht genug zu sein.

Ich reichte ihr das strampelnde Bündel, presste die große und kleine Liebe meines Lebens fest an meine Brust. »Wir haben eine Familie.«

17. Kapitel

Enean

Nachtveilchen, das; Fliederflügel, der*: seltene, meist gezüchtete Blumenarten Solitudes; Verwendung: teures Parfum- und Duftwasser; seit Hunderten Zyklen beliebt bei den wohlhabenden Arzaê*

Vor uns ragt die nachtschwarze Fassade Iron Claws auf, der Zitadelle der Schattenassassinen. Als ich das letzte Mal hier war, hatte ich eine Zukunft mit der Frau, die ich liebe. Hier und jetzt, kaum einen Mondlauf später, entpuppte sich meine Lieblingsvision als das imaginäre Lügenkonstrukt eines Wahnsinnigen.

»Hat dir mittlerweile jemand die Befugnis entzogen, als Vertreter der Arzaê Iron Claw zu betreten?«, richtet Louve zum ersten Mal seit über einem Rå-Uhrenfluss die Stimme an mich.

Nachdenklich zupfe ich das frische Hemd zurecht, fahre über die verschlossene Wunde an meiner Brust. Es grenzt an ein Wunder, dass ich noch am Leben bin.

»Nicht, dass ich wüsste.«

Ich wünschte, ich könnte ihr sagen, dass ich damals nicht am Treffpunkt auftauchte, weil Achěş mich vorher abfing und viele Sonnenläufe lang folterte, damit ich ihm verrate, was ich mit *dem Relikt* alias Louves Armreif gemacht habe. Ich bin mir nicht sicher, ob er Louve wirklich für schuldig hält oder lediglich glaubt, sie wüsste etwas darüber. Jedenfalls hat er Rumíans Worten nach zu urteilen zweimal versucht, sie anzuklagen, was ihre Vorgesetzten aus Mangel an Beweisen abgelehnt haben. Mir ist durchaus bewusst, dass es ihnen dabei nicht wirklich um Louve, sondern um ihren dämlichen Kampfpartner Wren ging, der aufgrund seiner Verwandtschaft zu einem ihrer acht Kommandanten so etwas wie Immunität besitzt.

Letztlich ließ mich Achĕş nur unter der Voraussetzung gehen, ihm den Armreif zurückzubringen, was A nicht passieren wird und B nicht passieren wird. Letztlich war es Donna, die eines schönen Morgens in den Folterkerker spazierte, in einer Hand ein Glas süßen Honigwein. Sie runzelte die weiße Stirn, gähnte, nippte an ihrem Drink und erklärte Achĕş in aller Seelenruhe, dass unser *Gezanke* sie anöde. Dann bemerkte sie meinen blutverschmierten nackten Oberkörper und die Säge in Achĕş' Hand. Als wäre ihr just aufgefallen, dass sie mich schon länger nicht mehr im Tower gesehen hatte, nahm sie einen zweiten Schluck Wein und knipste Achĕş buchstäblich das Licht aus, ohne auch nur einen Finger zu krümmen.

Seither bin ich so etwas wie auf Bewährung. Achĕş droht, Louve zu ermorden, wenn ich ihm das Schmuckstück nicht beschaffe. Und Donna droht, Achĕş umzubringen, wenn er mich tötet. Und plötzlich hält jeder jedem eine Waffe an die Schläfe und ich will nur meine verdammte Ruhe und ein Sandwich.

Also beschloss ich, Louve fernzubleiben, um die Roughcrest-Sippe davon zu überzeugen, dass unsere Treffen lediglich politischer Natur gewesen wären: Arzaê und Schattenassassinen, in Harmonie vereint.

Doch dann kamen die Träume … Und sämtliche Hoffnung auf ein *wir* zerbröselte zu Staub.

»Wäre Donna noch in der Nähe gewesen, hätten wir ihren Körper verwenden können«, überlegt Louve laut. »Sicher werde ich niemanden aus Dall mit hineinziehen, die Mæscån haben schon genug durchgemacht. Bleibt also nur ein Schattenassassine, oder wie siehst du das? Ein Arzaê wäre wohl zu auffällig ...«

Sichtlich verwirrt ziehe ich die Brauen zusammen. »Erwartest du eine Antwort oder ist das einer dieser Momente, in denen der Mann der Frau am besten widerspruchslos zustimmt?«

»Kommst du?«

Okay, Message angekommen. Unbeirrt spaziert Louve auf die Zitadelle zu. Wie jedes Mal, wenn ich daran denke, dass sie hinter diesen rabenschwarzen, wolkendeckenhohen Horrorfassaden aufwuchs, füllt sich mein Herz mit einem Ozean aus Blei. Iron Claw bildet das finstere Zentrum Solitudes, und das nicht nur, weil es mehr oder weniger mittig liegt, sondern weil es das imposanteste Gebäude der Stadt ist. Von den scheußlichen Türmen über die mit blutrotem Buntglas verkleideten Fenster bis zu den scheußlichen Fratzen der Steindämonen – alles ist abschreckend, tödlich, und verdammt einsam. Hin und wieder stürzen sich Kinder von den südlichen Klippen ins offene Meer. Keiner von ihnen fährt ins Schattenreich.

Ich folge Louve durch einen von mehreren Assassinen flankierten Torbogen, dessen Flügel aus dickem Stahl geschmiedet sind.

»Tu so, als wärst du zielgerichtet, fokussiert und wüsstest genau, weshalb du hier bist«, zischt mir Louve zu.

Mein Blick schweift zu den sich aus den Innenwänden schälenden, unangenehm lebensecht wirkenden Drachenschädeln. Es riecht nach Kälte, Metall und ... verbranntem Pudding?

»Enean!«

»War nie fokussierter«, entgegne ich und starre die Stelle an, an der ihre Uniform in ihren bronzefarbenen Hals übergeht. Dann treten wir ein.

In dem Horrorschuppen geht es zu wie in einem Ameisenhaufen. Zahllose Frauen und Männer, Mädchen und Jungs zwischen etwa sechs und dreißig Zyklen. Allesamt in schwarzen Lederuniformen, gewappnet mit stoischen *Ich-trete-dir-in-den-Hintern*-Mienen. Mich überkommt das unerklärliche Bedürfnis, jedem Einzelnen ein Blech Schoko-Cookies zu backen.

»Keiner von ihnen hat seinen Geistgefährten beschworen«, stelle ich fest. Jene Schattenkreaturen, die während des Übergangs von Kindheit zum Schattenassassinen aus dem daraus entstandenen Trauma geboren werden. Ein in ein übernatürliches Mal gebanntes Tierwesen, das an der Seite seines Herrn in den Kampf zieht.

»Weil es untersagt ist, dass sie außerhalb eines Einsatzes frei herumlaufen«, erinnert Louve mich. Ihre Schritte hallen durch die kargen Flure.

Ich ziehe die Brauen zusammen. »Na und? Und wenn schon.«

Ich kann regelrecht spüren, wie sie vor mir die hübschen Augen verdreht. »*Na und, und wenn schon* ist keine Lebenseinstellung, mit der man besonders weit kommt, *Decan.*«

»*Na und, und wenn schon* ist die einzige Lebenseinstellung, mit der man besonders weit kommt, Love.« Ich beeile mich, Louve durch endlose steinerne Korridore zu folgen, die gesäumt sind von flackernden Leuchtstäben und mittelalterlichen Stahlleuchtern. Zahllose Schattenassassinen kreuzen unseren Weg, allesamt hoch konzentriert und mit verkniffenen Zügen.

Im Kontrast zu den modernen Hochhaussiedlungen Silverline Squares oder der in schrillen Farben pulsierenden Partymeile Serpentine Shells wirkt Iron Claw wie einer anderen Zeit entsprungen.

»Ist das nicht Decan Roughcrest?«

Ich horche auf und hebe den Kopf, drehe mich um zu der

Sprecherin. Sofort begegne ich den tiefbraunen Augen einer jungen Assassinin mit stacheligem schwarzem Haar und ausladenden Hüften. Hinter ihrem Rücken blitzt das obere Drittel eines Langschwertes hervor. An ihrer Seite finden sich zwei weitere junge Frauen und ein Mann, der mich mit verhohlenem Interesse mustert.

Ich deute eine Verbeugung an. »Ladys.«

Mit einem genervten Stöhnen lässt Louve mich stehen. Im Gegensatz zu ihrem Verstand scheinen ihre Füße zu wissen, dass ich ihr bis ans Ende der verfluchten Welt und weit darüber hinaus folgen würde.

Der Mundwinkel der Schwarzhaarigen zuckt, Kichern oder gar Lächeln ist offenbar strengstens untersagt. »Bist du als Abgesandter der Arzaê hier?«

Ich lege den Kopf leicht schief und schenke ihr Decans umwerfendstes Lächeln. »Heute nur für die atemberaubende Aussicht.«

Die Assassinin schnappt nach Luft, der Mann an ihrer Seite knetet seine Hände. Wobei er nicht gerade wirkt, als wollte er mir eine reinhauen, sondern viel mehr, als wäre er eifersüchtig auf die Aufmerksamkeit, die ich seiner *was-auch-immer* schenke.

Stattdessen nicke ich mit dem Kinn in Louves Richtung und hebe verschwörerisch einen Mundwinkel. »*Diese* Aussicht.«

»Wenn du möchtest, zeigen wir dir unseren weltberühmten Heilpflanzengarten«, säuselt der Kerl. »Ich bin Coeur und das ist meine Partnerin Quanja.«

Heilpflanzengarten? Noch nie eine miesere Anmache gehört. Und ich bin der Gott triebgesteuerter Mutanten. Die junge Frau, Quanja, tritt näher, stellt sich auf die Zehenspitzen und legt ihre Lippen an mein Ohr. Sie riecht nach Schweiß, Blut und Erde, vermutlich kommt sie gerade vom Training. Darunter liegt ein blumiger Duft. Irgendetwas, das ich kannte, bevor ich ins Schattenreich fuhr. Nachtveilchen? Fliederflügel? Wem hat sie den Kram gestohlen? Testweise atme ich tief ein, was Quanja als Ansporn interpretiert.

Ihr Mund berührt mein Ohrläppchen (auch mein Erschaudern deutet sie falsch), als sie flüstert: »Noch interessanter ist der verbotene Giftpflanzenbereich. Wenn du die richtigen Komponenten zusammenmixt und dir durch die Nase ziehst, lernst du, mit den Sternen zu tanzen.«

Die Sterne? Schwer beeindruckt hebe ich die Brauen. Im Schattenreich haben wir so gut wie keine Pflanzen, weder mit sinnvoller noch mit spaßiger Wirkung. Maximal legen sie ihre Wurzeln um deinen Hals und reißen dich in ihre unterirdischen Eingeweide. »Woher bekomme ich das Zeug?«

»Wenn du einen durchziehen willst, müssten wir nur rasch ein paar Schlösser mit Haarnadeln aufpulen.« Die junge Frau beugt sich ein Stück zurück, legt den Kopf in den Nacken und sieht mich an. Der Schalk glitzert in ihren Ebenholzaugen. »Wenn du jetzt Zeit hast, könnten wir ...«

Plötzlich spüre ich etwas Kaltes an meinem Hals. Instinktiv trete ich einen Schritt zurück und umfasse die Klinge eines Schwertes. Dabei ist es mir gleichgültig, dass sie derart scharf geschliffen ist, dass frisches Blut über meine Handflächen läuft. Schon will ich mich in Angriffshaltung bringen, da treffe ich zu meiner Überraschung auf Louves wolkenhelle Augen.

»Hat er nicht«, knurrt sie, ohne die andere Assassinin anzusehen. Ihre Lippen bilden eine frustrierte Linie und zwischen ihren Brauen zeichnet sich jene Falte ab, die mich in der Regel warnt, besser in Deckung zu gehen.

»Ist das mein Schwert?« Ungläubig tastet Quanja hinter ihren Rücken. »Wie hast du ... wann hast du ...?«

»Wie wäre es, wenn du zu deinem Ausbilder gehst und um ein paar extra Trainingseinheiten bittest? Deine Deckung ist grauenhaft.«

Schnaubend wendet sich Quanja ab, nicht jedoch, ohne mir noch einmal verschwörerisch zuzuzwinkern. Ihre Sidekicks folgen ihr flüsternd.

Prompt schiebt sich mir ein weißhaariger Todesengel vor die Nase. »Was sollte das?«

»Was? Ich versuche Sozialkontakte zu knüpfen. Ich dachte, du wolltest, dass ich mehr an Todgeweihte … äh, Solituder denke?« Abwehrend hebe ich die Hände. »Quanja und ich haben viel gemeinsam.«

Louve massiert sich die Schläfen, vermutlich bereitet die feuchte Luft ihr Kopfschmerzen. »Ach, und das wäre? Drogen und eine miese Deckung?«

»Korrekt. Ich habe gelesen, den Sterblichen wird geraten, niedrige Erwartungen zu haben.«

Sie knetet jetzt stärker. Das Klima muss ihr wirklich zu schaffen machen. Vielleicht hat sie auch Hunger. Ganz schwierig zu sagen bei den Lebenden.

»Das hast du *gelesen?*«

»Was soll ich sagen, ich lege eben Wert auf meine Bildung. Ich muss die Infos von fast eintausend Zyklen aufarbeiten. Es schien mir im Übrigen recht schlüssig.«

Ihre schlanken Hände wandern in ihren Nacken. Ich wünschte, es wären meine. »Ach, und wie gut klappt das bislang, Mr *Die Weltherrschaft ist mein und wehe, jemand fasst meine Erdnussflips an?*«

»Das *ist* tief angesetzt, mein Herz.«

Intuitiv strecke ich meine Hand nach ihr aus, fahre in Gedanken wieder und wieder die Linie ihres angespannten Kiefers nach, über ihre gekräuselte Nase, die breiten Lippen, die für zahllose meiner kleinen Tode verantwortlich sind. Hastig ziehe ich meine Hand zurück.

Ich weiß, ich sollte ihr von den Träumen erzählen, und von Donnas Drohungen. Aber ich kann nicht. Weil sie mir unterstellen würde, ich wäre besser als all das, stärker. Dass das, was wir hatten, was wir haben könnten, größer sei als jedes Hindernis dieser Welt. Doch Fakt ist, sie ist eben nicht von dieser Welt. Sie liegt mehr als achthundert Zyklen zurück. Und es gibt nichts, was das, was ich getan habe, je wieder ungeschehen machen wird. Nicht damals. Und ganz bestimmt nicht heute.

»Also gut, Schattengott. Zeit, um zu erledigen, weshalb wir hier sind.« Sie leckt sich über die Unterlippe, zwingt mich mit dieser beiläufigen Geste mental in die Knie. »Begehen wir einen Mord.«

Ich starre sie an. Moment. *Was?!*

18. Kapitel

Louve

Kyalína, das: *Weizenart; aus sieben verschiedenen Getreidesorten gezüchtet; hochkomplexe, langwierige Herstellung; Erntezeit: blüht nur eine Nacht pro Zyklus, ehe es zerfällt; Verwendung: Gebäck*

»Versteh mich nicht falsch, Love, ich habe nichts gegen einen guten alten Mord einzuwenden. Hat etwas Nostalgisches.«

Ich spüre seinen Körper viel zu nah an meiner Seite. Meine Fingernägel bohren sich in meine Handflächen.

»Aber ist der Schauplatz dafür nicht etwas ... na ja, offensichtlich?«

Unbeeindruckt zucke ich mit den Schultern. Er tut fast so, als hätte ich mir nicht in den vergangenen Rå-Uhrenflüssen den Kopf über exakt diese Frage zerschlagen. Und doch: Mir bleibt keine Wahl. Denn ganz gleich, wie sehr ein irrationaler, naiver Teil meines Verstandes darauf hofft, dass Wren und Sâl jeden Moment in Iron Claw aufschlagen, triumphierend den Schädel des Aasdrachen unter dem Arm, so weiß ich doch tief in mir, dass ich ihre letzte Chance bin. Und der einzige Grund, aus dem sie noch am Leben sind. Nicht zu fassen – wie ist es dieser Prejudice gelungen, ein verdammtes lebendiges *Drachenskelett* für ihren Superschurkenplan einzuspannen?

Anstatt Enean zu antworten, passiere ich zielstrebig den die

Bibliothek umfassenden Westtrakt. Von ganz allein wandern meine Gedanken zu jenem Sonnenlauf, an dem Enean mich gegen die Bücherregale drückte, seine Lippen unweigerlich über meinen schwebten. Die bloße Erinnerung macht etwas mit mir. Süße Hitze küsst meinen Nacken, fließt über meinen Hals, die Brust hinab und zieht mein Herz in eine Schlinge.

»Du siehst heute nicht gerade selten so aus, als hättest du eine Handgranate verschluckt«, holt Enean mich auf den Lavaboden der Tatsachen zurück. »Willst du darüber sprechen?«

»Ob ich darüber sprechen möchte?« Ich senke meine Stimme, als uns eine Gruppe studiengezwungener Assassinen auf dem Weg zur Bibliothek im Obergeschoss begegnet. »Und ob ich darüber sprechen will.«

»Fantastisch!«

»Klar doch«, knirsche ich und wünsche mir zeitgleich eine ganze Wagenladung Wurfsterne herbei. »Wir wäre es, wenn wir darüber sprechen, was du den vergangenen Mondlauf über getrieben hast? Weshalb du dich nicht bei mir gemeldet hast oder wie dein Plan bezüglich des Schattenreichs und deiner Untertanen aussieht? Liebend gern würde ich auch den aktuellen Aufenthaltsort deines Hirns diskutieren, denn feststeht, in Decan Roughcrests Arzaê-Schädel steckt es definitiv nicht.«

Enean knirscht mit den Zähnen. »Bevorzugst du meine Antworten in alphabetischer Reihenfolge, und wie viele Joker habe ich?«

Ich stoße ein trockenes Lachen aus. »Dachte ich mir.«

Ein donnergleicher Knall lässt mich aufschrecken. Irgendjemand schreit, als ein tiefes *Wummmm* die Hallen erschüttert. Ohne die Ursache zu überprüfen, laufe ich weiter. Drei Assassinen jagen an uns vorbei, ihre Tiermale zittern auf ihren Leibern. Dutzende Stiefel preschen über Gestein, ihre Rufe vermischen sich zu einem unzusammenhängenden Hintergrundrauschen.

»Zu den Waffen! Beeilt euch!« Mehr und mehr Bewaffnete drängen in die uns entgegengesetzte Richtung, während die Erschütterungen zunehmen. Ich kann das Beben der Zitadelle bis in meine Fußknöchel spüren.

»Äh, Louve?«

»Nicht jetzt«, zische ich. »Komm schon!«

»Ich wollte nur mal in den Raum werfen, dass Iron Claw mit großer Wahrscheinlichkeit unter Beschuss steht.«

»Wundervoll!«, feixe ich. »Ein Ablenkungsmanöver ist jetzt genau das, was wir brauchen.«

Ich rechne es Enean hoch an, dass er mir nicht von der Seite weicht. Noch ahnt er nicht, was auf ihn zukommt, und um ehrlich zu sein, ist das auch besser so. Keine Ahnung, ob er mir helfen würde, wüsste er, was ich vorhabe.

»Louve? Wo ist Wren? Geh sofort zurück zu deiner Einheit!« Eine Hand packt meinen Unterarm, die Berührung gleichermaßen eisig wie vertraut.

Obwohl mein Körper vor Adrenalin bebt, zwinge ich mich, stehen zu bleiben. »Wren war eben noch in der Bibliothek«, lüge ich meinem Gegenüber ins Gesicht. »Ich bin gerade dabei, ihn zu suchen.«

»Was zur Schattenbarriere treibt der Junge *in der Bibliothek?*«, ruft Pearse entnervt aus. »Ich kenne euren Dienstplan, Louve, ich habe ihn *erstellt.* Eure Einheit sollte in diesem Augenblick im Schattenreich patrouillieren.«

Ich horche auf. Lese ich Besorgnis in seinem Tonfall? Als ... als hätte er uns absichtlich für die auswärtige Patrouille eingeteilt. Als wollte er vermeiden, dass wir vor Ort sind. Hastig schüttle ich den Kopf. Unmöglich.

Noch immer nagt jener Sonnenlauf an meinen Nerven, als ich Pearses Stimme inmitten der Schattenbarriere vernahm.

Ein markerschütternder Schrei, das Kreischen einer Frau, ein

Schmatzen – Klingen, die Fleisch zerfetzen. Und Pearse, der sagt: *»Sie müssen am Leben bleiben, wenn wir bezahlt werden wollen.«*

Kurz darauf erklärte man Yaran und Bó als im Kampf gefallen. Seither häufen sich die Vermisstenanzeigen der Arzaê gleichermaßen wie die mysteriösen Tode in unseren eigenen Reihen.

Ein neben mir aufschlagender Fassadenbrocken reißt mich aus meinen Gedanken. Enean zischt, greift jedoch nicht ein. Gut für ihn.

»Wir stießen auf einen Schattenwandler, den wir bislang nur aus historischen Berichten kannten.« Nicht ganz gelogen. »Wir hatten gehofft, mehr über seine Art herauszufinden.«

»Ach, und was für eine Art Schattenwandler soll das sein?«

Ich ziehe die Schultern hoch, während mehr und mehr Assassinen an uns vorbeisprinten, mich stoßen, unbeirrt gegen meine Seiten knallen. Aus dem Nichts erfasst mich ein merkwürdiger Schwindel. Ich ziehe die Brauen zusammen, grabe meine Fingernägel in meine Unterarme, auf denen sich Gänsehaut ausbreitet. *Was zur Barriere …*

»Das wüsste ich auch gern.« Eine zweite Hand umfasst die meine und schiebt die des Kommandanten entschieden weg. »Es freut mich, Euch wiederzusehen, Kommandant. Auch wenn ich wünschte, die Umstände wären erfreulichere«, erklärt Enean, als hätte er auch nur die geringste Ahnung, was soeben vor sich geht.

Der Schwindel wandert unnachgiebig in meine Schläfen. Das Kribbeln an meinen Gliedmaßen wird stärker, bis ich das Gefühl in ihnen zu verlieren drohe.

»Decan«, erwiderte Pearse sichtlich überrascht. »Hatten wir einen Termin? Du warst schon eine ganze Weile nicht mehr auf Iron Claw.« Letzteres klingt weder anklagend noch nachdenklich, sondern viel mehr … nervös? Was habe ich verpasst?

»Mein Vater schickt mich«, lügt Enean beeindruckend souverän. »Es geht um die vermissten Arzaê. Aber ich schätze, aktuell gibt es Dringenderes, um das wir uns kümmern sollten, Kommandant. Ich würde vorschlagen, wir verschieben unser Gespräch und sichern zunächst Iron Claw und die Stadt.«

Ein, zwei Herzschläge lang schweigt Pearse. Der Gepardenschatten auf seiner linken Wade, Cheetah, bewegt sich. Sein Schwanz zuckt unruhig über die Hüfte seines Herrn, es wirkt fast, als würde der auf Emotionen reagierende Geistgefährte Angriffshaltung einnehmen. Was unmöglich der Fall sein kann, außer sein Wirt würde sich aus irgendeinem Grund bedroht fühlen. Von Enean alias Decan? Weshalb?

Da plötzlich dehnt sich der Schatten, scheint Pearses Körper einzunehmen, leckt über seinen Torso, pulsiert, schwebt. Ich ziehe scharf Luft ein, presse mir die Handballen auf die Augen, blinzle. Das kann nicht … Bilde ich mir das ein? Gleichzeitig nimmt das Dröhnen zwischen meinen Schläfen zu, meine Fußsohlen sind wie aus Beton gegossen, alles dreht sich.

»Wenn es irgendetwas gibt, dass ich für Euch und die Schattenassassinen tun kann, Kommandant, dann lasst es mich wissen.«

Trotz meines Zustands rolle ich innerlich mit den Augen. An Pearses Stelle würde ich jetzt um einen schönen kühlen Violenbeerdrink auf Eis bitten.

»Das war höchst unangebracht, Louve«, kämpft sich Pearses Bass durch meine Zuckerwattegehirnrinde. »Du tätest gut daran, dich bei dem Abgesandten der Arzaê zu entschuldigen.«

Moment, habe ich das laut gesagt? Meine Zunge ist so trocken, als hätte ich eine ganze Wagenladung Sand geschluckt. Cheetah legt seine Tatzen auf Pearses Schultern, schiebt sich Stück für Stück nach oben, seinen schwarzen Schädel über den Kommandantenkopf. Er reißt sein gieriges Maul auf und –

Ich weiß nicht, ob das Beben, das meinen Körper erzittern lässt, real ist, doch mein Kommandant verliert rapide das Interesse an der Cåraidt seines Neffen. Was ist er jetzt überhaupt für mich? Mein Schwiegeronkel? Gibt es so etwas?

»Nein, Louve, so etwas gibt es bei uns nicht. Was ist nur los mit dir?« Pearses Stimme ist eine Ohrfeige in meinen Eingeweiden. Schneidend, peitschend.

Ein Lachen droht über meine Lippen zu perlen, der Gepard pulsiert, als hätte er eine Discokugel gefressen.

»Unterzuckert«, springt Enean ein. »Ich helfe ihr rasch, Wren zu finden, dann schließen wir uns sofort der Verteidigungslinie an.«

Verteidigungs…*was?* Ich unterdrücke ein Kichern, was jedoch lediglich zu einem undamenhaften Schluckauf führt. Irgendetwas stimmt nicht mit mir, mein Hirn fühlt sich an wie eine faulige Melone.

»Beeilt euch«, ist alles, was Pearse sagt, ehe er sich endlich abwendet und in der Flut an Assassinen verschwindet.

»Ich will in die andere Richtung«, kichere ich. »Ihre Richtung ist langweilig.«

»Glaube ich dir auf's Wort, Baby, aber – und das ist jetzt keine herablassende Unterstellung, sondern Neid –, hast du dir etwas eingeworfen?«

Ich tippe mir mit dem Zeigefinger gegen das Kinn, einmal, zweimal … dreihundert Mal? Abermals verziehen sich meine Lippen zu einem Grinsen. »Hast *du* dir etwas eingeworfen?«

Eneans Hand schließt sich um meine, ehe er mich dicht an den Rand des Korridors zieht, so weit entfernt von den bröckelnden Deckentrümmern wie möglich. »Ich wünschte, es wäre so.«

»Nicht wahr?«, lache ich und strecke die Zunge heraus, um Staubflocken einzufangen wie Schneekristalle.

Dabei kann ich nur auf unsere Hände starren, ein Verschmelzen von Nachtschwarz und Stahlsilber, Schattengott und -assassinin. Enean geht vor mir her, dicht an einer sich superwitzig verziehenden Wand, die auf und ab hüpft, auf und ab hüpft …

Stirnrunzelnd dreht er sich zu mir um, seine Mundwinkel zucken verdächtig. Ich hasse es, zu wissen, wie sie schmecken. »Soll ich mit dir hüpfen, Love?«

Ich bewege meine Schultern vor und zurück. »Klar doch!«

Enean zieht an meinem Bizeps, für einen Moment schwebe ich in seinen Armen, meine Handfläche landet an seiner Brust und ich spiele mit dem Gedanken, irgendetwas an ihm abzulecken. Bevor ich mich für einen Körperteil entscheiden kann, lande ich vor ihm, seine schwere Hand auf meiner linken Schulter, die mich dirigiert, viel zu warm ist, heißer wird, heiiiißer …

»Fuck, du bist so heiß!« Ich reiße herum, fuchtle mit den Armen auf und ab, kreuz und quer, verenge die Augen, versuche mich zu konzentrieren, und bringe doch nicht mehr hervor als den Refrain einer total bescheuerten Arzaê-Hymne über Bäume und irgendeinen Mist mit *Wolken.*

Enean stößt einen Laut zwischen Räuspern und Lachen aus. »Ich finde Sonnenaufgänge auch super, aber ich hoffe dennoch, es macht dir nichts aus, wenn wir nicht zweistimmig darüber singen? Mit Sicherheit gibt es geeignetere Formen von Paartherapie.«

»Tolle Idee! Nimm all deine einhundert Persönlichkeiten an die Hand und geht zusammen in Gruppentherapie. Vielleicht bekommt ihr Mengenrabatt.« Mein Zeigefinger bohrt sich in irgendetwas Weiches, das im besten Fall seine Wange, im schlechtesten seine Zunge ist. »Auuuuf nach Nordwest!«

Ich lege meine Hände an seine Hüften, orientiere mich an der Hitze seiner Präsenz, schäle mich an ihm vorbei und bin doch tatsächlich schon wieder versucht, ihn abzuschlecken, als mich sein Duft nach Sommerregen und Minze kalt erwischt. Stöhnend presse ich meine Nase in sein Hemd, meine Finger fahren über seine Rückenmuskulatur. Gott, hat sich dieser Mann schon immer derart fantastisch angefühlt? Ich wünschte, man könnte Berührungen konservieren.

»Hast du mal ein Marmeladenglas?«, lalle ich gegen seinen Rücken. »Ach, nicht so wichtig. Mach ich später. Jetzt heb mich hoch!«

»Sobald du nüchtern bist, wirst du das alles so was von bereuen.« Trotzdem geht er in die Hocke und packt meine Oberschenkel, damit ich auf seinen Rücken klettern kann. Meine Hand landet an seinem Hals, die Finger der anderen in seinem Haar und, bei den Göttern, der Mist ist reinste Seide.

»Der Mist ist reinste Seide!«, schreie ich ihm ins Ohr, als er sich aufrichtet und mich huckepack den Korridor entlangträgt – geradewegs durch die Apokalypse.

Einige Assassinen bleiben stehen, starren ziemlich sicher in unsere Richtung. Ich hebe den Mittelfinger. »Glotzt nicht so blöd, nur weil mein Hobby witziger ist als eures!« Ich lehne mich vor, meine Brust gegen seinen oberen Rücken gedrückt, meine Arme über seinen Schultern, und zupfe am Stoff seines Kragens. »Draußen geht es zu den Gräbern.«

»Zu den Gräbern?«, fragt er irritiert.

»Zu den Gräbern! Dort kannst du nach meinem Herz buddeln, du aufgeblasener, egozentrischer Scheißkerl!«, johle ich und recke eine Faust in die Luft, ehe ich an den oberen Knöpfen seines Hemdes nestle. »Nein, nein. Später. Jetzt nehmen wir die Treppen nach unten. Dafür musst du ein Wandgemälde wegtreten. Ist aber total okay, planen wir schon von klein auf, ist nur immer schwer bewacht. Auuuußer, es gibt eine richtig fette Ablenkung wie diese. Ha!«

Enean windet sich unter meinen Fingernägeln. Dabei weiß ich ganz genau, dass ihm meine Berührung gefällt. »Würdest du mir endlich verraten, was mit dir los ist? Denn, mein Herz, irgendetwas greift soeben dein Zuhause an. Stört uns das nicht?«

Ich puste mir eine Strähne aus der Stirn. »Passiert jetzt andauernd. Sind nur die Schattenwandler, die ihren Gott suchen.«

Endlich gelingt es mir, zwei Knöpfe zu öffnen. Hoch zufrieden gleiten meine Handflächen unter den Stoff, fahren über die warme Brustmuskulatur des Schattengottes. *Woa.* Hat er etwa trainiert?

Ich lecke über sein Ohr. »Sie suchen *dich*, weißt du? *Du* bist der Schattengott!«

Enean erschaudert. »Schrei es doch noch lauter heraus«, grummelt er und bewegt seine Schultern sehr nervig auf und ab, als wollte er meine Hände abschütteln, was unmöglich der Fall sein kann, weil sie sich ganz fantastisch auf seiner Haut anfühlen.

»Der Schattengott ist soooo scharf!«, brülle ich.

»Louve!«

»Enean? Zapple nicht so. Ich versuche gerade, Erinnerungen zu schaffen, die ich später bereue.« Meine Stirn knallt gegen seinen Hinterkopf, *autsch.* Dann aber begreife ich, dass ich eigentlich gewonnen habe, weil meine Nase durch den Aufprall in Eneans Haar hängt. Ich nehme einen tiefen Atemzug, inhaliere den Magie-Kick meines Lebens. Meine Lider flattern, ich presse meine Oberschenkel fester gegen seine Taille, verschränke die Knöchel vor seinem Bauch. Obwohl sich seine Muskeln spürbar anspannen, verfügt er nicht über den Anstand, mich an Ort und Stelle an die Wand zu drücken und –

»Ich glaube, ich habe das Porträt gefunden. Zeigt es einen

schlecht gelaunten uralten Assassinen mit … was ist das, ein Chamäleon?«

»Hmm, keine Ahnung«, nuschle ich. »Wie du weißt, bin ich eher Team Fühlen als Sehen. Soll ich es dir zeigen?«

Was soll ich sagen, ich habe die Praxis der Theorie schon immer vorgezogen. Um meine Antwort zu unterstreichen, klettere ich höher, sodass mein Oberkörper ein gutes Stück über seine Schulter fällt. Plötzlich steht die Welt Kopf, was mir ein irrwitziges Kichern entlockt. »Warum leben wir nicht kopfüber?«

»Weil unsere Herzen für die Sterne gemacht sind und nicht für den abscheulichen Boden der Tatsachen.«

Es scheppert, irgendetwas knallt gegen Stein, der Laut hallt durch den Korridor, doch niemand schenkt uns Beachtung – weil alle damit beschäftigt sind, einen von Eneans Schattenwandlern davon abzuhalten, die Zitadelle zu zerstören.

Ah! »Es ist Schattenwandlergift«, erkläre ich ihm stolz. »Wurde drüben erwischt. Die Heiler wussten nicht, wann es wirkt, weil wir noch niemals nie einer Nebel-dings-Spinne begegnet sind. War echt heftig.« Von oben streiche ich über seine Bauchmuskulatur. *Wow.* Ich schätze, wir haben einen Gewinner in Sachen Ableck-Hotspot.

Enean verkrampft sich. »Du hast eine *Nebelspinne* überlebt?«

»Schrei nicht so. War gar nicht so beeindruckend.« Ich wedle mit der Hand oder … meiner Zunge? »Ist ein bisschen, als würde es plötzlich in der Kantine Kayalína-Krapfen geben. Du weißt, dass es existiert, aber irgendwie glaubst du nicht mehr daran, weil du noch nie welche gekostet hast. Schon gar nicht in der Mensa!«

Sein Herzschlag beschleunigt und ich presse meine Lippen auf sein Schlüsselbein, fahre mit der Zunge über seine erhitzte Haut, ehe ich meine Zähne darin vergrabe.

»Nebelspinnen hausen ausschließlich in den Katakomben unterhalb des Waldes der Verdammnis«, sagt er so, als würde mich diese Erkenntnis auch nur im Geringsten jucken.

»Du hast übrigens das falsche Gemälde zertrümmert«, merke ich an. »Such weiter. Ist mehr so ... links ... rechts ... woanders.« Ich schiebe mich nach vorne, bekomme seinen Hosenbund zu fassen. »Ich suche auch weiter!«

»Verdammt, Louve, nicht *da!*«

Kichernd rutsche ich vorne über seine Schulter und wäre mit Sicherheit kopfvoran zu Boden gekracht, hätte er nicht beide Arme um meine Taille geschlungen.

»Hey!«, kreische ich und umklammere seinen Oberschenkel.

»Louve? Was zum Henkersbeil treibst du da?«, ertönt es plötzlich von ... irgendwo ... überallher. *Upps.*

19. Kapitel

Louve

Gewitterrabe, der: *Gattung: Schattenwandler; tritt meist im Schwarm auf; Flügelschläge erinnern an Donner; Säure in Speichel; Schwarzmarkt: Federn*

Weder habe ich Schritte sich nähern gehört, noch erkenne ich in dem diffus wirbelnden Nebel aus Spinnendrogen die Stimme wieder.

»Ich suche etwas«, erkläre ich das Offensichtliche und schmiege meine Wange gegen Eneans Hosenbein. Blinzelnd runzle ich die Stirn. Ich glaube, ich wurde fündig.

»Was, etwa deine Würde?«, kommt prompt die Antwort.

Ich verziehe das Gesicht, versuche mich zu fokussieren, und glaube schließlich, die Silhouette eines Tigers auszumachen. Was bedeutet, dass es sich entweder um Troj aus der ersten Einheit oder seinen Bruder Britt aus der fünften handelt.

»Du wirst nicht mehr lachen, wenn du mit neun Fingern weniger und einer abgetrennten Zunge aufwachst«, fahre ich ihn an – und hoffe, dabei nicht wie eine Sturzbetrunkene zu säuseln.

»Warum lässt du ihm einen Finger?«, fragt Enean interessiert, während er versucht, mich so zu drehen, dass ich nicht mehr kopfüber vor ihm baumle.

»Na, aus Anstand?«, erwidere ich mit gerunzelter Stirn.

Blöde Frage. »Vielleicht möchte er mir ja den Mittelfinger zeigen, bevor ich ihm die Kniescheiben zertrümmere.«

Endlich gelingt es Enean, mich auf die Füße zu stellen. Der Wackelpudding-Boden allerdings denkt gar nicht daran, mich aufrecht zu halten, weshalb ich mit dröhnendem Schädel in Eneans Arme kippe. Sofort fängt er mich auf und schlingt einen Arm um meine Taille.

»Möchtest du ihr den Mittelfinger zeigen, bevor sie dir die Kniescheiben zertrümmert, Schattenassassine?«, fragt Enean mit einer Ruhe, die den Mistkerl einen Schritt zurücktreten lässt.

»Was stimmt nicht mit euch?«, zischt Troj.

»Akut oder generell?«, will ich wissen.

»Kollektiv oder individuell?«, fragt Enean.

»Schnappt euch lieber eure Waffen und kommt zum Haupttor«, entgegnet Troj genervt. »Zwei Panthergreife, Aschegeier, Wühlkrähen, mehrere Gewitterraben und ein Neandergrizzly sind dabei, den Südwestturm zu zerstören.«

Ich schenke ihm mein strahlendstes Lächeln und winke zum Abschied. Troj ist einer der Sorte Idioten, die chronisch *nein* mit *ja* verwechseln und einen ganzen Harem an Frauen mit transparenten Negligés und silbernen Servierplatten gründen würde, wenn man ihn nur ließe. Einmal hat er versucht, mich ungefragt im *Rain ’n Sorrow* zu küssen und, na ja, was soll ich sagen – dank einer gebrochenen Rippe und einem Schneidezahn weniger blieb es bei dem einen Mal.

»Lebst du nicht im Südwestturm?«, reißt Enean mich aus meinen Gedanken.

Ich schüttle den Kopf so fest, dass mir übel wird. »Bin ausgezogen. So wie du. Witziges Gefühl, wenn die Lieblingsperson einem nicht erzählt, wo sie aktuell wohnt, nicht wahr?«

»Du weißt es?«

»Ich weiß, dass du nicht mehr im Roughcrest-Tower lebst. Und …« Plötzlich überkommt mich eine solch bodenlose Übelkeit, dass ich mir eine Hand auf den Mund pressen muss. Mein Magen rebelliert, stülpt sich auf tausendundeine Weise von innen nach außen, von außen nach innen und wieder zurück.

Eine große Hand legt sich sanft zwischen meine Schulterblätter. »Bist du okay?«

Die Tatsache, wie sehr ich mich nach dem Trost seiner Berührung verzehre, hebt meinen Brechreiz auf eine nie dagewesene Ebene. »Psychisch oder physisch? Beides ist nämlich absolut irrelevant, wenn wir nicht schnellstens …« Ich löse mich von ihm und wanke auf das größte Gemälde im Korridor zu. Meine Finger zittern abnormal und meine Zähne klappern, dennoch konzentriere ich mich darauf, den Rahmen nach seiner Musterung zu betasten. Zwar habe ich nicht die geringste Ahnung, was das Bild zeigt, doch wissen meine Finger nur zu gut, dass es sich um Öl auf Leinwand, gerahmt in irgendeinen spitz zulaufenden Blüten-Blätter-Stahl-Unsinn handelt.

»Das ist es. Würdest du …« Weiße Flecken tanzen vor meinem inneren Auge und ich muss einen Würgereiz unterdrücken.

»Love, du bist kalkweiß.« Seine Handfläche betastet meine Stirn. »Fieber scheinst du keines zu haben, aber …«

Schnaubend schlage ich seine Hand weg. »Du kannst dir nicht aussuchen, wann du dich um eine andere Person sorgst, wann du dich um sie kümmerst und wann dir etwas an ihr liegt. Entweder dich interessiert jeden verdammten Augenblick, wie es mir geht, oder du kannst dir dein geheucheltes Mitgefühl sonst wohin schieben.«

Warme Finger finden meine kalten. »Selbstverständlich ist es mir wichtig, zu wissen, wie es dir geht. Nicht nur jetzt, sondern *immer.*«

Die anklingende Nüchternheit trifft mich wie ein Faustschlag in den Magen. »Dann hast du wirklich eine erbärmliche Art, das zu zeigen.«

Seine Finger zucken und schon glaube ich, er würde sie von mir lösen. Stattdessen greift er fester zu, seinen Daumen auf meinem Puls, sein *Er* in meinem *Ich*. Ich schlucke. Ist es möglich, dass sich die Seelenfäden einer Person so unweigerlich mit denen einer anderen verflechten, dass man durch all das Verheddern, die Kurven, Saltos und Laufmaschen gar nicht mehr weiß, wo man selbst anfängt, und sie aufhört?

Er führt meine Knöchel an seine Lippen. »Weißt du noch, als du gewettet hast, ich würde es nie schaffen, ohne meine Kräfte vom höchsten Felsvorsprung im Schattenreich zu springen? Ich habe mir bei dem Versuch den Knöchel verstaucht und du musstest so heftig lachen, dass dir dein Kakao aus der Nase schoss und du Tränen in den Augen hattest.«

Langsam nicke ich, presse mir die Finger meiner freien Hand auf den Mund, um den Geschmack nach Galle und Einsamkeit wegzuwischen.

»Und erinnerst du dich an die Nacht, in der du behauptet hast, gegen zwölf Aurorapythons zugleich zu siegen und ich letztlich hinter deinem Rücken meine eigenen Leute abschlachten musste, nur um dich glauben zu machen, du hättest die Wette gewonnen? Du hast einen halben Mondlauf lang nicht mehr mit mir gesprochen, dennoch habe ich beim nächsten Mal das Gleiche für dich getan.«

Mein Herz zieht sich zusammen bei unserem Erinnerungsflickenteppich. »Worauf willst du hinaus?«

»Ich will dir damit sagen, dass Liebe unterschiedliche Formen hat.« Seine Knöchel wandern mein Handgelenk entlang, als wollte er mich festhalten, ohne mich wirklich festzuhalten. »Liebe zeigt sich in unzähligen Arten, Love. Doch in keiner Version bist du nicht mein Sonnensystem.«

Ich halte den Atem an, stolpere ein, zwei Schritte rückwärts, bis sich der Rahmen des Gemäldes in meinen Rücken gräbt. Meine vermaledeite Hand weigert sich, seine loszulassen. Selbst dann, als er nähertritt, und ganz besonders, als er sich mit dem Arm über meinem Kopf abstützt und ich mich abermals gefangen weiß in seinem Duft nach Leben, nach Nostalgie. Nach *Zuhause.*

»Möglicherweise hat die Sonne genug davon, dass die Erde permanent um sie kreist, ohne die Eier zu haben, sie anzusprechen«, zische ich. »Möglicherweise ist sie angepisst, weil sie sie nach unzähligen Zyklen noch immer nicht um ein Date gebeten hat, sondern aus sicherer Entfernung philosophischen Unsinn quatscht. Und möglicherweise hat *die Erde* irreparable Kommunikationsprobleme.«

Seine Fingerkuppen streichen über meine Schläfe, als er sich eine meiner gelösten Haarsträhnen um den Daumen wickelt. Die Berührung ist flüchtig, und doch elektrisiert sie meinen ganzen Körper.

»Vielleicht haben wir deshalb zwei Sonnen.« Sein warmer Atem streicht über meinen Hals, als er sich zu mir hinabbeugt. Sein vertrauter Duft dringt bis auf den Grund meiner Seele und zwingt mich, die Luft anzuhalten. »Weil ein Teil von ihr die Krone einer Königin trägt und das Schwert einer unbeugsamen Heldin. Während der andere Teil eine Heidenangst vor etwas hat, das man nicht greifen, nicht sehen, nicht besitzen kann, und das einen doch Herzschlag für Herzschlag um den Verstand bringt.«

Meine Hände tasten nach dem stählernen Rahmen hinter mir. »Ich habe keine Angst.« Meine Stimme ist nicht mehr als das gebrochene Echo einer Wahrheit, die ich mir allein für diesen Moment gesponnen habe.

»Das brauchst du auch nicht, Love.« Er senkt sein Gesicht,

bis seine Stirn meine berührt. Ich presse die Lippen so fest aufeinander, dass es wehtut. Weil kein Schmerz der Welt vergleichbar ist mit dem, was *er* mit mir macht. »Denn du kannst die Liebe greifen.« Er löst seinen Arm über mir, nur um sogleich nach der geballten Faust hinter meinem Rücken zu tasten, meine Mauern, meine Dornen, meine Panik mit meinen Fingern zu lösen und mit seiner Hitze zu umhüllen.

»Du kannst die Liebe sehen.« Sein Daumen, der eben noch mit meinem Haar spielte, fährt meinen angespannten Kiefer entlang und hebt mein Kinn, sodass ich ihm in die Augen blicken könnte, wenn ich nur … wenn ich wäre wie die anderen. »Nicht hiermit.«

Zu spät realisiere ich, dass seine Lippen meine nun mehr geschlossenen Lider berühren. Die Stürme tausendundeinen Orkans reißen meine Seele in Stücke, als der Schattengott mich mit der Sanftheit eines Nachtfalters liebkost. Seine Hand löst sich von meinem Kinn und gleitet tiefer, meinen Hals entlang, über meine dreckverkrustete Uniform, ehe sie flach, fast unschuldig über meiner Brust zum Stillstand kommt. Da, wo mein Herz für ihn schlägt. »Sondern dort.«

Mein Körper lehnt sich Enean entgegen. Von ganz allein lösen sich meine Finger aus seinen, wandern zu seiner Taille, seine Rippenbögen hinauf. Mit geschlossenen Augen lausche ich durch meine flache Hand auf den Klang seiner Herzversprechen.

Es ist, als wären wir von den Sternen auserkoren, uns wieder und wieder ineinander zu verlieren. Man sagt, die Göttin des Lichts selbst würde hoch oben bei ihren geliebten Zwillingskindern leuchten und die Schicksalsfäden Liebender spinnen. Ein Gewebe, beständiger als pures Gold, unverwüstbar wie die Sonnen. Meine Mutter glaubte daran. *Ich* glaubte daran, weil sie daran glaubte.

»Wenn man die Liebe besitzen kann«, spricht Enean weiter und seine Stimme, seine Wärme, sein *für immer und ewig* sind mir jetzt so nah, dass sie zu meinem werden. »Wenn man Liebe besitzen kann, dann sind du und ich der beste Beweis dafür. Denn ich habe dir immer gehört. Ich gehörte dir, als du mich zum ersten Mal küsstest. Ich gehörte dir, als du mich zum ersten Mal liebtest. Ich gehörte dir schon viele Ewigkeiten, bevor wir uns in diesem Leben begegneten. Und ganz gleich, wie schlimm alles gerade wirken mag, wie unverzeihlich meine Taten und Worte sind, wie kompliziert unser Wir im Augenblick ist – solange mein Herz in deiner Brust schlägt, werde ich immer nur dir gehören.«

Meine Gedanken wandern zurück an jenen Sonnenlauf, als wir in Grías kleiner Behausung knieten. Als wir noch nicht wussten, dass hinter uns ganz Solitude in Trümmern lag. Es nicht wissen *wollten*. Weil wir uns gerade erst wieder gefunden hatten. Ich erinnere mich genau an seine Worte, wie könnte ich sie je vergessen?

Ich verspreche dir, mich selbst dann noch an deinen Namen zu erinnern, wenn Abertausende Sonnen- und Mondläufe ins Land gezogen sind und von all dem hier nicht mehr übrig geblieben ist als Sternenstaub. An diesen Moment. Und an dein Lächeln.

Die angestaute Furcht, all die Wut und Trauer, bringt meine Augen zum Brennen, bis sich eine einzelne Träne löst. Mühelos fängt Enean sie auf, küsst sie fort, als könnte er mir den Kummer der ganzen Welt nehmen, wenn er mich nur fest genug hielte.

»Dein Lächeln im Sternenstaub«, wispere ich und kann das kurze Aufschluchzen nicht daran hindern, mein erhobenes Schwert metaphorisch zu senken.

Enean scheint sofort zu wissen, worauf ich anspiele, denn ich kann sein Keuchen auf meinem Mundwinkel spüren. »Dein

Lächeln im Sternenstaub«, wiederholt er, ehe er mir die Möglichkeit schenkt, mich abzuwenden. Stattdessen heiße ich jeden Wimpernschlag willkommen, den es zu überbrücken gilt, ehe seine Lippen auf meine treffen.

Unser Kuss ist nicht sanft. Seine Berührungen verschlingen mich gleich einem gigantischen schwarzen Loch, hinter dem ein ganzes Universum voller *du und ich bis in alle Ewigkeit* träumt. Gierig nach jenem *mehr*, für das meine Eltern ihr Leben gaben, schlinge ich meine Arme um seinen Hals. Er hält mich an sich gedrückt, wie er mich schon mein ganzes Leben lang gehalten hat. Und obwohl mich seine Umarmung in unserer Realität festnagelt, so fühle ich mich doch mit jedem weiteren Kuss, jedem Atemzug, jedem Herzschlag, als würde ich schweben.

Und so ist es auch nicht verwunderlich, dass ich das Beben unter meinen Stiefeln zunächst mit Verlangen verwechsle, bis Enean sich abrupt von mir löst und mich weg von der Wand in den Korridor reißt. »Pass auf!«

Mit einem ohrenbetäubenden Scheppern landet das über zwei Menschenlängen hohe Porträt an der Stelle, wo wir eben gestanden haben. Erschrocken ringe ich nach Luft, eine Hand in Eneans Hemd vergraben.

Schlagartig realisiere ich zwei Dinge zugleich: Das halluzinogene Gift der Nebelspinne hat an Wirkung verloren, und obgleich ich später das Gegenteil behaupten werde, habe ich mich nicht im Kuss des Schattengottes verloren, weil ich auf Drogen war.

Und: Die Angriffe auf Iron Claw haben soeben die nächste Stufe erreicht.

20. Kapitel

Enean

Kréezia, das: *Standard-Alkoholsorte; wird aus gegorenen Kréez-Beeren gewonnen; Wirkung: schwach; Geschmack: sauer*

Meine Königin ist über und über mit dem Staub des Schattenreichs besudelt, hat zerzaustes Milchstraßenhaar und durch den Kuss eines einstmaligen Gottes geschwollene Rosenlippen. Sie ist bildschön, nicht minder stur, besitzt die Unzurechnungsfähigkeit eines Panthergreifs und das Temperament eines Höllenwolfs. Hunderttausende Sternenlieder spiegeln sich in den Scherben ihrer Seele.

Meine Königin ist perfekt auf die nicht greifbare, niemals fassbare Lichtsplitterweise eines Meteoritenschauers. Sie *ist* der verdammte Meteorit. Und irgendwann, so schwöre ich, werde ich der Mann sein, den sie verdient.

»Willst du für deine Leute kämpfen?« Ich werfe einen Blick über die Schulter, wo sich die rabenschwarzen Staubschichten zertrümmerter Wandteile, herausgelösten Gesteins und zerbrochener Fresken durch den Korridor schlängeln. Das Grölen, Rufen, Schreien sowohl von Schattenassassinen als auch -wandlern verheddert sich neben dem Rauschen von Pfeilen, dem Schleifen von Klingen, dem Zischen von Wurfsternen und Granaten zu einer unvorstellbaren Dissonanz.

Ich wusste, dass die Angriffe meiner Untertanen zunahmen, dass sie noch immer nach mir suchen, obgleich sie nur kurze Zeit auf dieser Seite der Barriere überleben können. Doch neben Donnas morgendlichem Wahnsinn, den Erinnerungsfetzen an meine Vergangenheit als Sterblicher und den chirurgischen Morddrohungen Achẽş' wirkten die Attacken … fast niedlich.

»Du meinst die Verräter, die nie auch nur einen Finger für mich krümmten? Nein«, erwidert Louve in ihrer typisch entschlossenen *Ich-verspeise-deinen-Widerspruch-zum-Frühstück-*Manier. »Ich will sie verraten.«

Meine Brauen schießen in die Höhe, als Louve, ohne ein respektvolles Ausweichen auch nur in Erwägung zu ziehen, über das scheußliche Ölgemälde stiefelt. Durch die Erschütterung kam dahinter eine rechteckige Nische zum Vorschein. Ein unbeleuchteter Geheimgang, der in die Schwärze führt.

»Und … das willst du da drin tun?« Skeptisch beobachte ich, wie die Liebe meines Lebens in der Dunkelheit verschwindet, nur um ihr, ohne zu zögern, zu folgen.

»Was, keine Wortspiele mit *es da drin tun?*«, hallt es aus der Finsternis.

»Teil des Hundert-Schritte-Plans meiner Charakterarbeit.«

Es ist so dunkel, dass ich die Hand vor Augen nicht sehe, was gar nicht nötig ist, als eine andere nach ihr greift und mich führt. Mein ewiger Leuchtturm in einem Meer ohne Sterne. Hinter uns werden die letzten faden Lichtfetzen verschluckt, bis es nichts mehr gibt als sie und mich, so wie es immer nur uns beide gegeben hat.

»Schleichen Assassinen immer in irgendwelchen finsteren Geheimgängen herum?« Meine Stimme hallt durch offenbar karge Wände und ich habe nicht die geringste Ahnung, wie hoch oder tief diese sind. Zwar habe ich mir noch nicht den Kopf angestoßen, doch auch nicht die größte Hoffnung, dass

Louve keinen feuchten Dreck auf die Anzahl meiner Wehwehchen gibt. Louve, die sieht, was für uns andere verborgen ist. Die sich in der Dunkelheit zurechtfindet, stets einen unsichtbaren *die-illegalsten-Attraktionen-Solitudes*-Stadtplan in ihrem hübschen Köpfchen.

»Nur die coolen Kids«, entgegnet die Dunkelheit. »Und diese superintelligenten Psychos mit Superschurken-Wahn.«

Ich schmunzle. »Soll ich raten, in welcher Kategorie du dich siehst?«

Für den Fall, dass mich spontan die von Donna angekündigte Macht überkommt, schüttle ich meine freie Hand aus und konzentriere mich auf –

Seufzend lockere ich meine angespannten Schultern. Worauf soll ich mich konzentrieren?

»Meine Taten sprechen für mich. Jetzt komm!«

Der Geheimgang verschluckt jede Form von Leben, Licht und Geräuschen, betäubt all meine Sinne, außer dem, der an Louves Präsenz festhält.

»Sind wir unter dem Nordwestturm?«

»Ja, ungefähr. Wir befinden uns jetzt außerhalb des Hauptgebäudes der Zitadelle, zwischen den Kirchenfassaden und den Außenmauern. Über uns liegen die Mausoleen ehemaliger Generäle und der Schattenassassinen-Friedhof.«

»Toller Ort für ein Date«, witzle ich.

»Das ist kein *Date*, Enean. Ich bin immer noch sauer auf dich. Dieser Kuss … war ein Fehler. Ich war auf Schattenwandlergift. Das zählt nicht.«

Ich will ihr sagen, dass das Wort *Fehler* ein vergifteter Pfeil in meiner Brust ist, der brennt und sticht und mich innerlich in Flammen aufgehen lässt, obgleich mein Verstand ihr voll und ganz zustimmt.

Es *war* ein Fehler. Nur, dass es eben nicht wirklich ein

Fehler ist, sondern eher ein Fehler auf dem Papier, ein Fehler in einem korrupten System.

Zudem spüre ich, dass sie nicht die Wahrheit sagt. Ich kenne Louve bis in die Fingerspitzen und weiß, wie sie drauf ist, wenn sie *drauf ist.* Dieser Kuss war ehrlich.

Sie lügt.

»Du hast recht«, schmücke ich also ihren Bluff mit einem weiteren aus. »Sprechen wir nicht mehr darüber.«

Ich spüre, wie sich ihre Finger in meinen versteifen, als hätte ich sie verbrannt. Und wie sie sich zwingt, sie dennoch nicht wegzuziehen, um sich ja nichts anmerken zu lassen.

»Wir sind gleich da.« Ihre Tonlage klingt unzählige Nuancen zu kalt, Kategorie Schneesturm.

Ich höre Stahl knarzen, offenbar ist Louve im Begriff, eine Tür zu öffnen. Gleichzeitig löst sie ihre schmale, doch nicht minder tödliche Hand aus meiner, tauscht meine Sonne gegen trostlose Finsternis.

Plötzlich lichtet sich die Dunkelheit ein klein wenig, als würde eine unsichtbare Kraft einen gigantischen Theatervorhang lüften. Mehrere an ein Deckengewölbe angebrachte Röhren flackern in kühlem Weiß über unseren Köpfen und geben mir die Sicht frei auf niedrige Stahlwände. Kupferfarbene und grünliche Spuren vermischen sich mit Feuchtigkeit und pressen mir den Geruch nach Blut, Schimmel und Metall in die Nasenflügel. Rechts von uns wartet ein riesiger Geröllhaufen. Deckenhohe Metallstäbe biegen sich in sämtliche Richtungen, dazwischen findet sich eine sehr abstrakte Kunstform zerquetschten Metalls. Was auch immer einmal dort erbaut worden ist, das Beben hat es vollends zerstört.

Gelangweilt sehe ich mich nach anderen Spaßfaktoren um. Zu meiner Linken sind mehrere kastenförmige Nischen in die Wand gemeißelt, in welchen versiegelte Stahlboxen aufbewahrt werden. *Oho.* Neugierig ziehe ich eine mittelgroße heraus und taste nach dem Mechanismus, der den Deckel öffnet. Zu meiner Enttäuschung finde ich lediglich saubere Assassinen-Uniformen vor.

»Lass das«, zischt Louve, als ich mir eine kleinere Box schnappe, gefolgt von einem interessierten: »Was ist drin?«

Ich schmunzle über sie und mache mich an dem nächsten Deckel zu schaffen. Schon rechne ich mit hübsch drapierten Haarspangen, Lippenstift-Sets oder Manschettenknöpfen. Stattdessen entdecke ich zahllose einzeln verpackte Spritzen und mehrere Fläschchen. Letztere behalte ich als Bezahlung für meine Mühen. Ich schiebe die geöffnete Box zurück in die Wandnische, um meine Ausbeute im flackernden Horror-Licht besser begutachten zu können. Flüssigkeiten in milchigem Weiß und grellem Gelb schwappen darin, es gibt keine Beschriftung.

»Was ist?«, will Louve wissen und fummelt an dem Diebesgut in meinen Händen herum. »Was ist das?«

»Entweder richtig gute oder supermiese Drogen, einen anderen Grund gibt es ja wohl nicht, Spritzen mit Ampullen unterirdisch zu bunkern.«

»Drogen?«, wiederholt Louve mit einer nicht zu überhörenden Prise Skepsis. »Gib mal her.«

Ich hebe eine Braue. »So amüsant ich es mir auch vorstelle, uns in halb verschütteten unterirdischen Bunkern irgendwelchen geheimen Mist zu spritzen und die Wirkungen zu vergleichen, würde ich aktuell doch einen guten Kréezia-Drink und einen Auflauf vorziehen.«

»Einen Auflauf?«, prustet Louve. »Wer bist du und was hast du mit dem Schattengott gemacht?«

»Der arme Kerl hat so viel verpasst dort drüben, auf der anderen, schlechteren, auflauf-, erdnussbutter- und vor allem drinklosen Seite der Barriere. Er hat seinen Urlaub verdient.« Kaum habe ich die Worte ausgesprochen, spüre ich meinen Fehler an meinen Eingeweiden nagen.

Ich. Die Barriere. Decans Körper. Der riesige violette Hamster im Raum, über den niemand spricht. Wortlos schiebe ich die plötzlich gar nicht mehr so interessanten Ampullen zurück in die Box und rücke sie so zurecht, wie ich sie vorgefunden habe. Louves Schweigen sagt mehr, als Worte es je könnten. Die Erinnerung, dass ich sie nicht nur verriet, sondern ihr schon einmal in den Rücken fiel, als ich mir Decan Roughcrests Körper schnappte, errichtet eine Mauer aus Vertrauensbrüchen zwischen uns. Eine ganze Wagenladung an Verrat, die in jener Nacht an den Seen der Erinnerung ihren Anfang nahm.

Plötzlich kracht etwas zu meiner Rechten, Staub wirbelt auf. »Decan?«

»Äh ... ja, nein, vielleicht und alles dazwischen?«

Verwirrt über einen Sprecher, den ich peinlicherweise absolut nicht habe kommen hören, will ich mich umdrehen – und ringe fast zeitgleich würgend nach Luft.

21. Kapitel

Enean

Geistgefährte, der: *das personifizierte Trauma des gewaltsamen Todes eines Schattenassassinen, manifestiert in einem tierförmigen Mal auf dessen Körper; Ausnahme: gewollter Tod ohne Trauma; Besitzer ruft ihn im Kampf mit »Vive«/zurück i. d. Körper mit »Morte«; Verschmelzung nach Dòchaş mit »Vive Unité«*

Röchelnd fasse ich mir an den Hals, kratze mit den Fingernägeln über etwas Dünnes aus … Leder? *Falsche Zeit, falsche Person.* Mein Ellbogen begegnet einem Magen, mein Hinterkopf knallt mit voller Wucht gegen eine Stirn, mein Stiefel reißt irgendeinem Wunschtoten die Füße weg. Es dauert keinen Wimpernschlag, bis sich das Fetisch-Teil um meinen Hals löst und mein Gegner brüllend zu Boden geht. Ebenso wenig Zeit kostet es mich, auf seinem Rücken zu landen, sein Gesicht auf den harten Stahlgrund zu pressen und ihm die Arme auf den Rücken zu drehen. Was lernen die hier eigentlich?

»Wer ist das?«, will Louve wissen. »Wo ist das Mal seines Geistgefä…« Sie räuspert sich. Mit zusammengepressten Lippen geht sie in die Hocke und reißt dem Kerl grob am Haar. Weder macht sie mir Vorwürfe, dass ich einen ihrer Leute umgenietet habe, noch scheint sie gewillt, diesen freizugeben.

»Louve? Du krankes Dreckstück, lass mich los!«

Kurz erstarrt sie, und ich meine, ihre Finger minimal zittern zu sehen. Dann schmettert sie den Kopf des Kerls mit einer solchen Heftigkeit gegen den Boden, dass Blut fließt. Ein sich ausbreitender Farbklecks inmitten des stechenden Stahlgraus. *Hübsch.*

»Spricht man so mit einer Königin?« Ich verdrehe dem Mistkerl den Arm so stark, dass ein ungesundes Knacken ertönt, gefolgt von einem schmerzverzerrten Schrei. Offenbar habe ich ihm die Schulter ausgekugelt. *Upps.* Seine Beine zappeln wie verrückt, als ich ihm die Schulter mit einem gezielten Ruck wieder einrenke, nur um ihn erneut brüllen zu hören.

»Verflucht, Dec, was soll das?«, keucht der Assassine.

Ich tätschle sein blutverschmiertes Haar. »Dein Ton meiner Frau gegenüber hat mir nicht gefallen.«

»Deiner ... *was?*«, pressen sowohl er als auch Louve zeitgleich hervor.

»Größenwahn, Schattengott«, wispert sie mir scharf ins Ohr. »Absoluter Größenwahn.«

Ich grinse. »Danke, mein Herz. Du musst wissen, ich arbeite jeden Sonnenaufgang gleich nach dem Aufstehen hart daran.«

Augenrollend wendet sie sich wieder meinem jüngsten Opfer zu. »Du wurdest *im Kerker* gefangen gehalten?« Spöttisch lacht sie auf. »Und ich dachte, ein ehemaliger Arzaê würde von Mamis und Papis Reichtum eine etwas noblere Knast-Suite gestellt.«

»Du weißt gar nichts«, fährt er sie an. Sein Speichel trifft das Leder ihres Oberschenkels und hinterlässt einen blutroten Fleck. Unverschämtheit.

Ich packe ihn hart im Nacken. »Hast du etwa Todessehnsucht?«

Er stößt ein heiseres Lachen aus. »Ich wusste die ganze Zeit über, dass deine gute Laune nur aufgesetzt ist, Dec.«

Wie bitte? »Das verbitte ich mir, Assassine. Immer diese Vorurteile gegenüber denjenigen, die aus dem System fallen.« Mit den Zeigefingern deute ich zwei Hörner auf meiner Stirn an.

»Glaubst du, ich wusste nicht, dass du dich rächen wirst?«, fährt er mich an.

»Äh … doch, klar?« Ratlos schaue ich zu Louve, die nicht minder irritiert mit den Schultern zuckt.

Wovon zum Schattenreich faselt der Kerl? Ist er high von den Ampullen aus den Metallboxen? Gut, dass ich mir nichts davon reingezogen habe. Sicher gestreckt, der Mist.

»Ich habe Achĕş und Vater mit deiner Ermordung einen Gefallen getan!«, ruft er aus und versetzt mir einen Tritt, um sich erfolglos unter mir herauszuwinden. »Ich hätte doch nicht ahnen können, dass sie einen auf *Familie* machen und deinen verfluchten Schatten zurückholen!«

Mit klappt der Kiefer hinunter. »*Du* hast Decan Roughcrest getötet?«, wiederhole ich fassungslos, während Louve ruft: »Okon Roughcrest ist *dein Vater*?«

Endlich mache ich mir die Mühe, den Schattenassassinen genauer unter die Lupe zu nehmen. Leichtfüßig schwinge ich mich von ihm und schleudere ihn auf den Rücken. Sofort springt er schwankend auf und holt aus. Doch noch bevor seine Faust meinen Kiefer trifft, kassiert er einen Kinnhaken. Louve reißt ihm geschickt die Beine weg, sodass er erneut zu Boden geht. »Fertig? Dann halt still. Ich denke.« Grübelnd gehe ich neben ihm in die Hocke und fahre mir über das Kinn.

Kantiger Kiefer, dunkelbraune Haut, kurzes Haar … *Zu makellose Züge für einen Menschen*, schießt es mir durch den Kopf. Mein Blick fällt auf seine spitz zulaufenden Ohren, ehe sie den seinen auffangen. Finstere grüne Augen starren mich an, das linke ziert ein Veilchen, seine Lippen sind aufgeplatzt und nur teilweise verheilt. Jemand hat ihn sich eindeutig vor uns vorgenommen. Warum kommt mir der Kerl so bekannt vor? Ich durchforste mein Hirn nach Anhaltspunkten, versuche ihn mental von all den anderen Assassinen und Arzaê zu unterscheiden. Fehlanzeige.

»Wer bist du?«, frage ich ihn schroff. Jedenfalls kennt er Decan, seinen ... Bruder? Und ist damit auch Ekelpaket Achĕş' Bruder und Okons Sohn. Verrückt. Weshalb lebt er nicht im Tower? Und warum um alles in der Welt sollte er sich sein reiches-Söhnchen-Leben nehmen, um *hier* zu landen? Ich meine, der Kantinenfraß ist scheiße, die Betten sind unbequem (außer Louve liegt neben dir), die Eiscreme wird nachts weggesperrt und man darf keine Jogginghosen tragen. Was ist das für ein Leben?

»Willst du mich verarschen? Was soll der Mist?« Der Assassine stößt ein heiseres Lachen aus, frisches Blut läuft aus seinem Mundwinkel. »Ist das Teil irgendeines perfiden Plans? Hat Vater dich geschickt?«

»Kann ich mir eine Frage aussuchen?«, frage ich Louve höflich.

»Du wärst beschissen in der Schule«, flüstert sie mir mit gesenkter Stimme zu. »Und nein. Du brauchst ihm nicht zu antworten. Das ist Kendric, er war in meiner Einheit. Du erinnerst dich? Er, Bash und Melyn haben versucht, mich umzubringen. Du hast seinem Kampfpartner Bash den Schädel von den Schultern gerissen.« Den letzten Satz wispert sie so leise, dass nur ich ihn hören kann.

»Kendric?« So langsam dämmert es mir. Und dann dämmere ich ihm eine. Gründlich. Mehrfach.

Kendric, der Bastard, der Louve beinahe umgebracht hätte. Der sie mithilfe ihres eigenen Teams schwer verwundet ins Schattenreich schleifte, in der Hoffnung, der dunkle Gott höchstpersönlich würde sie in Fetzen reißen.

»Warte.« Als ich erneut aushole, umfasst Louve mein Handgelenk. Abrupt bremse ich ab, halte in der Bewegung inne und sehe sie an. Ich habe nicht bemerkt, wie schwer ich atme. Trotz des allmorgendlichen Trainings ist mein neuer Körper noch immer nicht vollends in Form. Furchtbar.

»Warum wehrt er sich nicht?«, fahre ich Louve eine Spur zu harsch an und bereue meinen scharfen Ton sofort. »Entschuldige.« Ich senke meinen Arm. Frisches Blut färbt meine Haut in tödlichem Rot. Noch immer macht der Assassine keinerlei Anstalten, sich zu wehren. Stumm liegt er auf dem Rücken und starrt an die Decke. Seine Nase ist gebrochen, sein Kiefer blutverschmiert und ein Stück seines linken Schneidezahns ist abgebrochen.

Louve beugt sich über ihr ehemaliges Teammitglied. »Was meinst du damit, du bist Okons Sohn? Weshalb bist du dann hier? Und was hast du mit Decan gemacht?« Seelenruhig legt sie ihre schlanke Hand an seinen Hals. Und drückt zu. »Sprich oder ich schwöre dir, Kendric, ich schneide dir die Zunge ab und verfüttere sie an deine Stiefmami.«

Donna. Sofort zucken Bilder von hauchzarten Negligés, bunten Fußnägeln und Würgemalen auf meinem Hals vor meinem inneren Auge auf. Kendrics ... Stiefmutter. Grundgütiger. Hätte mich kein freundliches Konditorpaar adoptieren können?

»Du hast tatsächlich deinen eigenen Bruder getötet.«

Louves Stimme lässt mich aufschrecken. Langsam schüttelt sie den Kopf. »Ich habe keine Ahnung, weshalb du ursprünglich zu uns kamst. Vielleicht wollte Okon einen Spion in unseren Reihen oder du hast Daddy-Komplexe und wolltest ihm irgendetwas beweisen. Was kümmert es mich.« Ihre Finger lösen sich von Kendrics Hals, hinterlassen ihre hübsche rote Handschrift. Schon bald wird sie sich tintenblau färben. »Du hast deinen Bruder getötet und nicht damit gerechnet, dass jemand dumm genug ist, dessen Schatten zurückzuholen. Dass *ich* ihn zurückholen würde.«

Endlich hat sie Kendrics Aufmerksamkeit. »Du. Ich wusste es.«

»Warum hast du Dec … *mich* getötet, Arzaê?«, verlange ich zu wissen.

»Ich bin schon lange kein Arzaê mehr. Und du weißt, weshalb.« Seelenruhig richtet er sich auf und wischt sich mit der staubverschmierten Hand das Blut aus dem Gesicht.

»Lass es, der Kerl wird nicht auspacken.« Abermals wendet sich Louve an ihren Beinahe-Mörder. Es ist mir schleierhaft, woher sie ihre Gelassenheit nimmt. »Hat man dich zum Tode verurteilt, Kendric? Für deinen Anschlag auf mich?«

Er presst die Lippen aufeinander, sagt aber nichts. *Interessant.*

Ich komme auf die Beine und halte Louve meine Hand hin, sie richtet sich auf, ohne sie zu ergreifen.

»Wo sind die anderen Gefangenen?«

»Verschüttet«, knirscht der Schattenassassine und macht prompt Bekanntschaft mit meiner Hand am Kragen seiner zerschlissenen Uniform. Zu schade, dass er über keinen Geistgefährten verfügt. Ein bisschen Abwechslung würde mir guttun.

Louve runzelt die Stirn, konzentriert sich auf den eingestürzten Bereich zu unserer Rechten, ehe sie sich an mich wendet. »Was siehst du?«

Ich hebe den Kopf. »Ähm … Stahl, Schutt und Zerstörung? Irgendwelche verbogenen Stangen und beachtlich wenig Essensstände.«

»Und die Assassinen?«, will sie wissen.

Ich ziehe die Brauen zusammen. »Welche Assassinen?«

Wie immer, wenn sie konzentriert über etwas nachdenkt, beißt sich Louve auf die Unterlippe. Dabei interessiert es sie nicht die Bohne, dass ich derjenige sein will, der das für sie übernimmt.

Sie schnipst vor meinem Gesicht. »Erde an Größenwahnsinnigen.«

Ich schenke ihr mein strahlendstes Lächeln. »Jederzeit bereit, deine Bestellung entgegenzunehmen, mein Herz.«

Frustriert stöhnt Louve auf, was mein Verlangen nach ihr in ungesunde Höhen schießen lässt. »Ursprünglich wollte ich den Kerker nach einem vorzeitig Verstorbenen durchkämmen«, gesteht sie mir endlich den wahren Grund unseres kleinen Ausflugs.

Ich hebe eine Braue. »Und Schattenassassinen neigen zum ... spontanen Versterben? Stelle ich mir irgendwie unpraktisch vor, aber was weiß ich schon.«

»Richtig. Was weißt du ...« Plötzlich bricht sie ab, presst Augen und Zähne zusammen, ihre Hand schnellt zu ihrem linken Unterarm. Sie keucht, krümmt sich.

»Louve? Was ist mit dir?« Ich gebe den sich windenden Psycho-Bruder frei und rutsche auf den Knien zu ihr. Verwirrt nehme ich ihr Gesicht in die Hände, ein dünner Schweißfilm steht auf ihrer Stirn und sie schüttelt mich nicht halb so enthusiastisch ab wie normalerweise.

»G-geht schon wieder.« Sie strafft die Schultern, hebt das Kinn, und ringt sich ein Lächeln ab.

Ich kann nicht anders, als sie mit offenem Mund anzustarren. Was zur Schattenbarriere ist gerade passiert? Immer noch schwer atmend schüttelt sie ihren Arm aus. Durch die Bewegung löst sich ein fingerbreites rotes Rinnsal aus ihrem Ärmel, fließt über ihr Handgelenk und tropft auf ihre Knie. Jetzt reicht's. Ehe sie protestieren kann, ziehe ich etwas zu unsanft ihren Arm zu mir und schiebe das dünne Leder ihrer Uniform zurück, um die Wunde genauer zu studieren. Louves Blut färbt meine Finger, sie versucht sich mir zu entziehen, doch diesmal lasse ich sie nicht los.

»Ach, Wrenilein steckt wohl in der Klemme?« Kendric spuckt dunkles Blut vor seine Füße.

»Dein Kampfpartner Wren?«, frage ich Louve an seiner statt. »Was meint er damit?«

»Du weißt es nicht?« Kendric humpelt zu den links in die Wand geschlagenen Stahlnischen und beginnt sich durch die Boxen zu wühlen. Ich traue dem Kerl keinen Mückenflügelschlag. »Schattenassassinen gehen nach einer gewissen Zeit eine rituelle Verbindung mit ihrem Kampfpartner oder ihrer Kampfpartnerin ein, den Dòchaş. Dadurch verschmelzen ihre Geistgefährten und sie erlangen unvorstellbare Kräfte.«

»Ich weiß, ich weiß.«

»Wäre Bash nicht von diesem hirnlosen Schattengott getötet worden …«

»Hättest du auch nichts davon gehabt, weil du über kein eigenes Mal verfügst«, erinnert Louve ihn großzügigerweise.

Deshalb die lahme Verteidigung? Hat wohl Schiss vor Louves Grizzly, Thuja. »Und was haben eure Sekten-Freizeitaktivitäten *damit* zu tun?« Ich schiebe Louves Lederärmel weiter hoch. Vorsichtig streiche ich über ihr Handgelenk und wische mit dem Daumen das Blut fort. Louve senkt den Blick, kaut auf der Lippe, scheint hin- und hergerissen, ob sie sich mir entziehen, oder sich in die Berührung lehnen soll. Genau wie ich.

»Ist doch offensichtlich.« Kendric kippt den Inhalt mehrerer Boxen aus. Wonach sucht er? »Unsere kleine Louve und Wren sind seit einem Mondlauf miteinander verbunden.«

Ich halte in der Bewegung inne. »Du sprichst von den Geistgefährten? Sagtest du bereits.«

»Nein, Bruder.« Bei der Box mit den Spritzen hält er inne. Ein gespenstisch-wahnsinniges Grinsen verzerrt seine blutverschmierten Züge. Komischer Kauz. »Louve und Wren sind *miteinander verbunden.* Noch nicht das Mal an ihrem kleinen Finger gesehen? Was ihm zustößt, stößt ihr zu. Was ihn verletzt, verletzt sie. Was ihn umbringt ...«

Meine Hand rutscht aus und streicht flächendeckend über Louves Verletzung, wobei sie zusammenzuckt. Denn durch das Verwischen des Blutes wird etwas Glänzendes, Metallisches freigelegt.

»Nein.« Fassungslos starre ich auf den goldenen Armreif. »Louve, nein, nein, ich ...«

Da plötzlich bricht gleißendes Licht aus der Stelle, an der meine Handfläche auf Louves Armreif trifft. Millionen goldgepuderte Partikel erfüllen die Atmosphäre, zeitgleich leuchten meine Fingerkuppen, ein grelles Strahlen, das sich durch meine Adern ausbreitet, sich über meinen Arm bis hinauf zu meiner Brust kämpft, meine Haut in sonnengleiches Glühen taucht. Genau wie ... Genau wie in der Unterwasserkuppel. Louve schreit meinen Namen, Kendric fallen die Metallboxen aus der Hand. Unerträgliche Helligkeit explodiert vor meinem inneren Auge, ehe sie alles Leben ohne Vorwarnung verschluckt.

Und plötzlich erlischt die ganze Welt in Sternenfeuer.

22. Kapitel

Louve

Cåraidt, die/der: *Kampfpartnerschaft der Schattenassassinen; ein zeremonieller Treueschwur bindet die sich im Zweikampf als ebenbürtig erweisenden Assassinen im Kindesalter symbolisch aneinander*

Wir alle sind Mörder. Ob Assassine, Schattenwandler, Mensch oder Arzaê. Jeder Einzelne von uns tötete im Laufe seines Lebens einen Teil seiner Seele, um zu überleben.

Solitude ist ein Monster – die Wolkenkratzer Silverline Squares sind seine Reißzähne, das Untergrundlabyrinth Dalls seine Eingeweide, der uns Nacht für Nacht betäubende Rauch Serpentine Shells ist sein Atem.

Wir alle sind Sünder, und Solitude ist das süßeste unserer Vergehen. An unseren Händen klebt Blut, solange wir atmen. Doch nur die wenigsten von uns begreifen, dass es unser eigenes ist.

Schwer atmend presse ich die Lider zusammen, atme, *atme, du musst atmen.* Irgendetwas drückt mich hart auf den stählernen Grund, meine Lungenflügel rebellieren und der Gestank nach versengtem Metall brennt in meiner Nase. Stöhnend stemme ich meine Arme gegen das Gewicht auf meiner Brust. Zu meiner Überraschung hat es einen Puls. Blinzelnd mache ich die diffusen nachtschwarzen Umrisse des Schattengottes aus. Er muss sich auf mich geworfen haben, als er das zweite Mal in Folge unsere Realität gesprengt hat.

»Enean?«, presse ich hervor und rüttle im Liegen an seiner Schulter. »Enean, deine Superkraft ist scheiße.«

Stöhnend kommt er zu sich, sein heißer Atem an meinem Hals beschert mir Gänsehaut, Abertausende ameisenfeine Küsse, die mein Schlüsselbein bis ins Zentrum meines Daseins hinaufsausen. Hastig krabble ich unter ihm hervor.

»Was zur Schattenbarriere war das?« Eine Silbersilhouette schiebt sich hinkend aus gelblich glimmendem Geröll. Unfassbar. Der Kerl ist unverwüstbarer als eine Katakombenkakerlake.

»Das wüsste ich auch gern.« Mit dem Handrücken versuche ich mir Staub aus dem Gesicht zu wischen, was jedoch nur zur Folge hat, dass ich noch mehr davon schlucke. Keine Ahnung, was mit den anderen Gefangenen geschehen ist, ob sie allesamt verschüttet sind oder noch am Leben. Ich hasse es, dass ich diesmal auf Eneans Augen angewiesen bin, um sie in dem heillosen Durcheinander ausfindig zu machen. Ich wollte eine Leiche und nun präsentiert mir das Universum eine Auswahl an Dutzenden.

Für gewöhnlich ist es uns untersagt, uns zu den Verliesen zu schleichen. Schattenassassinen fackeln nicht lange und so zögern Generalin Dråga und ihr Bruder, General Irquan, Hinrichtungen nie besonders lange hinaus. Ganz nach dem Motto: Erst töten, dann verhören. Dazu beschwören sie ihre Geistgefährten und verschmelzen sie zu einer feuerspuckenden geflügelten Riesenschlange. Der Rest ist … na ja, nennen wir es einmal *unappetitlich.*

Fakt ist, ich bin hier, um im schlimmsten Fall jemanden zu töten, der ohnehin nicht mehr zu retten gewesen wäre – obwohl Kendrics Gegenwart ein winziges verlockendes Teufelchen auf meiner Schulter ist, das wispert: *stich, schlitze, versenge* … Doch Zeit ist das Einzige, was ich nicht habe.

Also stoße ich Enean grob zur Seite, ignoriere meinen pochenden Arm und wende mich dem eingestürzten Kerkerbereich zu. »Wie wäre es, wenn du später mit deinen Superkräften spielst und mir jetzt hilfst, einen Toten zu bergen? Optik beliebig, aber halbwegs intakt wäre ganz hervorragend.«

Enean richtet sich auf und versperrt mir den Weg. »Du sagtest, du hättest den Armreif weggeworfen!«

Spöttisch rolle ich mit den Augen. »Und du sagtest, du würdest, wenn der Mond am höchsten steht, mit mir die Stadt verlassen. Witzig, wie manche Personen das eine sagen und dann das exakte Gegenteil tun, nicht wahr?«

»Das ist etwas ganz anderes!«

»Richtig.« Ich stoße ihm die flache Hand gegen die Brust und schiebe ihn aus dem Weg. »Deine Lüge ist um Lichtzyklen schlimmer.«

»Louve, du verstehst das nicht.« Seine wundervollen, schrecklichen, viel zu vertrauten Finger umfassen meine Schulter. »Wie ich dir im Tunnel zu erklären versucht habe: Dieser Reif ist eines der wenigen hinterbliebenen irdischen Relikte der Göttin des Lichts. Okon und Achȩ̌s Roughcrest suchen danach. Du bist in Lebensgefahr, wenn du es nicht loswirst. Frag mein zukünftiges Mordopfer.« Er deutet auf Kendrics Silbersilhouette.

Ungläubig lache ich auf. »Und was sind die anderen *Relikte?* Ein hübsches paar Ohrringe und goldene Stilettos? Hat die Göttin etwa ihr bestes Outfit verbummelt, als sie gen Himmel fuhr?«

Selten habe ich derartigen Unsinn gehört. Klar, die Göttin des Lichts wird von den Mæscån in der Untergrundstadt verehrt und taucht in unseren Märchen und Sagen auf, doch ist und bleibt sie genau das: ein Märchen. Nicht wie der Schattengott, der unbehelligt in Solitude umherspaziert und sich einbildet, man könnte beim Bäcker mit Größenwahn bezahlen.

»Du bist im Besitz eines Relikts?« Plötzlich steht Kendric neben mir, seine pure Präsenz bereitet mir Gänsehaut und ich unterdrücke den Drang, das Weite zu suchen (Zahl) oder ihn abzustechen (Kopf) – oder eine gezinkte Münze zu werfen (Kopf – Kopf), um über sein Schicksal zu entscheiden. »Weißt du, dass du soeben zur interessantesten Person in ganz Iron Claw wurdest?«

»Hey!«, beschwert sich Enean und fängt sich prompt einen Schlag in die Rippen ein. Sofort nutzt er die Chance, nach meiner Hand zu greifen, doch ich bin schneller.

»Du weißt von dem Armreif?« Misstrauisch wende ich mich Kendric zu.

Er lacht auf und macht ein Spuckgeräusch, hoffentlich kotzt er Blut. »Wenn mein Vater herausfindet, dass du dir eines der mächtigsten Relikte der Welt unter den Nagel gerissen hast, ist die von Decan angekündigte Lebensgefahr dein geringstes Problem.«

Instinktiv greife ich nach dem mein Handgelenk zierendes Metall. Und ziehe mir prompt eine Verbrennung zu. Verdammt, warum ist das Mistding plötzlich so heiß? Steckt möglicherweise doch ein saatkornwinziges Fünkchen Wahrheit in Kendrics und Eneans Geplänkel?

»Du siehst aus, als würde ein Schwarm Posaunenspatzen um dein bildschönes Köpfchen schwirren«, raunt Enean mir zu. »Ich fürchte, dein Relikt hat meines irgendwie … aktiviert? Erinnerst du dich, ob ich beim ersten Mal bereits damit in Berührung kam?«

Entsetzt starre ich ihn an. »Was ist das für ein Mist – übernatürliches Spielzeug für Bösewichte? Ich dachte, du schenkst mir Schmuck, und keinen Freifahrtschein ins Jenseits!«

»Weshalb hast du es behalten, wenn es dich so aufregt?«

Ich fasse es nicht, dass er hoffnungsvoll klingt! Dennoch weigert sich ein närrischer, merkwürdig feinfühliger Teil von mir, ihm die Wahrheit zu gestehen: Das Teil sitzt wie festgeschweißt.

»Ihr seid also im Besitz zweier heiliger Relikte? Ich glaube es nicht.«

»Was interessiert uns deine Meinung?« Enean lässt seine Schultern kreisen, offenbar hat er sich bei der Explosion schlimmer verletzt, als er zugibt.

»Würdest du überprüfen, ob einer der Gefangenen überlebt hat?«, bitte ich ihn erneut. Teils, um ihn von seinem Kopf-Karussell abzulenken, teils, weil wir bereits mehr als genug Zeit vertrödelt haben. »Sollte noch jemand atmen, bring sie oder ihn bitte hierher.«

»Hast du gerade bitte gesagt?«, fragt er ungläubig.

»Nein.«

»Dachte ich mir.«

Ich beobachte, wie seine Nachtschattensilhouette in dem glimmenden Trümmerhaufen einstmaliger Kerkerzellen verschwindet. Endlich bin ich mit Kendric allein. Ich kann mein wahnsinniges Grinsen nahezu in meinen Mundwinkeln spüren, während ich meine Knöchel knacken lasse.

»Du wusstest es. Du ahntest die ganze Zeit, dass ich Decans Schatten zurückgeholt habe.« In geisterhafter Ruhe drehe ich mich zu ihm um. »All die Drohungen, der Mordversuch. Es ging dir gar nicht um mich. Du wolltest verhindern, dass Decan zurückkommt. Du kanntest noch vor mir meinen Auftrag. Weil dein eigener Vater ihn mir zugewiesen hat.«

»Und wenn?« Irgendetwas scheppert. Er wankt, während er

die Nischen durchwühlt. »Glaub mir, Süße, das, was sich seit geraumer Zeit hinter deinem Rücken abspielt, ist so viel größer als du. Du würdest gut daran tun, Solitude zu vergessen. Oder dir das Leben zu nehmen, ehe sie dir und deinen Lieben etwas Unvorstellbares antun.«

Wie ein Raubtier, das sich seiner Beute gewiss ist, schleicht er in dem Korridor umher, nicht ahnend, dass ein Rhínarskorpion zwar winzig wirken mag, sein Gift jedoch tödlich wirkt.

Ungläubig schüttle ich den Kopf. »Wovon zum Aschegeier sprichst du? Weshalb hast du all die Zyklen über verschwiegen, dass du ein Roughcrest bist? Warum hast du es auf deinen eigenen Bruder abgesehen? Und was hat es mit diesen angeblichen göttlichen Relikten auf sich? Antworte!«

Ich wusste, dass Kendric mich hasst. Einfach nur, weil ich ich bin. Die Tochter einer Abtrünnigen. Die Cåraidt des Neffen unseren Kommandanten. Blind. Doch das ...

»Gib mir den Armreif, Louve.« Ehe ich reagieren kann, legt sich ein Arm um meinen Hals. Instinktiv will ich nach meinen Messern fassen, und verfluche mich zum hundertsten Mal in den vergangenen Rå-Uhrenflüssen für ihren Verlust. »Ich brauche ihn, um mich zu beweisen. Um mich meiner Familie gegenüber als würdig zu behaupten! Seit der Sache mit Decan sind sie nicht besonders gut auf mich zu sprechen, dabei habe ich das alles nur für sie getan!«

Ich wusste es. Vaterkomplex lässt grüßen.

Hauchzart streift etwas Kaltes mein linkes Ohr, so sachte, dass es jemand, dessen andere Sinne nicht geschärft sind, niemals bemerkt hätte.

Ich schlage Kendric die Spritze aus der Hand, ehe er damit zustechen kann, und beuge mich fast zeitgleich nach vorne, um ihn aus dem Gleichgewicht zu bringen und über meine Schulter zu katapultieren.

Kendric war schon immer ein mieser Kämpfer, ein noch beschissenerer Stratege und der furchtbarste Teamkollege, den man sich vorstellen kann. Selbst sein Cåraidt Bash, der an ihm hing wie ein Jagdhund an seinem Herrn, war für ihn nie mehr als der Wirt seiner potenziellen Macht.

Kaum macht sein Rücken Bekanntschaft mit dem Stahlgrund, platziere ich den Absatz meines Stiefels exakt auf seiner Kehle und drücke zu. »Ich bin keine Trophäe, mit der *Mann* seinen Daddy beeindruckt. Merk dir das.«

Ich weiß nicht, ob ich mir wünschen soll, ihm bei diesen Worten in die Augen blicken zu können, oder dass ich dankbar sein kann, dass ich es nicht muss.

Bis er die folgenden Worte ausspricht. »Letztlich wird dich dein Übermut zu Fall bringen«, bringt er würgend hervor. »Deine kleine Mæscån-Freundin hat auch nicht gebettelt, als ich ihr die Kehle durchschnitt. Sie spuckte mir vor die Füße und sagte: Dafür wird Louve dich töten. Und sieh, was aus ihr geworden ist.«

Ich erstarre. »W-was hast du da gerade gesagt?«

Ein kehliges Lachen presst sich unter meinem Stiefel hervor. Kendric versucht nicht einmal, ihn von seinem Hals zu schieben. »Du hast nie gelernt, dich von deinem Weltschmerz zu lösen, Louve. Und weißt du auch warum?« Wieder ertönt dieses trockene, irrwitzig gleichgültige Auflachen. »Weil du nichts anderes kennst als dieses Gefühl. Und es dir eine Heidenangst einjagt, das Einzige dir Vertraute loszulassen. Selbst dann, wenn es dich umbringt. Du bist eine geisteskranke Masochistin, die sich erst dann lebendig fühlt, wenn sie ihr eigenes Blut fließen spürt.«

Manche Wahrheiten frieren die Zeit ein. Pressen jeden Funken Lebendigkeit aus unseren Seelen, bis nicht mehr von uns übrig bleibt als ein gefühlloses, zeitloses Vakuum.

Ich gewähre dem Mörder meiner besten Freundin keine einzige Träne. Schenke ihm keinen Schrei, kein Zucken meines Mundwinkels, kein Wort, als ich gleich seinem schlimmsten Albtraum auf seinen Brustkorb sinke und ihm beide Hände um den Hals lege.

Ich frage nicht nach dem Warum, weil es keine passende Antwort geben kann für den Verlust eines geliebten Menschen, keine Erklärung, kein *deshalb*. Stattdessen grabe ich meine Fingernägel in das weiche Fleisch jenes Mannes, der mich gelehrt hat, dass Bärenfallen Kinder holen.

»E-es sollte eine Warnung sein. Damit du aufhörst zu suchen, zu stören, du zu sein. D-dich in Angelegenheiten einmischst, die dich einen f-feuchten Dreck ange-hen.«

Ich muss mich konzentrieren, um die in einem erstickten Husten untergehenden Worte zu verstehen.

»Doch die Wahrheit ist, ich wollte Rache. Du hast den Mann getötet, den ich liebte, meinen besten Freund von Kindesbeinen an, und dafür wollte ich dir die Person nehmen, die dir am meisten bedeutet.«

»Du hast Bash nie geliebt«, zische ich, doch er ignoriert meinen Einwurf. Seine Nägel graben sich in meine Unterarme.

»Ich habe dich beobachtet, Louve, und weißt du, wie es mich überrascht hat, als ich feststellen musste, dass dieser Jemand nicht Wren war, der Einzige, der jemals hinter dir stand, für dich Partei ergriff, sondern eine Missgeburt aus Dall?«

Die Welt steht still.

Ich bin nicht ich, als ich meine Finger so fest in Kendrics Hals grabe, dass ich seinen Kehlkopf knacken höre. Bin nicht ich, als meine Hände das Leben aus ihm drücken, so wie ich es tausendundeinmal im Traum getan habe.

Etwas in mir wispert: *Hör auf, Louve, du musst aufhören.*

Aber es ist zu winzig, zu unscheinbar, zu tief verborgen in

allem, was war, was hätte sein können, was niemals wieder an meiner Seite lächeln und träumen und lieben wird.

Er hat Gría getötet.

Der Mann, der mich von klein auf drangsalierte, mich wieder und wieder mit dem Tod ringen ließ, der auch *mein* Leben gestohlen hätte, hätte Enean nicht rechtzeitig eingegriffen, hat meine beste Freundin ermordet.

Um mir eine Nachricht zu überbringen.

Um sich zu beweisen.

Um jemanden zu rächen, für dessen Ableben niemand anderes als Kendric selbst verantwortlich ist.

Eine leise Stimme in mir wispert: *Denk nach. Weshalb gesteht er dir die Wahrheit? Warum jetzt?*

Er hätte frei sein können. Er hätte den Einsturz nutzen und fliehen können. Stattdessen versucht er erst seinen angeblichen Bruder zu provozieren und als das nicht klappt, bemüht er sich bei mir.

Wartet, bis Enean verschwunden ist, ich allein bin mit meiner Schuld und dem Zorn, der gleich einem ganzen Ozean aus kochenden Sonnentränen durch meine Venen fließt, mein Herz verätzt, mir jeden noch verbliebenen Funken Menschlichkeit raubt.

WARUM?!

Ich drücke fester zu.

Weil man ihn zum Tode verurteilt hat.

Weil er durch die Bestie unserer Generäle sterben würde.

Seine Hände umfassen nicht länger die meinen, seine Beine treten nicht nach mir, sein Körper windet sich nicht.

Weil er mein Schicksal besiegelt, töte ich einen aus unseren Reihen.

Und ich an seine Stelle treten muss. Eine Mörderin.

Er röchelt und lacht, hebt sich den Hauptgang für den

Schluss auf. Und flüstert mir zu, dass er auch Grías Schwester tötete. Das kleine Mädchen, das ich seit endlosen Sonnenläufen in der Untergrundstadt aufzuspüren versuche.

Etwas in mir bricht.

Ich fühle Nadijas zarte Hände auf mir, höre ihren stets hungrigen Magen knurren, ihr perlengleiches Lachen immer dann, wenn ich den staubigen Flickenvorhang zu ihrer Schlafstätte beiseiteschiebe.

Gría liebte das Leben, trotz allem. Sie gab alles, um ihrer kleinen Schwester ein papierdünnes Nest der Geborgenheit zu falten, sie vor ihrer eigenen Mutter beschützte und den Mördern und Vergewaltigern und Menschenhändlern, den Dämonen und Dieben und Rächern.

Über all das legt sich der dissonante Bariton von Kendrics abscheulichem Gelächter. Und meine Hände, die diesen nach und nach, Herzschlag für Herzschlag, Auge um Auge, Staub zu Staub, aus seiner verhassten Existenz tilgen.

Die Zeit ist ein bizarres Konstrukt. Mal träumt sie in einem Sandkorn, mal dehnt sie sich um das gesamte Universum. Ich kann nicht sagen, wie viel von ihr vergangen ist, als ich eine Berührung auf meiner Schulter abschüttle, als eine schmerzhaft vertraute Stimme gegen das Rauschen in meinen Gehörgängen anzukämpfen versucht. Als sich Hände um meine legen, und ich stärker zudrücke und dann plötzlich nicht mehr, weil jemand seine Arme so fest um meinen bebenden Körper schlingt, dass ein närrischer Teil von mir doch tatsächlich glaubt, sie könnten all meine verbrannten Seelenscherben wieder zu einem klaren Bild ordnen.

»Er hat … Er hat Gría und Nadija get…« Die Worte wollen nicht über meine Lippen kommen, verkeilen sich wie Widerhaken in meiner Kehle.

Doch Enean versteht auch so. Ich spüre es an der Art, wie

sich seine Muskeln um meinen Körper verkrampfen, wie ein unterdrückter Fluch auf seinen Lippen schwebt. Eine große Hand umfasst meinen Hinterkopf, mein Gesicht landet in seiner weichen Halskuhle, und ich schreie und weine und ich fürchte, ich sterbe ein kleines bisschen, dort unten, inmitten der Kerkerruinen eines Zuhauses, das nie wirklich ein Zuhause gewesen ist.

Seit ich denken kann, verzichtet Enean auf Floskeln wie *ist schon in Ordnung*, weil er genauso gut wie ich weiß, dass rein gar nichts in Ordnung ist. Stattdessen schweigt er mit mir, als ich es am meisten brauche, hält mich fest, wenn ich mich selbst losgelassen habe.

Wir wünschen uns ein Herz, das sich neben uns in die Dunkelheit kniet und uns hält. Was wir aber wirklich brauchen, ist eine Seele, die uns die Hand reicht, uns zurück ins Licht zieht und flüstert: *Ich glaube an dich.*

Enean ist beides.

Meine Finger, die Finger einer Mörderin, graben sich in den Stoff seines Hemdes. »Wir haben keine Zeit …«

Ich zittere, als ich mir die salzigen Tränen aus den Augen streiche und mich abwende von dem Toten, der mich umbrachte, ohne mir das Leben zu nehmen.

Ich sollte Enean fragen, ob er in den Ruinen Überlebende gefunden hat. Aber ich will es nicht. Ich will nicht, dass *seine* Schuld durch seinen Tod beglichen ist, denn das ist sie nicht. Ich will, dass er bezahlt. Und ein Zurückkommen für ihn nicht einmal dann möglich sein wird, wenn er den Namen Roughcrest trägt.

»Was tust du da?«

Unbeirrt ziehe ich das Amulett über meinen Kopf. Jenen Talisman, dessen Material in speziellen Höhlen des Schattenreiches abgebaut wird, wo sich die Ascheüberreste wieder und wieder pulverisierter Schattenwandler zu einem besonderen Erz zusammentragen. Dieses wird später mit der Mentalmagie der stärksten Litíjr belegt. Und ist fortan dazu imstande, Schatten aufzubewahren: Die Seelen der Toten.

»Louve, sprich mit mir. Was hast du vor?« Eneans Zweifel dringen kaum zu mir durch, ein gewitterschwerer Nebel betäubt meinen Verstand.

Als Eneans Schatten in Decans Körper drang, verknüpfte dessen Bruder Achĕş, ein Mental-Arzaê, Eneans Geist mit Decans Gehirn. Verwob Nervenbahnen, verklebte Synapsen, bastelte, ohne es zu wissen, einen perfekten Wirt für seinen Feind.

Ich war noch nie besonders gut im Handwerken. Mit aller Macht errichte ich eine mentale Mauer gegen all die Schuldgefühle, den Ekel, den Schmerz, den Kendrics Geständnis wie auch sein Tod mit sich bringen. Verdrängung ist meine Lieblingsstrategie, süßer als jeder Cocktail Serpentine Shells, und fürs Erste wesentlich unkomplizierter zu bekommen.

Ich fixiere den nun nicht mehr silberfarbenen, sondern in einem sanften Gelb glimmenden Leichnam, ehe ich mit zusammengebissenen Zähnen nach seinem Gesicht taste. Ich stehe kurz davor, mich zu übergeben, als ich Kendrics Lippen aufdrücke und das Erz über seinen Rachen pendelt.

»Tut sich etwas?«, verlange ich von Enean zu wissen.

»Das Amulett glüht blutrot. Sieht aus, als würde es jeden Moment explodieren. Und irgendwie, als …« Er beugt sich näher zu mir, sein Duft kratzt an meiner Mauer, sodass ich gezwungen bin, sie höher zu ziehen. »Es sieht aus, als würden zwei winzige Stürme um Vorherrschaft kämpfen. Nein, keine Stürme. Schatten.« Die Erkenntnis trifft ihn aus dem Nichts. »Louve, ganz gleich, was du auch vorhast, du musst aufhören. Hat man dir nicht gesagt, wie gefährlich es ist, *zwei* Schatten in einem Erz zu halten? Sie könnten beide in den Körper fahren und wahnsinnig werden.«

Ich presse die Lippen aufeinander, meine Gedanken Dutzende mit Blut geschmierte Zahnräder. Er hat recht. Es befindet sich nicht nur ein Schatten im Talisman. Ich habe den des Kinderwandlers am Sumpf vollkommen vergessen. Doch mir bleibt keine Zeit, um zu experimentieren. Ich muss einfach darauf hoffen, dass derjenige Tote, der bereits im Leben dem anderen haushoch überlegen wäre, auch diesmal die Vorherrschaft gewinnt. Und dass Achĕş Roughcrest eine zumindest halbwegs unnötige Show abgezogen hat und eine Wiederauferstehung auch irgendwie ohne Mental-Hokuspokus funktioniert. Zumindest so weit, dass ich meinen Teil des Deals erfüllen kann.

»Moment. Etwas strömt aus dem Amulett.«

Die von dem Erz ausgehende Hitze versengt meine Handfläche und Fingerkuppen. Obwohl ich es nicht direkt anfasse, sondern es lediglich an einem Lederband baumelt, kann ich bereits spüren, wie sich die ersten Brandblasen bilden. Dennoch wage ich nicht loszulassen. Wenn das hier gut geht, werde ich den Anhänger Pearses Tochter Vadha geben, damit sie dem anderen Schatten eine zweite Chance gibt.

»Louve!«

»Nur noch … ein bisschen«, presse ich gequält hervor. Der Geruch nach verbranntem Fleisch dringt mir in die Nase.

»Louve? Decan? Was soll das werden?!«

Verdammt, verdammt, verdammt!

Ehe ich reagieren kann, reißt Enean mir den Talisman aus der Hand und springt auf, stellt sich schützend vor mich, als sich Schritte nähern. Wie eingefroren starre ich auf meine Knie, den Kopf gesenkt, die Zähne so fest aufeinandergepresst, dass ich meinen Kiefer knirschen höre.

Nicht er. Jeder, nur nicht er. Geröll knirscht unter Stiefelprofilen, dann schiebt sich eine Silberaura in den Kerker.

Enean weicht keinen Schritt von mir. »Ihr seid einer der vier Leutnants, nicht wahr? Decan Roughcrest.« Mir entgeht nicht, dass er ihm nicht die Hand entgegenstreckt. »Wir wurden uns noch nicht offiziell vorgestellt.«

Ein ganzer Ozean aus Galle schießt mir in den Magen, während die Erinnerungen an endlose Peitschenhiebe auf meinen nackten Kinderrücken gegen meine Verdrängungs-Mauer hämmern. Nur, dass sie diesmal nicht außen sind, sondern auf meiner Seite der Festung.

Der erste Riss entsteht mit einem markerschütternden Schrei, der niemals über meine Lippen kommen wird. Nicht heute und nicht damals. Meine Traumata graben ihre Krallen so fest in meine Brust, dass ich zu ersticken drohe. Mein Magen rebelliert, kurz flackern schwarze Flecken vor meinem Sichtfeld auf. Dennoch zwinge ich mich, die Schultern zu straffen, als ich mich mit angehaltenem Atem zum Mörder meiner Kinderseele umdrehe. »Leutnant Banister.«

23. Kapitel

Enean

***Quenn, das:** geleeartiges, süßes Nahrungsmittel; wird aus den in Weinhonig eingelegten, aufgeweichten Nüssen des Dschungelgebiets in Envy gewonnen; Färbung: gelb bis orange; Verwendung: Süßspeisen (z.B. Pudding)*

»Louve, du kennst die Strafe für unbefugtes Betreten.«

Verflucht, weshalb habe ich ihn nicht kommen hören? Ach ja: Weil ich damit beschäftigt war, Louve davon abzuhalten, Alchemistin zu spielen.

»Was habt ihr bei den Kerkern verloren?«

Der Kerl starrt Louve an, als wäre sie sein Frühstück, was absolut unmöglich ist, da sie maximal *mein* Frühstück ist. Er ist riesig, hat die Statur eines Felsbrockens und einen ebenso kantigen Kiefer. Sein rotblondes Haar ist zu unzähligen eng am Kopf anliegenden Zöpfen geflochten, was seine Züge noch strenger wirken lässt. Seine Augen sind von einem stechenden, fast unerträglichen Hellblau, der Kontrast zu seiner dunklen Haut hat etwas Übersinnliches. Er trägt die typische lederne Uniform der Schattenassassinen, gepaart mit einem lächerlichen Umhang und irgendwelchen bescheuerten Abzeichen, die er vermutlich aus Cornflakes-Packungen gefischt hat. An seiner auslandenden Hüfte baumelt eine ziemlich banale Peitsche (neunschwänzig, Klassiker, Standardmodell), durch die er sich wohl wie der Herrscher der Welt fühlt. Jedenfalls fährt seine Hand immer wieder über sein Spielzeug, als wäre das Teil seine Geliebte oder so ein Mist. Widerlich.

»Ich habe Louve gebeten, mich zu meinem Bruder zu bringen.« Ich liebe es, ihm in sein bescheuertes Gesicht zu lügen. Wie er mich von oben herab mustert, als wäre er etwas Besseres. Besser als der Schattengott und dessen Königin. Lachhaft.

»Das ändert nichts.«

Ich unterdrücke ein Grinsen. »Kumpel, das ändert *alles*.« Kameradschaftlich schlinge ich ihm einen Arm um die breite Bärenschulter, die sich unmittelbar anspannt. Wie dramatisch. Es gefällt mir, genau dorthin zu treten, wo es ihm am meisten wehtut: seinem Ego. Gerade denke ich darüber nach, wie ich für Louve möglichst unauffällig einen *Soll-ich-ihn-töten?-Ja,-nein-unbedingt-Zettel* verbalisieren kann, da reißt sich Banister von mir los.

»Verlasst euch darauf, dass ich euch melden werde.«

Ich hebe eine Braue. Lediglich Louves geisterhafte Erstarrung hält mich davon ab, dem Kerl an Ort und Stelle eine zu knallen. Ihr Kopf ist gesenkt (er ist *nie* gesenkt), ihre Arme hängen so schlaff an ihren Seiten hinab, als stände sie kurz vor ihrer Hinrichtung – und, mal ehrlich, selbst dann würde sie ihrem Henker ins Gesicht spucken. Misstrauisch wandert mein Blick zwischen den beiden hin und her. Weshalb wirkt sie mit einem Mal so klein und schenkt ihm dadurch diese Größe? Irgendetwas stimmt nicht. Zeit für Blut. Meine Lieblingszeit, gleich nach den Mahlzeiten und all den Snacks dazwischen.

Da bemerkt er den Schattenassassinen, den Louve unglücklicherweise spontan erwürgt hat. Mal ehrlich, kann man die Frau keinen Moment allein lassen? Dennoch gebe ich diesem Kendric die Verantwortung an seiner Ermordung. Wenn ich Louves Wortbrocken vorhin richtig interpretiert habe, hat er weitaus Schlimmeres verdient als den Tod. Hätte sie es nicht selbst erledigt, hätte ich ihn allein für ihr gebrochenes Lächeln zur Strecke gebracht. Stattdessen konnte ich sie nur festhalten, ihr Schmerz wie Säure auf meiner Brust. Es bricht mir das Herz, sie so zu sehen.

Leutnant Hüne schiebt Louve so grob beiseite, dass ich darüber nachdenke, welchen Arm ich ihm zuerst abhacken soll. »Ist das Kendric? Was ist passiert?«

Da Louve noch immer die schweigende Salzsäule mimt, helfe ich Mr Mieses Timing auf die Sprünge. »Kendric ist ausgerutscht.« Bilde ich es mir ein oder zucken Louves Mundwinkel?

»Ausgerutscht?«, wiederholt Leutnant-irgendwas. »Und woher stammen die Würgemale an seinem Hals?«

Gerade reime ich mir eine richtig schlechte Alternativ-Wahrheit zusammen, in der sich Kendric ungeschickterweise selbst erwürgte, da geschieht das Unfassbare. Die Leiche holt Luft. *Fuck, die Leiche atmet!*

Beeindruckt und überhaupt nicht verstört nähere ich mich dem plötzlich gar nicht mehr so Toten, beobachte das unerwartete Heben und Senken seines Brustkorbs. Okay. Ist das … normal? Machen Schattenassassinen so was? Oder hat Louves Hokuspokus etwa –

»Bringt ihn sofort auf die Krankenstation!«, herrscht uns der Zöpfchen-Leutnant an. Steht wohl auf Hierarchie. »Gibt es weitere Überlebende?«

»Nein, Leutnant«, erwidere ich. Was passiert gerade? »Ich habe alles durchsucht. Außer meinem … Bruder gibt es keine Überlebenden.«

»Hat dein Vater dich geschickt?«, verlangt er zu wissen.

Ich nicke. »Als er auf die Angriffe auf Iron Claw aufmerksam wurde, sandte er mich aus, Kendric zu verlegen.«

Er zweifelt an meiner Version. Ich sehe es in seinen Augen. »Um ehrlich zu sein, hat es mich überrascht, dass Okon zugestimmt hat, Kendric nicht woanders unter Arrest zu stellen.«

Gespielt mitfühlend nicke ich. »Mein Vater weiß, was er tut. Kendric musste lernen, wo sein Platz ist.« Und dann sage ich etwas, das mich beinahe laut auflachen lässt. »Einmal Schattenassassine, immer Schattenassassine. Sir.«

Eine seiner sommersprossigen Bärenpranken umfasst meine Schulter. »Gut gesprochen, Junge.« Unglücklicherweise scheint er trotz unserer spontanen Brüderschaft den gefallenen Engel im Raum nicht vergessen zu haben. »Louve, ich erwarte, dass du mich noch heute in meinem Arbeitszimmer aufsuchst.«

Arbeitszimmer? Klopft er ihr mit einem Bleistift auf die Finger? Muss ich ihm noch vor Sonnenuntergang die Halsschlagader durchtrennen? Ich wüsste nur einfach gern, woran ich bin. Um den genauen Ablauf des Sonnenlaufs und die Anzahl der Snackpausen zu planen, versteht sich.

»Sehr wohl, Leutnant.«

Ihr staubiges Haar hängt ihr so tief ins Gesicht, dass einem Außenstehenden ihr Zähneknirschen nicht aufgefallen wäre. Doch ich bin kein Außenstehender. Ich bin der Kerl, der dem Kerl, der sie den Kopf senken lässt, das Rückgrat bricht. Louve ist keine verdammte Ja-Sagerin. Sie ist eine Kriegerin mit dem Stolz einer Göttin und der Skrupellosigkeit eines Schattenwandlers. Was fällt diesem rothaarigen Riesenbaby ein?

Wir reißen herum, als ein schmerzverzerrtes Stöhnen Kendrics Kehle entkommt – und ich könnte schwören, dass er lächelt, als er die moosgrünen Killeraugen aufschlägt. Sofort findet sein Blick Louve. Doch anstatt ihr an die Gurgel zu gehen und sich für seinen Beinahe-Tod zu rächen, setzt er das überheblichste Grinsen auf, das mir je untergekommen ist – und das sage *ich*. »Du hast Wort gehalten.«

Wort gehalten? Wollte er etwa erdrosselt werden?

Ungelenk versucht er sich aufzurichten, da schnellen seine Hände abrupt zu seinen Schläfen. Er presst die Lider zusammen, die Zähne, wird zu einem Kind, das Angst vor der Dunkelheit hat, nichts ahnend, dass diese es längst gefunden hat. Schaum bindet sich in seinem Mundwinkel, gefolgt von einem feinen Rinnsal Blut. Ich fürchte, Louve hat ihn kaputt gemacht.

»Ich sagte, bring ihn auf der Stelle auf die Krankenstation, Louve!«, brüllt Banister. Richtig unhöflicher Kerl, ich muss schon sagen. Ich glaube, unsere Vetternwirtschaft lässt ihn ein klein wenig hysterisch werden.

Ohne auf seine offensichtlichen psychischen Problemchen einzugehen, bücke ich mich zu Kendric und reiße ihn grob auf die Beine. »Komm schon, *Bruder.* Alles wird wieder gut, du musst nur ganz fest daran glauben!« Seine Beine müssen sich spontan in Quenn-Pudding verwandelt haben. Genervt schleife ich ihn aus dem Kerker und bugsiere ihn durch die schwere Metalltür.

»Louve, hast du die Kisten geöffnet?«, höre ich Banister hinter mir.

Verdammt. Zwar habe ich alles wieder so verstaut, wie ich es vorgefunden habe, doch hat Kendric ein kleines großes Chaos angerichtet. Ich meine sogar, während seines kurzzeitigen Ausflugs ins Jenseits hätte eine aufgezogene Spritze neben seinem regungslosen Körper gelegen. Ich will gar nicht wissen, was er vorhatte.

»Nein, Leutnant«, erwidert Louve tonlos.

Fuck. Obwohl sie nichts getan hat (nun gut, außer einzubrechen und den Assassinen zu foltern), könnte sie nicht schuldiger klingen. Nicht einmal ich würde ihr glauben.

Trotzdem erlaube ich mir nicht, zurück in den Kerker zu laufen, sondern folge mit knirschendem Kiefer den zurück in die Zitadelle führendem Tunnel. Louve ficht ihre Kämpfe selbst. Sie würde nicht wollen, dass ich sie für sie austrage. Als ich jedoch ein Klatschen vernehme, den unmissverständlichen Laut eines Schlages, lasse ich Kendric schlagartig fallen und reiße herum. Schon will ich zurücklaufen, da schlägt der Assassine seine Fingernägel in mein Bein und zieht sich hoch.

»Heb dir das Grobe fürs Schlafzimmer auf.« Kendric schüttelt den Kopf, vermutlich muss sich die einsam darin herumrollende Erbse neu sortieren.

Mit offenem Mund starre ich ihn an, zurück zum Kerker und wieder zu Kendric. »Wie bitte?«

»Wow, solche Höflichkeiten habe ich dir gar nicht zugetraut.«

Zugegeben, ich mir auch nicht. »Wie kommt es, dass du nicht tot bist? Hat Louve deinen Schatten in dem Amulett gefangen, nur um dich sofort wiederzubeleben? Was ist das für ein bescheuertes Spiel? Machen kleine Assassinen so was, um sich die Zeit zu vertreiben?«

Ein trockenes Husten, das Suchen und Finden von Stimme und Orientierung, ehe der diabolische Glanz in Kendrics Augen zurückkehrt. »Darf ich dich daran erinnern, dass du Spielchen liebst?« Er torkelt auf die Beine, sein Arm bewegt sich auf mich zu. Ich bin viel zu perplex, um ihn abzuschütteln, als seine Hand meine Halsschlagader berührt. Zuerst glaube ich, er will sie zerfetzen oder mich würgen, doch ist seine Berührung … gruselig sanft. Was zum Henkersbeil wird das?

»So, wie ich den Spieler liebe.« Er hebt das Kinn, seine vor Verlangen und Grausamkeit funkelnden Iriden treffen auf die meinen. »Mein Schattengott.«

24. Kapitel

Enean

Nebelspinne, die: *Gattung: Schattenwandler; sehr selten/wenig erforscht; lebt verborgen in Höhlen- und Katakombensystemen unter dem Wald der Verdammnis; Optik: steinharte Schuppen auf Tentakeln; einzelnes, riesiges Auge im Zentrum des kreisrunden Körpers; Durchmesser: Haus; Fähigkeit: Unsichtbarkeit; Gift wirkt halluzinogen*

»Louve!« Mit vor Unglauben aufgerissenen Augen versuche ich mich dem reinkarnierten Wahnsinn an meiner Brust zu entziehen. Da biegt Banister um die Ecke. Als er Kendrics spontane Wiederauferstehung bemerkt, hält er inne. »Du bist zu dir gekommen. Schön für dich.«

Aber nicht schön für mich, verflucht noch mal!

Abschätzend mustert er das blutverschmierte Elend in meinen Armen. »Wenn Okon höchstpersönlich nach dir schickt, werde ich in Erwägung ziehen, die Sache mit der Todesstrafe noch einmal zu überdenken.« Na großartig. »Nur freu dich nicht zu früh, du wirst dich abermals vor Gericht verantworten müssen. Zudem erwarte ich einen ausführlichen Bericht, was im Kerker geschehen ist.«

Etwas Finsteres blitzt in den blutunterlaufenen Augen des gar nicht mehr so toten Assassinen auf. »Niemals werde ich unter den Sterblichen flanieren und …«

Hastig presse ich ihm eine Hand auf die aufgeplatzten Lippen und ringe mir ein trockenes Hüsteln ab. »Niemand *flaniert* irgendwohin, versprochen!«

Panisch drehe ich den Kopf. *Zur Schattenbarriere.* Wo steckt Louve? Und weshalb kann der Drecksack noch geradeaus laufen?

Banister verengt die Augen.

»Niedliches Ding«, sagt Kendric, der meinem Blick zu Banisters Peitsche gefolgt sein muss. »Ich hatte auch mal so was. Erinnerst du dich, mein Schatt...«

Ich nehme ihn so fest in den Schwitzkasten, dass er keine Luft mehr bekommt. »Ich erinnere mich definitiv *nicht*, mein ... Schatz.« Oh ... fuck. Gibt es keine anderen Endungen, mit denen man die ersten Buchstaben von *mein Schattengott* überschreiben kann? Wieso habe ich das jetzt gesagt?!

Banisters Kiefer klappt auf, ehe er ihn knirschend wieder schließt. »Ich wusste nicht, dass ihr Roughcrest-Brüder euch so ... nahesteht. Kendric hat nie etwas erwähnt.«

Mit einem aufgesetzten Lachen rubble ich dem nervtötenden Assassinen unter meiner Achsel über den Kopf. »Ach, unser Kendric ist eben etwas schüchtern.«

Unglücklicherweise nicht schüchtern genug, um sich in einem plötzlichen Anflug von Masochismus von Louve erwürgen zu lassen und seinen Körper zur Verfügung zu stellen für ... für ... Mein Würgegriff wird fester.

»Beeilt euch. Louve und Wren sollen so schnell wie möglich zu ihren Waffen greifen und ihre Einheit zum Südflügel schicken. Die Angriffe sind längst nicht vorbei. Kendric, du stehst nach wie vor unter Arrest und wirst dich der dritten Einheit nicht anschließen.«

Ich hebe die flache Hand zur Stirn, um brav zu salutieren, während *Kendric* ein ersticktes Röcheln von sich gibt. Banister jedoch interessiert sich nicht im Geringsten für unseren neobrüderlichen Twist, mustert seine richtig schlecht lackierten schwarzen Fingernägel und macht einen Abgang. Mit wehendem Umhang und erhobenem Haupt, was mir ein peinliches Giggeln entlockt.

Ich lasse Kendric erst los, als sich seine Zähne in meinen Unterarm bohren. Der pure Wahnsinn leuchtet in seinen matschgrünen Augen. »Endlich habe ich dich gefunden. Du musst sofort zurück ins Schattenreich!«

Entgeistert starre ich ihn an. »Was? Ähm, weißt du, mein Terminkalender ist ziemlich voll zwischen all dem Erobern und Unterjochen auf dieser Seite der Barriere. Das verstehst du sicher.« Wen zum Henker hat Louve in diesen Körper gepackt?

Begeistert fasst er in mein Hemd. »Du eroberst und unterjochst? Warum hast du das nicht gleich gesagt, mein Schattengott?«

»Ähm ...« Vorsichtig löse ich die blutverschmierten Fingerchen von meiner Brust. »Schätze, weil du nicht gefragt hast?«

Die aufgeplatzten Lippen verziehen sich zu einem breiten Grinsen, frisches Blut läuft aus beiden Mundwinkeln. Ohje. »Und sag mir, was hast du bereits erobert? Ein Königreich? Ganze Länderscharen? Die Herzen Hunderter zum Tode durch den Strick verurteilter Jungfrauen?«

Ich schlucke. Verdammt, richtig mies aufgeflogen. »Na ja, eher ... einen Nachtclub?« Abwehrend hebe ich die Hände. »Weißt du, die Jungfrauen-Sache ist heutzutage irgendwie etwas aus der Mode gekommen. Ich denke nicht, dass wir in Solitude mehr als vier, fünf auftreiben würden, die Menschen sind heutzutage, was ihre Keuschheit anbelangt, recht ... offen. *Mein Körper, meine Wahl* – du verstehst?«

Er runzelt die Stirn. »Fünftausend?«

»Nope.«

Die Falte zwischen seinen Brauen wird tiefer. »Fünfhundert?«

Grundgütiger. »Fünf-*fünf*.« Ich winke mit den Fingern meiner linken Hand. »Kinder und Wren natürlich ausgeschlossen. Hab jetzt aber auch keine Volkszählung oder so durchgeführt.«

Er winkt ab, scheint mein peinliches Geständnis als solide Grundlage für künftiges Chaos zu betrachten. »Gemeinsam werden wir die Schattenassassinen unterwerfen und ihre Heimat niederbrennen. Wir werden auf den Leichen unserer Feinde tanzen und Wein aus ihren Häuptern schlürfen!«

»Äh, ja …« Ein metaphorischer Schweißtropfen perlt über meinen Nacken. *»Louuuuve!«*

Endlich nähern sich Stiefelschritte und ein milchweißer Haarschopf schiebt sich in mein Sichtfeld. »Was?!«, fährt sie mich entnervt an.

Ihre Wange ist leicht rötlich verfärbt, offenbar hat dieser Widerling sie geschlagen. Heiße Wut kocht in meinen Venen. Weshalb hat sie sich nicht gewehrt? Wenn ich den Kerl in die Finger kriege …

Abwartend starrt sie mich nieder.

Ich räuspere mich, senke die Stimme. »Können wir kurz reden?«

»Jetzt nicht, Enean.« Misstrauisch beäugt sie Psycho-Kendric. »Ich habe getan, was du wolltest. Jetzt sag mir, wo ich das Herz des Aasdrachen finde.«

Warte. Was?!

Da bricht Kendric doch tatsächlich in das hysterisch-wahnsinnigste Gelächter aus, das mir je unter die Ohren gekommen ist. Heftig. »Sieh mal in deinem Lederbeutel nach.«

»Ist das irgendein bescheuerter Taschenspielertrick?«, zischt Louve. Maximal irritiert schiele ich vom einen zum anderen. *Ist es?*

»Erinnerst du dich daran, wie ich das Herz der Nebelspinne entfernte und du es einstecktest, um es gegen Juwelen und Schmugglerware zu tauschen?«

»Juwelen?«, flüstere ich Louve zu.

Sie schüttelt den Kopf. »So war das nicht. Niemand bezahlt heutzutage noch mit ... *Schmugglerware.*«

»Niemand außer dir.«

Sich keinerlei Schuld bewusst, zuckt sie mit den schmalen Schultern, ehe sie den Träger des Beutels abnimmt, den sie permanent mit sich herumschleppt. Eine kleine Weile wühlt sie, irgendetwas klirrt und klappert. Dann zieht sie ihre Hand heraus und hält ... einen faustgroßen Gesteinsbrocken.

Mäßig beeindruckt räuspere ich mich. »Wahnsinns Geröllbrocken, Baby. Wollen wir uns im Anschluss meine Knopfsammlung ansehen?«

»Haha.« Sie verdreht die Augen. »Das ist kein Stein, sondern ein Spinnenorgan.«

»Das ist weder ein Stein noch ein Spinnenorgan, sondern ein Drachenherz«, klärt Pseudo-Kendric uns mit einem bescheuerten Zwinkern auf.

»Einspruch.«

»Da muss ich ihm zur Abwechslung einmal rechtgeben«, entgegnet Louve. »Im Schattenreich hast du behauptet, das da wäre das Herz der Nebelspinne.«

»Ich bin mir mehr als sicher, dir gesagt zu haben, dass in diesem hübschen Ding«, er deutet auf den Steinabfall, »*sein* Herz schlägt. Nicht *ihres.*«

Wütend packt sie Kendrics Kehle. »Du hast mich hereingelegt!«

Der Assassine umfasst ihr Handgelenk, dennoch gelingt es ihm nicht, sie abzuschütteln. Erst, als er die Augen verdreht und gurgelnde Laute von sich gibt, lässt Louve ihn fluchend los.

Kendric stößt ein trockenes Husten aus und spuckt eine Ladung Blut vor seine Füße. »Der Aasdrache versteckte sein Herz im Körper der Spinne, was diese wiederum nach ihrem eigentlichen Tod noch eine Weile am Leben hielt. Ich habe dich nicht belogen, du hast nur nicht richtig zugehört, sondern deine eigenen Schlüsse gezogen.«

Louves Fäuste zucken an ihren Seiten. »Du wirst mir auf der Stelle den Aufenthaltsort des Aasdrachen verraten, Schattenwandler, oder ich schwöre dir …«

»Komm runter, Assassinin. Er ist längst hier. Wir sind quitt.«

Louve tritt einen Schritt zurück, ihren komischen Brocken an die Brust gepresst. »Was meinst du damit?«

Nicht-Kendric verschränkt triumphierend die Arme vor der Brust. »Warst du die Schulzeit über betrunken? Ein Aasdrache folgt buchstäblich stets dem Ruf seines Herzens. Seine höchste Priorität ist es, sein lebenswichtigstes Organ zu schützen. Und jetzt, wo die Schattenwandler auf der Suche nach ihrem Gott die porös gewordene Barriere vermehrt durchbrechen …«

Der pure Schock steht Louve ins Gesicht geschrieben, sie ist kalkweiß. »Willst du mir gerade sagen, dass ich einen Aasdrachen nach Solitude gelockt habe, indem ich sein Herz auf unsere Seite trug?«

Nicht-Kendric hebt anerkennend die Daumen. »Korrekt. Und jetzt lass uns verschwinden, mein Schattengott. Erobern wir die Stadt.«

Louve reibt sich mit der flachen Hand über das Gesicht, als sie sagt: »Ja, Enean, geh die Stadt erobern oder so. Wir sehen uns später.«

»Kann mir endlich jemand erklären, was los ist? Weshalb hast du einen Deal mit einem Schattenwandler geschlossen?«, verlange ich zu erfahren.

»Weil sie ihren Mann zurückhaben will«, springt Kendric für Louve ein.

Ich verziehe das Gesicht. »*Ich* bin ihr Mann.«

»Ich habe dich beobachtet. Du warst nie entfernter davon, *ihr Mann* zu sein«, lacht er. »Was nicht zuletzt daran liegt, dass du überhaupt kein Mann bist, sondern ein Gott. Also reiß dich gefälligst zusammen.«

»Kein Mann? *Kein Mann?* Wie kannst du es wagen, mich, deinen Go...« Da endlich begreife ich. Es gibt nur eine einzige Kreatur im gesamten Schattenreich, die es wagt, derart respektlos mit mir zu sprechen. »Zum Henkersbeil, Prejudice! Was hast du hier zu suchen?«

Und dann auch noch in der Leiche von Louves Erzfeind alias dem leiblichen Bruder meines annektierten Körpers? Geht es noch verrückter? Zudem wurde Kendric offenbar die Todesstrafe auferlegt, was so viel bedeutet wie, dass Prej in Kürze zurück ins Schattenreich fahren wird. Quasi automatisch. Das ist ... gut. Jetzt muss ich nur dafür sorgen, dass er ... oder sie nicht freigesprochen wird.

Und überhaupt – was ist das für eine Schnapsidee, eine Assassinenleiche zu entern, nur um mir auf die Nerven zu gehen?

»Was soll ich damit anstellen?« Louve wirft das Steinherz auf und ab. »Soll ich es zertreten oder zerstückeln? Kann man es anzünden oder muss man es in Säure baden?«

Abermals tritt dieses verrückte Schimmern in Prejudices Augen. »Allmählich begreife ich, weshalb die Kleine dir gefällt.«

Ich vergrabe die Hände in den Hosentaschen. »Klar, geht doch nichts über Säurebäder.«

Ratlos beobachte ich Louve. Natürlich bin ich aktuell nicht ihre Lieblingsperson, schon klar. Aber *Prejudice?* Ernsthaft? Und schlimmer noch: Louve hat das alles getan, um Wren zu retten. Weil sie wegen irgendeiner Hokuspokus-Scheiße mit ihm *verbunden* ist.

»Herrgott, hast du deine gesamte Ausbildung geschwänzt?«, fährt Prej Louve an.

Sich keinerlei Schuld bewusst, hebt diese eine Schulter. »Nur den Theorieteil.«

Frustriert stöhnt die Schattenwandlerin auf. »Das Herz muss dorthin, wo es hingehört: In den Brustkorb des Schattenwandlers. Erst in seinem Körper wird es wieder ein Teil von ihm, sodass du ihn töten kannst.«

Nachdenklich runzelt Louve die Stirn, wägt ab, inwieweit sie ihrer Feindin vertrauen kann.

Moment mal. Ich packe Prej-Kendric grob am Arm. »Verteilst du gerade eine Schritt-für-Schritt-Mordanleitung für unsere eigenen Leute?«

»Stell dich nicht so an. Nie im Leben gelingt es ihr, einen Aasdrachen zu töten.«

»Louve würde einem Schattenwandler mit dem kleinen Finger die Kehle …« Augenblick. Wo steckt Louve?

Irritiert starre ich auf die Stelle, an der sie eben noch gestanden hat. Lausche in die Dunkelheit. Als ich hastige Stiefelschritte sich entfernen höre, reagiere ich instinktiv. *Verdammt.* Kaum setze ich mich in Bewegung, erschüttert ein gewaltiger Donner die Wände. Ich halte inne, als Staub in meine Augen rieselt. Lege den Kopf in den Nacken. Erneut erzittert der Tunnel.

»Lauf!«, schreit Prejudice und stößt mich grob zur Seite.

Ganze Gesteinsplatten stürzen hinab, ein grauenhafter Lärm bringt meine Ohren zum Klirren. Und plötzlich verschluckt das Chaos das Licht.

25. Kapitel

Louve

Neandergrizzly, der: *Gattung: Schattenwandler; größte Bärenart im Schattenreich; lederne, von wulstigem Narbengewebe übersäte Lederhaut; kein Fell; triebgesteuert/aggressiv; Durchmesser: ca. 5 Menschenlängen; Schwarzmarkt: gekrümmte Fangzähne*

Keuchend sprinte ich durch ein Meer aus wild durcheinanderwirbelnden Silbersilhouetten. Schreie, Rufe, Verwünschungen und Kampfansagen tränken die Luft, die ich atme, kleben einen faden Aschegeschmack auf meine Zunge.

Zwei Panthergreife, Aschegeier, Wühlkrähen, mehrere Gewitterraben und ein Neandergrizzly sind dabei, den Südwestturm zu zerstören.

Als Troj vorhin von den Angriffen auf meinen ehemaligen Wohnturm berichtete, ging ich davon aus, dass diese weitgehend abgewehrt werden konnten – schließlich sind die Schattenwandler in der Unterzahl. Doch wenn Prejudice die Wahrheit sagt …

Ich schnappe nach Luft, greife mir in den Nacken, als ein vertrautes Kribbeln meine Wirbelsäule küsst. *Wren.* Er ist hier. Und das bedeutet … Ich beschleunige meinen Schritt, sprinte den Westflügel entlang. Gesteinsbrocken und eingebrochene Wandstücke pflastern meinen Weg. Die rechteckigen glimmenden Umrisse ordne ich im Rennen als zerschlissene Wandporträts ein, doch selbst wenn die ganze Welt in Form nicht zusammenpassender Puzzlesplitter unter meinen Schuhsohlen knirschen würde, könnte es mich nicht weniger interessieren. Ich habe es Wren nie gebeichtet, doch habe ich nach der Dòchaş-Zeremonie nicht all meine Habseligkeiten in den im Nordflügel liegenden Schlaftrakt gebracht. Es gibt Dinge, die er nicht verstehen würde, meine Seele zeichnende Brandmale, Überbleibsel aus meiner Vergangenheit. Weder kann ich sie mit jemandem teilen noch sie loslassen. Bin ihre Gefangene, so wie sie meine Gefangenen sind. Mein Geheimnis, mein Leben, ein Teil von mir. Ein Teil, der in diesem Moment drauf und dran ist, vollständig vernichtet zu werden.

»Louve, warte!«, ruft Enean mir hinterher.

»Ich kann nicht, sie greifen noch immer den Turm an!«

Ein Ellbogen schlägt gegen meine Rippen und jemand schreit so scharf in mein Ohr, dass mein Trommelfell bebt. Mehr und mehr schwer bewaffnete Schattenasssassinen strömen an mir vorbei, bis ich endlich die brüchigen Überreste des Innenzugangs des Westturms erreiche. Früher habe ich meinen Rückzugsort stets verbarrikadiert. Nun ist von meinem einstigen Schlafzimmer nicht mehr viel übrig. Während ich die steinerne Wendeltreppe hochstürme, stolpere ich mehrmals über Schutt und Geröll. Habe ich einst jeden noch so winzigen Winkel des Turms in- und auswendig gekannt, muss ich mich plötzlich vollkommen neu orientieren. Denn kaum komme ich in dem einzigen, theoretisch kreisrunden Zimmer an, ist nichts mehr wie zuvor. Weder erkenne ich die Umrisse eines Bettes noch die meines alten Schrankes. Nicht den winzigen Tisch mit den zahllosen, die Anzahl meiner Peiniger symbolisierenden Kerben auf der hölzernen Oberfläche, allesamt geschnitzt mit meinen Dolchen. Fluchend drücke ich mich an den zerbrochenen Möbeln vorbei, stoße mir ein scharfkantiges Regalteil in die Rippen und schiebe ächzend das umgekippte Bett zur Seite. Das Schlimmste jedoch ist nicht das bodenlose Chaos, dieses Gefühl von *wie innen so außen*. Sondern die herausgebrochenen Wandteile. Das gelbliche Glimmen, das mir für gewöhnlich die Umrisse von Objekten verrät, ist ein haltloses Durcheinander. Schutt knirscht unter meinen Stiefelsohlen, als ich mich an die Stelle vorantaste, an der einst eine Halterung für Kerzen befestigt war. Stattdessen greife ich in *nichts*. Ungläubig gleiten meine Handflächen durch Luft und Leere, als sich plötzlich etwas unter meinen Füßen löst und ich kreischend nach vorne kippe. Mein Magen zieht sich zusammen, vor Schreck vergesse ich zu atmen. Schon sehe ich mich in hohem Bogen aus dem Fenster segeln und sowohl mein wie auch Wrens Leben mit mir reißen. Da schlingt sich wie aus dem Nichts ein Arm um meine Taille und zieht mich zurück.

»Dir ist schon klar, dass dieses *lass-dir-Flügel-wachsen-*Gefasel metaphorisch zu verstehen ist?«

Heißer Atem streift meinen Hals, als ich mit dem Rücken gegen eine stahlharte Brust gedrückt werde. Zu spät realisiere ich das leise Seufzen, das meinen Lippen entkommt. Wünschte einen bittersüßen Herzschlag lang, ich könnte mich zurücklehnen, die Lider schließen, vergessen, mich fallen lassen, ohne *wirklich* zu fallen.

»Was tust du hier?« Ich weiß, ich sollte mich aus seinem Griff befreien, anstatt mich in seiner Umarmung umzudrehen.

Sein Daumen streicht so federleicht über meinen Kiefer, dass unmöglich jemand diesen Mann mit dem Herrscher der Toten verwechseln könnte. »Dich auffangen, wenn du fällst.«

Ein närrischer, furchtbar naiver Teil in mir schreit danach, die Kontrolle über meinen Körper zu erlangen, meine Finger über Eneans Hals zu führen, durch sein seidiges Haar zu fahren, meine Lippen auf seine zu pressen und die Beine um seine Hüften zu schlingen.

Ein anderer, weitaus rationaler gestrickter, rät mir, meine Traumata nicht mit Enean-förmigen Frühstücksflakes zu füttern.

»Frauen wie ich lernen sehr schnell, auf ihren eigenen Füßen zu landen, ihre eigenen Flügel zu sein und der Wind unter ihnen gleich mit dazu.«

Sein Arm, der noch immer fest um meine Taille liegt, gleichermaßen mein sicherer Hafen wie mein sicherer Tod ist, wandert meinen Rücken hinauf. Jede winzige Berührung hinterlässt ein Meer aus gefallenen Sternen. Ich erschaudere.

»Ich weiß, dass du dir selbstständig Flügel schaffen kannst, Love.« Seine Hand hat meinen Nacken erreicht, streicht viel zu sanft durch mein durch das viele Fallen und Fliehen gelöste Haar. »Aber was, wenn ich dir sage, dass ich diese Flügel *für dich* sein kann? Ich weiß, dass du alles erreichen kannst, was du dir in den Kopf setzt, mein Herz. Aber das musst du nicht allein tun. Wenn du die Welt in Flammen aufgehen lassen willst, sammle ich das Brennholz. Wenn du ein neues Leben beginnen möchtest, werde ich dir die Pflastersteine dafür legen. Ich weiß, dass ich dich enttäuscht habe, mehr als das. Doch das ändert rein gar nichts daran, dass ich dir jede einzelne Sternschnuppe vom Himmel pflücken würde. Alles, was es braucht, ist ein Wort von dir.«

Ein Schauder jagt meine Wirbelsäule hinab, unwillkürlich halte ich die Luft an. Ich hasse es, dass er jede meiner Reaktionen wie seine eigene kennt. Dass ich ihn nicht belügen kann, nicht mit Worten und schon gar nicht mit Gesten.

Mein Puls rast viel zu schnell, als ich langsam das Kinn hebe, sein Gesicht nur eine schlechte Entscheidung von meinem entfernt. Ich schmecke seinen Atem auf meinen Lippen, inhaliere den verführerischen Duft nach frischer Minze, Frühling und Zitronengras. Nach *für immer*. Ehe ich weiß, was ich tue, lege ich sanft meine Hand an seine Wange, ziehe sein Gesicht zu mir hinab –

Plötzlich knarzt eine Diele. »Ist ja nicht zum Aushalten. Sag mir jetzt nicht, du hast uns *ihretwegen* hintergangen.«

Abrupt weiche ich vor Enean zurück. Mehr ist mir nicht vergönnt, denn das seelische Band zwischen uns reicht tiefer, als meine Klingen je schneiden könnten. Mein Herz schlägt mir bis zum Hals, ein süßer Schwindel streicht über meine Brust, auf die ich meine geballte Faust presse. *Verflucht.*

»Was tust *du* denn noch hier?«, fauche ich den ungebetenen Besucher an.

Ich lehne mich einmal ganz weit aus dem Fenster und behaupte, niemand in ganz Solitude ist derart bescheuert wie ich und stopft Schattenwandler in Arzaê-Körper. Da sich nun mehr zwei nachtschwarze Auren inmitten der Turmruinen aufhalten, ist Prejudice per Ausschlussverfahren rasch zu identifizieren.

»Was glaubst du, Assassinin? Ich bin hier, um meinen Gott nach Hause zu bringen. Die einzige Person, die zwischen mir und …«

Ein unvorstellbares Krachen verschluckt Prejudices Götzenanbetung. Gleichzeitig reißt Enean mich so grob von den Füßen, dass mein Kopf gegen irgendetwas Hartes knallt. Keuchend fasse ich mir an die Stirn, ein dünner, klebriger Film bleibt auf meinen Fingerkuppen haften. Die Decke bröselt auf uns hinab. Exakt an der Stelle, an der wir eben noch gestanden haben, schlägt ein riesiger Gesteinsbrocken auf und reißt einen ganzen Krater in den Boden. Zeitgleich heben wir unsere Köpfe.

Prejudice stößt ein amüsiertes Lachen in Eneans Richtung aus. »Schätze, er hat dich gefunden. Und wenn nicht dich, dann zumindest sein Herz.«

Es macht mich krank, Kendrics Stimme zu hören, so nah bei mir, in jenem Raum, in welchem er mir unzählige Fallen gestellt hat, von im Schrank versteckten, geladenen Armbrüsten über Nagelbretter unter dem Kopfkissen bis hin zu halluzinogenen Kräutern in meinem Wasserkrug. Dass ich noch immer hier stehe, habe ich allein meinem zweiten Vornamen *Misstrauen* zu verdanken. Umso mehr erfüllt es mich mit Genugtuung, dass kein Gold der Welt seinen Schatten zurück in seinen Körper stecken kann, solange dieser von Prejudice besetzt ist.

»Er kann mich in dieser Gestalt unmöglich erkennen«, reißt Enean mich aus meinen Gedanken.

Meine Handflächen treffen auf scharfkantigen Steinbruch, als ich mich wankend aufrichte. In meinen Ohren summt es und ich muss mich an dem Überrest meines Schreibtisches abstützen, um nicht abermals zu stürzen. »Was ist passiert?«

»Deine Präsenz trieft nahezu aus diesem Körper, Schattengott«, lacht Prejudice, meine Frage übergehend. »Es grenzt an ein Wunder, dass dich bisher keiner deiner Leute entdeckt hat.«

Ich denke an den Rauchadler damals in Dall, an den Sturmdrachen, der kam, um Enean zurückzubringen. Und wer weiß, wie viele Schattenwandler ihm begegnet sind, während wir getrennt waren.

Dennoch muss ich Prejudice zustimmen. Eneans Aura wabert um seine gestohlene Arzaê-Gestalt wie ein zum Leben erwachter Albtraum. Er ist einnehmend, orkangleich, gleichermaßen gefährlich wie süchtig machend, ein Sturm aus Nebel und Finsternis und ... *ihm.*

Ich schlucke. »Wir müssen dem Aasdrachen sein Herz einsetzen und ihn töten, ehe er noch mehr Schaden anrichtet.«

Etwas Feuchtes trifft auf meine Wange, gefolgt von Poltern, Eneans und Prejudices einander Anbrüllen und ... einem Sturz? Verwirrt wische ich mir über den Kiefer und verziehe angeekelt das Gesicht, als ich begreife, was soeben geschehen ist. Knurrend greife ich mir einen der gelockerten Steine und schleudere ihn auf die sich soeben von den Dielen erhebende Silhouette. Ich muss ins Schwarze getroffen haben, denn ein schmatzendes Geräusch ertönt. Fast gleichzeitig stürzt sich die Schattenwandlerin auf mich. Schon schnappe ich mir einen zweiten, größeren Stein mit scharfkantiger Spitze, da reißt Enean sie grob zurück.

»Wage es nie wieder, Louve respektlos zu behandeln!«, donnert er.

»Ja, wage es nie wieder, Louve respektlos zu behandeln!«, wiederhole ich und wische mir wütend Prejudices Speichel am Oberschenkel ab. »Ich bin mit dreistem Scheiß wie diesem aufgewachsen, Schattenwandlerin«, fauche ich kalt. »Sei vorsichtig. Irgendwann zählst du nicht mehr die Nächte, in denen du wach lagst, sondern die rollenden Köpfe deiner Feinde.«

Enean holt Luft, als wollte er etwas sagen, besinnt sich jedoch eines Besseren und schweigt. Gut für ihn.

»Prej, Aasdrachen sind keine Kreaturen, die mal eben bei Tee und Gebäck mit sich reden lassen. Louve hat recht. Wir haben keine andere Wahl.«

»Und wieder höre ich nur, wie du dich auf die Seite der weißen Assassinin schlägst anstelle auf die deiner eigenen Reihen«, fährt sie ihn an.

»Dann putz dein Hörgerät und reiß dich zusammen«, zischt er, obwohl die Schattenwandlerin ziemlich sicher keinen blassen Schimmer hat, was ein Hörgerät ist.

»Ich weiß sowieso nicht, was du willst, Prej«, fährt er fort. »Du verschwendest deine Zeit. Ich werde nicht zurückkommen.«

Du musst!, kreischt mein Verstand, während von meinem Herzen die Last eines ganzen Mondlaufs fällt.

»Das Schattenreich braucht einen Gott«, knurrt sie. »Wie

lautet dein Plan? Willst du dir ein entspanntes, sehr sterbliches Leben machen, während du deinen Untertanen dabei zusiehst, wie sie einer nach dem anderen für dich in den Tod laufen?«

Guter Punkt. Doch nicht nur die Schattenwandler sterben. Ihre Anwesenheit bringt Chaos, Zerstörung und Tod über Solitude. Und wozu das alles? Da Enean mir die kalte Schulter gezeigt hat, bezweifle ich stark, dass es ihm bei seiner *Besetze-einen-sterblichen-Körper*-Aktion um mich geht. Oder dass es ihm überhaupt je um mich ging.

»So ungern ich es auch zugebe, sie hat recht.« Unbewusst entferne ich mich einige Schritte von Enean. Nicht nur physisch. »Was du abziehst, ist das Egozentrischste, was ich je erlebt habe. Beide Seiten zählen horrende Verluste, während du was tust? Cocktails schlürfen und Brettspiele spielen?«

»Ich würde *niemals* Brettspiele spielen«, entgegnet Enean angewidert. »Du weißt, dass ich das alles nur für dich getan habe.«

Ungläubig schnaube ich. »Ach, tue ich das? Meiner schwer unterschätzten Meinung nach hast du nicht nach mir gesucht, sondern nach in Organe und Schmuck gestopfter Macht.«

Als draußen abermals eine starke Erschütterung zu hören ist, gefolgt von dem entschlossenen Kampfgebrüll meiner eigenen Leute und dem schrillen Kreischen eines Wühlkrähenschwarms, habe ich genug. Entschieden presse ich meinen Lederbeutel an meine Seite. Zeit zu handeln.

Da kracht etwas mit voller Wucht gegen die Außenfassade des Turmes, feiner Sand dringt in meinen Mund und die Nase, ich huste, würge. Zeitgleich erfasst mich ein Schwall frischer, kühler … Luft? Ungläubig reiße ich den Kopf in den Nacken, zeichne in Gedanken die bröckelnden Konturen meines Zuhauses nach.

»Er hat das Dach eingerissen!«, lacht Prejudice. Kichert, als wäre das alles ein gottverdammter Witz. »Schätze, dein

Versteckspiel hat ein Ende, *mein Schattengott*«, spuckt sie verächtlich hervor.

Mehr und mehr Staub wirbelt auf, als sich eine gigantische, nachtschwarze Silhouette über unseren Köpfen erhebt. *Beim Henkersbeil.* Das ist …

»Wir müssen sofort raus!«, brüllt Enean gegen die mächtigen Flügelschläge an und packt meinen Arm.

»Noch nicht!« Geistesgegenwärtig schüttle ich ihn ab. »Zuerst muss ich etwas finden.«

»Louve, der Turm stürzt jeden Moment ein!« Er versucht erneut nach mir zu greifen, doch ich weiche ihm geschickt aus. »Was kann so wichtig sein, dass es dein Leben wert ist?«

Für einen Moment klopft das schwarze Loch meiner Vergangenheit an meiner mühsam errichteten Mauer an. Jeden einzelnen Stein mit der Aufschrift Verdrängung, Selbstschutz und Schmerz habe ich mit meinem eigenen Blut, meinen Tränen verklebt.

Hastig schüttle ich den Kopf und ein trauriges Lächeln hebt meine Mundwinkel. »Gerechtigkeit.«

Ein hüfthoher Brocken schlägt nur wenige Fingerbreit vor meinen Stiefeln ein. Instinktiv springe ich zurück.

Irgendwo im Hintergrund höre ich Prejudice mit Kendrics Stimme fluchen: »Macht, was ihr wollt. Ich stecke in keinem sterblichen Körper, damit ich bei der erstbesten Gelegenheit gesteinigt werde.« Dann rennt sie los, ihre Schritte verklingen in dem Gebrüll meiner eigenen Leute.

»Louve, hier ist nichts, da ist überhaupt nichts mehr!«, schreit Enean gegen den Lärm der Einschläge an. Finsternis legt sich über das matte Glimmen der Ruine unter unseren Füßen, während sich der Aasdrache unter donnergleichem Grölen über uns erhebt.

»Es ist hier, es ist alles hier!«, brülle ich zurück.

Verzweifelt versuche ich mich zu orientieren, auszumachen, wo einst mein Bett stand, wo genau ich mich befinde, wo die losen Dielenbretter angebracht sind, unter welchen seit zehn Zyklen mein Rachedurst pulsiert. Wahllos schaufle ich Gesteinsbrocken beiseite, schürfe mir die Handflächen an zerbrochenen Mauerteilen auf, ignoriere, wie sich die Überreste zersplitterter Holzbretter in meine Arme graben. Scharfer Schmerz jagt durch meine Glieder. Ich beiße die Zähne zusammen, suche weiter.

»Louve, komm schon, das ist Wahnsinn!«

Ich ziehe den Kopf ein, als er mit bloßen Händen ein Stück Außenfassade im Fall wegstößt, ehe es meinen Nacken treffen kann.

»Ach, hier ziehst du die Grenze?«, gebe ich kalt zurück. »Bei *meinen* Entscheidungen?«

Sein Arm streift meine Schulter, als er neben mir auf die Knie fällt. »Nicht bei deinen Entscheidungen. Meine Grenze kannst du bei dem sicheren Tod der Frau, die ich liebe, verorten. Beispielsweise, wenn sie kurz davor steht, lebendig begraben zu werden, weil sie meint, noch eben einen Lieblingsmauerstein einsammeln zu müssen!«

Seine Worte beißen sich in mein Herz, graben ihre Krallen so tief in meine Seele, dass ich Galle schmecke. »Du liebst mich nicht, Enean. Und ich suche auch keinem Stein, sondern nach Beweisen.«

Große, warme Hände umfassen meine zitternden, schmerzenden und halten mich davon ab, mich durch das Chaos zu graben. »Nach Beweisen wofür? Dass ich dich liebe?«

Spöttisch stoße ich Luft aus. »Glaub mir, so tief graben könnte nicht einmal ich. Ich suche nach den lockeren Bodendielen, unter denen ich etwas aufbewahre, das ich nach dem Dòchaş nicht mit in den Schlaftrakt nehmen konnte.«

Enean löst seine Hände von meinen und obgleich meine Lippen etwas anderes sagen, hasst mein Herz das Gefühl. »Wonach genau gräbst du?«

»Erinnerungen. Beweise. Such dir etwas aus. Ich muss die Sachen rausschaffen, bevor jemand sie entdeckt.«

Er zögert. »Du hast *Erinnerungen* unter den Bodendielen deines Schlafzimmers versteckt?«

Langsam nicke ich. Das alles hat doch keinen Sinn! Resigniert senke ich die Schultern. Meine eingerissenen Fingernägel bohren sich in seinen Handrücken. »Ich bitte dich«, flehe ich ihn an. »Finde sie.«

Manche Erinnerungen fressen sich bereits bei ihrer Entstehung so tief in deine Knochen, dass du sie niemals wieder loswirst. Sie nagen sich in deine Eingeweide, vergiften deine Gedanken. Deshalb beschließt du bereits in deiner Kindheit, sie so tief unter den Bodenleisten deines neuen sicheren Hafens zu vergraben, dass kein Wunder dieser Welt sie jemals wieder zum Vorschein bringen könnte.

Ein Gott jedoch schon.

»In Ordnung, Love. Ich verspreche dir, nicht mit leeren Händen zu dir zurückzukehren. Lass mich deine Augen sein, nur für diesen Moment.«

Unsicher wische ich mir den Staub aus dem Gesicht und verteile dabei ziemlich sicher etliche Blutschlieren auf meiner Haut. »Du kannst nicht einfach das *Körperteil* einer anderen Person ersetzen, Enean.«

Sein Daumen fährt über meinen Kiefer. Ich wünschte nur, seine Berührung würde meinen Verstand nicht per Knopfdruck sprengen, jede seiner Bewegungen das Ticken eines Zeitzünders auf meiner Haut.

»Ach ja?« Seine Finger verharren an meinem Kinn. »Und weshalb schlägt dann mein Herz in deiner Brust?«

Ich hasse es, dass seine Worte etwas mit mir machen, meine Entschlossenheit zu etwas Kompliziertem flechten.

»Ich fürchte, Prejudice hat unrecht.« Die aufgesetzte Gleichgültigkeit kämpft einen ungleichen Kampf mit meinem schneller gehenden Atem. »Die Stelle als Schattengott sollte wirklich neu besetzt werden. Schätze, die da drüben erwarten einen Sensenmann und keinen Lyriker.«

Wie immer übergeht er meinen Sarkasmus geflissentlich. »Ich liebe es, wenn wir einer Meinung sind. Und jetzt verschwinde. Ich hole deine Sachen und komme nach.«

Kurz zögere ich, weil Menschen viel öfter gehen, als dass sie zurückkommen, und ihre Lügen reihenweise auf den verkohlten Ascheflocken ihrer Versprechen tanzen. Dennoch bleibt mir kaum etwas anderes übrig, als ihm zu vertrauen. So ungern ich es auch zugebe, Enean hat recht. Wrens und Sâls Leben stehen auf dem Spiel. Und mit ihrem auch das meine.

»Na schön, ich gehe. Aber ich warne dich. Solltest du ...«

»Ich finde deine Erinnerungen, Love. Ich verspreche es dir«, schneidet er mir das Wort ab.

Ich will ihm unter die Nase reiben, dass seine Versprechen die Standhaftigkeit eines Pappstrohhalms haben. Stattdessen erlaube ich, dass er mich in eine flüchtige Umarmung zieht, seine weichen Lippen zärtlich über meine Schläfe fahren, ehe er mich kurzerhand in die Richtung schubst, in der die Wendeltreppe liegen muss.

»Geh«, drängt er erneut. »Ich finde dich, Love. *Dein Lächeln im Sternenstaub.*«

Einen malträtierten Herzschlag lang halte ich inne. Dann sprinte ich los. Erst, als ich atemlos die letzten Stufen erreicht habe und über mir die Treppe in sich zusammenstürzt, realisiere ich, dass er mir den Beutel mit dem Steinherz gestohlen hat.

26. Kapitel

Enean

Wüstenechse, die: *Gattung: Schattenwandler; lebt in den ausgestorbenen Regionen von Coherence; pechartige, leicht entflammbare Substanz in den Adern; Jagdzeit: nachts; Blut wurde vor allem im Mittelalter im Krieg zur Verteidigung der Burgmauern verwendet*

Louve sagen zu hören, dass sie glaubt, meine Gefühle für sie wären nicht echt, ist so viel grauenhafter als der Aasdrache, der vor wenigen Atemzügen den verdammten Wachturm geköpft hat. Als ob ich sie je freiwillig verlassen würde. Als ob das Universum nicht alles daransetzen würde, uns voneinander zu trennen. Als ob ... als ob ich kein verdammter Feigling wäre, der das eine Herz, das ihm die Welt bedeutet, wegen eines einzigen sadistischen Arzaê und *Albträumen* verriet.

Einen winzigen Augenblick lang erlaube ich mir, die Augen zu schließen. *Fuck.* Ich bin kein Gott. Ich bin der größte Idiot, der unter Solitudes Himmel wandert.

Ich knie inmitten der Ruine von Louves einstmaligem Rückzugsort. Überall liegen zerbrochene Wandteile, nachtschwarze Gesteinsbrocken, zertrümmerte Möbel und verstaubte Kindheitsträume herum. Louves Zuhause so zu sehen, lässt mich Galle schmecken. Als hätte man ihr das letzte bisschen Sicherheit genommen, das Iron Claw ihr je gewährte. Nein. Als hätte *ich* es ihr genommen. Schließlich ist der Schattenwandler vor allem meinetwegen hier.

Über der eingestürzten Turmdecke brauen sich gewitterschwangere Wolkendecken zusammen, schieben sich vor Sôl und Athaír. Gleichzeitig durchbohrt das permanente Kreischen des Schattenwandlers die Atmosphäre, vermengt sich mit den Schlachtrufen der Assassinen, der Schreie seiner Opfer. Sie kämpfen. Und fallen.

Als der Boden unter mir abermals bebt, reiße ich mich aus meiner Starre. Ich schiebe tonnenweise Geröll beiseite, werfe die Überbleibsel einer zerfetzten Matratze in eine Ecke. Die daraus hervorquellenden Federn segeln durch den Raum. Frisches Blut tropft von meinen vom Staub grau verfärbten Händen, hinterlässt meine Signatur auf morschen Brettern und scharfkantigen Trümmern.

So wird das nichts. Unbarmherzig zerfetze ich das, was von dem kreisrunden Raum übrig geblieben ist. Eine Fußbodenleiste nach der anderen ziehe ich heraus. Nägel bohren sich in meine Handflächen und Unterarme, doch ich spüre keinen Schmerz. Alles, was ich will, ist Louves gottverdammter Bitte nachzukommen, nur ein einziges Mal ein Versprechen an sie zu halten, nur einmal nicht der Lügner zu sein, zu dem mich nicht ihre Worte, sondern meine Taten machten.

Ich knalle mit den Rippen gegen den zerbrochenen Wandschrank, als das Bodenskelett nachgibt, ich ausrutsche und mich plötzlich in Schieflage wiederfinde. Verflucht, mir bleibt keine Zeit! Wie ein Wahnsinniger zerre ich Diele um Diele aus ihrer Verankerung, bis ich kaum noch über die darunterliegenden Balken balancieren kann.

»SCHATTENGOTT.«

Ich reagiere nicht, als das donnergleiche Fauchen der Kreatur über mich hinwegstößt. Über mir vernehme ich das Schlagen seiner knöchernen Schwingen, doch kann ich mich nicht von meiner Aufgabe losreißen. Als ich mich dem Bereich nähere, an dem einst das Fenster saß, rutsche ich ab und bleibe mit dem Stiefel in einer Spalte hängen. Fluchend reiße ich an meinem Bein und krache mit voller Wucht der Länge nach zu Boden, als mich ein tellergroßer Gesteinsbrocken hart im Rücken trifft. Kurzzeitig bleibt mir die Luft weg. Der Schmerz einer gestählten Klinge frisst sich in meine Lungenflügel, meine Atmung stockt. Schwarze Punkte blitzen vor meinem Sichtfeld auf und ich fürchte schon, das Bewusstsein zu verlieren, da fällt meine Aufmerksamkeit auf meinen festsitzenden Fuß. Oder besser gesagt auf das, was unter meiner Schuhsohle herausragt.

Ich beiße die Zähne zusammen, ignoriere das Klingeln in meinen Ohren und richte schwankend den Oberkörper auf, um mein linkes Bein zu erreichen. Getrocknetes Blut und Dreck bedecken meine Hände vollständig, als ich keuchend ein Blatt Papier von meinem Stiefel zupfte.

Stirnrunzelnd verschaffe ich mir einen groben Überblick über einen in unregelmäßiger Kinderschrift verfassten ... Brief? Die Sätze sind mit verschmierter Kohle verfasst, einige Buchstaben zu groß, die meisten krumm und schief, der eine oder andere spiegelverkehrt. Was ist das? Ist es das, wonach Louve gesucht hat?

Das Dokument beinhaltet nicht mehr als zwei Worte: rote Stiefel. Dutzende Male, übereinanderlappend, als ... als hätte die Verfasserin nichts gesehen.

Suchend krabble ich zurück zu der Stelle, an der ich zuvor eingebrochen bin, und stecke meinen Arm bis zum Ellbogen in die Vertiefung. Meine Fingerkuppen stoßen auf ... winzige Porträts. Wie nennen die Sterblichen das? Fotografien? Ohne den Rest durchzugehen, schnappe ich mir den ganzen Stapel und stopfe ihn neben einer versengten Taschenuhr und einem Medaillon in Louves Lederbeutel, den ich mir kurzfristig … ausgeliehen habe.

Keinen Wimpernschlag zu spät. Dunkelheit bricht über mich herein, verschluckt das letzte Glimmen Athaírs, als sich ein tiefschwarzer Totenschädel in der Größe eines Wohnhauses an die Stelle schiebt, an der zuvor die Decke saß.

»Endlich.« Die Stimme des Schattenwandlers schwingt in einer höheren Frequenz als die der Sterblichen, weshalb ich ihn nur in meinem Kopf hören kann.

Der riesige an der Spitze hinabgebogene Vogelschnabel öffnet sich, entblößt zwei Doppelreihen messerscharfer Zähne und eine schlammgraue, nach Schwefel und Ammoniak stinkende Zunge.

Ich schultere Louves Tasche und richte mich zur vollen Größe auf. »Verschwinde oder du wirst es bereuen. Das ist ein Befehl.«

Die Bestie stößt ein schrilles Kreischen aus. Ich muss mich zusammenreißen, um mir nicht die Hände auf die Ohren zu pressen, so schmerzhaft ist es.

»Dein Heer der Finsternis verlangt nach dir.«

Urgh. Hört sich ja mal so gar nicht einladend an. »Wie wäre es, wenn wir uns alle zusammen in einen Kreis setzen und bei einer Tasse Tee unsere ungesunde Co-Abhängigkeit ausdiskutieren?«

Sein heißer Atem droht mir das Gesicht zu versengen. Instinktiv reiße ich meine Arme hoch. *Wow.* Das war wohl ein Nein.

»Das Schattenreich braucht einen GOTT.« Leere Augenhöhlen starren mir aus dem knöchernen Haupt entgegen, leuchten in einem unnatürlichen Rubinrot. Seine Krallen, die bogenförmigen Rippen, der zuckende Schwanz, alles an ihm gleicht einem

seit Tausenden Zyklen verfallenen Drachen. Einzig die durch diffuse trübgraue Nebelschlieren zusammengehaltenen Flügel zeugen von Leben.

»Tja, herzlichen Glückwunsch, du hast den Posten.« Rückwärts nähere ich mich der Stelle, an der Louve vorhin verschwunden ist. Als ich mit der Ferse abknicke, riskiere ich einen kurzen Blick über die Schulter. *Verflucht.* Wo die Treppe war, erkenne ich nur noch Geröll, die Stufen sind vollends zerstört. Anstelle eines Geländers prangt ein gigantisches Loch hinter mir. Keine Chance, auf diesem Weg zu entkommen.

»Ein Schattengott wird nicht nur erwählt. Er wird als solcher neu geboren. Er wird dazu gemacht. Aus Leben wird Tod. Und aus Tod wird Leben.«

Wow, wie theatralisch. Und zu meinem Leidwesen verdammt richtig. Als der Aasdrache seine Flügel hebt, bringt die Erschütterung die Überreste der Fassade zum Zittern. Gleichzeitig schmettert er eine seiner gigantischen Klauen ins Turminnere und schlägt nach mir aus. Nur mit Mühe gelingt es mir, auszuweichen. Dabei krache ich schwer atmend gegen ein herunterdonnerndes Wandregal.

»Du wagst es, deinen Gott anzugreifen?«, brülle ich gegen den Sturm an.

»Niemals meinen Gott«, ertönte die Antwort von überallher. *»Nur dessen sterbliche Hülle.«*

Na toll. »Such dir dein eigenes Spielzeug!«, rufe ich hinauf zu dem Echsenskelett in Übergröße. »Dieses ist bereits vergeben. Sorry, Götter teilen nicht!«

»Oh, das habe ich längst.«

Okay? Das klingt gar nicht gut.

Da breitet der Aasdrache seine Schwingen aus und erhebt sich von den Ruinen. Schützend reiße ich einen Arm vor mein Gesicht, weiche der Bruchbude aus. Ich konzentriere mich auf meine Atmung, versuche, meine neue, durch die Gabe der Göttin erweckte Kraft zu kanalisieren. Doch anstatt mit gleißendem Licht um mich zu schießen, läuft maximal vor Anstrengung mein Kopf rot an.

Na super. Missmutig schüttle ich den Arm aus, als würde dadurch eine Prise Licht herausplumpsen. Da wird mir etwas bewusst. Zweimal habe ich meine Kräfte nun aktiviert. Und bei jedem Mal habe ich Louves Armreif berührt. Bedeutet das etwa, die Relikte funktionieren lediglich per Teamwork? Was für ein Mist. Soll ich etwa ab jetzt stets mit Louve unter den Arm geklemmt kämpfen? Sie würde mir den Kopf abreißen, und das nicht einmal zu Unrecht.

Moment mal. Was, wenn ich ihr den Armreif abnehme und mir selbst anlege? Sie will ihn ohnehin nicht mehr. Ein weiterer Pluspunkt ist, dass sie damit außer Gefahr wäre. Die Roughcrests wären stattdessen hinter mir her.

Ein siegessicheres Grinsen umspielt meine Lippen. Ich muss Louve finden. Sofort.

Ich hebe den Kopf just in dem Moment, als die Rippenbögen des Drachen unweit über mir vorbeiziehen. Perplex halte ich inne. Verenge die Augen und konzentriere mich auf ... den Mageninhalt?

Was zur Barriere ...

Drei Schattenassassinen liegen entweder bewusstlos oder tot zwischen den eng zusammenstehenden und vollends deformierten Rippen. Ich erkenne sie sofort an ihren Uniformen. Zwei Männer und eine Frau, wenn ich es aus der Distanz richtig deute. Sie könnten sich selbst befreien, indem sie die Rippen zerbrechen, wenngleich die Knochen eines Aasdrachen um Längen robuster sind als Blutdiamantenstahl. Allerdings habe ich keine Ahnung, ob sie überhaupt noch am Leben sind. Hat er sie etwa am Stück geschluckt? Eine Woge des Stolzes für die gleichermaßen falsche wie richtige Seite überkommt mich.

Wie aufs Stichwort geht ein Zucken durch den Körper einer der Männer. Sein Gesicht ist über und über mit getrocknetem Blut und Staub bedeckt, dennoch erkenne ich ihn wieder, als er den Oberkörper aufrichtet und sich irritiert umblickt. Stechend grüne Iriden, kantiger Kiefer, zu einem Knoten gebundenes nussbraunes Haar. Der Neffe des Kommandanten alias Louves zukünftiger Verflossener. Wren.

Mein Grinsen wird breiter.

Als er mich entdeckt, weiten sich seine Augen. »Decan? Wo sind wir?«

Amüsiert über seine offensichtliche Unterlegenheit hebe ich die Brauen. Ich spüre die Schadenfreude bis in meine kleinen Zehen. »Erde. Solitude. Iron Claw. Aber da ich stark davon ausgehe, dass du eher der Typ Mikroperspektive bist …« Abschätzend mustere ich seinen Unterleib. »Im Magen eines Aasdrachen.«

»Wo ist Louve?«

Ich verdrehe die Augen. Natürlich ist das seine erste Frage. »Ausgewandert. Hat quasi den Kontinent gewechselt. Konnte gar nicht schnell genug von dir wegkommen. Du hättest sie mal sehen sollen, Mann, ich sage dir …«

»Wren!«

Schöner Mist.

»Louve? Bleib weg, Louve!«, schreit Mr Melodramatisch und umklammert die Rippen des Drachen. Schade nur, dass mein Untertan ohne Organe niemanden verdauen kann …

Zeit, das zu ändern. Kurzerhand hieve ich mich auf den umgekippten Kleiderschrank, hangle mich die Bruchstücke des einstmaligen Wachturms hinauf und springe von der Nische, in der zuvor das Fenster gesessen haben muss. Der Schattenwandler stößt einen gellenden Schrei aus, als ich eine seiner Krallen zu fassen bekomme und nicht gerade anmutig an seinem baumstammdicken Knochenbein hinaufklettere.

Unglücklicherweise brockt mir meine kleine akrobatische Einlage die Aufmerksamkeit des Anti-Schönlings ein. »He, hast du sie nicht mehr alle?!«

»Sagt der Kerl, der im Bauch eines Aasdrachen hockt«, gebe ich augenrollend zurück.

»Decan!«

Zuerst reagiere ich nicht auf meinen falschen Namen, dann aber verknüpft mein Hirn den Ruf mit Louves Stimme. Klar, sie kann schlecht über den ganzen Platz den Namen des Schattengottes brüllen. Dennoch wünschte ein masochistisch besitzergreifender Teil von mir, sie täte es. In der Luft baumelnd, schaue ich nach unten. Bestimmt siebzig Schattenassassinen rennen wie aufgescheuchte Hühner entlang der Mauern ihrer Zitadelle. Einige schießen von den übrigen drei Türmen aus mit Pfeil und Bogen oder nutzen brennendes Wüstenechsenpech im Mittelalter-Style. Natürlich nicht auf das fliegende Skelett hier, schließlich weiß jeder Idiot (bis auf Schulschwänzerin Louve), dass man einen Aasdrachen nicht auf diese Weise verwunden, geschweige denn töten kann. Sondern auf sechs oder sieben Aschegeier, die mit ausgebreiteten Schwingen über Iron Claw segeln und abwechselnd die Türme und äußeren Mauern rammen. Die Anzahl ist seit dem Bericht des Kommandanten vorhin drastisch gestiegen. Hat man den Viechern zu viel Zucker ins Schwefelwasser gemischt?

»Sie sind Euretwegen hier«, dröhnt es in meinem Kopf. Allmählich bereitet das Vieh mir furchtbare Migräne. Ein Kräuterbad wäre nicht schlecht. Oder Kuchen.

Abermals blicke ich mich um und entdecke drei aus meiner Perspektive winzige Säbelzahnalligatoren, die gefährlich nah am Hafen von Old Marble mit zwei Geistgefährten in diffuser Löwengestalt kämpfen. Mehrere Verkaufsbuden liegen in Trümmern, die zerfetzten Planen gleichen verschütteten Farbeimern. Menschen fliehen in Richtung der abseitsgelegenen Wohngebiete, Arzaê verschanzen sich in ihren Panikräumen in Silverline Square. Nur wenige ziehen in den Kampf. Ich entdecke mehr und mehr Schattenwandler wie auch tierische Geistgefährten, die es mit den geflügelten, gehörnten oder geschuppten Mutationen aufnehmen. Zahllose schwer bewaffnete Schattenassassinen rennen kreuz und quer durch ganz Solitude.

Bei den Göttern. Weshalb sind die Toten plötzlich in der Lage, in einem solchen Ausmaß die Barriere zu überwinden?

»Sie suchen nach ihrem Gott«, ertönt es prompt, als hätte das Mistvieh meine Gedanken erraten. *»Die Barriere wird schwächer, je länger Ihr Euch auf der falschen Seite aufhaltet. Euer Reich lebt durch Eure Macht. Wir sind hier, um Euch zurückzuholen.«*

Wütend beiße ich die Zähne zusammen. »Wie ich schon sagte, ich komme nicht zurück. Im Gegenteil. Ihr werdet meinem Ruf folgen und mir auf dieser Seite untertan sein oder euch verziehen. Es ist an Euch. Weshalb durchlebe ich euretwegen ein Permanent-Déjà-vu?« Muss ich etwa Info-Flyer drucken? Gütiger *Ich.* »Wie ich deinen kommunikationsarmen Mittoten bereits sagte: Ich habe vor, die Schattenbarriere zu vernichten und damit den Bann, der auf uns allen liegt. Wir werden uns frei in Solitude bewegen können. Und beide Welten regieren.« Ein wissendes Grinsen umspielt meine Züge. »Nicht mehr lange und wir sind frei.«

27. Kapitel

Louve

Höllenwolf, der: *Gattung: Schattenwandler; Jäger; scharfkantige Borsten, meist lose, abgefaulte Hautfetzen; Weibchen: Mähne; Giftspeichel*

Ich kann nicht glauben, was er da tut. Nun gut, rein theoretisch kann ich das sehr wohl. Schließlich neigt der Schattengott dazu, in den ungünstigsten Momenten aufzutauchen und diese mit einer großen roten Kirsche mit der Aufschrift *Katastrophe* zu garnieren. Dennoch fasse ich es nicht, dass er einfach so mir nichts dir nichts wieder in Iron Claw herumspaziert. Behauptet, er hätte nie aufgehört, mich zu lieben. Die halbe Roughcrest-Sippe buchstäblich von innen unterwandert. Und nun am Bein eines über der Zitadelle schwebenden Aasdrachen baumelt und meine Einheit belästigt.

Wie man es auch dreht und wendet, ich komme stets zum selben Ergebnis: Enean ist impulsiv, irrational, egozentrisch und … neigt dazu, auf sozial verwerfliche, moralisch tiefgraue, höchst eigenwillige Weise stets die Situation zu retten. Doch nur zu seinen Bedingungen. Immer nur zu seinen Bedingungen.

Im Foyer stecke ich mir eine Machete in jeden Stiefelschaft, befestige mehrere Dolche rund um die Halterungen an meinen Oberschenkeln und Hüften, schnalle mir für Wren ein Katana auf den Rücken, stopfe mir mehrere Wurfsterne an die von meinen Schultern über die äußeren Arme hinablaufenden Druckknopf-Schlaufen und befestigte Handgranaten an meiner Taille. Übertrieben? Nicht in meiner Welt. Endlich fühle ich mich wieder vollständig, wie *ich*. Und sicher.

So schnell ich kann sprinte ich aus einem der Seiteneingänge, der mich in dem an meinen ehemaligen Turm angrenzenden Kräuter- und Gemüsegarten ausspuckt.

Ich habe ein solches Tempo drauf, dass ich den Schattenwandler zu spät bemerke. Mir bleibt die Luft weg, als Eneans Haustier mit vollem Körpereinsatz gegen meine linke Seite knallt und mich wie eine Bowlingkugel durch ein Kürbisfeld katapultiert.

Fluchend rolle ich mich ab, reiße einen meiner Dolche aus seiner Halterung und ramme ihn der Bestie in die Flanke. Nach Fäulnis stinkender Sabber klatscht mir ins Gesicht, eine Pranke presst sich auf meine Brüste. Ein Kürbis platzt unter meinem Gewicht, sein Innenleben verfängt sich in meinem Haar und dringt kalt in meinen Kragen.

Gerade will ich mich zur Seite rollen, da streicht ein elektrisierendes Kribbeln meinen Nacken. Keuchend reiße ich die Augen auf. *Wren.* Doch bleibt mir keine Zeit, darüber nachzudenken. Krallenspitzen graben sich in mein Schlüsselbein, versuchen mich an Ort und Stelle zu fixieren. Ich ziehe einen zweiten Dolch von der Hüfthalterung und ramme ihn meinem Gegner ohne Skrupel in die Kehle. Dabei gleitet meine Hand über scharfkantige Borsten, lose Hautfetzen und den Ansatz einer Mähne. *Ein Höllenwolf.*

Im Gegensatz zu meinem Moment der Schwäche im Schattenreich gebe ich diesmal nicht so schnell auf. In Augenblicken, in denen niemand sonst das Schwert für dich erhebt, gilt es, umso verbissener für dich selbst zu kämpfen. Eine Klinge in jeder Faust zu halten, eine dritte zwischen dein Grinsen zu zwängen und dem Schicksal kampfbereit entgegenzulachen.

Das Fauchen des Wolfes zerreißt die Leere zwischen meinen Atemzügen, seine Klauen schnellen über meine Wange. Frisches Blut läuft über meine Lippen, angewidert spucke ich den Geschmack nach Kupfer und Vergeltung aus. Der Bursche ist verflucht zäh. Gift tropft aus seinem Maul, doch das Schattenwandlerleder meiner Unformen hält stand – schließlich besteht sie unter anderem aus der präparierten Haut seinesgleichen.

Ich nutze die Speichelflugbahn, um sein Maul zu lokalisieren. Dann geht alles ganz schnell. Während er mich tiefer in die Erde presst, er schmerzhafte Spuren in meine Wangen und den Hals schneidet, fummle ich mühsam einen zweiten Dolch hervor. Kurz muss ich meine Abwehr aufgeben, um mit der flachen Hand über seine riesige Schnauze zu fahren und die genauen Proportionen seines Schädels zu ertasten. Rasiermesserscharfe Fangzähne bohren sich oberhalb meines linken Schlüsselbeins durch das Leder. Mir bleibt die Luft weg, ein Gefühl, als würde ich bei lebendigem Leib zerfetzt, droht mir das Bewusstsein zu rauben. Ich schreie auf vor Schmerz, hole aus und ramme dem Wolf im selben Moment meine Klinge ins Auge, als ich ihm eine Handgranate mitten ins weit aufgerissene Maul stopfe. Wie zu erwarten, brüllt der Schattenwandler und fletscht erbost die Zähne, sodass sich das Gewicht seiner Pranken kurzzeitig verlagert. Darauf habe ich gewartet. Blitzschnell ziehe ich den Stift der Granate und drehe mich seitlich unter dem stacheligen Bauch. Keuchend schlüpfe ich unter seiner ausschlagenden Klaue hindurch, springe auf die Beine und renne, was das Zeug hält. Es pulsiert zwischen meinen Schläfen, doch das Adrenalin dämpft meine Schmerzen. Ich sprinte über Gemüsefelder, zermatsche tonnenweise frisch gepflanzte Setzlinge, als mich die Druckwelle der Explosion hart im Rücken trifft. Ein Schwarm Schattenwandler fliegt auf, rettet sich vor dem sicheren Tod. Die Pfeile meiner Leute folgen ihnen. Schützend reiße ich die Arme vor mein Gesicht, während ich japsend durch die Luft segle und im Sturz den Kopf einziehe, um mich abzurollen. Ein schrilles Klingen raubt mir die Sinne, der Gestank nach verbranntem Fleisch dringt mir in die Nase. Schützend schlage ich die Arme über meinem Kopf zusammen, als der Schattenwandler bei lebendigem Leib zerfetzt wird. Mehrere hüfthohe Kreaturen schlagen leblos um mich herum auf, die Detonation muss jeden im Umkreis kalt erwischt haben.

Atemlos sinke ich auf die Knie, eine Hand auf der Stirn, die andere an mein klopfendes Herz gepresst. Das war mehr als knapp. Mit zitternden Fingern taste ich meinen Körper ab, verschmiere mehr und mehr Dreck auf meiner Haut. Im Hintergrund ertönen Kampfschreie und animalisches Gebrüll. Haarscharf zischt eine tiefschwarze Silhouette an mir vorbei, ehe sie sich erneut in die Lüfte erhebt und kreischt.

Fluchend massiere ich mir die Schläfen, da spüre ich erneut dieses Kribbeln in meinem Nacken. Hunderte winzige Nadelstiche, Regentropfen in meiner Seele, ein Versprechen, stets wispernd in unseren Ohren. *Wren.*

Taumelnd komme ich auf die Beine, sammle meine Kräfte und renne weiter. Suchend fixiere ich die Ruine, die den drei anderen Türmen nur noch in seiner Erinnerung gleicht. Mein Zuhause.

Ein, zwei Wimpernschläge lang blitzt der Leichnam meines Elternhauses vor mir auf, ehe die Flammen es vor mehr als siebzehn Zyklen fraßen. Die glutroten Locken meiner Mutter im Feuer. Das Blut meines Vaters, dessen Hand die ihre nicht mehr erreichen sollte. Und der einzige Hinweis, der mir an ihren, an *unseren* Mörder geblieben ist: Stiefel aus rotem Leder. Ihr Haar, sein Blut, die Schuhe. *Rot, rot, rot.*

Und als ich schon fürchte, in meinem ganz persönlichen Sturm aus Vergangenheit und Zukunft zu ertrinken, entdecke ich ihn. »Wren!«

Ein Schatten, größer als ein Familienhaus, schiebt sich über die Zwillingssonnen, verschluckt alles, was gut und hell und richtig ist. Mit ausgebreiteten Schwingen hüllt der Aasdrache fast die Hälfte der Zitadelle in Schatten ein. Pausenlos stößt er dabei entsetzlich schrille Rufe aus, die mir in den Ohren brennen. Fast als ... als würde er kommunizieren. Ich erstarre.

Oh nein. Nein, nein, nein! Enean, du einfältiger, wahnsinniger, impulsiver –

»Louve, was treibst du da?! Ich fasse es nicht! Wo ist deine Einheit nun schon wieder?«

Ich reiße herum. Sofort erkenne ich den mir bis zum Bauch reichenden Geparden. Cheetah. Nur, dass er sich nicht wie üblich in dem Mal an Pearses linker Wade hält, sondern in voller Pracht neben ihm herstreift. Wo steckt seine Partnerin, Mandola? In Situationen wie diesen sind wir angehalten, unsere Geistgefährten so schnell wie möglich zu verschmelzen.

Mit dem Zeigefinger deute ich hinauf in den Himmel, oder besser gesagt, Richtung Apokalypse.

»Ich verstehe nicht.« Pearse muss meinem Blick gefolgt sein, denn plötzlich überkommt ihn ein spontaner Aha-Moment. »Ist das mein Neffe, dort oben im Bauch eines Schattenwandlers?«, ruft er entgeistert aus.

»Wenn *du* es aussprichst, klingt es irgendwie richtig übel«, erwidere ich ungehalten und beiße die Zähne zusammen.

Prejudice hat mich von Anfang an belogen. Wren und die anderen waren nie in Sicherheit.

»Das klingt nicht nur übel, das *ist* übel«, fährt Pearse mich an.

Was soll das? Ist ja wohl nicht meine Schuld, dass sein Neffe sich hat fressen lassen.

»Darf ich dich daran erinnern, dass alles, was deinem Partner geschieht, auch du am eigenen Leib spüren wirst?«, donnert er.

Dabei habe ich mich bis eben noch gar nicht gefressen gefühlt, ehrlich. Ausgekotzt, über den Haufen gerannt, bei lebendigem Leib filetiert, durchaus. Aber doch nicht *verschluckt.*

»Nur die Ruhe«, entgegne ich alles andere als entspannt. »Ich bin gerade dabei, die Jungfrau in Nöten vor dem großen bösen Drachen zu retten.«

Cheetah knurrt mich an. Sofort schlägt Thuja ihre rauchigen Krallen in meine Seele. *Ups.* Hätte ich das etwa nicht laut aussprechen sollen?

»Louve, begreifst du denn gar nicht, in welcher Lage du dich befindest? Deine gesamte Einheit steckt im Magen eines Aasdrachen!«

Erschöpft reibe ich mir mit der Faust über die Augen. »Ich kenne die Rahmendaten, Kommandant, und wie ich schon sagte: Ich wollte sie da eben rausholen.«

Cheetah streift um Pearses Beine wie ein gottverdammtes Schmusekätzchen auf Abwegen. »Wessen Blut ist das da in deinem Gesicht?«

»Na, das meiner Feinde«, erwidere ich mit stolzgeschwellter Brust.

»Nun gut«, entgegnet Pearse endlich mit dem gleichen resignierten Seufzer, mit dem auch Wren in der Regel zu mir spricht. »Und was zur Schattenbarriere macht Decan Roughcrest am Bein eines über Iron Claw fliegenden Aasdrachen?!«

Mir keinerlei Schuld bewusst, zucke ich mit den Schultern,

während ich mir letzte Kürbisreste aus dem Nacken kratze. »Ähm, besagte Jungfer in Nöten retten?«, rate ich. »Was soll ich sagen, unser Wren ist eben beliebt.«

»Louve?«

»Pearse?«

Wieder dieses bedeutungsschwangere Stöhnen. »Weshalb rennt Kendric soeben unbewaffnet auf den Schattenwandler zu? Und ich schwöre dir, wenn du jetzt wieder mit deiner Jungfer in Nöten anfängst ...«

Abwehrend hebe ich die Hände. »Leutnant Banister hat ihn begnadigt. Sozusagen auf Bewährung. Der Kerker ist eingestürzt, alle anderen ...« Ich schlucke schwer. »Die übrigen Gefangenen haben es nicht geschafft.«

Eine ganze Weile lang sagt er nichts. Aus dem Augenwinkel heraus behalte ich die tiefschwarze Aura des Drachen im Auge, während mehr und mehr Bruchstücke der Außenfassade Iron Claws donnernd den die Zitadelle umgebenden Hügel hinabstürzen.

»Kendric wurde zum Tode verurteilt!«

Langsam nicke ich. »Das war, *bevor* Leutnant Banister ihn hat laufen lassen.« Konzentriert auf jeden falschen Atemzug fixiere ich meinen Schwiegeronkel. »Wusstest du es? Wusstest du, dass Kendric ein Roughcrest ist?«

Sein Schweigen spricht Bände. Ich fasse es nicht. »Deshalb diese Sonderbehandlung, habe ich recht? Darum ist er nie rausgeflogen, obwohl er mehr Mordanschläge auf mich verübte als Cornflakes in einer verdammten Frühstückspackung stecken. Okon hat euch dafür bezahlt. Er hat sich Kendrics Immunität erkauft.« Meine Fingernägel reißen Wunden in meine Handballen. »Ich war nur ein Kollateralschaden für einen Haufen Münzen.«

»Louve, ich habe mich höchstpersönlich für die Todesstrafe

ausgesprochen.« Seine Hand umfasst meine Schulter. Instinktiv will ich zurückweichen, aber dann auch wieder nicht, weil er stets Teil dessen war, was einer Familie für mich am nächsten kam.

Es gibt nur wenige Momente in meinem Leben, in welchen ich absolut nicht weiß, was ich sagen soll. Das hier ist einer davon. Pearse hat für Kendrics Tod gestimmt? Mir ist sehr wohl bewusst, dass sein Wort neben dem der Leutnants kaum Gewicht hat, schon gar nicht hinsichtlich der Entscheidungsgewalt der Generäle. Aber sich für die Hinrichtung eines Assassinen aus der eigenen Einheit auszusprechen, den er von Kindesbeinen an ausgebildet hat. Wozu macht ihn das? Zu einem skrupellosen Mörder oder meinem Schutzengel? Und wann genau zerfloss beides zu einer Einheit?

»Versuche, dich Wren so weit wie möglich zu nähern, ohne dich in Lebensgefahr zu bringen«, holt er mich aus meinen Gedanken. »Verschmelzt eure Geistgefährten. Ich hole Verstärkung.«

Verschmelzt eure Geistgefährten. Und Enean unter die Nase reiben, was er angerichtet hat? Hervorragend! Ein zufriedenes Grinsen huscht über meine Lippen. Der Mistkerl wird noch erleben, was passiert, wenn Man(n) Frauen in der Nacht vor dem *für immer* sitzen lässt. Fallen ist etwas für Sternschnuppen und Stillstand für kaputte Uhren. Zeit, aus der Asche seiner gebrochenen Versprechen mein Königreich aus Diamanten zu formen.

28. Kapitel

Enean

***Nachtwaran, der**: Gattung: Schattenwandler; oftmals blind; weniger intelligente Echsenart; triebgesteuert; Größe: ca. 3–5 Menschenlängen; Schwarzmarkthandel: Schuppen*

Unter mir nähert sich die Liebe meines Lebens meinem schlimmsten Albtraum. Blutrote Lebenszeit klebt in ihrem Haar, benetzt ihre Wangen, lässt das Himmelweiß ihrer Augen unbarmherzig funkeln. Wieder und wieder ruft sie Wrens Namen. Sie sieht nicht in meine Richtung, sondern fixiert einzig ihre Leute, *ihn*, im Bauch des Drachen. Läuft weiter, sammelt auf dem Weg mehr und mehr mentale Ziegelsteine ein, aus denen sie ihre Mauer zwischen uns beiden errichten kann.

Wren darf nicht sterben, denn sein Leben ist an Louves gebunden. Mal ehrlich, was soll der Mist? War das irgendein schiefgelaufener zwei für eins Deal mit dem Sensenmann?

Fuck. Fürchte, ich hab's richtig mies versaut. Andererseits … Ich kann Wrenilein zwar nicht töten, ohne Louve zu schaden. Sehr wohl aber könnte ich ihn für den Rest seines kümmerlichen Daseins ins Schattenreich sperren. Ihn dort putzen lassen oder Drinks mixen oder die Toiletten schrubben. Schließlich vermag seine Spezies dort zu überleben. Und sauber zu machen.

Wow, schätze, ich habe mich intellektuell wieder einmal selbst übertroffen.

Ich ziehe mich am onyxschwarz schimmernden Knochenbein des Aasdrachen hoch, stemme meine Stiefel zwischen seine unteren Rippenbögen und umklammere diese wie ein ausgesperrter Insasse. Das Vieh bäumt sich mit ausgebreiteten Nebelschwingen auf, die Klauen kaum noch auf den Turmmauern verankert. Ich presse die Zähne zusammen, meine Knöchel treten weiß hervor, meine Muskeln sind bis zum Bersten gespannt. Über unseren Köpfen kreisen mehrere Rauchadler, ehe sie im Sturzflug Richtung Silverline Square schießen.

»Decan Roughcrest?« Eine junge Frau blinzelt mir verblüfft entgegen. Ich habe sie schon einmal gesehen, sie stammt aus Louves Einheit. Ihr tiefblau gefärbtes Haar ist zu unzähligen Zöpfen geflochten, ihre leicht schräg stehenden Augen sind von einem unnatürlichen Gelb-Braun, geschmolzener Honig, geronnener Sonnenuntergang.

Ihre anti-amüsante Situation lässt keinen von ihnen ausflippen. Interessant.

Die tiefroten, fast schwarzen Lippen verziehen sich zu einem amüsierten Grinsen. »Bist du hier, um Louve zurückzuerobern?«

»Jap.«

Mr Jungfrau-für-immer schnaubt. »Vergiss es, Roughcrest. Und jetzt bring dich in Sicherheit, du bist nicht ausgebildet für einen Kampf gegen einen Schattenwandler! Wie bist du überhaupt hier raufgekommen?«

Wren schiebt sich vor Sâl, wofür er sofort einen Hieb in die Seite kassiert. Schätze, ich mag die Frau. Sein Pferdeschwanz ist ein Desaster, seine abschätzige Visage voller Kratzer und Blessuren. Er ist das Ebenbild von Schande und *Error.* Na ja, kann ja nicht jeder so attraktiv sein wie ich.

»Nenn mich vorschnell, Kommandantenblut, aber wie ich das sehe, sitzt du in einem schwerkraftbefreiten Gerippe fest, während ich mich in Freiheit sonne.« Ich nicke zu Louve, die

Anstalten macht, zurück in den Turm zu sprinten. *Verflucht.* »Bei *ihr.*«

»Ach, und wo hast du dich im vergangenen Mondzyklus herumgetrieben?«, fährt er mich an. »Wo warst du, als sie sich für mich entschied, für unser Bündnis? Als sie und ich unser gemeinsames Quartier bezogen? Als wir Sonnenlauf um Sonnenlauf miteinander verbrachten. Und die Mondaufgänge.«

Ich verenge die Augen zu schmalen Schlitzen. »Definiere *verbrachten.*«

Sâl schiebt sich an ihm vorbei. Dabei balanciert sie gekonnt über die dunklen Knochen. »Ignorier ihn einfach. Das Einzige, was Louve seit deinem Verschwinden nach Sonnenuntergang tut, ist feiern, tanzen, trinken, vergessen und verflucht viel Schokoeis mit Zuckerstreuseln in sich hineinstopfen. Manchmal liegt sie inmitten eines solch riesigen Haufens leerer Becher, dass ich fürchte, sie hält eine Séance mit dem Geist der vergessenen Süßigkeiten ab.«

Ich wünschte, ihre Worte würden meinen Zweifel ausradieren, doch ist dem nicht so. Ich kenne Louve wahrscheinlich besser als jeder andere. Wut treibt sie zu grauenhaften Entscheidungen. Und manche von ihnen sind zu meinem Leidwesen optisch auch noch halbwegs passabel. Oder heißen *Wren.*

In diesem Moment regt sich das dritte, bis eben noch bewusstlose Teammitglied. Bei seinem Anblick verschlägt es selbst mir die Sprache. Das Erste, was mir auffällt, sind die schwärzesten Augen, die ich je zu Gesicht bekommen habe. Pupillen und Iriden gehen fast nahtlos ineinander über und werden von zwei silbrigen Ringen eingefasst, die ihm etwas Übernatürliches verleihen. Schneeweiße Haut, die nie in Berührung mit Sonnenlicht gekommen sein kann, bildet einen krassen Kontrast zu den dunkel bemalten Lippen. Die Brauen wiederum sind so hell, als hätte er sie überschminkt. Das Auffälligste jedoch sind die blutroten Symbole und Linien, die von seinem kahlen Schädel über die Schläfen den Kiefer hinab verlaufen und irgendwo im Kragen seiner Uniform enden, als wäre er der Anführer einer psychedelischen Sekte.

Sâl muss mein Starren bemerkt haben, sie räuspert sich. »Decan, das ist H. Er wurde unserer Einheit zugeteilt, nachdem einer unserer Leute im Einsatz getötet wurde.«

Ich erinnere mich vage. Spricht wohl von dem Kerl, den ich einen Kopf kürzer gemacht habe. *Einsatz* nennt man einen Mordanschlag innerhalb der eigenen Reihen heutzutage also.

»H?«, frage ich etwas befremdet nach.

»Hayris.« Die Stimme des Typen (sofern es sich überhaupt um einen Mann handelt) ist zart wie Wind. Fuck, der Kerl ist so unheimlich, ich sollte ihm eine Stelle im Schattenreich anbieten. Er steht da und glotzt mich an. Weder fragt er, was er im Bauch eines Schattenwandlers zu suchen hat, noch macht er Anstalten, sich zu befreien. Atmet er überhaupt? Keine Ahnung, ob er total entspannt, superhigh oder nur verflucht gruselig ist – oder in Gedanken die Weltherrschaft plant.

»Wren!« Abermals dringt Louves Stimme zu uns. Und wieder klingt nicht mein Name auf ihren wunderschönen Lippen. Irgendetwas läuft verdammt schief.

Mittlerweile wüten mindestens drei Dutzend meiner Kreaturen in Solitude. Schreie, Flüche, Todesqualen dringen in meine Ohren und erinnern mich an jene Heimat, die ich verließ, weil mein *richtiges* Zuhause nur unweit unter mir umherirrt, mit gezücktem Dolch und zusammengepressten Lippen.

Aus dem Augenwinkel beobachte ich, wie Wren einen Schritt zurücktritt. Dann plötzlich, als hätte eine mystische Verbindung in ihren Köpfen klick gemacht, rufen er und Louve zeitgleich: *»Vive unité!«*

Okay? Besonders das letzte Wort gefällt mir ganz und gar

nicht. Ich wechsle einen schnellen Blick mit meiner neuen besten Freundin Sâl. Dann umfasse ich die Rippenbögen fester und mache mich daran, an ihnen hinaufzuklettern. Plötzlich spielt sich nahe der Gartenanlagen Iron Claws etwas ab, das ich noch nie zuvor erlebt habe. Nicht bei ihr.

Louves Körper bäumt sich auf, aus ihrem Rücken quillt ein rauchschwarzer Schatten, wie immer, wenn sie ihre Geistgefährtin ruft. Doch das ist es nicht, was mich innehalten lässt. Denn zeitgleich bricht Wrens Mal hervor, sturmgleiche Schwingen erheben sich von seiner Schulter, stoßen durch das Gerippe des Aasdrachen, formen sich zu seinem nebelumwobenen Falken.

Ich beeile mich, höher zu steigen, während der Schattenwandler sich von den Turmruinen erhebt und fauchend gen Himmel prescht. Louve schwingt sich auf den Rücken ihrer Grizzlybärin, die sich jetzt vom Boden abstößt, springt, Louve mit sich reißt. Fluchend klammere ich mich an den kalten Knochen fest, beeile mich, den Nacken der sich windenden Kreatur zu erreichen, rutsche ab, klettere schneller.

Sâl schreit meinen Namen, Louve Wrens. Da prallen Falke und Grizzly gegeneinander, Schatten auf Schatten, und eine nie dagewesene Erschütterung, gefolgt von einer Druckwelle, lässt Himmel und Erde vibrieren. Das Beben fegt zahllose Personen in der Nähe von den Füßen. Bäume erzittern, die verbliebenen Mauerteile des Wachturms bersten. Was auch immer Louve und Wren vorhaben – es ist nicht von dieser Welt.

Ich schwinge mich auf den Rücken des Drachen und grabe meine Finger in die Knochen an seinem Nacken. »Hey, du!«, brülle ich gegen den kahlen Totenschädel. »Hast du das Memo nicht bekommen? Wir übernehmen Solitude auf mein Kommando, nicht auf deins!« Richtig dreist, die Untertanen heutzutage.

»Mein Schattengott?«, erklingt es zögernd in meinen Ohren.

»Korrekt.«

»Ihr müsst mir folgen, es ist unausweichl…«

Nicht schon wieder die alte Leier. »Da muss ich auch gleich schon unterbrechen.« Mitleidig tätschle ich seinen glänzend schwarzen Hals. »*Ich* entscheide, wer wann was unterjocht. Und *ich* entscheide, dass dies nicht vor dem Mittagessen passieren wird. Aber ich kann dich beruhigen: Die Stadt zu übernehmen steht auf Platz eins meiner Liste.« Zugegeben, eine solide Zwei plus. Zuvor werde ich die Erinnerungen am mein Leben vor dem Dasein als Gott aus meiner Seele schneiden und Louve zurückgewinnen, koste es, was es wolle. Nur muss ich das meinen Leuten nicht unbedingt auf die Nase binden. Stattdessen füge ich hinzu: »Ihr nützt mir zu Asche zerbröselt nichts. Also verzieh dich, bevor du zu meinem Kollateralschaden wirst.«

Der Aasdrache stößt ein grässliches Kreischen aus, das übersetzt *ja* oder *nein* oder irgendeinen unhöflichen Fluch bedeuten könnte. Schon klar. Nächstes Mal schicke ich ihm einen Zettel zum Ankreuzen. Seine formlosen Flügel gleiten immer höher zwischen die Wolken.

Plötzlich verdunkelt sich der Himmel, drückende Finsternis schiebt sich neben tiefgrauen Schwaden über die Sonnen und verschluckt auch das letzte bisschen Blau. Irgendwo hinter mir fliegt ein Schwarm Wühlkrähen auf. Die Temperatur muss um einige Grade gefallen sein, feuchter Nebel leckt an meinem Hals und lässt mich frösteln. *Was zum Nachtwaran …*

Da erkenne ich die hausgroße Explosion unter mir. Es ist, als hätte jemand ein ganzes Meer zähflüssiger Tinte verschüttet, die sich zeitverzögert in die Atmosphäre gräbt und in surrealen Rauchschwaden senkrecht ausläuft.

Mit vor Unglauben aufgerissenen Augen suche ich nach

Louve, entdecke jedoch nur diesen verfluchten Plan B, der mit einem zufriedenen Grinsen die Rippenbögen des Aasdrachen umklammert hält, der Gefangene des Kerkers, in den er gehört. Diese Überheblichkeit, dieser Ausdruck aufgesetzter Unbesiegbarkeit. Dieser ekelerregende *Dein-ist-mein,-denn-dein-war-es-niemals*-Blick. Meine Hände ballen sich zu Fäusten. Ich werde ein Schlupfloch finden, Louve von dieser Verbindung zu lösen, das schwöre ich. Ich umklammere den Drachenknochen so fest, dass meine Knöchel weiß anlaufen.

Wrens Aufmerksamkeit gilt einzig der Höllenexplosion unter uns. Die Schatten, sie breiten sich aus, lechzen nach Leben, verschlucken alles, was sie zu fassen bekommen. Und irgendwo, zwischen all diesem *alles und nichts* vernehme ich den Schrei *meines Lichts.*

»Louve!«, brülle ich gegen die Finsternis an, doch sie kann mich nicht hören, ist Teil des Chaos, war es immer, wird es stets sein. Und ich will es zurück. Mein Leben. Mein Licht. Unsere Ewigkeit in den Sternen.

»Louve!«

29. Kapitel

Enean

Wüstenleguan, der: *Gattung: Schattenwandler; zwölfäugig; Größe: max. 1–2 Menschenlängen; ungefährlich/zurückgezogen; Schwarzmarkt: Schuppen/Augen*

»Wir werden nicht ohne Euch zurückkehren«, kreischt der Aasdrache zwischen meinen Schläfen.

Ich stoße ein trockenes Lachen aus. »Dann hast du soeben dein Todesurteil unterschrieben.«

Wie aufs Stichwort lichtet sich der Tintenklecks in Übergröße und formt sich zu einer Kreatur, deren Anblick selbst mich beeindruckt.

Thujas Maul hat sich zu einem Schnabel verformt, rabenschwarze Federn kleiden ihren Leib, aus ihren Läufen ragen rasiermesserscharfe Klauen. Sogar ihre Flügel scheinen aus Tausenden Klingen gewoben. Ihre gigantische Gestalt wirkt wie eine einzige geschärfte Waffe, ihre Augen sind schwarze Löcher, die alles und jeden zu verschlingen drohen, der ihr in den Weg kommt. Auf ihrem Rücken aber, inmitten all der Finsternis, gräbt Louve ihre bronzefarbenen Hände in den Nacken ihrer Geistgefährtin, den Drachen unter meinem Schoß fixierend.

Ich reiße ihre Tasche von meiner Schulter, krame zwischen Fotografien und illegalem Schwarzmarktmist, herausgetrennten Wüstenleguan-Schuppen und den Federn niedergemetzelter Panthergreife nach der einen Sache, die ihr Leben retten kann. Meine Finger umfassen das Gestein aka Louves faustgroßes Jenseits-Souvenir.

Auf Thujas Rücken schießt sie auf uns zu. Unter mir drängen sich Wren und Sâl gegen ihren knochigen Kerker. Einzig dieser Hayris hockt sich allen Ernstes in den Lotussitz, als wäre er auf irgendeinem beknackten Yoga Retreat. Wette, irgendwann geht der Kerl hoch wie eine Bombe. Seine Stille ist zu drückend, wiegt zu schwer. Als warte er regelrecht darauf, dass jemand seinen Zünder drückt.

Da legt der Schattenwandler einen Looping hin, fegt über Iron Claw hinweg, und stürmt geradewegs auf die Wolkenkratzer Silverline Squares zu. Fluchend presse ich Lederbeutel und Drachenherz an meine Brust, während ich mich mehr schlecht als recht auf seinem Skelett zu halten bemühe. Sein Maul öffnet sich zu einem gellenden Schrei, fast zeitgleich fegt ein ganzer Schwall schwefelgetränkter Säureflammen über die Dachterrassen der Reichen und Schönen. Einige Funken treffen meine nackten Arme, fressen sich in meine Haut und verätzen sie mit widerwärtig rauchenden Löchern. Diese neue Sterblichkeit ist in der Tat ein Nachteil. Missmutig wische ich mir die Tropfen am Stoff meiner Hose ab, während meine Haut Blasen bildet und sich schmerzend zusammenzieht.

Unter uns bricht die Hölle aus. Wüstengelber Rauch steigt von den Fassaden, Hunderte Arzaê und Menschen stürmen aus den Gebäuden, wirken von oben wie ein Haufen hysterischer Shrå-Käfer. Ganze Dächer schmelzen, rechteckige Eiscreme aus Stahl und Beton, die zu lange in der Sonne schmorte. Rauch steigt auf, drängt gen Himmel, stößt hinauf zu den glimmenden Zwillingssonnen, nur um sie in trübes Grau zu hüllen. Menschen schreien, geflügelte Geistgefährten stürmen auf uns zu, Wren und die anderen hämmern gegen ihr knöchernes Gefängnis.

Ich hingegen hebe das gestohlene Herz meines Drachen, ein handtellergroßes, versteinertes Leben. Ehe ich es ihm mit aller Kraft zwischen die Rippen ramme.

Das Mistvieh bäumt sich auf, ich kann buchstäblich dabei zusehen, wie sich eine ledrige Schicht knochengelber Haut über seine verwesten Knochen schält. Gleichzeitig wächst der Steinkloß heran zu einem blutroten, fleischigen Pulsieren, verwebt sich mit Nervenbahnen und Blutkörperchen, zehrt von frisch gewachsenen Zellen, aus welchen wie durch Zauberhand mehr und mehr Organe geboren werden.

»Du kranker Bastard!«, brüllt Wren, während sich mit Blut und Gift geflutete Adern um ihn vernetzen, eine Milz in der Größe eines verdammten Schreibtisches wächst, eine Leber, neue Lungenflügel.

»Er ist auf unserer Seite!«, verteidigt mich die süße, naive Sâl. »Nur auf diese Weise können wir das Vieh töten.«

Das steinerne Herz hat mittlerweile den Umfang eines Wohnhausfensters erreicht. Silberne Schlieren ziehen sich über das tiefschwarze Fleisch, gleichermaßen verdorben wie magisch. Lange Adern hängen an ihm herab wie Marionettenfäden, zwingen Sâl, Wren und Hayris, enger zusammenzurücken, während das Skelett des Aasdrachen um sie verwächst, ihr Gefängnis errichtet aus Fleisch, Blut und Schwefel.

»Tief Luft holen, Wreni.« Ich zwinkere meinem Konkurrenten in seiner Mausefalle zu, ehe sich der Chitinpanzer über der obersten Hautschicht schließt und mit ihr die letzte Sauerstoffzufuhr der Gefangenen.

»Ihr schenkt mir das Leben?«, knistern die Worte des Schattenwandlers in meinem Verstand.

»Sicher doch.« Was natürlich überhaupt nicht daran liegt,

dass ich den nicht-mehr-nur-Verlobten via Kollateralschaden zu ersticken versuche, ohne mir dabei selbst die Hände schmutzig zu machen. Wäre doch gelacht, könnte ich diese Verbindung nicht schneller trennen als er *Sorry, hab den Ehering der Falschen angesteckt* sagen kann.

Unter uns nähern sich sechs Schatten, die ich durch ihre diffus auslaufenden dunklen Schwingen sofort als Geistgefährten ausmache. »Töte sie.«

Mein Untertan zögert nicht. Ein weiterer Schwall grünlich gelben Feuers fegt über unsere Feinde hinweg, die sich unmittelbar unter schmerzverzerrtem Kreischen in Rauch auflösen und zu ihren Besitzern zurückkehren. Mehrere Schattenassassinen fallen auf die Knie, als ihre Traumata mit der Wucht scharfer Kanonenkugeln zurück in ihre Körper schießen. Würde es sich so anfühlen, sie zu unterjochen? Derselbe Feuerschwall trifft zwei nebeneinander liegende Restaurants, schmilzt ihre Balustraden, äschert ihre Tische ein. Nun nicht mehr ganz so alterslose Arzaê krepieren in einem Gewitter aus vergifteten Flammen und heißem Zorn. Die Todesschreie hallen von überallher.

Gerade will ich ansetzen, über die ganze verfluchte Stadt hinwegzuschießen, sie unter mir zu begraben, eine Schneise der Verwüstung in ihre selbstgefälligen Visagen und ihre falschen Versprechen zu brennen – da rammt uns etwas so hart von der Seite, dass mich nicht einmal mehr mein Größenwahn auf dem Rücken meines Drachen hält. Mit vor Unglauben aufgerissenen Augen werde ich von meinem unfreiwilligen Begleiter katapultiert, segle mit wedelnden Armen durch die Luft, ehe die Schwerkraft mir den Rest gibt. Sofort lässt der Aasdrache ab von seinem rauchenden Massaker und stößt auf mich zu, den gebogenen Schnabel wie ein Pfeil auf meine Brust gerichtet.

Nicht!, will ich ihm zurufen. *Du bringst mich um!* Doch reißt der Sturz jegliches Fünkchen Sauerstoff aus meinen Lungen; kein Wort, kein Segen, kein Fluch verlässt meine zugeschnürte Kehle. Da verengen sich die blutgetränkten, schräg liegenden Augen der Kreatur. Er öffnet sein scharfkantiges Maul, entblößt eine Reihe rasiermesserscharfer Zähne –

Und plötzlich begreife ich. Er hat nicht vor, mich zu retten. Er versucht mich zu töten. Oder besser gesagt, meinen Körper zu töten. Damit mein Schatten zurück ins Schattenreich fährt, nicht dazu imstande, erneut die Barriere zu überwinden. Dieser hinterhältige, verachtenswerte –

Mit einem Mal erheben sich nebelschwarze Flügel über die nun mehr knochengelbe Drachengestalt, riesige Krallen graben sich in dessen Flanke. Der gigantische Schädel der mutierten Grizzlybärin taucht hinter dem Schattenwandler auf, der Schnabel eines Falken zerfetzt die obersten Panzerschichten. Doch der Aasdrache lässt sich nicht beirren, schießt weiter auf mich zu, seine Reißzähne unweigerlich auf mich gerichtet. Als er das Maul zu einem Brüllen öffnet, treffen Säurereste meinen Hals, fressen sich durch den Stoff meines Hemdes, rinnen über die Brust. Ich beiße die Zähne so fest aufeinander, bis ich mein eigenes Blut schmecke. Ich werde mir weder vor dem Mistvieh noch vor den Assassinen oder gar Louve die Blöße geben, zu schreien. Die gebogene Schnabelspitze schnappt nach mir, vergräbt seine haifischgleichen Raubzähne in meinem Rippenbogen. Das Gefühl der Säure, die sich in meine Haut frisst, als hätte man mich in eine ganze Wanne voller Piranhas gesteckt, vermischt sich mit dem schneidenden Schmerz des Bisses. Weiße Punkte blitzen hinter meinen Lidern auf, süße Vergessenheit zieht sanft an meinem Geist, oben ist unten, unten ist oben, in Solitude lauert die Apokalypse und über mir der Tod – und ich bin mittendrin.

»Enean!« Louves Stimme ist das sternenferne Flackern in einer gewittergetränkten Sturmnacht. Ich versuche danach zu greifen, doch taste lediglich in die Leere.

Das war's. Ich kann regelrecht spüren, wie mein Schatten sich aus Decan Roughcrests Körper verabschiedet, gegen sein Fleisch drängt, die Knochen, aufbegehrt gegen die gestohlene Hülle eines Sterblichen, die mir nie zustand –

Grob werde ich aus dem Rachen des Schattenwandlers gerissen. »He, spinnst du? Wag es jetzt bloß nicht zu sterben, du egozentrischer, leichtsinniger, impulsiver Mistkerl!«

Nur unterbewusst nehme ich wahr, wie mich kalte Hände umfassen, an meinen Armen zerren, sich Fingernägel in meine Brust graben, bis Blut fließt und Hoffnung und schließlich Gewissheit.

Sie ist hier. Louve ist hier.

Das ohrenbetäubende Kreischen des Aasdrachen zupft an meinem Dahinschwinden, lässt meine Fingerspitzen zucken, die sich am liebsten in meinen Ohren vergraben würden, um dieses höllische Geschrei zu unterbinden.

Eine flache Hand schlägt mir mit aller Kraft ins Gesicht, gefolgt von einer harten Faust. »Reiß dich zusammen! Du bist ein Gott, keine labbrige Sardine!«

Meine Lider flattern, treffen auf milchig blaues Weiß. Unsanft zieht mich Louve weg von dem Schattenwandler. Das Klingeln in meinen Ohren übertönt ihre unzusammenhängenden Flüche. Ich blicke auf zu diesem engelsgleichen, gottlosen Wesen, trage bis in meine Knochen den Schwur, jeden Funken meiner Macht für sie zu opfern, um das Beste für sie zu sein. Ich will sie packen und meine Lippen auf ihre pressen, würde ihr alles geben, was ich bin, nur um das zu werden, was sie verdient hat.

Mein Sichtfeld verschwimmt. Meine Organe stehen in Flammen, mein Körper ist ein einziges Minenfeld. Wie sie es liebt, durch dieses zu tanzen.

Abermals verpasst sie mir einen Schlag, ich glaube, etwas knacken zu hören. Blut rinnt mir über die Lippen, vermutlich hat die Kleine mir soeben die Nase gebrochen. Nun, zumindest bleibe ich auf diese Weise wach.

»Hör gefälligst auf zu sterben!«, brüllt sie mich an, als würde sie mit dem Schicksal Poker spielen und jede einzelne Runde gewinnen.

Ich lande auf etwas Kaltem, Immateriellen. Fühle mich, als würde ich auf Wolken und in Nebeln schwimmen. *Thuja.* Louve hat mich auf ihre Geistgefährtin gezerrt – oder besser gesagt auf das, was von ihr übriggeblieben ist nach der Vereinigung mit … mit …

»Hast du mit ihm geschlafen?« Meine Stimme ist nur noch ein Lallen. »Nach eurer Zeremonie, in der *Hochzeitsnacht.* Nach diesem Verbindungs-Schrott. Hast du da …«

Wieder trifft mich ihre flache Hand im Gesicht. »Oh, ich hoffe für dich, dass du an einer schwerwiegenden Gehirnerschütterung leidest. Anderenfalls fühle ich mich gezwungen, deine Zunge als Roastbeef …«

Weiter kommt sie nicht. Mein benebeltes Wattehirn fordert meine Arme geradezu auf, nach ihr zu greifen, sie an mich zu zerren, während meine malträtierten Synapsen nicht mehr zustande bringen als dieses primitive *mein mein mein.* Ein *mein*, das längst nicht mehr mein ist.

Ein Daumen fährt über meine Unterlippe. »Dein Blick schreit in der Tat nach Sabber vs. Gehirnerschütterung. Deshalb noch mal die Wiederholung für die intellektuell Minderprivilegierten: *Hast du sie noch alle?!*«

Grundgütiger, diese verflucht weiche Hand auf meiner Wange. Diesmal bekomme ich sie zu fassen, ehe sie meine

Knochen treffen kann. Alles, was ich sehen, was ich fühlen kann, ist Louve, und vielleicht ist gerade das mein rettender Anker auf der Fahrt ins Jenseits: Sie. Immer nur sie.

»Nimm deine Hände da weg. Hast du ganz Serpentine Shell inhaliert?«

Anstelle einer Antwort umfasse ich ihr Gesicht mit beiden Händen und ziehe sie zu mir hinab. *Fuck.* Ich hatte Vorsätze und rationalen Shit und ... noch mehr Vorsätze. Doch sie so zu sehen, das sternbildförmige Muster ihrer Sommersprossen, den inneren Kampf in ihren flackernden Augen, dieses unausgesprochene *Ich will dich, aber ich will dich nicht wollen* auf den sündig geschwollenen Lippen. Ein *ja, sofern du ja sagst.*

»Tu das nicht, wenn du es nicht so meinst.«

Aber ich tue es. Und ich meine es verdammt ernst. Meine Lippen treffen auf ihre, fegen über ihre Angst hinweg wie ein gottverdammter Orkan. Keine Ahnung, ob es das Delirium ist, die letzten Atemzüge eines im Sterben liegenden Bastards, das mich mein Überbleibsel Anstand vergessen lässt, während ich sie auf meinen Schoß ziehe. Ich schmecke mein eigenes Blut auf ihr, doch anstatt sich von mir zu lösen, krallt sie sich an mir fest, als wäre ich ihr fucking Sauerstoff. Ihre Oberschenkel klammern sich seitlich meiner Hüften in den Schattenleib ihrer Geistgefährtin, während ihre süße Zungenspitze meinen Mund erkundet, auf meine Zunge stößt, mich die ganze beschissene Welt verfluchen lässt, alles, was wir waren, was wir sind, die Lügen, auf welchen wir unsere Throne errichteten, die Schwüre, die uns unter ihren himmelhohen Wellen begruben.

Louves Finger verfangen sich in meinem Haar, reißen an unserer in Scherben liegenden Wahrheit, locken mich, ihr alles und nichts zu offenbaren, während sie mir ihrerseits alles und nichts verspricht. Sie senkt ihren Oberkörper auf meinen, vertieft den Kuss, bis sich ihre Beine in meinen verfangen, sich ihre Zähne in meiner Unterlippe vergraben und sie leise flucht: »Fuck. Schmeckt Wahnsinn seit Neuestem nach dem beschissenen Himmel oder weshalb fühlen sich deine Lippen an wie …« Keuchend zuckt sie zusammen.

30. Kapitel

Louve

Aasdrache, der: *Gattung: Schattenwandler; zweitgrößte Drachenart im Schattenreich; intelligent/telepathische Kommunikation; Angriff: schwefelgetränkte Säureflammen; Optik ohne Herz: schwarzes Knochenskelett ohne Organe, Flügel aus Nebelschlieren; Optik mit Herz: knochengelbe Haut, Chitinpanzer, Organe; Tod: nur mit Herz im Körper mgl.; versteckt Herz im Schattenreich*

Verfluchtes Henkersbeil. Ich habe ihn schon wieder geküsst. Ich fürchte, der Litíjr hat übler zwischen meinen Hirnwindungen gewühlt, als mir klar war.

Plötzlich hellwach schnappe ich nach Luft. »Hat uns jemand gesehen? Hat jemand den Kuss bemerkt?« Klinge ich hysterisch? Ich hoffe doch.

Enean richtet sich unter mir auf, sofort steigt mir der kupferne Geruch nach Blut in die Nase. Dennoch beginnt sein Arzaê-Körper bereits zu heilen. Pures Verlangen trieft nahezu aus jeder seiner Poren, ein schwindelerregender Sog, eines Gottes würdig.

Ohne Vorwarnung graben sich seine Finger grob in meinen Unterarm. »Runter!«

Thuja, die nie wieder nur Thuja sein wird, reagiert noch vor mir. Fauchend löst sie sich von der Flanke des Aasdrachen und schafft uns aus dem Weg, als eine eiskalte, nach Schwefel stinkende Fontäne über uns hinwegbricht.

»Pass auf die Säure auf!«, ruft Enean, als hätte ich im Schattenkundeunterricht nicht richtig zugehört. Was unmöglich der Fall sein kann. Weil ... ähm ... »Säure?«

Thuja stößt so scharf zur Seite, dass wir beinahe von ihrem Rücken geschlittert wären. Instinktiv greife ich in ihr nun federbedecktes Nebelfell, Eneans und meine Gliedmaßen ein einziges Klammer-Wirrwarr. Meine Beine landen zwischen seinen, meine Nase trifft auf sein Schlüsselbein und ich fürchte, eine einstweilige Verfügung gegen meinen eigenen Körper erringen zu müssen, denn ich kann nicht umhin, erneut Eneans Präsenz zu inhalieren wie eine benebelte Wahnsinnige.

Mit zusammengebissenen Zähnen reiße ich mich von ihm los, ein feiner Sprühregen trifft mich im Nacken. Ich schnappe nach Luft, reibe mir fluchend über die Haut. »Du hast den Scheiß mit der Säure ernst gemeint. Warum greift er dich an? Kapiert er denn nicht, wer du bist?«

Aus dem Nichts ziehen sich meine Lungenflügel schmerzhaft zusammen. Keuchend reibe ich mir über das Brustbein. Was zum ... *Wren*, schießt es mir durch den Kopf.

Eneans Oberkörper stößt gegen meinen, als er sich so weit es geht aufrichtet. »Ja ... ähm, das eine impliziert dummerweise das andere. Das Drecksvieh hat sich für einen nicht von mir autorisierten Plot Twist entschieden und versucht jetzt, mich aus Decans Körper zu exorzieren. Später werden wir darüber lachen.«

Ich nehme einen tiefen Atemzug, meine Finger stoßen fester in Thujas Nacken. »Ich lache jetzt schon. Los, gib mir das Herz, damit ich ihn töten kann.«

»Also, was das angeht ...«, druckst er herum.

»Ich kann dir diesen Körper ebenso schnell wieder nehmen,

wie ich ihn dir geschenkt habe, Schattengott.« Ohne Vorwarnung schnellt meine linke Hand um seine Kehle.

Er hebt das Kinn, macht jedoch keinerlei Anstalten, mich von sich zu schieben. »Sei mir nicht böse, Liebes, aber ich bin doch etwas verwirrt von den gemischten Signalen, die du mir sendest.«

»Keine Sorge, Liebster. Meine Signale werden mehr als deutlich sein, wenn du nicht auf der Stelle mit der Wahrheit herausrückst.« Wütend funkle ich ihn an. »Was. Hast. Du. Getan.« Es ist keine Frage.

»Sagen wir mal so.« Viel zu sanft löst er meine Hände von seinem Hals und umfasst sie mit seinen. »Der R.I.P.-Modus ist bereits aktiviert.«

Fassungslos entziehe ich mich ihm und drücke meine Faust. Ich presse sie brutal aufeinander. Nach Atem ringend schüttle ich den Kopf. »*Dein* R.I.P.-Modus ist aktiviert, solltest du nicht endlich aufhören, mir in die Quere zu kommen!«, knurre ich. »Wren und Sâl sind noch immer da drin, habe ich recht? Im Magen des nun nicht mehr ganz so luftdurchlässigen Aasdrachen?«

Sein Schweigen spricht Bände. Schnaubend rücke ich von ihm ab. Ich bin versucht, ihm einen meiner Dolche in die Schlagader zu rammen. Nur, um schon beim nächsten Sonnenaufgang einen neuen physischen Körper für ihn zu beschaffen.

Langsam richte ich mich auf Thujas Rücken auf. Lodernder, nach Asche und Wüstensand schmeckender Wind peitscht mir das Haar aus dem Gesicht und zerrt an meiner Uniform. Klirrend stoßen meine Klingen gegeneinander, eine stählerne Symphonie aus Krieg und Blut. Meine Zungenspitze benetzt meine aufgesprungenen Lippen, als ich Enean zu meinen Füßen in Grund und Boden starre.

»Sâl und Wren waren für mich da, als du es nicht warst.

Merk dir das, Schattengott. Für jede Verletzung, die sie deinetwegen erlitten haben, breche ich dir eine Rippe«, verspreche ich ihm. Dann ziehe ich die Machete aus meinem linken Stiefelschaft und wende mich von ihm ab.

»Komm schon, Louve …«

Ich ignoriere ihn. »Thuja, flieg näher ran. Wir töten einen Drachen.«

Thujas Donnergebrüll elektrisiert die Atmosphäre, bringt ihren schweren Leib zum Beben. Die Bewegung ihrer federnen Schwingen erinnert mich daran, dass ich nicht mehr die Frau bin, die Enean damals zurückgelassen hat. Und dass ich an einen anderen Mann gebunden bin. Einen Mann, dem ich in der Vergangenheit zwar noch öfter den Hals umzudrehen versucht war als dem Schattengott (was nahezu unmöglich ist, sollte man meinen), der jedoch trotz seiner verschrobenen Ansichten in den vergangenen Nächten häufiger für meine Eiscreme in die Kantine eingebrochen ist, als er mit seinem Gewissen vereinbaren kann. Nur, um mich lächeln zu sehen. Oder zumindest weniger schmollen. Zwar trifft sich Wren mittlerweile mit anderen Frauen, doch reicht unsere Verbindung tiefer als eine schlichte Liebelei.

Langsam kreise ich den in Polternatterleder gebundenen Knauf meiner Machete in der Hand und recke das Kinn. Über mir erhebt sich der gigantische Leib jener Kreatur, der die wenigsten von uns je gegenübergestanden haben. Die Schwingen, einst aus nebligem Nichts, jetzt zu Leben verdichtet. Die morschen Knochen eines Toten, nun mehr mit Gewebe, Membran und Chitin überzogen. Zumindest, wenn man Eneans Worten Glauben schenken kann.

Ich hebe den uniformierten Arm über das Gesicht, als mich ein weiterer Sprühnebel trifft, meine Handflächen versengt und Thuja vor Wut brüllt. Eine Eiseskälte fegt über uns hinweg, während der Aasdrache eine Fontäne im Durchmesser mehrerer Wohnhäuser ergießt. Die Schreie zahlloser Sterbender stoßen hinauf in die Wolken, wo Geistgefährten auf Schattenwandler treffen. Eine Farbenexplosion aus grell leuchtendem Silber und komatösem Allschwarz. Dunkelheit bricht gegen Licht, verschluckt sein Strahlen, während diese wiederum durch die Stimme der Finsternis schneidet. Und genauso, wie die Kreaturen den Himmel umkreisen, zerfetzen die schwingenlosen Schattenwandler und Geistgefährten die Erde – und Kehlen. Das Gemetzel, die Rufe, das pochende Sterben nimmt jeden Winkel Solitudes ein. Und wieder umkreist mich nur ein einziger, stummer Gedanke: *Was habe ich getan.*

Es gibt nichts, womit ich meine Schuld der Stadt gegenüber begleichen könnte, ebenso wenig, wie sie je ihre Sünden an mir mit ihrem Blut zu zahlen vermag. Man könnte jede Ader dieses gottverdammten Höllenlochs ausbluten, und doch würde ich auf den Ruinen Solitudes mit ausgestreckter Hand nach mehr verlangen.

Plötzlich spüre ich Eneans Körper dicht an meiner Seite. »Flieg mich zu ihm. Ich versuche, mit ihm zu sprechen.«

Ich will ihm eine knallen für seinen naiven Vorschlag, möchte ihn dafür küssen und lieben und ihm die Hand auf Mund und Nase pressen, bis er zurück auf seinen Thron fährt und mit seinem letzten Atemzug als Sterblicher für seine Vergehen als Toter bezahlt. Stattdessen habe ich mich in eine Tretmine verliebt.

»Die Zeit zu reden ist vorbei, Schattengott.« Mit der freien Hand löse ich eine Handgranate aus der Schlaufe an meiner Taille und ziehe den Stift, als wir direkt unter dem meeresgroßen Unterleib des Aasdrachen auftauchen.

»Louve, du verstehst nicht, du wirst ihn nur wütend machen!« Enean greift nach meiner Hand, doch ich bin schneller.

Ehe er mich aufhalten kann, katapultiere ich den faustgroßen Stahltod hoch über unsere Köpfe. Die Wucht der Explosion presst mir den Sauerstoff aus den Lungen, doch lasse ich mir nichts anmerken, als ich in die Hocke gehe, und mich Thujas Flugmanöver anpasse. Es hat mich einen ganzen Mondlauf gekostet, zu lernen, mich so auf ihr zu halten, dass ich keine fallende Sternschnuppe gebe – Wren stets an meiner Seite. Hoch oben, über den Dächern Solitudes. Doch das werde ich Mr *Erst-denken-dann-handeln* neben mir ganz bestimmt nicht unter die Nase reiben.

Immer wieder wandern seine Fingerkuppen an meine Hüfte. Meine Mundwinkel zucken, weil er ein solch herzzerreißender Idiot ist, dass ich trotz meiner Wut und Enttäuschung am liebsten das gesamte Schattenreich sprengen würde, nur um ihm seine Freiheit zu schenken.

Ich kreise meinen Nacken, hebe erneut das Kinn. Wobei ich feststellen muss, dass mein Gegner noch immer seelenruhig Säureduschen verteilt.

»Wenn ich mit ihm gehe ...«

Warnend funkle ich Enean an. »Denk gar nicht darüber nach, einen auf Märtyrer zu machen. Ich wette, du würdest dich freiwillig grillen, nur um zurück ins Schattenreich zu fahren und auf mein Mitgefühl zu pochen. Das nennt man psychische Manipulation, Arschloch.«

Er streckt seine Hand nach mir aus, lässt sie jedoch sinken, ehe er mich berühren kann. Ich schlucke. »Würdest du mir verzeihen, würde ich mich in einen wahnsinnig attraktiven Schaschlik verwandeln?«

»Enean.« Langsam schüttle ich den Kopf. »Es ging nie darum, ob ich dir verzeihe. Es geht darum, dass du dir mein Vertrauen zu dir in etwa so vorstellen kannst wie diese Handgranate.«

Er muss meinem ausgestreckten Finger gefolgt sein, denn er

wirkt plötzlich nicht mehr halb so enthusiastisch, als er stockend erwidert: »Sie ist explodiert.«

»Pulverisiert in einhunderttausend Atome träfe es wohl eher. Denk über die Metapher nach, während wir deine Untertanen ausschalten.« Ich zupfe eine zweite Granate aus ihrer Schlaufe, als mich Schwindel erfasst. Weiße Flecken tanzen vor mir, ich schwanke.

»Louve? Love, was ist mit dir?«

Ich hasse es, dass ich es liebe, wie mich seine Arme halten, wenn ich es selbst nicht kann. Meine Fingernägel graben sich in meinen Hals. »W-Wren. Er bekommt ... keine ... *Luft*«, ist alles, was ich hervorpresse, ehe mir die Knie einknicken – und über unseren Köpfen ein Fingernägel-auf-Granit-Kreischen die Sphäre zerbricht.

Enean keucht. »Diese physische Verbindung war ernst gemeint.«

Wie bitte? Was hat er nun schon wieder angerichtet?

Der Schattengott schlingt einen Arm um meine Taille, seine Berührung das unangebrachteste Feuerwerk unter den Sternen. Gleichzeitig verformt sich die Silhouette des Schattenwandlers, der eben noch ebenmäßige Rücken bricht auf. Es ist, als hätte jemand ein Glas Wasser über der Tuschezeichnung eines Drachen verschüttet. Die eben noch klaren Linien bersten zu riesigen für mich nachtschwarzen Farbklecksen, die Aura zerspringt förmlich. Wieder zerfetzt ein donnergleiches Gebrüll die Luft, es schmeckt nach Zorn und ... Schmerz? Etwas Nasses, Kaltes besprenkelt mein Gesicht. Angewidert wische ich mir mit der flachen Hand über das Gesicht.

»Blut«, knurrt Enean.

»Die Granate?«

»Ungeziefer.« Er zieht mich fester an seine verletzte Brust. »Sie zerfetzen ihn von innen.«

31. Kapitel

Enean

Wereule, die: *Gattung: Schattenwandler; rotäugig; Größe: ½ Menschenlänge; Jäger; primär nachtaktiv; Sekret im Blut verwandelt das Gefieder in scharfkantige Knochensplitter, mit denen sie ihre Opfer tötet*

Louves Hände zittern am Griff ihrer Machete – was sie nicht davon abhält, eine zweite aus ihrem Stiefelschaft zu fischen. Kalter Wind streicht ihr das Mondhaar über die blutverschmierten Wangenknochen, und obwohl sie unglaubliche Schmerzen haben muss, ist ihr Kinn erhoben, die Schultern gestrafft. Ich könnte mich ohrfeigen, dass ich ihre physische Verbindung zu Wren auf die leichte Schulter genommen habe. Und doch ... Louve ist eine Kriegerin, durch und durch. Sie überrumpelte mich wie ein gottverdammtes Erdbeben, ohne Vorwarnung, ohne die geringste Chance, in Deckung zu gehen.

Zeit, in den Trümmern meiner Autonomie zu tanzen.

»Enean, sag schon, ist es Hayris?«

Ich runzle die Stirn, wende jeden Funken Selbstkontrolle auf, um mich von meinem persönlichen Tsunami zu lösen und hinaufzustarren zu etwas, das man im besten Fall als grotesk, im schlimmsten als Massaker bezeichnen kann.

Die gelblich weiße Drachenhaut reißt an mehreren Stellen

auf, wird schlichtweg zerrissen. Es ist grausam. Unkontrolliert speit das Vieh sein Säurefeuer, versengt mehr und mehr Gebäude, brennt sich in die Leiber der Sterblichen, als wäre es nichts. Denn genau das bedeutet das Leben seit vielen hundert Zyklen für uns: rein gar nichts. Atemlos blicke ich um mich, verliere mich in dem Schauspiel einer blutrünstigen Tragödie. Mehr und mehr Schattenassassinen schwärmen aus sämtlichen Richtungen und obgleich sie nicht lang genug auf dieser Seite der Barriere kämpfen können, ohne sich aufzulösen, schneiden sich Dutzende Schattenwandler durch Leichen, Ruinen und Schmerz. Auf der Suche nach mir.

»Tu das nicht.« Obwohl Louve mich nicht berührt, umhüllt mich ihre Stimme, ihre Präsenz, als stände ich kurz davor, im Ozean ihrer Existenz zu ertrinken. Und ich würde mich ihrem Sturm mit Freuden ergeben.

Dann erst dringen ihre Worte zu mir durch. »Wovon sprichst du?«

»Du gibst dir die Schuld.«

Mein Oberkörper verkrampft, als sich meine angebrochenen Rippen Stück für Stück regenerieren. Ich schlucke hart. »Weißt du noch, als ich dir sagte, eins und eins ergibt nicht zwangsläufig zwei? Ich habe mich geirrt.«

Ihre Klinge streift über meinen Hals. »Wenn du jemandem die Schuld an all dem geben willst, dann gib sie mir.«

»Louve ...«

»Nein. Ich war diejenige, die dich über die Barriere gebracht hat. Ich war diejenige, die ihnen ihren Gott nahm. Ich war diejenige, die dich darum bat, zu bleiben, als du bereit warst, das Richtige zu tun.«

Ich hasse es, dass nun ein menschliches Herz in meiner Brust schlägt, das mit so unendlich vielen Rissen und Dolchstößen übersät ist, tätowiert mit Louves Worten, ausgewrungen von ihrer Distanz, dass ich es mir am liebsten aus den Rippen schneiden und an den Niedrigbietendsten verhökern würde.

Kurz halte ich inne, warte ihre Reaktion ab, ehe ich es wage, ihr Gesicht zu umfassen. Meine Fingerspitzen zittern. Aber das ist es, was Liebe bedeutet, nicht wahr?

»Du hast genug gelitten, Love. Du bist viel zu oft in den Krieg gegen dich selbst gezogen.« Leicht streicht mein Daumen über ihre Unterlippe, über dieses auf Endlosschleife wispernde *alles, was ich verloren habe.* Ihre Brust hebt und senkt sich unregelmäßig, während ihr drachenförmiger Sarg hoch über uns in Fetzen gerissen wird.

Sanft lege ich die freie Hand zwischen ihre Schulterblätter und schiebe sie zu mir. »Lass los, Baby. Lass mich deine Ketten zerbrechen, wenn dein Schmerz zu groß ist, um den Schlüssel aufzuheben. Du trägst die ganze verfluchte Welt auf deinen Schultern, doch es ist Zeit, sie in Brand zu setzen, kleiner Phönix.«

Eine einzelne schneeflockengroße Träne löst sich aus ihrem Augenwinkel, ihre feinen Wimpern flattern, die Schultern erschlaffen, eine ihrer Macheten gleitet zu unseren Füßen und verliert sich irgendwo zwischen den Dächern einer Stadt, die ihr nie das Zuhause schenkte, das sie verdient.

Ich habe Louve in den vergangenen Zyklen etliche Male weinen sehen, doch je mehr Zeit verstrich, desto stärker versiegten ihre Tränen. Als hätte sie einen bestimmten Punkt überschritten, ab dem ihre Seele schlichtweg ausgedörrt war von all dem Leid, das ihr in der Vergangenheit angetan wurde. Und eines Morgens war da nur noch Wut.

»Warum bist du gegangen, Enean? Weshalb warst du nicht da?« Ihre Stimme ist das schneidende Wort einer Frau, der Man(n) den Boden unter den Füßen weggerissen hat – und die Schuhe gleich mit dazu. Leise, fast flehend fügt sie hinzu: »Ich muss es wissen, verstehst du?«

Gerade öffne ich den Mund, da erreicht die morbide Drachenexplosion ein ganz neues Level. Hautfetzen und Knochensplitter sprenkeln die Himmelsschlieren, teergraue, schleimige Blutsterne sprühen zwischen die feinen Wolkenstränge. Ein grässliches Kunstprojekt – die Schattenwandler hatten noch nie Sinn für Ästhetik.

»Enean?«

Ich kann nicht aufhören, meinen sterbenden Untertanen anzustarren. »Ich schätze, wenn du nicht bereit bist, deine Seele an diese Stadt zu verkaufen, wirst du bis zu deinem letzten Atemzug im Krieg mit der Welt stehen, Love.«

Ungläubig schüttelt sie den Kopf. »Wovon zum Aschegeier sprichst du? Was ist passiert, Enean?«

Da brechen Hunderte, Tausende münzgroße Insekten aus dem Leib des Aasdrachen, ein Schneesturm aus wirbelndem Weißgrau. Ungläubig reiße ich die Augen auf. Nein, keine Insekten. Nachtfalter.

»Ähm … Ich gehe einmal nicht davon aus, dass dein werter Gatte den Anstand hatte, sich spontan in Ungeziefer zu verwandeln? Ein netter kleiner *wie innen so außen* Move?«

»Das ist Hayris' Geistgefährte. Sein Schwarm muss sich durch die Organe gefressen haben.« Warum klingt sie nicht im Geringsten schockiert? Ich meine, ist das *normal?*

»Eure Seite der Barriere ist so abgefuckt«, murmle ich.

Spöttisch hebt sie eine Braue. »Sagt der Schattengott, der Marshmallows über brodelnden Pechpfützen röstet.«

»Du mochtest die Marshmallows«, erinnere ich sie.

Zum ersten Mal, seit ich zurück bin, lacht sie auf. »Es ging nie um den Süßkram, Enean. Du und ich, wir haben schon immer zu viel Schönheit im Chaos gesehen.«

Sanft stoße ich mit der Faust gegen ihre Schulter. »Du bist mein Lieblingschaos, Love.«

Diesmal ist ihr Grinsen echt. »Du bist auch mein Lieblingschaos, Schattengott.«

Süffisant beißt sie sich auf die Zunge. »Der vergangene Mondzyklus ohne dich war ...«

»Jugendfrei? Abstinent? Stets voll bekleidet?«, versuche ich ihr hoffend, betend, tausend Tode sterbend auf die Sprünge zu helfen.

Sie nimmt einen tiefen Atemzug, zuckt leicht mit der Schulter und sieht mich an. »Nicht vollständig. Wirst du mir endlich sagen, warum ich auf meine schlechtere Hälfte verzichten musste?«

»Deine schlechtere Hälfte hat viel Dreck am Stecken, Love. Aber deine perfekte auch.« Ich führe ihre Fingerknöchel an meine Lippen. Gott, wie ich dieses Gefühl vermisst habe. »Lass uns eine Münze werfen, ob wir Solitude besser retten oder dem Erdboden gleichmachen sollten. Im Anschluss erzähle ich dir alles ... was ich kann. Was sagst du?«

Ihre Zähne graben sich in ihre Unterlippen. Ich wünschte, es wären meine. »Ich sage: Kopf oder Zahl?«

Begeistert recke ich die Faust. »Wie viele Köpfe hättest du denn gern, Baby?«

Die Antwort bleibt sie mir schuldig, denn mit einem letzten, Druckwellen erzeugenden Aufschrei, der uns harsch zur Seite wirft, birst der Leib des Aasdrachen wie ein zu groß geratener Luftballon. Eine widerwärtige Brühe aus platzenden Organen, Blut und Knochenteilen regnet auf uns herab – und dann bestraft uns der Himmel auch noch mit dem *Ehemann.*

»Wren!« Sofort reißt sich Louve von mir los.

Fassungslos beobachte ich, wie sie Thuja in Wrens Richtung lenkt, der sterbender Komet spielt und mit einem lächerlichen Angeber-Salto auf dem Rücken der geflügelten Grizzlybärin landet. Er ist über und über mit Sekret und Innereien besudelt, das Gesicht genauso kalkweiß, wie ich es mir immer gewünscht habe, sein Keuchen beschämend. Nichtsdestotrotz wirft sich Louve ihm buchstäblich an den Hals. *Urgh.* Offenbar habe ich eine ekelerregende Menge Mist verpasst. »Geht es dir gut? Hast du das Herz zerstört?«

»Ja und ja.« Da hat der Mistkerl doch tatsächlich den Nerv, seinen Arm um *meine Frau* zu legen. »Lass uns das *Wie* und *Warum* später besprechen. Jetzt gilt es erst einmal, Solitude ...« Kaum hat er mich bemerkt, verdüstern sich seine banalfarbenen Iriden. »Was machst *du* schon wieder hier? Du bist wie ein nicht loszuwerdender Virus, Roughcrest. Was zur Schattenbarriere hast du auf *meinem* Geistgefährten bei *meiner* Cåraidt zu suchen? Und glaub ja nicht, ich wüsste nicht, dass du dem Schattenwandler das Herz nicht aus uneigennützigen Gründen eingesetzt hast!«

Augenrollend fahre ich mir durchs Haar, mir keinerlei Schuld bewusst. »Ich bin hier, um dich willkommen zu heißen. Ist doch selbsterklärend. Ich bin quasi dein Partyplaner.« Ich mache eine abwertende Handbewegung in seine Richtung. »Willkommen Zuhause, Arschgesicht. Hurra, yay und so weiter.«

»He, Louve!« Die bizarre Mottenschar nähert sich uns, auf ihrem Rücken eine winkelnde Sâl und ihr Horror-Kollege. Hayris gammelt im Schneidersitz inmitten seines Insektenschwarms, die sehnigen Arme vor der Brust verschränkt, die schwarz bemalten Lippen zu einer dünnen Linie verzogen. Zunächst glaube ich, er hätte seine Augen auf uns gerichtet. Erst auf den zweiten Blick erkenne ich, dass sie geschlossen sind, jedoch ein zusätzliches Paar auf die Lider tätowiert wurden. Meine Brauen schnellen in die Höhe. *Heilige Ausgeburt des Todes.*

Louve wirft Sâl eine ihrer beiden Macheten zu. »Hatte keine Kapazität mehr für Pfeil und Bogen.«

Kopfschüttelnd fängt die Blauhaarige die Waffe im Flug ab. »Das ist alles? Ich wurde entführt, ein Aasdrache hat uns verschluckt und Wren hatte den Trip seines Lebens, weil *du* ganz offensichtlich den Trip deines Lebens hattest. Und du faselst von *Kapazitäten?*«

Sich keinerlei Schuld bewusst, zuckt Louve mit der Schulter. »War auf Schattenwandlergift. Nichts für ungut, Wren.«

»Wren hat H im Vollrausch gebeten, ihm mit dem Tintenblut seiner Falter und einem Rippenbogensplitter des Drachen deinen Namen zu tätowieren.« Sâl lässt ihren Zeigefinger über die Klinge gleiten, offenbar prüft sie deren Schärfe. »Auf den Hintern! Während er grausige Gedichte über Marmelade zum Besten gegeben hat.«

Marmelade? *Heiliger* ... Mit Genugtuung beobachte ich, wie Mr Frühstücksgedicht knallrot anläuft. Verlegen räuspert er sich. Witzig. »Formatiert euch. Wir nehmen uns die fliegenden Schattenwandler vor.« Mit dem Kinn gestikuliert er zu einem Schwarm rotäugiger Wereulen, die gerade dabei sind, die Verkaufsstände von Old Marble zu plündern.

Louve widerspricht ihm nicht. Stattdessen prüft sie ihr Waffenarsenal und nickt. Beim Henkersbeil, sie *nickt.*

Ich begegne Sâls süffisantem Grinsen: »Ob Beere, Frucht oder Mus, Marmelade ist stets ein Genuuuuuss.«

Louve reißt die Augen auf, selbst Hayris' Mundwinkel zucken. Einzig Wren dreht sich mit geballten Fäusten weg. Autsch.

»Zum Kochen von Konfitüre – rühre, rühre, rühre!« Sâl kann die Worte kaum aussprechen, Tränen schimmern in ihren Augenwinkeln, als sie einen Lachanfall mit gekünsteltem Husten unterdrückt.

Ich bin derart auf sie fixiert, dass ich zu spät bemerke, was Marmeladenboy vorhat. Ehe ich mich's versehe, rammt der Dreckskerl mich grob von der Seite und katapultiert mich von Thujas Rücken. Fluchend suche ich nach Halt, als mein Status als unantastbarer Gott zum zweiten Mal an diesem Sonnenlauf in Lichtgeschwindigkeit gen Erdkern rast.

»Decan!« Endlich erreicht mein Name Louves Lippen. Unglücklicherweise ist es nicht derjenige, den ich sie schreien hören will. Oder die Situation, die mir diesbezüglich vorschwebt.

Kühler Wind zischt an mir vorbei und ich sehe mich schon als schattengottförmigen Abdruck im nächstbesten Hausdach, als eine Hand im Fall nach meiner fasst und mich vor einem unverhofften Wiedersehen mit dem Schattenreich bewahrt.

Nur ist es nicht Louve, die mich hält, sondern Sâl. Ein, zwei Atemzuge lang mache ich keinerlei Anstalten, mich auf ihr Nachtfalterbett zu hieven. Stattdessen blinzle ich hinüber zu Louve, ihren leicht geöffneten Lippen, den ungläubigen Ausdruck, ihren zuckenden Finger. Und da schwöre ich mir, am Leben zu bleiben. Ich werde nicht eher ruhen, bis Louve mich wieder ansieht, wie sie es vor einem Mondlauf tat. Als sie in meinen Armen lag, das Silberlicht der Nacht ihre nackte Haut küsste und vielleicht zum ersten Mal, seit ich sie kenne, die Anspannung aus ihren Gliedern wich. Bevor ich alles kaputt gemacht habe, um sie zu beschützen, nur um sie abermals in einen Kampf zu verwickeln, der niemals der ihre hätte sein sollen. Ich will das Feuer zurück auf ihren Lippen, das das Monster in meiner Brust in Licht aufgehen ließ. Ich will *sie* zurück. Wütend über mein eigenes Versagen presse ich die Zähne aufeinander. Ich bin der größte Narr unter den Sternen.

»He, hilf gefälligst mit! Dachte ich mir doch, dass diese Muskeln nur zum Anschmachten gut sind«, knurrt Sâl, die mittlerweile mit beiden Händen an meinem Handgelenk zerrt, während Grusel-Hayris keinerlei Anstalten macht, zumindest anstandshalber mit anzupacken. Sitzt einfach nur da und macht einen auf Trance. Gerade spiele ich mit dem Gedanken, ihn mit Prej bekannt zu machen, da gelingt es Sâl endlich, mich auf diesen geflügelten Albtraum zu zerren.

Auf allen vieren fixiere ich das grauweiße Ungeziefer, dessen Flügel mit den Kohlezeichnungen offener Augen bespickt sind. Unheimlich. Stirnrunzelnd mustere ich Hayris, auf dessen geschlossenen Lidern mir die gleichen Symbole begegnen.

»Er kontrolliert seinen Geistgefährten auf diese Weise.« Sâl geht vor mir in die Hocke. Es ist verrückt, wie ihre Stiefel auf Dutzenden Nachtfaltern stehen, ohne dass diese auseinanderstieben. Ihre unzähligen tiefblauen Zöpfe schwingen über ihre Uniform, als sie mir erneut die von Narben und Blutergüssen übersäte Hand reicht. Trotz der Verletzungen zuckt sie nicht, als ich sie ergreife. Doch kaum hat sie mich auf die Beine gezogen, trifft ihre Faust meinen Nasenrücken. Ich stoße einen Fluch aus, als heißes Blut über meine Lippen läuft und die Wunde erneut aufplatzt. So schnell, wie diese Frauen zuschlagen, vermag nicht einmal ein Arzaê zu heilen, verdammt.

Ungehalten wische ich über mein Gesicht und spucke gen Solitude. »Wenn ich einen Gutschein für eine Gruppensitzung beim nächstbesten Therapeuten unter eurer Zimmertür durchschiebe, betrachtet es als Wink.«

Sâls Mundwinkel zucken spöttisch, ihre Braue ist hochgezogen, ihre Arme hat sie herausfordernd vor der Brust verschränkt. »Das war dafür, dass du meine Freundin verarscht hast.«

Irritiert reibe ich mir über das Gesicht. »Welche Freundin?«

Prompt trifft mich ihr Stiefel in der Kniekehle, sodass ich nur eine schlechte Körperhaltung davon entfernt bin, erneut zu Boden zu gehen. »Wie viele Frauen hast du denn in letzter

Zeit sitzen gelassen, Roughcrest? Und überlege dir deine Antwort verdammt gut, denn für jede Zahl, die du mir nennst, verlierst du einen Finger.«

Meine finstere Miene bewirkt lediglich, dass Sâl stolz das Kinn hebt. Oh Mann. Sobald ich die Weltherrschaft übernommen habe, brauche ich sie unbedingt in meinem Team. »Louve und du seid Freundinnen?«, frage ich stattdessen. »Seit wann?«

»Seit ein gewisser Jemand sie in der Nacht vor ihrem Dòchaş mit Wren, seinem dämlichen Falken und einer ungesunden Menge Schokolade hat sitzen lassen!«

»Ich habe sie nicht *sitzen lassen*, ich bin in einer verfluchten Folterkammer zu mir gekommen!«, entfährt es mir.

Einen Moment lang mustert Sâl mich perplex, wägt ab, ob sie mir Glauben schenken soll. Die gräulichen Blutschlieren ihres Feindes verleihen ihren scharfen Zügen etwas Markerschütterndes, madenweiße Hautfetzen kleben an ihrer Uniform und an ihrem linken Ohr hängt ein Stück Leber.

»Ist das metaphorisch zu verstehen?«, verlangt sie schließlich zu wissen. »Liebes Journal, das Leben ohne meine Schattenassassinin ist wie eine *verfluchte Folterkammer*?«

Auch. Aber ... »Nein! Nein, Herrgott, nein. Während deine neue beste Freundin Flitterwochen gespielt hat, hat Achĕş Roughcrest meine Innereien zu Grillspießen ummodelliert.«

Sâl schnappt hörbar nach Luft. »Wie bitte? Warum sollte er seinen eigenen Bruder ...«

Misstrauisch prüfe ich mit der Stiefelspitze, was der fliegende Mottenhaufen an Gewicht aushält. »Meine Brüder sind Soziopathen.«

Ein zähes Stirnrunzeln verzieht die blutroten Malereien auf Hayris' Stirn. »Wenn du Achĕş Roughcrest töten willst, bin ich dabei.«

Überrascht sehe ich ihn an. Es ist erst das zweite Mal seit

unserem Aufeinandertreffen, dass er spricht. Dabei hält er die Lider nach wie vor geschlossen, seine Stimme ist das federleichte Wispern des Winds. »Ähm, okay … nett von dir?« Ratlos blinzle ich zu Sâl, die nicht minder verblüfft mit den Schultern zuckt.

»Ist das wahr?«, ertönt es hinter mir. Nur selten schwingt Unsicherheit in Louves Stimme. Jetzt aber kann ich sie regelrecht schmecken.

Schlagartig erwache ich inmitten meines eigentlichen Problems. »Na ja, der Mordanschlag steht eher noch auf Diskussionsbasis im Raum …«

»Das meine ich nicht.« Mit ausdrucksloser Miene stiert sie auf mich hinab. Louve steht breitbeinig auf Thujas Rücken, die Hände an den Seiten zu Fäusten geballt. Heißer Wüstenwind, der von der hinter Solitude liegenden Einöde in unsere Stadt getragen wird, weht ihr das an den Spitzen feurigrote Haar aus dem Gesicht. »Sag schon. Hat Achĕş dich wirklich gefangen gehalten?«

Langsam nicke ich, versuche an etwas anderes zu denken als an diesen beschissenen Armreif an ihrem Handgelenk. »Er wollte … Informationen. Hielt mich für jemand anderen, wenn man so will.«

»Wie bist du entkommen?« Keinerlei Emotion schwingt in ihrer Stimme mit.

»Donna hat mich vor einem halben Mondlauf befreit und …«

»Somit hätte er seit einem halben Mondlauf mit dir in Kontakt treten können, Louve.« Wren erhebt sich hinter ihr in voller Größe. Er überragt sie um anderthalb Köpfe, seine Miene ist genauso ausdruckslos wie ihre. Bedrohlich blitzt ihr Katana hinter ihr auf. Wren starrt mich tot, während er von hinten eine Hand auf Louves Schulter legt. Ich wünschte, sie würde ihn abschütteln, weiß ebenso gut, sie wird es nicht.

Und dann tut sie etwas, das mein rabenschwarzes Granitherz zum Bluten bringt. Sie tritt einen Schritt zurück, sodass ihr Rücken gegen Wrens Brust fällt. Tausend und keine Emotion schwimmen in ihren Augen, sie wirkt wie abgeschaltet, als wäre sie gar nicht richtig hier.

Langsam hebt sie das Kinn. »Eine Krone wiegt schwer. Nicht jeder ist bereit, sie gegen Hoffnung einzutauschen.«

Sâl versteift sich an meiner Seite. Offenbar glaubt sie, Louve spiele auf meinen Status als Roughcrest an. »Louve, ich glaube nicht, dass …«

»Wren, bist du so weit? Zeigen wir den Schattenwandlern, wo ihr Platz ist.« Es ist kein Zufall, dass sie bei diesen Worten in meine Richtung sieht. »Pearse erwartet unsere Einheit im Einsatz.«

Wren löst seine Hand von ihr, weshalb ich sie ihm nicht sofort abhacken muss. »Sâl, Hayris, ihr habt es gehört.«

Er schaut nach unten. »In Serpentine Shell und Silverline Square herrschen die meisten Angriffe vor. Old Marble ist zu nah am Meer, der Markt wie auch die Menschensiedlung scheinen nicht ihr Ziel.« Natürlich nicht, weil *ihr Ziel* direkt vor eurer Nase auf einem Haufen Ungeziefer über Iron Claw flattert. »Ich will, dass wir zu AnDwas vierter Einheit im Osten aufschließen. Pearse muss ganz in der Nähe sein. AnDwas Leute übernehmen den Boden, wir decken die Luftlinie ab.« Mit mürrischer Miene fixiert er mich. »Und bei der Göttin des Lichts, bringt endlich Roughcrest in Sicherheit.«

Mäßig beeindruckend lässt er seine Knöchel knacken. »Ach ja, Sâl, Hayris?« Keiner der beiden reagiert. »Denkt daran, so bald wie möglich den Dòchaş durchzuführen. Wir brauchen eure vereinte Macht jetzt mehr denn je.«

Sâl presst ihre Lippen so fest aufeinander, dass sie weiß anlaufen. »Falls Melyn begnadigt wird …«

Melyn, ihre frühere Kampfpartnerin? Die Melyn, die mit Kendric im Kerker sitzen sollte? Einem Kerker, der vollständig eingestürzt ist, sämtliche Gefangenen unter sich begrub. Sie hatten keine Chance.

Doch gerade, als ich Sâl aufzuklären beabsichtige, räuspert sich Louve. »Dieses Gespräch kann warten. Töten wir ein paar Schattenwandler.«

32. Kapitel

Enean

> ***Windnatter, die:*** *Gattung: Schattenwandler; geflügelte Schlange, die sich in Bäumen als gefiederter Vogel einrollt/tarnt, um Opfer in Sicherheit zu wiegen; Jäger; Größe: ½–3 Menschenlängen*

Und das tun sie auch. Während Sâl und Hayris mich trotz meiner Weigerung nahe meines neuen Nachtclubs, dem *Rain 'n Sorrow*, absetzen, entscheiden Louve und Wren, die Welt zu retten. Niemals habe ich Thuja gefährlicher, niemals beeindruckender erlebt. Die Verschmelzung von Falken und Grizzly, getaucht in diffusen Rauch, konturlose Dunkelheit, strahlt eine Form von Macht aus, die selbst mich in Staunen versetzt. Ihr Schnabel zerfetzt Dutzende Windnattern, ihre Flügel schlagen zwei Aschegeierschädel zugleich ab, als wäre ihr Leib mit Klingen statt Federn bedeckt. Aus ihrem Rachen löst sich irgendein nebelartiges Zeug, dass sich wie von Zauberhand in die Kehlen ihrer Feinde gräbt, ihnen den Sauerstoff entzieht und sie leblos zu Boden schmettert.

Doch nicht nur das. Auch zwischen Louve und Wren hat sich eine nie da gewesene Art der Symbiose entwickelt. Hintereinander stehen sie auf Thujas Rücken, haben Kampfhaltung eingenommen. Während Louve mit drei Dolchen kämpft, einen in jeder Hand und einen zwischen den Zähnen, Augen zersticht, Kehlen aufschlitzt und Flügel durchtrennt, hat Wren sich das Katana von ihrem Rücken geschnappt und bringt Gegner zu Fall. Immer wieder zieht er einen Wurfstern oder eine Handgranate von Louves Uniform, als wäre sie sein persönlicher Selbstbedienungsladen. Ihr Zusammenspiel wäre beeindruckend, wäre es nicht das Letzte, das ich jetzt gebrauchen kann.

Karma ist ein Miststück, das sich die Nägel feilt, während du dich längst in Sicherheit wiegst – nur um sie dir im nächsten Moment in die Halsschlagader zu rammen.

Fluchend stürme ich in den ausgestorbenen Nachtclub, vorbei an verschütteten Drinks, zerschlagenen Karaffen und der Leiche eines jungen Mannes, aus dessen Ohren dunkles Blut rinnt. Der Geruch von heißer Asche, Erbrochenem und Alkohol erfüllt die Luft. Die seidenen Polster der Lounges im Obergeschoss sind zerfetzt und einige Lichter flackern unter zerbrochenen Gläsern – doch was auch immer hier gewütet hat, ist längst fort. Ohne mich um das Chaos zu kümmern, sprinte ich wie ein Besessener die sieben Stockwerke hinauf bis zur Dachterrasse. Dabei ignoriere ich meine pochenden Rippen geflissentlich. Die makellos polierte Fensterfront erweckt den Eindruck, sich direkt im Freien zu befinden. Zumindest diese ist intakt, doch als ich die verglaste Tür aufschiebe, um hinauszutreten, lässt mich der Anblick den Atem anhalten.

Dutzende Eisfalken bedecken den Himmel Solitudes. Mindestens fünfzig, einem ganzen Schwarm der grellblau gefiederten Schattenwandler ist es gelungen, die immer poröser werdende Barriere zu überbrücken. Dennoch ist es meinen Untertanen nach wie vor unmöglich, sich unbeschadet in Solitude aufzuhalten.

Während ich mir den Kopf zerbreche, wie ich die Barriere vernichten und meinen Schattenwandlern gleichzeitig uneingeschränkten Zugang zu Solitude gewähren kann, führt Louve am Horizont Krieg. Über und über mit der Asche ihrer Feinde bedeckt, stoßen sie, Wren und Thuja 2.0 durch die vorderste Eisfalkenfront. Mit gezogenen Waffen kämpfen sie sich durch Schnäbel, Krallen, Blutbäder. Doch je mehr sie töten, desto mehr kommen nach, als hätte jemand im Schattenreich den Befehl zum Angriff erteilt.

»Sieh, wie sie dir die Welt zu Füßen legen.«

Ohne mich umzudrehen, umklammere ich das metallene Terrassengeländer mit meinen aufgeplatzten Händen. Das einst weiße Hemd klebt zerschlissen und dreckverschmiert an meinem verschwitzten Körper. Die Stelle, an der der Aasdrache mich erwischt hat, ist feucht. Dennoch mache ich mir nicht die Mühe, die Wunde zu inspizieren, dank der Heilkräfte des Arzaê-Körpers spüre ich sie kaum noch. Zumindest einen Vorzug hatte Decan Roughcrest.

»Verfolgst du mich?«

Ihre neue Gestalt ist nur unwesentlich kleiner als meine eigene, wenngleich Arme und Beine schmaler wirken. Offenbar hat Kendric noch weniger Wert auf Krafttraining gelegt als sein Bruder. Mit erhobenem Kinn tritt Prejudice an meine Seite. »Ich würde dir überall hin folgen. Du bist mein Gott.«

Ein leises Lachen entkommt meiner Kehle, als ich zwei Assassinen auf einem an einen geflügelten Säbelzahntiger erinnernden Geistgefährten durch die feindlichen Truppen brechen sehe. Eines der Mädchen kommt mir bekannt vor, ich glaube, ich habe sie vorhin in der Zitadelle getroffen. Quin? Die mit dem schwarzen Stachelhaar und dem hauseigenen Drogenanbau. Quanja, erinnere ich mich. Jetzt erkenne ich auch ihren Partner wieder, den ich aus der Entfernung für eine Frau gehalten habe. Coeur.

»Ich habe dich nie gebeten, nach Solitude zu kommen, Prej.

Du neigst dazu, unglücklich viel Gruppendynamik in meine ein Mann Show zu bringen.«

Schnaubend reißt die Schattenwandlerin herum. »Wann begreifst du endlich, dass die Welt sich nicht nur um dich dreht?«

Quanja und Coeur zerfetzen im Flug einen Panthergreif, während sich ein zweiter auf sie stürzt. Drei Wühlkrähen schießen auf einen einzelnen Schattenassassinen zu, der sich nur mit Mühe auf seinem Geistgefährten halten kann. In einiger Entfernung erschüttert eine Explosion mehrere Dächer, ganze Fassaden stürzen in sich zusammen, Kinder schreien.

Mein Griff um das Metall verstärkt sich. Das habe ich nie gewollt. »Sobald du und mein Volk mir nicht mehr den Eindruck vermittelt.«

»Weshalb kapierst du nicht, dass wir alle auf derselben Seite stehen?« Zorn schwingt in ihrer fremden neuen Stimme, als sie mit dem Arm gen Horizont weist. »Wir sind hier, um für dich zu kämpfen, Enean. Du willst Solitude? Wir geben es dir! Du möchtest über beide Reiche herrschen? Nur zu. Du planst, die gesamte verfluchte Welt zu unterjochen? Wir stärken dir den Rücken!«

Plötzlich realisiere ich, was sie mir indirekt die ganze Zeit über zu sagen versucht. Fassungslos atme ich aus. »Du warst das, nicht wahr? Du hast auf meinen angeblichen Befehl hin zum Angriff geblasen. Deinetwegen ist Solitude ein einziges Schlachtfeld!«

Sich keinerlei Schuld bewusst, strafft sie die Schultern. Oh, ich könnte ihr den Hals umdrehen – und mir gleich dazu, schließlich ist Prejudice meine rechte Hand. Ich sollte ihre Gedankengänge zehn Schritte im Voraus erahnen können. Nur war ich zu beschäftigt damit, mich vor Louve zu verstecken, von Achèş ausgeweidet und von Donna herumkommandiert zu werden.

Seufzend wende ich mich ihr zu, lockere meine Knöchel. »Du hast recht. Ich habe meine Pflichten als Herrscher viel zu lange ignoriert. Ich habe euch versprochen, Solitude zu übernehmen. Stattdessen habe ich euch im Stich gelassen. Es tut mir leid.«

Ungläubig reißt Prej die Brauen hoch, niemals habe ich sie sprachloser erlebt. »Du entschuldigst dich bei mir?«

Abwinkend hebe ich eine Schulter. »Sieht ganz danach aus.«

Fassungslos starrt sie mich an, ehe meine Wange Bekanntschaft mit ihrer flachen Hand macht.

Als sie erneut ausholen will, fange ich sie ab. Meine Fingernägel bohren sich tief in ihre Haut. »Hast du sie nicht mehr alle? Ich entschuldige mich zum ersten Mal in fast eintausend Zyklen und du *scheuerst mir eine?!*«

Ein weiterer Schwarm Eisfalken taucht über Silverline Square auf, ein dritter bedeckt den wolkenverhangenen Horizont Serpentine Shells. Die Schattenassassinen formatieren sich neu, und in der Ferne meine ich sogar, das geflügelte Schlangenmonstrum der Generäle auszumachen. Schreie gehen in Donnerschlägen unter, Hufgetrampel vermengt sich mit Fauchen und dem Geräusch frisch aufgeschlitzter Körperteile. *Bei der allmächtigen Finsternis.*

»Genau das ist das Problem, Enean«, faucht sie und entzieht sich meinem Griff. »Du entschuldigst dich? Ist das dein beschissener Ernst? Du bist der vermaledeite Schattengott, zum Henkersbeil, du entschuldigst dich für *nichts!*«

Zum ersten Mal, seit sie den grandiosen Plan hatte, Louve und mit ihr ganz Solitude in eine Falle zu locken, nur um mich anzuschreien, mustere ich sie genauer. Sorge spiegelt sich im verwaschenen Moosgrün ihrer Augen, fast schon … Angst.

Da endlich begreife ich. »Du dachtest, ich hätte dich aufgegeben, nicht wahr? Es ging dir nie um Solitude oder das Schattenreich. Du nahmst an, ich würde die Lebenden den Toten vorziehen. Würde *sie* dir vorziehen.«

Sichtlich ertappt senkt sie den Kopf – was in etwa so häufig vorkommt wie meine Entschuldigungen. Sanft lege ich einen Finger unter ihr Kinn und zwinge sie, mich anzusehen. »Prej, ich liebe sie. Ich liebe sie mehr als mein Leben, mehr als meine Krone, mehr als meine Armeen. Und ganz bestimmt mehr als mein Königreich. Ich kann nicht ohne sie sein, verstehst du?«

Der Schmerz, der bei meinen Worten ihren Blick trübt, ihre Lippen zum Beben bringt, versetzt mir einen Stich.

Genau wie Louve stand Prejudice ihr Leben lang an meiner Seite, aufgrund ihrer Unsterblichkeit so viel länger als mehrere Menschenleben zusammengezählt. Sie ertrug meine Launen, dirigierte meine Befehle, hielt meine Untertanen in Schach, wenn ich mich weigerte, meinen Pflichten nachzukommen, mich stattdessen weit fort träumte, in die Arme der Lebenden, in die Arme meiner Liebe. Dass ich einfach so verschwunden bin ... war nicht richtig, das erkenne ich erst jetzt. Doch nicht aus den Gründen, die sie mir eizureden versucht. Sondern um ihretwillen.

»Dann schätze ich«, bricht sie ihr Schweigen, »gibt es nichts mehr zu sagen. Und für mich keinen Grund, länger hierzubleiben.«

»Komm schon, Prej, natürlich will ich dich an meiner Seite haben, wenn wir ...« Ich breche ab, als eine Ader in ihrem Augapfel platzt, das Weiß in tiefes Rot taucht. Fast zeitgleich beugt sie sich vorne über und hustet heftig.

»Was ist mit dir?« Ich lege beide Hände auf ihren Rücken, versuche sie zu mir umzudrehen, doch sie stößt mich weg. Erneut schüttelt sie ein Anfall, röchelnd stützt sie die Arme auf dem Oberschenkel ab, beugt sich vorneüber und erbricht solch dunkles Blut, dass es beinahe schwarz ist.

»Prejudice!« Ich packe ihre Schultern und reiße sie herum. Kendrics vom Einsturz des Verlieses staubverkrustete Uniform ist gesprenkelt von frischem Blut, das ihr über Hals, Kinn und Lippen tropft. Selbst aus ihrem linken Ohr stehlen sich einige dunkle Tropfen, während ihre Augen schimmern, als wäre sie von einem psychedelischen Virus befallen.

»Verdammt, Prej, was passiert mit dir?« Panisch wische ich ihr die dunkle Flüssigkeit aus den Augenwinkeln, ihre dunkle Haut wirkt ungesund bleich und auf ihrer Stirn steht Schweiß.

Mit mürrisch zusammengezogenen Brauen fährt sie sich über den Mund. »Dieser Körper stirbt. Deine kleine Freundin hat mich angelogen. Wie auch immer es ihr gelungen ist, dich in diesen Körper zu bannen – bei mir muss sie bewusst eine Kleinigkeit *vergessen* haben.«

Innerlich fluchend beiße ich die Zähne zusammen. So gern ich Louve verteidigen würde, doch bezweifle ich stark, dass sie einer x-beliebigen Schattenwandlerin im Körper ihres Erzfeindes, die sie noch dazu erpresst, einen Aasdrachen nach Solitude gelockt und ihre Freunde in Lebensgefahr gebracht hat, dieselben Privilegien gönnen würde wie anderen Zurückgeholten. Wir *mir*. Ganz gleich, was zwischen Louve und mir vorgefallen ist, niemals würde sie mir freiwillig beim Krepieren zusehen. Bei Prejudice hingegen sieht das ganz anders aus ...

»Ich werde dafür sorgen, dass dein Schatten richtig mit deinem neuen Körper verbunden wird, Prej, versprochen.«

Die Schattenwandlerin schüttelt den Kopf. »So ungern ich die weiße Assassinin auch in Schutz nehme, sie hat es nicht gewusst. Sie wusste nicht, dass ich lieber sterben würde, als in diesem Körper zu erwachen.« Angeekelt schielt sie an sich hinab.

Erst glaube ich, sie spricht von den Arzaê, schließlich war sie zu Lebzeiten zur Hälfte eine von ihnen – nicht genug, um in deren Reihen mit offenen Armen empfangen zu werden, zu viel, um zu den Menschen zu gehören. Weshalb sie von beiden Seiten misshandelt und ausgegrenzt wurde. Doch dies ist nicht der Grund für ihre Abscheu.

»Du kannst in keinem Männerkörper stecken.« Es ist keine Frage.

Mit an den Seiten geballten Fäusten presst sie die Lippen aufeinander. »Ich dachte, ich hätte es hinter mir. Dass ich darüberstehen würde. Sie für mich nach all den Zyklen nicht mehr wären als grausame, engstirnige Monster.« Schnaubend schüttelt sie den Kopf. »Aber es sind keine Monster, verstehst du? Es sind keine dummen Jungen oder mental Kranke. Es sind einfach nur Männer. Sie zu dämonisieren oder ihnen die Schuldfähigkeit abzusprechen, ist falsch.« Sie hebt ihr Kinn, ein schwerer Atemzug bringt ihre Brust zum Beben. »Die Wahrheit ist, sie sind sich sehr wohl ihrer Taten bewusst. Sie misshandeln uns in vollem Bewusstsein, werfen uns im Anschluss weg wie Müll. Einfach nur, weil wir Frauen sind. Und sie unsere Hölle auf Erden.«

Ich weiß nicht, was ich sagen soll. *Fuck.* Prej ist eine der mental stärksten Kreaturen im Schattenreich. Niemals, seit sie ihr Leben verlor und mit der Zeit den Großteil ihrer Erinnerung an das *Davor*, hat sie auch nur ein Wort über das Unaussprechliche verloren, das ihr zu Lebzeiten widerfuhr. Obgleich sie durch die Transformation alles hätte hinter sich lassen können, bat sie mich um die Erinnerungen. Sie wollte nicht vergessen. Zwar habe ich einiges verschwiegen, zu grausam sind ihre Erlebnisse, um sie bis in alle Ewigkeit im Herzen zu tragen, doch weiß sie genug, und offenbar erzählt ihr Instinkt, ihre Intuition, gefangen in diesem neuen Körper, ihr den Rest.

Ich weiß, dass ich nichts sagen oder tun könnte, damit sie sich besser fühlt. Dass die Männer, die ihr Unvorstellbares angetan haben, sie sterbend, in einer Lache ihres eigenen Blutes, in einer Gasse zurückließen, bis sie nach Ablauf eines ganzen Sonnenlaufs ihren Verletzungen erlag und ins Schattenreich fuhr. Und dass keiner von uns jetzt noch dazu imstande wäre, Rache zu nehmen, da die Täter seit Hunderten Zyklen tief unter der Erde verscharrt liegen, ihre Schatten irgendwelche nicht zuordenbaren Kreaturen in meinem Reich.

Wortlos ziehe ich sie an mich. »Es tut mir so leid, Prej. Ich wünschte, ich könnte dir den Schmerz nehmen.«

Sie schluckt schwer, als ihr schmerzerrissener Blick auf meinen trifft. »Bitte. Bitte bring mich einfach nach Hause.«

Ihre Finger fahren über meine Hüfte. Gerade, als ich ihr sagen will, dass es für uns beide auf physischer Ebene keine Zukunft geben kann, bemerke ich, dass sie nach meinem Dolch greift.

Ich schnappe nach Luft, als sie den Kopf hebt, ungeweinten Schmerz in den grünen Augen, und mir das Messer flach auf die Brust drückt, mich auffordert, es entgegenzunehmen. Sie schließt meine Hand um den Griff und legt die Klinge an ihren Hals.

»Bitte.« Ihr Flehen bricht mir auf mehr Weisen das Herz, als Sterne am Himmel stehen. »Bitte bring mich nach Hause.«

33. Kapitel

Louve

Eisfalke, der: *Gattung: Schattenwandler; Jäger; Frostfeuer vereist Opfer bei lebendigem Leib; Schwarzmarkt: scharfkantige eisblaue Federn; schießen Federn wie Pfeile; Größe: ca. 1 Menschenlänge*

»Old Marble liegt in Trümmern, unsere Flotten stehen in Flammen.« Wrens Stimme geht im Flugwind fast unter. Er beugt sich von hinten zu mir vor, sodass ich seinen kalten Atem unterhalb meines Ohres spüren kann. »Ein Großteil Serpentine Shells und Silverline Squares wurde zerstört, die Menschensiedlungen im Nordosten werden angegriffen. Iron Claw hat nur einen Turm eingebüßt, bis auf wenige eingestürzte Stellen halten wir stand.«

Unzählige frische Wunden übersäen unsere Glieder. Mein im Schattenreich verletztes Bein macht mir trotz des Aufsuchens der Heiler wieder zu schaffen, mein Handgelenk fühlt sich an wie durch den Fleischwolf gedreht, Blut rinnt mir in die Augen, Staub kratzt in meiner Kehle. Dennoch halte ich den Angriffen stand, genau wie Wren. Denn hierfür wurden wir unser Leben lang ausgebildet. Zur Verteidigung Solitudes vor den Toten.

Schattenwandler, Geistgefährten und Schattenassassinen stieben über Himmel und Hölle, verwandeln die ganze Stadt in ein brüllendes, sterbendes Chaos aus Finsternis und Licht. Für den Bruchteil eines Herzschlags ertappe ich mich dabei, Schadenfreude zu empfinden. Solitude ist ein Ungeheuer, den das Überleben des Einzelnen nicht mehr kümmert als der Dreck unter seinen Füßen. Das tötet, misshandelt, unterwandert und besiegt. Und nun das Grinsen des Vergeltungsschlags mit eingezogenem Schwanz zu ertragen hat. Dann aber vernehme ich die Schreie der Unschuldigen, von Kindern, Kranken, Wehrlosen, und mir dreht sich der Magen um.

»Es sind zu viele.« Ich schlage irgendeinem geflügelten Vieh den Schädel von den Schultern, während Thuja zerfetzt, zerfleischt, vernichtet. Durch die Verschmelzung mit Wrens Falken Rhyn wurden ihr unbeschreibliche Kräfte zuteil, die die des Einzelnen um Längen übersteigen. Niemals habe ich meine Geistgefährtin stärker erlebt. Zumindest in diesem Punkt sprachen unsere Generäle die Wahrheit. Indem sie uns das Leben stahlen, formten sie etwas Gewaltiges, nie Dagewesenes. Sie erschufen ein Monster. Denn wer vermag eine Bestie zu töten, wenn nicht eine andere?

»Was hat die Meinung des Schattengottes über ein uraltes, seit Hunderten Zyklen bestehendes Abkommen geändert?« Wren schnappt sich meine Machete, um einer Wühlkrähe die Flügel zu stutzen.

Mir keinerlei Schuld bewusst, schiele ich über meine Schulter. »Kann quasi wegen jeder sein. Also wegen *allem*, meine ich. Ich meine, nicht aufgrund einer Person, denn der Schattengott hat ja keine Verbündeten in Solitude. Was ich eigentlich sagen will, ist … wegen … unserem Erdnusskrokant?« Mit hochrotem Kopf drehe ich mich wieder nach vorne, zupfe die letzten beiden Wurfsterne von meiner Uniform. *Erdnusskrokant*, ich Vollidiotin! Warum habe ich das gesagt?

Mein Hals brennt, als irgendetwas Wren erwischt. Fluchend

schnappt er sich eine Handgranate. »Du denkst doch nicht etwa, er hätte Befürworter unter den Lebenden?«

Weder die Explosion über unseren Köpfen noch die Druckwelle, die uns in die Hocke zwingt, bringen mich aus dem Takt. Wrens Worte hingegen … »Befürworter? Hier? Nein. *Neiiiiin.*« Ein schrilles Lachen entkommt meiner Kehle. Klinge ich hysterisch?

»Weshalb benimmst du dich so seltsam? Wirkt das Schattenwandlergift noch immer nach?« Wren zieht mich mit sich auf die Beine. »Merkwürdig, ich merke nichts.«

Was du nicht sagst … Auf einen Schlag verdunkelt sich der Himmel, die Konturen der Zwillingssonnen verschwinden in einem auslaufenden Tintenfass flächendeckenden Schwarzes. Die Finsternis ist so dicht, dass ich mich kaum noch an den Silbersilhouetten unserer eigenen Leute orientieren kann. Allerdings ist diese Form der Schwärze keineswegs meinem eingeschränkten Augenlicht zuzuschreiben, sondern …

»Hunderte Eisfalken bedecken den Himmel!« Wren umfasst mein Handgelenk. Ich kann nicht sagen, ob er damit mir oder sich selbst Halt zu geben versucht. »Die grellblauen Federn haben beinahe etwas Niedliches.«

Das Lachen vergeht ihm, als besagte Federn wie geschliffene Klingen auf uns herabregnen. Gleichzeitig reißen wir unsere Arme über die Köpfe, während sich die Spitzen in unsere ungeschützten Hände bohren, unsere Finger aufschlitzen und Thuja vor Zorn aufbrüllt. In einem schwindelerregenden Looping hetzt sie durch das Gefieder, reißt dabei sogar den einen oder anderen mit sich, doch sind es einfach zu viele. Und es werden immer mehr. Wie Hagelkörner preschen die scharfkantigen, starren Eisfedern auf Solitude hinab, befördern Schattenassassinen von den Rücken ihrer Geistgefährten und schlitzen Zivilisten, die bisher keine Deckung finden konnten, auf.

»Louve, wir müssen runter, sie werden uns …«

»Ich muss sofort zu Decan Roughcrest!«

»Was?!« Er packt meine Taille und hält mich damit gerade so davon ab, als Pfannkuchen auf dem Asphalt zu enden. »Bei allem Respekt, Louve, aber es ist wirklich nicht der richtige Zeitpunkt, um auf die Wehwehchen irgendwelcher ehemaliger Liebhaber zu pusten.«

Oh, glaub mir, Wren, wenn der Kerl in nächster Zeit ein Wehwehchen zu verarzten hat, geht dieses mit großer Wahrscheinlichkeit auf meine Kappe.

»Darum geht es nicht.« Ich ziehe den Stift aus unserer letzten Granate und brenne ein herrlich leuchtendes Loch in die Hühnerkeulen-Ansammlung. »Er ist unsere einzige Möglichkeit, all dem ein Ende zu setzen.«

Wren schnaubt. »Personen, die nicht du sind, auf ein Podest zu stellen, passt gar nicht zu dir.«

Allmählich werde ich wütend. Ungeduldig fahre ich zu ihm herum, weiche einer weiteren Eisklinge aus, und bohre ihm einen Zeigefinger in die Brust. »Entweder du wirst ab sofort meine Entscheidungen respektieren und mir vertrauen, oder ich sorge dafür, dass Thuja dich von ihrem Rücken katapultiert!«

Knurrend beugt er sich zu mir hinab. Obwohl ich mit Wren genau wie mit Enean auf den Schwingen einer geflügelten Bestie kämpfte, hat meine Nähe zu meinem Cåraidt doch nichts mit der zum Schattengott gemein. So ungern ich es auch zugebe: Während die physische wie mentale Spannung zwischen mir und Mr Mir-doch-egal ganz Solitude mit Strom versorgen könnte, würde die mit Wren nicht einmal einen Toaster zum Laufen bringen.

»Wir sind ein Team, Louve«, erinnert er mich wie jeden Sonnenlauf. »Wir treffen Entscheidungen gemeinsam.«

Schnaubend schüttle ich den Kopf. »*Gemeinsam* bedeutet

nicht, sich nach deinen Befehlen zu richten. Wenn wir uns auf keinen Kompromiss einigen können, bekommen wir das Spielzeug eben abwechselnd.«

Räuspernd löst er meine Hand von seiner Brust. »Lass mich raten, in diesem Szenario ist Decan das Spielzeug? Mir gefällt das nicht.«

Stöhnend rolle ich mit den Augen. »Da sind wir schon zu zweit. Vertrau mir nur dieses eine Mal, Wren, komm schon. Bring mich zu Decan. Und anschließend evakuiere das Gebiet so weitläufig wie möglich.«

Enean zu finden, ist so schwindelerregend einfach, dass ich mich ernsthaft mit der Frage befassen muss, weshalb ich nicht eher dahintergekommen bin.

Nachdem wir Sâl und H – beide glücklicherweise kaum verletzt – ausfindig gemacht haben, teilten sie uns mit, Enean sei nirgendwo anders als in *meinem* Nachtclub. Den er offenbar nicht nur mit seinem ergaunerten Roughcrest-Vermögen erstanden hat, obendrauf ist er gleich ins dazugehörige Apartment gezogen. Bei dem Gedanken an die vielen Nächte, die ich in seiner Nähe versucht habe, den Schmerz zu vergessen, schmecke ich Galle.

Allmählich gerät mein ungesicherter Drahtseillauf zwischen brennender Sehnsucht und hübsch ausgeschmückten Mordgedanken loopingreif ins Schwanken. Wie oft kann Nostalgie jemanden brechen, ehe er sie bricht?

»Seit wann ist Kendric auf freiem Fuß?« Unweit des *Rain 'n Sorrow* verlangsamt Thuja ihren Flügelschlag. »Das gefällt mir nicht, Louve.«

Mit zusammengepressten Lippen beobachte ich aus sicherer

Entfernung, wie sich Decan und Kendric Roughcrest scheinbar brüderlich in den Armen liegen. Nur, dass es sich dabei nicht um Geschwister handelt, wie alle Welt glaubt, sondern um den Schattengott und seine … ja, was ist sie für ihn? Weshalb sind sie derart vertraut miteinander? Diese Prejudice muss schon eine ganze Weile im Schattenreich hausen, anderenfalls wäre die Transformation zur Schlange nicht derart weit fortgeschritten. Endlich fällt mir auch wieder ein, wo ich sie schon mal gesehen habe: Als Enean mich nach Kendrics und Melyns Mordanschlag in seiner Festung zusammenflickte. Spazierte in seinen privaten Gemächern herum wie das verdammte Hausmädchen. Oder … schlimmer.

»Louve, geht es dir gut? Du bist plötzlich ganz grün im Gesicht.«

»Ich kann eben alle Farben tragen«, knirsche ich und gehe in die Hocke, bereit zum Absprung. »Banister hat Kendric begnadigt. Vetternwirtschaft lässt grüßen. Kendric ist einer von Okon Roughcrests zahllosen Setzlingen.«

»Kendric ist *was?!*«

Meine Mundwinkel zucken. Wrens Entsetzen ist mit Händen zu greifen. Was bedeutet, sein Onkel hat auch ihn belogen. »Er hat versucht, dich umzubringen!«

Ich greife in Thujas Gefieder und beuge mich vor, um den Abstand zwischen ihrem Rücken und der Dachterrasse des *Rain* abzuschätzen. »Tatsächlich? Ist mir gar nicht aufgefallen.«

Angespannt sinkt Wren neben mich. »Wenn sie ihn zurück in unsere Einheit stecken wollen …«

»Ich regle das«, falle ich ihm ins Wort. »Thuja, noch ein kleines Stück.« Wir weichen einem erneuten Eisfederhagel aus. Unsere Schnittverletzungen können wir längst nicht mehr zählen. Genauso wenig wie die schmerzenden Eisflächen, die sich rund um die Wunden ausbreiten.

»Wenn du ihn tötest, verurteilen sie dich zum Tode, Louve«, erinnert er mich. Als ob ich das nicht genau wüsste. Als ob Männer wie Kendric und Banister noch atmen würden, würde auf Mord in den eigenen Reihen nicht die Todesstrafe stehen. Ich jedenfalls trage keinen Namen, der mir den Arsch retten wird, keinen Titel. Ich bin einfach nur ich: impulsiv, unzurechnungsfähig und … *verdammt.* Wütend über mich selbst ziehe ich die Brauen zusammen. Ich bin genau wie *er.*

»Glaub mir, wenn ich vorhätte, Kendric zu töten, würde ich *gefallen im Einsatz* sehr wörtlich nehmen«, murmle ich. »Um genau zu sein, würde ich ihn genau jetzt vom Dach des *Rain* ins Maul des nächstbesten Schattenwandlers schleudern. Fragen?«

Schnaubend richtet er sich auf, als wir die letzte Distanz zur Terrasse überwinden. »Nur eine: Was hat dich so verdammt unheimlich gemacht?«

»Das Leben.« Mit diesen Worten stoße ich mich von Thujas Flanke ab und segle mit angezogenen Knien durch die mittlerweile eiskalte Luft.

Instinktiv reißen die beiden nachtschwarzen Silhouetten zu mir herum. »Louve?!«

Anmutig rolle ich mich ab, springe noch in der Bewegung auf die Beine und trete mit entschlossener Miene auf die größere der beiden Auren zu, nur um Enean grob am Arm zu packen.

»Louve, was hast du vor?«

»Die weiße Assassinin hat den Verstand verloren«, gibt Prejudice mit *gefallen-im-Einsatz*-Kendrics Stimme ihren Senf dazu.

»Was auch auf dich zuzutreffen scheint«, donnert Enean zurück. »Anderenfalls kann ich mir nicht erklären, was dir einfällt, in meiner Anwesenheit Louves Namen durch den Dreck zu ziehen.«

Niedlich. Kurz lasse ich von ihm ab, um mir den malträtierten Ärmel meiner Uniform zurückzuschieben.

»Ach, und hinter deinem Rücken geht es in Ordnung?«, feuert die Schattenwandlerin prompt zurück. »Wie wäre es, wenn du dich kurz umdrehst?«

Mit den Fingerspitzen ertaste ich das Metall an meinem Handgelenk. Merkwürdig. Es fühlt sich flacher an als zuvor, irgendwie … *weniger?*

»Prejudice, ich warne dich.«

Abermals greife ich nach Eneans Hand.

»Mir schlottern die Knie. Was willst du tun, mich *töten?*« sie stößt ein kaltes Lachen aus. »Tu dir keinen Zwang an, mein Schattengott.«

Wohlwollend tätschle ich Eneans Bizeps. »Weißt du, manche raten einem, seine Wut hinunterzuschlucken, Rachegedanken aufzuarbeiten, und vorzugeben, wir würden in einer stagnierten Welt aus pinkem Wackelpudding leben.« Ich überbrücke den Abstand zwischen uns, sodass meine Brust gegen seine Rippenbögen stößt und ihm einen tiefen Atemzug entlockt. »Alles Idioten. Wut will gelebt werden, Enean. Sie will gefühlt werden. Sie schreit uns aus Leibeskräften ins Gesicht, dass etwas verdammt schiefläuft.« Unschuldig klimpere ich mit den Wimpern, einen Finger auf seiner Unterlippe.

Die bloße Berührung lässt ihn schlucken, ich kann regelrecht spüren, wie sich all seine Muskeln zugleich anspannen. »Was versuchst du mir zu sagen?«

»Das ist ganz simpel.« Ich stelle mich auf die Zehenspitzen, meine Lippen dicht an seinem Hals, sein Duft nur eine winzige Bewegung von meiner Zungenspitze entfernt. »Meine Wut ist berechtigt. Und sie füllt jede einzelne meiner Zellen bis zum Anschlag mit dem Streben nach Vergeltung aus.«

Dort, wo sich unsere Oberkörper berühren, kann ich spüren, wie seine Atemzüge unregelmäßiger werden, wie sich sein Brustkorb hebt und senkt. Absichtlich sanft fahre ich mit der Nasenspitze über sein Schlüsselbein, was ihm ein tiefes, fast animalisches Knurren entlockt.

»Reiß dich zusammen«, fährt Prejudice ihn an, der unser kleines *was auch immer* natürlich nicht entgeht. »Deine Untertanen denken noch, du würdest vor einer Schattenassassinin auf die Knie sinken.«

Plötzlich umfasst er meinen Nacken, hebt meinen Kopf an, sodass sich unsere Münder gefährlich nahe sind.

»Sag mir, Love«, raunt er mit sündig tiefer Stimme. »Möchtest du, dass ich vor dir auf die Knie sinke?«

Gütiger *Schatten*gott.

Seine Lippen finden die Stelle unterhalb meines Ohres. »Darf ich entscheiden, wie viel Kleidung du währenddessen trägst?«

Ein Verlangen, als hätte sich das ganze Universum gegen mich verschworen und in Eneans Existenz ein nur für mich spürbares, alles verschlingendes schwarzes Loch gepflanzt, pulsiert zwischen unseren Körpern.

Weshalb mir meine nächste Handlung fast schon leidtut. Nur eben nicht genug. Ehe er reagieren kann, presse ich seine Handfläche auf meinen nun freiliegenden Armreif. Sofort reagiert das Relikt und sendet prickelnde Hitze durch meine Adern, ausgehend von Eneans Fingerspitzen. Die Zeit friert ein, unsere Gegenwart wird verschluckt von in Windeseile anwachsender Energie, die sich rasant um unsere eng zusammenstehenden Körper ausbreitet. Gerade noch gelingt es Enean, Prejudice mit aller Kraft von uns zu stoßen – ehe sich die Energie eines ganzen Sonnensystems in uns entlädt und wir in einer unaussprechlichen Explosion aus Licht, Tod und verdammt miesen Entscheidungen untergehen.

34. Kapitel

Enean, 821 Zyklen zuvor

Sie flehte mich an, nicht zu gehen.

Tiefe Schatten lagen unter ihren Augen, ihre Haut wirkte fahl und trocken. Die Sommermale waren zu Wintersternen verblasst, ihre Wangen eingefallen, und die Schlüsselbeine standen scharf hervor.

Sie lag kurz vor der Geburt unseres dritten Kindes, doch war diesmal etwas anders. Der Säugling verlangte ihr mehr ab als seine beiden Schwestern. Sie hatte Krämpfe, übergab sich, weinte im Stillen. Es brach mir das Herz, sie so zu sehen, und doch konnte ich nicht mehr tun, als ihre Hand zu halten, wenn die Schmerzen sie schüttelten.

Bis zu jenem Sonnenlauf.

Der Krieg war zurück ins Land gekehrt. Die Menschen in den Dörfern hörten auf zu singen, die rätselhaften Kreaturen mit den spitzen Ohren, die sich selbst den Namen Arzaê für Unsterblichkeit gaben, hatten sich tief in die Wälder zurückgezogen. Die Front rückte näher und meine Heere standen bereit zum Marsch.

Ein unsichtbares Leichentuch hatte den Frieden erstickt.

Meine Frau umklammerte meine Hand, sank auf die Knie wie eine einfache Bettlerin. In einem Arm hielt sie unsere Jüngste, sie war erst vor Kurzem drei geworden. Die ältere meiner beiden wunderschönen Töchter presste sich an die Schulter ihrer Mutter. Sie hatte ihre Flussaugen, die Schwester ihr Sonnenuntergangshaar.

Wir hatten sie nach den Zwillingssonnen benannt, Athaír und Sôl, ungleich in ihrem Äußeren und doch eins in ihren Herzen, geboren aus demselben Licht.

Die Medizinmänner und Hebammen warnten mich, meine geliebte Frau könnte die Geburt nicht überleben, sie sei nicht stark genug. Doch ich glaubte an sie oder zumindest redete ich mir das ein.

Die Wahrheit war, ich war dazu geboren, auf dem Schlachtfeld zu kämpfen, an der Seite meiner Männer Kriege zu führen, das Blut meiner Feinde fließen zu lassen, ihre Leben zu stehlen. Ich war ihr Fürst, ein Kriegsherr in den Augen meines Volkes. Ich war ein Mörder, ein Tyrann für die Hinterbliebenen der Toten.

Und so blickte ich ein letztes Mal auf jene flehenden Lippen, liebkoste ihre verblassten Sommersterne. Küsste das Haar meiner Töchter. Und verließ sie im Klagelied ihrer Tränen, ihres Flehens, ihrer verzweifelten Rufe.

Sonnenlauf um Sonnenlauf verstrich, verrannen zu Mondläufen. Hunderte meiner Männer waren im Kampf gefallen, Tausende meiner Feinde waren ihnen vorangegangen. Ich wusste, mittlerweile musste meine Frau unser Kind entbunden haben. Die Ungewissheit trieb mich in den Wahnsinn, doch keinem Boten war es bislang gelungen, lebend zu uns durchzudringen.

Weitere Monde vergingen. Wir plünderten Dörfer, schlachteten und pfählten, glichen der Hölle entstiegenen Dämonen. In Momenten wie diesen, wenn wir Hütten Unschuldiger niederbrannten, ihnen Felder und Vieh nahmen, dachte ich an jenen Moment auf dem Schlachtfeld zurück, als mir der Leibhaftige erschienen war und meine Seele gefordert hatte. Sollte ich sterben, so war ich mir gewiss, würde ich der Finsternis übergeben. Blut klebte an meinen Händen, Leichen pflasterten meinen Weg, seit ich denken konnte.

Ich war ein Kriegsherr.

Ich war ein Monster.

In dieser Nacht nahmen wir die Festung unseres größten Widersachers ein. Der Fürst starb durch meine Hand. Gern würde ich behaupten, das Unaussprechliche nicht getan zu haben. Doch ich zögerte nicht, als ich seiner Gattin die Kehle zerschnitt. Zeigte keine Gnade, als ich seine fünf Nachkommen tötete, allesamt längst verheiratet und dem Kindesalter entwachsen, und doch. Ich spürte bis auf die Knochen, dass die Kreatur aus dem Krater nach mir lechzte. Dass die Goldene im Licht mich verloren hatte. Ich rechtfertigte meine Grausamkeit mit meiner Bestimmung, meiner Erziehung, meinem Status.

Wir feierten unseren Sieg über mehrere Sonnenläufe hinweg. Wir verbrannten unsere Toten und teilten die erbeuteten Schätze untereinander auf.

Wir hatten einen Krieg gewonnen, nach all der Zeit, trotzdem hatte die Gier nach mehr nicht aufgehört, in meinen Venen zu kochen. Die Wahrheit war: Schon seit einiger Zeit hatte ich keinen Gedanken mehr an meine kleine Familie verschwendet, hatte jeden einzelnen meiner Atemzüge den Feldzügen gewidmet, selbst im Traum.

Dennoch ritt ich mit stolzgeschwellter Brust zurück in meine Heimat, begleitet vom feurigen Grölen meiner Männer. Wir brachten Gold, Juwelen und Ruhm mit uns. Was wollte man mehr, was konnte man mehr erhoffen als dieses Gefühl von Triumph? Wir fühlten uns ewig, unsterblich. Und für diesen kostbaren Augenblick waren wir das auch.

Das Grollen eines nahenden Gewitters ließ uns die Pferde antreiben. Als wir die Burg erreichten, merkten wir schnell, dass etwas nicht stimmte. Wo waren die stolzen Rufe meines Volkes, die uns hätten willkommen heißen müssen? Anstelle von Applaus trafen wir auf sargnageltiefe Stille. Die Menschen hatten ihre Fenster verriegelt, Türen waren mit schwarzen Stoffbändern gekennzeichnet. Zuerst glaubte ich, eine Seuche hätte das Dorf heimgesucht.

Doch dann begriff ich, dass sie nicht im Sterben lagen, sondern trauerten.

Ich gab meinem Pferd die Sporen, sprang kurz vor Erreichen des Haupttores ab, rannte wie ein Besessener die kalten Steingänge entlang. Riss Schlafkammer um Schlafkammer auf, rief die Namen meiner Mädchen, den Namen meiner Frau.

Als man mich fand, war ich dem Wahnsinn nah. Auf Knien kauerte ich vor dem leeren Bett meiner Liebsten, raufte mir das Haar, vergoss Tränen, von denen ich nicht geahnt hatte, dass ich dazu imstande war. Schmerz und Schuld verschlangen mich bei lebendigem Leib.

»Die Geburt?«, verlangte ich zu wissen. »Hat die Geburt sie …«

Nein. Unsere Feinde hatten mitten in der Nacht die Burg überfallen. Sie fielen ein, während wir bei Speis und Trank unseren Sieg feierten. Sie hatten keine Gnade gezeigt. Nicht vor dem Volk. Nicht vor meiner Frau. Nicht vor meinen wunderschönen Töchtern. Und nicht vor meinem neugeborenen Sohn, der meinen Namen getragen hatte.

Der Sonnenlauf, an dem sie meine Familie abschlachteten wie Vieh und ihre leblosen Körper über die Burgmauern warfen, lag kurz nach meinem kaltblütigen Morden der Familie des verfeindeten Fürsten.

Ein Akt der Rache. Blut um Blut.

In jener Nacht wurde in mir eine Finsternis entfesselt, die kein Licht der Welt zu bändigen vermochte. Und ich lächelte, als ich ihr bereitwillig meine Seele opferte.

35. Kapitel

Louve

***Pîkka, der**: weit im Norden über Solitude liegendes Gebirge; größter/kältester See trägt den gleichen Namen; Minustemperaturen; Trainingsplatz für Rekruten der Schattenassassinen bei Ausbildungsbeginn für Ausdauer/Geist*

Ein schrecklicher Pfeifton schrillt mir durch die Gehörgänge, frittiert mein Hirn und presst mit dem Druck eines ganzen Ozeans gegen meine Augäpfel. Ich schmecke Galle, Blut und Asche. Stöhnend komme ich zu mir, versuche meine Fingerspitzen zu bewegen, mich auf meine Atmung zu konzentrieren, meinen Herzschlag. Mit flatternden Lidern nehme ich das harte, eiskalte Gestein unter meinem Rücken wahr, ein Stechen durchzuckt meinen Oberschenkel und etwas Schweres drückt unbarmherzig auf meinen ramponierten Brustkorb. Granit knirscht unter meinen Schultern, als ich meinen Oberkörper mit Mühe zur Seite drehe. Sofort rebellieren meine Muskeln. Gleichzeitig kratzt eine nie da gewesene Kälte an meinen Gliedern, die urplötzlich gesunkene Temperatur schmerzt selbst beim Atmen und lässt mich instinktiv die bleiernen Arme um die Brust schlingen. Durch die Bewegung löst sich das Gewicht von meinen Rippen. Es ist so kalt wie damals, als wir mit zwölf im tiefsten Winter gezwungen wurden, durch den weit im Norden hinter Solitude liegenden Pîkka-See zu tauchen.

Pearse wollte damit prüfen, ob wir auch unter härtesten Bedingungen imstande waren, unsere Geistgefährten zu rufen und im Kampf zu führen. Melyn und Bash brachten noch nicht einmal ein *vive* über die klappernden Zähne. Kendric drehte mehrere Extrarunden, um seinen Wert Bash gegenüber zu beweisen, und hörte erst auf zu schwimmen, als er wie ein Sack Mehl mit tiefblauen Lippen unterging. Wren zog ihn zwar heraus, verlor dabei jedoch die Kontrolle über Rhyn, die sich gerade auf einer der um uns treibenden Eisschollen mit Thuja anlegte. Ich brauche wohl nicht zu erwähnen, dass wir alle haushoch durchrasselten. Alle, bis auf Sâl, die es irgendwie schaffte, obgleich ihr damals kurz rasiertes Haar von einer dünnen Eisschicht überzogen war. Niemand trägt eine solch eiserne *Nicht-einmal-ohne-Beine-sinke-ich-vor-dir-auf-die-Knie-*Attitüde wie unsere Sâl.

Benommen japse ich nach Sauerstoff. Als meine Hand durch Zufall auf dem eiskalten Etwas landet, das mich offenbar nicht erstickt, sondern geschützt hat, bin ich plötzlich hellwach. Mit einem erstickten Schrei greife ich nach Eneans Arm, wandere höher, weiter, und verheddere mich in einem albtraumhaften Gedankenkarussell mit der Aufschrift: *tot, fort, weg.*

Die tiefschwarze Silhouette flackert ungleichmäßig. Regungslos liegt er an meiner Seite, selbst in diesem Zustand löst er sich nicht von mir. Mit klopfendem Herzen beuge ich mich über ihn, sein Arm rutscht vollends von meinem Körper.

»Enean.« Er muss sich über mich geworfen und meinen Aufprall abgefangen haben. Meine Augäpfel brennen. Dieser ... dieser...

Ein ersticktes Schluchzen entkommt meiner Kehle, als ich sein Gesicht mit beiden Händen umfasse und mit den Daumen über seinen Kiefer streiche. Was habe ich nur getan?

»Du musst aufwachen, hörst du? Wach schon auf!« Meine

Finger zittern. Ich traue mich kaum, sie auf seine Halsschlagader zu drücken. Zwar verrät mir die Farbe seiner Aura, dass er noch am Leben ist, doch habe ich keine Ahnung, wie lange noch. Sein Schatten würde zurück auf seinen Thron kehren, sein Heer zurückbeordern und alles wäre wie vorher. Nur, dass es eben *nie wieder* sein würde wie vorher. Nicht für uns.

»Komm schon ...« Sein Puls geht langsam, stockend. Nie zuvor habe ich solche Angst verspürt. Unbarmherzig schlägt sie ihre Klauen in meine Lungenflügel, zerfetzt meine Brust mit stählernen Widerhaken. Alles in mir ist schwer und stechend und schrill, das Pfeifgeräusch ist zurück und ich glaube, ich stehe kurz vor einer Panikattacke.

Da nehme ich eine kaum merkliche Regung wahr, einen winzigen Impuls, der erste Atemzug nach der Geburt von Mond, Sternen und allem, was gut und richtig und wahrhaftig ist. Ich wage nicht zu blinzeln, nicht zu atmen, nicht zu hoffen.

Eine Fingerspitze zuckt an meinem Handgelenk, gibt nicht ihm, sondern mir das Leben zurück. Vielleicht bedingt das eine aber auch das andere. Ein Daumen fährt über meinen schwindelerregend hämmernden Puls. »Willst du mich nicht wach küssen, Love?«

Der Druck der ganzen Welt, unseres Sonnensystems, der verdammten Galaxie fällt von meinen Schultern, als sich eine warme Hand um mein Gelenk schließt. Kurz hustet er trocken, fängt sich jedoch schnell wieder. »Du glaubst gar nicht, wie erleichtert ich bin, dass zur Abwechslung du einmal etwas verflucht Dummes getan hast.« Seine Berührung wandert meinen Arm hinauf, hinterlässt eine Spur aus prickelndem Chaos. »Du warst ziemlich im Rückstand, doch weil du es bist, würde ich dir für diese Aktion eine solide neun von zehn geben.«

Ich hasse jede einzelne Träne, die in meinen Augen brennt, jedes Zögern, jedes fehlende Wort auf meinen Lippen. »Und was, Schattengott, wäre deiner Ansicht nach für eine zehn von zehn nötig?«

Es grenzt an ein Wunder, dass wir überlebt haben. Haben die Relikte uns beschützt? Eneans Finger verfangen sich in meinem Haar, umfassen meinen Hinterkopf, ziehen mich zu ihm hinab, ohne mir die Möglichkeit zu nehmen, mich von ihm zu lösen. Wie jedes Mal, wenn ich ihm nahe bin, brennen sich die Flammen tausendundeiner gefallener Sternschnuppen in meine Seele, küssen meine Haut mit ihren Funken, ehe sie irgendwo tief in meinem Herzen zu leuchtender Ewigkeit schmelzen.

Er lebt. Eneans tiefe Stimme ist rau von all der Asche. Dennoch ist sie sie das Kostbarste, was mir je zuteilwurde. Mein Zuhause. Meine Welt. Mein Schmerz. Meine Furcht. Mein Leben.

Sanft streicht er mir die losen Strähnen aus dem Gesicht. »Einen Mann zu lieben, den du hasst.«

Da lösen sich meine schlimmsten Befürchtungen aus meinen Lidern, fließen über meine Wangen, verlieren sich in seiner Dunkelheit. Obgleich ich lieber einen ganzen Sack Nägel schlucken würde, als vor Schattenassassinen oder gar Arzaê zu weinen, kennt Enean doch jede einzelne meiner Tränen inund auswendig und schenkt ihnen den Raum, den die Außenwelt ihnen seit jeher verwehrt. Er kennt *mich.* Und er weiß, was auch immer er zurzeit für einen Kampf führt, ich würde mein Schwert an seiner Seite schwingen. Ist das der Grund, aus dem er ging? Um mich von seinem Schlachtfeld zu ziehen?

»Ich habe dich nie gehasst. Und ich …« Zögernd führe ich seine Knöchel an meine trockenen Lippen. Kämpfe gegen den Widerstand in meinem Kopf an, doch niemals gegen die Wahrheit in meiner Seele. »Ich liebe dich in meinem Zorn, in meiner Angst, in meiner Verzweiflung und in meiner Hoffnung.

Was ich auch fühle, wofür ich auch kämpfe, was auch immer an Gedanken in mir lordert, du bist ein Teil davon. Das warst du immer. Du hast schon immer diejenigen Emotionen in mir geweckt, bei denen ich mir die größte Mühe gegeben habe, sie unter tonnenweise Schutt, Beton und Verdrängung zu verscharren. Aber keines dieser Gefühle ging je ohne meine Liebe zu dir einher.«

Er zieht scharf Luft ein, umfasst mein Gesicht. Seine Daumen ziehen prickelnde Kreise auf meiner Haut. »Dafür bekommst du keine zehn von zehn, Baby. Nicht mal eine eins.«

Meine Mundwinkel zucken. »Ich hasse es, keine Belohnung zu erhalten.«

Er zieht die Kontur meiner Lippen nach. Alles, was ich je war, was ich bin und je zu sein beabsichtigte, detoniert in meiner Brust zu einem glühenden Hauch von Schicksal. »Du bekommst von mir jeden einzelnen Stern am Himmel, jedes Sandkorn dieser verfluchten Welt, jede Rose von jedem Strauch aus jedem Garten«, wispert er in mein Ohr. »Du brauchst mich nicht einmal darum zu bitten.«

Seine Nasenspitze berührt meinen Hals, lässt mich erschaudern. »Deine Abwesenheit während dieser Zeit würde mich unnötig belasten, Schattengott. Ich habe gehört, es dauert eine Ewigkeit, Sterne zu sammeln.«

Er dreht sein Gesicht so, dass ich seinen heißen Atem auf meinen Lippen spüren kann, das Gefühl von Höllenfeuer und Sternenregen, von Gewitterwolken und *für immer.* »Wir haben alle Zeit der Welt.«

Ich lehne mich ihm entgegen. Unser Kuss ist weder zärtlich noch langsam. Er ist eine verdammte Kometenexplosion. Gierig nach einer Sünde, auf die ich viel zu lange habe verzichten müssen, presse ich meine Lippen auf seine, meine Zunge erkundet seinen Mund. Meine Fingernägel graben sich so fest in seine Schultern, dass er blutige Abdrücke davontragen wird, doch anstatt mich daran zu hindern, mehr zu wollen, so viel mehr, entkommt ihm ein besitzergreifendes Knurren, das mich vollends aus der Fassung bringt. Ohne auf unsere Verletzungen zu achten oder darüber nachzudenken, was die dritte Sprengung in Folge für Kollateralschäden in Solitudes Stadtmauern gezeichnet hat, packt er meine Hüften und reißt mich geradezu auf sich. Einen Arm um meine Taille geschlungen, richtet er unsere Oberkörper auf, sodass ich rittlings in seinem Schoß sitze.

»Sind wir wieder ein Team?« Unsere Zähne schlagen gegeneinander, seine Hände sind überall.

»Mhmm«, presse ich zwischen zwei Küssen hervor. »Das Beste.«

Hart reißt er an meinem Haar, wodurch mein Kopf in den Nacken fällt und er unseren Kuss auf einer Weise vertiefen kann, die mich meinen gottverdammten Namen vergessen lässt. »Ist es ein Problem, dass ich die Schattenbarriere zerstören, den Fluch meines Volkes aufheben und über beide Seiten der Welt regieren will?«

Stöhnend umfasse ich seinen Hals. »Absolut. Und bemerkenswert größenwahnsinnig, selbst für dich.«

»Danke, Baby, ich wusste, du verstehst mich«, dreht er mir, typisch Enean, die Worte zu seinen Gunsten im Mund um.

»Was hältst du davon, wenn wir unser *Gespräch* drinnen weiterführen?« Sündig fest presse ich mich in seinen Schoß, was ihm ein kehliges Stöhnen entlockt. Ich weiß längst nicht mehr, wo er aufhört und ich beginne. Ich schätze, das war schon immer unser Problem.

»Sollten wir nicht zunächst einmal herausfinden, ob ein solches *drinnen* überhaupt noch existiert, nachdem du aus einer Laune heraus halb Solitude in die Luft gejagt hast?«, keucht er an meiner Schläfe. »Was, nebenbei bemerkt, echt beeindruckend ist.«

»Nein.« Eine Spur sanfter vergrabe ich meine Zähne in seiner Unterlippe, was ihn erschauern lässt. Ich liebe es, wie der Gott der Dunkelheit auf meine Berührungen reagiert. Als könnte er mit einem Fingerschnippen das gesamte Universum unterjochen, nur um gleichzeitig für den Kuss einer einzigen Frau auf die Knie zu sinken.

»Dachte ich mir.«

»Enean, wir müssen ...« Ich bin gedanklich wie physisch so in ihn versunken, dass ich das feine Prickeln in meinem Nacken zu spät bemerke.

Die Stimme ist eisig, als sie ruft: »Sag mir, dass ich mich gerade verhört habe.«

Eiskalter Wind kommt auf, verursacht durch vertraute Flügelschwingen. Nach all der Zeit habe ich mich noch immer nicht daran gewöhnt, dass meine Thuja nun auch *seine* Geistgefährtin ist. Und sie ihn trägt, an seiner Seite kämpft. Mit ihm. Für ihn. Schotter trifft mich an der Schulter, Geröll knirscht unter seinen Stiefeln, als Wren mit einem Satz von Thujas Rücken springt.

Seelenruhig hält mich Enean an Ort und Stelle, einen Arm in einer Mischung aus Schutz und Anspruch um meine Taille geschlungen, während er uns mit der anderen hinter sich abstützt. »Komm runter, Ex-Ehemann. Du störst. Louve und ich waren gerade dabei, einen zwischenmenschlichen Kompromiss einzugehen.«

Belustigt hebe ich eine Braue. Nun, als *zwischenmenschlichen Kompromiss* würde ich die Frage nach der Unterjochung einer ganzen Stadt zwar nicht bezeichnen, bleibe aber offen für Vorschläge. Mit der Zunge fahre ich mir über die Lippen, denke gar nicht daran, mir das verknotete Haar zurechtzuzupfen. Wren wusste, dass er den Bund mit einem Lauffeuer eingegangen ist – nur scheint er wieder einmal vergessen zu haben, dass man mit Dynamit nicht spielt.

»Wren, wir hatten uns darauf geeinigt, dass der Dòchaş rein zweckmäßig ist. Wir sind nicht wirklich ein Paar, das ist dir doch bewusst? Wir sind Kampfpartner. Und du datest in letzter Zeit auch nicht gerade zurückhaltend, wenn ich dich daran erinnern dürfte. Wir sind Freunde.« Letzteres füge ich mit Nachdruck hinzu.

Nach unserem ersten und einzigen Kuss wurde uns beiden schnell klar, dass wir nicht füreinander geschaffen sind. Zumindest nicht auf diese Weise. Wren ist der Wassereimer zu meinen Flammen, genauso wie ich die Zündschnur zu seinem Seelenfrieden bin. Ein falsches Wort, und wir setzen uns gegenseitig in Brand – und zwar nicht auf diese verboten heiße Schattengott-Weise. Sondern wie eine richtig mies platzierte Explosion. Selbst Wren hat sich mittlerweile eingestanden, dass wir keine Mandola und Pearse Ehe 2.0 abgeben werden. Weshalb mich sein Zorn umso mehr überrascht.

»Ich weiß, ich weiß«, versuche ich ihn mehr schlecht als recht zu besänftigen. »Wir hatten vereinbart, in der Öffentlichkeit den Schein zu wahren. Aber es tut mir nicht leid, dass ich ihn geküsst habe. Wren, Decan ist ...«

»Der Schattengott.«

36. Kapitel

Louve

Säbelzahnalligator, der: *Gattung: Schattenwandler; größte Alligatorenart des Schattenreichs; wacht an den Seen der Erinnerung; Schwarzmarkt: Schuppen/gebogene Fangzähne; Größe: ca. 2 Menschenlängen*

»Wren, es ist nicht so, wie es aussieht«, stoße ich hervor. Mental schlage ich mir mit der flachen Hand gegen die Stirn. Wie unvorsichtig kann man sein? Klar, dass Enean sich einen feuchten Dreck darum schert, ob Solitude ihn bei seinem Blödsinn ertappt. Ich hingegen bin kein auf Abwege geratener Gott, sondern eine finanziell unterversorgte Sterbliche. Wenn Generalin Dråga und General Irquan herausfinden, was ich getan habe, kann ich von Glück sprechen, wenn ich nur den Kopf verliere.

Wrens Silberaura erhascht meine Aufmerksamkeit. »Du hast also nicht halb Solitude in die Luft gejagt, während du eine Affäre mit dem Herrscher des Schattenreiches am Laufen hast, dem es Gott weiß wie gelungen ist, Decan Roughcrests Körper zu besetzen?«

Mit hochgezogenen Schultern knirsche ich mit den Zähnen, murmele kleinlaut: »Offenbar ist es doch so, wie es aussieht«, während Enean ein »*Gott* weiß tatsächlich wie« zum Besten gibt.

Zärtlich streichelt Enean über meine Wange. »Es gefällt mir nicht, wie er die größte Liebesgeschichte seit Anbeginn der Zeit zur *Affäre* degradiert. Keinen Respekt, diese Schattenassassinen. Ihr solltet von Glück sprechen, dass mein Heer euch noch nicht ausradiert hat.«

Ein süffisantes *ich-weiß-etwas-das-du-nicht-weißt*-Lachen entkommt Wrens Kehle. »Hast du dich einmal umgeschaut? Dein sogenanntes Heer ist gefallen, Schattengott. Dank Louve.« Ungläubig hebe ich die Brauen. Äh ... *upps?* »Und du wirst ihnen folgen.«

Ehe ich mich's versehe, reißt Wren mich grob an der Schulter zurück, wobei ich rückwärts über Eneans Beine kullere und auf dem Hintern lande. Mein Unterarm schürft sich an etwas Gebogenem, Scharfkantigen auf, was mich an die Überreste eines Säbelzahnalligators erinnert. Bevor ich ihm dafür eine schallende Ohrfeige verpassen kann, stürzt sich Wren mit gezogener Waffe und hochtheatralischem Gebrüll auf seinen Erzfeind.

Ich weiß nicht, womit Enean pariert, höre jedoch Stahl auf Stahl schlagen. »Jetzt krieg dich wieder ein, Plan B. Ich werde ja wohl absolut missverstanden.«

Etwas scheppert, Steinsplitter fliegen mir entgegen, und ich muss Thuja mit beiden Händen besänftigen, damit sie sich nicht ins Getümmel stürzt – für welche Seite sie sich entscheiden würde, ist ungewiss. Zwar spürt sie meine Verbindung zu Enean, doch ist sie an Wrens Gefährten gebunden.

»Du hast also nicht vor, Solitude zu unterjochen, indem deine Schattenwandler die Barriere überrennen?« Das gleißende Silber seiner Silhouette rauscht gleich einem Blitz aus geronnenem Sternenlicht an mir vorbei.

Gekonnt weicht Enean ihm aus, nur um im nächsten Moment krachend zu Boden zu gehen. Nun, zwar vermag ein Gott es, ohne mit der Wimper zu zucken, mit einem von uns aufzunehmen, nicht jedoch ein erst kürzlich trainierter Arzaê-Körper. »Offenbar werde ich doch nicht missverstanden«, knirscht er zwischen zwei Faustschlägen. »Das beruhigt mich zutiefst. Vielleicht kann ich dann endlich vor dem Schlafengehen den Kamillentee weglassen – denn der Neffe des Kommandanten *versteht mich.*«

Diesmal schlage ich mir nicht nur gedanklich mit der flachen Hand auf die Stirn. Wie viel Prügel Enean in seinem sterblichen Leib wohl schon für seine große Klappe kassiert hat? Da hilft es ihm auch nicht, dass er spontane Superkräfte entwickelt hat. Bei denen er, allem Anschein nach, auf meine Hilfe angewiesen ist. Instinktiv umfasse ich mein linkes Handgelenk. Und reiße ungläubig die Augen auf, als ich nur Haut berühre. Suchend taste ich meinen Arm entlang, überprüfe vorsichtshalber die andere Seite. Nichts. Das kann nicht wahr sein! Endlose Sonnenläufe massakriere ich das Drecksteil, nur um es jetzt bei einem *Sturz* zu verlieren?

»Enean, ich fürchte, ich habe dein Spielzeug verloren.«

»Was?«

Ein scharfer Schmerz jagt über meinen rechten Arm, meine Fingerkuppen erstasten warmes Blut. Oh, wie ich diese Dòchaş-Verbindung hasse! »Hör auf, Wren zu verletzen, du verprügelst quasi *mich*!«, rufe ich Enean über Wrens melodramatisches Kampfgebrüll zu. »Und ich schwöre dir, Schattengott, solltest du es jemals wagen, Hand an mich zu legen, verlierst du beide!«

Innerhalb eines Wimpernschlags nietet die schwarze Silhouette die helle um und ist an meiner Seite. Er umfasst meinen verletzten Arm, meine Wange. »Es tut mir so leid, Louve, diese dämliche zwei-für-eins-Nummer ist vollkommen neu für mich.«

»Was du nicht sagst.« Trotzdem rechne ich es ihm hoch an, dass er nicht Wren die Schuld in die Schuhe schiebt, sondern die Verantwortung für seine Tat übernimmt. Wenn Wren und die anderen nur endlich kapieren würden, dass Enean nicht das Monster ist, das sie in ihm sehen wollen, sondern der Sündenbock für die Unzurechnungsfähigkeit der Toten.

»Louve, geh weg von ihm!« Schon wieder zerrt Wren an mir wie an einer verdammten Gummipuppe. Hat der Kerl sie nicht mehr alle?

»Dasselbe gilt für dich!«, fahre ich ihn scharf an. »Nur weil ich kleiner und leichter bin als du, bedeutet das noch lange nicht, dass du mich herumschubsen kannst, wie es dir in den Kram passt. Kapiert? Gut!«

»Ach, ich soll es also einfach so hinnehmen, dass meine Cåraidt ein Techtelmechtel mit unserem Feind hat?«, feuert er zurück.

Heiße Wut brodelt in meinen Adern und entlädt sich in einem drohenden Knurren. »Was habt ihr Männer nur an euch, die Angelegenheiten von Frauen immer auf euch zu projizieren?«, fahre ich ihn an. »Es geht nicht um dich, nicht um *deine* Partnerin, sondern um *mich*. Ein Individuum. Eine eigenständige Person. Hi, mein Name ist Louve, nicht *deine Cåraidt*. Nett, dich kennenzulernen, Arschloch. Oh, nein, warte – das ist es *definitiv* nicht.«

»Wenn wir schon dabei sind, das Vokabular des Assassinen zu bemängeln«, wirft Enean ein und tritt näher zu mir, sodass meine Schulter seinen Arm berührt (geschlossene Front, falsche Seite). »Ich für meinen Teil empfinde *Techtelmechtel* nicht unbedingt als inhaltliche Verbesserung zu der vorhin schon kritisierten Affäre. Möchtest du es noch mal versuchen, Wreni?«

»Treib es nicht zu weit, Schattengott«, knurrt Wren. Seine

Aura zuckt alarmierend, als hätte sie spontan ein Eigenleben entwickelt. Was völlig unmöglich ist, schließlich steht der Eigenleben-Teil mit angelegten Flügeln hinter mir und schnappt fauchend mit seinem rasiermesserscharfen Schnabel. Ich bin nicht sicher, nach wem von uns.

»Enean liest viel«, verteidige ich ihn ... oder so.

»Ich lege eben Wert auf Bildung.«

Seufzend verdrehe ich die Augen. »Du liest *Romane.* Und nicht einmal sonderlich gute.«

Entrüstet schnaubt er. »Glaub mir, wenn ich dir sage, gerade *du* wirst am meisten von der Art Romane profitieren, die ich in letzter Zeit *studiert* habe.«

Nun bin ich diejenige, die spöttisch die Brauen hebt. »Du meinst wohl eher, du hast dir irgendeinen pseudo-erotischen Schund von den Toten vorlesen lassen.«

»Mir gefällt nicht, wie du Literatur in den Schmutz ziehst«, erwidert er, wenn auch mit einem amüsierten Unterton.

»Mir gefällt nicht, wie Literatur Literatur in den Schmutz zieht«, murmle ich.

»Love, ich fürchte, an dieser Stelle trennen sich unsere Wege. Ich habe dich geliebt, verehrt und den Boden unter deinen Füßen angebetet. Aber selbst ich habe meine Grenzen.«

»In deinem Bücherregal?«

»In meinem Bücherregal.«

Mit beiden Handflächen fahre ich mir über das Gesicht. »Na schön, dann lies mir deine bizarren Romane eben vor. Zufrieden?«

»Du weißt, was ein Mann hören will.« Hocherfreut führt er meine Fingerknöchel an seine Lippen. »Wir könnten auch eines deiner Hobbys teilen. Waffen präparieren, vielleicht?«

Ein hocherfreutes Grinsen breitet sich auf meinem Gesicht aus. »Wirklich?«

Enean dreht meinen Arm so, dass er einen Kuss auf meinen Pulsschlag hauchen kann. »Alles, was du dir wünscht, Love.«

»Louve!« Wrens Fingerkuppen berühren meine Schulter, da besinnt er sich noch einmal eines Besseren und zieht sich zurück. Gut für ihn. »Würdest du mir bitte den Gefallen tun und aufhören, dich mit unserem Erzfeind über *eure Hobbys* auszutauschen?«

Kameradschaftlich boxt Enean Wren gegen den Arm. »Wie wäre es, wenn du den Stock aus deinem Arsch ziehst, unserem Buchclub beitrittst und auf diesem Weg herausfindest, dass Beziehungen keineswegs mit der Ehe *enden?* Sie gehen weiter, mein Freund, und ich kann dir aus all meiner tiefgreifenden literarischen Erfahrung sagen, dass der Spaß erst dort beginnt, wo man seine Kommunikationsprobleme und Verletzungen abgelegt hat.«

»Ich bringe ihn um. Ich bringe ihn um, Louve.«

»Na, ganz unrecht hat er ja nicht.«

»Siehst du, Wren, Frauen ziehen es vor, wenn Männer an ihrer Affektkontrolle arbeiten«, erklärt Enean. Grundgütiger. »Davon profitieren beide Seiten, ist das nicht hervorragend? Mehr davon im nächsten Sonnenlauf im Buchclub.«

Das Einzige, wovon Frauen *profitieren*, ist, wenn der Schattengott sein Shirt auszieht. Doch das binde ich ihm besser nicht auf die Nase.

Wren tritt einen Schritt auf mich zu, weicht zurück, nur um erneut meine Nähe aufzusuchen. »Louve, bitte. Wach auf. Enean ist der Gott der Schatten. Er ist nicht dein Freund. Was weiß eine seit fast eintausend Zyklen in der Finsternis lebende Bestie schon über Liebe?« Flehen mischt sich unter seinen Zorn, Sorge unter seine Vorurteile. Wie könnte ich es ihm vorwerfen? Von klein auf lernen wir, die Schatten zu fürchten, gegen sie anzukämpfen. Die wenigsten von uns sind bereit, innezuhalten und der Dunkelheit die Hand zu reichen, sie auf unsere Seite zu ziehen. Ins Licht.

Eneans Fingerspitzen stoßen gegen meine. Intuitiv ergreife ich sie. »Weißt du, was der Unterschied zwischen uns ist, Schattenassassine?«, fragt er mit einer Ruhe, die mir Gänsehaut beschert. »Du glaubst, jemanden zu lieben bedeutet, ihn an dich zu ketten, ihn vor der Dunkelheit zu beschützen, anstatt ihm das Schwert zu reichen. Geht es dir dabei wirklich um den anderen oder um dich selbst?« Fast glaube ich, ein leichtes Zittern an ihm zu spüren, und halte seine Hand ein klein wenig fester. »Du willst wissen, was ich von Liebe verstehe?« *Und fester.* »Wenn Louve mir ihren Dolch an die Kehle hält, verrate ich ihr, wo sie zustechen muss. Du hingegen steckst ihr einen Ring an den Finger und vergräbst ihre Waffen in einem Grab mit der Aufschrift Autonomie.« Na, wo er recht hat ...

Wrens Stiefel knirschen auf dem Kies. »Louve, wach auf, der Kerl hat dir nichts zu bieten außer irgendwelchem poetischen Unsinn, den er sowieso nicht in die Tat umsetzen wird!«

Mit halb geschlossenen Lidern lehne ich den Kopf an Eneans Bizeps. Mit einem Mal fühle ich mich schrecklich erschöpft. Nicht aufgrund der Kämpfe dort draußen. Sondern wegen der in mir drin. »Vielleicht geht es einer Frau nicht immer nur darum, welcher Mann ihr wie viel bieten kann«, flüstere ich. »Vielleicht wollen wir nur mit unserem Lieblingsverrückten Marshmallows über dem Lagerfeuer rösten, uns bescheuerte Witze erzählen und seinem schrägen Buchclub beitreten.«

»Er ist nicht schräg.«

»Nicht jetzt, Babe«, wispere ich ihm bestimmt ins Ohr. »Ich bin gerade dabei, einen Standpunkt zu festigen.«

Eine ganze Weile lang stehen wir einfach nur da. Ein endloses Meer an verschütteten Sanduhrkörnern, unter dessen Gewicht unser aller Schicksal begraben liegt.

Letztlich ist es Wren, der das Schweigen bricht. »Louve, ich werde ihn melden. Du weißt, dass ich das muss.«

Langsam nicke ich, schlucke, halte Eneans Hand ein kleines bisschen fester. »Wie viel Vorsprung haben wir?«

Doch anstelle von Wren antwortet jemand anderes. »Nicht genug.«

Beim Klang dieser Stimme erstarre ich zu Eis. Hätte mein gewaltsamer Tod mir nicht Thujas Mal auf den Rücken gebrannt, so wären es *seine* Peitschenschläge gewesen, die Gewalt, die er der Würde meines Körpers angetan hat. Und schließlich der meines Geistes. Leutnant Banisters Pranke packt meinen Nacken. *Atme. Atme. Du musst … atmen.* Aber ich kann nicht. Ich kann einfach nicht.

»Louve, ich nehme dich wegen Verrat an unserer Gemeinschaft und Illoyalität gegenüber deinem Cåraidt fest. Ich verurteile dich wegen Hochverrats zum Tode.«

Wren schnappt hörbar nach Luft. »Ich bin sicher, Louve würde nie …«, ruft er aus, während Enean mich an seine Brust reißt, fort von Banisters Klauen. »Du hast soeben dein eigenes Todesurteil unterschrieben, Assassine.«

Ich schnappe nach Luft, als Enean einen Arm nach mir ausstreckt, fest davon überzeugt, mit meiner Hilfe eine erneute Explosion erzeugen zu können. Gleichzeitig verdichtet sich die Geräuschkulisse um uns herum, Dutzende, vielleicht Hunderte Stiefelpaare knirschen auf den Splittern dessen, wo eben noch ein Nachtclub gestanden hat. Sie werden Enean festnehmen. Nein, sie werden ihm weitaus Schlimmeres antun, als ihn nur festzunehmen. Sie können ihn nicht töten, ohne ihm dadurch seine göttliche Macht zurückzugeben. Sie werden ihn foltern, über Zyklen hinweg. Bilder eines in Ketten liegenden Mannes geistern durch meinen Kopf. Augen, die um Erlösung flehen, Lippen, die nach schier endlosen Torturen keinen Laut mehr formen. Und ich, ermordet von meinen eigenen Leuten, außerstande, den Mann, den ich liebe, zu befreien. Wenn ich könnte, würde ich seine Hand auf diesen verfluchten Armreif pressen und die ganze Welt in Flammen aufgehen lassen. Ich würde Häuserfassaden niederbrennen, den Boden unter unseren Füßen in Fetzen reißen, unsere Feinde zu Asche verwehen, wenn ich Enean dadurch nur zur Flucht verhelfen könnte. Stattdessen habe ich im Kampf den einzigen Gegenstand verloren, der uns hätte retten können.

»Thuja!« Ich reiße mich aus Banisters Griff los, sprinte zu meiner Geistgefährtin, während ich Enean am Arm packe und hinter mir herziehe. »Lauf!«

Ein Pfeil surrt durch die Luft, trifft mich an der linken Schulter. Sie brennt, doch ich renne weiter.

»Louve!«, brüllt Wren meinen Namen, als sich ein zweiter Pfeil in meinen Arm bohrt – und mein Schmerz zu seinem wird.

Enean, mein Spiegel, meine Seele, mein zweites Ich, zögert nicht. Ohne innezuhalten, schwingt er sich auf Thujas Rücken. Der Teil von ihr, der Rhyns Hass auf den Schattengott birgt, stößt einen Schrei des Protests aus. Scharfkantige Federn treffen meine Wange, als sie sich aufbäumt.

»Nicht!«, schreit Wren hinter uns, und ich kann nicht sagen, ob er mich meint, unsere Geistgefährtin, den Schattengott oder unsere eigenen Leute.

Doch es ist bereits zu spät. Enean packt meinen Unterarm, zieht mich in Sicherheit, während Thuja ihre Schwingen ausbreitet und abhebt. Er lehnt sich zurück, zieht kräftiger an meinem Arm, als ich mich mit beiden Beinen vom Boden abstoße. Gerade will ich ihn mit meiner anderen Hand packen – da reißt etwas gewaltsam an meinem Knöchel, sodass ich den Halt verliere. Meine Fingerspitzen entgleiten Enean, die Welt hält den Atem an, als ich rückwärts von Thujas Flanke krache.

Manchmal verlangt das Leben einem eine Entscheidung ab, die alle scheinbar gelösten Puzzleteile zurück auf einen Haufen scharfkantiger Fragezeichen kippt. Sämtlicher Sauerstoff wird aus meiner Lunge gepresst, als ich ohne Gnade zu Boden geschmettert werde. Eneans Silhouette verschmilzt über mir mit der Thujas. Mehr und mehr Schattenassassinen fallen über mich her, halten mich an Ort und Stelle, packen meine Gliedmaßen, entreißen mir meine Waffen. Grob wird mein Kopf auf Gestein geschlagen, ein Schleier aus pulsierendem Rot legt sich auf mein Sichtfeld. Stiefel treffen meine Rippen, bis ich Galle schmecke. Weder Wren noch ich geben auch nur einen Laut von uns – doch selbst wenn, würden sie vom Gebrüll meiner Peiniger verschluckt.

»Louve!«, durchschneidet Eneans finsterer Ruf das Chaos. »Ich komme, ich ...«

Ich winde mich unter ihrem Griff, kratze eine eiskalte Hand, die sich auf meine Lippen presst, so fest ins Fleisch, dass ich Blut schmecke. »Nein, bleib weg, bleib weg von mir!« Abermals kassiere ich einen solch heftigen Tritt in die Seite, dass ich das Bewusstsein zu verlieren drohe. Dennoch beiße ich die Zähne zusammen, für ihn, bleibe wach, seinetwegen.

»Thuja, flieg! Verschwinde von hier!« Wieder und wieder brülle ich die Worte aus Leibeskräften in den tiefschwarzen Himmel, bete zu einer Göttin, an die ich nicht glaube, sie möge dem Gott, den ich liebe, das Leben retten. Ich schreie und brülle und kämpfe. Ich bekomme kaum noch Luft, trage den Geschmack meines eigenen Blutes auf den Lippen, mein Körper krepiert zu reinem pulsierendem Schmerz. Alles aber, woran ich denken kann, ist er, immer nur er.

Da trifft mich eine Stiefelspitze so hart an der Schläfe, dass mich die Finsternis verschlingt. Ich gebe mich ihr mit einem Lächeln hin, während ich langsam das Bewusstsein verliere, in ihrem Schutz ertrinke. Ich kenne sie gut. Denn mein Herz schlägt in der Brust ihres Herrn.

37. Kapitel

Louve

Sin, das: *hochprozentiges alkoholisches Getränk; meist illegaler Handel; primär auf Schwarzmarkt und in VIP-Nachtclubs wie dem* Rain 'n Sorrow *erhältlich; sehr starke Rauschwirkung durch Versetzung mit Schattenwandlergift; kann Halluzinationen/Gedächtnislücken auslösen; in hohen Dosen tödlich*

»Banister! Öffnet sofort die Tür! Louve steht eine offizielle Vernehmung zu, sie ist eine von uns!«

»Oh, aber ich vernehme sie doch …«

»Banister!«

»Du vergisst deinen Platz, Pearse. Und jetzt verschwinde, ehe ich *dich* wegen Hochverrats vor Gericht bringe.«

Mein Verstand ist ein monotones Rauschen, in dessen Fluten ich den einzigen Namen verloren habe, der mir jetzt noch das Leben zu retten vermag. *Meinen.* Mein Gesicht fühlt sich taub an, ein ungleichmäßiges Prickeln benetzt meine verletzte Haut, die Beine Hunderttausender haarfeiner Spinnenbeine. Meine Lider flattern.

»Aufstehen. Wird's bald!« Eine Stiefelspitze gräbt sich in meine aufgeschürfte Wange, presst mich gegen die harten Fliesen, auf denen sie mich, nachdem sie mich bewusstlos geprügelt haben, haben liegen lassen.

Plötzlich umfasst die Pranke des Monsters meinen Hinterkopf, zerrt so fest an meinem Haar, dass meine Kopfhaut in Flammen zu stehen scheint. Keinen Moment später ergießt sich ein Eimer eiskaltes Wasser über meinen geschundenen Leib. Ich japse nach Luft, die Kälte frisst sich durch meine Glieder. Grob wird mein Kopf in den Nacken gezerrt. Reflexartig reiße ich die Augen auf und erkenne doch nichts als die verschwommenen Konturen eines Tisches, hinter dem ein riesiges Bogenfenster thront. Buntglas, durch das mich niemand sehen wird. Stur beiße ich die Zähne zusammen. Sei der Jäger, niemals der Gejagte. Sei der Schlächter, niemals das Opferlamm. Sei das Monster, vor dem dich alle Welt warnt – anderenfalls zerfetzt dich diese bei lebendigem Leib.

»K-keine Gefängniszelle?«, würge ich hervor, obgleich meine Ohren klirren und ich spüren kann, wie mein linkes Lid zuschwillt. Um ehrlich zu sein, bin ich nicht einmal sicher, ob jemand die Pfeile entfernt hat. Mein Körper ist purer Schmerz. Mir gelingt es kaum, bei Bewusstsein zu bleiben, geschweige denn, meine Arme und Beine abzutasten.

»Noch nicht.«

Beim Klang seiner Stimme schmecke ich Galle auf meiner Zunge, eine pelzige Schicht aus Asche, Vergangenheit und Wut. Und Angst. »W-wir haben keinen Kerker mehr.« Ich weiß nicht, ob ich flüstere oder schreie.

Der Hüne schleift mich an den Haaren auf die Knie, hält mich wie ein Puppenspieler, der seiner Marionette nur so zum Spaß die Fäden zerschnitten hat. Irgendwann, das schwöre ich, wird meine Rache ihn bei lebendigem Leib verzehren. Nichts brennt heller als das Ego eines Ungeheuers.

»Pearse setzt alle Hebel in Bewegung, um dir ein anständiges Gerichtsverfahren zu ermöglichen.« Seine Spucke trifft meine Kehle, als sich der Albtraum von allem, was gut ist und friedlich und heil, zu mir hinabbeugt. Das Klicken der in sein

Haar geflochtenen Knochensplitter ist mein Countdown. Ob er noch immer die gleichen Dreadlocks trägt, die meine winzigen Kinderhände zu fassen bekamen, als er versuchte, mich für die angeblichen Sünden meiner Mom umzubringen? »Aber bis dahin gehörst du mir.«

Nein. Im Geiste brülle ich. Er genießt es, meine Grenzen buchstäblich mit Füßen zu treten, einzudringen in meinen privaten Raum, mich wissen zu lassen, dass ein solcher für jemanden wie mich niemals existiert hat.

Meine Fingernägel graben sich in meine Haut. »General Irquan und Generalin Dråga werden das nicht tolerieren. Ich bin eine von euch. Ich habe einen Eid abgelegt!«

Ein kehliges Lachen. »Das hat deine Mutter auch. Stattdessen beging sie Hochverrat, indem sie ihrer Cåraidt den Rücken kehrte und mit einem *Menschen* ein Kind aufzog, das nicht einmal von ihrem Blut war.«

Ich presse die Lippen aufeinander. Wir waren durchaus vom gleichen Blut. Ich bin die leibliche Tochter ihrer Schwester, die verschwand, als ich zur Welt kam.

»Du hingegen bist ein Virus.« Seine wulstigen Finger umfassen meinen Hals, schnüren mir die Sauerstoffzufuhr ab. Tränen brennen in meinen Augenwinkeln. *Wenn ich jetzt sterbe, stirbt Wren mit mir.* Banisters andere Hand gräbt sich fester in mein Haar, droht mir jede Strähne einzeln auszureißen. »Du bist die Hure des Teufels.«

Weiße Punkte zucken vor meinem Sichtfeld, als Banister mir die Würde meines Körpers raubt. Immer fester drückt er zu, droht mir den Kehlkopf zu zerquetschen. Es kostet mich alles, mich nicht zu wehren. Für Wren. Für Enean. Für meine Einheit.

Ich schnappe nach Luft, als mein Atemweg plötzlich freigegeben wird. Sollte ich das alles überleben, werden tiefrote

Male meine Haut bedecken. Mein rasselndes Keuchen tränkt die stickige Luft. Nichts, was in diesem Moment Teil meines Körpers, meines Wesens ist, gehört jetzt noch mir.

Meine wenigen Möglichkeiten rauschen durch meinen malträtierten Verstand. Wenn ich ihn angreife, hat er einen Grund mehr, mich vor Gericht anzuklagen. Töte ich ihn, unterschreibe ich mein und Wrens Todesurteil. Doch wenn ich mich nicht wehre …

Was hat er schon gegen mich in der Hand? Die Idee einer angeblichen Verschwörung? Er kann nicht nachweisen, dass Enean nicht Decan ist. Er hat keinerlei Beweise. Und nun nicht einmal mehr den Hauptverdächtigen. Alles, was er vorzuweisen hat, ist eine Schattenassassinin ohne Augenlicht, die vielleicht einen bestimmten Namen genannt hat und vielleicht nicht. Was kann ich tun, um Enean und Wren zu beschützen? Um *mich* zu beschützen?

Sollten sie mich foltern, halte ich den Schmerzen stand.

Sollten sie mich einsperren, finde ich einen Fluchtweg.

Sollten sie mich befragen, sage ich ihnen die Wahrheit:

Ich habe keine Gefühle für Enean.

Ich atme durch seine Seele.

Ich habe mich nicht gegen Solitude verschworen.

Ich lechzte nach seinem Untergang.

Ich habe keine Affäre mit dem Schattengott.

Ich will jeden Winkel seines Körpers auf meinem eigenen spüren, jeden Funken seiner Präsenz durch meine Poren jagen, jedes Wort, das seine Kehle verlässt, von seinen Lippen küssen.

Ich bin nicht in ihn verliebt.

Ich bin süchtig nach ihm.

Natürlich hasse ich ihn.

Denn er war nicht da, als wir gemeinsam fliehen wollten.

Ob ich mir seinen Tod wünsche?

Solange ich nur mit ihm gehen kann.

Der Faustschlag trifft mich ohne Vorwarnung an der Schläfe. Kurz spüre ich Wrens unweigerliche Nähe als feines Prickeln in meinem Nacken. Dann ist alles dunkel.

»Banister, ich warne dich!«, brüllt Pearse. Fäuste hämmern gegen die schwere Holztür.

Der Leutnant packt meinen Hals, zerrt mich auf die Beine und stößt mich so grob gegen seinen Schreibtisch, dass die Holzkante scharf in meine Hüftknochen schneidet. Reflexartig landen meine flachen Hände auf der kalten Fläche, während Banister meinen Kopf so tief nach unten drückt, dass meine Stirn gegen die Arbeitsplatte knallt. Ich beiße die Zähne aufeinander, bis mein Kiefer schmerzt. Meine Finger zittern vor Zorn.

»Erinnerst du dich?« Seine tiefe, raue Stimme geht in Pearses Hämmern unter. »Erinnerst du dich an unsere kleinen Gespräche in deiner Kindheit?« Fast andächtig streicht er mir das verknotete Haar über die Schulter. Die Berührung löst Brechreiz in mir aus. »Ich mochte unsere privaten Sitzungen, kleine Louve.« Er steht so dicht hinter mir, dass ich seine Leiste an meinem unteren Rücken spüren kann. Mit den Knien fixiert er meine Beine, anderenfalls wäre ich aufgrund meiner schweren Verletzungen vermutlich zusammengebrochen.

»Nach unseren Treffen hatte ich immer das Gefühl, du würdest begreifen, worum es geht.« Er beugt sich so tief über mich, dass ich seinen widerlichen Atem an meiner Wange spüre. Jede einzelne meiner Muskelfasern ist verkrampft, mein Körper ein nutzloser, traumatisierter Sack Mehl, der nicht realisiert, dass er inzwischen erwachsen ist, nicht länger hilflos. Ich werde zur stummen Beobachterin meines eigenen Lebens.

Seine Finger finden den Reißverschluss am Kragen meiner Uniform. »Du hast ihre Lippen. Du hast ihren Trotz. Du bist zu sehr sie, um mir jemals loyal ergeben zu sein.« Langsam führt er den Reißverschluss entlang der Naht, das metallische Ziehen lauter als das Brüllen eines Drachen.

»Ihr habt sie geliebt.« Ungläubig schüttle ich den Kopf und bezahle prompt dafür. Mir ist so speiübel, dass ich kurz davorstehe, Banisters Schreibtisch vollzukotzen.

»Jeder hat Roswín geliebt. Das hat ihren Verrat umso widerwärtiger gemacht.«

»Wenn sie Euch so viel bedeutet hat, weshalb habt Ihr ihr ihr Glück nicht gegönnt?« Ein Rinnsal Blut tropft über meinen Mundwinkel. »Es ging Euch nie um sie. Liebe kennt keine Gitterstäbe.«

Da trifft mich eine schallende Ohrfeige. Etwas neben mir klirrt. Erneut rinnt kalte Flüssigkeit über mein Gesicht und den Nacken. Diesmal brennt sie auf den offenen Wunden. Alkohol? Mit der Zungenspitze fahre ich mir über die aufgeplatzte Unterlippe. Ein vertrauter Beigeschmack von … Schattenwandlergift? Mein Gott. Der Kerl hat eine ganze Karaffe *Sin* in seinem Arbeitszimmer stehen, den Lieblingskick Serpentine Shells. War er schon damals high, als er mir die Kindheit zur Hölle gemacht hat?

»Habt Ihr sie getötet?« Ich spucke frisches Blut auf seine Unterlagen, das Papier knistert unter meiner pulsierenden Wange. »Habt Ihr meine Eltern getötet?«

»Wäre es nicht wundervoll, wenn der Bösewicht deiner Geschichte gleichzeitig dein liebster Sündenbock ist?« Mit einer fließenden Bewegung zieht er meinen Reißverschluss bis hinab zur Hüfte. Kühle Luft trifft auf meine geschundene Haut. Ich will verdrängen, was als Nächstes geschehen wird. Aber ich kann nicht.

Banisters Schwielen streifen meine nackte Haut, zeichnen mich mit unsichtbaren Malen aus Entwürdigung und Scham. »Nein, Louve. Aber ich war dort, als sie verbrannte. Habe zugesehen, wie ihre glutroten Locken mit dem Feuer verschmolzen. Roswíns Schreie, den Geschmack ihrer Asche auf meiner Zunge genossen.« Galle vermischt sich mit dem Gestank nach Kupfer und Hass in meiner Kehle. »Ja, ich war dort. Ich und einige andere aus Iron Claw. Nach all den Zyklen konnten wir sie endlich aufspüren. Doch wir waren zu spät. Jemand ist uns zuvorgekommen.«

Wer? Niemals haben mein Verstand und mein Herz auf diese Weise im Einklang gebrüllt, während mein Körper als angespanntes, zitterndes Nervenbündel in den gierigen Händen meines schlimmsten Albtraums liegt.

»Als ich realisierte, dass ich Roswín nicht werde bestrafen können für das, was sie unserer Gemeinschaft angetan hat, wählte ich den nächstbesten Weg.«

Ich schlucke schwer. »Mich.«

»Ganz richtig. Ich stahl ihr das, was sie am meisten liebte. Um es zu zerstören.« Fast zärtlich streicht er meine Uniform über meine Schultern, bis mein Rücken vollends freiliegt, sein gieriger Blick auf jede einzelne Narbe fallen kann, die er mir je ins Fleisch schnitt. Er hat recht. Meine Mutter würde sich im Grab umdrehen, würde sie erfahren, was dieses Scheusal mir mein halbes Leben lang antat.

Andächtig fährt er die Konturen meiner Verletzungen nach. Ich schließe die Augen. *Für Wren*, ermahne ich mich. *Für Enean. Für Sâl. Tu es für sie.*

Als er näher rückt und ich seine Erektion an meinem Oberschenkel spüre, steht mein Unterbewusstsein kurz davor, Körper und Gehirn das Licht auszuknipsen. Um nicht Zeugin sein zu müssen von dem kranken Machtmissbrauch dieses Mannes. Seine Hände fahren über meine Wirbelsäule. Ich presse die Lider so fest aufeinander, bis hinter ihnen weiße Punkte flirren. Doch es ist nicht genug, wird nie genug sein.

»Ich überzeugte die anderen, dich an uns zu binden, während Roswín für ihre Sünden brannte. Du gehörst mir. Du wirst für jeden einzelnen Moment büßen, in dem deine ach so geliebte Mutter uns in den Rücken fiel. In dem sie *mir* in den Rücken fiel.«

Die Geräusche im Korridor nehmen zu, Wrens Flehen vermischt sich mit Pearses Brüllen. Ihr Hämmern wird zu meinem Herzschlag. Man sagt, die Seele eines Schattenassassinen sei gebrochen, dazu verdammt, niemals Frieden zu finden, zu brennen, zu brechen, stets auf der Suche nach einem Teil ihrer selbst, den die Welt ihr stahl. Vor nicht allzu langer Zeit lebte ich in dem Irrglauben, Enean könnte diesen fehlenden Teil füllen. Doch die Wahrheit ist, Pflaster heilen keine Wunden, die tiefer schneiden, als der Sternenhimmel weit ist. Nicht einmal, wenn sie die Form deiner großen Liebe haben.

Der erste Peitschenschlag trifft mich nicht unerwartet. Neun Stränge, die gleichzeitig mein Fleisch durchdringen, mir die Haut von den Knochen schälen, Muskel- und Nervenbahnen zertrennen. Meine Fingernägel bohren sich in meine Hände, während ich den Kopf gesenkt halte. Der zweite Schlag zerfetzt einen Teil meiner Uniform, ich kann das Leder reißen hören. Der dritte schneidet tief in meine Seele. Ich vergrabe die Zähne in meiner Unterlippe, schmecke mein eigenes Blut, blinzle die Tränen aus meinen Augenwinkeln. Seine Härte so nahe an meinem Körper macht mich krank, ich atme Erbrochenes, Hass und Ekel. Es heißt, was dich nicht umbringt, macht dich stärker. Doch die Wahrheit ist, es lässt dich wünschen, du wärst tot. Und denjenigen zu töten, der dich dazu gebracht hat, deinen sicheren Hafen in ein Schlachtfeld zu verwandeln.

Der vierte Peitschenschlag bringt nicht mich, sondern Wren draußen im Flur zum Aufschreien. *Jetzt.* Jetzt ist der Moment, in dem sie begreifen. In dem sie realisieren, was mir einer unserer ach so angesehenen Leutnants seit Zyklen antut. Dass ich in der Vergangenheit das Training nicht aus Trotz aussetzte, sondern weil mein Rücken zerfetzt war. Dass ich nicht schwieg, weil ich mich für etwas Besseres hielt, sondern weil meine Zunge geschwollen war von all den Schreien. Dass meine Angst vor sozialen Kontakten am Machtmissbrauch derjenigen lag, die stärker, älter, schneller waren als ich.

Der fünfte Peitschenschlag trifft mein linkes Ohr, ein Pfeifen rauscht durch meine Gehörgänge. Der sechste lässt Speichel aus meinem Mund laufen. Der siebte durchtrennt meine Muskeln mit einem schmatzenden Ratschen. Den achten spüre ich nicht mehr.

Ich konzentriere mich auf mein Mantra: *Brich meinen Körper. Meinen Geist kriegst du nicht.*

»Louve!« Die Tür wird aus den Angeln gerissen, das dumpfe Krachen des Aufschlags hallt durch den dahinter liegenden Korridor. »Lasst Eure Finger von ihr!«

Banisters Arm wird zurückgerissen, sein Körper löst sich von meinem, die Erinnerungen aber bleiben, eine teerartige Schicht, die sich auf meine Haut legt, in meine Knochen sickert, mein Blut vergiftet. Und meinen Verstand.

»Wage es nicht, Junge!«

Als mein linker Arm brennt, tut er es nicht, weil Banister *mich* geschlagen hat. Er hat Wren erwischt. Oh, dieser verfluchte … Ich will seinen Namen schreien, ihn wissen lassen, dass es in Ordnung ist, dass ich uns retten kann, indem ich ertrage, was ich mein halbes Leben lang ertrug. Stattdessen fange ich mir mehr und mehr Verletzungen ein, die nicht meinem Körper gelten. Ich habe keine Kontrolle über meine Beine, der Schwindel wiegt mich sanft gen Grund.

»Genug!« Pearses Stimme mischt sich unter Wrens und Banisters Rufe, und irgendwo meine ich sogar, Sâl kreischen zu hören. Meine Arme zittern so sehr, dass ich sie nicht von der Tischfläche zu lösen vermag, mein Kopf ist wie mit Zement gefüllt, rührt sich kein bisschen. Blut tropft mir in die Stirn, läuft meinen Rücken hinab, über meine Oberschenkel.

»Louve, lauf!«

Aber ich kann nicht, ich kann mich nicht bewegen. Tränen brennen in meinen Augen, weil ich sie doch nur retten wollte, *ihn* retten wollte – und jetzt steht er hier, kämpft gegen unseren Leutnant, und unterschreibt damit sein Todesurteil. Genau wie Pearse.

Schwerelos kippt mein Kopf zur Seite. Als mit einem Mal das Fenster über mir in Hunderttausende Teile zersplittert, ein Hagel aus scharfkantigem Glas über mich hereinregnet. Und das pure Chaos ausbricht.

38. Kapitel

Enean

Milchkätzchen, das: *eines der beliebtesten Haustiere der Solituder; schneeweiße, reinrassige Katzenart; eisblaue Augen; zahm; Größe: max. unterarmlang*

Manche Erinnerungen fühlen sich an wie Sommerregen auf deiner Haut, schmecken nach den ersten Früchten nach einem langen Winter, klingen wie Schwalben und duften nach Vergissmeinnicht. Andere Erinnerungen wehen kalte Asche in dein Herz. Diese ist eine davon.

Kaum bricht Thuja durch das Buntglasfenster, springe ich mit angezogenen Beinen von ihrem Rücken. Mit beiden Armen schütze ich mein Gesicht vor dem Glasregen, wenngleich Louves Überzeugung, ich könnte ohne sie fliehen, tiefer schneidet als jede Klinge. Niemals, nicht in einer Milliarde Leben, nicht unter hunderttausend Nachthimmeln, bestände auch nur die winzigste Chance, sie zu verlassen. Nicht so.

Glas knirscht unter meinen Stiefeln, gräbt sich in meine Handflächen, als ich unter Thujas gigantischem Leib hindurchschlittere. Ihre ausgebreiteten Schwingen stürzen mehrere Bücherregale um, zerschlagen Gläser und Karaffen, fegen den verdammten Kronleuchter von der Decke. Dutzende Papierbögen flattern durch die Luft, der markerschütternde Schrei des Grizzlys bringt meine Knochen zum Vibrieren.

Sofort finde ich sie. »Louve!«

Beim Klang meiner Stimme zucken ihre Schultern, sie versucht ihr Gesicht zu drehen und wirkt doch irgendwie … erstarrt. Bei ihrem Anblick gefriert jede einzelne meiner Poren zu Eis. Ihr sonst schneeweißes Haar ist blutverschmiert, als stände es in Flammen. Ihr Körper ist vornübergebeugt, ihre Beine zittern so sehr, dass es an ein Wunder grenzt, dass sie nicht längst zusammengebrochen ist. Ihr Oberkörper verharrt über einem riesigen Rotholzschreibtisch in einer Position, in der ich jederzeit vor Ehrfurcht auf die Knie sinken würde – nur nicht so, niemals so.

Hinter ihr ist die Hölle los. Dieser verrückte Leutnant aus den Kerkern schwingt seine neunschwänzige Peitsche in einem Tempo, als hätte er sich sonst was eingeschmissen. Wren wirft sich buchstäblich auf ihn, packt den Kerl am Hals, während sein Onkel mit einem entschlossenen *»Vive!«* einen Riesengeparden ins Leben ruft. Tiefschwarze Schatten lösen sich von seiner Wade, formen sich zu Krallen, zu messerscharfen Zähnen, einem Raubtier, das sich noch in der Verwandlung in Banisters Oberschenkel verbeißt.

Ein hauchzartes Stöhnen zieht meine Aufmerksamkeit zurück zu Louve. Sie muss unglaubliche Schmerzen haben, als sie sich Stück für Stück zurückschiebt, eine dicke Blutspur ziert die einst weißen Unterlagen ihres Peinigers.

In weniger als zwei Schritten bin ich bei ihr, fange sie auf, als ihr Körper rückwärts nach hinten zu kippen droht. Mit klopfendem Herzen bette ich ihren Kopf an meiner Brust, während ich im selben Atemzug schwöre, denjenigen, der ihr das angetan hat, noch tausend Leben nach seinem qualvollen Tod büßen zu lassen.

»V-verschwinde«, fährt sie mich an, obwohl sich ihre blutverschmierten Finger in mein Hemd krallen. Meine Kleine war schon immer grauenhaft darin, anderen zu erlauben, sie zu retten.

»Nein, danke.« Während ich die Schattenassassinen misstrauisch beobachte, ziehe ich Louve rückwärts mit mir zum Fenster, so weit weg von diesem Arschloch Banister wie möglich. »Was ist passiert? Warum hast du nicht gekämpft?«

Louve schnaubt an meiner Brust. »Fragst du gerade allen Ernstes das Opfer, weshalb es sich nicht ausreichend gewehrt hat, anstatt den Täter, in welchem Winkel der Hölle er schmoren will?!«

Bei ihrem harschen Tonfall zucke ich zusammen. »Ich frage dich, weshalb du den Mistkerl nicht getötet hast – denn, bei allem Respekt, Love, du bist kein Opfer, du bist die beeindruckendste Kriegerin, die mir je unter die Augen gekommen ist. Du bist stark, schnell, tödlicher als die schärfste Klinge. Du erlaubst nicht irgendeinem Kerl, dich über den Schreibtisch zu beugen.«

Ihre Arme fahren meine Brust entlang, über meine Schlüsselbeine, bis sie in meinem Nacken zum Liegen kommen. »Töte ich ihn, tötet er euch. Dich und Wren und vermutlich sogar die anderen aus meiner Einheit. Vielleicht sogar Pearse, nur weil er es wagt, Partei für mich zu ergreifen.«

Partei ergreifen bedeutet in Schattenassassinen-Sprache offenbar, dass ein riesiger, aus Dunkelheit gewobener Gepard einem an die Gurgel springt. Banister brüllt auf vor Schmerz.

»Du opferst dich für mich? Und da behauptest du, *meine* Geschenke wären übel.« Ich presse ihr einen Kuss auf den Scheitel, ehe ich sie gegen die Wand lehne, wo sie sofort abwärts sinkt.

»Wren, verriegle die Tür!«, befiehlt der Kommandant seinem Neffen, als ein erster Schaulustiger sich dem Arbeitszimmer nähert. Wren zögert nicht. Kurzerhand stemmt er sich gegen ein antikes Bücherregal und kippt es mit Pearses Hilfe vor den Eingang. Ein diabolisches Grinsen zuckt über meine Lippen. Jetzt kann ich den Dreckssack, der Louve verletzt hat, ohne Zeugen beseitigen.

»Dafür werdet ihr mit dem Leben bezahlen!« Plötzlich löst sich ein Schatten aus dem breiten Hals des Leutnants, formt sich zu einem tiefschwarzen Krabbeltier, das blitzschnell über seinen hünenhaften Arm flattert.

»Lauft oder kämpft!« Wren sieht seinen Onkel an, dann mich. Er presst die Lippen zusammen, als sich unsere Blicke treffen, nickt mir kaum merklich zu. Noch immer ist er mit den Überresten des Kampfes besudelt, eine Mischung aus Staub, Leichenfetzen und getrocknetem Blut, unter dem sich nun auch frisches mischt. Natürlich. Was Louve geschieht, bekommt unweigerlich auch Wren zu spüren. Zum ersten Mal nehme ich den Mistkerl mit anderen Augen wahr. Wie kommt es, dass er noch steht, während sich Louve kaum auf den Beinen halten kann?

»Ihr wisst genau, dass ihr nicht die Macht habt, mich zu töten«, knurrt der selbst ernannte Superschurke. »Jeder Einzelne von euch wird hingerichtet, solltet ihr euch gegen einen Leutnant verschwören. Also kriecht wie brave Kakerlaken zurück in eure Kammern und lasst mich beenden, was ich angefangen habe. Louve gehört mir.«

Gott, wie mich dieser Kerl langweilt. Zum Glück fahren Assassinen nach ihrem Tod nicht ins Schattenreich. Instinktiv drehe ich mich zu Louve um, deren Zustand mein Blut zum Kochen bringt. Ein tiefroter Schleier vernebelt mir die Sicht, meine Hände sind zu Fäusten geballt. Knurrend lässt Thuja sich neben ihrer Herrin nieder. Ihr riesiger Leib bricht Teile des Mauerwerks heraus. Die Art, wie sich die schmale junge Frau an die Flanke einer gigantischen Schattenbestie lehnt, über ihre Federn streichelt, als sei sie ein niedliches Milchkätzchen, bringt mich selbst in einer abgefuckten Situation wie dieser zum Lächeln. Louve ist unglaublich stark. Sie hat sich für uns geopfert. Zeit, Schulden einzutreiben.

Banisters Geistgefährte ist ein handgroßer Skorpion, der neben Pearses Gepard, vor allem aber neben der Grizzly-Falken-Mutation ziemlich erbärmlich anmutet. Ist das sein beschissener Ernst? Er droht uns mit einem *Insektenstich?*

Ich entdecke zwei über einem potthässlichen Selbstporträt überkreuzte Äxte. Mit einem diabolischen Grinsen ducke ich mich unter Wrens Fausthieb hindurch, weiche diesem verfluchten Gepard aus, als dieser gerade dabei ist, sich fauchend auf den Leutnant zu stürzen, und reiße die Äxte aus ihrer Halterung. Putz bröckelt, als sich Letztere ablösen. Ohne die Metallteile von den Äxten zu entfernen, hebe ich sie über meinen Kopf und fixiere das Arschloch, das meine Frau zum Weinen gebracht hat. Mit der Stiefelspitze ziele ich auf den krabbelnden Geistgefährten des Leutnants.

»Decan, nicht!«

Ehe ich den Schrei zuordnen kann, huschen mehr und mehr Schatten aus dem Vieh, wachsen heran, umhüllen meine Knie, überragen meine Schultern. Ungläubig keuche ich auf, als sich ein fenstergroßer Stachel aus der Finsternis schält. Mir bleibt kaum Zeit auszuweichen, da schlägt er mitten in den hinter mir stehenden Schreibtisch ein, Holzsplitter treffen mich im Nacken, die Arbeitsplatte wird in zwei Teile gespalten. Papier segelt durch die Luft, während das Mistvieh zum zweiten Schlag ausholt.

»Töte ihn!« Banisters Brüllen übertönt sogar den Lärm seines Geistgefährten, der mittlerweile einen Großteil des Raumes einnimmt. Riesige dornenbesetzte Beine, glänzende Scheren und ein Panzer dick wie Stahl. Seine Augen glühen rot, der Schwanz ist länger als eine der Seitenwände. Wieder und wieder schlägt sein Stachel in die berstenden Fliesen, Staub wirbelt auf, dringt mir in Nase und Mund.

»Greift nicht den Skorpion an, tötet seinen Besitzer!«

Ich kann nicht fassen, dass ausgerechnet der Kommandant uns diese Worte zuruft. Sogar sein Neffe zuckt ungläubig zusammen, ehe er sein Katana über Banisters Schädel platziert. Begeistert schwinge ich meine Äxte.

»Nein, verflucht, tut das nicht!«

Ich reiße herum. Louve versucht, auf Thujas Rücken zu klettern, Blut rinnt über ihre Hände, die sich in das wabernde Nebelschwarz graben. Mit der Schnauze versucht diese monströse Bestie, ihre Herrin auf ihren Rücken zu hieven, der gewaltige Schnabel gräbt sich unter Louves Hüfte, schiebt ihre Oberschenkel höher, ohne sie zu verletzen.

Manchmal vergesse ich, dass Thuja ein Trauma ist, geboren aus dem tiefsten Schmerz eines sterbenden Kindes. Dennoch kämpft Louve nicht gegen sie an, sondern nimmt sie in ihre Arme, bettet ihr tränenbenetztes Gesicht an ihre Federn. Und ich werde die Hölle tun, und sie in ihrem Schmerz allein lassen.

Die Konturen des deckenhohen Skorpions verrauchen in diffusen Schlieren, wirken nicht real – die Einschläge seiner giftigen Schwanzspitze hingegen sehr wohl. Triefend schwarzes Sekret brennt blasenwerfende Pfützen in die zertrümmerten Bodenfliesen. Mit einem Schrei stürze ich mich auf seinen mächtigen Leib, schlittere auf den Knien unter dem Bauch hindurch, hebe beide Klingen – und werde zurückgeworfen, als die Schneiden an dem Chitinpanzer abprallen. Das Vieh zuckt nicht einmal, stattdessen rammt es eines seiner Beine nur knapp neben Wren in ein Wandregal voller Schriftrollen und spaltet das Holz. Splitter bohren sich in Wrens Wange, doch er wischt sie nicht weg. Der Gepard des Kommandanten macht einen Buckel, bleckt seine messerscharfen Zähne – und erreicht doch nicht einmal die Höhe eines einzigen Skorpionbeins. Nicht ohne seine Cåraidt.

»Leutnant, Ihr wisst, dass es unter Strafe untersagt ist, seinen Geistgefährten innerhalb der Zitadelle zu rufen!«, brüllt Pearse durch das neblige Schwarz.

»Ebenso wie Euch«, dringt Banisters höhnisches Gelächter zu uns. Zwischen den zertrümmerten Möbelstücken kann ich ihn nicht entdecken. Wo versteckt der Feigling sich?

Mein Blick trifft auf den Wrens. Mit zusammengepressten Lippen nickt er mir zu, sein Schwert bereit zum Schlag über der rechten Schulter. Mit dem Kinn gestikuliert er in Richtung eines umgestürzten Sessels. Ganz langsam hebe ich meine Äxte, forme mit den Lippen ein Stummes: *Geh nach rechts.* Ich muss dem Kerl zugutehalten, dass er auf Anhieb versteht. Wren erregt die Aufmerksamkeit seines Onkels, weist in Banisters Richtung.

Während wir ihn von beiden Seiten einkesseln, sorgt Pearse für Ablenkung. »Ihr habt nicht nur Louve gefoltert, sondern auch ihren Cåraidt. Welches Vergehen werft Ihr Wren vor?«

»Es steht mir zu, Louve ihrer gerechten Strafe zu unterziehen. Genauso, wie es mir zusteht, mich gegen Angriffe zu verteidigen. Ich schwöre Euch, Pearse, Ihr werdet für diese Respektlosigkeit mit dem Leben bezahlen. Jeder Einzelne von euch missratenen Insekten vergisst seinen Pl…«

Weiter kommt er nicht. Eine Blutfontäne spritzt hinter dem Sessel hervor. Dunkles Rot benetzt die freie Wand, tränkt mehrere in Leder gebundene Wälzer und fließt schließlich in einem Bach über die breite Lehne. *Fuck, was zum …*

Ich starre zu Wren, der nicht minder entgeistert wirkt als ich. Ich bin so perplex, dass ich den Stachel des Skorpions nicht bemerke, der erneut auf mich zuschnellt. »Decan!« Das pulsierende Schwarz zielt auf meine Stirn. Ehe ich meine Axt heben kann, explodiert die Finsternis in drückendem Nebel.

Ich straffe die Schultern, werfe beide Äxte zu meinen Füßen, und durschreite jenes Gefühl von Kälte und Dunkelheit, das mich einst zu seinem Gott machte. Banisters Geistgefährte stirbt, seine Schatten werden porös, lichter. Unentwegt schreite ich auf seinen Herrn zu, während sich seine Kreatur nach und nach auflöst. Das Erste, was ich durch die elektrisierende Atmosphäre erkenne, ist ein Paar milchig blauer Augen, blutverschmiertes Haar, einst bronzefarbene Haut.

In ihrer Hand hält sie einen einfachen Dolch, nicht mehr. Diesmal zittern ihre Finger nicht. Louves Lippen verziehen sich zu einem diabolischen Grinsen, blanke Vergeltung spiegelt sich in ihrer Miene. »Ich bin keine Maid, die gerettet werden muss, Schattengott. Und ebenso wenig erlaube ich, dass einer von euch für mich den Kopf hinhält.«

39. Kapitel

Enean

Katakombenkakerlake, die: *Ungeziefer im Schattenreich; Größe: Daumen; hinterlässt Schleimspur; nahezu unterstörbar; lebt in feuchten, dunklen Gemäuern*

Ich stoße ein trockenes Lachen aus, streiche mir die schweißnassen Haarsträhnen aus der Stirn, während ich den letzten Abstand zwischen uns überbrücke. »Wir wollten dich beschützen, Baby. Niemand hatte vor, dir den Rang als blutrünstige Irre streitig zu machen.«

Sich keinerlei Schuld bewusst, wischt sie die Schneide ihres Dolchs an ihrem Ärmel ab. »Dito.« Als sie ihn zurück in die Halterung an ihrer Hüfte stecken will, rutscht er ihr aus der Hand. Sie zittert so sehr, dass sie sich kaum auf den Beinen halten kann.

Vor dem blutverschmierten Sessel komme ich zum Stehen, ohne den Leichnam zu beachten. Stattdessen widme ich meine volle Aufmerksamkeit der schwer atmenden Assassinin. Sie senkt eine schmale Karaffe irgendeiner golden prickelnden Flüssigkeit, die ich zunächst nicht bemerkt habe, und wischt sich über den Mund. Ich identifiziere das Gebräu sofort als eine der beliebten Partydrogen Serpentine Shells. Louve hat absichtlich ihre letzten Kräfte gepusht, um ihrem Leutnant die Kehle durchzuschneiden.

»Wenn du das nächste Mal beschließt, dich für andere auspeitschen zu lassen, schick vorher einen Fragebogen herum. Ich bin sicher, gemeinsam finden sich eine Menge Alternativpläne von B bis Z.«

Doch Louve hört längst nicht mehr zu. Sie stolpert einen Schritt zurück, dann noch einen, bis sie mit dem Rücken gegen die Steinwand kracht. »Das ist unser Todesurteil, Enean.«

»Louve, was hast du getan!« Wrens Protest prallt an meinem mentalen Mittelfinger ab.

»Sie hatte keine andere Wahl«, spricht ausgerechnet der Kommandant aus, was wir alle denken. »Er wollte uns umbringen!«

»Ein paar Peitschenschläge für unser aller Sicherheit«, presst sie hervor. »Hättet ihr nicht einfach abwarten können?«

Kopfschüttelnd steige ich über ein seitlich unter dem Sessel hervorragendes Bein. »Besonders du solltest wissen, dass ich den Moment dem großen Ganzen vorziehe.« Mit diesen Worten fasse ich sie an den Hüften und ziehe sie in meine Arme. Ihr Atem geht so schnell, als hätte sie einen verdammten Marathon hinter sich, ihre Augen sind geweitet, ein unausgesprochenes *was jetzt* liegt auf ihren Lippen. Dennoch lehnt sie sich mir instinktiv entgegen, gräbt ihre Finger in mein Hemd und bettet ihre Stirn an meine Brust. Louve ging durch die Hölle und atmet erst auf, als sie in den Armen des Teufels liegt. Sofort halte ich sie fester, bewahre sie vor dem *Danach*, würde die ganze verfluchte Welt niederbrennen, nur um ihr das Gefühl zu schenken, sicher zu sein.

»Zeit abzuhauen. Du musst fort.« Ich drücke ihr einen Kuss auf den Scheitel, ehe ich zu dem Leichnam des Leutnants schaue. Ein geübter Schnitt klafft seine Kehle auf, in seinen Augäpfeln ist kein Funken Weiß mehr zu erkennen.

»Louve, seit wann geht das schon so? Sind die Narben auf

deinem Rücken etwa alle von ihm?« Wren kämpft sich zu uns vor, seine Stiefel machen dabei schmatzende Laute.

Louve regt sich nicht, als er nach ihrer Schulter greift, stattdessen graben sich ihre Nägel nur umso tiefer in meine Haut. »Und wenn?«

»Und wenn?«, wiederholt er entrüstet. Ich brüste mich durchaus damit, dem Kommandantenblut niemals recht zu geben – doch diesmal muss selbst ich zugeben, dass er einen Punkt hat.

»Weshalb lässt du dir das gefallen?« Meine Hände umfassen ihre, schieben sie so weit von mir, dass ich ihr Gesicht sehen kann. Die Last der ganzen Welt spiegelt sich in ihren schönen Augen und nicht zum ersten Mal frage ich mich, weshalb sie noch immer nicht bereit ist, sie endlich abzuwerfen.

»Stelle ich mich gegen einen Leutnant, besiegele ich nicht nur mein Schicksal, sondern verdamme jede einzelne Person, die mir nahesteht. Ihr alle wärt vor Gericht gelandet, Wren, vielleicht sogar gestorben.« Schnaubend schüttelt sie den Kopf. »Weil ein einziges Mädchen es nicht schafft, ein paar banale Peitschenschläge auszuhalten. Das ist nicht fair.«

»*Das* ist nicht fair?«, feuert er zurück. Wren öffnet den Mund, schließt ihn wieder und fährt sich mit der flachen Hand über das Gesicht.

»Wie lange schon, Louve?« Pearse schiebt sich zu uns. Seine dreckverkrustete Handfläche findet Wrens Arm und dann Louves Kinn. »Mädchen, wir sind eine Familie. Es könnte mir nicht gleichgültiger sein, was deine Mutter dazu bewogen hat, der Gemeinschaft den Rücken zu kehren. Meine Frau hat sie geliebt. So, wie wir dich lieben. Wenn ich gewusst hätte …« Schuld zeichnet sich in seiner erschöpften Miene ab. »Ich hätte verhindert, dass dir dieser Dreckskerl auch nur ein Haar krümmt. Verstehst du das? Du gehörst zu uns, Louve. Du bist Teil unserer Familie. Die Cåraidt meines Neffen. Du bist wie eine Tochter für mich.«

Jemandem, der Louve nicht kennt, würde womöglich entgehen, wie sich ihre Muskeln bei seinen Worten versteifen, sich ihre Schultern ein kleines Stück zurückschieben, sie kaum merklich Luft einzieht. »Ich habe dich gehört, Pearse. Damals, in der Barriere.«

Pearse runzelt die Stirn, nimmt seine Hand von ihrer Schulter, um sich das Kinn zu reiben. »Wovon sprichst du?«

Louve stoßt ein finsteres Schnauben aus. »Wovon ich spreche? Ich spreche von Yarans Schrei, dem Schmatzen von Blut, gezogenen Klingen. Und dir. *Sie müssen am Leben bleiben, wenn wir bezahlt werden wollen.* Klingelt es?«

Ich wechsle einen Blick mit Wren, der ebenso verwirrt wirkt wie ich. Wer ist Yaran?

Sämtliche Farbe weicht aus Pearses Gesicht, als er vor Louve zurückweicht. »Das hast du gehört?«

Das Blut verleiht ihrer steinernen Miene etwas Mörderisches. »*Das* ist deine Frage?«

»Louve, ich kann das erklären, du musst verstehen …«

Sie tritt einen Schritt vor, stolpert über ihren Dolch. »Wo ist sie, Pearse? Was hast du mit dem Verschwinden der Solituder zu tun?«

Wren umrundet den Schreibtisch, stellt sich an Louves Seite, und hat offensichtlich soeben eine Seite gewählt. »Wovon spricht sie?«

Pearses Gepard duckt sich, faucht in Wrens Richtung. *»Morte!«* Sofort löst sich das Vieh in Schall und Rauch auf und kehrt zurück in Pearses Wade. »Ich verspreche euch, ihr habt nichts von mir zu befürchten. Ihr müsst mir einfach …«

»Vertrauen?« Louve spuckt das Wort aus wie eine Krankheit. »Tut mir leid, dich enttäuschen zu müssen, aber Misstrauen ist meine Komfortzone.«

»Louve, ich habe sie nicht getötet, ich …«

Unsere Köpfe reißen herum, als die Zimmertür trotz der Barrikade mit einem dumpfen Schlag eingetreten wird. Holz splittert, Rufe ertönen, Dutzende Schattenassassinen stürmen den Raum. Als sie Thuja und das Ausmaß an Zerstörung erkennen, gilt ihre Aufmerksamkeit sofort Louve. Nicht Wren, niemals Wren.

Wir alle wissen, was als Nächstes kommt, ehe einer von ihnen auch nur ein Wort spricht. Banisters Leiche ragt hinter dem Schreibtisch hervor, sein Blut rinnt über die Fliesen. Schon klar, wie das alles auf Außenstehende wirkt. Louve, über und über mit Blut verschmiert. Wren und Pearse mit gezogenen Waffen. Thujas gebleckte Fangzähne.

Ein Mann mit schwarzem Haar und dichtem Bart tritt vor, in seiner Linken einen Morgenstern in der Größe einer Wanduhr. Er fixiert Louve, hinter ihm treten mindestens ein Dutzend bewaffnete Assassinen in den demolierten Raum.

»Leutnant Banister hat dich verurteilt, weshalb bist du nicht im Kerk...«

Der Moment, in dem er die nicht besonders lebendig wirkenden Glieder unseres jüngsten Mordopfers entdeckt, ist ihm nahezu ins Gesicht geschrieben. Sein linkes Lid zuckt, als er den Arm hebt und seine Waffe über dem Schädel kreist. »Ein Gerichtsverfahren ist offensichtlich überflüssig.«

Pearse schiebt sich vor Wren. »Leutnant Zehír, wir waren gerade dabei ...«

»Eure Arbeit ist getan, Pearse. Die Gemeinschaft erkennt an, dass Ihr und Euer Neffe die Verräterin gestellt habt. Nun tretet beiseite.«

Mehr und mehr Schattenassassinen fluten den Raum und ich frage mich, mit wie vielen von ihnen ich es in diesem Körper zugleich aufnehmen kann. Wren starrt Louve entgeistert an, diese aber mustert nur ihre Stiefelspitzen, als gehe sie das alles gar nichts an. Als … als hätte sie sich damit abgefunden, dass man sie …

Hinrichtet.

Ohne einen Gedanken an die Konsequenzen zu verlieren, stürme ich auf Louve zu, reiße Wren das Schwert aus der Hand und halte es ihr an die Kehle. Ihr Körper versteift sich an meiner Brust, nicht sicher, ob ich spontan den Verstand verloren oder zurück zu meiner wahren Natur gefunden habe: einem kaltblütigen Mörder. Entgegen meiner Erwartung und obwohl meine Schneide ihre oberste Haut aufritzt, Blut schmeckt, greift sie hinter ihrem Rücken meine freie Hand. Instinktiv umfasse ich sie, verschränke unsere Hände außer Sichtweite, sodass es für die Schattenassassinen den Anschein erweckt, als hätte ich ihr den Arm verdreht und sie damit vollends in meiner Gewalt. Es kostet mich alle Überwindung, nicht meine Lippen auf ihren Hals zu pressen, mit den Fingern über ihren verletzten Rücken zu gleiten.

»Bastard!« Fluchend schnellt Wren auf mich zu, die Faust erhoben, was mir nur zugutekommt.

»Keinen Schritt näher!«, fahre ich ihn an. Super, wollte ich schon immer mal machen.

»Was zur Barriere tust du da?«, zischt er, die erhobene Faust nur unweit von meinem Gesicht entfernt.

Statt ihm fixiere ich den schwarzhaarigen Kerl, Leutnant Zahír. »Merkt dir mein Gesicht gut, Assassine. Denn ich bin derjenige, der euren lächerlichen Leutnant getötet hat. Ich werde jedem Einzelnen von euch die Kehle aufschlitzen, und mit dieser hübschen kleinen Puppe fange ich an.«

Louves Becken stößt gegen meine Hüfte, als sie sich an mich presst. Ich habe keine Ahnung, wie lange ich diese Scharade noch aufrechterhalten kann. Nicht, wenn ihr Körper meinen in ein gottverdammtes Minenfeld verwandelt und sie mit jeder Regung sämtliche Bomben zugleich hochgehen lässt. Ich will meine Hand auf ihren Bauch legen, sie fester an mich ziehen, ihr tausendundein Versprechen ins Ohr flüstern, ihre Wunden versorgen, mit meinen Lippen über ihren Puls wandern, ihre Lebendigkeit auf meiner Zunge schmecken. Stattdessen bin ich gezwungen, ihr die Waffe ihres *Ehemanns* an die Kehle zu halten.

»Decan Roughcrest?« Zahír wirkt sichtlich irritiert. Dann tritt ein berechnendes Funkeln in seine staubgrauen Augen. »Okons Sohn. Dein Vater hat dir also beigebracht, auf welcher Seite du zu stehen hast. Nun übergib uns die Verräterin, wir …

»An dieser Stelle würde ich auch schon unterbrechen.« Die Tatsache, dass weder Thuja noch Wren auf mich losgehen, könnte meine Überzeugungskraft schmälern.

Ohne den Kerl aus den Augen zu lassen, bewege ich mich rückwärts, Louve noch immer sündig fest an mich gepresst. Ihre Wunden hören einfach nicht auf zu bluten. Irgendjemand wird dafür bezahlen.

»Decan, was tust du da?«, zischt Pearse mir zu und auch Wren wirkt hin- und hergerissen zwischen dem Drang, mir an die Gurgel zu gehen, und Louve, wie auch immer, das Leben zu retten.

Dutzende uniformierte Assassinen füllen den Raum, drängen auf mich zu, doch Zahír hebt seine fast dürre, schneeweiße Hand, gebietet ihnen Einhalt. »Gib sie mir, Junge. Dein Mitwirken an der Gefangenname der Verräterin wird nicht unbelohnt bleiben.«

»Seht Ihr, genau darin liegt das Problem.« Fast habe ich das zersprungene Fenster erreicht, durch das Thuja mich freundlicherweise vorhin bugsiert hat. »Ich bin nicht Decan.«

Glas knirscht unter meinen Füßen, die Geistgefährtin erhebt sich schattengleich. Louve keucht auf, doch was habe ich zu verlieren? Alles, was ich will, was ich je wollte, befindet sich hier bei mir, in meinen Armen.

Zahír runzelt die breite Stirn, Verwirrung zeichnet sich in seiner Miene ab. »Aber du warst doch …«

Meine Fersen stoßen gegen den bodentiefen Fensterrahmen, kühle Luft streift meine Haut. Achtlos werfe ich Wren sein bescheuertes Katana vor die Füße, ohne ihn anzusehen, sodass ich Louves Taille umschlingen kann. »Decan Roughcrest ist tot. Ich habe mir lediglich seinen Körper ausgeliehen.« Ein süffisantes Grinsen umspielt meine Lippen, ehe ich mich zurücklehne. »Mein Name ist Enean. Ihr kennt mich vermutlich besser unter dem Titel *Gott der Schatten*.«

Louve fährt so heftig in meinen Armen zusammen, dass ich Mühe habe, sie an Ort und Stelle zu halten, ihre Zähne knirschen gegeneinander. »Hast du sie nicht mehr alle?! Wir hätten uns auch so freigekämpft!«, wispert sie.

Wohl kaum. Ein Raunen geht durch die Menge. Sofort nimmt jeder der Anwesenden Kampfhaltung ein, allen voran Zahír. Diese Leutnants sind nerviger als Katakombenkakerlaken im Müsli. Unzählige Klingen, Schlagstöcke und Pfeile sind auf mich gerichtet. Sämtliche Farbe ist aus Wrens Gesicht gewichen. Hat mal jemand Riechsalz parat?

Ungläubig räuspert sich Zahír, den Morgenstern einsatzbereit umschlossen. »Du bist …«

Ich stoße ein trockenes Lachen aus. »Ich bin der Schattengott. Merkt euch mein neues Gesicht gut, denn ich habe nicht vor, so schnell wieder zu verschwinden. Ich habe euren Leutnant getötet. Und ich werde jedem Einzelnen den Schädel von den Schultern reißen, der es wagt, sich gegen mich aufzulehnen.« Mein Blick durchbohrt Zahírs. »Ihr wollt eine Tote? Die könnt ihr haben.«

Ich umfasse Louves Hals, sie stößt ein kehliges Stöhnen aus, schnappt nach Luft, bricht mein Herz auf eintausendundeine grausame Weise. Und jede einzelne davon geht auf mein Konto.

»Vertraust du mir?«, flüstere ich.

Sie schnaubt. »Scheiße, nein. Aber ich vertraue darauf, dass dir mein Leben heilig ist.«

»Das allein.« Meine Finger wandern ihre weiche Wange hinauf, mein Daumen findet ihren Puls, ehe ich ihren Hals ruckartig zur Seite reiße. Wren stößt ein animalisches Brüllen aus, als Louve in sich zusammensinkt, ihr Kopf schwer auf ihre Brust fällt. Thuja kreischt auf. Im gleichen Atemzug werfe ich mich nach hinten, stürze mit der regungslosen Louve aus dem zerstörten Fenster. Ein gigantischer Schatten bricht das Mauerwerk entzwei, ganze Fassadenbrocken regnen auf uns hinab. Eiskalter Wind umfängt mich, während ich falle. Etliche Gestalten drängen ans Fenster, rufen, brüllen, beschwören ihre Geistgefährten. Doch es ist längst zu spät.

Ich schließe nicht die Augen, als die Stadt der Sünden uns verschluckt. Stattdessen konzentriere ich mich auf jene wunderschönen Sternbildermale. Alles, was ich sehen will, was ich jetzt sehen *muss*, ist die Frau in meinen Armen. Es war immer nur sie.

40. Kapitel

Enean, 816 Zyklen zuvor

Fünf Zyklen waren ins Land gezogen, seit ich den Krieg gewonnen und meine Seele verloren hatte. In meinem Reich herrschte Wohlstand, die Hungersnöte waren lange Zeit vorüber. Das Königreich blühte auf nach unserem Sieg, Wiesen sprossen über die einstmaligen Schlachtfelder, verschluckten das vergossene Blut in den Kelchen der Wildblumen.

Ich aber fristete mein Dasein als Schatten meiner selbst. Trotz des Drängens meiner engsten Berater, der Hoffnung des Volkes auf einen Thronerben, hatte ich nicht wieder geheiratet. Nacht für Nacht suchten mich die traurigen Flussaugen meiner Liebsten heim. Ruhelos streifte ich durch die Burg, war zum Geist meines eigenen Schlosses geworden. Dunkle Ringe zierten meine Augen, meine Wangen waren eingefallen, wie ihre, kurz vor ihrer Ermordung. Ich hatte den Jungen nie zu Gesicht bekommen, den meine Gemahlin geboren hatte, während ich in den Kampf gezogen war. Man hatte mir gesagt, sie hätte mit dem Leben gerungen, doch sich wie durch ein Wunder erholt. Sie wäre gesund geworden, wir hätten eine Familie gehabt, einen Thronerben, Frieden nach all den Kriegen. Sie hätte mich zum glücklichsten Mann unter den Zwillingssonnen gemacht. Doch ich hatte sie verlassen. Und damit ihren Tod besiegelt.

Abend für Abend wanderte ich hinaus in die Wälder, starrte hinauf in die silbrig leuchtenden Sternenbilder. Suchte nach ihr, dort oben, in der Ewigkeit, bis die ersten Strahlen Athaírs ihren Zauber verwischten. Es hatte etwas Tröstliches, in den Zwillingssonnen die Namen meiner Töchter zu wissen. Dennoch brach es mir das Herz, dass meine Frau und meine Mädchen niemals zur gleichen Zeit am Firmament leuchten konnten. Wieder und wieder fragte ich mich, ob sie sich verloren hatten in der Unendlichkeit des Universums. Verflucht wie Sonnen und Sterne, die einander niemals erblickten. Ich litt unter der Vorstellung, mein kleiner Junge könnte ruhelos umherwandern, zerrissen zwischen dem Morgen seiner Schwestern und der Nacht seiner Mutter. Er trug meinen Namen und das reichte aus, um ihn zu verdammen.

So strichen die Monde vorüber, sammelten sich zu endlosen Zyklen, bis ich schließlich dem Wahnsinn verfiel. Kein Mediziner wusste sich zu helfen, ich welkte dahin. Genau wie sie.

Es war die Nacht, die den Sonnenlauf unseres ersten Aufeinandertreffens ankündigte, den Ball, an welchem sie mit ihren Eltern Schutz vor dem Gewitter gesucht hatte.

Ein neuer Zyklus würde beginnen, ohne sie. Und das ertrug ich nicht. Deswegen rüstete ich mich mit jenem Schwert, das Tausende Leben genommen hatte, und schritt hinaus zu ihren Gräbern, als der Vollmond am Himmel stand. Sein violettes Licht begleitete meine Schritte.

Der Tradition zum Trotz hatte ich meine kleine Familie nicht im fürstlichen Mausoleum beerdigt, sondern sie weit draußen auf einem Hügel gebettet, von dem aus man jeden Morgen Athaír und Sôl aufgehen sehen konnte, ehe sie Abend für Abend versanken. Ich hatte es nicht über mich gebracht, sie in Finsternis zu hüllen.

Der sternenklare Nachthimmel schien mich zu verhöhnen, als ich beide Hände fest um den Knauf meines Schwertes schloss und vor die schneeweißen Steine sank.

»Vergebt mir«, flüsterte ich in die Vergangenheit. »Bitte, vergebt mir.«

Noch einmal fuhr ich mit meinen erbleichten Händen über die Namen meiner Liebsten, träumte von ihren unsterblichen Seelen im Sternenstaub. Schwor, mich an ihre Namen zu erinnern, an ihr Lächeln, jetzt und für alle Zeit, durch Leben und Leben hinweg, bis in alle Ewigkeit.

»Ich verspreche dir, dich zu lieben, bis irgendein Narr jeden Stern in diesem Universum gezählt hat«, flüstere ich in den Wind. »Bis jedes Sandkorn in jedem Ozean zu Asche zerfallen ist und jede einzelne Scherbe eines jeden gebrochenen Herzens dieser Welt wieder zusammengesetzt wurde.« Schwor es bei meiner unsterblichen Seele, beeidigte es mit meinem Blut.

Dann stieß ich zu.

Ich hatte nie an das Schicksal geglaubt, ehe ich ihr *begegnet war, doch als mir das Schwert entglitt und sich mein Hemd an meinem Bauch tiefrot verfärbte, brach der Himmel auf. Donner begleitete mein Sterben, erste Regentropfen vermischten sich auf meinen Wangen mit ungeweinten Tränen. Ich sank auf das Grab meiner Liebsten, meine Handfläche auf ihren in Stein gemeißelten Namen gepresst.*

»Ich verspreche dir«, wisperte ich in der Dunkelheit der Nacht, mit den Sternen als meine Zeugen. »Ich verspreche dir, mich selbst dann noch an deinen Namen zu erinnern, wenn Abertausende Sonnen- und Mondläufe ins Land gezogen und von all dem hier nicht mehr übrig geblieben ist als Sternenstaub. An diesen Moment. Und an dein Lächeln.«

Ich konnte fühlen, wie das Leben aus mir rann, doch spürte ich keinen Schmerz. Nur Frieden.

Da riss die Erde auf und ein Lichtstrahl schob sich durch die Finsternis.

Eine Frau, schön wie die Sonnen, leuchtend wie reines Licht, entstieg dem Nichts, wandelte hinab auf Wolken und Donner, ohne auch nur von den Regentropfen getroffen zu werden. Wie damals streckte sie mir ihre Hand entgegen. Wie damals zögerte ich. Wer war diese Frau? War sie der Tod? Würde sie mich zu meiner Frau und meinen Kindern bringen?

Mit letzter Kraft stützte ich mich auf die Knie, streckte mich nach ihr. Doch ich zögerte, ehe sich unsere Fingerspitzen berührten. Zweifel durchzuckte meine Brust. Schuld. Die Gewissheit, nicht verdient zu haben, was sie mir anbot. Hastig zog ich meine Hand zurück.

Wie könnte ich sie begleiten, sie, die doch alles Gute, den Frieden, die Hoffnung zu verkörpern schien? Wie könnte jemand wie ich, ein Mörder und Schlächter, ein Tyrann ohne Skrupel und Moral, es wagen, ein Wesen von solcher Reinheit zu berühren? Sollte meine Frau tatsächlich bei ihr sein, so stand es mir nicht länger zu, die Ewigkeit mit ihr zu teilen.

Und so blickte ich auf zu der lichternen Gestalt und schüttelte schwerfällig den Kopf. Fast zeitgleich brachte ein gewaltiges Beben die Grabsteine zum Erzittern, als sich zum wiederholten Male die Erde auftat, und sich die Bestie der Finsternis aus einem flusslangen Krater erhob. Er stieg auf in die Nacht, ein Ungetüm. Glühend rote Iriden richteten sich auf mich, ein tiefes, unmenschliches Grollen entstieg seinem gewaltigen Maul. Auch er streckte seine tödliche Klaue nach mir aus, wartete, forderte den Wurf meiner Schicksalsmünze.

Der Regen peitschte mir unbarmherzig ins Gesicht und spülte mein Blut über die Gräber meiner Familie. Bleierner Schwindel vernebelte mein Bewusstsein, tödlich pulsierte meine Wunde unter den Schlägen des Donners.

»Wenn ich mit dir gehe«, brüllte ich gegen den reißenden Sturm an. »Wenn ich Buße getan habe, über Hunderte und Hunderte Zyklen. Wenn ich bezahlt habe für jede meiner Sünden, Abbitte geleistet für all den Schmerz, den ich verursacht habe – werde ich sie wiedersehen?«

»Das wirst du.« Die Stimme war tiefer als ein Echo, fast nicht als solche zu erkennen. Animalisch, ursprünglich. Sie fädelte sich in das Grollen des Himmels und schien doch ausschließlich in meinem Kopf zu existieren. »Ich biete dir meinen Platz an, Fürst Enean. An meiner Stelle wirst du Ewigkeit um Ewigkeit über die Toten herrschen. Du wirst die Armeen der Verstorbenen anführen, dafür Sorge tragen, dass sie vergessen, wer sie waren. Du wirst ihnen einen neuen Sinn schenken, wirst zu ihrem Schicksal. Indem du zu Finsternis verwelkst, werden deine eigenen Dämonen verblassen. Denn Schatten benötigen Licht, um zu existieren. Dir aber wird kein Licht zuteil.«

Ich starrte auf den regennassen Namen meiner Liebsten auf dem Stein. »Ich werde dich nicht vergessen«, schwor ich auf ihr Grab. »Ich werde Abbitte leisten und mich als deiner würdig erweisen. Ich werde dein Lächeln in den Sternen finden und deinen Namen in meinem Herzen tragen. Du hast mein Wort, Geliebte.«

»Du wirst deine Erinnerungen an dein Leben als Sterblicher verlieren«, donnerte die Finsternis. »Das ist der Preis für deine Sünden. Der Preis, den du bezahlen wirst, als Gott der Schatten.«

»Mein Verstand mag ihren Namen vergessen«, brüllte ich gegen den Sturm an. »Aber meine Seele wird die ihre finden, über Hunderte und Tausende Leben hinweg wird sie den Namen ihrer anderen Hälfte schreien. Das ist ein Versprechen.«

Ich streckte meinen Arm aus, konnte mich nicht mehr aufrichten, der Blutverlust war zu schwerwiegend, meine Sicht verschwamm. Aus dem Augenwinkel beobachtete ich, wie die Göttin zurück ins Licht stieg. Die Finsternis umfasste meine scharlachrote Hand.

»Wir haben eine Abmachung«, grölte der Gott der Toten. »Es ist Zeit für mich, weiterzuziehen. Ich habe meine Schuld beglichen. Von nun an bist du, Fürst Enean, der Schattengott. Mögest du den Toten zur Seite stehen, wie du es bei den Lebenden versäumtest.

Meine Macht ist die deine. Meine Finsternis ist dein. Mein Reich wird zu dir. Solange du ihr Gott bist, werden deine Erinnerungen an dein menschliches Leben verloren sein. Dein Schatten aber wird die Wahrheit niemals vergessen, du wirst den Schmerz in dir tragen, ohne ihn benennen, ohne nach ihm greifen zu können. Die Schuld wird dich verzehren, bis du sie freigibst und nicht länger ein Gott bist.«

Mit diesen Worten packte er mich und stieß seine Krallen tief in meinen Brustkorb. Ich brüllte auf vor Schmerz, meine Schreie gingen unter im Wüten des nahenden Orkans. Schwarze Verästelungen verfärbten meine Venen, überschatteten das Menschliche in mir. Ich konnte dabei zusehen, wie sich meine Glieder dehnten, wie ich wuchs, hinauf zu den Sternen, hinauf zu ihr. Meine Fingernägel bogen sich zu nachtschwarzen Krallen, etwas spross aus meiner Stirn, dass mir der Schädel zu platzen drohte. Niemals hatte ich eine physische Qual wie diese gespürt. Es war, als würden meine Eingeweide zerfetzt, als würde man mir bei lebendigem Leib jeden Knochen einzeln brechen, meine Sehnen und Muskelfasern zerreißen, nur um sie zu etwas anderem, Größerem, zu etwas Mächtigem zu formen.

Ich fühlte, wie die Dunkelheit mich verschluckte. Unter mir barsten die Grabsteine, der Hügel brach auf, ich taumelte, versuchte mich an den Sternen zu orientieren, doch hatten die tiefgrauen Wolkenschwaden jeden einzelnen verschlungen. Ich erinnerte mich, dass ich fiel, oder zumindest glaubte ich zu fallen. Ich stürzte auf den Krater zu, während sich der einstige Gott vor meinen Augen aufzulösen begann.

In diesem Moment schwor ich mir, dafür zu sorgen, dass die Dunkelheit niemals wieder Zugang zu meiner Stadt, zu meiner Welt, zu meinem glorreichen Solitude, erlangen würde. Ich würde die andere Seite versiegeln, koste es, was es wolle.

Ich fiel in die Finsternis, weil ich die Finsternis war. Doch noch immer suchte ich nach meinem Stern, der mich leiten würde, wenn der rechte Zeitpunkt kam. Wieder und wieder flüsterte ich ihren Namen, versuchte mich an ihm festzuhalten, wenngleich er mir mit jedem verrinnenden Sanduhrkorn mehr und mehr zu entgleiten drohte, als hätte jemand ein Glas Wasser über Tinte vergossen.

»Ich verspreche dir, mich selbst dann noch an deinen Namen zu erinnern, wenn Abertausende Sonnen- und Mondläufe ins Land gezogen sind und von all dem hier nicht mehr übrig geblieben ist als Sternenstaub«, brüllte ich meinen Schwur ins Nichts.

Ich spürte, wie ich mich auflöste, wie das, was ich gewesen war, zu etwas Neuem, Fremden zerfloss. Meine Erinnerungen wurden aus meinem Geist gespült. Ich sollte nichts behalten außer meinem eigenen Namen, einem Brandmal der Schuld.

Mein geliebtes Solitude löste sich auf. Meine Burg existierte nicht mehr. Jeder einzelne meiner Gedanken zerrann zu Staub. Und dann, als nichts mehr von mir übrig war und ich die Finsternis auf Knien anflehte, mir das Einzige zu gewähren, das mir je kostbar gewesen war, riss sie mir den Namen meiner Liebsten aus dem Herzen.

Ein letztes Mal rief ich ihren Namen in die Sterne, ehe ich uns verlor. »Louve!«

41. Kapitel

Louve

Heilerin/Heiler, die/der: *angesehener Berufsstand im Verlorenen Reich Verídha; beherrscht streng geheime magische Formeln, die ausschließlich im medizinischen Feld weitergegeben werden dürfen; Ausbildungszeit: 8–10 Zyklen*

Schmerz durchtrennt meine Muskelstränge und bricht meine Knochen. Jeder einzelne meiner immer langsamer werdenden Herzschläge brüllt nach Überleben. Es sind die schweigenden Pausen dazwischen, die mir Sorgen bereiten.

Irgendwo in der Ferne meine ich einen Namen zu hören. Louve. *Louve.* Bin ich das? Weshalb sollte ich sie sein wollen, wenn Dunkelheit jeden Winkel meiner Existenz flutet, wenn es genügt, einfach nur die Augen zu schließen und in ihren flüsternden Schatten zu treiben?

Die Dunkelheit verdichtet sich, reicht mir ihre Hand. Es ist nicht die, die ich liebe. Doch ich ergreife sie, lächle.

Als ich das nächste Mal zu mir komme, ist das Tretminenfeld zwischen meinen Schläfen einem rhythmischen Pochen gewichen. Meine Lider fühlen sich an wie mit tausend Stichen vernäht, meine Zunge ist geschwollen und trocken.

»Louve? Oh, Hölle. Endlich!«

Etwas klirrt, jemand flucht, Glas splittert. Schwere Schritte nähern sich. Instinktiv reiße ich die Augen auf, mein Herz schlägt mir bis zum Hals. Ganz automatisch geht mein Körper in Angriffshaltung.

»Hey.« Die Gestalt tritt einen Schritt zurück, sinkt auf die Knie. »Du bist in Sicherheit, Baby. Ich bin hier, okay? Ich bin hier.«

Ich brauche einen Moment, um den schemenhaften Schatten seiner Aura mit jener Stimme zu verbinden, die mir die Welt bedeutet.

»Oh, eben das macht mir Sorgen.« Das letzte Wort geht in trockenem Husten über. Erneut krampft sich mein Körper zusammen, begleitet von einem mittelschweren Schwindel.

Sofort stürzt Enean auf mich zu und verschüttet dabei irgendeine lauwarme Brühe über mein Haar. »Genau das meinte ich«, keuche ich halb amüsiert, halb misstrauisch.

»Komm her.« Er setzt sich an meine Seite, der Untergrund wird nach unten gedrückt, vermutlich liege ich auf einer … Matratze? Sein Arm schiebt sich unter meinen oberen Rücken, hilft mir dabei, mich aufzusetzen. Meine Wange landet an seiner Brust, überschwemmt mich mit dem Duft nach Heimat, Sicherheit und einer angehenden Panikattacke. Ehe ich etwas sagen kann, drückt er mir ein nach Holz schmeckendes Gefäß an die Lippen. Gierig schlucke ich die Flüssigkeit, sauge mit jedem Tropfen neues Leben auf. Zumindest, bis ich mich an irgendeinem widerlich schmeckenden Zeug verschlucke. Prustend spucke ich etwas in meine Hand, das sich verdächtig nach Blättern anfühlt.

»Zum Henkersbeil, Enean! Warum willst du mich mit Grünzeug ersticken?«

Der Becher verschwindet von meinen Lippen, gefolgt von einer weiteren Ladung Wasser, die auf meine Brust schwappt und mir in den Kragen von irgendetwas strömt, das sich ganz und gar nicht nach meiner Uniform anfühlt. *Grundgütiger …*

»Was? Ich habe dir Tee gemacht.« Vorsichtig bettet er meinen Kopf auf dem Kissen und zieht seinen Arm unter mir hervor.

Prustend drehe ich mein Gesicht in seine Richtung. »Enean, das Zeug war weder heiß noch hatte es irgendeinen Geschmack. Du bist ein grauenhafter Krankenpfleger.« Nun, zumindest hat mich das kalte Wasser vor Brandblasen bewahrt. »Wo sind wir?«

Er wischt über mein Schlüsselbein und verteilt seine Sauerei dadurch nur umso mehr. »Na, auf der Flucht. Ich habe dich per Druckpunkt k. o. gesetzt und so deinen Tod vorgetäuscht.«

»Du hast *was?*« Meine Kopfschmerzen sind zurück. »Was stimmt nicht mit dir?!«

Er spielt mit einer meiner Strähnen. »Ach, so dies und das.«

Stöhnend schließe ich die Lider. »Sag mir bitte, dass ich nur geträumt habe, du hättest deine Identität vor halb Iron Claw herausposaunt und im gleichen Atemzug den Mord an einem Leutnant gestanden, den du nicht begangen hast.«

Große Hände umfassen meinen Körper, lösen einen Meteoritenschauer in meinen Nervenbahnen aus. »Also ... willst du ein Bad nehmen?«

»Also ... willst du mir erklären, was du dir dabei gedacht hast?«

»Ist das ein Nein zum Bad?«

»Das ist ein *Was zum Henker* zu deinem fragwürdigen Charakter und ein Ja zum Bad. Ich fühle mich, als hätte irgendein Idiot mich ausgeknockt.«

»Ja? Was für ein Arschloch.« Tiefer schiebt er seinen Arm unter meinen Rücken, den anderen hakt er unter meine Knie, um mich hochzuheben. Sein amüsiertes Schnauben bringt seine Brust zum Vibrieren und sorgt dafür, dass ich mich mit geschlossenen Augen an die Stelle schmiege, hinter der sein Herz für mich schlägt.

»Enean, ich bin durchaus dazu imstande, selbstständig zu gehen.«

Er presst mich fester gegen seinen Körper, als er mit mir im Schlepptau aufsteht. Ich fühle mich wie in einem Kokon aus Liebe und Licht, aus Freiheit und Wahnsinn. Obwohl ich noch ein klitzekleines bisschen sauer bin, kuschle ich mich enger an ihn.

»Ich für meinen Teil bin aber nicht dazu in der Lage, dich je wieder loszulassen«, gesteht er und bugsiert mich durch eine Tür. »Du hast mir eine Scheißangst eingejagt, Love. Ahnst du auch nur, wie viel Zeit es mich gekostet hätte, in diesem Körper ganz Iron Claw in die Luft zu jagen, um deinen Tod zu rächen?«

»Ich habe eine vage Ahnung.« Mit den Fingern spiele ich am Revers seines mit einer Kordel zusammengehaltenen Leinenhemdes. »Ist Prejudice tot? Oder ist sie wieder im Schattenreich, wo sie deine Entführung plant?«

»Prejudice kann sehr gut auf sich selbst aufpassen. Sie ist sicher … irgendwo.«

»Irgendwo ist der perfekte Ort für sie«, entgegne ich zufrieden. »Wo sind wir, Enean? Was ist mit Wren und Pearse? Und mit Sâl? Was ist mit dem Krieg, wo sind die Schattenwandler?«

Enean setzt sich auf den Rand von etwas Ovalem, offenbar einer frei stehenden Wanne. Er beugt sich zurück, vermutlich, um an dem Hahn zu drehen. Kurz darauf höre ich Wasser sprudeln. Heißer Dampf streichelt meine Haut, benetzt mein Gesicht. Erst da realisiere ich, wie gerädert ich mich fühle.

Eneans Daumen fährt über meine Unterlippe. Diese winzige Geste genügt, damit mein Innerstes sich zusammenzieht. »Wir sind in einem Bad und du hast viel zu viel an.« Seine warme Hand streicht über meinen Hals, meinen Arm entlang, ehe sie an meinem angewinkelten Oberschenkel liegen bleibt.

Niemals habe ich meinen Körper präsenter wahrgenommen. Obwohl mein Atem unregelmäßig wird, als seine in den letzten Monden rauer gewordenen Fingerkuppen den Stoff meines Nachthemdes hochschieben, spielerisch über meine nackte Haut tanzen, zwinge ich mich, mich auf das Wesentliche zu konzentrieren.

Ich umfasse seine Hand mit meiner und zwinge ihn, innezuhalten. »Enean, die Wahrheit. Jetzt.«

Der Schattengott stößt ein tiefes Seufzen aus, lehnt sich noch einmal leicht zurück und schraubt an den quietschenden Wasserhähnen herum, um die Temperatur zu regulieren. »Na schön. Wir befinden uns seit einiger Zeit in einem vielleicht schon und vielleicht nicht leer stehenden Haus oben im Nordwesten, bei den Menschensiedlungen am Stadtrand.«

Sofort zieht sich mein Herz schmerzhaft zusammen, als wüsste mein Körper ganz genau, mit welchen Emotionen mein Gehirn welche Erinnerungen verknüpft hat. »An diesem Ort habe ich mit meinen Eltern gelebt.«

Enean zuckt zurück, als hätte ich ihn geschlagen. »Oh fuck, Love, ich bin so ein Idiot. Ich hätte nicht …«

Ich richte mich in seinen Armen auf, ziehe ein Bein zur Seite, sodass ich rittlings auf seinem Schoß sitze. Zärtlich schlinge ich die Arme um seinen Hals und küsse ihn auf die Stelle, an der ich seinen Mundwinkel vermute. »Wir können nirgendwo sonst hin, du hast alles richtig gemacht. Die Arzaê stehen unter Okons und Achĕş' Kommando, sie würden uns sofort verpfeifen. Und in Dall würden sie als Erstes suchen, da es an die Schattenbarriere angrenzt. Du hattest keine andere Wahl, Enean.«

Schweigend fährt er meinen Rücken auf und ab. Die Bewegung in Verbindung mit dem das Badezimmer füllenden Dampf lullt mich ein in eine süße Schwere, die ich mir schon lange nicht mehr erlaubt habe. Als er erneut meine Wirbelsäule nachzeichnet, halte ich plötzlich inne. »Die Peitschenhiebe! Banister hat … Weshalb habe ich keine Schmerzen?« Nicht gerade elegant verrenke ich meinen Arm, um meinen Torso abzutasten. Alles aber, was ich spüre, sind verheilte Narben. »Wie ist das möglich, was hast du getan?«

Er dreht das Wasser ab und zieht meine Hand zurück an seine Brust. »Warum soll ich immer irgendetwas getan haben?«

Wortlos hebe ich eine Braue.

»Na schön, schon gut. Ich habe in Dall einen Heiler aufgetrieben. Du warst zwei Sonnenläufe lang bewusstlos, Love. Ich war nur einen weiteren davon entfernt, diese verdammte Zitadelle kurz und klein zu schlagen.«

Fassungslos starre ich ihn an. »Ich war *was?*«

Sein Griff wird fester. »Nachdem wir aus dem Fenster gestürzt sind und Thuja uns aufgefangen hat, bist du nicht mehr zu dir gekommen. Alles war voller Blut, du hast nur schwach geatmet. Ich habe nicht die geringste Ahnung, wie du es geschafft hast, Banister abzustechen, geschweige denn überhaupt aufzustehen.« Er umfasst mein Gesicht, seine Arme beben. »Ich dachte, ich hätte mein Universum verloren.«

Ich schenke ihm ein leises Lächeln. »Banisters Peitsche hat mich noch nie umgebracht, Enean. Das ist nicht sein Ziel.« Irgendwie habe ich jetzt die Stimmung gekillt. Auffordernd strecke ich beide Arme über den Kopf und werfe ihm einen erwartungsvollen Blick zu.

»Tu nicht so, als wäre es normal, anderen das Fleisch von den Knochen zu peitschen, Love. Hättest du ihn nicht getötet, hätte ich es getan.« Quälend langsam streift er mir das Nachthemd über den Kopf. Obwohl der Raum vollends aufgeheizt ist, überkommt mich eine Gänsehaut. Enean zieht andächtig Luft ein, als mein einziges Kleidungsstück auf dem Boden landet.

Ich beuge mich vor und lege die Hände seitlich an seinen Hals. Sein Puls rast und ich drücke mich ein klein wenig fester in seinen Schoß. »Ich weiß. Und hättest du es nicht getan, wären Wren oder Pearse dir zuvorgekommen. Ich weiß das, Enean. Deswegen musste ich es tun. Um euch zu schützen. Wren und Pearse wären als Hochverräter hingerichtet worden.«

»Sie hätten Wren getötet, um dich zu kriegen«, überrascht er mich. »Ich musste die Schuld auf mich nehmen, verstehst du? Es war die einzige Möglichkeit, heil aus der Sache herauszukommen.«

»Sie werden dich jagen.«

»Dann müssen sie sich hinten anstellen. Wusstest du, dass ich der meistbegehrte Mann Solitudes bin?«

Grinsend rutsche ich von seinen Oberschenkeln und reiche ihm eine Hand. »Ich weiß, dass du der meistbegehrte Mann in diesem Badezimmer bist.«

Er stößt ein tiefes Knurren aus, greift sich über die Schulter und zieht sich das Hemd über den Kopf. »Ich bin der *einzige* Mann in diesem Badezimmer«

Meine Mundwinkel zucken. »Dein Glück.« Ohne auf ihn zu warten, taste ich nach dem Rand der Wanne und steige hinein. Sofort umhüllt heißes Wasser meine Oberschenkel und entlockt mir ein genüssliches Stöhnen.

»Toll. Jetzt bin ich nicht nur eifersüchtig auf imaginäre Männer, sondern auch auf das Wasser.«

Ich sinke auf die Knie und rutsche ganz nach vorne, als er hinter mir in die Wanne steigt. Prompt läuft diese über, aber es kümmert mich nicht. Ich warte, bis er die Beine ausgestreckt hat, ehe ich zurückrutsche und mit dem Rücken gegen seine Brust sinke. Sofort überkommt mich das süße Flüstern nach Heimat.

»Klingt nach einem super Slogan für deine nächste Kandidatur.« Ich kann regelrecht spüren, wie die Hitze meine Muskeln erfasst. Der Heiler muss ganze Arbeit geleistet habe, ich spüre nichts mehr von meinen Verletzungen.

»Wollte ohnehin umschulen.« Enean drückt einen Kuss auf meinen Scheitel, ehe er beginnt, mir mit einer Hand den Nacken zu massieren.

Stöhnend stütze ich das Kinn auf die Brust, um ihm mehr Spielraum zu geben, während seine freie Hand Kreise auf meinem Bauch zieht. Ein wohliger Schauder jagt über meine Haut. »Sollte ich vor dir sterben, lass das meine Höllenschleife sein.«

Er schnaubt in mein Haar. »Ich kann dir aus erster Hand versichern, dass die auf der anderen Seite nicht so aussehen wie das hier.«

Ich schiebe seine Hand tiefer, winde mich in seinem Schoß. Seine Härte presst sich gegen meinen unteren Rücken und treibt mich in den Wahnsinn. Ich beiße so fest auf meine Unterlippe, dass ich Blut schmecke. »Der Schattengott ist bei mir. Der Boss der fiesen Kerle. Zudem bin ich übelster Folter ausgesetzt.« Ich dirigiere seine Hand, wobei ich seine rauen Fingerkuppen genau an die Stelle führe, an der ich sie brauche. Doch kurz bevor er sie erreicht, hat er allen Ernstes die Frechheit, in der Bewegung innezuhalten.

Fluchend stoße ich mit dem Becken zurück und entlocke diesmal ihm ein verlangendes Knurren. »Wenn das nicht als Höllenschleife zählt, dann weiß ich auch nicht.«

»Mein Stern, du lagst gerade noch im Sterben. In deinem Haar klebt getrocknetes Blut.«

»Und dieser Mistkerl von Schattengott gibt mir nicht, was ich brauche. Ich verstehe deinen Punkt: Ich werde absolut ungerecht behandelt.«

Das Kneten an meinem Nacken stoppt – muss ich jetzt etwa

auch noch meine Massage aufgeben? Unmöglichen Zuständen bin ich ausgesetzt, ich muss schon sagen.

»Dieser *Mistkerl von Schattengott* würde dich liebend gern in jedem Winkel dieses verfluchten Hauses nehmen, zumal eine gewisse Schattenassassinin ihn mit ihrem Herumgerutsche in den Wahnsinn treibt.«

Stirnrunzelnd drehe ich den Kopf so weit wie möglich in seine Richtung. »Aber?«

»Fuck, Louve, ich dachte, du stirbst.« Mit diesen Worten stößt er zwei Finger zugleich in mich. Sofort ziehen sich meine Muskeln um ihn zusammen. Ein Schrei entkommt meiner Kehle, wird aber sofort von Eneans Hand erstickt. Sanft biegt er meinen Kopf zurück und dreht mein Gesicht so, dass ich seinen heißen Atem spüre.

»Wenn ich dir den architektonischen Schnitt des Hauses auf diese Weise näherbringen soll, solltest du besser still sein, bevor die Nachbarn antanzen.« Ohne seine Hand von meinem Mund zu lösen, bewegt er seine Finger zwischen meinen Oberschenkeln. Jeder Gedanke, jede Sorge, weicht aus meinen Gehirnzellen, als sich honigsüßer Nebel um meinen Verstand legt und mein Körper Wachs in Eneans muskulösen Armen wird.

»Kannst du das für mich tun?«, raunt er an meinem Ohr und entlockt mir ein Wimmern, als er den Knöchel seines Daumens gegen meine empfindlichste Stelle drückt. Wie in Trance nicke ich.

»Brave Killerin.« Ganz langsam schiebt er seine Hand von meinen Lippen, um sie mit seinen zu bedecken. Gierig sauge ich seinen Geschmack nach Dunkelheit und Heimat ein, koste das vertraute, ambivalente Gefühl nach Sicherheit und Gefahr, welches nur er in mir auszulösen weiß. Seine Zunge stößt gegen meine. Mit seiner nun freien Hand umkreist er meine Brüste, während die andere mich geradewegs in die

Besinnungslosigkeit treibt. Ich keuche seinen Namen zwischen seinen Küssen, was ihm einen gierigen Laut entlockt. Er erhöht die Geschwindigkeit seiner Bewegungen so stark, dass ich fürchte, zwischen der Hitze des Bades und meiner Ekstase jeden Augenblick das Bewusstsein zu verlieren. Ich strecke beide Arme über meinen Kopf, vergrabe meine Finger in seinem weichen Haar und biege den Rücken durch, wodurch noch mehr Wasser über den Wannenrand schwappt.

Eneans Lippen finden die Stelle unterhalb meines Ohres und ziehen eine Spur prickelnder Bisse und sündiger Küsse.

»Du bist mein Leben, Love. Du bist mein Universum, jeder einzelne Stern und jede verfluchte Lücke dazwischen. Du bist mein Sauerstoff, wenn ich zu ertrinken drohe, und das Wasser, wenn ich brenne. Jeder meiner Herzschläge gilt ganz allein dir. All meine Gedanken, Sehnsüchte und Wünsche gehören dir. Würden Seelen zerrissen geboren, so wärst du meine fehlende Hälfte. Du bist alles, Love. Du bist *mein* Ein und Alles. Ich liebe dich. *Dein Lächeln im Sternenstaub.*«

Als seine Lippen erneut meine finden, explodiert mein letzter Widerstand – und ziemlich sicher jeder Stern, von dem er eben gesprochen hat.

Erschöpft sinke ich auf ihm zusammen, mein Schrei tief in seiner Kehle. Ich erlaube mir, die Augen zu schließen, mich ganz diesem Gefühl von Ewigkeit, Zufriedenheit und – ich wage es kaum auszusprechen – Glück hinzugeben. Enean schlingt einen Arm um meine Taille und hält mich in meinem Zustand absoluter Schwerlosigkeit über Wasser, während er zärtlich meine Schläfe liebkost.

Ohne die Lider zu öffnen, ziehe ich seine Knöchel an meine Lippen und bedecke jeden einzelnen mit einem Kuss. »Kein Wort der Welt kann beschreiben, wie viel du mir bedeutest. Trotz allem, mein Schattengott. Ganz gleich, in welchem

Körper du steckst. Ich liebe dich dafür, dass du die Schuld an Banisters Mord auf dich genommen hast, und gleichzeitig will ich dir für deine Leichtsinnigkeit den Kopf abreißen.« Ich drehe mich in seinen Armen, um meine Lippen auf die pulsierende Stelle an seinem Hals zu drücken. »Ich will nur, dass du weißt, niemals hätte ich dich mehr lieben können als in diesem Augenbl…«

Holz splittert, trifft meine nackte Haut. Mit einem gewaltigen Rums fliegt die Badezimmertür aus den Angeln.

42. Kapitel

Enean

***Posaunenspatz, der**: typischer Singvogel Solitudes; Größe: fingerlang; Gefieder: Farbpalette rot/orange/gelb; Lebensdauer: Frühling bis Sommer*

Ich beuge mich über den Wannenrand, schnappe mir eine meiner Waffen und werfe zwei Dolche in kurzer Folge auf den Angreifer.

Doch statt ihm ist es die Frau in meinen Armen, die fluchend aufschreit. Alarmiert suche ich nach einem Pfeil oder Wurfstern in ihrer Haut. Dunkles Blut rinnt über ihre bronzefarbene Haut und färbt das Wasser rot.

Louves Hände schnellen zu ihren frischen Wunden, je ein Schnitt prangt unterhalb ihrer Schlüsselbeine. »Was …«

»Bei der Barriere!«, schimpft der Eindringling und reißt sich meine Dolche aus dem Fleisch. »Hast du den Verstand verloren?«

Perplex blicke ich zwischen Louve und dem Idioten in Schattenassassinen-Uniform hin und her. »Ob *ich* den Verstand verloren habe?! Alter, du hast gerade die gottverdammte Badezimmertür zertrümmert! Schon mal was von Klopfen gehört?«

»Oh, gütiger …« Die Arme vor der nackten Brust verschränkt, sinkt Louve bis zum Kinn in die Badewanne. »Verschwinde, Wren! Wie du siehst, sind wir beschäftigt.«

Anstatt sich respektvoll zurückzuziehen, hat der Kerl allen Ernstes den Nerv, einen weiteren Schritt in den Raum zu setzen. »Du stürzt bewusstlos am Hals unseres Erzfeindes aus einem Fenster des höchsten Gebäudes der Stadt, verschwindest volle zwei Sonnenläufe lang – nur weil ich noch atme, weiß ich, dass du am Leben bist! Und während ich vor Sorge umkomme, vergnügst du dich in einer Badewanne, in einem Haus, in das ihr unbefugt eingebrochen seid!?«

Ich bin versucht, nach einer weiteren Waffe zu greifen, halte jedoch angesichts von Louves blutenden Wunden inne. Wütend knirsche ich mit den Zähnen. Ich hasse diese verdammte Verbindung mehr als Wasser im Hemdsärmel und Sand in den Socken zusammen.

Louve richtet sich auf und kämmt sich das Haar aus dem Gesicht. »Für Sex in der Badewanne muss man sich nicht rechtfertigen.«

Besitzergreifend schiebe ich mich vor sie, um ihren Körper abzuschirmen. »Und überhaupt, wie soll man deiner Ansicht nach *befugt* einbrechen?«

»Beim Nachtwaran, Wren, du überdramatisierst wieder einmal.« Die Schattenassassinin mit dem zu zahllosen Zöpfen geflochtenen nachtblauen Haar schiebt sich an ihm vorbei. Durch die offene Tür dringt der Singsang eines Schwarms Posaunenspatzen, die schon bald dem Frost erliegen werden. Hinter Sâl taucht der gruslige Typ mit dem auf die Lider tätowierten Extrapaar Augen und einem gigantischen Bedarf an Insektenvernichtungsspray auf. Leicht die Stirn runzelnd, erfasst er die Situation, ehe er sich desinteressiert verzieht. *Guter Mann.*

Mit gerümpfter Nase lugt Louve über meine Schulter. »Erstaunlich, wie viele Personen uns nackt sehen wollen, findest du nicht?«

Brummend zucke ich mit der Schulter. »So erstaunlich

finde ich das gar nicht. Schließlich ist die halbe Stadt mit Decan Roughcrests Gesicht tapeziert. Und du bist eine zwölf von zehn.«

Grinsend schlingt sie von hinten ihre Arme um meinen Hals und knabbert an meinem Ohr. »Nur eine zwölf?« *Heilige …*

Etwas Weiches fliegt mir ins Gesicht.

»Ihr habt wirklich überhaupt kein Schamgefühl.«

Mühelos fange ich das Handtuch auf und steige aus der Wanne. Doch anstatt es mir um die Hüften zu schlingen, breite ich es aus und wickle Louve darin ein. Sofort färbt sich der weiße Stoff rot. Alles Wrens Schuld. Und dann belohne ich ihn auch noch unverdienterweise mit dem Anblick meines Hinterns.

Sâl stößt einen Pfiff aus. »Wow, Louve, jetzt verstehe ich, weshalb du unbedingt mit unserem Erzfeind durchbrennen musstest. Er ist *heiß*. Level Vulkanausbruch.«

Über die Schulter werfe ich ihr ein anerkennendes Grinsen zu. »Danke sehr.«

»Das ist nicht einmal sein Körper.« Mürrisch verschränkt Wren die Arme vor der Brust und dreht sich weg. »Können wir damit aufhören, es zu normalisieren, dass Louve mit dem Schattengott abhängt?«

Sâl verpasst ihm einen Hieb mit dem Ellbogen. »Und können wir damit aufhören, es zu normalisieren, dass wir Louve vorschreiben, wie sie ihr Leben zu führen hat?«

Louve drückt das Handtuch an ihre perfekten Brüste. »Wie habt ihr uns gefunden?«

Der verrückte Falkenkerl deutet auf seinen Nacken. »Dòchaş-Verbindung? Du hättest spüren müssen, dass wir kommen.«

»Nun, du hast ja auch nicht gespürt, dass *ich* komme.« Ein warnendes Lächeln huscht über Louves Mundwinkel, als sie den verfärbten Stoff seitlich feststeckt. »Und jetzt verschwindet, damit wir uns etwas anziehen können. Dieser Mann gehört mir. Ihr werdet ihn weder ausliefern noch angreifen und schon gar keine imaginären Schnappschüsse von seinem Hintern abspeichern, sonst kriegt ihr es mit mir zu tun.«

»Sie ist verrückt geworden«, murmelt Wren, als Sâl ihn mit einem Tritt in die Kniekehle nach draußen bugsiert. »Wir warten vor dem Haus.« Entschuldigend nickt sie zu der zertrümmerten Tür, ehe sie allesamt aus unserem Sichtfeld verschwinden.

Ich seufze ausgiebig. »Kannst du dir nicht neue Freunde suchen? Diese sind … eigenartig. Und zwar nicht auf die gute Weise.«

Aus einem Regal neben den beiden Marmorwaschbecken fische ich einen Verbandskasten, ehe ich mich endlich abtrockne. Dann beginne ich, ihre Stichwunden zu versorgen.

»Dürfte ich dich daran erinnern, dass ich deinem *Beste-Freunde-für-immer*-Aschegeier über die Barriere helfen musste und sich deine *sonst was* im Körper des Mörders meiner besten Freundin herumtreibt?« Louve tupft sich das Gesicht, ehe sie sich durch das nasse Haar rubbelt. »Wenn du eigenartige Freunde haben darfst, steht mir ja wohl mindestens die gleiche Anzahl zu.«

Mit schwerem Herzen binde ich mir das Handtuch um die Hüften, klebe Kompressen auf Louves Haut, und umfasse ihr Handgelenk, um sie zu mir zu ziehen. »Ich wusste nichts von Grías Tod. Es tut mir so unendlich leid, Love. Ich hätte für dich da sein müssen.«

Nachdenklich kaut sie auf ihrer Unterlippe. Doch statt dem elektrisierenden Verlangen zwischen uns nachzugeben, entzieht sie sich mir. »Das hättest du. Du schuldest mir noch immer eine Erklärung, Enean. Und ich bete für dich, dass sie verdammt gut ist.«

»Ich verspreche dir, dir noch vor Athaírs Untergang alles zu erzählen. Allerdings wäre es mir lieber, dabei nicht von einem Haufen Schattenassassinen belauscht zu werden, die wie die Geier auf meine Schwachstelle lechzen.« Erneut halte ich ihr meine Hand entgegen und jubiliere innerlich, als sich ihre Finger – wenn auch zögerlich – um meine schließen.

»Mein Vertrauensvorschuss dir gegenüber ist inzwischen höher als Iron Claw, Schattengott. Lass es mich nicht bereuen.«

Wie um ihre Worte zu unterstreichen, verringert sie den Abstand zwischen uns auf ein Minimum, ihre Handflächen streichen über meine erhitzte Brust. Jeder meiner Herzschläge gilt allein ihr. Ich ziehe sie an mich, einen Arm um ihre Taille, einen auf ihrem oberen Rücken, und zeichne kleine Kreise auf ihrer nackten, nach den ätherischen Ölen des Bades duftenden Haut.

Es sind jene kostbaren Augenblicke, die mich daran erinnern, weshalb ich all das tue. Dieses ganz besondere Gefühl, wenn man abends auf die Straße tritt, den Kopf hebt, und der Himmel in einem Meer aus Sternen erstrahlt. Der Geruch der ersten Frühlingsblumen nach einem langen Winter, die Gewissheit, dass das endlose Zittern und Beben endlich ein Ende hat. Louves schwereloses Sternenlachen, wenn sie glaubt, dass niemand hinsieht. All das und noch viel mehr weckt diese Frau in mir. Und ich wäre ein Narr, würde ich ihr nicht jede einzelne Rose dieser Welt zu Füßen legen.

Zwischen ihren Brauen bildet sich diese winzige *Ich-überdenke-alles-hundertzweimal*-Falte, die ich am liebsten mit meinen Lippen glätten würde. »Keine Geheimnisse mehr, Enean. Versprich es mir nicht. Schwör es.«

Ich hebe ihr Kinn mit Daumen und Zeigefinger an. Ihre von meinen Küssen noch geschwollenen Lippen öffnen sich. »Ich schwöre es bei meinem Leben.«

Sie befeuchtet ihren Mund, bei dieser Geste fließt mein Blut überallhin, nur nicht in mein Gehirn. Ich versuche mich darauf zu konzentrieren, ihre blassen Sommersprossen entlang der Wangenknochen zu zählen und verliere bereits bei *eins* den Faden.

Louves aufgewärmte Finger fahren meinen Torso entlang, über mein Schlüsselbein, brennen unsichtbare Linien auf meine Haut. »Schwöre es nicht bei deinem Leben. Ich weiß, dass es dir nichts bedeutet.« Sie umfasst mein Kinn, um mein Gesicht zu sich hinabzuziehen. Gleichzeitig stellt sie sich auf die Zehenspitzen, hebt den Kopf, sodass ich ihre Worte auf meinen Lippen spüren kann. *Fuck.* Niemals habe ich mich verlorener, niemals mehr gefunden gefühlt.

»Ich bin ein achthundert Zyklen alter Gott, meine Anhänger sind mutierte Schatten. Ich bin der Erzfeind der Lebenden, weil sie sich einbilden, ich würde ihnen ihre Liebsten absichtlich stehlen, anstatt nur über sie zu herrschen.« Ich lehne meine Stirn gegen ihre. »Was kann ein solches Leben schon bedeuten?«

Ungläubig holt sie Luft, ihre Finger zucken leicht in meinem Nacken, ehe sie sich in meinem Haar zur Faust ballen. »Wenn die Dunkelheit am lautesten nach dir ruft und du beinahe gewillt bist, ihr nachzugeben, wirst du bleiben. Du wirst verdammt noch mal am Leben bleiben. Für diejenigen dort draußen, die dich brauchen, um ihr eigenes Licht zu finden. Und für dich. Dein Leben, Gott der Schatten, ist mein Geschenk, meine Belohnung, meine Gnade. Und wenn du fällst, werde ich dein verdammtes Seil sein. Athaír und Sôl finden dich selbst in der finstersten Nacht, weil du mein Licht bist.« Mit eiserner Miene fixiert sie mich. »Verstanden?«

Manchmal kann man Herzen brechen hören. Spüren, wie sich die Dämonen aus deiner Dunkelheit befreien, um in das

Licht eines anderen zu fliehen. Ich vermag nicht in Worte zu fassen, was Louves Versprechen in mir auslöst. Doch ganz gleich, wie man dieses Gefühl von Ewigkeit und Aufatmen auch nennen mag – es war niemals für eine Kreatur wie mich bestimmt. Nicht, bis ich sie traf.

»Wobei soll ich dann schwören, mein Stern?«

Sanft fahren ihre Lippen über meine, jagen mir Tausende winzige Sternschnuppenschauer über die Wirbelsäule. Mein Herz vergisst zu schlagen. »Bei meinem Leben, Schattengott. Denn es hat dir immer am meisten bedeutet.«

Als sie mich erneut küsst, ist jegliche Zurückhaltung verschwunden. Sanftheit wird zu Gier, Liebe zu Sein. Ihre Fingernägel graben sich in meinen Nacken, ziehen blutige Striemen über meine Haut, krallen sich in meinen Rücken, als versuche sie, darin zu verschwinden.

Mit einer raschen Bewegung reiße ich ihr das Handtuch vom Körper und packe ihre Hüften, um sie atemlos auf den Waschbeckenrand zu schieben. Sofort schlingt sie ihre muskulösen Beine um meinen Unterleib, wobei sie mir mit den Füßen das Handtuch von den Hüften schiebt. Ihre Zähne vergraben sich so fest in meiner Unterlippe, dass ich Blut schmecke. Eine Mischung aus Flüstern und Stöhnen, aus Verlangen und Begehren entweicht ihrer Kehle, als sie ihre Fußknöchel an meinem Steißbein verschränkt und mir die Zunge in den Mund schiebt. Mit einem einzigen, groben Stoß verliere ich mich in ihr, entlocke ihr einen sündig köstlichen Schrei, den ich sofort mit einem tiefen Kuss dämpfe. Meine atemlosen Laute vermischen sich mit ihrem süßen Keuchen, ihre Hüften schlagen hart gegen meine. Später wird unser Begehren Male auf unsere Haut zeichnen. Der Gedanke an meine Signatur auf ihrem wunderschönen Körper bringt mich um den Verstand.

»Enean!« Louve unterbricht unseren Kuss, vergräbt ihr

Gesicht an meiner Schulter, krallt sich so fest an mich, dass ich kaum noch weiß, wo sie aufhört und ich beginne. Ihre Muskeln versteifen sich, als meine Stöße drängender, schneller, härter werden. Ich weiß nicht, ob sie mein Schlüsselbein küssen wollte, stattdessen jagt sie ihre Zähne in mein Fleisch. Obwohl ein feines Rinnsal Blut über meinen Oberkörper läuft, spüre ich keinen Schmerz, bin derart fokussiert auf die Frau in meinen Armen, dass ein Tsunami ganz Solitude unter sich begraben könnte, ohne dass ich auch nur das Geringste davon mitbekommen würde.

Atemlos rutscht sie auf dem Beckenrand so weit nach vorne, dass sie nur noch von meinen Oberschenkeln gegen den kalten Marmor gepresst wird. An meinem Hals zieht sie sich ein Stück nach oben, presst ihre Lippen auf meine und bringt mich durch den veränderten Winkel nahezu um. Knurrend packe ich ihren perfekt geformten Hintern und stoße so fest in sie, dass unsere Zähne gegeneinanderschlagen und sich ihr Unterleib mit einem letzten Schrei um mich zusammenzieht. Allein die Gewissheit, derjenige zu sein, der sie an diesen Punkt gebracht hat, genügt, um mich selbst in tausend Scherben zersplittern zu lassen. Ein letztes Mal bewege ich mich in ihr, koste jede einzelne ihrer Wellen aus, ehe ich keuchend mit ihr im Arm auf den Holzboden sinke.

»Fuck, das war ... intensiv.« Ohne meine Hände von ihren Hüften zu nehmen, lege ich mich auf den Rücken und erlaube mir, ein zwei Herzschläge lang die Lider zu schließen.

Louve stößt ein leises, atemloses Lachen aus. »Wenn es sich so anfühlt, wenn du etwas bei meinem Leben schwörst, kannst du das ruhig öfter tun.« Sie beugt ihren Oberkörper zu mir hinab, bedeckt meine sich schwer hebende und senkende Brust mit hauchzarten Küssen, ehe sie meinen Mund findet. »Aber glaub bloß nicht, dass du mich mit Sex ablenken kannst, Schattengott. Die Uhr läuft. Noch vor Athaírs Untergang bekomme ich meine Antworten.«

Und ich, der ihr in diesem Moment jede Blüte auf jedem Feld in jedem Königreich versprechen würde, nicke.

43. Kapitel

Louve

Violenbeere, die: *giftige Beerensorte; wird unter strenger Bewachung im Giftgarten Iron Claws angebaut; Größe: Nadelkopf; Wirkung: betäubend, weshalb sie in der Medizin hohen Anklang findet; Drogenmissbrauch unter jüngeren Schattenassassinen; kann Wahnvorstellungen auslösen*

Genervt stößt sich Wren von der Mauer ab. Kies knirscht unter seinen Stiefeln, irgendwo in der Ferne krächzt ein Schwarm Krähen. »Na endlich. Was hat da so lange gedauert?«

Mit dem Knöchel reibe ich mir über die Stirn. »Da uns Sex in der Badewanne untersagt wurde, mussten wir uns einen anderen Platz suchen.«

»Nicht dein Ernst!«

Kaum überquere ich die Schwelle ins Freie, dringt mir die Kälte des tiefsten Winters in die Knochen. »Was zum …« Perplex schlinge ich die Arme um meinen Oberkörper.

Als sich von hinten ein weicher Mantel um meine Schultern legt, hätte ich vor Erleichterung beinahe aufgestöhnt. Dankbar schlüpfe ich in die viel zu großen Ärmel und lehne den Kopf an Eneans Brust, genieße das Gefühl seines Herzschlags an meiner kalten Wange.

»Während des Angriffs auf Solitude kam es zu … Unannehmlichkeiten«, sinniert er.

Skeptisch hebe ich eine Braue. »Auf einer Skala von *Die Erdnussbutter ist alle* bis *Die Schattenwandler haben die halbe Stadt zerstört* – was genau bezeichnest du als *Unannehmlichkeit?*«

Enean zieht mich mit dem Rücken an sich und schlingt die Arme um meine Hüften. »Ich bin kein Freund von Differenzierungen.«

Mein Misstrauen ist geweckt. Bei seinen Worten schrillen alle meine speziell auf ihn ausgerichteten Alarmglocken. »Bekomme ich ab jetzt jedes Mal einen Preis, wenn ich dich fragen muss, was du schon wieder angerichtet hast?«

Neckisch finden seine Zähne mein Ohr und entlocken mir ein Kichern. »Kommt darauf an. Darf ich die Art des Preises festlegen?«

»Bevorzugt ihr es, wenn ich euch direkt auf den Fußabstreifer kotze, oder sind euch eure Stiefel lieber?« Wie um Wrens Worte zu unterstreichen, zucken Rhyns Schwingen auf den Schultern seines Herrn. Instinktiv fahren meine Finger zu meinem unteren Rücken. Rhyn und Thuja müssen sich getrennt haben und zurück in unsere Körper gefahren sein, als ich ohnmächtig wurde.

Enean schnaubt. »Irgendwann werde ich mir einen ganzen Sonnenlauf Zeit nehmen, nur um dir permanent zu folgen und bei jedem einzelnen Blinzeln in Richtung eines weiblichen Wesens einen dummen Kommentar abzugeben.«

Erneut knirscht Geröll, Schritte nähern sich. Ich hebe den Kopf. Zwei Silbersilhouetten schlendern auf uns zu. »Klingt witzig. Kann ich mich anschließen?«, gibt Sâl ihren Senf dazu und rammt Hayris amüsiert den Ellbogen in die Rippen.

Beim Klang ihrer Stimme verflüchtigt sich meine Anspannung. Ich kann regelrecht spüren, wie meine Muskeln in sich zusammensinken. Ehe ich mich's versehe, bewege ich mich auf sie zu und ziehe sie an mich. »Geht es dir gut? Haben die Schattenwandler dich erwischt?«

Sâls Zöpfe kitzeln auf meinem Gesicht, sie ist ein gutes Stück größer als ich. Der Geruch nach aufgewühlter Erde, Winterfrost und einer Prise Orangenblüte steigt mir in die Nase. Zu spät bemerke ich das Brennen in meinen Augen.

»Bei den Göttern. *Heulst du?*« Ungläubig drückt mich Sâl an den Schultern von sich. »Und ich dachte schon, du wärst ohne Tränendrüsen zur Welt gekommen.«

Grinsend fahre ich mir mit dem Unterarm über die Lider. »Ich hatte nach dem Angriff Angst um euch, das ist alles.«

»Na, wieder mal zu viele Violenbeeren geschnupft?« Schockiert schiebt mich Sâl beiseite, marschiert auf Enean zu und piekst ihm in die Brust. »Was hast du mit unserer skrupellosen Killermaschine gemacht?«

Amüsiert verschränkt er die muskulösen Arme vor der Brust. »Du meinst wohl eher, wie, wann und wo habe ich es ihr …«

Das ist ja die Höhe! *»Enean!«*

Plötzlich ist es totenstill. Man könnte eine Stecknadel fallen hören.

Mit gerunzelter Stirn beäuge ich die anderen. Enean steht stocksteif im Türrahmen seines gekaperten Hauses. Wren vergräbt das Gesicht in den Händen, als stände er kurz vor einem dreifachen Nervenzusammenbruch. Sâl scheint vergessen zu haben, wie man richtig atmet. Zu meiner Überraschung ist es ausgerechnet Hayris, der die eingefrorenen Sanduhrkörnchen wieder in Bewegung setzt. *»Vive!«*

Zu spät wird mir bewusst, dass ich Enean soeben vor den Ohren aller bei seinem richtigen Namen genannt habe. *Verflucht.* Was mache ich jetzt?

Binnen eines Wimpernschlags preschen Dutzende daumenlange Nachtfalter aus Hs Rücken. Durch meine eingeschränkte Wahrnehmung wirkt es auf mich, als würden sich seine Silberkonturen zu diffusem Rauch auflösen, weil sich ein riesiger Schwarm Insekten aus seinem Inneren frisst.

Schon bilden die Viecher einen flatternden Schwarm über seinen Schultern, formen sich zu einer einzigen bedrohlichen Masse, während ihr Herr mit einem Brüllen auf Enean zurast, das ich diesem ruhigen, besonnenen jungen Mann nie zugetraut hätte. Enean muss entgangen sein, dass seine übernatürlichen Kräfte irgendwo mit seiner Bestiengestalt im Schattenreich verendet sind, denn er zieht irgendein irrwitziges Gefuchtel mit den Armen ab. Gerade noch rechtzeitig reißt Sâl mich aus der Schussbahn, als der Schwarm den Schattengott umnietet. Krachend landet er im Inneren des Hauses und stößt eine ganze Reihe Flüche aus, die seinem Titel alle Ehre machen.

Instinktiv taste ich nach dem Armreif alias angeblichem Relikt, bis mir wieder einfällt, dass ich ihn während der Schlacht verloren habe. Zu meiner Überraschung spüre ich jedoch eine wulstige Erhebung, fast wie eine Narbe, die sich rings um mein Handgelenk zieht, genau an der Stelle, an der zuvor das Schmuckstück saß. Wie ist das möglich?

Enean muss dasselbe denken, denn noch während er aufspringt und sich nicht gerade anmutig von den Viechern befreit, streckt er seine Hand nach mir aus. »Louve, ich brauche dich!«

Kopfschüttelnd ziehe ich den Mantel über mein Handgelenk. »Vergiss es, ich fackle ganz bestimmt nicht mein eigenes Team ab, nur weil du Mist gebaut hast. Entschuldige dich einfach bei H, für was auch immer du ihm angetan hast, und …«

»Ich kenne den Kerl überhaupt nicht! Vor der Sache mit dem Aasdrachen habe ich ihn noch nie gesehen.« Er duckt sich unter dem kreisenden Schwarm hinweg, schüttelt den Arm aus, als wäre ihm irgendwas in den Ärmel gekrabbelt. *Urgh.*

»Du hast dir einen Gott geschnappt? Beeindruckend.« Sâl tritt neben mich, stützt sich auf meine Schulter und trommelt mit den Fingernägeln auf meinen Oberarm. »Vielleicht nimmt H den Zwischenfall mit dem Drachenherz persönlich?«, ruft sie Enean zu. »Immerhin wurden wir deinetwegen bei lebendigem Leib verschluckt.«

»Er hatte euch bereits gefressen, bevor ich ihm das Organ …« Der Schwarm trifft ihn im Gesicht, verschluckt seinen Oberkörper und bringt ihn erneut zu Fall. Muss scheiße sein, als fast eintausend Zyklen alter Gott plötzlich in einem wehrlosen Körper zu stecken. Die surrende Insektenbrut macht sich über ihn her wie Schmeißfliegen über einen Leichnam.

Okay, das geht mir jetzt doch ein bisschen zu weit. Ungehalten schüttle ich Sâls Hand ab und marschiere auf H zu, der wie ein Schlangenbeschwörer mit erhobenen Armen vor seinen Miniatur-Geistgefährten steht.

»Du hattest deinen Spaß.« Unsanft ramme ich ihm den Ellbogen in die Rippen und reiße an seinem Arm, wohl wissend, dass der Verlust seiner Konzentration die Kontrolle über seine Geistgefährten stört. Mit dem Zeigefinger pieke ich ihm in die Wange – oder glaubte zumindest, dass diese sich etwa dort befinden muss, denn plötzlich spüre ich irgendetwas Schleimiges unter meinem Nagel. *Igitt.* Bin ich etwa in seiner Nase gelandet?

»Louve, du bist widerwärtig.« Eiskalte Finger umfassen mein Handgelenk. Grundgütiger. Der Kerl fühlt sich wie frisch aus dem nächstbesten Grab gebuddelt an.

Wütend reiße ich mich los. »Ruf sofort deine Insekten zurück, Hayris. Ich liebe diesen Mann und wenn du ihm wehtust, tue ich dir weh.«

Irgendwo hinter mir zieht Wren scharf Luft ein, während Sâl ein entzücktes Quieken von sich gibt. Sie hat die Wahrheit bemerkenswert schnell weggesteckt.

Prustend schaufelt sich Enean aus den Faltern. »Trotz allem?«

Es dauert einen Moment, bis ich begreife, dass er mich meint. Mein Mundwinkel zuckt, als ich ein Schmunzeln unterdrücke. »Du bist ein zersplitterter, schwankender, tausendfach demolierter Scherbenhaufen im Auge eines Tornados, Schattengott.« Ich zwinkere ihm zu. »Aber niemals in der Geschichte hat etwas makellos Unversehrtes einen Krieg gewonnen. Kein Schwert auf dem Schlachtfeld. Und schon gar nicht das Herz einer Frau.«

Jemand – vermutlich Sâl – stößt einen zustimmenden Pfiff aus, während ein anderer – *hüstel* Wren *hüstel* – eklige Würgegeräusche zum Besten gibt.

Ungehalten gibt sich H mit einem entnervten *»Morte«* zufrieden, woraufhin seine Schattenschar zurück in seinen Körper stößt, das Abbild eines umgekehrten Exorzismus. Ganz ernst kann er es nicht gemeint haben, anderenfalls würde Enean nicht mehr aufrecht stehen.

Dieser ist auf den Beinen, noch bevor der letzte Nachtfalter verschwunden ist. H grob aus dem Weg rammend, stürmt er auf mich zu, reißt mich an sich und legt seine Handflächen mit einer Sanftheit auf meine Wangen, die so gar nicht zu dem ungebremsten Sturm seines Kusses passt. »Ich werde dein Licht in diesem wie in jedem deiner kommenden Leben sein, mein Stern.«

Etwas in mir bricht, erwacht aus der Asche meines Kummers, und stürzt zurück in das Licht, zu dem er mich macht.

Meine Fingerspitzen zittern an seiner Brust, und bei der Schattenbarriere, meine Finger zittern *nie*, sofern ich nicht dem Tode nahe bin. Keuchend löse ich meine Lippen von seinen, und bin doch nicht bereit, auch nur eine Handbreit von ihm zu weichen.

Mein sicherer Hafen namens Misstrauen jedoch schnippt mir ungehalten gegen die Schläfe. Hin- und hergerissen beiße ich mir auf die Zunge. »Du bist auf Bewährung, vergiss das nicht.«

Fast andächtig fährt sein Daumen meinen Kiefer nach und lässt mich schwer schlucken. »Wie könnte ich, wenn du doch jeder einzelne meiner Gedanken innerhalb des vergangenen Mondlaufs warst? *Dein Lächeln im Sternenstaub*, Love.«

»Rührend.« Hayris' kühler Tenor zerrt mich zurück in die Realität. »Und ganz gewiss nichts, was Roughcrest-Abschaum auch nur denken würde, geschweige denn laut aussprechen.«

Spöttisch lacht Wren von seiner Wachposten-Position an der Hausfassade auf. »Ach, und der Schattengott schon?«

Sâl tritt zwischen uns. »Spielt es denn eine Rolle, wer dich liebt, solange seine Liebe wahrhaftig ist?«

»Ja«, kommentieren H und Wren wie aus einem Mund.

»Der Schattengott ist unser Erzfeind, er ...«

H unterbricht ihn. »Ihr versteht mich falsch. Es ist mir vollkommen gleichgültig, ob der Kerl der Herr der Finsternis, ein Krokantverkäufer oder ein Milchkätzchen ist. Mir geht es einzig und allein um Decan Roughcrest.«

Wie bitte? Er hat ihn angegriffen, weil er Enean für Decan hielt?

»Weshalb?«, will dieser wissen. »Der Typ ist grottenlangweilig. Hat nur Gemüse zu Hause. Und *Brettspiele.*«

Ich rolle mit den Augen. »Ja, Enean. In Solitude neigen wir dazu, jeden kaltblütig zu ermorden, der auf Gemüse und Brettspiele steht.«

Obwohl der Gott nicht mehr alle Tassen im Schrank hat, macht es etwas mit mir, dass er beiläufig mit dem Daumen Kreise auf meinem Bauch zieht, ein ganzes Sternenmeer an Wunderkerzenfunken durch meine Nervenbahnen jagt, ohne dass es ihm bewusst ist. Ich lege meine vor Kälte schmerzende Hand auf seine, drücke sie noch fester an mich und errichte eine ganz andere Art von Schutzschild. Einen, der heller leuchtet als die Zwillingssonnen, mich mit Magie erfüllt und der Gewissheit, nicht fallen zu können, weil er der Wind unter meinen Flügeln ist, immer dann, wenn ich es selbst nicht sein kann.

Ich muss wissen, was damals wirklich geschehen ist. Als ich wartete und er nicht kam. Ich brauche endlich Antworten. Noch heute. Anderenfalls ...

»Nun, tut mir nicht leid, dich enttäuschen zu müssen, Assassine.« Eneans Bassbariton brummt an meiner Wange. »Aber Decan Roughcrest ist tot. Und um das vorwegzunehmen: nicht meinetwegen, sein Bruder hat ihn abgemurkst.« Ungläubiges Luftholen von allen Seiten. »Ich fürchte, was auch immer du mit ihm zu besprechen hast, bleibt für immer ein Geheimnis zwischen dir und deinem Therapeuten.«

Hayris stößt ein trockenes Lachen aus. »Tot oder lebendig, was kümmert es mich? Alles, was ich will, ist Zugang zum Roughcrest-Tower. Wissen sie, dass du nicht Decan bist?«

Enean nickt, nur um daraufhin den Kopf zu schütteln. »Achĕş hat eine Vermutung, die er nicht beweisen kann. Donna und Okon haben keine Ahnung.«

Mir fällt auf, dass er Rumían mit keinem Wort erwähnt. Offenbar steht der Junge nach wie vor unter Eneans Schutz.

»Was hast du mit den Roughcrests zu schaffen, Hayris?«, will Wren wissen.

Erst jetzt realisiere ich, dass niemand von uns H je nach seiner Geschichte gefragt hat. Klar, er er muss eines gewaltsamen Todes gestorben sein, sonst wäre er jetzt keiner von uns. Doch gingen wir davon aus, dass er ... dass wir ihn verlieren würden. Wie alle, die vor ihm kamen. Weil wir es nicht ertrag... Nein. Weil wir gewissenlose Arschlöcher sind.

»Es interessiert mich nicht, wer in diesem Körper steckt«,

antwortet er Enean, Wrens Frage ignorierend. »Ich möchte, dass du mir bei einer Sache behilflich bist. Was ist dein Preis?«

Eneans Grübeln ist nahezu mit Händen zu greifen. Denkt er ernsthaft darüber nach? »Das kommt ganz auf den Deal an. Was willst du von mir?«

Hayris senkt seine Stimme, sein Faltermal zuckt unkontrolliert am Rande seiner Silhouette. »Ich will den Kopf jedes einzelnen Roughcrests.«

44. Kapitel

Louve

Phyrr, das: *industriell-chemisch hergestellter Bestandteil von Handgranaten; erst vor 9 Zyklen im hochmodernen Avidity erfunden; ultravioletter Sprengstoff; hochentflammbar*

Während sich Sâl an ihrer eigenen Spucke verschluckt, lässt Enean sich nichts anmerken. Kameradschaftlich klopft er H auf den Rücken. »Nimm es mir nicht übel, Mann, aber Decans Kopf bleibt genau da, wo er ist.« Er deutet auf seine Schulter. »Auf diesem Hals.«

»Decan zählt nicht, er ist tot.«

»Was soll der Unsinn, Hayris?«, ruft Wren dazwischen. Weshalb willst du plötzlich die Roughcrests tot sehen?«

»Warum sollte er nicht?«, wirft Sâl ein. »Ist ein Haufen egozentrischer Arschlöcher, die glauben, ihnen gehöre die Welt.«

Ich runzle die Stirn. »Halb Solitude bildet sich ein, der Nabel der Welt zu sein. Deswegen murksen wir nicht jeden Einzelnen ab.«

»Sagt die Frau, die die Stadt gesprengt hat«, flüstert Enean mir amüsiert zu. Sollte der Stolz in seiner Stimme mich derart heiß machen? Wir haben Mist gebaut. *Ich* habe Mist gebaut. Und jetzt ist irgendetwas mit Solitude geschehen.

»Raus mit der Sprache, H.« Ich ziehe den Mantel enger um meinen Körper, die Kälte kriecht mir bis in die Knochen. »Was ist dein Problem? Die *Der-Schattengott-hängt-mit-uns-ab*-Nummer kann es ja nicht sein.«

»Sollte es aber«, mault Wren. »Wir sind nicht hier, um den falschen Decan als Auftragskiller zu engagieren.« Ich kann seinen bohrenden Blick bis in meine Zehenspitzen spüren. »Oder ihn zu *daten*.«

»Wir *daten* nicht«, fährt Enean ihm dazwischen. »Wir heben gegenseitig unsere Welten aus den Angeln.«

Obwohl ich die Augen verdrehe, schmunzle ich. Wie hat es ein Mann, der das Herz auf der Zunge trägt, geschafft, ein ganzes Heer Untoter zu befehligen?

»Ich wünschte, Melyn hätte so über mich gesprochen. Ich meine, bevor sie ...« Sâl greift nach meiner Hand, räuspert sich. Mein Herz zieht sich zusammen. Wenn ich mir vorstelle, Enean würde bei lebendigem Leib unter Schutt und Beton begraben ...

Als hätte er meine Gedanken erraten, zieht er mich erneut an sich. *Mein Zuhause.* Ich habe gar nicht mitbekommen, dass ich taumle. »Mein Stern, du wirst gerade verdammt blass. Alles in Ordnung? Soll ich dir ein Glas Wasser holen? Ein paar Erdnüsse? Oder jemanden umbringen?«

Ich drehe mich in seiner Umarmung, meine Finger gleiten in seinen Nacken. Eneans Haut glüht unter meiner Kälte, dennoch jagt ein Schauder über seinen Körper. Seine Hände fahren unter meinen offen stehenden Mantel, finden meine Taille. Ich vergrabe meine Nägel in seiner Haut, entlocke ihm ein verlangendes Seufzen. Enean umfasst meinen unteren Rücken, presst mich so fest an sich, dass ich mehr von ihm spüren kann, als ich es in der Gegenwart meines Teams sollte.

Seine Lippen fahren über meine Stirn. »Alles in Ordnung?«, wiederholt er liebevoll.

Langsam nicke ich und lege meine Wange an seine Brust. »Jetzt schon.«

»Weißt du, Louve …« Wrens Anwesenheit entzündet erneut dieses übersinnliche Câraidt-Prickeln in meinem Nacken. »Ich fürchte, du hattest recht.«

»Ach, und das gibst du vor versammelter Mannschaft zu?«, spricht Sâl aus, was wir alle denken.

»Ich wollte immer nur dein Bestes, Louve«, fährt er fort. »Ich *will* dein Bestes. Dass du glücklich bist. Du und ich kämpfen Seite an Seite, seit ich denken kann. Du bist meine beste Freundin, ein Teil von mir. Ohne dich hätte ich diesen ganzen Irrsinn niemals so lange durchgehalten.«

Ungläubig reiße ich die Augen auf, löse mich von Enean. »Wren …«

»Das ist keine Liebeserklärung.« Er winkt ab. »Ich liebe dich nicht auf dieselbe Weise, wie *er* dich liebt. Wie du die Dunkelheit liebst, ihre Schatten. Und ihren Gott. Dem ich, nebenbei erwähnt, noch immer keinen Atemzug über den Weg traue.«

»Natürlich nicht«, murmle ich. Instinktiv trete ich einen Schritt zurück, auf Enean zu, als rechne mein Unterbewusstsein damit, dass Wren jeden Moment mit einer Ladung Phyrr-Granaten auf ihn losgeht.

»Was ich damit sagen will, ist, dass ich dir nicht im Weg stehen werde. Wenn du die Schattenassassinen vergessen willst … Wenn du Iron Claw verlassen willst. Wenn du dich gegen mich entscheidest. Gegen uns. Dann geh. Keiner von uns wird dich aufhalten, okay?«

Vollkommen überrumpelt sehe ich von einem zum anderen. Bislang habe ich immer angenommen, in einer Nacht-und-Nebel-Aktion aus Solitude fliehen zu müssen. Mehr Herzen zu brechen als Knochen. Meine eigenen Leute zu verraten. Für … für mich. Doch das hier …

Ungläubig stolpere ich auf Wren zu und schlinge die Arme um seine Hüften, was ihm ein überraschtes Keuchen entlockt, ehe er mich an sich drückt. Sein vertrauter Duft nach Wildleder und Kiefernadeln hüllt mich ein. Es ist anders, als von Enean gehalten zu werden. Wie Familie.

»Danke«, flüstere ich in den Stoff seines Mantels. »Du weißt gar nicht, wie viel mir das …« Lächelnd schüttle ich den Kopf. »Einfach danke.«

»Was ist mit unserem Deal, Schattengott?«, killt Hayris zum zweiten Mal in Folge die Stimmung. »Mit dieser Gestalt hast du unbegrenzten Zutritt zum Roughcrest-Tower.«

»Boah, jetzt fängt der schon wieder mit dem Mist an«, beschwert sich Sâl. Zurecht.

Doch erneut übergeht H jegliche Einwände und wendet sich direkt an Enean. »Töte die gesamte Familie für mich. Und im Gegenzug bekommst du das hier.«

Ich befreie mich aus Wrens Umarmung und beobachte, wie H einen rechteckigen, gelblich glimmenden Gegenstand aus seiner Jackentasche zieht.

Enean, der trotz seiner Lebensspanne keine Ahnung von den Vorzügen eines Pokerface hat, keucht vor Überraschung auf. Ich wette, seine Augen sind geweitet und ihm läuft Sabber aus dem Mundwinkel, so offensichtlich ist es, dass er das, was auch immer H ihm anbietet, haben will.

»Wo hast du das her?«

»Lag zwischen den Überresten des Nachtclubs, in dem sich Decan Roughcrest laut Augenzeugen einquartiert hat. Eigentlich hatte ich vor, ihn damit zu erpressen. Sieht ja ziemlich … antik und wichtig aus.« Er wedelt mit dem mysteriösen Objekt vor Eneans Gesicht. »Aber der Schattengott scheint es auch unbedingt haben zu wollen. Mich interessiert nicht, wem ich es aushändige, solange ich dafür bekomme, was ich will.«

Enean stößt einen Fluch aus, der eines Gottes würdig ist.

»Einverstanden. Die beiden Männer, Okon und Achĕş. Die Frau und der Junge bleiben am Leben.«

»Was?!«, stoßen Wren, Sâl und ich nahezu gleichzeitig aus.

Doch H hört uns gar nicht zu. »Nein, Schattengott. Donna Roughcrest wird sterben. Über den Jungen können wir verhandeln. Ich gebe ihm keine Schuld.«

»Schuld woran?«, verlangt Wren zu wissen.

Doch da schlägt Enean bereits, wenn auch nach kurzem Zögern, ein. »Deal. Und ich will das Buch *jetzt.*«

»Habt ihr sie nicht mehr alle?!«, fahre ich die beiden an. »Was soll das werden?«

»Woher weiß ich, dass du deinen Teil der Abmachung einhältst?«, fragt Hayris.

»Weil du jetzt sowohl meine wahre Identität kennst als auch meinen Aufenthaltsort. Du hältst Louves und mein Leben in deinen Händen.« Seine Finger greifen nach meinen. »Sâl und Wren würden Louve niemals in Lebensgefahr bringen, was bedeutet, sie werden auch über mich Stillschweigen wahren. Denn meine Frau wird nicht von meiner Seite weichen.«

»Ach ja?«, fragt Wren skeptisch.

»Ach ja?«, frage ich skeptischer.

»Ja.« Seine warme Hand hält meine noch fester und da weiß ich, dass er die Wahrheit sagt.

Seine Worte, als er mir damals in Grías Behausung in Dall zum ersten Mal seine Liebe gestand, hallen in meiner Brust nach.

Ich verspreche dir, dich zu lieben, bis irgendein Narr jeden Stern in diesem Universum gezählt hat, bis jedes Sandkorn in jedem Ozean zu Asche zerfallen ist und jede einzelne Scherbe eines jeden gebrochenen Herzens dieser Welt wieder zusammengesetzt wurde. Soll sie meinetwegen in Flammen aufgehen, solange du nur bei mir bist.

»Jetzt gib ihm schon das verdammte Buch.« Sâl schnappt sich Hs Druckmittel und wirft es Enean zu, der es mit einer Hand fängt und in seiner hinteren Hosentasche verschwinden lässt. Was zum Aschegeier ist das?

»Nun, da wir das geklärt haben, sollten wir über den eigentlichen Grund sprechen, aus dem wir hier sind.« Mann, warum muss Hayris derart unheimlich klingen, wenn er zufrieden ist?

»Ihr seid nicht meinetwegen gekommen?« Gespielt entrüstet fasse ich mir an die Brust.

»Um dir dabei zuzusehen, wie du mit unserem Erzfeind in den Sonnenuntergang reitest?«, knurrt Wren. »Wohl kaum.«

»War das absichtlich doppeldeutig?«

Augenrollend ramme ich Enean den Ellbogen in den Magen.

»*Au!* Was denn?«

»Warum beehrt ihr uns mindere Kreaturen mit eurer Anwesenheit, oh, ihr geheimnisvollen Fremden?«, frage ich mäßig interessiert.

»Wren blufft.« Sâl schiebt Wren zur Seite, ihr Kolibri-Mal flackert aufgeregt an ihrem Handgelenk. »Wir mussten sichergehen, was mit dir passiert ist. Du bist mit *dem da* aus dem Fenster gestürzt!« Entrüstet deutet sie auf Enean. »Außerdem …«

»In weniger als zwei Sonnenläufen ist die große öffentliche Hinrichtung des Schattengottes durch Generalin Drâga und General Irquan angesetzt«, übernimmt Wren.

Moment. *Was?!*

Enean stößt ein trockenes Lachen aus. »Einspruch.«

»Du verstehst nicht. Der Schattengott wurde kurz nach eurem Verschwinden offiziell festgenommen«, erklärt Sâl, plötzlich todernst. »Trotz deines Geständnisses nahmen sie an, Louve wäre einfach nur mit dem heißen Roughcrest-Sohn durchgebrannt und schere sich einen feuchten Dreck um die

Gemeinschaft. Wie ...« Sâl hält abrupt inne, doch es ist bereits zu spät.

»Wie meine Mutter. Schon klar«, schnaube ich. Nur, dass diese mit keinem Arzaê, sondern mit einem Menschen abgehauen ist. Und nicht mit dem Erzfeind höchstselbst.

»Aber, wenn ich hier bin«, spricht Enean das aus, was wir alle denken, »wer wurde dann verhaftet?«

Wren wendet sich von uns ab, schlendert auf den unbefestigten Kiesweg in Richtung Stadtzentrum. »Genau das gilt es herauszufinden. Irgendjemand belügt uns und wir sollten ...«

Weiter kommt er nicht. Ein merkwürdiges Surren zerschneidet die Luft. Plötzlich wirft sich Sâl vor mich, reflexartig fange ich sie auf. Ein erstickter Schrei löst sich von ihren Lippen, ihre Finger verkrampfen sich in meinen Ärmeln. Erneut vibriert die Atmosphäre. Etwas segelt haarscharf an meiner Wange vorbei, ritzt einen kaum spürbaren Schnitt in meine Haut. Erneut schießt etwas auf mich zu, zielt direkt auf meine Stirn. Ich kann mich kaum wegducken, da greift Enean über mich und fängt den Pfeil mit einer Hand auf, ehe er ihn zornig entzweibricht.

Unter Sâls Gewicht stolpere ich rückwärts, knalle gegen Enean. Ich greife nach Sâls Taille, als ich etwas Warmes, Feuchtes an meinen Fingerspitzen spüre. Sâl gibt einen gurgelnden Laut von sich. Dann sackt sie leblos in meinen Armen zusammen.

45. Kapitel

Enean

Aschegeier, der: *Gattung: Schattenwandler; grauer bis schwarzer Raubvogel; lähmt Opfer mit Giftspeichel; triebgesteuert/unintelligent; greift meist im Schwarm an; weit verbreitete Spezies*

»Runter!« Ich werfe mich auf Louve und Sâl, schubse die beiden ins Innere des Hauses, wo wir unsanft auf dem harten Holzboden landen.

»Vive«, höre ich Hayris und Wren im Gleichklang brüllen, ehe sich die Konturen ihrer Körper zu diffusen Schatten verzerren, als würde eine unsichtbare Kraft an ihnen zerren und Teile ihrer Seele nach außen stülpen. Denn genau das bedeutet es, ein Schattenassassine zu sein.

»Louve, mach schon!«, ruft Wren, reißt sich den Mantel von den Schultern und sprintet mit erhobenem Katana davon.

Sofort bin ich auf den Beinen und strecke meine Hand nach Louve aus. Sie starrt mit weit aufgerissenen Augen und zitternder Unterlippe auf die junge Frau in ihren Armen. Erst da bemerke ich die sich langsam ausbreitende tiefrote Pfütze um die beiden. Ich glaube, mein Herz aussetzen zu spüren. Erfroren im Einsatz, detoniert im Kampf. Blutspritzer rinnen über Louves Wangen, es sieht aus, als würde sie den Tod weinen. Sie hält so fest einen Pfeil umklammert, dass ihre Knöchel weiß hervortreten. Geistesgegenwärtig trete ich die Tür hinter uns zu, während Hayris' und Wrens Kampfgebrüll durch jede Ritze dringt.

Ich sinke vor der Liebe meines Lebens auf die Knie. »Bist du verletzt?«, presse ich hervor. Blut rauscht durch meine Adern.

Ich muss mich zwingen, ruhig vor ihr sitzen zu bleiben, abzuwarten, bis sie mechanisch unter Sâl hervorkrabbelt und diese auf die Dielen bettet. Ein tiefrotes, fast schwarz wirkendes Rinnsal fließt aus Sâls leicht geöffneten Lippen, sämtliche Farbe ist aus ihrem Gesicht gewichen. Die nachtblauen Zöpfe schwimmen in der Lache und ich schäme mich dafür, weiß Gott, doch verspüre ich Erleichterung, weil der Pfeil *sie* getroffen hat.

Louve tastet über die Wangen ihrer Freundin, den Kiefer entlang, bis hinab zum Hals. Sâls schwarz geschminkte Lider stehen offen, ihre Iriden haben an Glanz verloren. Doch das weiß Louve nicht. Und es bringt mich um, sie vor dem Unausweichlichen nicht bewahren zu können.

Keiner von uns scheint zu atmen, als sie sich über die regungslose Schattenassassinin beugt und Zeige- und Mittelfinger an deren Halsschlagader presst. Eine Ewigkeit verstreicht. Es ist einer dieser raren Momente, in denen das Schicksal auf dem Schwebebalken tanzt, mal in diese Richtung schwankt, mal in jene. Bis es fällt.

Niemals werde ich den Augenblick vergessen, als Louve begreift, dass ihre einzige Freundin tot ist. Ihre Augen werden glasig, als sie ganz langsam die Hand zurückzieht. In diesem Moment kann ich ihr Herz brechen hören. Ein Schiff ohne Leuchtturm, das ohne jegliche Koordination gegen Eisberg um Eisberg kracht, um in seiner eigenen Dunkelheit zu versinken.

Ich wage nicht zu atmen, nicht zu sprechen, denn Worte bedeuten Realität, und bei den Göttern, Realität ist das Letzte, was Louve jetzt braucht. Sie sagt kein Wort, erhebt sich viel zu langsam. Dann streckt sie ihre Hand nach mir aus, weiß, dass ich da bin, vor ihr knie, ihr immer zu Füßen liegen werde. Doch anstatt nach mir zu greifen, schiebt sie den Ärmel ihres blutverschmierten Wintermantels zurück und entblößt eine wulstige Narbe, aus zwei ineinander geschobenen, unterschiedlich großen Ringen an ihrem Handgelenk. Ich runzle die Stirn, sehe sie an.

»Das Relikt der Göttin«, sagt sie, ihre Stimme tonloser, kälter als je zuvor. »Irgendetwas ist damit geschehen. Ich habe den Armreif nicht wie angenommen verloren. Er war die ganze Zeit hier.«

Plötzlich stößt sie einen Schrei aus, der tief in meinen Knochen widerhallt. Dann sprintet sie auf die Haustür zu, bricht das Holz geradezu aus den Angeln und verschwindet mit einem herzzerreißenden *»Vive. Unité!«* mitten im Schlachtfeld.

»Verdammt, Louve!« Schon hechte ich auf den Ausgang zu, da verpasst mir mein Verstand einen mentalen Faustschlag. Fluchend laufe ich ins Wohnzimmer, ignoriere die mit Laken abgedeckten Möbel, die verstaubten Flächen, die kalte Asche im Kamin. Wahllos reiße ich Schränke und Schubladen auf, wühle mich durch allerlei Unsinn. Der einzige als Waffe infrage kommende Gegenstand bleibt ein Taschenmesser, das nicht einmal die Länge meiner Handfläche misst. Kurzerhand renne ich zurück zum Kamin, schnappe mir den Schürhaken und presche nach draußen.

Sie sind viele und doch haben sie nicht die geringste Chance. Mit Pfeilen und bemerkenswert schmalen Schwertern gehen etwa fünfzig Arzaê auf die drei Schattenassassinen los. Sie tragen keine Rüstungen, sondern erwecken den Eindruck, als hätte man sie geradewegs aus dem nächstbesten Schönheitssalon rekrutiert. Ihr glänzendes Haar ist perfekt frisiert, die Ohren spitz, die Kleidung weist nicht den winzigsten Schmutzfleck auf. Natürlich nicht – Arzaê existieren für Prunk und nicht für den Kampf. Was zur Barriere hat diese Vollidioten also dazu gebracht, mit ihren Zahnstochern auf uns loszugehen? Und wie konnte einer von ihnen Sâl etwas Derartiges antun? Ausgerechnet ein Arzaê!

Ich stürze mich ins Getümmel, zerquetsche Kehlen wie rohe Eier, schlage mit meinem Schürhaken einen Schädel nach dem anderen ein. Ein Bogenschütze erwischt meine Schulter, was mich jedoch nur umso mehr anspornt. Hayris ist in seinem Nachtfalterschwarm kaum zu erkennen, erstickt Arzaê bei lebendigem Leib, seine Insekten kriechen in Kehlen, Nasenlöcher und Ohren, während Wren und Louve Rücken an Rücken kämpfen. Sie muss sich die beiden Krummdolche von ihrem Cåraidt geschnappt haben, ihr Mantel ist fort, sodass sie in einer blutverschmierten, zerfetzten Tunika um sich schlägt, Hälse aufschlitzt, bis ich nicht mehr sagen kann, ob die roten Spitzen ihres schneeweißen Haares das Blut ihrer Gegner sind. Ihre Augen funkeln vor Zorn, ihre Lippen sind zu einem gnadenlosen Brüllen geöffnet. Sie fegt durch die Luft und metzelt die Mörder ihrer Freundin auf eine Weise ab, die ich nur als gnadenlos bezeichnen kann.

Gleichzeitig zerreißt ihr verschmolzener Geistgefährte Gliedmaßen um Gliedmaßen. Thujas Maul hat sich erneut in einen scharfen Schnabel verwandelt, ihre Schwingen haben den Durchmesser eines ganzen Hausdachs. Noch nie zuvor habe ich etwas derartig Mächtiges erlebt (das nicht ich bin).

Menschen flüchten in ihre Häuser, schlagen Fensterläden zu, ihre panischen Schreie gehen in den gurgelnden Lauten unserer sterbenden Feinde unter. Aus dem wolkenbehangenen Himmel stürzt sogar der eine oder andere überlebende Aschegeier und packt sich kreischende Passanten.

»Genug!«

Ein stechender Schmerz jagt durch meine Schläfen, der glitschige Haken gleitet mir aus den Händen. Tausendundein Eispickel bohren sich in meinen Schädel, bis ich fürchte, meine Augäpfel würden jeden Moment unter dem Druck platzen.

Das Gemetzel gleicht einem Schlachtfeld. Dort, wo bis eben noch grüne Wiesen und Vorgärten von Idylle und Frieden zeugten, herrscht das reinste Chaos. Abgetrennte Gliedmaßen, Trümmer und Leichen pflastern die Kieswege, der Gestank nach Tod und Blut erfüllt die Luft.

Um mich herum sinken die verbleibenden Arzaê auf die Knie, inmitten ihrer gefallenen Mitstreiter. Jeder einzelne presst sich die flachen Hände auf die spitz zulaufenden Ohrmuscheln, einige stecken sich die Zeigefinger in die Gehörgänge. Ich kann es ihnen nicht verdenken. Was auch immer hier gespielt wird, gräbt sich in mein Hirn, droht meine Nervenbahnen zu zersetzen, mich bei lebendigem Leib zu verbrennen. Ich keuche, meine Knie knicken ein. Aus dem Augenwinkel heraus sehe ich Louve schwanken, Wren kracht gegen ihre Seite, beide klappen zusammen, als hätte man ihnen die Fäden zertrennt. Thuja brüllt auf vor Schmerz, ehe sie zu Schall und Rauch zerstobt und in Form wallender Finsternis zurück in die Körper ihrer beiden Herren stößt. Louve und Wren krümmen sich, als sich ihre Geistgefährten zurück in ihre Seelen nisten, ihre Dämonen ihre finsteren Male auf ihren Körpern zeichnen. Einzig Hayris gelingt es wie durch ein Wunder, sich auf den Beinen zu halten. Seine Nachtfalter schwirren um seinen Oberkörper, drängen sich an seine Haut, versuchen ... seine Ohren zu verstopfen? Doch ist ihre Macht nicht von Dauer. Kurz darauf bricht er zusammen.

Auf allen vieren versuche ich mich zu Louve zu schieben, stoße mit zusammengebissenen Zähnen leblose Körper beiseite, rutsche aus auf dem Blut, das *sie* vergoss.

»Soll ich ihnen die Gefäße im Gehirn zerplatzen?«, durchschneidet eine mir nur allzu vertraute Stimme das Winseln der Gefallenen.

Vor Unglauben vergesse ich kurzzeitig zu atmen. *Nein. Nein, nein, nein, verdammt, nein!*

»Nicht nötig. Ich werde ihre Erinnerungen manipulieren«, erwidert ein zweiter, mir nicht minder bekannter männlicher Sprecher. »Sie sollen in Solitude verbreiten, wie die Schattenassassinen grundlos die Arzaê niedermetzelten.«

Der Druck breitet sich von meinem Kopf über meinen Hals aus, leckt über meine Schlüsselbeine, kreist fast nachdenklich über meinem Herzen. Erst da begreife ich, dass nicht der Litíjr unseren Verstand grillt, sondern jemand mit unserem Blut spielt. Achĕş' Macht würde nicht ausreichen, um uns alle zeitgleich niederzustrecken. Er ist gut darin, Gedanken zu manipulieren, in Erinnerungen zu graben, Synapsen neu zu verknüpfen. Donna aber ist der reine Schmerz.

Jeder Atemzug brennt in meiner Lunge, als hätte ich einen ganzen Eimer Rasierklingen geschluckt. Dennoch kämpfe ich gegen den Nebel an, in welchem Donna mich gefangen hält. Ich blende alles um mich herum aus, versuche auf Louve zuzukriechen – und rühre mich doch kaum. Sie liegt neben Wren auf der Erde, regungslos und doch bei vollem Bewusstsein. Ich weiß nur zu gut, wie es ist, unter Donnas Bann zu stehen.

Ein schneeweißer Rock flattert im Wind, als zwei kleine, in Sandalen geschnürte Füße auf mich zu spazieren. Ihre Nägel sind in einem glänzenden Schwarz lackiert. Tiefrote Locken tauchen vor meinem verschwommenen Blickfeld auf, als sie vor mir in die Hocke geht. Ihre mit Silber verstärkten Fingernägel bohren sich unter mein Kinn, heben meinen Kopf an.

Ihre Iriden sind von einem solch dunklen Braun, dass sie sich kaum von den Pupillen unterscheiden. »Na, sieh mal einer an. Haben wir uns verlaufen?«

»D-dasselbe wollte ich dich auch gerade fragen«, presse ich gequält hervor und kassiere dafür ein paar geplatzte Adern an der Schläfe.

»Lass die Spielchen, Donna«, ruft Achĕş ihr zu. »Halte dich an den Plan. Bring ihn nach Iron Claw und wickle den Austausch ab.«

Da sie mir die Sicht versperrt, kann ich kaum erkennen, was mein *Bruder* hinter ihr treibt. Doch als er sich zwischen Wren und Louve bückt und die beiden grob am Nacken auf die Beine zerrt, kann ich nicht mehr länger an mich halten. Ich sammle meine letzten Kräfte. Mit einem wutverzerrten Brüllen stürze ich auf die Beine. Ich schaffe keinen Schritt, ehe die Sanguê mich Blut spucken lässt und ich krachend zu Boden gehe.

»Reiß dich zusammen«, zischt sie mir ins Ohr. Sie ist mir so nah, dass ich ihren warmen Atem spüre. Wieder einmal. »Oder willst du, dass er dich an Ort und Stelle tötet?«

»D-das würdest du nicht dulden, du liebst e-es, mich zu quälen.« Ich spucke einen Klumpen Blut vor meine Knie. »Du ... du bist mächtiger als er.«

Ein merkwürdiger Ausdruck huscht über ihre Miene. Irgendetwas zwischen Sorge, Melancholie und ... Furcht? Unmöglich. »Wenn du dich da einmal nicht täuschst.« Dann nickt sie zu dem sich krümmenden Hayris, der ohne seine Mottenschar nicht halb so beängstigend wirkt. »Was sollen wir mit dem da machen?«

Plötzlich hält sie inne, kaum merklich zieht sie Luft ein, während sie den Assassinen anstarrt. Es wirkt beinahe, als wüsste sie, wer er ist. Was hat Hayris mit den Roughcrests am Hut? Im nächsten Moment hat sie ihre Züge wieder unter Kontrolle und wirft sich die Locken über die Schulter.

»Knipps ihm das Licht aus.« Achĕş macht sich nicht einmal die Mühe, sich umzudrehen und zu prüfen, von wem Donna spricht. Stattdessen klemmt er sich Louve unter den Arm, als wäre sie eine abgestellte Aufziehpuppe. Sie ist bewusstlos, vermutlich hat Donna ihr und Wren irgendeine Blutzufuhr abgeklemmt.

Heiße Wut lässt mich rotsehen. Ich will Achĕş jeden einzelnen Finger mit einem Brecheisen zertrümmern, der Louve auch nur gestreift hat. Abermals versuche ich mich aus Donnas Einfluss zu befreien, doch habe ich jegliche Kontrolle über meinen Körper eingebüßt. Alles, was ich spüre, ist purer Schmerz. Ich balanciere auf einem Drahtseil zwischen Ohnmacht und Schuld. Und bei den Göttern, ich stürze tiefer als je zuvor.

»Lass die anderen liegen«, erwidert Achĕş. »Mir reichen die beiden Schattenassassinen, sie bereiten mir seit Längerem genug Scherereien für ein ganzes Leben.« Er gestikuliert in meine Richtung. »Kümmere du dich um meinen Bruder, ich bringe die beiden in der Zwischenzeit nach unten.«

Nach unten? Wovon spricht er?

»Sicher«, knirscht Donna. Blut schießt aus Hayris' Nase, dann sackt er in sich zusammen. Lediglich das Heben und Senken seines Brustkorbs verrät mir, dass sie ihn nicht getötet hat. Es überrascht mich, dass Donna nach Achĕş' Pfeife tanzt.

»Wenn du vorhast, zu überleben«, zischt sie mir zu, »tust du jetzt genau, was ich dir sage.«

Meine Fingernägel graben sich in meine Handflächen. »Was ist mit Louve?«

»Erwecke ich den Eindruck, Freifahrtscheine für die ganze Familie im Gepäck zu haben?«, fährt sie mich an. Finster funkeln ihre Augen, ihre blutroten Lippen zucken verräterisch. Sollte es mich beunruhigen, dass die alte Donna mich weniger schockiert als Ja-Sagerin-Donna?

»Ach, und noch was.« Achĕş macht sich daran, drei Arzaê mit Stiefeltritten anzutreiben. »Sollte jemand nach unseren beiden Assassinen hier fragen.« Die reine Berechnung spricht aus seinen Worten, als er Louve, *meine Louve*, in die Arme eines Soldaten übergibt. »Sie sind bei einem Angriff der Schattenwandler ums Leben gekommen.«

46. Kapitel

Enean

Albinolöwe, der: *Gattung: Schattenwandler; schneeweiße Schuppen/Augen; giftige, faustgroße Schwanzspitze; lebt zurückgezogen in den südlichen Höhlen des Schattenreichs*

»Was hat Achĕş mit den beiden vor? Wo bringt er sie hin?« Obwohl ich vor Zorn bebe, folge ich Donna zwei gescheiterte Fluchtversuche später widerwillig in den Süden, Richtung Iron Claw. Hier oben, im Nordosten Solitudes, gibt es ausschließlich gewöhnliche Häuser, teils aus Holz, teils aus Stein und Beton, mit Raureif überzogene Gärten und irgendwelche selbst gezimmerten Baumhäuser oder an den Ästen alter Eichen baumelnde Schaukeln. Die unbefestigten, zugefrorenen Pfade sind ausgestorben. Der bloße Anblick der schlecht gelaunten Sanguê reicht aus, um Türen und Fenster zu verrammeln. Ich kann es ihnen nicht verdenken. Vereinzelte Schattenassassinen jagen den letzten überlebenden Schattenwandlern nach. Zu meiner Linken vernehme ich das Brüllen eines Albinolöwen, ehe er von einem aus Dunkelheit gewobenen geflügelten Pferd zertrampelt wird.

»Wie lief es eigentlich so unter Wasser?«, fragt sie mich. »Deinen jüngsten Detonationen nach zu urteilen, hast du das Relikt gefunden. Glückwunsch.«

Ihr Ernst? Meinen funkelnden Blick tut sie mit einem

Lächeln ab. »Wo warst du, als ich kurz vor dem Ertrinken stand, wenn ich fragen darf?«

»Darfst du nicht.« Donna dehnt ihre kräftigen Arme über dem Kopf. »Hör auf zu jammern, Decan. Selbstmitleid steht dir nicht.«

»Oh, entschuldige, dass ich dir nicht dazu gratuliere, an der Entführung meiner Freunde beteiligt zu sein«, herrsche ich sie an und reibe über meine sich bereits verschließenden Wunden.

Genervt verdreht sie die mit einem silbernen Lidstrich geschminkten Augen. »Wenn dir so viel an den Langeweilern liegt, tausch doch diesen bescheuerten Armreif gegen sie ein, hinter dem Achĕş her ist.«

Kaum liege ich einen halben Schritt zurück, reißt etwas an meinen Muskelsträngen. Ich schmecke Erbrochenes. Die Frau braucht nicht einmal den kleinen Finger zu krümmen, um Besitz von meinem Blut zu ergreifen und meinen Körper zu zwingen, hinter ihr herzumarschieren wie ihr liebstes Hündchen. Zwar würde ich es niemals offen zugeben, doch der Schattengott in mir bewundert sie für ihre Macht. Die andere Hälfte malt sich aus, wie ihre Kehle unter meinen Fingern zuckt.

»Ich habe den Armreif nicht mehr«, knirsche ich. Wenn Achĕş wüsste, dass Louve das Relikt der Göttin bei sich trägt … Beim bloßen Gedanken dreht sich mir der Magen um. »Ich brauche keinen Deal, ich werde Achĕş umbringen.«

Gelangweilt betrachtet Donna ihre langen Nägel. »Und wie lief das für dich bislang?«

»*Blendend.* Wir hätten ihn überwältigen können, hättest du nicht Partei für diesen Dreckssack ergriffen!«, knurre ich. »Was hat er gegen dich in der Hand, warum hilfst du ihm? Ich dachte, du ständest hinter mir.«

»Ach, das dachtest du?« Im Gehen wendet sich Donna zu mir um, hebt eine ihrer fein geschwungenen Brauen. »Zwei

Männer, die sich einbilden, mir drohen zu können. Deinem Geschlecht mag der Größenwahn in den Genen liegen, Schätzchen, doch vergiss niemals, woher ihr stammt.«

Fragend runzle ich die Stirn, was ihr ein fast verzweifeltes Stöhnen entlockt. Mit der flachen Hand klopft sie sich auf den Bauch. Oh. *Oh.* Sie stößt ein spöttisches Lachen aus. »Würden wir euch nicht volle neun Monde lang in uns tragen und im Anschluss den Anstand besitzen, euch nicht im nächstbesten Flussbett zu ertränken, würdet ihr Hampelmänner nicht lange auf dieser Welt wandeln.« Ihre finsteren Augen bohren sich auf eine mental-irrsinnige Weise in meine. »Merk dir das, wenn du das nächste Mal eine Frau zu manipulieren versuchst, dich anstatt sich selbst zu wählen.«

»Botschaft angekommen. Kannst du jetzt endlich aufhören, in meinem Blut herumzupfuschen? Ich fühle mich wie ein Gefangener im eigenen Körper.«

Donna lacht spöttisch auf. »Ich komme mir *seit meiner Geburt* vor wie eine Gefangene im eigenen Körper. Glaubst du etwa, mich fragt jemand, ob mir das Spaß macht?«

»Was wird das, so ein Blut für Blut Mist?«

Plötzlich hält sie inne, dreht sich so rasch zu mir, dass mir keine Zeit bleibt, ihr auszuweichen. Die Art, wie sie ihre Brust gegen meinen Körper drückt, hat nichts Erotisches an sich. Es ist eine Warnung. »Oh, glaub mir, *Decan*, ich will euer Blut nicht. Ich will eure Macht. Ich will eure Stimme. Ich will, dass sie mir zu Füßen liegen, wie sie euch zu Füßen liegen, nur, weil ihr mit einem Schwanz geboren wurdet, und ich es wage, einen feuchten Dreck auf eure Eier zu geben.«

Meine Mundwinkel zucken. Nicht, weil mich ihre Worte amüsieren, sondern weil sie mich an jemanden erinnern. »Du würdest dich blendend mit einer guten Freundin von mir verstehen.« Zumindest, ehe Besagte meine Frau dazu gebracht hat, ihren Schatten in den Körper dieses Arzaê-Schweins zu stopfen. »Es tut mir leid, dass du so empfindest, Donna. Ganz ehrlich? Ich habe keine Ahnung, wie es ist, keine Macht zu haben.« Das ist die Wahrheit. Selbst, als ich mit meiner Gestalt als Schattengott meine Kräfte verlor, kam diese Information nicht unbedingt bei meinem Unterbewusstsein an. »Wenn du möchtest, dass ich dir helfe, den gesamten Roughcrest-Clan auszurotten, dann genügt ein Wort. Wenn du Solitude erobern willst, nur zu. Solltest du dieses Drecksloch vergessen und untertauchen wollen, bringe ich dich raus. Aber bitte rede mit mir. Eingeschnappt zu sein wegen meiner Genitalien bringt uns keinen Schritt weiter.«

Ihre vollen Lippen verziehen sich zu einem leichten Lächeln, gleichzeitig spüre ich, wie ihre Manipulation schwächer wird. Nicht genug, um die Beine in die Hand zu nehmen und Louve und den anderen zu folgen, doch immerhin. »Deine *Genitalien* waren nie ein Problem für mich«, erwidert sie mit einem anzüglichen Blick auf meinen Schritt. »Dein Charakter hingegen bereitet mir Kopfschmerzen. Wolltest du jemals wirklich mit mir fliehen? Du schuldest mir die Wahrheit.«

Eine ganze Weile schweige ich, während wir Seite an Seite durch Solitude laufen. Hätte Decan an Donnas Seite die Stadt verlassen?

Angespannt betrachte ich die im schalen Licht der Sonnen schimmernde Eislandschaft. Mehrmals rutsche ich mit den Sohlen meiner Stiefel aus, während Donna mit ihren Sandalen nicht einmal den Anstand hat, vorzugeben zu frieren. Mit gestrafften Schultern und erhobenem Haupt marschiert sie durch den frostigen Winter, als wäre sie eine verdammte Schneekönigin.

Ich kann kaum glauben, wie schnell die Eisfalken der Stadt sämtliche Wärme entzogen haben. Nicht nur, dass sie Menschen, Arzaê und Tiere bei lebendigem Eis schockgefrostet haben. Als Louve meine Hand packte und mit unserer gestohlenen Macht der Göttin eine Explosion auslöste, müssen die zerfetzten Eisfalken sich mit unseren Relikten verbunden haben. Die Folge? Ein vorgezogenes Winterwunderland voller Leichen.

»Du wagst es, mich zu ignorieren?«, holt Donna mich scharf in die Wirklichkeit.

»Du willst die Wahrheit? Na schön.«

Ich hole tief Luft. Mein Hirn brüllt: *Was tust du da?* »Erstens: Ich bin nicht Decan. Zweitens: Achẽş hat die Liebe meines Lebens in seiner Gewalt, wofür ich übrigens nicht dir, sondern mir die Schuld gebe. Ich hätte sie beschützen müssen. Und drittens …« Innerlich wappne ich mich. »Ich werde bei jeder sich mir bietenden Gelegenheit versuchen zu fliehen.«

Lange sieht sie mich an. In ihrer Miene erkenne ich weder Wut noch Schmerz, obgleich sich meine Muskeln vor Erwartung meines plötzlichen Todes schmerzhaft zusammenziehen.

Doch statt mein Herz zu sprengen oder mir die Blutzufuhr zum Gehirn abzudrehen, senkt sie den Kopf, streicht sich eine lose Strähne hinter das spitz zulaufende Ohr, ehe sie mir ein Lächeln schenkt. *Fuck.* Sie sieht aus wie eine ganz normale junge Frau, der man verdammt wehgetan hat. Der *ich* wehgetan habe.

Zu meiner Überraschung lässt ihre Kontrolle über meinen Körper weiter nach.

»Danke, dass du es mir gesagt hast«, erwidert sie schließlich. Weder kocht sie mein Herz bei lebendigem Leib, noch haut sie mir eine rein. *Merkwürdig.* »Ich musste es aus deinem Mund hören.«

Sichtlich irritiert weiche ich einen Schritt zurück. Natürlich kickt ihre Superkraft sofort wieder und betoniert mich an Ort und Stelle. »Was meinst du damit?« Endlich schnalzen meine Synapsen an ihren Platz. »Warte, du *wusstest,* dass ich nicht Decan bin? Seit wann?«

Sie gibt eine Mischung aus Seufzen und Lachen von sich. »Schon eine ganze Weile. Seither habe ich versucht, die Wahrheit aus dir herauszukitzeln, ohne Erfolg.«

»Deswegen hast du so lange gebraucht, um mich aus Achĕş' Folter zu befreien. Du glaubtest, er könnte die Wahrheit aus mir herauskriegen.«

Langsam nickt sie. »Mir war schleierhaft, wen oder was du beschützen wolltest. Ginge es nur um dich, hättest du uns längst angegriffen und deine Deckung aufgegeben. Doch dann gab Rumían mir den entscheidenden Hinweis.«

Moment. *Was?* »Weshalb sollte mich ein zwölf Zyklen alter, traumatisierter Junge ausgerechnet bei *dir* verpfeifen? Nimm es mir nicht übel, Donna, aber der Kleine ist heilfroh, Decans Missbrauch entkommen zu sein. Und dann soll er ausgerechnet zu dessen Liebhaberin laufen und Beschwerde einreichen?«

Donna bedeutet mir mit dem Kinn, ihr ins Stadtzentrum zu folgen. Je näher wir Iron Claw kommen, desto bewusster wird mir das Ausmaß der Verwüstung. Ganze Wohnhausblöcke sind eingestürzt, Trümmer, Baumstämme, die Überreste von Möbeln, Fenstern, Leben säumen unseren Weg. Das Szenario erinnert mich an den Angriff der Sturmdrachin in Dall. Nur, dass sich dieser auf eine Markthalle beschränkte, während die Relikte der Göttin des Lichts halb Solitude in die Luft gejagt haben. Meine Hand wandert zu dem Tagebuch in meiner Gesäßtasche. Ein Teil von mir schreit mir förmlich zu, das Buch in hohem Bogen wegzuwerfen, es zu vernichten. Dafür zu sorgen, dass ich keine Anleitung zur vollständigen Vernichtung der Schattenbarriere heraufbeschwöre. Ein anderer, egoistischer Teil verlangt die ganze

Welt in Brand zu setzen, wenn es bedeutet, mit Louve zusammen sein zu können.

Mittlerweile sollte sie zu sich gekommen sein, Donnas Macht reicht nicht ewig. Konnte sie fliehen? Achĕş unschädlich machen? Was wird er ihr diesmal in den Verstand pflanzen, welche Erinnerungen wird er nun verdrehen, neu anmischen, erfinden? Wird sie sich an mich erinnern? An die vergangenen Sonnenläufe? Der bloße Gedanke, er könnte sie mich endgültig vergessen lassen, bringt mich um.

»Rumían hat mich gebeten, dich nicht länger zu quälen. Deshalb hat er mir die Wahrheit gesagt«, erklärt Donna. »Ich wusste, dass sich etwas an ihm verändert hat. Und als er mir gestand, was Decan ihm in all den Zyklen angetan hat ...« Sie schwankt leicht, als hätte der bloße Gedanke sie sämtliche Kraft gekostet. Ehe ich nach ihrem Arm greifen kann, hat sie sich gefangen. »Ich habe Decan geliebt. Doch nach Rumíans Geständnis hätte ich diesem Bastard mit bloßen Händen das Herz aus der Brust gerissen und es seinem Vater zum Frühstück serviert.« Ein unheimliches Funkeln verfinstert ihre Züge. »Ich bin bei meinem Plan geblieben, nur die Komponenten habe ich geändert.«

Wie angewurzelt bleibe ich stehen. »Was meinst du damit, du hast die *Komponenten geändert?* Bei der Barriere, Donna, was hast du getan?«

Wieder ganz die alte *Was-interessiert-mich-deine-Meinung-wenn-ich-dir-genauso-gut-die-Blutzufuhr-abschnüren-kann*-Sanguê hakt sie sich bei mir unter und tätschelt meinen Bizeps. »Unglücklicherweise musste der arme Okon bei lebendigem Leib ausbluten. Buchstäblich. Hab es ganz langsam getan, über mehrere Sonnenläufe hinweg. Ist verschrumpelt wie eine staubige Rosine.«

Ich verschlucke mich an meiner Spucke, huste ungläubig

in meinen Ellenbogen. Sie hat das Oberhaupt der Roughcrest-Dynastie ermordet? Der Anführer der gesamten Arzaê Solitudes ist *weg?* Grundgütiger. Wer wird seinen Platz einnehmen? Decan ist tot, Kendric ist tot und von diesem ominösen Erstgeborenen, Cirron, habe ich nichts gehört, seit ich mich im Tower aufhalte. Vermutlich wurde er ebenso von einem seiner Verwandten ausgeschaltet. Bleiben also nur noch Achĕş, Donna und Rumían, wobei ein Kind ganz klar ausscheidet. Werden Donna und Achĕş sich die Spitze ihrer Sippe teilen? Sein Name, ihre Macht?

Misstrauisch beäuge ich sie von der Seite. »Was genau muss man dir antun, damit du einem die Blutbahnen verschrumpelst? Ich frage für einen Freund.«

Auf eine unheimliche Weise gut gelaunt klopft sie mir auf die Schulter. »Beispielsweise könnte man mir versprechen, gut auf meinen Sohn zu achten, ihn behütet aufzuziehen, wenn ich nur tue, was man von mir verlangt. Dann könnte sich herausstellen, dass diese Person einen von Anfang an ausgenutzt, missbraucht und betrogen hat, während besagter Sohn hinter verschlossener Tür durch die Hölle geht.«

Da ist er wieder. Der Grund, aus dem ich sie nicht hassen kann. Es ist der Schmerz hinter ihren Worten, das zersplitterte Glas ihres Herzens. Zwar verbirgt sie die Beweise für den kaltblütigen Mord an ihrer Seele besser als ein Drache seinen Schatz, doch das Zittern in ihrer Stimme verrät sie. Donna wurde mit der Macht einer Göttin geboren, bis man ihre Flügel verbrannte. Ich denke an die dunklen Blutergüsse zwischen ihren Schenkeln, damals, als ich ihr zum ersten Mal begegnete.

»Lass das.«

»Was?«, frage ich verwirrt.

»Dieser mitleidige Blick. Hör auf damit. Als ich Okon heiratete, kannte ich den Preis«, erklärt sie mir trocken. »Mein

Leben für das meines Sohnes. Ich würde es immer wieder genauso machen. Also hör gefälligst auf, mich anzusehen, als …«

»Warte. Sagtest du *Sohn?*«, unterbreche ich sie fassungslos. »Rumían ist dein leiblicher Sohn? Aber du bist so … und er ist so … Ich nahm an, er hätte dieselbe Mutter wie Okons andere Söhne.« Zwar sieht Donna nicht älter aus als Ende zwanzig, allerdings können Arzaê bis zu zweihundert Zyklen alt werden. Sie könnte ebenso gut vierzig oder fünfzig sein.

»Kendrics Mutter war eine Angestellte, ein Ausrutscher, der bei den Schattenassassinen seinen Wert für die Familie beweisen wollte. Achĕş' und Cirrons Mutter ist verschwunden, vermutlich hat sie zu viel gesehen.« Ihr Griff wird fester. »Rumían ist alles, was ich habe. Achĕş hat ihn sich geschnappt. Deswegen muss ich dich unglücklicherweise ausliefern. Es ist mir gleichgültig, wer du wirklich bist, und ob Achĕş die Wahrheit über dich sagt. Fakt ist, er möchte, dass ich dein Leben gegen das eines anderen eintausche.« Fast zärtlich streichen ihre weißen Fingerkuppen über meinen blutverschmierten Handrücken, ehe sie ihn an ihre Lippen führt. »Wenn es sein muss, werde ich dir höchstpersönlich jedes einzelne Organ ausreißen, um meinen Sohn zurückzubekommen. Es tut mir nicht leid.« Fast andächtig wischt sie über die verschmierte Mischung aus Blut, Erde und Lippenstift auf ihrer Haut. »Solltest du dich mir widersetzen, verspreche ich dir, deine Schattenassassinin zu finden und ihr das Gleiche anzutun wie meinem Mann. Ein falscher Schritt, mein Schatz, und deine Frau brennt.«

47. Kapitel

Louve

Litíjr, die/der: *Mental-Arzaê; mit fünf Prozent die zweitseltensten Arzaê; sind dazu imstande, Gedanken zu lesen, telepathisch zu kommunizieren und Erinnerungen zu manipulieren*

Der Schmerz kommt als Druckwelle. Donnert durch meine Schulter, versengt mir die Haut. Er reißt meine Sehnen entzwei, bahnt sich seinen Weg über meine Brust. Schweiß steht mir auf der Stirn, rinnt über meine Schläfen. Klamm klebt meine Tunika an meinem bebenden Körper. Ich bin Zittern, ich bin Hitze, ich bin Schmerz.

Ein Wimmern liegt mir auf der Zunge und ich presse meine Lippen fest aufeinander. Meine Finger fühlen sich an wie zementiert. Mühsam gleiten sie über mein Schlüsselbein, ertasten etwas Schmieriges. Blut?

Die Luft schmeckt nach kalter Feuchtigkeit. Klamm, metallisch. Modrig. Mein Verstand erinnert sich an diesen Geruch, doch sind meine Erinnerungsfäden ein verknotetes Netz. Taub, dumpf und nicht ich. Dann:

Blinzeln.

Silhouetten.

Blau. Gold. Silbern.

Mensch. Arzaê. Schattenassassine.

Blinzeln.

Schreie. Befehle. Brüllen.

Keuchen.

Schleifen. Schlagen. Schlitzen.

Bleierne Schwärze legt sich über mein Bewusstsein. Zieht mich tief, tiefer …

Ich weiß nicht, wie lange ich weggetreten bin, meine Gedanken hängen in Fetzen. Ich verspüre keine Angst. Mein Leben lang war ich dazu verdammt, in dunklen, mir unbekannten Winkeln zu mir zu kommen. Bis ich mein Herz an die Dunkelheit verlor.

»Alles, was ich sage, ist, dass sich das Relikt erst nach ihrem Tod wieder aus ihrem Körper löst. Es bringt nichts, ihr den Arm abzuhacken, ich habe die Aufzeichnung der Göttin gelesen.« Ich kenne diese Stimme, weil sie mir seit jeher den Tod wünscht. So wie ich ihr. Achĕş Roughcrest. »Weshalb sie töten, wenn wir von ihrer Macht profitieren können?« Oh ja. Definitiv Achĕş.

»Was ist mir ihrem Cåraidt?«

»Was kümmert uns ein Schattenassassine?« Nur verschwommen erkenne ich, wie sein goldener Umriss auf einen ovalen, leicht glimmenden Gegenstand zugeht. »Er sollte ohnehin bald so weit sein.«

Ich beiße mir auf die Zunge. Was haben sie mit Wren gemacht?

»Die anderen brauchten mehrere Monde«, erinnert ihn seine Begleitung. Eine … eine Silbersilhouette. Mir sinkt das Herz in die Kniekehle. Mein Gedächtnis versucht sie einzuordnen, doch bin ich zu benebelt, um klar denken zu können.

»Ich habe das Blut des Mannes benutzt, von dem ich glaube, dass es sich um den Schattengott handelt. Es spielt keine Rolle, dass er im Körper meines Bruders steckt. Er ist nicht er.«

Meine Finger graben sich in Gestein, kratzen über Feuchtigkeit, bis meine Nägel splittern. Benommen winde ich mich, flehe den Schmerz an, mich daran zu erinnern, am Leben zu sein, zu mir zu kommen, zu kämpfen, für mich. Doch mein stummer Kampf erweckt die Aufmerksamkeit der Bestien.

Mein Kopf dröhnt, als sich Achĕş auf mich zubewegt. Ich liege seitlich zu seinen Füßen, meine Geistgefährtin nicht mehr als ein schläfriges Pulsieren in meiner Seele. Als hätte Achĕş sie irgendwie betäubt.

»Sieh mal an, wer da zu sich kommt.« Kräftige Arme schieben sich unter meinen Körper, heben mich hoch, als wöge ich nichts. Meine Muskeln verkrampfen sich, mein Stolz hält meine Tränen zurück. Es ist seine Berührung auf meiner nackten Haut, die mich in Panik versetzt, nicht die Ungewissheit. Sondern die Hände eines Mannes, dem ich niemals gehören werde. In Gedanken beschwöre ich das Blut Banisters herauf, versuche es erneut auf meinen Händen zu ertasten. Doch ist es nicht genug, wird nie genug sein. Manchmal stirbt der Auslöser für dein Trauma und du glaubst, sicher zu sein. Stattdessen hinterlässt er ein Scherbenmeer aus Albträumen.

»D-du und Donna. Ihr hab-bt … Sâl …« Meine Lippen weigern sich, den Satz zu Ende zu sprechen. Das kratertiefe Loch in meinem Herzen trägt ihre Silhouette, ihr Lachen, ihr *ich glaube an dich, wenn du es selbst nicht kannst.* Der Schmerz würgt, ertränkt, erstickt mich. Das werde ich ihm nie verzeihen.

»Wer zum Geier ist Sâl?«, fragt er desinteressiert.

Ich fasse es nicht. »Der Name des Dolches, mit dem ich dir die Kehle zerfetzen werde.«

»So dramatisch, Bärenblut.« Achĕş schiebt mich auf ein hüfthohes Rechteck, einen Opferalter oder einen Tisch, ich weiß nicht. Der Stein ist hart und feucht unter meinem Rücken, Kälte dringt durch meine zerrissene Tunika. Da legen sich warme Handflächen an meine Schläfen. Und plötzlich explodiert mein Sichtfeld.

Pure Elektrizität brennt mir die Gegenwart in den Verstand. Die Bilder jener Nacht im *Rain 'n Sorrow* fluten mein Gedächtnis. Ich winde mich, schreie, bis meine Kehle rau ist wie Sand, meine Lungen gefüllt sind mit Reißnägeln und ich Erbrochenes schmecke. Achĕş webt meine Gedanken wie einen verfluchten Teppich, löst die Fäden, verknüpft sie erneut. Doch anstatt mir Lügen einzuflüstern, zeigt er mir die tiefschwarze Realität.

Bilderschnipsel schneiden in mein Herz. Da ist Feuer. Flammen lecken an meinen Füßen, kommen näher, drohen mich unter ihrer Hitze zu begraben. Rauch dringt in meine Lungenflügel, gräbt seine Klauen in meinen Hals und presst mir Tränen in die Augäpfel.

Ich bin vier und mein Elternhaus steht in Flammen. Das glutgetränkte Haar meiner Mutter lodert in der gleichen Farbe wie das Blut meines Vaters. Die Spitzen scharlachroter Lederstiefel schieben sich in mein Blickfeld. Ich schließe die Augen, presse die Lippen so fest aufeinander, bis ich den Tod schmecke. Umhülle mich in Dunkelheit, sodass die Monster mich nicht finden können. Doch das tun sie. Und *er* verhüllt ihr Gesicht.

Achĕş lässt ab von meinen Schläfen. Mein Oberkörper bäumt sich auf, doch Achĕş drückt mich an den Schultern zurück auf die Granitplatte.

Endlich schlage ich die Lider auf. »Du warst dort. Damals, vor siebzehn Zyklen. Du warst dabei, als meine Eltern ermordet wurden. Als ich zur Schattenassassinin wurde! *Du. Warst. Dort.*«

Ich versuche mich loszureißen, doch kann meine Arme nicht frei bewegen. Achĕş muss mich in Ketten gelegt haben, während er mir das Hirn frittierte. Ich bewege die Hüften, etwas an meinen Gelenken klirrt. Kalt schneidet das Metall in meine Haut.

Seelenruhig schlendert Achĕş um den Altar. Seine Gestalt ist wie flüssiges Gold, zu grell. Lässt mich meine Dunkelheit zurückwünschen. Und deren weiche Lippen. »Du irrst dich, wie so oft. Ich war nicht dort, Louve. Ich wurde erst später hinzugerufen.«

Ich neige meinen dröhnenden Kopf zur Seite, um seiner Bewegung zu folgen. »Warum du? Von allen Litíjr, weshalb ausgerechnet der Sohn von Okon Roughcrest?«

»Spiel nicht die Naive, das steht dir nicht.« Er zupft an meinen Ketten, schnaubt. »Sag mir, Schattenlady, wie viele Mentale kennst du in Solitude?«

»Litíjr?« Ich schüttle den Kopf, verstehe nicht. »Nun ... Persönlich? Nur dich.«

»Lass mich dir eine Geschichte erzählen, Assassinin.«

Fluchend reiße ich an meinen Ketten. »Ich verzichte, sofern sie nicht den Namen des Mörders meiner Eltern enthält. *Meines* Mörders.«

»Louve.« Er beugt sich über mich, sein Duft nach Moschus, Duftwasser und Geld steigt mir in die Nase. Instinktiv halte ich die Luft an. »In Solitude gibt es nur eine Blut-Arzaê. Donna ist die einzige Sanguê in dieser Stadt. Genauso wie mein älterer Bruder Cirron und ich beinahe die einzigen Litíjr sind.« Er macht eine bedeutungsschwere Pause. »Mein Vater duldete niemanden, dessen Macht mit der der Roughcrests vergleichbar wäre. Deshalb gibt es nur uns.«

Ein Schauder läuft mir über den Rücken. »Der Mörder hatte keine andere Wahl, als einen Roughcrest zu rufen.«

Ich glaube, mir wird schlecht. »Du weißt, wer das Feuer gelegt hat. Du wusstest es die ganze Zeit.«

Achěş streicht mir durchs Haar und löst damit einen erneuten Würgereflex in mir aus.

»Fass mich nicht an! *Vive!*«

Doch Thuja rührt sich nicht. Weshalb reagiert sie nicht? Was hat der Arzaê mit mir gemacht?

Meine Strähnen gleiten durch seine Finger, meine eigene Hilflosigkeit ist Gift in meinen Venen. »Wunderbar, dass ich endlich deine Aufmerksamkeit habe, Erdbeertörtchen.«

Ich beiße die Zähne zusammen. »Gib mir meine Erinnerungen zurück, Achěş!« Auch, wenn sie mich bei lebendigem Leib verbrennen, ersticken, skelettieren werden – sie gehören mir.

Natürlich winkt Achěş ab. »Um deine Erinnerungen wiederherzustellen, müsstest du mich töten. Und da du das nicht kannst« – provokativ zieht er an einer der Metallfesseln –, »schlage ich vor, du flehst mich endlich an, dir meinen Preis zu nennen.« Er öffnet meine Finger, legt etwas Längliches, Kaltes hinein. Glas. »Bis dahin könntest du raten, was ich dir gleich verabreichen werde.«

48. Kapitel

Enean

Sanguê, die/der: *Blut-Arzaê; mit nur ein Prozent die seltensten und mächtigsten Arzaê; können ohne Berührung das Blut eines jeden lebendigen Organismus kontrollieren und ihn dadurch gefügig machen*

»Was soll das, Donna? Was tun wir hier? Wo kommen all die Leute her?«

Hinter der Sanguê schiebe ich mich durch eine gigantische Ansammlung Solituder. Je näher wir Iron Claw kamen, desto grausamer wurde die Schneise der Verwüstung. Und das, obwohl die eigentliche Explosion im Osten der Stadt stattfand. Mehr und mehr Tote säumten unseren Weg, die meisten von ihnen mit einer dicken Schicht Eis oder Raureif überzogen. Einige Bereiche sind vollends versperrt von eingestürzten Fassaden, verbogenen Straßenlaternen oder zerbrochenen Säulen, an welchen haufenweise Plakate von Vermissten hingen. Wenige überlebende Wühlkrähen kreisen zwischen schweren Wolken. Dann zerfallen sie zu Staub.

»Sie warten«, erwidert Donna. Wer ihr im Weg steht, wird kurzerhand ausgeschaltet. Reihenweise Arzaê und Menschen kippen um, weil ihnen die Blutzufuhr abgeschnürt wird. Frauen und Männer schreien erschrocken auf, drängen fort von uns, bemühen sich nahezu hysterisch darum, Donna auszuweichen. Beeindruckend. Sollte mir das alles gewaltig um die Ohren fliegen und ich wieder auf meinem Thron landen, kann ich die Sanguê nach ihrem Tod noch immer für mich einspannen.

»Was grinst du so blöd?«, verlangt Donna zu wissen. Misstrauisch beäugt sie mich über die Schulter.

»Hab mir nur vorgestellt, wie es wäre, wenn wir beide tot wären.«

»Es gefällt mir nicht, dass du den Begriff *wir* nur zu meinem Nachteil gebrauchst.« Skeptisch hebt sie eine Braue, ein unausgesprochenes *Du hast sie doch nicht mehr alle* im Gesicht. »Deinen eigenen Tod hingegen kannst du dir ruhig schon einmal ausmalen, schließlich sind wir deshalb hergekommen.«

»Was soll das heißen?« Ich schiebe einen dümmlich glotzenden Kerl beiseite, um Donna einzuholen. Vor uns ragen die wolkenhohen Turmspitzen Iron Claws auf. Oder besser gesagt diejenigen, die noch stehen. Mehrere Wände sind eingestürzt, die uns zugewandte Mauer wirkt, als hätte etwas Riesiges in sie hineingebissen. Die Schattenwandler haben reichlich Arbeit geleistet: Das einst schwarze Gestein ist fast vollständig mit einer dicken Eisschicht überzogen.

»Was willst du als Gegenleistung für Louves Aufenthaltsort?«, versuche ich es erneut, ernte jedoch nichts als Schweigen.

Je näher wir der Zitadelle kommen, desto unübersichtlicher wird das Gedränge. Es riecht nach Rauch und Schnee. Ein dumpfes Raunen erfüllt den Platz, Flüstern, Wispern, Mutmaßungen. Sogar ihren Nachwuchs haben sie im Schlepptau, kleine Mädchen und Jungen mit spitzen Ohren und teurer Kleidung drängen sich neben Menschenkindern in abgetragenen Baumwollhosen. Sogar Verletzte, als bestände Anwesenheitspflicht für ... was auch immer hier gespielt wird.

»Weshalb bringst du mich zu den Schattenassassinen?«

Donna hakt sich bei mir unter. Ihre roten Locken bilden einen starken Kontrast zum Schneeweiß ihres dünnen Mantels. Ob sie dazu imstande ist, ihr eigenes Blut zu erhitzen? »Na, um dich zu töten. Das sagte ich doch bereits.«

»Ähm …« Unsicher, ob das ein Scherz oder ihr beschissener Ernst ist, reibe ich mir über das Nasenbein. »Wir spazieren also gerade zu meiner Hinrichtung?«

»Korrekt, mein Lieber.«

Meine Brauen schießen in die Höhe. »Einspruch?«

»Oh, jetzt hab dich nicht so. Achĕş möchte, dass ich dich gegen das eigentliche Mordopfer des Mittagsmenüs austausche. Sieh es positiv: Solltest du der Schattengott sein, wie Achĕş behauptet, kehrst du einfach nur zurück nach Hause. Und solltest du irgendein anderer Lichtloser sein, der Besitz von Decans Körper genommen hat …« Unbeeindruckt zuckt sie mit den Schultern. »Dann auch.«

»Du hast Decan wirklich aufgegeben, nicht wahr?«

Sie mustert mich, ihre Gedanken sind undurchschaubar. »Ich habe die Idee von ihm geliebt. Ich habe es geliebt, zu lieben. Doch die Wahrheit ist, Decan Roughcrest war ein verwöhnter, egozentrischer Narzisst. Er kann sich glücklich schätzen, gestorben zu sein, bevor Rumían mit der Sprache herausgerückt ist. Anderenfalls würde ich meinem Kleinen die Überreste seines Peinigers ins Müsli rühren.«

»Klingt bemerkenswert anschaulich, Donna.« Sie kräuselt die Nase, aber ich winke ab. »Schon gut, ich verurteile dich nicht. Hätte dasselbe getan, nur fürs Protokoll.«

Sie drückt sich an meine Seite, ihre Locken laufen wie Flammen über den Ärmel meines Mantels. Ihr Duft nach süßer Vanille steigt mir in die Nase. »Ein Jammer, dass du sterben musst. Du bist der bessere Decan Roughcrest.«

Zustimmend nicke ich. »Zumindest diesbezüglich sind wir

uns einig. Wie wäre es, wenn wir eine weitere Gemeinsamkeit finden – zum Beispiel, mich vor dem Tod bewahren zu wollen?«

Wie so oft führt sie meinen Handrücken an ihre Lippen, ehe sie mit einem wehmütigen Lächeln den zurückbleibenden Abdruck betrachtet. »Netter Versuch, Süßer. Doch mein Sohn ist mir mehr wert als alle Boytoys dieser Welt.«

»Ich bin kein …«, setze ich empört an, doch da teilt sich die Menge und spuckt uns auf einem leeren Platz zwischen den Märkten Old Marbles und Iron Claws aus.

Auf einer hölzernen Empore, auf welcher im vergangenen Mondlauf zwei oder drei furchtbar mies inszenierte Theaterstücke gespielt wurden, wurde ein hoher Holzmast errichtet. Erst auf den zweiten Blick erkenne ich, dass man jemanden darangefesselt hat. Und dass ein uniformierter Schattenassassine dort oben steht und eine Rede hält über irgendeinen Blödsinn, an den er vermutlich nicht einmal selbst glaubt. Ihn umweht ein Umhang in glänzendem Silber, darauf das Wappen irgendeines geflügelten Viehs, das ich nicht genau erkennen kann. Sein glattes schwarzes Haar reicht ihm über die Schultern, der Bart ist akribisch getrimmt. Kantige Wangenknochen und ein stämmiger Körperbau verleihen ihm etwas Gebieterisches. Seine Augen hingegen sind von einem solch stechenden Ocker, dass sie nicht real wirken.

»Wer ist das?«, raune ich Donna zu, die nicht im Traum daran denkt, ihre Stimme zu senken.

»Du kennst General Irquan nicht? Soweit ich informiert bin, hattest du bereits mit der Verschmelzung seines Geistgefährten mit dem seiner Schwester, der Generalin, zu tun. Das Mal einer Anakonda schlängelt sich beinahe über seinen gesamten Körper. Widerlich.« In einer fließenden Bewegung beugt sie sich hinab und umfasst mein Schienbein, ehe ihre Hand über meine linke Wade wandert. »Es beginnt an dieser Stelle.« Sie folgt der Linie meiner Hüften, fährt über meinen Rippenbogen, die Brust hinauf, über das unter meinem Mantel liegende Schlüsselbein bis zu meinem Hals, wo sie zum Liegen kommt. »Und hört dort oben auf.«

Mein Puls schnellt in die Höhe. Allerdings nicht aus dem naheliegenden Grund, sondern weil sie mir eine Heidenangst einjagt.

»Sag mir, Schattenkreatur.« Ihre durchdringlichen Augen sind fest auf mich geheftet. »Was empfindest du, wenn ich dich auf diese Weise berühre?« Ihre Wärme findet meine Wange. »Ist es Zorn, Hass? Begierde? Furcht?« Ihre Fingernägel kratzen über meine Haut, ihr heißer Atem streift meinen Kiefer. »Verlangen?«

Sanft schiebe ich ihre Hand beiseite. »Jetzt, wo ich weiß, wie du zu Rumían stehst, ist es in erster Linie der Wunsch, euch beide zu packen und aus Solitude zu schaffen. Ihr seid hier nicht sicher, Donna.«

Etwas Gefährliches blitzt in ihren Iriden. »Ich bin die Gefahr. Ich bin der Tod. Ich bin die Dunkelheit.«

Doch ich schüttle den Kopf. »Glaub mir, ich kenne alle drei höchstpersönlich und sie haben nichts mit dir gemein. Ich wünsche dir, dass du irgendwann ein Leben führst, das mehr kennt als Rachedurst und Hass.«

Sie schnaubt, tritt aber von mir zurück. »Und ich wünsche dir, dass du endlich die Klappe hältst. Man kann nicht alles haben, nicht wahr?«

Unbeeindruckt zucke ich mit der Schulter. »Das würde ich so nicht behaupten. Wenn du alles haben willst, nimm es dir. Denn geben wird es dir niemand.«

Sie wünscht mir sämtliche Krankheiten, Flüche und Morde zugleich an den Hals, nimmt meinen Arm und zerrt mich mithilfe ihrer Fähigkeiten hinter sich her zu der Empore. Keine Ahnung, was sie vorhat, doch ist mir sehr wohl bewusst, dass sie jederzeit mein Herz zum Stehen bringen könnte. Also werde ich dafür sorgen, dass sie zufrieden ist. Soweit man eine rachsüchtige Märtyrerin zufriedenstellen kann.

Plötzlich durchbricht ein ohrenbetäubendes Brüllen die Atmosphäre. Das Geräusch ist so laut, als hätte die Finsternis selbst den Erdboden aufgerissen, um sich ihren Zorn aus dem tiefschwarzen Rachen zu schreien. Perplex presse ich mir die Hände auf die Ohren, selbst Donna rümpft die Nase. Nicht minder irritiert als die versammelten Solituder beobachte ich die Umgebung und begegne fragenden Gesichtern, Getuschel, Geschubse, und heulenden Kleinkindern.

»Ihr guten Bürgerinnen und Bürger von Solitude«, erhebt General Irquan die raue Stimme. »Werdet nun Zeuge unseres oberen Gerichts. Unser Erzfeind wurde gefasst, die Gemeinschaft der Schattenassassinen steht für eure Sicherheit ein!«

Jemand kreischt, ein anderer heult. Eine ranzige Tomate landet auf dem Holz, die Assassinen ringen den Übeltäter nieder. Ungläubig reiße ich die Augen auf. Gericht? Dass ich nicht lache. Schon mal was von Verteidigung des Angeklagten und einem fairen Prozess gehört?

Unsanft schiebt mich Donna an den Fuß der Empore, wo sie mir mit dem Kinn gestikuliert, eine schmale Holztreppe hinaufzusteigen. Auf einer niedrigen Anhöhe reihen sich eine übersichtliche Anzahl Schattenassassinen auf, vermutlich die Leutnants und Kommandanten. Erst jetzt erkenne ich die von der Masse separat platzierten Unmengen an uniformierten Rekruten, ein Meer aus finsterem Schwarz. Ganz Iron Claw muss anwesend sein. Warum? Das gefällt mir nicht. Ganz gleich, was diese Irre nun vorhat, es gefällt mir ganz und gar nicht.

»Was soll das?«, raune ich Donna zu. »Willst du mich dem

General opfern, um Rumían zurückzukriegen? Bist du dir überhaupt sicher, dass Achẽş ihn hat? Vielleicht sitzt der Kleine in der nächstbesten Konditorei und …«

Da fällt mein Blick auf den an den Mast gefesselten Gefangenen. Sein kurzes Haar ist verklebt von Schweiß und Staub, die dunkle Haut wirkt fahl. Ringe zieren die Stellen unterhalb seiner stur geradeaus starrenden Augen, seine aufgesprungenen Lippen sind zusammengepresst, unter seiner Nase klebt getrocknetes Blut. Kendric Roughcrest. Oder zumindest sein Körper.

Plötzlich kann ich nicht mehr schnell genug auf die Anhöhe steigen. »Halt!«, rufe ich in die Menge. »Ihr habt den Falschen. Mein Leben für das seine! Kendric ist unschuldig!« Nun, zumindest in diesem Belang.

Hinter mir stürmt Donna auf die Bühne und reißt mich am Ellbogen zurück. »Was soll dieser melodramatische Auftritt? Weshalb erpresst Achẽş mich, wenn du dich freiwillig stellst?«

Oh, vermutlich, weil der Mistkerl nicht die geringste Ahnung hat, wen die Assassinen dort an diesen verdammten Pfahl gekettet haben!

General Irquan dreht sich zu uns um, bedenkt erst Donna, dann mich mit einem Stirnrunzeln. Er ist jünger als erwartet, höchstens vierzig Zyklen. Gibt ganz schön an dafür, dass ich zwanzigmal so alt bin – wenngleich meine neu erworbenen Kräfte unpraktischerweise an eine abwesende Louve gebunden sind.

Mehrere Assassinen greifen nach ihren Waffen, doch Irquan gestikuliert ihnen, innezuhalten. »Seid ihr gekommen, um euch zu verabschieden? Reichlich spät.«

»Ich bin gekommen, um Kendrics Platz einzunehmen. Ihr habt den Falschen.« Wenn doch nur Donna auf meiner Seite stände – wir alle würden heil aus der Sache herauskommen.

Stattdessen werde ich zurück ins Schattenreich fahren. Ich kann nur dafür beten, dass Louve einen Weg findet, Achëş zu entfliehen. Bei dem Gedanken daran, ihr in meiner ursprünglichen Gestalt gegenüberzustehen, dreht sich mir der Magen um. Sie wird behaupten, es würde ihr nichts ausmachen – doch wir beide wissen, dass das das Ende unseres Fiebertraums von *wir* bedeuten würde.

Dennoch trete ich auf Irquan zu. »Nehmt mich an seiner Stelle.«

Der General stößt ein spöttisches Lachen aus. »Bei allem Respekt, Junge, aber du weißt nicht, wovon du da sprichst. Dieser Mann« – er weist mit ausgestreckter Hand auf den mürrisch dreinblickenden Gefangenen –, »ist nicht dein Bruder. Der Schattengott ist in seinen Körper gefahren. Ich weiß Bescheid über dein heldenhaftes Ablenkungsmanöver – und dass du behauptet hast, du seist der Schattengott und hättest Banister getötet, wo Kendric längst gestanden hat. Du brauchst ihn nicht länger in Schutz zu nehmen, mein Junge. Er ist nicht der, für den du ihn hältst.«

Mit offenem Mund starre ich ihn an. »Er hat … *was?*«

»Was meinst du, weshalb Achëş dich austauschen will?«, raunt mir Donna zu. »Kendric hat sowohl den Mord gestanden als auch, der Schattengott zu sein. Achëş glaubt ihm nicht. Er will seinen Bruder retten. Er will, dass *du* gestehst.«

»Ach, und weshalb ist Achëş dann nicht selbst hier?«, flüstere ich zurück. »So viel kann ihm ja nicht an seiner Familie liegen. Weiß er, dass du seinen Vater abgemurkst hast?«

»Psst«, schnauzt Donna mich an. »Halt endlich die Klappe und stell dich!«

»Das versuche ich die ganze Zeit! Was soll ich noch tun, mir ein Schild umhängen?«

»Decan Roughcrest, verabschiede dich jetzt von deinem Bruder oder verschwinde von meinem Podest!«, fährt Irquan mich an. »Es ist unsere Pflicht als Schattenassassinen, unseren Feind zurück auf die andere Seite der Barriere zu verbannen. Wir werden noch früh genug herausfinden, wie er es geschafft hat zu entkommen. Wir sind bereits dabei, die Barriere zu stärken, sie stabiler zu machen als je zuvor.« Mit ausgebreiteten Armen wendet er sich an das Volk. »Wir werden den Ritus unserer Ahnen wiederholen und die Grenze unüberwindbar machen!«

Grölen vonseiten des Publikums. Irgendjemand wirft einen BH. *Oh Mann.* Hat der Kerl irgendeine Ahnung, was seine ach so tollen Vorfahren getan haben, um die Barriere so robust zu machen, wie sie heute ist? Sie gaben ihr Leben für die Dunkelheit, verwoben ihre eigenen Schatten mit der Grenze zwischen Leben und Tod, opferten sich für die Allgemeinheit. Viel mehr schreit dieser Hampelmann nach *General vor Kindern und Frauen auf das Rettungsboot.*

»Kannst du Kendric nicht anderweitig rausschaffen?«, wispere ich Donna zu. »Niemand glaubt mir. Ich habe keine Kräfte, die beweisen würden, dass ich nicht Decan bin.«

Desinteressiert wendet sie sich von uns ab, um die Treppen hinabzusteigen. »Einer von euch wird hier und jetzt sterben, und meinem Sohn zuliebe hoffe ich für dich, dass du derjenige bist.«

Fluchend stürme ich auf den Gefangenen zu. Grob packe ich seine angespannten Schultern und zwinge ihn, mich anzusehen. Der Spott in seiner Miene spricht Bände.

»Was glaubst du, was du da tust?«, zische ich. »Weshalb behauptest du, ich zu sein?«

»Ich rette dir das Leben. So, wie du mir einst das meine rettetest.« Ein Ausdruck tiefsten Schmerzes huscht über seine Augen. »Mein Schattengott.«

49. Kapitel

Louve

Polternatter, die: *Gattung: Schattenwandler; das konservierte und aufbereitete Leder wird zur Verstärkung von Waffenknäufen verwendet (z.B. Machete, Dolch); giftig/zurückgezogen; Größe: max. eine halbe Menschenlänge*

»In diesem Moment findet die Hinrichtung deines Geliebten statt.« Achĕş packt meine Schulter, dreht meinen Arm so weit, dass ein leises Knacken ertönt, schnaubt und wendet sich dem anderen Arm zu. »Donna ist soeben dabei, ihn gegen Kendric auszutauschen. Du weißt genauso gut wie ich, dass, wer auch immer den Körper meines Bruders besetzt hat, keine Chance gegen eine Sanguê hat.«

Wütend mahle ich mit dem Kiefer. »Du glaubst nicht mehr daran, dass er der Schattengott ist?«

Seelenruhig inspiziert er die nackte Haut meines anderen Arms. »Es spielt keine Rolle, was er ist. Ich habe ihn einen halben Mondlauf lang gefoltert und kein Wort aus ihm herausbekommen. Also habe ich ihm gedroht, dich umzubringen. Da hat der Kerl einfach aufgehört, dich zu treffen, sodass ich mir nicht mehr sicher war, ob du tatsächlich sein Schwachpunkt bist oder nur eine Affäre.« Seine warmen Hände umfassen mein Handgelenk, fahren über die wulstigen Konturen der Narbe, die der Armreif in mein Fleisch gebrannt hat.

»Wäre er dir weiter aus dem Weg gegangen, müsstest du jetzt nicht sterben. Aber ich fürchte, er braucht diesen kleinen Anreiz, um sich dem Henker zu stellen.«

Es gibt zwei Dinge, die einen Menschen maßgebend verändern: Liebe und Schmerz. Ersteres schenkt dir die unverfälschte Wildheit deines wahren Ichs und kettet deinen Anker an die Sonne. Letzteres hingegen macht dich tapfer, mutig, standhaft. Bis du stark genug bist, dein eigener Anker zu sein.

Enean legte mir die Sonne zu Füßen. Das Leben aber kettete mich an mein wahres Selbst. Es sorgte dafür, dass ich dazu imstande bin, meinem Feind ins Gesicht zu lachen und zu schreien: »Du kannst unsere Körper vernichten, Achĕş Roughcrest, kannst uns foltern und tyrannisieren, uns sogar töten. Doch unsere Seelen sind ewig. Und eines Nachts werden sie zurückkommen und Rache nehmen.«

»Aber nicht nach diesem Sonnenlauf, Prinzessin.« Er nestelt am Ärmel meiner Tunika, flucht und reißt den Stoff kurzerhand entzwei. Kälte küsst meine Haut und ich muss mir auf die Zunge beißen, um nicht zusammenzuzucken. »Es spielt keine Rolle mehr, ob der Kerl der Gott ist oder nicht. Ich habe ihm genug Blut abgenommen, um damit zu experimentieren.« Ich spüre, wie er etwas um meinen Oberarm bindet und festzurrt, ehe er meine Adern abklopft. Mir wird schlecht. Alles in mir schreit danach, zu kämpfen. Zornig reiße ich an meinen Ketten und öffne die Lippen zu einem wutentbrannten: *»Vive!«*

Diesmal bin ich hellwach, die Macht der Arzaê hält mich nicht länger zurück. Sofort befreit sich der Schatten meiner Kindheit aus meinem Körper, drängt sich aus meinem Inneren hinaus in die Realität. Silberzüngige Rauchschwaden breiten sich über mir aus, nehmen den Umriss eines gewaltigen Grizzlys an.

»Ach, komm schon, Louve. Du weißt es doch besser.« Er

duckt sich unter Thujas Schlag hinweg, sodass er nur gestreift wird, und legt seine Hände an meine Schläfen.

Unglücklicherweise behält er recht. Thuja hat sich keine zwei Atemzüge lang manifestiert, da macht sich auch schon das vertraute Prickeln des Dòchaş-Rituals in meinem Nacken bemerkbar. Die Verbindung zerrt an mir, sucht nach ihrem Cåraidt, nach Wrens Geistgefährten Rhyn. Der Pakt sorgt dafür, dass sie nicht mehr ohne ihn existieren kann. Ebenso wenig, wie ich ohne ihren Träger existieren kann.

Thuja stößt ein schmerzverzerrtes Brüllen aus, ihre Konturen flackern. Gleichzeitig verstärkt sich Achĕş' Druck an meinen Schläfen, ehe aus dem Nichts eine unsichtbare Macht an meinen Hirnwindungen reißt. Ich versuche dem Schmerz so gut es geht zu widerstehen, doch Achĕş' Mentalkraft ist stärker. Mein Schrei geht in Thujas Gebrüll unter, während der Arzaê mein Hirn frittiert. Mein Körper ist gefangen in einem Netz aus Elektrizität. Kaltes Blut läuft aus meiner Nase, mein Mageninhalt drängt die Kehle hinauf. Ein letztes Mal tastet Thuja nach Rhyn, dann fällt sie in sich zusammen und fährt zurück in meinen Rücken. Keuchend bäume ich mich auf. Ich kann gerade noch den Kopf zur Seite drehen, ehe ich würge, allerdings bleibt es bei einem quälenden Husten. Seit einer ganzen Weile habe ich nichts mehr zu mir genommen. Weiße Punkte flackern vor meinem Blickfeld.

»W-wo ist er?«, spucke ich Achĕş entgegen. »Was ist mit Wren? Ich kann ihn spüren. *Thuja* spürt ihn.«

»Eins nach dem anderen, Püppchen. Weshalb regst du dich so auf? Deinen schmutzigen Gedanken nach zu urteilen, hast du eine Affäre mit was auch immer sich den Körper meines Bruders geschnappt hat.«

Abermals nimmt er sich meinen Arm vor. Diesmal zögert er nicht. Ich spüre, wie sich etwas Spitzes in meine Haut bohrt, meine Ader durchsticht. Eine Spritze. Bei der Barriere, was injiziert der Mistkerl mir da? Noch einmal klopft er auf meine Armbeuge, wie um zu überprüfen, ob sich sein Gift auch gut verteilt hat. Dann löst er die Binde von meinem Oberarm und tätschelt meine Schulter. »Braves Mädchen.«

»Ich bin kein *braves Mädchen*«, fahre ich ihn an. Blut rinnt aus meiner Nase über meine geöffneten Lippen. »Ich bin dein verdammter Untergang, Litíjr. Ganz gleich, was du vorhast, du wirst dafür bezahlen.«

Plötzlich ertönen Schritte, Stiefelsohlen auf Wasser. Kurz darauf schiebt sich eine Silbersilhouette über mich. »Es gibt kein *wir*, Louve. Es gibt jetzt nur noch dich.«

Ich erstarre, vergesse für einen Moment zu atmen. Meine Zunge ist pelzig, ich fühle mich, als hätte mir Achĕş abermals einen elektrischen Schock versetzt.

»Generalin Dråga?«, stoße ich erstickt hervor. Plötzlich erinnere ich mich, dass Achĕş vorhin mit einer Schattenassassinin gesprochen hat. *Sie?*

»Ich habe kein Mitleid mit dir, Louve.« Sie schreitet an mir vorbei und geht auf an den Wänden befestigte, fensterhohe Objekte zu, die ich bislang nicht wahrgenommen habe. Sie klopft mehrere ab, eine fanatische Wissenschaftlerin auf Abwegen. »Wenn du gehst, wirst du nicht mehr sein als ein Name auf einer Liste Gefallener.« Vor einem der Gegenstände bleibt sie stehen. »Roughcrest, wie steht es um den Neffen des Kommandanten?«

Wahrheit ist Gift für Hoffnung. Ich presse die Lippen aufeinander, bis ich erneut Blut schmecke. Der Verrat meiner eigenen Leute sollte nichts Neues für mich sein, ist über die Zyklen hinweg zu einem Wiegenlied mit schalem Beigeschmack geworden. Doch ich weigere mich, das Opfer zu spielen. Wenn sie meine Dämonen unter meinem Bett hervorzerren, werde ich längst jeden einzelnen beim Namen kennen. Meine Finsternis wird mein Schwert sein und die Angst meiner Feinde mein Schießpulver.

»Keine Sorge. Ich habe sichergestellt, dass er seinen Geistgefährten nicht rufen kann.« Was wiederum zur Folge hat, dass ich Thuja nicht befreien kann. Mistkerl.

»Was habt ihr mit Wren gemacht?!«, schreie ich.

Ehe ich mich's versehe, ist Achĕş erneut an meiner Seite, reißt meinen Kragen weg und gräbt seine Finger so brutal in meine Schulter, dass mir schwarz vor Augen wird. Heißer Schmerz zuckt durch meine Muskeln, mein Körper steht in Flammen.

»Man sagt, nach dem Dòchaş spürt ein Schattenassassine seinen Cåraidt. Seine Verletzungen sind deine.« Er lässt von mir ab und tätschelt meine Wange. »Hab ihm das Falkenmal aus der Haut geschnitten. Du kannst von Glück sprechen, dass Donna dir die Lichter ausgeknipst hat. An deiner Schulter prangt eine ziemlich fiese Fleischwunde, Süße. Ein Wunder, dass du mir nicht wegkippst.«

Mir gefriert das Blut in den Adern. Für einen Moment vergesse ich zu atmen. »Wo ist Wren?«

Achĕş ignoriert mich. Stattdessen wendet er sich an die Generalin. Was hat sie mit den Arzaê zu schaffen? Weshalb lässt sie zu, dass Achĕş uns foltert?

»Ihr habt, was Ihr wolltet. All diejenigen, die Fragen stellten, sind tot oder hier. Wren, Louve, Sâl. Der Schatten, der sich den Körper meines Bruders geschnappt hat, wurde vermutlich längst hingerichtet.«

Eneans Name hallt in meinem Herzen. *Sie werden ihn umbringen.* Er wird aus Solitude gerissen, auf ewig dazu verdammt, der Herrscher der Finsternis zu sein. Sobald sie mich getötet haben, gibt es niemanden mehr, der ihn aus dieser

Ewigkeit der Sklaverei befreien wird. Er wird für immer gefangen sein auf der Seite der Toten. Unfähig, zu leben und zu sterben. Ich werde ihn nie wiedersehen. Und er mich nach Hunderten und Aberhunderten Zyklen vergessen.

»Sind wir quitt?«, verlangt der Litijr von Dråga zu wissen. Mir entgleisen die Züge. *Wie bitte?!*

»Du erhältst deine Bezahlung, sobald ich einen Beweis habe, dass diese besondere Art der Transformation anschlägt.«

Bezahlung? Transformation? *Was zur Schattenwelt?!*

»Na schön, aber ich kann nichts versprechen«, erwidert er kalt. »Hat Louves Infusion Auswirkung auf Wren, und umgekehrt?«

Bitte was?! »Was zum Nachtwaran hast du mir gespritzt, Achĕş!«

Er ignoriert mich. »Nein, die Verbindung gilt ausschließlich für äußere Verletzungen. Krankheiten, Infusionen oder Transformationen bedingen sich nicht. Herzstillstand hingegen fällt unter die organische Verbindung«, fachsimpelt die Komplizin meines angehenden Mörders.

»Okay, Louve, spürst du etw…« Weiter kommt er nicht.

Plötzlich ertönt ein nicht menschliches Gebrüll, gleichzeitig poltert irgendetwas zu Boden, meine Ketten klirren bei dem Aufprall. Dråga stößt einen begeisterten Schrei aus, Achĕş weicht zurück und knallt mit dem Rücken gegen meinen Altar. Keine Ahnung, ob die Tatsache, dass ihm nicht ganz bewusst zu sein scheint, welche Art von Experimenten er am lebenden Objekt durchführt, Genugtuung oder helle Panik in mir auslösen soll. Instinktiv zerre ich an meinen Ketten, noch immer hat das, was er mir gespritzt hat, keine Wirkung entfaltet. Ich konzentriere mich darauf, bei klarem Verstand zu bleiben. Ich muss hier raus, muss Wren und Enean zur Seite stehen! Und Sâl rächen.

»Du sagtest, du hättest ihn unter Kontrolle!«, ruft Dråga aus. »Irquan hat unseren Geistgefährten, ich kann ihn jetzt nicht rufen.«

»Ich sagte, ich würde die Dosis erhöhen. Nicht, dass ich weiß, was eine frühzeitige Transformation mit dem Wirt macht!«

Wirt? Was ist das für ein krankes Spiel? Und wo sind wir?! Wieder reiße ich an den Ketten, richte meinen Oberkörper so weit wie möglich auf, kämpfe gegen den Schwindel an. Verschwommen nehme ich mein Umfeld wahr. Die Silbersilhouette der Generalin. Der Goldschimmer des Arzaê. Und elf lebensgroße Objekte, die –

Ich schlucke. Keine Objekte. Kokons.

Plötzlich rasten meine wattierten Zahnräder ein. Die unterirdischen Bauten. Die unheimliche Unterwasserstadt. Enean, der sich das zweite Relikt der Göttin einverleibt und das Zusammentreffen beider alles um uns herum in die Luft jagt. Ich weiß genau, wo wir sind. Nur verstehe ich nicht, *wieso.*

Da reißt das heruntergestürzte Objekt entzwei, erzittert, als würde es von innen heraus bersten. Fetzen glimmenden Lichts lösen sich, begleitet von einem unmenschlichen Schrei. Ich bäume mich auf, winde mich unter meinen Fesseln.

»Achĕş, mach mich los, nimm mir sofort diese Ketten ab!«

Doch der Arzaê dreht sich nicht einmal zu mir um.

»Was passiert hier?«, ruft Dråga ihm zu. Unterdrückte Panik schwingt in ihrem Ton. Das ist nicht gut. Sie weiß stets, was sie tut. Zumindest bis jetzt.

»Er trägt Blut und Knochenmark des Schattens in sich, der Decan besetzt hält.« Achĕş' Hände krallen sich hinter seinem Rücken in mein steinernes Grab. »Ich habe die Injektion genauso vorgenommen wie bei den anderen Versuchsobjekten.«

Mir rutscht das Herz in die Kniekehlen. *Versuchsobjekte?*

»Was hast du mir gespritzt, Achĕş!«

»Nur das Schattenextrakt«, zischt er mir über die Schulter hinweg zu. »Extrahiert aus seinem Blut.«

Das Blut eines Gottes?! »Du hast mir *Decans* Blut gespritzt?«, brülle ich ihn an. »Um was zu erreichen?«

»Nicht das reine Blut«, fährt er mich an. »Ich habe es unter eine über viele Zyklen erprobte Injektion gemischt, um einen Vergleich mit den anderen Testpersonen zu haben.«

Entgeistert reiße ich die Augen auf und nicke auf das sich brüllend aufbäumende Objekt. »Das nennst du erprobt?!«

Für einen Moment erlaube ich mir, die Augen zu schließen. Mich auf das Gift zu konzentrieren, das durch meine Venen pumpt. Oder besser gesagt: das Extrakt des Schattengottes. Zugegeben, vermutlich hatte niemand zuvor so viel von ihm ... in sich wie ich. Möglicherweise ist mein Körper seine DNA längst gewohnt.

»Vive!«, schreit die Generalin, als sich die Kreatur auf sie stürzt. Natürlich passiert nichts, denn wie sie selbst sagte, ist ihr Geistgefährte in seiner Verschmelzung mit etwas anderem beschäftigt. Mit ... Enean? *Die Finsternis stehe uns bei ...*

Dråga zückt ihre Waffen, zwei unterarmlange Dreizacke, wie ich weiß, und sticht auf ihren Angreifer ein. Die Kreatur brüllt und reißt sie zu Boden. Was auch immer die beiden züchten – es ist nicht nur größer als die Generalin, sondern ganz offensichtlich auch stärker. Schattenwandler? Ein ekelerregendes Schmatzen dringt an mein Ohr, Gänsehaut überzieht meine Wirbelsäule.

»Achĕş! Wenn du überleben willst, löst du meine Fesseln und gibst mir eine Waffe!«

Ich kann es nicht fassen, als endlich Leben in den erstarrten Vollidioten dringt – doch anstatt mir zu helfen, löst er sich von dem Gesteinsbrocken und rennt auf den Ausgang zu. Mir rutscht das Herz in die Kniekehle. Ganz langsam drehe ich den Kopf zur Seite, kann aber weder die Generalin noch die Kreatur entdecken, was bedeutet, sie sind nach wie vor miteinander … beschäftigt. Plötzlich habe ich eine Scheißangst. Wie eine Verrückte zerre ich an meinen Fesseln, vergebens. Soll ich mir die Daumen brechen und versuchen, meine übrigen Finger durch die Riemen zu schieben? Eine Träne rinnt mir aus dem Augenwinkel, Adrenalin flutet meine Nervenbahnen. *Fuck*, das Vieh wird mich bei lebendigem Leib ausweiden, wenn –

Da scheint ein goldenes Licht über mir, ich atme Moschus ein. Kurz darauf fallen erst die Ketten an meinen Handgelenken, dann die an meinen Beinen mit einem viel zu lauten Klirren zu Boden. Etwas Hartes wird mir in die Hand gedrückt, mit dem Zeigefinger erfühle ich ein Messer, verspüre ein gewohntes Ziepen, als die Klinge in meine Haut schneidet.

»Du bist auf dich allein gestellt«, raunt Achēş mir zu, ehe das Geräusch seiner Stiefel auf feuchtem Gestein erneut im Hintergrund verhallt.

Ich nehme mir nicht die Zeit, darüber nachzudenken, weshalb der Arzaê zu mir zurückgekehrt ist. Zufrieden ertaste ich weiches Polternatterleder am Knauf. Mit dem hochwertigen Kurzschwert fest an meine Brust gepresst, springe ich von dem Altar und sprinte auf den einzigen Ausgang zu. Zwölf Rundbögen, die hinaus ins tiefe Gewässer weit unterhalb Solitudes führen. Und nur eine einzige Wendeltreppe in der Mitte des kreisrunden Raumes, die mich in Sicherheit führen wird. Sollte Dråga noch am Leben sein, hält sie mich nicht auf. Das Schmatzen weit hinter mir spricht Bände. Es ist als … Ich schlucke. Als würde die Kreatur sie ausweiden, oder schlimmer noch, fressen.

Ich drehe mich nicht um, als ich meine Generalin ihrem Tod überlasse. Irgendetwas Fremdes und gleichzeitig Bekanntes schlägt in meinem Herzen, erfasst mein Blut. Etwas Dunkles, Vertrautes. Die Macht der Schatten. Und ihres Herrn. Was passiert mit mir?

Mehrmals stolpere ich über die einzelnen Treppenstufen, weil ich ihre Konturen nicht erkenne. Als die untere Ebene endlich in Sicht kommt, meine Hand zitternd nach einem nicht existenten Geländer greifen will, trifft mich ein Gewicht mit voller Wucht im Rücken, das Gebrüll der Bestie droht mein Trommelfell zu zerschmettern. Das Gestein bricht unter meinen Stiefeln weg und plötzlich befinden wir uns im freien Fall.

50. Kapitel

Enean

Sturmdrache, der: *Gattung: Schattenwandler; größte/seltenste Drachenart des Schattenreichs; Durchmesser: mehrere Häuser; Durchmesser Schuppe: Fenstergröße; sehr intelligent; telepathische Kommunikation; Färbung: rötlich/weiblich und grün/ männlich*

»Prejudice, ich bitte dich. Tu das nicht.« Ich umfasse ihr Gesicht, *Kendrics* Gesicht. Die Meute buht. Auf Außenstehende muss es den Eindruck erwecken, als würde sich ein junger Mann von seinem Bruder verabschieden. Und nicht, als würde der Schattengott eine seiner engsten Vertrauten anbetteln, sich nicht für ihn zu opfern.

Prej macht keinerlei Anstalten, sich von ihren Ketten zu befreien. »Sie brauchten einen Sündenbock. Suchten den Schattengott. Ich habe an deiner statt gestanden.«

Über unseren Köpfen brechen die Wolkenbahnen auf, das Grölen der Menge begleitet mein ungehörtes Flehen. Panik bricht aus, die Assassinen drängen die Solituder unaufhörlich zurück.

»Genug!« General Irquan tritt auf uns zu, sein rauer Bariton trieft vor Ungeduld. »Das ist nicht mehr dein Bruder, Decan. Die Finsternis hat Besitz von ihm ergriffen und nun wird sein schwarzer Schatten zurück in seine Hölle fahren.«

Verzweifelt reiße ich herum. »Nein, Ihr versteht nicht! Er ist nicht …«

»Schweig!«, zischt meine dunkle Gefährtin. »Du magst mein Gott sein, aber ich beschwöre dich, Enean, sei still! Lass mich das für dich tun. Du musst in diesem Körper bleiben, um die Barriere zu zerstören.«

Ich beiße die Zähne zusammen. Hat sie denn nicht zugehört? Sie sind dabei, die Barriere durch *Menschenopfer* zu stärken.

Ihre entschlossene Miene findet meine. »Wir werden erneut zusammenfinden. Meine Finsternis hat die deine in dem Augenblick erkannt, als du mir das Leben gerettet und es an die Dunkelheit verpfändet hast.«

Mein Kiefer ist so fest angespannt, dass ein Gelenk knackt. Bilder an vergangene Monde flackern vor meinem geistigen Auge auf. An diese einsame junge Frau, auf den Straßen Solitudes zum Sterben verurteilt, zitternd in ihrem eigenen Blut. Meine Hände ballen sich zu Fäusten, meine Nägel graben sich in meine Haut. Ich habe nicht genug Finger, um die Personen zu zählen, an deren statt ich Rache an dieser gottlosen Stadt schwor.

Mehrere Schattenassassinen machen Anstalten, die Empore zu erklimmen, doch Irquan gestikuliert ihnen, stehen zu bleiben.

»Runter von der Empore, Decan«, fordert er mich auf. Seine Soldaten nehmen Position ein. »Er kommt.«

»Er?« Ich sehe zum General, zurück zu Prejudice, suche flüchtig das Publikum nach einer Art Henker ab. Wenn ich nur daran denke, dass sich Prej für mich opfern will, laufen meine Nervenbahnen heiß.

Mit bloßen Händen reiße ich an ihren Ketten, bis meine Fingerkuppen aufplatzen und mein Blut ihre Fesseln tränkt. Trotz seiner Warnung macht Irquan keinerlei Anstalten, mich aufzuhalten. Weil es ihm gleichgültig ist, ob er einen oder zwei Brüder hinrichtet. Und weil er sich nicht dem Gespött der Leute preisgeben will, indem er vor versammelter Mannschaft einen Streit mit Arzaê anzettelt.

Ich rufe die Macht der Göttin, die durch das Relikt in meinen Adern fließt. Doch sie erhört mich nicht. Denn sie ist nichts ohne jenen Teil, den sich Louve angeeignet hat.

Ich rufe die Macht des Gottes, zu dem man mich erhoben hat. Auch sie schweigt. Denn sie ist nichts ohne das Schattenreich, aus dem sie geboren worden ist.

Ich habe meine Göttlichkeit aufgegeben für einen sterblichen Körper. Habe meine Macht geopfert für die Berührung einer Frau, der ich meinen letzten Atemzug zu Füßen legen würde. Ich bin nicht länger unsterblich. Und zum ersten Mal wird mir bewusst, dass ich nicht nur meine Göttlichkeit verloren habe, sondern mit ihr die Fähigkeit, meine Feinde zu besiegen und diejenigen zu schützen, die ich liebe.

Zum ersten Mal verstehe ich, was es bedeutet, hilflos zu sein. Machtlos gegenüber einer Welt, die das Gute zwischen ihren Klauen zerdrückt wie Sand.

Blut rinnt über meine dreckverkrusteten Hände, mein Brustkorb hebt und senkt sich vor Anstrengung. Ich finde Prejudices Blick, als Wind mir das Haar aus dem Gesicht peitscht und gigantische Schwingen die Zwillingssonnen verdecken, uns in Schatten bergen, aus denen wir einst geboren wurden.

»Enean, lauf«, raunt Prejudice mir verzweifelt zu. »Lauf!«

Ich umfasse ihre Wangen, beuge mich über sie. Meine Lippen finden ihre Stirn, mein Herzschlag rast im Einklang mit dem Kreischen des sich nähernden Monsters.

»Ich lasse dich nicht im Stich, Prej. Einst habe ich dir das Leben gerettet und in diesem Moment wurdest du zu meiner Verantwortung.« Ich lege meine Stirn an ihre. »Damals habe ich dir geschworen, dass du dich niemals wieder einsam, nie wieder ohnmächtig und ausgeliefert fühlen wirst. Ich werde dich nicht aufgeben. Wenn du gehst, gehe ich mit dir, hörst du? Du bist mir wichtig. Über Hunderte Zyklen hinweg warst du stets alles, was ich hatte. So wie ich alles war, was du hattest.«

Manche Herzen sind zum Brechen geboren. Ich schätze, meines war nie richtig intakt. Ich schließe die Augen, während sich die Bestie uns nähert. Flehe zu einer Göttin, an die ich inzwischen gelernt habe zu glauben, Louve zur Seite zu stehen, ihr die Kraft zu schenken, sich aus den Fängen der Arzaê zu befreien. Ich weiß, dass sie es schaffen wird. Sie ist eine Kriegerin. Ist viel mehr Göttin, als ich je Gott war. Mein Innerstes verkrampft sich, zerrt an meinem Verstand, beschwört meinen Körper, sich umzudrehen und zu der einen Person zu laufen, die mich gelehrt hat, was Liebe bedeutet. Güte. Und Freiheit.

Aber ich kann nicht. Ich habe Prejudice ein Versprechen gegeben. Niemals wieder wird sie von denjenigen verraten werden, die sie lieben sollten. Nie. Wieder.

Der Schatten einer flusslangen geflügelten Riesenschlange erhebt sich über uns. Panik bricht bei den Zuschauenden aus, Menschen kreischen, brüllen auf vor Furcht, doch Irquan beruft sie, ruhig zu bleiben. Das also ist, wie die Schattenassassinen ihre eigenen Leute hinrichten. Es ist keine gerechte Strafe. Es ist Grausamkeit. Der General scheint mich aufgegeben zu haben, jedenfalls macht er keinerlei Anstalten, mich von meinem vermeintlichen Bruder wegzuzerren. Ich höre, wie er sich entfernt, wie seine Stiefel die wenigen Stufen zur Empore hinabsteigen. Und er die Bühne seinem mutierten Geistgefährten überlässt.

Sie behaupten, wir seien die Monster. Wir, die den Toten dienen, sie lehren, die Erinnerungen an das, was sie einst zeichnete, auszuradieren. Die Wahrheit ist, niemand zwingt sie, zu Schattenwandlern zu werden, zu deformiertem Vieh. Nicht ich, ihr Gott, und schon gar nicht meine Untertanen. Stattdessen steigen die Schatten der Toten aus den Seen der Erinnerungen und verlieren sich in animalischen Trieben, in Zorn und Rage, in Hunger und der Gier nach Macht. Und dann verwandeln sie sich. Kehren ihr Innerstes nach außen. Sie mögen mich als ihren Teufel betrachten, doch ich krümme keinen Finger, um den Schatten ihren Stempel aufzudrücken. Die Schattenassassinen hingegen schlachten ihre eigenen Leute ab wie Vieh. Und taufen den Sündenbock mit meinem Namen.

Wir stehen nur da, Prej und ich, Stirn an Stirn, Atem an Atem, der Moment ein eingefrorenes Sanduhrglas, stillgestandene Ewigkeit. Der durch den Schlangenleib verursachte Windstoß nimmt zu, Gänsehaut legt sich über meinen Nacken.

Der Kopf der Bestie ist größer als das Haus, in dem ich meinem Engel schwor, ihn auf ewig zu lieben. Ich erkenne es an seinem finsteren Abbild, das uns unter sich begräbt. Die Kreatur ist nur noch wenige Flügelschläge von uns entfernt, verdeckt die letzten Strahlen von Athaír und Sôl. Das Lachen meiner kleinen Mädchen birst in meinem Gedächtnis, als ich endlich bereit bin, meine Albträume als das zu akzeptieren, was sie sind: Das Zeugnis für ein früheres Leben, dem ich nicht gerecht wurde.

Prej bleibt stark, bis zum letzten Moment hält sie meinen Blick fest. In ihren Augen liegt weder Furcht noch Schmerz. Nur Erleichterung. »Gehen wir nach Hause, Schattengott«, wispert sie mir zu.

Ich schenke ihr ein letztes Lächeln. »Gehen wir nach Hause, Schattenwandlerin.«

Da reißt die Schlange ihr gigantisches Maul auf – als ich mit der Wucht eines stürzenden Kometen zur Seite gerissen werde. Mit vor Unglauben geweiteten Augen starre ich zu Prej, auf deren Lippen mein Name schwebt. Meine Hand greift ins Leere, als fluoreszierende Schlangenhaut an mir vorbeistößt und meine älteste Freundin mitsamt ihren Ketten verschlingt.

Ich brülle ihren Namen, versuche auf die Beine zu kommen, doch meine Muskeln versagen mir den Dienst. Jemand packt mich grob an der Schulter und katapultiert mich mit sich über den Rand des Podiums. Krachend landen wir inmitten der vor Angst erstarrten Solituder, Steine graben sich in meinen Rücken, sämtlicher Sauerstoff wird mir aus der Lunge gepresst.

Entgeistert begegne ich einem Paar rabenschwarzer Augen. Weinrote Locken tanzen über meine schweißnasse Haut, als sich Donna von mir rollt. Dabei lässt ihr Blick mich keinen Herzschlag lang los. »Heute nicht«, sagt sie bestimmt. »Heute wirst du nicht sterben, mein falscher Schattenprinz.«

Doch anstatt meine unerwartete Rettung willkommen zu heißen, kann ich nur auf den abgebrochenen Mast hoch über uns starren – und an die Stelle, an der eben noch meine Schattenwandlerin gestanden hat. Ich schmecke Galle, schwanke. Er hat sie gefressen. Das Vieh hat sie bei lebendigem Leib verschlungen!

Mir bleibt keine Zeit, das Geschehene zu verarbeiten. Ich brülle Donnas Namen, sie hat sich von der Empore abgewandt, klopft sich den Dreck von ihrem schneeweißen Mantel. Und achtet nicht auf das, was sich hinter ihr abspielt. Aus dem Nichts stößt das geflügelte Monstrum auf uns zu, scheint auf den Geschmack gekommen zu sein, lechzt nach seinem Feind – er muss mich gewittert haben, mein Blut gekostet.

»Donna!« Ich springe auf, hechte auf die junge Frau zu, die zwischen mir und dem Geistgefährten steht.

Abermals öffnet sich das gigantische Maul. Eine Reihe Zähne, länger als Baumstämme, spitzer als die Krallen eines Sturmdrachens, versperren mir die Sicht. Ich starre in seinen

Schlund, Speichel tropft von seinen gebogenen Vorderzähnen. Donna reißt herum, ihre Lippen öffnen sich zu einem spitzen Schrei. Kein Geistgefährte dieser Welt ist aus Fleisch und Blut geboren und so bleibt der nun wehrlosen Sanguê nichts, als in einem Impuls schützend ihren Arm über sich zu reißen. Ich packe ihre Hüften, will sie von mir schleudern, die Reißzähne zielen auf unsere Köpfe – als die Kreatur mit einem Mal über uns zu nachtschwarzem Rauch zerstiebt. Ungläubig versuche ich etwas zu erkennen in der nebligen Finsternis, taste nach Donnas Arm. Weit weg höre ich, wie Irquan aufschreit, den Namen seiner Schwester brüllt. Donna packt meine Hand oder ich nehme ihre, ich weiß nicht. Zeitgleich drehen wir uns um, hasten durch die Dunkelheit, schieben uns vorbei an dem panischen Mob wild durcheinanderlaufender Menschen, Arzaê und bewaffneter Assassinen – und verschwinden in der Meute, ehe Irquan und seine Leute uns zu fassen bekommen können.

51. Kapitel

Louve

***Panthergreif, der**: Gattung: Schattenwandler; mutierte geflügelte Panthergestalt; Jäger; befindet sich stets in einem Verwesungszustand; scharfkantige, rundbogenförmige Wirbelsäule; angriffslustig/triebgesteuert; Intellekt: mittelmäßig; Schwarzmarkt: Flügel*

Ich überschlage mich, rolle mich jedoch rechtzeitig ab, ehe ich mit dem Hinterkopf aufschlage. Die Kreatur hechtet mir nach, die Wendeltreppe hinab. Ich presse Achĕş' Kurzschwert an meine Brust und wünsche mir nicht zum ersten Mal in den vergangenen Sonnenläufen ein ganzes Waffenarsenal herbei. Mir bleibt keine Zeit, mich zu orientieren. Schon stößt die Bestie einen gellenden Schrei aus und springt auf mich zu. Ich verenge die Augen, versuche etwas zu erkennen in dem flackernden Farbenmeer seiner Existenz. Es handelt sich um keinen Schattenwandler, so viel steht fest, denn dieser wäre von einer pechschwarzen Aura umgeben. Doch das hier …

»Louve? Bist du das?«

Irritiert, ausgerechnet *ihre* Stimme hier unten zu vernehmen, drehe ich den Kopf in die Richtung, aus der die Worte kamen. Die Ablenkung jedoch sorgt dafür, dass sich mein Angreifer erneut auf mich stürzt. Scharfe Krallen bohren sich in mein zerschlissenes Oberteil. Er verfügt über die Stärke eines

Panthergreifs, die Geschicklichkeit eines Nachtwarans. Er ist gut. Aber ich bin besser. Fluchend ramme ich ihm über die Schulter hinweg die Klinge ins Fleisch und ducke mich unter ihm hinweg.

»Louve, nicht!«, ruft mir eine zweite, nicht minder bekannte Stimme zu. Doch gewähre ich meinem Verstand keinen Augenblick, um die neuen Informationen zu verarbeiten.

Ich beiße die Zähne zusammen, schlage einen Haken, nur um ohne Vorwarnung die Richtung zu ändern. Im Laufen rolle ich mich zu einer Kugel und schleudere meinen schmalen Körper unter den langen Beinen der Kreatur hindurch. Dabei hebe ich die Klinge meines Kurzschwertes dicht über meinen Kopf und nutze meinen Schwung, um ihr den Bauch aufzuschlitzen. Keuchend komme ich hinter ihr zum Liegen, frisches Blut tropft von der Schneide auf meine Tunika. Es ist eiskalt.

Mit einem qualvollen Wimmern geht die Kreatur zu Boden. Ich reibe mir mit dem Handrücken über die Stirn, wische die Klinge am Bein der dünnen Leinenhose ab, die wir in dem Haus in der Menschensiedlung gefunden haben.

Zornig spucke ich einen Klumpen Blut aus und fixiere den Gefallenen. Dieser rührt sich kaum. Vorsichtig und in Angriffshaltung nähere ich mich der Beinahe-Leiche in Übergröße. Die Kreatur ist nicht tot. Da ich seine genaue Anatomie nicht kenne, bin ich mir nicht sicher, wo seine lebenswichtigen Organe sitzen, doch seinen schmerzerfüllten Lauten nach zu urteilen habe ich irgendeines davon getroffen.

»Louve, geh zurück, verschwinde endlich!«

Beinahe entgleitet mir vor Schreck meine Waffe. Noch einmal versichere ich mich, dass das Wesen keinen neuen Versuch unternimmt, mich kaltzumachen. Dann erst erlaube ich mir, mir einen groben Überblick über den Raum zu verschaffen. Von meinem letzten Besuch an diesem merkwürdigen Ort weiß ich, dass die turmhohen Gebäude über zahllose Stockwerke verfügen, jedes allerdings nur aus einem einzigen kreisrunden Raum mit je zwölf Rundbögen besteht. Ganz gleich, wie viele Etagen ich durchquert habe, niemals gab es einen Bogen, der nicht vollständig ausgefüllt war von einem klebrigen Kokon. Nur, dass bislang keiner von diesen Dingern aufgeplatzt und auf mich losgegangen ist ...

Dieser Raum ist anders. Zwar ist er genauso aufgebaut wie die anderen, doch sind die zwölf Flächen zwischen den glasfreien Fenstern mit etwas ausgefüllt, das an Käfige erinnert. Allerdings vermag ich die exakten Konturen der Gitterstäbe nicht zu erkennen, da das gelbliche Glimmen der einzelnen Stangen von verschiedenen anderen Farben überlagert wird. Silber. Blau. Sogar der eine oder andere goldene Schatten, je länger ich hinsehe. Aus einigen dringt Wimmern, die meisten schweigen, sind womöglich bewusstlos. Als ich zu frösteln beginne, merke ich, dass Gänsehaut meine nackten Arme bedeckt. Trotz der gefallenen Temperaturen bezweifle ich, dass sie der Kälte verschuldet ist.

»Louve, du musst verschwinden, nun mach schon, hau ab!«

Ungläubig ziehe ich Luft ein und folge der tiefen Stimme zu einem der festgehaltenen Schemen. Als ich das verblasste Aufflackern eines entstellten Geparden-Mals entdecke, falle ich endgültig vom Glauben ab. »Pearse? Was haben sie mit dir gemacht? Was ist mit Cheetah?« Das leblose Aufflackern des Geistgefährtenabbilds spricht Bände.

»Sie hat mein Mal ... entfernt«, erwidert er gepresst. »Die Wunde hat sich entzündet. Solange ich keinen Heiler aufsuchen kann und meine Haut regeneiert ...« Weiter muss er nicht sprechen.

»Drăga hat dich gefoltert? Hat sie dich hier eingesperrt?«

Mit ausgestreckter Hand taste ich mich vorwärts. Als Pearse

»Nicht!« schreit, ist es bereits zu spät. Ein unerbittlicher Stromstoß jagt, ausgehend von der Stelle, an der ich das Gitter berühre, durch meinen Körper. Mir wird schwarz vor Augen, meine Stiefel rutschen durch eine Pfütze.

»Grundgütiger, Louve!« Kalte Hände fassen von hinten nach meiner Schulter. Mein erster Impuls ist es, zuzustechen, doch dann entdecke ich das silbrige Flattern eines Kolibris.

»Mandola?« Tränen der Erleichterung brennen in meinen Augen, als ich zu meiner Ziehmutter herumwirble und mich in ihre Arme werfe. Ihr Duft nach Magnolien und Rosenwasser hüllt mich ein. »Was haben sie mit euch gemacht? Weshalb halten sie euch gefangen?«

Die Erinnerungen an zahllose gemeinsame Abende mit Wren, seinem Onkel, dessen Frau und ihrer Tochter flackern in meinem Herzen auf. Eine Familie, die Familie meines Cåraidt. Und dadurch irgendwie meine eigene. Weil Pearse mich unter seine Fittiche nahm, als ich mit gerade einmal vier Zyklen alles verlor. Und Mandola zu der Person wurde, die für mich einer Mutter am nächsten kam.

Doch seit ich Pearse dabei erwischt habe, wie er inmitten der Schattenbarriere unsere eigenen Leute verschwinden ließ und eben diese später als im Kampf gefallen gemeldet wurden, ist das familiäre Band zwischen uns getrübt.

»Haben sie dich endlich zur Rechenschaft gezogen?«, fahre ich Pearse an, während ich mich an meinen Leuchtturm Mandola klammere. »Oder hast du die ganze Zeit für Dråga und Achẽş gearbeitet und dein kleines Nebengeschäft ist dir um die Ohren geflogen?«

»Nebengeschäft?« Schwerfällig erhebt sich Pearse aus seiner sitzenden Position hinter den Gittern. »Wovon zur Schattenbarriere sprichst du?«

Wut formt Worte auf meiner Zunge. »Ich habe dir gesagt,

dass ich dich damals belauscht habe. Ich weiß, dass du unsere eigenen Leute verkauft hast.« Meine Hände ballen sich zu Fäusten, zittern vor Zorn. »Sag mir, Pearse. Wie viel ist das Leben eines Schattenassassinen wert? Zehn Bàs-Münzen? Zwanzig?«

Pearse wankt auf die Gitter zu. Es ist grausam, seinen Geistgefährten nur noch als verwaschenes Überbleibsel wahrzunehmen. Grausamer noch sind die Taten seines Herrn. »Louve, begreif doch! Yaran und die anderen waren eingeweiht. Ich würde niemals einen von euch absichtlich verletzen.«

Misstrauisch verenge ich die Augen zu schmalen Schlitzen, drücke Mandolas Hand. Wie konnte sie entkommen? Haben sie sie für Experimente aus ihrem Käfig befreit?

»Worin eingeweiht?«

»Es ist aus dem Ruder gelaufen!«, ruft er verzweifelt aus. »Ich habe nie gewollt, dass einer von euch für die Sache stirbt!«

»Welche *Sache?*« Ich verstehe überhaupt nichts mehr. »Was ist hier los, Pearse?« Ich blicke zwischen der sich krümmenden Kreatur, Mandola und Pearse hin und her. Von Achĕş fehlt jegliche Spur. Ebenso von Dråga. Ist die Generalin gefallen? Für ... *die Sache?*

»Es sind Experimente«, erklärt Mandola endlich. Ihre kalten Finger streichen mir das Haar aus dem Nacken und fahren über meine nackte Haut. »Kannst du es spüren? Die Verbindung zu deinem Cåraidt? Kannst du fühlen, wie seine Anwesenheit in deinem eigenen Schatten prickelt?«

Langsam nicke ich, Wrens Nähe in dieser gottverdammten Unterwasserwelt ist die stumme Erinnerung daran, was Achĕş ihm angetan hat. Dass er uns irgendein schlecht erforschtes Zeug gespritzt hat.

Moment. »Haben sie euch auch etwas injiziert?« Ich horche in mich. Alles aber, was ich spüre, ist das sanfte Flackern der Cåraidt-Verbindung und ein merkwürdiges Ziehen an der Stelle, an der das Relikt der Göttin mit meinem Handgelenk verschmolzen ist.

»Noch nicht«, erwidert Pearse gedehnt. »Louve, versuch jetzt ganz ruhig zu atmen, hörst du? Mach keine ruckartigen Bewegungen. Halt still und versuche, dich darauf zu konzentrieren, bei Bewusstsein zu bleiben.«

Bitte was? »Pearse, ich habe keine Ahnung, wovon ...«

Und da ist es. Ein Pulsieren, ein Drücken und Rumoren in meiner Bauchgegend. Das Gefühl, als hätte mich irgendetwas Schweres, Scharfes gerammt. Mit zitternden Fingern taste ich über meine Tunika. Als ich meinen Bauch streife, zucke ich zusammen. Meine Fingerkuppen sind feucht.

Ich öffne den Mund, um etwas zu sagen, doch die Worte ersterben auf meinen Lippen. Ungläubig presse ich beide Hände auf meinen Unterleib. Blut. Da ist so viel ... Blut. Aber...

Und dann macht es plötzlich klick. Etwas in meinem Verstand rastet ein, verrostete Räder, die die Aufschrift Verdrängung tragen.

Ich wage nicht zu atmen, als sich mein Kopf zu der hinter mir kauernden Kreatur dreht. Die Zeit bleibt stehen, hört auf zu fließen. Und ich schwöre, einen vollen Atemzug lang hört die Welt auf, sich zu drehen. Es ist, als würde das Universum sämtliche Kraft auf einmal aus meinem Körper saugen, während mein Gehirn im Augenblick des Verstehens einfriert. Ich bin nichts als Vakuum, ein leeres Gefäß, das mit zu viel Wahrheit geflutet wird. Ungläubig schüttle ich den Kopf. Ein Wimmern entfährt mir, als ich starr vor Furcht auf die Knie sinke.

Nur dumpf höre ich Pearse rufen: »Geh weg von ihr!«

Seine Worte kommen nicht richtig bei mir an, sind wie die Rufe des Lebens, während ich viele Fuß tief unter der Meeresoberfläche treibe. Ich glaube, dass ich weine. Salziger Schmerz, der sein Mal auf meine brennenden Wangen zeichnet. Pearse und Mandola verlieren sich in einem heftigen Wortgefecht. Ich aber verliere mich in mir selbst. Hinter mir meine ich, ein Ratschen, gefolgt von einem erstickten Röcheln zu vernehmen.

Auf allen vieren krabble ich auf die auf dem feuchten Gestein kauernde Kreatur zu. Meine Schienbeine rutschen durch eine wachsende Pfütze Blut. Ich kann nicht sagen, ob es meines oder das seine ist. Die Kreatur gibt ein kehliges Knurren von sich, gleichzeitig wandert das Prickeln auf meinem Nacken über meine Wirbelsäule. Und trifft mich mitten ins Herz.

»Wren«, wispere ich. Vielleicht hat sein Name aber auch nie meine Lippen verlassen, ich weiß es nicht. Niemals habe ich mehr gezittert als in jenem Moment, in dem ich meine Hand nach meinem im Sterben liegenden Kindheitsfreund ausstrecke.

52. Kapitel

Louve

Mæscån, die/der: *artenübergreifendes Mischwesen zwischen Menschen, Schattenwandlern und Arzaê; unerwünscht in Solitude/verbannt in die Untergrundstadt Dall; große Armut*

»Was haben sie mir dir gemacht?«, krächze ich. Wo doch das, was ich wirklich sagen will, ist: *Was habe ich mit dir gemacht?*

Ich denke an all die Kokons, Hunderte, nein, Tausende schlafende Kreaturen, über den gesamten Ozean verteilt, ruhend, lauernd, wartend unter den sündigen Mauern Solitudes.

»Es sind die Injektionen.« Ich habe gar nicht bemerkt, dass sich Mandola neben mich gekniet hat. Zärtlich streicht sie mir über das Haar, wie damals, als ich ein Kind war. »Zahllose Schattenassassinen, Menschen und Arzaê werden an diesem Ort gefangen gehalten. Auch Schattenwandler werden übermannt und hierhergebracht, um ihnen Blut und Knochenmark zu entnehmen, ehe sie zu Asche zerfallen. Natürlich können sie aufgrund ihrer Kurzlebigkeit auf unserer Seite der Barriere nicht als Wirt dienen, sehr wohl aber mit der Essenz ihrer Fähigkeit herhalten.«

Meine Wimpern sind verklebt, meine Lider schwer wie die Last meiner Schuld. »Willst du damit sagen, sie haben Wren Schattenwandler*essenz* injiziert? Und ihn dann in diesen Kokon gesteckt, wo er sich … verwandelte?« Ich versuche die Wahrheit hinunterzuschlucken, doch verstopft sie meine Kehle, meinen Magen, mein Herz. Immer schneller reibe ich über das Dòchaş-Mal an meinem kleinen Finger. »Mir haben sie auch etwas gespritzt, aber ich habe mich nicht verwandelt.«

Mandola bettet ihr Kinn auf meinem Haaransatz. Ich glaube, mich zerbrechen zu hören. Mein Innerstes. Wie Glas, das ein unachtsames Kind auf den Küchenfliesen zerschellen lässt, nur um die Scherben mit einem grausamen Schulterzucken liegen zu lassen. Ich bin diese Scherben. Ich glaube, das war ich immer.

»Wren erhielt eine andere Charge als du«, erklärt Mandola und streichelt mir tröstend über den Rücken. Ich krümme mich unter ihrer Berührung, während ich es noch immer nicht schaffe, das Wesen, zu dem Wren geworden ist, abzutasten. »Er bekam dieselbe Injektion wie die anderen Mæscån.«

Ich reiße den Kopf hoch. »Sagtest du Mæscån? Das Volk Dalls?«

Wenn dieser Ort unter Solitude liegt, die Untergrundstadt aber auch, muss das bedeuten, wir befinden uns tief unter Dall. Tiefer als die Gänge der Verstoßenen je reichen könnten. Ich schlucke.

Mandola nickt. »Es handelt sich um winzige Bestandteile von Arzaê, vor allem aber um Unmengen Schattenwandleressenz. Gepaart mit dem, was Achĕş seinem besessenen Bruder Decan abgenommen hat, fand eine Verwandlung statt, die ich nie zuvor erlebt habe. Für gewöhnlich brauchen die Mæscån viele Monde, bis sie sich so weit entwickelt haben, dass sie das volle Bewusstsein erlangen. Dann beginnen die eigentlichen Experimente: herauszufinden, ob die Zusammensetzung übernatürlicher Essenzen gut genug war, um ewiges Leben zu garantieren. Unsterblichkeit. Unbezwingbare Krieger.« Mit hängenden Schultern nickt sie zu dem weit mehr als menschengroßen Wren. »Bislang blieb es bei Versuchen. Achěş Roughcrest nimmt ihnen ihre Erinnerungen und pflanzt ihnen neue ein, ehe er die missglückten Experimente nach Dall bringen lässt. Genauso, wie es sein Bruder Cirron vor ihm tat. Und dessen Vorfahren vor ihm.«

Die Tränen auf meinen Wangen brennen wie Säure. »Meine Freundin Gría. Sie hatte eine Mutter. Und eine Schwester!«

Mitleidig haucht mir Mandola einen Kuss auf die schweißnasse Stirn. »Hatte sie das wirklich, Liebes? Oder hielt sie die Personen lediglich für ihre Familie?«

Manchmal erfährt das eigene Leben eine solch tiefe Erschütterung, dass man das Beben bis in die Knochen spüren kann. Es ist kein Reißen, kein Zerren oder Ziehen. Sondern der Schlag einer erdballgroßen Abrissbirne, die dich aus dem Hinterhalt erfasst und mit voller Wucht von deinem Weg schleudert.

»Was ist mit den Neugeborenen? Es gibt haufenweise Babys in der Untergrundstadt. Sie sind auf natürlichem Weg geboren worden!«

Mandola winkt ab. »Das sind sie. Aber nicht von den Mæscån.«

Kalter Schweiß benetzt meine Haut. »Die Neugeborenen und Kleinkinder waren auch … Experimente? Sie *alle* sind Experimente?«, bringe ich stockend hervor. »Und die Mentalen, die Litíjr, pflanzen ihnen falsche Erinnerungen ein? Machen sie glauben, sie seien Familien, blutsverwandt, schon immer dort unten, seit Generationen?« Angewidert fahre ich mir mit der Hand über das Gesicht, verschmiere Blut und Dreck. »Das ist …«

»Genial?«

Keuchend schüttle ich den Kopf. »Das ist krank, Mandola.«

Mütterlich legt sie ihren Arm um meine Schulter, gibt mir

Halt, während die Welt alles, was ich zu wissen glaubte, zermalmt. »Würdest du es nicht vergessen wollen?«, flüstert sie nahe meinem Ohr. »All den Schmerz, deine Angst. All den Zorn, den du in dir trägst.«

Für einen Moment bin ich gewillt, ihr nachzugeben. Dann aber schlüpfe ich aus ihrer Umarmung. »Nein. Meine Wut gehört mir. Mein Schmerz hat mich zu der Person gemacht, die ich heute bin. Und meine Narben sind der Beweis für all die Kämpfe, die ich führte. Wie könnte ich vergessen wollen, dass ich einst stark genug war, die Hölle mitsamt all ihren Dämonen zu bezwingen? Ich mag nicht perfekt sein, Mandola, oder ganz. Aber ich weiß, wer ich bin. Für nichts auf der Welt würde ich das eintauschen.«

Schritte nähern sich, jemand sprintet die Wendeltreppe hinauf zu uns.

»Mandola, woher weißt du das alles?« Ich packe ihre Schultern, bohre meine Nägel in ihr Fleisch. »Wann hast du herausgefunden, dass dein Mann die Opfer für diese widerlichen Experimente beschafft? Wie gelang es Dråga, Pearse für ihre Sache zu rekrutieren?«

Plötzlich spüre ich etwas Kaltes, Scharfes an meiner Kehle. »Oh, nicht Pearse unterstützte Drågas Plan.«

Als ich schlucke, verletzt das Messer die oberste Hautschicht. *»Du?«*

»Als Pearse herausfand, worin ich verwickelt bin, schleuste er sich in unser Unterfangen ein. Er musste sich mit eigenen Augen überzeugen. Leider wählte er die falsche Seite.«

Mit angehaltenem Atem drehe ich den Kopf, erlaube mir einen flüchtigen Blick zu der Stelle, an der Wrens Onkel gefangen gehalten wurde. Von ... seiner eigenen Frau? Dort mache ich eine regungslos zusammengekrümmte Gestalt aus, umhüllt von einem geblichen-silbernen Flackern. Besäße ich

Augenlicht, würde ich den Mann, der mich großgezogen hat, vermutlich in einer Lache seines eigenen Blutes vorfinden.

»Du hast ihn getötet«, wispere ich. »Warum, Mandola? Wofür das alles?«

Der Widerhall der sich nähernden Schritte wird lauter.

»Du weißt, warum, Liebes. Das wusstest du in Wahrheit immer.«

»Ich …«

»Mandola!« Achĕş' Brüllen zerschneidet die Atmosphäre. Mandola senkt ihre Klinge. Meine Hand schnellt zu meinem Hals. Obwohl ich Blut ertaste, verspüre ich ebenso wenig Schmerzen wie an der Wunde an meinem Bauch. Die, die erst durch meine Verbindung zu Wren entstanden ist – und ich mir somit selbst zugefügt habe. Ganz gleich, was sie mir auch injiziert haben, es macht mich taub für mein Sterben. Ich nutze ihre Unachtsamkeit, um Mandola die Waffe zu entreißen. Da die genaue Kontur mit der Aura der Assassinin verschmilzt, fasse ich anstelle des Griffs an die Schneide, doch ich lasse nicht los. Mandola zischt, versucht, mir die Waffe abzunehmen, aber ich klammere sie fest an meine Brust und ducke mich unter meiner Gegnerin hinweg. Mandola packt meine Schulter, bohrt ihre Nägel genau an die Stelle, an der Wrens Mal brutal entfernt wurde. Anstatt umzukippen, bemerke ich nur ein sanftes Brennen. Als würde Enean mich durch sein Blut selbst dann beschützen, wenn er nicht bei mir sein kann. Erneut fließt ein Schwall aus meiner Bauchhöhle. Blindlings steche ich zu, treffe auf Fleisch –

Da wird meine Ziehmutter brutal von mir gerissen.

»Bring eure dämliche Generalin endlich zu einem Heiler und spuck aus, wo ihr Mistkröten Cirron gefangen haltet!«

Achĕş packt Mandola am Nacken und schleudert sie grob gegen Pearses Gitterstäbe. Krachend geht sie zu Boden, einen

Schrei auf den Lippen, als die elektrische Ladung des Käfigs sie grillt.

»Meine Geistgefährtin zerfetzt dir den Kehlkopf, und ich übernehme liebend gern den Rest«, knurrt sie und rappelt sich auf.

»Dafür musst du erst einmal deinen Mann aufwecken«, erwidert Achĕş kalt. »Der Kommandant sieht nicht gut aus. Aber du kannst ihn nicht umbringen, ohne selbst draufzugehen, nicht wahr?«

Erleichtert atme ich auf. Pearse lebt. Noch. Ich klemme mir das Messer zwischen die Zähne und krabble auf meinen eigenen Cåraidt zu.

»Wren?« Meine Knie rutschen durch kaltes Blut, mein Atem geht stoßweise. Seine Silhouette ist nicht mehr als solche zu erkennen, lediglich das vertraute Prickeln in meinem Nacken verrät mir, dass es sich bei dem regungslosen Wesen um meinen Kindheitsfreund handelt. »Wren ...«

Das Messer fällt mir aus dem Mund, endlich wage ich es, ihn zu berühren. Das mir so vertraute Falkenmal ist nur noch ein schwaches Flimmern. Stattdessen erkenne ich eine verschwommene Mischung aus tiefem Schwarz, durchsetzt mit einigen wenigen blauen und goldenen Flecken. Es ist nichts übrig von dem Mann, der er einst war.

»Wren? Kannst du mich hören?« Voller Furcht taste ich seinen Körper ab, zucke zusammen, als ich nicht auf das weiche Leder einer Uniform treffe, sondern auf eine Vielzahl dicht wachsender Stacheln. Meine Finger zittern so sehr, dass ich schreien könnte. Ich taste mich voran, über eine leichte Erhebung, die eine Schulter sein könnte, bis zu einer unbewachsenen Stelle, dem Hals. Sein Puls ist schwach. Mit der flachen Hand fahre ich über ein spitz zulaufendes Ohr, einen kahlen Schädel, über die geschuppte Stirn hinab, bis ich auf eine weitere Erhebung stoße. Die Andeutung einer … Schnauze mit gekrümmten Fangzähnen.

»Wren.«

Er antwortet mit einer Mischung aus Wimmern und Knurren. Erkennt er mich? Wird Achĕş seine Erinnerungen neu verweben, bis er glaubt, ein Mæscån zu sein, geboren und aufgewachsen in der Untergrundstadt?

»Vergiss ihn, Louve.« Achĕş packt meinen Arm und zerrt mich auf die Beine. »Ich habe genug Gehirnwindungen verknüpft, um mit absoluter Gewissheit sagen zu können, dass sich die Verwandlung nicht rückgängig machen lässt. Wäre es anders, würde es in Dall nicht von fehlgeschlagenen Experimenten wimmeln.«

Fluchend reiße ich mich los, schnappe mir die Waffe zu meinen Füßen und presse ihm die Schneide an die Halsschlagader. »Versuch es!«

Achĕş rührt keinen Muskel, als mir ein stechender Schmerz durch die Schläfen schießt. Anstatt die Klinge zu senken, drücke ich fester zu. »Lass deinen Mental-Scheiß, Litíjr. Ich bin nicht deine Feindin.«

»Sagt die Frau mit dem Messer an meiner Kehle.«

Ich lockere meinen Griff ein wenig. »Alles, was ich will, ist, mit Wren zu verschwinden. Was auch immer ihr für ein krankes Spiel abzieht, hat nichts mit uns zu tun.«

Achĕş tritt auf mich zu, es interessiert ihn nicht, dass sich die Schneide dabei tiefer in seine Haut bohrt. »Ich tue das alles für meinen Bruder, Cirron. Der Vollidiot hat sich irgendeinen Scheiß gespritzt und sich von der Mutation grenzenlose Macht versprochen. Und Unsterblichkeit.«

Ungläubig reiße ich die Augen auf. »Er hat sich selbst Schattenwandler-Blut injiziert?«

»Unter anderem. Deine Generalin hat geschworen, ein Ge-

genmittel zu finden. Ihr liegt genauso viel an diesem Unsterblichkeits-Bullshit wie Cirron. Sie experimentieren seit vielen Monden, um die Nebenwirkung seiner Injektion zu verringern. Ohne Erfolg.«

Fassungslos weise ich auf Wren. »Das nennt ihr *Nebenwirkung?*«

»Du bist eine Heuchlerin, Louve«, schnaubt Achĕş. »Wie lange noch, bis du den Schattenassassinen den Rücken gekehrt hättest? Vielleicht liebst du das Monster, zu dem Decan geworden ist, wirklich. Aber in Wahrheit geht es dir nur um dich. Um deinen Hass auf deine eigenen Leute, um deinen Schmerz, um deinen Zorn. Wenn du abhaust, dann deinetwegen. Wenn du Iron Claw brennen lässt, dann nur für dich. Also hör auf, so zu tun als ...«

Weiter kommt er nicht. Eine Explosion reißt uns von den Füßen. Ich kann mich gerade noch abrollen und auch Achĕş fasst sich schnell, doch Mandola hat nicht so viel Glück. Mit dem Gesicht voran knallt sie auf das feuchte Gestein. Die Gefangenen kommen zu sich, schreien auf, rütteln trotz Stromschlägen an ihren Käfigen. Der Boden vibriert, die Erschütterung erfasst die Wände. Staub rieselt mir in den Nacken, ehe die Decke auf uns herabstürzt.

53. Kapitel

Enean

Shrå-Käfer, der: *daumennagelgroßes Insekt mit Scheren und 40 Paar mit Widerhaken besetzten Füßen; Vorkommen: Woe und Sanctuary; stahlharter Panzer; hitzeresistent; verursacht mit seinen winzigen Widerhaken einen besonders effizienten Schliff in Klingen*

Ich sprinte durch Geröll, springe über gelöste Wandteile, und weiche herunterbrechenden Gesteinsbrocken aus. Donna hat den Verstand verloren, wenn sie glaubt, jedes einzelne dieser unterirdischen Gewölbe A) zerschmettern oder B) durchkämmen zu können, um ihren Sohn zu finden. Was sie nicht davon abhält, ganze Armeen Arzaê und menschlicher Soldaten durch irgendeinen versteckten Zugang in Iron Claw zu hetzen. Weshalb sollte Achĕş Rumían ausgerechnet hier verstecken?

Zuerst war General Irquan alles andere als angetan von Donnas Schlachtplan – zumal wir kurz davor beinahe seine *Zeremonie* sabotiert haben. Zugute kam uns seine gute Laune wegen der vermeintlichen Exekution des Schattengottes. Doch als der Name seiner Schwester fiel und Donna ihm klar machte, dass die Generalin in irgendeinen korrupten Scheiß verwickelt ist, um Unsterblichkeit zu erlangen, war er plötzlich Feuer und Flamme für ihren Plan.

Anders als ich. Selbstverständlich will ich Ru finden, doch

eine Person steht so weit über allen anderen, dass sie die Grenze des Sternenmeers überschreitet. Und was auch immer die Relikte der Göttin mit uns gemacht haben, eines steht fest: Sie suchen einander, sorgen für eine übersinnliche Verbindung, die ich bislang unter dem permanenten Gedankengewitter um Louve nicht als solche begriff.

Ich überquere Gebäude für Gebäude, Ebene um Ebene, Wendeltreppe um Wendeltreppe, während eine stocksaure Donna hinter mir die halbe Unterwasserstadt in die Luft jagt. Ich passiere Hunderte sich windende Kokons, Dutzende hinter Gittern sitzende Gefangene, von welchen bei meinem ersten Ausflug an diesen Ort keine Spur gewesen war. Manche von ihnen sind leicht deformiert, die meisten ohnmächtig. Ein Teil von mir brüllt mich an, sie zu befreien. Mein Verstand jedoch weiß: Ich könnte die Wahl haben zwischen Louve und der gesamten Erdbevölkerung, und würde doch keinen Herzschlag zögern, *sie* zu wählen. Ich bin ein egoistischer, kaltherziger Volltrottel. Und ich entscheide mich für sie.

Es kostet mich zahllose Hämatome, Schürfwunden und Prellungen, bis mich das durch mein Blut fließendes Relikt zu ihr führt. Jeden Augenblick könnte ich in Stücke gerissen werden, und würde doch jedes einzelne verfluchte Mal dasselbe tun. Es gibt kein Leben ohne Louve, und es gibt kein Ich ohne unser Wir. Soll Donna meinetwegen die Apokalypse beschwören. Es könnte mir nicht gleichgültiger sein. Ich bin die Finsternis, geboren ohne Anstand und Moral. Meine verfluchte Seele für ihre intakte.

Nur mit der Axt bewaffnet, die Donnas Männer mir großzügigerweise überreicht haben (hochwertiger Mist, Shrå-Schleifung), schneide ich mir einen Weg zu meinem Licht. Ich folge dem Ziehen in meiner Brust, dem Verlangen meines Relikts. Es kostet mich eine Ewigkeit, bis ich die neunte Ebene eines mittlerweile schräg stehenden Gebäudes erreicht habe. Nicht mehr lange und der architektonische Albtraum wird über unseren Schädeln zusammenbrechen.

Ich stürze die verbliebenen Treppenstufen hinauf. Mein Hemd klebt mir auf der Haut, der Mantel liegt in Solitude. Dann, endlich –

»Louve!« Hastig nehme ich die Szene in mich auf. Mehrere hinter Gitter krepierende Gefangene. Eine strauchelnde Assassinin. Achĕş. Und …

»Louve!« Ich weiche einem Geröllhagel aus, ziehe die junge Frau an mich, ehe sie begreift, dass ich es bin, der sie von den Füßen reißt. Sofort schneidet eine Klinge in meinen Hals, doch ich halte sie nur umso fester.

»Enean?« Als sie mich erkennt, senkt sie sofort das Messer, schlingt die Arme um meinen Hals, die Oberschenkel um meine Hüfte.

Bei der Barriere. Sie zu halten, sie endlich wieder in meine Arme schließen zu können, fühlt sich an, als würde das große Fragezeichen dieser verfluchten Welt plötzlich Sinn ergeben. Sie ist die Antwort auf alle Fragen, auf die Gebete der Verlorenen, *meine* Gebete. Die Leere, die ich ein Leben lang zu füllen versuchte, wird geflutet von Licht und Wärme, von Gewissheit und Liebe. Louve ist alles, das war sie immer. Mein Segen, mein Licht, mein Universum. Ich würde sterben für diese Frau, und schlimmer noch: Für sie werde ich in diesem Leben verharren.

»Ich dachte, sie hätten dich hingerichtet«, keucht sie in meinen Nacken.

»Niemand richtet den Schattengott einfach so hin«, erwidere ich mit einem selbstzufriedenen Grinsen. »Mein Ruf würde erheblich darunter leiden.«

Ihre Lippen ziehen eine Linie aus Küssen entlang meines

Halses, die mir eine Gänsehaut bescheren. »Du meinst wohl dein Ego. Wie hast du mich gefunden?«

Es kostet mich sämtliche Überwindung, ihren Oberkörper von meinem zu lösen. Als würde ich mein Herz mit aller Gewalt von meinem Brustkorb zu trennen versuchen. Louve muss das Gleiche empfinden, denn ihre Finger verlieren sich in meinem Haar, ihre Stirn liegt an meiner, während ihre Waffe klirrend zu Boden fällt.

»Das Universum hatte den Anstand, mich für all mein Leid mit einer Liebe zu belohnen, die weit über das irdische Leben hinausgeht«, erwidere ich und umfasse ihren Hinterkopf.

Ihr kalter Atem streift meine Haut, jagt eine unendliche Quelle elektrischer Ladung durch meine Brust. Rauscht durch mein Blut, dehnt mein Herz, meine Seele, mein ganzes Wesen in einem Ausmaß, das ich nicht für möglich gehalten habe.

»Ich erinnere mich.« Meine Lippen schweben nur unweit über ihren. »Als mich die Unsterblichkeit verließ, begann ich mich an mein Leben vor dem Tod zu erinnern. An mein Dasein vor dem als Schattengott. Deshalb konnte ich damals nicht zu dir zurückkehren, verstehst du? Nun, und wegen Achĕş' und Donnas Morddrohungen. Meine Schuld durfte nicht dein Licht beschmutzen.«

Ihre Lippen fahren meinen Kiefer entlang, verharren in meinem Mundwinkel. »Es spielt keine Rolle, wer du warst. Was zählt, ist, wer du bist. Wir alle tragen mehr Schuld auf unseren Schultern, als ein gewöhnlicher Sterblicher zu erdulden vermag. Doch wir stehen hier, erhobenen Hauptes, mit gezückter Klinge, und kämpfen für die Person, zu der uns unsere Sünden, unser Schmerz gemacht haben. Unsere Narben sind Zeuge unseres Kampfes, und wir wären Narren, würden wir sie verstecken.«

Ich presse die Zähne aufeinander, mahle mit dem Kiefer. Mit

einem Arm umfasse ich ihre Taille, während ich aus den Augenwinkeln sicherstelle, dass der Raum nicht jeden Moment in sich zusammenfällt. »Du warst dort, mein Stern. In diesem früheren Leben. Du … starbst. Meinetwegen.«

Sie verspannt sich sichtlich, hält in der Bewegung inne. »Du … hast mich getötet?«

Entsetzt reiße ich die Augen auf. »Grundgütiger, niemals würde ich …« Meine freie Hand wandert an ihre Wange. Was für ein Geschenk diese zweite Chance ist, welch Gnade des Himmels. »Ich habe dein Vertrauen zu mir verraten, als du mich angefleht hast zu bleiben. Aus diesem Grund habe ich versucht, dir aus dem Weg zu gehen. Ich wollte dich beschützen. Vor mir. Und vor den Roughcrests.«

»Ich weiß mich sehr gut selbst zu verteidigen, Enean.« Ihr Daumen zeichnet mein Schlüsselbein nach, sorgt dafür, dass ich tausend Tode sterbe und tausendundeinmal wiederauferstehe. Gott, wie sehr ich sie liebe. Wie ich mich nach ihr verzehre. Jeder einzelne meiner Herzschläge gilt allein ihr, jedes Nervenende ist mit ihrem Namen gepolt. Wenn sie stirbt, werde ich sterben. Solange sie lebt, werde ich leben. Sie ist alles und deswegen bin ich nichts.

»Du lässt mich in diesem Leben nicht im Stich«, wispert sie. »Niemals, seit wir uns begegnet sind, hast du mich aufgegeben, Enean. Du würdest sogar dein Königreich zu Asche verbrennen, würde es meinem Wohl dienen. Ich brauche nicht sehen zu können, um es in jeder deiner Taten zu lesen.«

Meine Muskeln zittern vor Erleichterung, ihre Worte brennen sich in meine Knochen. »Du glaubst mir? An das, was früher war?«

»Weshalb würdest du mich belügen?« Erneut legt sie ihre Stirn gegen meine. »Und doch spielt es keine Rolle. Was zählt, sind wir. Heute. Jetzt. Für immer und ein Leben lang.«

Ich schlucke einen Kloß aus Scham und Schuld hinunter. »Und du … vergibst mir?«

»Für ein Dasein, dem du entwachsen bist? Wegen einer Person, die nicht länger existiert?« Ihre Mundwinkel heben sich zu einem Schmunzeln. »Ich werde dich lieben, bis irgendein Narr jeden Stern in diesem Universum gezählt hat, Enean«, wiederholt sie meinen eigenen Schwur. »*Dein Lächeln im Sternenstaub.* Schon vergessen?«

Wie könnte ich. Liebe war ein abstraktes Konstrukt, bis ich ihr begegnete. Nun pulsiert Louves Name in jedem einzelnen Herzschlag, als wäre ich einzig für sie geboren. Ich umfasse ihr Gesicht und lege meine Lippen auf ihre. Auf meine Wahrheit in jeder Ewigkeit, die noch kommen mag. Auf mein Leben, mein Licht, meine Güte, meine Gnade.

Obwohl Geröll auf uns rieselt und Explosionen eine grausame Hintergrundmelodie erzeugen, vergäbt Louve ihre Finger in meinem Haar, legt den Kopf leicht schräg und vertieft den Kuss. Ich presse sie fest an mich, während ich dem auf uns regnenden Staub ausweiche, über Felssplitter stolpere und vermutlich in hohem Bogen mit ihr aus dem nächstbesten Fenster gekippt wäre, hätte ich nicht plötzlich den Geschmack von Kupfer auf der Zunge. Zunächst glaube ich, ich hätte ihr unbeabsichtigt auf die Lippen gebissen, dann löst sie sich mit einem erstickten Husten von mir. Entsetzt entdecke ich die Blutspur, die bis zu ihrem Kiefer fließt. Louve tastet über ihren Mund, erschrocken zuckt sie zusammen. Ich schaue über ihre Schulter, suche nach einem Angreifer. Doch da ist niemand. Noch immer hat sie die Fußknöchel hinter meinem Rücken verschränkt, ihr Griff lockert sich nicht.

»Keine Sorge«, keucht sie und wischt sich mit dem Handrücken über das Gesicht. »Sie haben mir nur irgendetwas gespritzt, das mich im schlimmsten Fall in ein Monster verwandelt.« Mit dem Kinn gestikuliert sie hinter uns. »Sie haben Wren verändert. Und dann habe ich … Ich wusste nicht, dass er …« Ihre Muskeln verspannen sich, während sie ihre Beine löst und von meinen Hüften gleitet, als erwache sie in einem wahr gewordenen Albtraum. Ihre Hände drücken sich gegen ihren Unterleib, verfärben sich. Ungläubig starre ich auf mein blutgetränktes Hemd.

»Ich habe Wren mein Kurzschwert in den Bauch gerammt, Enean. Durch unsere Verbindung habe ich die gleiche Verletzung erlitten, aber ich spüre sie nicht. Ich spüre keinen Schmerz. Sie haben mir irgendetwas injiziert. *Dein* Blut und … etwas anderes, ich weiß nicht genau.«

»Mein Blut?« Fassungslos starre ich sie an. »Um was zu erreichen?«

»Um die Macht eurer göttlichen Relikte zu vermischen und etwas Unsterbliches, Allmächtiges zu kreieren«, unterbricht uns eine mir viel zu vertraute Stimme. »Im nächsten Schritt hätten wir Louves versetztes Blut entnommen.«

Entgegen ihrem Protest schiebe ich Louve hinter mich. »Achĕş? Hätte mir denken können, dass du mit all dem Blut, das du mir abgezapft hast, irgendeinen kranken Scheiß im Schilde führst.«

»Du täuschst dich, *Bruder.*« Er hat etwas Raubkatzenhaftes an sich, wie er sich das Geröll von den teuren Kleidern wischt, die grauen Augen ganz auf mich fokussiert. »Diese irrwitzigen Experimente sind mir einerlei. Alles, was ich will, ist meine Familie zu beschützen. Wo ist Kendric?«

Das habe ich nicht kommen sehen. »Achĕş, deine Familie ist tot. Es ist niemand mehr übrig bis auf Rumían, der dir nicht sonderlich am Herzen liegen kann, wenn du ihn als Druckmittel benutzt.«

»Rumían ist nicht einmal mein Halbbruder«, unterbricht

er mich. »Donna war bereits schwanger, als sie bei uns aufschlug. Mein Vater versprach ihr den Himmel, stattdessen offerierte er ihr die Hölle. Sie würde alles für den Jungen tun, zumal sie in der Vergangenheit irgendein anderes Balg hat sitzen lassen. Ob ihr es glaubt oder nicht – es ist nicht meine Art, Kinder zu verletzen.«

Mit mürrischer Miene tritt Louve hinter mir vor. »Erwachsene zu foltern, entspricht dir also eher?«

»Ich wollte nur herausbekommen, was dieser Drecksack mit Decan gemacht hat.« Finster fixiert er mich. Zu meiner Überraschung verzichtet er darauf, mein Gehirn zu frittieren. »Ich kann seine Gedanken nicht lesen, seine mentale Barriere ist zu stark.«

Louve verdreht die Augen. »Du hättest ihn danach fragen können.«

»He, ich bin geheimnisvoller, als du glaubst«, zische ich ihr zu, woraufhin sie sarkastisch auflacht. Die Höhe!

»Du bist ein Plappermaul, das Informationen nicht einmal dann für sich behalten kann, wenn kein Mensch danach fragt«, erwidert sie trocken. »Du bist der mieseste Doppelagent aller Zeiten und hast das Pokerface eines Kleinkinds.«

Ehe ich empört protestieren kann, drückt sie einen Kuss auf meinen Bizeps. »Glaub mir, ich würde es nicht anders haben wollen. Ich habe genug von Geheimnissen, Intrigen und Lügen. Ich liebe deine offenen Karten.«

Ich führe ihren Handrücken an meine Lippen. Er ist bedeckt mit Blut. »Ich werde dir die Vorzüge meines Wesens später genauer demonstrieren. Jetzt würde ich gern wissen, wo Rumían steckt. Und wie diese Mutationen zu stoppen sind.«

Mit der Spitze seines Stiefels wühlt Achēş in einem Scherbenhaufen zerbrochener Spritzen. Misstrauisch verenge ich die Augen, mustere die farbige Flüssigkeit. Es ist das gleiche Zeug, das wir im Kerker Iron Claws gefunden haben. Wurden die Gefangenen dort etwa insgeheim auf diesen Irrsinn vorbereitet?

»Ich habe Donna belogen, damit sie Kendric herbringt. Rumían ist in Sicherheit, ich habe ihn bei seinen Freunden abgeladen, kapiert?«, seufzt Achĕş genervt. »Und wenn ich wüsste, wie man die Verwandlung aufhält, wäre ich längst nicht mehr hier, sondern würde Cirron das Gegengift verabreichen.« Ausdruckslos fixiert er Louve. »Gib auf, Püppchen. Dein Cåraidt ist Geschichte.«

»Verschwinden wir«, knurre ich und ziehe die verletzte Louve an meine Seite. »Wir müssen ...«

»Ihr geht nirgendwo hin. »Dråga hat dich belogen, Achĕş«, tönt es plötzlich hinter uns. »Cirron ist tot. Die Experimente haben ihn umgebracht.«

Ich drehe mich um, eine dunkelhäutige Frau mittleren Alters kauert über einer deformierten Gestalt. Ihre roten Lederstiefel bilden einen starken Kontrast zu ihrer Uniform. Saß sie schon die ganze Zeit dort? Bernsteinfarbene Stacheln in der Länge meines Unterarms bedecken den entstellten Körper einer Kreatur zwischen Mensch und Bestie. Fangzähne ragen aus einem blutverschmierten Maul, aus den Fingerkuppen sprießen gelbliche Krallen. Ich erkenne die Frau als die Partnerin des Kommandanten wieder, Mandola. Sie kniet in einer Lache dunklen Blutes, das aus dem Unterleib der Kreatur quillt.

Achĕş ballt die Fäuste. »Dråga hätte niemals ihr einziges Druckmittel gegen mich aufgegeben.«

Ein grausamer Zug zeichnet sich um ihren Mund ab. »Oh, das hat sie nicht. Sie hatte andere Pläne.«

»Ich frage das nur ein einziges Mal.« Eine Ader zuckt an Achĕş' Stirn. Ich kenne dieses Funkeln. Wenn er könnte, würde er die Frau an ihren Organen aufhängen. »Was. Habt. Ihr. Mit. Meinem. Bruder. Gemacht.«

Mandola schnaubt. Ihr ist anzumerken, dass sie es genießt, die Oberhand zu haben. Wenn auch nur für den Moment. »Schattenassassinen töten nicht. Sie rekrutieren.«

Meine Brauen schnellen in die Höhe. Cirron ist ein Assassine?

Ein raues Lachen entkommt ihrer Kehle. »Glaubt nicht, ihr hättet ein Monopol auf Litíjr. Dråga hat Cirrons Erinnerungen so verdrahtet, dass er glaubt, die Roughcrests wären sein Feind, hätten seine Familie auf dem Gewissen. Und ihr habt es nicht einmal bemerkt.« Ihre berechnenden Augen finden mich. »Was ist mit dir? Du solltest Cirron 2.0 bereits begegnet sein. Sein Name ist jetzt Hayris.«

Ich verschlucke mich an meiner eigenen Spucke, während Achĕş mit einem Zornesschrei auf Mandola losgeht. Doch diese ist schneller.

»Vive.« Sofort bricht ihre pigmentierte Haut auf, das Mal auf ihrer Hand löst und erhebt sich, ehe es die Form eines flatternden Kolibris annimmt. Ich muss gestehen, ich bin mäßig beeindruckt.

Achĕş packt ihr Haar, kassiert jedoch einen beeindruckenden Kinnhaken, ehe sie ihm den Kiefer bricht. Stöhnend kracht der Schönling zu Boden.

»Ruf ihn, Pearse!«, brüllt Mandola. »Oder ich schwöre dir, ich werde deinem Neffen die Kehle durchschneiden.« Erst da erkenne ich die Schneide unter den Stacheln der Kreatur. Ich ziehe scharf Luft ein. Das soll Wren sein?!

Mein Blick schnellt zu einem der Käfige, wo sich eine in Mittleidenschaft gezogene Gestalt erhebt. Pearse ist grün und blau geschlagen, sein linkes Auge zugeschwollen und von dunklem Violett. Seine Kleidung ist dreckverkrustet und stellenweise zerfetzt, an seiner Hüfte ist der Stoff von dunklem Blut verfärbt.

Wankend kommt er auf die Beine, sämtliche Farbe ist ihm aus dem Gesicht gewichen und er sieht aus, als wäre er kurz davor, in Ohnmacht zu fallen. Ich rechne ihm hoch an, dass er dennoch das Kinn reckt. Doch statt seiner Frau, gilt seine Aufmerksamkeit Louve. Schuld trübt seine Miene, man kann regelrecht beobachten, wie seine Seele mit jedem weiteren Atemzug ein kleines bisschen mehr zerbricht.

»Es tut mir so leid, Louve.«

Louve, die die Situation schneller begriffen hat als ich, nickt ausdruckslos. »Du musst Wren wählen«, entgegnet sie ohne jeglichen Vorwurf in der Stimme. »Ich verstehe das.«

Pearse deutet ein Nicken an. Der innere Kampf ist ihm ins Gesicht geschrieben. Sein *»Vive«* wirkt zaghaft. Seine Wunde fängt erneut an zu bluten. Vermutlich haben sie versucht, sein Mal zu verunstalten, ohne einen Gedanken daran zu verlieren, was dies für seine Cåraidt bedeutet. Bei genauerem Hinsehen erkenne ich bei Mandola einen dicken Verband an der identischen Stelle. Es grenzt an ein Wunder, dass Pearse dazu imstande ist, seinen Gepard zu entfesseln. Sein Körper wirkt, als würde er buchstäblich zerfetzt.

Zunächst ist sein Geistgefährte nicht mehr als ein rauchiger Umriss. Er setzt zum Sprung an, wirft seinen wachsenden Leib gegen den Käfig. Strom bringt die Gitterstäbe zum Vibrieren, doch für die Schattenkreatur scheint Schmerz ein Fremdwort. Ehe ich mich's versehe, birst der Käfig und der Gepard saust durch die Luft, als würde er von Mandolas Kolibri magnetisch angezogen. Pearse bricht zusammen, kalter Schweiß steht ihm auf der Stirn. Dann erbricht er sich.

»Wir müssen weg!« Louve packt meinen Unterarm und schubst mich gegen Achĕş, der offenbar dabei ist, herauszufinden, ob Geistgefährten verschwinden, sobald man in den Köpfen seiner Herren herumstochert. Allerdings bleibt uns keine Zeit, waghalsige Theorien zu testen. Die beiden Kreaturen prallen aufeinander, Brüllen und Kreischen vermengen sich zu einer schmerzhaften Dissonanz. Die Geistgefährten überlagern sich in gleich zwei transparenten Zeichnungen, die der Künstler zu einer einzigen, widernatürlichen Gestalt kombiniert.

Die Schlüsselbeine des Gepards brechen auf, weiten sich zu Schwingen. Zuerst nehme ich an, das Maul würde sich wie bei Thuja zu einem Schnabel verbiegen, stattdessen verrenkt sich die Brust zu einem aufgeblähten Felsen, der Kopf fällt in den Nacken, der Hals verschwindet und –

»Verdammt, Enean, jetzt mach schon!« Erneut zerrt Louve an mir, während das Gebäude erbebt. Ein Teil der Wand löst sich mit einem gewaltigen Scheppern und kippt nach außen. Keinen Atemzug später bricht der Ozean über uns herein.

54. Kapitel

Louve

Zitterbeere, die: *daumennagelgroße, tiefviolette Beere; Geschmack: süß; Vorkommen: Sanctuary und Solitude; typisches Herbstobst; Verwendung: pur oder als Gebäck (z.B. Tarte)*

Manchmal enthebt das Leben dich von Regeln wie Zeit und Raum, und versetzt dir aus dem Hinterhalt einen Tritt in den Magen. Dieser Tritt ist eine Warnung. Er flüstert: *Lauf.* Und dann rennst du.

»Wir müssen den unterirdischen Gang zu den Kerkern der Zitadelle erreichen«, ruft Achĕş über die Schulter hinweg und prescht auf die Wendeltreppe zu.

Wasser läuft in Strömen durch den Riss in der Fassade, das Rauschen jagt mir einen Schauder über den Rücken. Es umspült meine Knöchel und durchnässt meine Stiefel. Nicht mehr lange und die Unterwasserstadt wird vollständig versinken.

Hektisch erfasse ich die zwölf Käfige, die panisch gegen die Gitter hämmernden Gefangenen. »Enean!«, schreie ich. »Ich kann Thuja nicht rufen. Nicht, wenn Wren nicht bei Bewusstsein ist. Sofern er überhaupt noch sein Mal auf diesem neuen Körper trägt!« Ist er noch ein Schattenassassine, ist Rhyn am Leben? Wieder und wieder rufe ich Thujas Namen, gefolgt von einem flehenden »*Vive*«. Zum ersten Mal seit über siebzehn

Zyklen erhört mich meine Geistgefährtin nicht. Seit dem Angriff auf die Câraidt-Verbindung ist sie verstummt.

Noch einmal sehe ich hinüber zu Achēş, dessen goldene Silhouette dabei ist, in dem darunterliegenden Stockwerk zu verschwinden. Dann hebe ich mein Kurzschwert und sprinte auf den ersten Käfig zu. Sofort erhebt sich der Gefangene, eine Silberaura wankt auf die Gitterstäbe zu. »Louve?« Die Stimme kommt mir bekannt vor, ich suche die Erscheinung nach einem Assassinenmal ab und entdecke den Schmetterling am Hals.

»Yaran«, keuche ich. Die junge Frau, die Pearse damals im Schattenreich übermannt hat. Verzweifelt hämmert sie gegen ihr Gefängnis, kassiert dafür einen elektrischen Schlag nach dem anderen.

»Louve, nicht!« Jemand reißt mich zurück, ich stolpere gegen eine harte Brust. »Verflucht, zwischen den Gittern fließt Strom und du stehst mit beiden Füßen im Wasser! Bist du lebensmüde?«

Zähneknirschend versuche ich mich aus seinem Griff zu befreien, doch er lässt nicht los. »He, du!«, ruft er Yaran zu. »Jeden Moment wird eine Arzaê auftauchen und den Laden in die Luft sprengen. Die Wände werden zertrümmert und hinter euch werden sich Risse bilden, durch die ihr ins Wasser fliehen könnt. Ihr habt exakt diese eine Chance. Sobald ihr sie kommen hört, haltet ihr die Luft an, solange ihr könnt. Ihr werdet zurück in dieses Gebäude schwimmen und der Wendeltreppe nach unten folgen, bis ihr eine unverschlossene Metalltür erreicht. Sie wird euch direkt nach Iron Claw führen.« Er schiebt mich weiter, weg von den Gefangenen. »Wir können nicht so schnell Hunderte Käfige zerstören, aber die Explosionen können es sehr wohl. Versucht nicht, draußen an die Oberfläche zu schwimmen, dort ist nur eine Höhlendecke. Die Tunnel sind eure einzige Chance. Viel Glück.« Damit packt er mich und schiebt mich in die Richtung, in der Achĕş verschwunden ist.

»Wir können sie nicht einfach im Stich lassen!«, beschwöre ich ihn und winde mich in seiner Umklammerung. »Wir müssen etwas tun, Enean, ich muss …«

»Wir würden bei dem Versuch sterben, Louve!«, herrscht er mich an. »*Du* würdest sterben.« Sein Griff ist jetzt so fest, dass ich später sicher Abdrücke behalten werde. »Hass mich für den Rest deines Lebens, wenn du willst, aber wenigstens hast du dann noch ein Leben. Und glaub mir, mein Stern, ich werde jeden Einzelnen in dieser gottverdammten Stadt mit Freuden opfern, wenn es dich rettet.«

Entsetzt keuche ich auf. »Du bist …«

»Egoistisch? Unmoralisch? Herzlos?« Er lacht. »Ich bin der Herrscher über den Tod, Liebes. Und sei versichert, wenn ich dir sage, deine Zeit ist noch nicht gekommen.«

Da schiebt sich eine Silhouette über uns. »Pass auf!« Gerade noch rechtzeitig hechten wir zur Seite, mein Stiefel findet keinen Halt und ich schlage mit der Schulter auf dem Boden auf. Feuchtigkeit dringt mir in Mund und Nase. Mandolas und Pearses Geistgefährte greift an, spitze Klauen graben sich in meinen Oberarm. Mit bloßen Händen stürzt sich Enean auf das Vieh und rammt seine Flanke. Instinktiv umfasse ich mein Handgelenk, verwerfe meinen Gedanken aber sofort wieder. Wenn wir jetzt unsere Relikte vereinen, wird niemand mit dem Leben davonkommen. Noch immer halte ich mein Kurzschwert fest umklammert, weiß jedoch, dass keine Klinge der Welt ein Trauma zu töten vermag.

Anders jedoch seinen Herrn. Trotz meiner Verletzung springe ich auf die Beine, durchkämme den Raum auf der Suche nach einer ganz bestimmten Silberaura. Mittlerweile reicht mir das Wasser beinahe bis zu den Knien, wir werden tauchen müssen, um die unteren Ebenen und damit den einzigen Fluchtweg zu erreichen. Wieder und wieder erbebt der Grund zu meinen Füßen. Sollte tatsächlich Donna für die Explosionen verantwortlich sein, ist sie näher denn je.

Mandola entdeckt mich als Erste. Sie stürzt sich auf mich und versucht, mir das Schwert aus der Hand zu schlagen. Im letzten Moment fange ich mich ab, hake meinen Stiefel um Mandolas Knöchel und ziehe ihr die Füße weg, sodass sie ihrerseits mit dem Rücken voran aufschlägt. Allerdings ist sie schneller wieder auf den Beinen als erhofft und wirft sich mit ihrem vollen Körpergewicht auf mich.

»Warum tust du das?« Ich weiche einem Fausthieb aus, kassiere einen Schnitt im Oberschenkel. Finger, die einst liebevoll Zitterbeeren-Tarte für Wren, Vadha und mich buken, kratzen nach mir.

Ein grausames Lachen dringt in mein Ohr. »Du bist im Besitz eines Relikts und Achĕş hat bestätigt, dass dieses bereits in dein Fleisch übergegangen ist. Du warst das perfekte Experiment. Der Grundstein für etwas Allmächtiges, Großes.«

Ich teile zwei weitere Schläge aus, stecke mindestens genauso viele ein und gehe leicht in die Hocke, in Angriffshaltung. »Du wünschst dir Unsterblichkeit? Wie die Generalin?«

»Dråga versprach mir den Thron an ihrer Seite«, entgegnet sie schwer atmend und lässt zwei Messer zwischen ihren Fingern kreisen. »Sobald die Experimente in ihre Endphase gegangen wären, hätten wir mithilfe der Roughcrests Irquan gestürzt.«

Moment. Bitte was?! »Du willst den Thron?«, bricht es aus mir hervor.

»Ich habe ihn verdient nach allem, was ich wegen deiner Familie durchgemacht habe!«, spuckt sie mir entgegen. Ohne Vorwarnung schnellt sie auf mich zu und sticht mit beiden

Klingen auf mich ein. Ich wage nicht, mich zu hastig zu bewegen, zu schwerwiegend sind meine Wunden. Nur mit Mühe pariere ich ihre Angriffe mit meiner einzelnen Schwertschneide, meine Stiefel rutschen immer weiter zurück, in Richtung der Käfige. Enean hatte recht. Sollte ich mit den Gitterstäben in Berührung kommen, bin ich Geschichte.

»Was ist mit Pearse?«, will ich wissen. »Du liebst ihn!«

»Ach, tue ich das?«, schnaubt sie. »Pearse war für mich nie mehr als ein Mittel zum Zweck. Einer der Kommandanten Iron Claws. Und *dein* Vormund.«

Ich versuche, sie zurückzudrängen, doch sie lässt nicht locker. Hinter mir liefert sich Enean einen ungleichen Kampf mit ihrem Geistgefährten. Er wird ihn nicht lange in Schach halten können, ohne seine Kräfte ist er nicht mehr als ein unbewaffneter Arzaê. Und verdammt sterblich.

»Warum ich?«, ächzte ich unter einem weiteren Hieb. »Was habe ich dir je getan, Mandola? Verflucht, du warst wie eine Mutter für mich!«

Aus dem Augenwinkel entdecke ich Pearse, der in sich zusammengesunken ist. Er muss am Leben sein, anderenfalls wäre sein Geistgefährte längst verblasst. Nicht unweit von ihm entfernt kauert Wren. Wieder und wieder bemüht er sich, sich aufzurichten, doch muss er entweder schlimmer verwundet sein, als befürchtet, oder er hat noch keine Kontrolle über seinen neuen Körper.

»Aber ich bin nicht deine Mutter!«, schreit sie mir mit einer Flut an Verzweiflung und Zorn ins Gesicht, unter der ich zusammenzucke.

»Du hasst mich, weil ich nicht deine leibliche Tochter bin?«

»Ich hasse dich, weil du *ihre* Tochter bist.«

Bei ihren Worten erstarre ich. Ich werde für sie alle nie etwas anderes sein als die Tochter der Abtrünnigen. Vor allem aber bin ich das Kind der wundervollsten, gütigsten, liebevollsten Frau unter den Sternen. Ich trage mein Erbe mit Stolz.

Haarscharf rauscht die Kreatur an uns vorbei. Enean muss irgendwo seine Axt aufgetrieben haben, jedenfalls schwingt er sie über dem Kopf. »Wir müssen hier raus!« Sein Rufen geht in dem Brausen eines neuen Wasserschwalls unter, als ein Teil der Wand einbricht. *Bei der Göttin des Lichts.* Wir werden ertrinken, wenn wir nicht sofort verschwinden.

Doch ein Ziehen in meiner Brust, exakt an der Stelle, hinter der mein Herz schlägt, hält mich zurück. Ich wünschte, ich könnte ein theatralisches Ablenkungsmanöver inszenieren, in dem Achĕş Roughcrest sein Leben im Kampf gegen Gott und die Welt verliert und mit seinem Tod meine gestohlenen Erinnerungen zurückkehren. Und damit der Mörder meiner Eltern, *mein Mörder*, entlarvt wird. Feuer. Blut. Gebete und Schreie. Und tiefrote Lederstiefel.

Der Kloß in meinem Hals fühlt sich an, als hätte ich eine Kanonenkugel verschluckt. Die Erkenntnis ist Gift in meinen Adern, die Wahrheit, nach der ich mein Leben lang gesucht habe, keine Erleichterung, sondern eine schwerere Last als die Lüge.

Und da begreife ich. »*Du* hast meine Eltern ermordet«, wispere ich, weil ich es aussprechen muss, diesen einen Satz, für den ich Zyklus um Zyklus kämpfte. Nur dass er sich jetzt faulig auf meiner Zunge anfühlt, nicht richtig. Sondern vergoren und tot.

»Ich habe deine Mutter geliebt, Louve.« Mandolas Stimme bricht, der erhobene Arm mit dem Dolch verharrt vor meiner Nase, als hätte sie mir absichtlich diese Atempause geschenkt, die ich brauche, um mich unter ihr wegzuducken. »Roswín war nicht nur meine Cåraidt. Sie war mehr als das, Louve. Ich habe den Boden unter ihren Füßen angebetet. Wir waren zu Großem bestimmt, sie und ich. Bis sie in der Nacht vor unserem Dòchaş Iron Claw ohne ein Wort verließ.« Ihre Schultern sacken hinab, sie senkt ihre Waffen, verliert sich in der Erinnerung an ein Leben, das sie niemals wieder zurückbekommen wird. »Sie hatte diesen Mann kennengelernt, einen Menschen. Er hatte eine kleine Tochter, dich. Roswín kehrte niemals zurück.« Mit einem Mal schwingt etwas Finsteres in ihrem Tonfall, bei dem sich meine Nackenhaare aufstellen. »Schließlich habe ich sie aufgespürt. Ich hätte sie immer gefunden. Ich musste sie töten, Louve, versteh doch. Wie sonst hätte ich die Cåraidt-Verbindung durchbrechen können? Schon damals experimentierten Dråga und die Roughcrests an einem Unsterblichkeitselixir. Zwar machte es mich nicht unverwundbar, aber es sorgte dafür, dass ich nicht mit deiner Mutter starb.«

Mir wird übel, weiße Punkte blitzen vor meinem Sichtfeld auf. Ich versuche mich auf meinen Atem zu konzentrieren, stattdessen verliere ich mich in Thujas Kratzen inmitten meiner Seele. Das ist sie. Die Geburt meines Traumas. Der Auslöser für das Mal an meinem Rücken. Der Eid mag mich zur Schattenassassinin gemacht haben, aber Mandola legte den Grundstein, indem sie vor meinen Augen meine Eltern kaltblütig ermordete.

»Ich verriet unserer Generalin Roswíns Aufenthaltsort. Sie schnappte sich eine Handvoll Schattenassassinen. Wir spürten euch auf und brannten euer Heim nieder.« Sie holt tief Luft, schüttelt den Kopf. »Ich schlitzte deiner Mutter die Kehle auf und brach deinem Vater das Genick. Anschließend stieß ich ihrer kleinen Tochter denselben Dolch ins Herz.«

Mir wird schwarz vor Augen. Die Galle strömt schneller in meine Speiseröhre, als ich reagieren kann. Würgend beuge ich mich zur Seite und erbreche all das, was ich nie zu fühlen bereit war.

»Im Gegenzug für meine Kooperation versprach Dråga mir den Platz an der Seite einer ihrer Kommandanten.« Ich höre Mandola kaum zu. »Sie weihte mich in die Experimente um die Mæscån ein und versprach mir Unsterblichkeit.« Sie klingt melancholisch, fast ein kleines bisschen traurig. Aber nicht, als würde sie irgendetwas von dem, was sie getan hat, bereuen. Sondern als wäre sie nicht gründlich genug vorgegangen.

Das Mal auf meinem Rücken prickelt wie nie zuvor, reißt an meiner Haut, sticht und schabt, als würde Thuja versuchen, sich aus meinem Leib zu befreien. Irgendetwas in mir bricht auf. Eine Mauer, ein Irrglaube, eine fehlgeleitete Hoffnung, ich weiß nicht. Und zum ersten Mal in meinem Leben lasse ich zu, dass der Schmerz mich überrollt. Mache ihn zu einem Teil von mir, dem letzten Stein eines Puzzles, von dem ich fürchtete, es niemals im Ganzen zu erfassen. Und nun, da es endlich fertiggestellt ist, blickt mir nichts anderes als mein eigenes Spiegelbild entgegen.

Ich umklammere den Knauf meines Schwertes so fest, dass meine Knöchel knacken. Ich habe Kendric dafür getötet, was er Gría und Nadija angetan hat. Ich habe Banister ermordet, weil er mir das Leben zur Hölle machte. Ich glaubte stets, würde ich irgendwann dem Mörder meiner Eltern gegenüberstehen, würde ich ihm meinen Dolch bis zum Anschlag in den Hals rammen und Frieden finden in seinem vergossenen Blut.

Stattdessen drehe ich mich um und gehe.

55. Kapitel

Enean

Dòchaş, der: *Ritual, in dem die Geistgefährten der Cåraidt zu einer einzigen nahezu unbezwingbaren mystischen Kreatur verschmelzen; Cåraidt werden physisch aneinander gebunden, erleiden dieselben Schmerzen und sterben gemeinsam; Mal: aus Initialen der Partner gezeichneter Ring am kleinen Finger*

Was danach passierte, erlebten wir wie im Fiebertraum. Donna erreichte die Ebene, in der wir uns gezwungenermaßen aufhielten, und brachte Bauwerk um Bauwerk zum Einsturz. Ein ganzes Heer aus Hunderten Arzaê und menschlichen Soldaten platzierte tonnenweise Sprengstoff. Donna war nie der Typ Frau gewesen, der verhandelt.

Mein Plan ging auf, durch die zerfetzten Fassaden bildeten sich genug Spalten, dass der Großteil der Gefangenen entkommen konnte.

Die Generalin tauchte nicht mehr auf, entweder hatte sie sich in ihren letzten Atemzügen in Sicherheit gebracht oder sie hatte Wrens Angriff nicht überlebt.

Ich stoppte Donna nicht in ihrem Rachefeldzug gegen die ganze Welt, teilte ihr jedoch den Aufenthaltsort ihres Sohnes mit. Und die Stelle, an der ich vor langer Zeit die gestohlenen Juwelen der Roughcrests versteckt habe. Ich beschwor sie, Rumían und das Geld zu nehmen, Solitude den Rücken zu kehren und nie zurückzukommen. Ich schätze, sie ist meinem Rat gefolgt, denn ich sah sie niemals wieder. In derselben Nacht verschwanden Hayris und Achĕş spurlos.

In dem Moment, als Pearse seinen Verletzungen erlag, löste sich sein Geistgefährte in Rauch auf und ließ Mandola schutzlos zurück. Diese ging erneut mit erhobenen Dolchen auf Louve los. Es war der grauenhafteste Albtraum meines Daseins, dabei zuzusehen, wie deren blutrote Stiefel durch das hohe Wasser glitten und sie drohte, geradewegs in die scharfen Klingen zu stürzen. Plötzlich aber geschah ein Wunder. Ich wusste immer, dass Louve irgendwann von der Finsternis gerettet werden würde, doch nahm ich stets an, ich würde diese Finsternis sein.

Stattdessen war es Wren, der sich in seinen letzten Atemzügen auf Mandola stürzte und ihr mit einem Brüllen den Kopf von den Schultern riss. Er brach zusammen, als hätte er sich nie erhoben, um durch seine letzte Tat seiner Cåraidt das Leben zu retten.

In diesem Moment zerbrach der Rest der Mauer, die Louve seit vielen Zyklen um ihr Herz geschlossen hatte. Mit der Kreatur in den Armen, die einst ihr engster Kindheitsfreund gewesen war, fiel sie auf die Knie. Das Wasser reichte ihr bis zur Brust, doch sie klammerte sich an Wren und schluchzte und schrie, dass es mir die Seele zerriss.

Ich warf meine Waffe fort, watete auf Louve zu und zog sie in meine Arme. Sie wehrte sich und schlug nach mir, beschwor mich, Wren nicht einfach so liegen zu lassen. Wollte nicht wahrhaben, dass sein Atem längst verklungen war, sein Brustkorb aufgehört hatte, sich zu heben.

Sie kämpfte bis zuletzt für ihren Freund.

Wir wären ertrunken, hätte ich sie nicht hochgehoben und zur Wendeltreppe getragen. Wenn Schattenassassinen eine positive Eigenschaft haben, dann die, dass sie verdammt lange die Luft anhalten können. Mit Louve fest an meine Seite gepresst, tauchte ich tiefer und tiefer, bis ich den Tunnel erreichte, durch den ich zuvor gekommen war. Die Angst, sie würde wegen der Dòchaş-Verbindung aufhören zu atmen, zwang mich beinahe in die Knie.

Hunderte Menschen, Arzaê, Schattenwandler und Mæscån folgten. Doch die, die wir liebten, waren nicht unter uns.

Gría. Wren. Pearse. Prejudice. Sâl. Louves Eltern. Melyn, Bash und sogar Kendric. Sie alle hatten ihr Leben gegeben für einen Kampf, der niemals der ihre war.

Als endlich frischer Sauerstoff unsere Lungen füllte und das Reich tief unter der Erdoberfläche in sich zusammenbrach, verlor Louve das Bewusstsein. Obwohl meine Muskeln schmerzten und ich aufgrund der Verletzungen allmählich schwächer wurde, trug ich Louve auf meinen Armen durch die Zitadelle, durch die Straßen Solitudes, bis hinauf zu den nordöstlichen Menschensiedlungen. Ich legte sie in das Bett jenes Hauses, das seit unserem letzten Aufenthalt noch immer leer stand. Ich zog ihr die nassen Kleider aus und versorgte ihre Wunden. Ich nähte die Schnittwunde an ihrem Bauch, konsultierte einen Heiler und hüllte sie in wärmende Decken und Felle.

Sie schlief mehrere Sonnenläufe lang, aß kaum, weinte immer dann, wenn sie kurzzeitig zu sich kam. Sie erbrach Unmengen schwarzen Blutes. Ihr Dòchaş-Mal verschwand. Ihr Assassinen-Mal verblasste zu einem hellgrauen Überbleibsel. Aber Louve starb nicht. Was auch immer man ihr injiziert hatte, das Relikt rettete ihr das Leben.

Ich blieb bei ihr, als der physische wie seelische Schmerz aus ihr strömte. Hielt sie, wenn sie mich brauchte. So verstrichen mehr und mehr Sonnenläufe.

Auf Iron Claw aber brach die Hölle los, als man von Drågas

und Mandolas Verrat und der Wahrheit um die Existenz der Mæscån erfuhr. Irquan hat jetzt eine ganze Menge Mist zu regeln, schätze ich. Dass er noch am Leben ist, kann nur bedeuten, dass er an den Experimenten nicht ganz unbeteiligt war. Es könnte mir nicht gleichgültiger sein.

In den Nächten, in welchen ich wach blieb, um über meinen schlafenden Engel zu wachen, las ich im Journal der Göttin des Lichts und blätterte in Louves alten Familienfotos.

Mir fiel auf, dass die Gesichtszüge von Louves Mutter verdammt viel Ähnlichkeit mit Donna hatten. Es war der Schwung ihres Kiefers, das Grübchen in der linken Wange. Die Augenfarbe war anders, aber ihre Locken waren vom gleichen Rot.

Ich habe Louve nie nach ihrer leiblichen Mutter gefragt und vermutlich werde ich das auch nie. Doch als ich das Medaillon öffnete, in dem sich das Porträt ihrer Eltern verbarg, schwor ich mir, von nun an das für sie zu sein, was einer Familie am nächsten kommt.

Ich lernte aus den Aufzeichnungen der Göttin viel über unsere Relikte. Sie waren eine Art Wiegengabe gewesen zur Geburt ihrer Kinder, den Zwillingssonnen Athaír und Sôl. Sie würden die Macht des Lichts in sich tragen und ihre Stärke in der Einheit finden.

Ein ganzer Mondlauf ging ins Land, und dann, eines Sonnenuntergangs, stand Louve einfach auf, lächelte mich an und trat hinaus aus unserem nicht ganz so legal erworbenen Heim. Sie blickte hinauf zu den Sternen, als suchte sie nach irgendetwas. Und ich glaube, sie hat es gefunden.

An dieser Stelle würde ich gern mit einem *und wir lebten glücklich und zufrieden* enden, aber ich kann nicht. Es gibt immer ein Aber, oder nicht? Dem Schicksal ist Stagnation verpönt, es will uns wachsen sehen oder leiden oder irgendetwas dazwischen, das sich Leben schimpft.

Es war mitten in der Nacht, als die Schattenwandler erneut angriffen. Wir kämpften, Seite an Seite. Und wir siegten sogar.

Dann aber stieß ich mit der letzten Seite der Aufzeichnungen der Göttin auf eine schreckliche Gewissheit: Schon bald würde ich mich von Louve verabschieden müssen.

56. Kapitel

Louve – *1 Mondlauf später*

Es ist nicht lange her, da steckte man Frauen in Flammen, weil man fürchtete, sie könnten ihr eigenes Feuer noch vor ihrem Henker finden. Manchmal glaube ich, die Asche dieser wundervollen, starken Kriegerinnen wäre durch den Wind der Zeit in die Seelen ihrer Nachfahrinnen geweht. Wenn wir heute aufstehen, unsere Stimmen erheben, dann kämpfen wir nicht nur für uns. Wir kämpfen für jede einzelne Frau, deren erhobenes Haupt unseren Weg bis in die Gegenwart pflasterte.

Das Gras unter meinen Knien ist feucht, allmählich schmelzen Athaír und Sôl die letzten Reste des Winterfluchs der Eisfalken. Mit den Fingerkuppen fahre ich die Kontur des Grabsteins nach. Natürlich ist er nicht graviert. Die Schattenassassinen halten mich für tot, ich kann nicht ins Zentrum Solitudes zu einem Bestatter spazieren. Um ehrlich zu sein, bin ich unsicher, ob ich noch eine von ihnen bin. In dem Moment, als ich die Wahrheit um den Mord an meiner Familie erfuhr, meinen Schmerz annahm, ihn akzeptierte, statt mich in Rache zu verlieren, verblasste Thujas Mal auf meinem Rücken zum Großteil. Ihr Brummen verstummte in meiner Seele. Ich hatte sie … losgelassen. Ich weiß nicht, ob sie jemals wirklich verschwinden wird. Kann ein Teil von mir sich einfach in Luft auflösen? Oder wird sie immer da sein?

Letztlich hat mir Enean geholfen, einen flachen Felsen herzuschaffen und unter eine der in der Menschensiedlung wuchernden Trauerweiden zu schieben. Unzählige Namen stehen auf seiner rauen Oberfläche geschrieben. Ich habe sie mithilfe eines Meißels in jener Blindenschrift in das Gestein gestoßen, die Wren und ich uns ausgedacht haben, als wir Kinder waren.

Vielleicht steht deshalb sein Name ganz oben. Weil er gestorben ist, während ich leben darf. Ich weiß nicht, ob es an Eneans Blut in meinen Adern liegt oder an dem Relikt der Göttin des Lichts. Doch als sein Herz aufhörte zu schlagen, verschwand das aus unseren Initialen geformte Ring-Mal an meinem kleinen Finger. Und damit die letzte Verbindung zu meinem Cåraidt. Zurück bleibt nichts als eine Erinnerung, geschlagen in einen Stein am Rande der Stadt.

Wren. Sâl. Gría. Nadija. Pearse. Und die Namen meiner Eltern. *Roswín und Cam.*

Ich lege den Kopf in den Nacken, betrachte das gelblich glimmende Sternenmeer, das für mich immer eine andere Schattierung tragen wird als für alle anderen. Doch ganz gleich, welche Farbe die Ewigkeit auch schmückt, eines weiß ich mit Gewissheit: Sie alle sind dort oben. Und endlich, nach all den Kämpfen und Opfern, sind sie in Sicherheit. Sie haben ihren Frieden gefunden.

Mit diesem gleichermaßen warmen wie melancholischen Gefühl in der Brust laufe ich zurück zu unserem kleinen abgelegenen Häuschen. Mit einem müden Lächeln trete ich mir die Stiefel von den Füßen und schlüpfe aus meinem Mantel.

»Ich schätze, wir haben jetzt alles.« Enean kniet inmitten von Unmengen Gepäck und schnürt ein Objekt zu, vermutlich einen weiteren Rucksack. In einem von ihnen stecken meine wenigen Fotos und Andenken an meine Eltern, die er aus den Trümmern meines Turms gerettet hat. Ich werde ihm nie vergessen, dass er das für mich getan hat.

»Das können wir nie im Leben tragen«, kichere ich.

Ruckartig hebt er seinen Kopf, springt auf die Beine und legt seine Hände an meine Wangen. Ein sehnsüchtiges Prickeln kitzelt meine Haut und bringt mein Herz zum Rasen. Er beugt sein Gesicht zu mir herab und dreht prüfend meinen Kopf erst nach links und dann nach rechts. »Merkwürdig. Ich hätte schwören können, du hast gerade gelacht.«

Mein Grinsen wird breiter. »Blödmann.«

Zugegeben, einen halben Mondlauf lang habe ich mir die Seele aus dem Leib geweint. Bis Enean diesen Felsbrocken anschleppte und mir half, ein Grab für die gefallenen Splitter meines Herzens zu errichten. Es dauerte eine ganze Weile, aber der Schmerz wurde leichter. Nun ist er endlich als Bestandteil meines Schattens mit meinem Ich verschmolzen. Er gehört zu mir. Und für nichts auf der Welt würde ich mich von ihm trennen wollen. Denn er steht nicht für das, was ich verloren, sondern für all die Menschen, die ich geliebt habe, die mir alles bedeuteten.

Nacheinander küsst Enean meine Mundwinkel. »Ich bin mir sicher, irgendwo hier hast du dieses bezaubernde Lachen versteckt.«

»Wenn du weiter danach suchst, wirst du es mit Sicherheit finden.« Ich stelle mich auf die Zehenspitzen und lege meine Lippen flüchtig auf seine. »Ist alles startklar für unsere Abreise?«

Er schlingt die Arme um meine Taille und nickt. »Bei Aufgang der ersten Sonne brechen wir gen Norden auf.«

Enean hat sich damit abgefunden, die Schattenbarriere fürs Erste nicht anzurühren. Der Preis ist den Aufzeichnungen nach zu hoch … Wir haben lange darüber diskutiert, an welchem Ort wir auf keine größere Schattenassassinen-Gemeinschaft treffen. Letztlich haben wir uns entschieden, uns zunächst in die tiefen Wälder Envys zurückzuziehen und uns als Jäger durchzuschlagen. Wenn genug Gras über die Ereignisse in Solitude gewachsen ist, ziehen wir in das urbane Woe. Wir werden uns eine Wohnung suchen, vielleicht sogar ein kleines Häuschen wie dieses hier. Der bloße Gedanke erfüllt mich mit einem Licht, das zu fühlen ich nie für möglich gehalten habe. Irgendwo im weiten Verlorenen Reich Verídha werden wir unsere Zukunft finden.

Enean erklärt mir so akribisch, was genau sich in welcher Tasche befindet, dass ich hätte bemerken müssen, dass etwas nicht stimmt. Stattdessen sinke ich vor dem offenen Kamin in den Schneidersitz und genieße die Wärme auf meinem durchgefrorenen Körper. Nachdenklich kaue ich auf meiner Unterlippe. »Was, wenn die Schattenwandler dich irgendwann finden?«

Enean setzt sich neben mich und zieht mich fest an sich, ehe er mich sanft mit dem Rücken auf die weichen Raubtierfelle drückt. »Dann werden wir bereit sein.« Mit diesen Worten beugt er sich über mich, seine warme Hand an meinem Hals, seine Lippen nur einen drängenden Hauch von meinen entfernt. Seufzend schmiege ich mich in seine Berührung, umfasse seine Finger mit meinen, als er sie quälend langsam über mich gleiten lässt. Mein Herzschlag durchlebt den Trip seines Lebens, bittet und fleht, verlangt und begehrt, während meine große Liebe zarte Küsse auf meinen Mundwinkel haucht, meinen Kiefer entlangfährt, ehe er an meinem rasenden Puls zum Liegen kommt und scharfe Zähne das *mehr, mehr, mehr* zwischen meinen Rippen zum Bersten bringen.

Ich verliere mich in dem Gefühl seiner Liebkosungen. Mit geschlossenen Lidern grabe ich meine Zähne in die Unterlippe, dränge mich in Eneans Berührung. Noch immer seine Finger mit meinen verschränkt, streicht er über meine Schultern, die

Schlüsselbeine entlang, ehe sie knapp oberhalb meiner Brust zum Liegen kommen.

Ich schmecke mein eigenes Blut, so fest beiße ich zu. »N-nicht aufhören. Hör nicht auf.«

Ich kann sein Schmunzeln regelrecht an meiner Halsschlagader spüren. »Obwohl die Finsternis nach wie vor dabei ist, unseren Mord zu planen?«

Meine freie Hand fährt durch die dunkle Seide seines Haars, tastet sich seinen Nacken entlang, zieht ihn näher zu mir, unendlich nah. »Gerade weil die ganze Welt unseren Mord plant, Schattengott.« Ich streiche seine Wirbelsäule hinab, koste mit den Fingerspitzen seine vom Feuer erhitzte Haut. »Bitte. Gib mir etwas, wofür es sich zu sterben lohnt.«

Er löst sich von meinem Hals, nur um seinen Arm über meinem Kopf abzustützen, mich gefangen zu nehmen zwischen seinem Bizeps und seinem vor Verlangen bebenden Herzschlag. Mit einer Hand löst er die Schnüre meiner Tunika und befreit mich aus meiner Kleidung. »Ich gebe dir etwas viel Besseres.«

Unsere vereinten Hände umfassen meine Brust. Ich stoße ein Keuchen aus. »Noch besser?«, bringe ich stockend hervor.

Mit klopfendem Herzen winde ich mich unter seinem Gewicht, schaffe es irgendwie, mich ganz unter ihn zu schieben, bis unsere Beine ein haltloser Wirrwarr aus Gliedmaßen sind, und ich sie auffordernd um seine Hüften schlinge.

Enean stößt ein besitzergreifendes Knurren aus, als seine härteste auf meine weichste Stelle trifft. Ohne sich von mir zu lösen, schiebt er meine Arme über meinen Kopf, nur um seine viel zu langsam über meinen ausgestreckten Körper zu führen. Süße Feuerwerkskörper küssen jede meiner Zellen, verbrennen mich gleichermaßen von innen wie von außen, als er meine Hüften packt und mich so fest an sich reißt, dass ich für einen Augenblick vergesse, wo ich beginne und er endet.

Das schwindelerregende Pulsieren zwischen meinen Beinen wird zu seinem, und ich schwöre bei allem, was mir heilig ist und was ich verfluche – wenn er nicht endlich weitermacht, brenne ich jeden gottverdammten Winkel dieser Welt nieder.

Seine Fingernägel graben sich so tief in meine Haut, dass der Abdruck seinen Anspruch in meinen Körper zeichnen wird. »Ich gebe dir etwas, wofür es sich zu leben lohnt.«

Er löst sich von mir, um sich aus seinem Hemd und der Leinenhose zu befreien. Doch anstatt mir endlich das zu geben, was ich wirklich will, richtet er sich auf, meine Waden noch immer angespannt um seine Hüften gepresst. Für einen Moment verliere ich die Orientierung, und *gütiger Schattengott*, wie ich es liebe, mich stattdessen in seiner Kontrolle zu finden. Starke Arme schlingen sich um meinen zum Bersten gespannten Körper, mein offenes Haar schwingt hinter meinem in den Nacken gelegten Kopf durch die schummrige Luft.

»Du wirst mein Ende sein, Love.« Er löst einen Arm von meiner Taille, nur um seine Hand auf meine entblößte Kehle zu legen und mich gierig an sich zu ziehen. »Denn du bist mein Leben.«

Ich weiß nicht, wohin er mich trägt, als sein Mund auf meinen trifft. Ich ziehe scharf Luft ein, seine weichen Lippen auf meinen, nur zu bereitwillig von seiner Zunge geöffnet. Meine ganze Existenz steht in Flammen, jeder Winkel meines Körpers, meiner Seele, schreit *seinen* Namen.

»Enean!« Da trifft mein Rücken auf das vom Kamin gewärmte Holz einer der Wände. Ich kann die Hitze des Feuers dicht an meiner rechten Seite spüren, während meine linke von einem fröstelnden Hauch geküsst wird. Offenbar hat er mich an die Stelle zwischen Kamin und Fenster gedrückt. Und ich liebe es, liebe das Wechselspiel der Elemente auf meinem zitternden Leib, liebe seine starken Arme an meinen Hüften, seine heiße Zunge in meinem Mund. Gierig wie eine Erstickende inhaliere ich seinen Duft nach Minze, Freiheit und Zuhause, lasse los, wie ich es nie für möglich hielt. Meine Sorgen, Ängste, Hoffnungen und Träume. Meine nackte Brust presst gegen seinen Herzschlag, sein Kuss wird drängender, fast so gierig wie mein eigener, während er sich gegen meinen Unterleib drückt, dass ich allein von der Berührung zu explodieren drohe.

»Ich liebe dich. Vergiss das niemals.« Sein Keuchen versengt die Haut an meinem Hals. »Ich habe dich immer geliebt, Love. Damals warst du meine beste Freundin, meine Vertraute, die Einzige, die mehr in mir gesehen hat als ein gehörntes Ungeheuer.« Abermals finden seine Lippen meine. »Heute bist du mein verdammtes Sonnensystem.« Er bringt die Worte kaum zu Ende, als er mit einem einzigen harten Stoß in mich eindringt.

»Enean!« Mein Schrei erstickt seinen Namen auf meinen Lippen.

Der Schattengott gibt einen kehligen Laut von sich, als er meine Hüften gegen seine presst und sich anschließend von mir entfernt. Bei dem Gefühl von Leere zieht sich etwas in mir protestierend zusammen, will seine Fülle zurück, verlangt nach seiner Vollständigkeit. Seiner anderen Hälfte.

Und die soll ich auch bekommen. Ein weiterer harter Stoß droht mir die Besinnung zu rauben, als er beginnt, sich immer unbarmherziger in mir zu bewegen. »Enean …«

»Du ahnst ja nicht, wie lange ich das schon von dir hören wollte. Meinen Namen auf deinen Lippen, während du in meinen Armen vor Ekstase verglühst.«

Blinzelnd werfe ich den Kopf in den Nacken, mein Keuchen findet denselben Rhythmus wie unsere sich wieder und wieder aufeinander zubewegenden Körper. »Du … hättest nur zu fragen brauchen.«

»Oh, glaub mir, Baby, das werde ich.« Er dreht mich zur Seite, meine Beine gleiten an seinem Oberschenkel hinab, bis meine Zehenspitzen auf den Holzboden treffen, mein Rücken gegen den Kamin prallt, und er einen Punkt trifft, der mich mit aufgerissenen Augen aufstöhnen lässt.

Doch anstatt mir mehr zu schenken, zieht er sich ganz zurück, was mir ein frustriertes Schnauben und ihm ein amüsiertes Lachen entlockt. Mit einer schwungvollen Drehung landen meine Hände auf den Kanten des Kaminsimses, sodass ich Enean den Rücken zugewandt habe und die Flammen meinen Unterleib wärmen.

Sanft schiebt er meine Oberschenkel auseinander, massiert mit einer Hand meine angespannten Nackenmuskeln, bis ich abermals Wachs in seinen Armen werde. Genüsslich seufzend bette ich das Gesicht auf den Kaminsims. Enean tritt näher, niemals habe ich es einem anderen Wesen erlaubt, meinen ungeschützten Rücken ins Visier zu nehmen, während er die Stelle, an der einst mein Mal prangte, mit Küssen bedeckt.

»Betrachte diesen Moment als den Beginn, dich von jetzt an an jedem verdammten Sonnenlauf hierum anzuflehen.«

Sanft schiebt er mir das offene Haar nach vorne über die Schultern. Seine Zähne fahren über die Kuhle meines Halses, gleichzeitig wandert seine meinen Oberschenkel streichelnde Hand immer näher zu der Stelle, an der ich sie am meisten brauche.

»E-Enean ...« Ungeduldig winde ich mich in seinem Griff.

»Ja, Love?«

»Treibst du mich absichtlich in den Wahnsinn?«

Wieder dieses amüsierte Schnauben auf meiner Haut. »Ich habe vor, dich in eine ganz andere Richtung zu treiben.«

Kaum presst sich sein Daumen auf meine Mitte, dringt er erneut in mich ein, füllt mich aus, sodass ich alles um uns herum in einem Blitzlicht aus *mehr, mehr* und *alles* vergesse. Seine Berührung ist mein Himmel, seine Existenz die meine.

Diesmal hört er nicht auf, keucht gegen meine Halswirbel, während er mich gleichzeitig von innen und außen massiert, bis wir zu einer unzertrennlichen Einheit zwischen Himmel und Hölle, Schatten und Licht, Gott und Assassinin verschmelzen und nicht mehr von unseren Seelen übrig bleibt als ein golden pulsierendes Wir. Mein Höhepunkt ist zum Greifen nah, als dieser verfluchte Gott innehält.

»Ich muss dich schmecken, wenn du für mich kommst, Love, ich will dein Gesicht sehen, während du meinen Namen schreist.«

Ein letztes Mal löst er sich von mir, um mich erneut umzudrehen, mich in seine muskulösen Arme zu schließen und mich mit einer Sanftheit auf die hölzernen Dielen legt, die mir das Herz brechen würde, wäre es nicht bis zum Überlaufen gefüllt mit Liebe, Sehnsucht und der Gewissheit, nach all den Zyklen des Suchens endlich angekommen zu sein.

Diesmal zögert er nicht, als er ein letztes Mal in mich gleitet, seinen Mund mit meinem verschließt, meinen Namen auf seinen Lippen trägt, mein Haar streichelt, meine Wange, meine Seele, während er sich langsam in mir bewegt und mit seinen nächsten Worten etwas in mir zum Brechen bringt, das schon viel zu lange standhielt.

»Ich verspreche dir, dich zu lieben, bis jedes Sandkorn in jedem Ozean zu Asche zerfallen ist. Dein Lächeln im Sternenstaub, mein Engel.«

Es ist, als würde ich nach einem ganzen Leben des Kampfes gegen die Welt, gegen unser kaputtes System, ganz besonders aber gegen mich selbst, endlich die Waffen senken. Mit einem Gedanken-Klirren fallen sie zu unseren verschränkten Füßen, mit einem Gedanken-Klirren zerbricht der Schutzschild, der mich seit meiner Kindheit begleitete, zerspringt meine Unsicherheit, mein Zweifel, all die Ungewissheit hinsichtlich einer Zukunft, die ich längst nicht mehr allein tragen muss.

Mit einem letzten harten Aufeinandertreffen unserer Körper birst ein ganzes Sternensystem an *für immer und ewig* in meiner Brust, in meinem Unterleib, meiner Seele. Gleichzeitig zuckt Enean über mir zusammen, presst unsere ineinander verschränkten Hände in die vom Feuer gewärmten Dielen. Ich koste jedes einzelne sich Zusammenziehen um die Liebe meines Lebens in vollen Zügen aus, genauso, wie er jeden Funken von mir auskostet, zwei Seiten einer Münze, die so unendlich viele Male umeinandertanzten, dass sie ganz vergessen haben, dass sie in Wahrheit eins sind.

Selbst als wir erschöpft und schwer atmend daliegen, er mich in seine Arme zieht, meine Lippen küsst und mir süße Versprechungen ins Ohr flüstert, kann ich mich nicht von ihm lösen.

Nicht, solange mein Herz in seiner Brust schlägt. Solange ich einen Teil seiner Seele in meiner trage. Und der Himmel auf Erden dabei ist, zu unserem Leben zu werden.

Ich verspreche dir, dich zu lieben, bis irgendein Narr jeden Stern in diesem Universum gezählt hat, bis jedes Sandkorn in jedem Ozean zu Asche zerfallen ist und jede einzelne Scherbe eines jeden gebrochenen Herzens dieser Welt wieder zusammengesetzt wurde.

Zu diesem Zeitpunkt wusste ich noch nicht, dass dies der letzte glückliche Moment unseres gemeinsamen Lebens sein würde.

57. Kapitel

Enean

Ich wollte sie nicht verlassen.

Keinen letzten Blick auf sie werfen, zusehen, wie sich das violette Licht des vollen Mondes in ihrem offenen Haar verfängt.

Wie die dunklen Wimpern ihrer geschlossenen Lider Schatten auf ihre Sternenbildermale werfen.

Wie sie sich die weiche Leinendecke bis hoch ans Kinn zieht, ihr Gesicht ins Kissen drückt, im Schlaf nach mir murmelt.

Ich trage ihren Namen auf meinen Lippen, als ich die Tür hinter mir schließe und ins Freie trete.

Oh, Louve.

Louve.

Ich habe ihr genau erklärt, was sie für die Reise benötigt. Welche Utensilien sich in welchem Rucksack befinden.

Ich habe gelogen. Sie glauben lassen, wir würden diesen Weg gemeinsam gehen.

Ich liebe sie. Ich liebe sie so sehr, dass ihr Name in jedem einzelnen meiner Worte klingt, ich ihre Berührung in jedem Augenblick auf meiner Haut trage, selbst dann, wenn sie nicht in meinen Armen liegt. Jeder einzelne meiner Herzschläge schlägt für sie, jeder Atemzug, den ich tue, jeder Schritt, den ich gehe, gilt einzig und allein ihr.

Sie ist das Licht.

Und ich bin die Dunkelheit.

Es ist nur eine Frage der Zeit, bis sie mich finden. Deshalb muss ich fort. Sie beschützen.

Sie werden herausfinden, dass ich noch am Leben bin. Sie werden mich aufspüren. Die Schattenwandler werden nicht ruhen, ehe sie Rache genommen haben.

Mein Leben für ihres. Meine Freiheit für die ihre.

Unsere Liebe. Für immer.

58. Kapitel

Louve

Ich wollte ihn nicht verlassen.

Mich nicht weit vor Sonnenaufgang aus dem Haus stehlen, die Aufzeichnungen der Göttin fest an meine Brust gepresst.

Die Dunkelheit seiner Aura muss sich mit der Finsternis der Nacht verwoben haben, sodass es mir nicht vergönnt ist, einen letzten Blick auf ihn zu werfen.

Ich wage es nicht, meine Hand tastend über die Laken zu führen, sicherzustellen, dass er im Mantel unserer Liebe seinen Frieden gefunden hat.

Ich trage seinen Namen auf meinen Lippen, als ich die Tür hinter mir schließe und ins Freie trete.

Oh, Enean.

Enean.

Ich habe gelogen. Ihn glauben lassen, wir würden diesen Weg gemeinsam gehen.

Ich liebe ihn. Ich liebe ihn so sehr, dass sein Name in jedem einzelnen meiner Worte klingt, ich seine Berührung in jedem Augenblick auf meiner Haut trage, selbst dann, wenn er nicht in meinen Armen liegt. Jeder einzelne meiner Herzschläge schlägt für ihn, jeder Atemzug, den ich tue, jeder Schritt, den ich gehe, gilt einzig und allein ihm.

Er ist das Licht.

Und ich bin die Dunkelheit.

Es ist nur eine Frage der Zeit, bis sie mich finden. Deshalb muss ich fort. Ihn beschützen.

Sie werden herausfinden, dass ich noch am Leben bin. Sie werden mich aufspüren. Die Schattenassassinen werden nicht ruhen, ehe sie Rache genommen haben.

Mein Leben für seines. Meine Freiheit für die seine.

Unsere Liebe. Für immer.

59. Kapitel

Louve

Leben ist einfach. Es ist das Sterben, das mir Sorge bereitet. Ich habe nicht geglaubt, dass mein Herz, das doch bis eben noch heller strahlte als Athaír und Sôl zusammen, jemals wieder Risse davontragen würde. Schweigend reibe ich über die Stelle, an der sich einst das Dòchaş-Mal abzeichnete.

Atme.

Im Nachhinein kann ich nicht sagen, was genau mich verleitete, ausgerechnet an den Hafen Old Marbles zu laufen. Ich trete so nah an den Pier, bis ich knapp vor der Uferkante stehe. Erst dann ziehe ich das ledergebundene Buch aus meiner Manteltasche. Ich stoße ein heiseres Lachen aus. Schon absurd. Enean hat diese Zeilen mitsamt einem kleinen Vermögen gestohlen, damit wir gemeinsam fliehen können. Stattdessen sorgt nun ausgerechnet dieses angebliche Ticket in die Freiheit dafür, dass wir getrennte Wege gehen müssen.

Ich hebe den Kopf, starre ins weite Nichts. *Tu es für ihn.* Kalte Luft füllt meine Lungen. Dann reiße ich die erste Seite aus dem Notizbuch. Blatt um Blatt flattert davon, wird vom Wind hinaus aufs Wasser getragen. Enean und ich haben viele Sonnenläufe damit verbracht, herauszufinden, was es mit den Relikten auf sich hat. Mit Luría, der ehemaligen Schattenassassinin, die vor Tausenden Zyklen zur Göttin des Lichts erwählt wurde. Mittlerweile kenne ich ihre Worte in- und auswendig. Niemals hätte ich es für möglich gehalten, dass sie mich das Leben kosten würden.

Die Luft vibriert, etwas löst sich aus der Dunkelheit. Ich verenge die Augen. Ein Schattenwandler? Nein, die Silhouette ist zu hell, um dämonischer Abstammung zu sein.

»Ich habe meine Relikte aus der Ewigkeit fallen lassen. Als Wiegengaben für meine Töchter. Eure Zwillingssonnen.«

Die Stimme hallt in meinem Kopf. Erschrocken fahre ich zusammen, der Rest des Notizbuchs versinkt mit einem Platschen in den Wellen. Seine Vernichtung wird all diejenigen retten, die nach mir kommen.

»Ihr müsst sie zurückgeben. Sie sind nicht für die Sterblichen bestimmt.«

»Zurückgeben? Ich dachte, ich müsste ...«

Plötzlich ziept mein Handgelenk, kurz darauf spüre ich einen schneidenden Schmerz in meiner unteren Bauchregion. Keuchend reiße ich meinen Mantel auf und presse beide Hände auf die pulsierende Stelle. Frisches Blut benetzt meine Haut. Es strömt über meine Finger, sammelt sich auf meinen Oberschenkeln, eine Pfütze wächst zu meinen Füßen, rinnt über den Pier ins Gewässer. Meine Beine zittern, mir wird schwarz vor Augen. Die Wunde, die ich Wren zugefügt habe und die sich durch unsere Cåraidt-Verbindung in meinen Körper gefressen hat. Enean sagte, die Heilerin hätte zwei Sonnenläufe gebraucht, um mich halbwegs wiederherzustellen. Und nun fließt das Blut, als hätte mir soeben jemand ein Breitschwert in die Eingeweide gerammt.

Regungslos verharrt die Erscheinung unweit vor mir. Die Göttin? Es heißt, niemand hat sie je zuvor zu Gesicht bekommen, der Glaube der Daller beruht auf Mythen.

»Die Relikte waren seit einer Ewigkeit im Besitz der Roughcrests!«, rufe ich. Der Tod fließt aus meinem Mundwinkel, ich schmecke Kupfer auf meiner Zunge. Ich strauchle, fasse mich jedoch im letzten Moment. Der Gedanke, Enean hätte in meinem Blut erwachen können, hätte sie mich früher zu fassen bekommen, lässt mich erschaudern.

»Du und der Schattengott. Ihr habt meine Schätze aktiviert, indem ihr sie verbunden habt. Meine Gaben sind nicht für die Sterblichen bestimmt.«

Ungläubig schüttle ich den Kopf. Denke an all die Explosionen, die Enean und ich verursacht haben, an die vielen Toten. Wenn ich mir vorstelle, die Roughcrests hätten sie als Waffe eingesetzt …

»Sollte die dritte Wiegengabe gefunden werden, das Geschenk an meinen Sohn, den Mond, und mit den beiden anderen in Berührung kommen, wird eure Welt untergehen. Das kann ich nicht verantworten.«

Das wollte ich nicht. Ich wollte Enean nicht auf diese Weise verlieren.

»Tu ihm nichts an!«, schreie ich ins Licht. »Ich bitte dich, nimm mein Leben, aber verschone ihn. Deshalb bin ich hier!«

Schweigen.

Tränen brennen mir in den Augen.

Dann: *»Er hat mir sein Leben bereits verpfändet.«*

Ein weiterer Blutschwall quillt über meine auf den Bauch gepressten Hände. Ich werde verbluten.

»Du musst ihn freigeben«, hallt die glockenhelle Stimme in meinem Kopf. *»Wenn deine Gabe zurückkehrt zu ihrem Ursprung, zurück zu mir«*, flüstert sie, *»verschwindet das Schattenreich.«*

Meine Knie knicken ein, mein Kopf fällt auf meine Brust. Der Schmerz ist so gewaltig, dass ich kaum atmen kann. »W-was sagst du da?«, stoße ich hustend hervor. Mein Tod sollte nur die Barriere vernichten, kein ganzes Reich!

»Die Schattenbarriere ist an ihren Gott gebunden. Sein Tod besiegelt ihren Zerfall.«

Was?! Nein! So war das nicht geplant! Meine Muskeln verkrampfen sich. Eneans Freiheit war schon immer eine Lüge. Nur der Tod würde ihn von seiner Gefangenschaft erlösen. Die Alternative ist ein Leben auf der Flucht.

»Ich kann dir helfen. Gib mir freiwillig meine Wiegengabe zurück, Assassinin. Ich spüre das Blut des Gottes durch deine Adern fließen. Ich kann das Schattenreich in dir fühlen. Das Relikt mag nun Teil deines Körpers sein, aber die Finsternis ist es auch. Die endgültige Vereinigung muss aufgehalten werden.«

Verständnislos schüttle ich den Kopf. »Was soll das bedeuten? Wie soll ich dir etwas zurückgeben, das nicht länger als Objekt existiert?« Kurz löse ich eine Hand von meiner offenen Wunde, um mein Gelenk nach der narbenartigen Erhebung des einstmaligen Armreifs abzutasten. Ein glühender Schmerz sticht in meinem Bauch, als hätte mir jemand einen Schürhaken in die Organe gerammt.

»Du weißt, was es bedeutet. Dein Leben für den Zerfall des Schattenreiches. Nicht für den der Barriere.«

Keine Schattenwandler mehr, die über Solitude und Dall herfallen. Über das gesamte Verlorene Reich Verídha. Niemand mehr, der Enean jagt. Er müsste nicht beide Seiten regieren, sondern wäre endlich frei. Für immer.

»Was ist mit den Toten?« Ich bin nicht sicher, ob sich die Worte von meinen Lippen lösen. Mit jedem Atemzug schwindet meine Kraft.

»Ich führe sie an einen anderen Ort.«

Langsam nicke ich. Bei ihren Worten senkt sich die Waagschale tiefer denn je. Es ist nicht mehr nur mein Leben für das meiner großen Liebe. Es ist mein Leben für die Sicherheit der ganzen Welt.

Einen Augenblick erlaube ich mir, die Augen zu schließen. Mein Verstand spielt mir Streiche, ich halluziniere den Klang von sich nähernden Stiefeln. Doch es sind nur die Wellen, die wieder und wieder gegen den Pier schlagen. Ich presse die Lider zusammen, als könnte ich mich wegträumen, wenn ich nur fest genug daran glaube. Stelle mir vor, wie Wren tröstend eine Hand auf meine Schulter legt. Wie Sâl meinen Namen ruft. Wie Enean mich auf seine Arme hebt, um mich zu einem Heiler zu schaffen.

»Entscheide dich, Louve.«

Louve.

Louve …

Meine Mundwinkel zucken, als mein Verstand all jene sternenflutmilliarden Gefühle abspielt, die ich in den vergangenen einundzwanzig Zyklen beim Klang meines Namens durch fremde Lippen erfuhr.

Es ist die Stimme im Feuer, die mein Dasein als Sterbliche beendete. Ist Wrens Fluchen immer dann, wenn er mich in Bahnen zu lenken versuchte, die ich mit einem breiten Grinsen umging. Es sind die Hassreden und Verwünschungen der anderen Rekruten, damals wie heute, die mich nicht einmal dann losließen, wenn ich vor Erschöpfung nicht mehr klar denken konnte. Sind die Befehle meiner Vorgesetzten, die Drohungen meiner Feinde, die Herausforderung der Schattenwandler. Es ist das Lachen meiner Eltern, das Kichern meiner besten Freundin Gría und ihrer kleinen Schwester. Meiner Familie. Vor allem aber ist es die Liebe eines Mannes, die mir durch die Finger glitt wie hauchfeiner Wüstensand.

Ich kann ihre Gesichter nicht abrufen – jedes Wispern, jeder Laut, jeder Ruf ist eine Erinnerung, eine Farbe, ein winziges Fragment meines Selbst. Meine Bilder sind vollkommen in ihrer Andersartigkeit.

Ich wähle nicht nur Enean. »Ich wähle … *sie alle.*«

Ganz langsam löse ich die Hände von meinem Bauch, bis

meine Glieder erschlaffen und mein Verstand meinen Körper mit Taubheit belohnt.

Ich weiß, ich sollte Angst haben. Stattdessen fühle ich ... Frieden. Als würde ich nach einer Ewigkeit des Kampfes mein Schwert fallen lassen, mit den Knien auf das Schlachtfeld sinken, zwischen all diejenigen, die ich verloren habe, und die, die ich noch retten kann.

Ich spüre, wie das Rauschen meines Pulses langsamer wird, ein tonloses Wiegenlied, die Melodie des Todes.

Dennoch lächle ich.

Lächle, weil mich mein gebrochenes Herz daran erinnert, wie sehr ich geliebt habe. Dass ich die Liebe meines Lebens fand. Dass ich sie verlor, das mag sein, wieder und wieder, öfter, als Sterne am Himmel stehen.

Doch er fand mich. Unter Milliarden und Abermilliarden Gesichtern, Stimmen, Welten und Leben fand er mich.

Mit meinen letzten Atemzügen trägt der Wind unser Versprechen hinaus aufs offene Meer.

Für einen kostbaren Augenblick schließe ich die Augen, erlaube mir, die Welt der Lebenden auf der Zunge zu schmecken, und ihr Andenken mit mir in die Unendlichkeit zu tragen.

Ohne die Lider zu öffnen, schiebe ich mich vorwärts, durch mein eigenes Blut, durch die Überreste eines Lebens, das möglicherweise nichts bedeutet hat, und vielleicht alles.

Das Brummen meiner Geistgefährtin Thuja ist zu einem leisen Hintergrundrauschen verblasst. Mein Trauma war so lange bei mir, dass ich vergessen habe, wie es ist, nicht von ihm beherrscht zu werden. Thuja ist beinahe verklungen. Und so werde ich nun gemeinsam mit ihr verstummen.

Die Welt hört auf zu atmen. Und im nächsten Moment finde ich mich im freien Fall.

Ich weiß nicht sicher, ob ich weine oder lache oder irgendetwas dazwischen, als ich mit voller Absicht aus dem Leben stürze.

Aber ich weiß, dass er mich finden wird. Nicht heute und auch nicht in einer Zeitspanne, die von Menschen, Schattenassassinen oder Arzaê gezählt werden kann.

Doch er wird mich finden.

Ich verspreche dir, mich selbst dann noch an deinen Namen zu erinnern, wenn Abertausende Sonnen- und Mondläufe ins Land gezogen sind und von all dem hier nicht mehr übriggeblieben ist als Sternenstaub. An dein Lächeln.

»Enean«, wispere ich, weil ich will, dass sein Name das letzte Wort ist, das meine Lippen in diesem Leben sprechen. Es ist eine Ode, ein Versprechen, der Beweis, dass wir gelebt haben, er und ich und auch meine Eltern und Wren und Gría und all die anderen.

Ich lächle, als mein Herz aufhört zu schlagen und die gierigen Klauen des Ozeans ihre Krallen nach mir ausstrecken. Ich lächle, als mein letztes Sanduhrenkorn in der Bewegung erstarrt, als kalte Wellen über mir zusammenbrechen und mich Finsternis empfängt.

Ich lächle, als ich sterbe.

Denn genau das ist es, wodurch er mich finden wird, bis ans Ende der Welt. Woran er sich erinnern wird, bis ans Ende der Zeit.

An mein Lächeln.

Denn es hat immer nur ihm gehört.

Dein Lächeln im Sternenstaub.

60. Kapitel

Enean

Ich laufe durch Solitude, wie immer. Marschiere durch Dall, wie immer. Doch nichts wird je wieder sein wie zuvor.

Ich fühle nichts und alles. Mein Herz ist ein Vakuum aus Selbstschutz, als ich die Barriere durchquere.

Niemand hält mich auf, die Schattenassassinen wurden von ihren Posten abgezogen, um ihrer Generalin den letzten Respekt zu erweisen.

Die Grenze zwischen Dall und der Schattenwelt ist eine Grenze zwischen Licht und Dunkelheit, zwischen Leben und Tod. Sie haben nie begriffen, dass alles eins ist. Ich bleibe nicht stehen, blicke nicht zurück, erlaube mir nicht zu fühlen, zu denken. Es würde mich umbringen, ehe die Finsternis es kann. Bereits beim ersten Schritt in den wabernden tiefgrauen Nebel kann ich spüren, wie das Totenreich an meinen Eingeweiden zerrt, wie sie in meine Poren kriecht, mich einzunehmen versucht, ausfüllt, bis nichts mehr von mir übrig ist als tosendes Schwarz. Ich werde zu der Dunkelheit, als sie meinen Schatten aus Decan Roughcrests Körper reißt. Verschmelze mit der zeitlosen Ewigkeit. Ich verspüre keinen Schmerz, das Gleiten meiner Seele aus der Materie ist gleichermaßen Ende wie Anfang. Ich sterbe keinen gewaltsamen Tod, denn ich bin schon seit Langem nicht mehr sterblich.

Irgendwo hinter mir fällt Decans Körper lautlos zu Boden,

gleitet von mir wie ein Blatt von einem Baum. Schritt für Schritt verliere ich mich in der Finsternis. Mein Reich empfängt mich mit offenen Armen. Es ist ich. Ich bin die Dunkelheit.

Hörner sprießen aus meiner Stirn, meine Glieder dehnen sich, wachsen in unvorstellbare Höhe. Meine Haut nimmt die Farbe der Finsternis an, Hufe brechen aus meinen Füßen, mein Mund verformt sich zu dem Maul eines Monsters.

Ich trete aus den Nebeln und bin der Schattengott. Dutzende Wühlkrähen, Aschegeier, Panthergreife und Nachtwarane streben in meine Richtung, werfen sich mir zu Füßen.

»Mein Schattengott«, dringt es aus jedem Winkel meiner Hölle. »Ihr seid zurück.

Mein Schattengott. Unser Schattengott ist zurück.

Hoch erhobenen Hauptes marschiere ich durch die im Dreck kauernden Heere, meine Untertanen. Die Toten.

Mit jedem Schritt kann ich spüren, wie meine Macht zu mir zurückkehrt. Unreine, pulsierende Energie, die erst zögernd, dann wie ein Rausch durch mich hindurchfließt. Eisflammen tanzen auf meinen Armen. Alles in mir sträubt sich dagegen, meine Hand zu heben, weil es nie wieder die Hand sein wird, die *sie* berührte, die ihr das schneeweiße Haar aus der Stirn strich, ihre Lippen liebkoste, die sie hielt, wenn sie strauchelte, wenn sie lächelte, wenn sie erstrahlte wie die gottverdammten Zwillingssonnen. Niemals wieder werde ich der Mann sein, der sie auf die einzige Weise liebt, die sie verdient: voll und ganz, immerzu, in jedem freien Atemzug, jedem Herzschlag, jedem Augenblick ihres Lebens.

Stattdessen starre ich hinab auf die Pranke eines Monsters. Unterarmlange Krallen sprießen aus der tiefschwarzen Panzerschicht. Kaltes Feuer tanzt um meine Abnormalität. Ich bin die mächtigste Kreatur unter der Sonne. Es sollte mir ein Lächeln auf die Lippen zaubern, ein Gefühl des Triumphes. Stattdessen fühle ich nichts als Leere.

Ohne auf meine Kräfte zurückzugreifen, wende ich mich Richtung Norden, wo meine Festung auf mich wartet. Der einzige Grund, aus dem ich die Fassung bewahre, ist, dass irgendwo dort oben Prejudice auf mich wartet. Doch allein der Gedanke, sie könnte erfahren, dass ihr Opfer sinnlos war, lässt mich beschämt den Kopf senken. Sie gab ihr Leben für das meine. Genau so, wie ich mein Leben für das Louves gab. Niemals wieder wird es ein Schattenwandler wagen, die Barriere zu durchbrechen. Niemand wird jemals wieder Jagd auf sie machen. Dafür werde ich sorgen.

Das Einzige, was mir die notwendige Kraft verleiht, weiterzumachen, ist die Gewissheit, dass Louve in Sicherheit ist. Jeder Schritt, den ich in die Dunkelheit setze, ist ein Schritt für das Licht, das *ihren* Weg pflastert.

Eine zeitlose Ewigkeit verstreicht, ehe die Burgruinen in Sichtweite kommen. Hunderte, vielleicht sogar Tausende Schattenwandler verneigen sich auf meinem Weg vor mir. Als wäre nie etwas geschehen, als hätten sie nicht eine ganze Stadt tyrannisiert, ihr Leben gegeben, um ihren Gott zurück auf seinen Thron zu schaffen.

Ich kann nicht genau sagen, ob mir zuerst Prejudices Schlangenleib ins Auge sticht oder das Beben beginnt. Ungläubig öffnet sie die Lippen zu einem stummen Schrei und schlängelt auf mich zu, Hoffnung, Sorge, Anklage und Erleichterung schimmern in ihren nachtschwarzen Iriden. Staub wirbelt auf, als ihr gigantischer geschuppter Leib näher kommt. Doch plötzlich ist es wieder da, ein Erzittern, das ich in dieser Form nie im Schattenreich erlebte. Mit gerunzelter Stirn drehe ich den Kopf, beobachte die Baumskelette, die kreischenden Schwärme aufgeschreckter Raubvögel. Die tiefgrauen Gewitterwolken erstarren, ehe Donner die Atmosphäre zerreißt. Hinter meiner Burg schlagen Blitze ein, spalten den Erdboden entzwei. Ich schwanke zurück zu Prej, die den letzten Abstand zwischen uns überbrückt. Kalte Krallen legen sich auf meine Brust. »Was ist passiert? Was tust du hier?«

»Ich bin zurück.«

Unsere Blicke treffen sich. Sie weiß, was ich getan habe, ich erkenne es in ihren Augen. Stumm nickt sie, ihre Schultern sinken leicht nach unten.

Abermals erfüllt ein Grollen die Luft, durch die elektrische Ladungen flirren. Finsternis fällt auf uns herab, taucht Bäume, Sträucher, Wüsten und Bergruinen in tiefe Schwärze.

Prejudice zieht scharf Luft ein, ihr kalter Schlangenleib drängt sich an meinen Monsterkörper. Ich habe angenommen, ihre Zeit in Solitude hätte sie menschlicher gemacht. Stattdessen bedecken die Schuppen mittlerweile ihre Brüste, ziehen sich bis zu ihrem Hals. Einzig ihre schlanken Arme, das Gesicht und das lange Haar sind noch menschlich. Als hätte sie … aufgegeben.

»Ist so etwas in letzter Zeit öfter vorgekommen?« Hat die sich anbahnende Naturkatastrophe etwas mit meiner Abwesenheit zu tun – oder mit meiner Rückkehr?

Prej schüttelt den Kopf, glatte Strähnen fallen ihr in die Stirn. »Was passiert hier, Enean? Das ist nicht normal.«

Eine Heerde Panthergreife stößt an uns vorbei, drei Sturmdrachen preschen durch die Wolken, gefolgt von den knöchernen Aasdrachen. Kreuz und quer prallen Schattenwandler aufeinander, Panik bricht aus. Schreie werden übertönt von Donner. Platzregen peitscht mir hart ins Gesicht. Mehr und mehr Blitze schlagen ein, zerfetzen ganze Landstriche, reißen den Erdboden auf, bilden Krater und setzen Bäume in Brand.

Wäre ich nicht vollends davon überzeugt gewesen, dass es

sich bei diesem Ort um die Verdammnis handelt, wäre dies der Beweis. Die Hölle bricht über uns herein, buchstäblich. Das Brüllen meiner Gefolgsleute verschmilzt zu einem diffusen Getöse, während Prejudice sich noch fester an mich drängt, als könnte ich sie wie durch ein Wunder vor dem Untergang der Welt bewahren.

»Was geschieht hier?«, schreit sie gegen das Gewitter an.

Instinktiv schlinge ich meine gigantischen Arme um sie, versuche sie zu schützen, wie ich es versprochen habe, damals, vor einem ganzen Leben.

Da plötzlich birst der Himmel über uns entzwei. Unsere Welt wird in Fetzen gerissen. Als wären wir nichts weiter als eine Landkarte aus Papier, derer der Architekt überdrüssig geworden ist. Das Schattenreich zerfällt. Das Firmament bricht. Ein weiterer Blitz schlägt ein, zertrümmert meine Festung. Ich drücke Prej an mich, ihre gekrümmten Fingernägel schlagen tiefe Furchen in meine Haut. Dunkelheit bricht über uns herein.

Ich weiß, ich sollte Angst haben. Stattdessen fühle ich … Frieden. Als würde ich nach einer Ewigkeit des Kampfes mein Schwert fallen lassen, mit den Knien auf das Schlachtfeld sinken, zwischen all diejenigen, die ich verloren habe, und denjenigen, die ich noch retten kann.

Ich spüre, wie mein Puls langsam wird, ein tonloses Wiegenlied, die Melodie des Todes.

Dennoch lächle ich.

Lächle, weil mich mein gebrochenes Herz daran erinnert, wie sehr ich geliebt habe. Dass ich die Liebe meines Lebens fand. Dass ich sie verlor, das mag sein, wieder und wieder, öfter, als Sterne am Himmel stehen. Doch ich fand sie. Unter Milliarden und Abermilliarden Gesichtern, Stimmen, Welten und Leben fand ich sie.

Mit meinen letzten Atemzügen trägt der Wind unser Versprechen hinaus ins Universum.

Ich weiß, dass ich sie finden werde. Nicht heute und auch nicht in einer Zeitspanne, die von Menschen, Schattenassassinen oder Arzaê gezählt werden kann.

Doch ich werde sie finden.

»Louve«, wispere ich, weil ich will, dass ihr Name das letzte Wort ist, das meine Lippen in diesem Leben sprechen. Es ist eine Ode, ein Versprechen, der Beweis, dass wir gelebt haben, sie und ich und auch Prejudice und Ru und Quitt und all die anderen.

Für einen kostbaren Augenblick schließe ich die Augen, erlaube mir, das Leben auf der Zunge zu schmecken, und sein Andenken mit mir in die Unendlichkeit zu tragen.

Die Erinnerung an ein ganz bestimmtes Lächeln zuckt durch mein Gedächtnis. Ihr Lachen. Ihre sich im Regen drehende Silhouette. Ihre Hände in meinen. Ihre Lippen auf meinen. Ihre Seele in der meinen.

Mein letztes Lebewohl in dieser Welt.

Mein erstes in der nächsten.

Mit einem letzten Donnergrollen zerspringt das Schattenreich. Und wir mit ihm.

Meine Erinnerungen an meinen Tod vor 816 Zyklen verwebt sich mit der Gegenwart. Wird eins. War *immer* eins.

Ich erinnerte mich, dass ich fiel, oder zumindest glaubte ich zu fallen. Ich stürzte auf den Krater zu, während sich der einstige Gott vor meinen Augen auflöste.

In diesem Moment schwor ich mir, dafür zu sorgen, dass die Dunkelheit niemals wieder Zugang zu meiner Stadt, zu meiner Welt, erlangen würde. Ich würde diese andere Welt versiegeln, koste es, was es wolle.

Ich fiel in die Finsternis, weil ich die Finsternis war. Doch noch immer suchte ich nach meinem Stern, der mich leiten würde, wenn der rechte Zeitpunkt kam. Wieder und wieder flüsterte ich ihren Namen, versuchte mich an ihm festzuhalten, wenngleich er mir mit jedem verrinnenden Sanduhrkorn mehr und mehr zu entgleiten drohte, als hätte jemand ein Glas Wasser über noch feuchte Tinte vergossen.

»Ich verspreche dir, mich selbst dann noch an deinen Namen zu erinnern, wenn Abertausende Sonnen- und Mondläufe ins Land gezogen und von all dem hier nicht mehr übriggeblieben ist als Sternenstaub«, brüllten meine Gedanken ins Nichts.

Ich spürte, wie ich mich auflöste, wie das, was ich gewesen war, zu etwas Neuem, Fremden zerfloss. Meine Erinnerungen wurden aus meinem Geist gespült und ich sollte nichts behalten außer meinem eigenen Namen, einem Brandmal der Schuld.

Meine verhasste Stadt löste sich auf. Meine Burg existierte nicht mehr. Jeder einzelne meiner Gedanken zerrann zu Staub. Und dann, als nichts mehr von mir übrig war und ich die Finsternis auf Knien anflehte, mir das Einzige zu gewähren, das mir je kostbar gewesen war, riss sie mir den Namen meiner Liebsten aus dem Herzen.

Ein letztes Mal rief ich ihren Namen in die Sterne. »Louve!«

61. Kapitel

Enean

Als ich zu mir komme, habe ich nicht den leisesten Schimmer, wo ich mich befinde. Ich erwarte dröhnende Kopfschmerzen oder zumindest ein Paar Rippenbrüche. Doch mein Körper fühlt sich … leicht an. Schwerelos. Ich stemme meine Hände ins Gras. Es trägt die Farbe von Weizen und die Konsistenz von weichem Moos. Verblüfft drücke ich mich hoch und komme auf die Beine.

Moment. Beine? Hände?

Fassungslos starre ich auf meine Handflächen, drehe sie, mustere die Adern, meine Fingernägel, die meine Unterarme entlanglaufenden Sehnen. Starre hinab auf nackte Füße und eine mir unbekannte Stoffhose. Ungläubig zupfe ich an meiner Lederweste, taste mein Gesicht ab, spüre Kieferknochen, Lippen, eine ganz gewöhnliche Nase.

Aber … wie? Hat mich jemand zurückgeholt? Stecke ich wieder in Decan Roughcrest? Erneut mustere ich meinen Körper. Einen Körper, der ohne Zweifel nicht der des Arzaê ist. Aber wie …

Ich hebe den Kopf, lausche in eine Stille, die nur durchbrochen wird von fernem Vogelgezwitscher und dem Rauschen eines Bachs.

Verwirrt drehe ich mich im Kreis. »Prejudice? Bist du hier?«

Anstelle der Schattenwandlerin sehe ich weite Wiesen und Felder. Einen dicht bewachsenen Laubwald, die Dächer eines

Dorfes, über dem die perlweißen Fassaden eines Herrenhauses aufblitzen.

»Wie ich sehe, erweist du uns endlich die Ehre, Fürst Enean.«

Erschrocken, weil ich keine Schritte gehört habe, fahre ich herum und starre in ein mir mittlerweile viel zu vertrautes Gesicht. Ihre übersinnlichen Augen schimmern wie geschmolzener Bernstein, ihre Haut strahlt wie Gold. Weiche Locken fallen ihr über das bodenlange Seidenkleid. Sie ist umgeben von gleißender Helligkeit.

»Du«, presse ich hervor. »Ich kenne dich. Du warst auf dem Schlachtfeld, vor fast eintausend Zyklen. Als ich zum Schattengott wurde.«

Die Göttin des Lichts lächelt mir zu. »Damals hast du deine Wahl getroffen, Fürst. Heute hast du dich für einen anderen Weg entschieden.«

Ich verenge die Augen, habe keine Ahnung, wovon sie spricht. »Du warst diese Erscheinung im Topasmeer, habe ich recht? Nach dem Angriff des Sturmdrachen, als Louve beinahe ertrank und du sie in den Tod schicken wolltest.«

»Aber das tat ich nicht.« Sie schreitet auf mich zu und legt die flache Hand auf die Stelle, hinter der mein Herz schlägt. Ihre Haut ist ungewöhnlich warm und es gefällt mir nicht, wie nah mir diese *Göttin* plötzlich ist. Instinktiv trete ich einen Schritt zurück und verschränke die Arme vor der Brust. »Damals hast du Louve verschont. Warum?«

Wissend blitzen ihre Augen auf. »Du schworst mir im Gegenzug, meinen Platz einzunehmen. Du versprachst mir Freiheit. Und ich habe dich erhört. Nun bin ich hier, um deine Schuld einzufordern.«

Moment. Was?! »Du hast vor, mich umzubringen, damit ich der Gott des Lichts werde?«

Ihr Kichern trägt den Klang kleiner Glocken. »Enean, du bist bereits tot.«

Ich erstarre. »Was sagst du da?!«

Atemlos schaue ich hinab auf meine Hände, die nicht meine Hände sind.

»Ich habe dir jene Gestalt zurückgegeben, die du trugst, bevor du zum Schattengott wurdest. Den Körper des jungen Fürsten. Von Louves Mann.«

Wie bitte? Aber ... Das Schattenreich. Das Beben. Der Sturm.

Ich schlucke schwer. »Jemand hat das Schattenreich vernichtet, während ich dort war. Wie ist das möglich? Prej und die anderen ...«

»Sind hier. Ich habe den Schattenwandlern ihre ursprüngliche, menschliche Form wiedergegeben. Ihre Erinnerungen an ihre Zeit als Sterbliche, damit sie endlich heilen. Sie werden bleiben, in meinen Dörfern, in meinen Städten, meiner Welt. Auch deine Prejudice ist bei mir, sie ist in Sicherheit. Ebenso wie die verstorbenen Menschen, Arzaê und Schattenassassinen.«

»Prejudice ... geht es gut?« Ich ziehe scharf Luft ein, glaube ihr kein Wort. Und doch .... »Moment, Schattenassassinen? Ich dachte, für sie gäbe es kein Leben nach dem Tod, weil keiner ihrer Toten je im Schattenreich auftauchte.«

Wieder dieses helle Glöckchenlachen. »Sie sind hier, Enean. Sie waren die ganze Zeit über in meinem Reich.« Sie streckt eine Hand nach mir aus, als wollte sie mich besänftigen, doch lässt sie sinken, ehe sie mich berühren kann. »Es war längst an der Zeit, die Finsternis aufzugeben.«

»Es kann kein Licht ohne Finsternis geben«, knirsche ich.

»Das bedeutet aber nicht, dass du dich ihr ergeben oder dein Leben dem Kampf gegen sie widmen musst«, erwidert die Göttin mit einem Lächeln. »Eure Toten werden lernen, ihre Schatten als das anzunehmen, was sie sind: sie selbst. Und irgendwann, wenn sie bereit sind, bekommen sie eine neue Chance zu lernen, zu erfahren, zu erkennen. Hilfst du mir dabei?«

Ich blicke hinauf in einen wolkenlosen Himmel. Violette und orangefarbene Schlieren ziehen vorbei an vagen Umrissen von Sôl und Athaír. Die Töchter der Göttin.

»Enean.« Nun berührt sie doch meine Schulter. »Du hattest bereits vor vielen Hundert Zyklen die Wahl, ins Reich des Lichts zurückzukehren. Stattdessen hast du dich dafür entschieden, dich für Sünden zu bestrafen, für die du nichts konntest. Louve und eure Kinder wären auch gestorben, wenn du damals bei ihnen gewesen wärst. Es war ihnen nicht bestimmt, gerettet zu werden, es herrschte Krieg. Doch deine Frau bekam eine zweite Chance. *Du* bekamst eine zweite Chance. Und jetzt biete ich euch eine dritte.«

Ich schlucke einen Kloß hinunter, der schon viel zu lange meine Kehle verstopft. Dann erst begreife ich. *»Euch?«*, wiederhole ich. Oh, bitte nicht. Bitte lass das nicht wahr sein. Und bitte … *tu es doch.*

»Louve musste sterben, Enean. Genau wie du, ihr trugt meine Relikte in euren Körpern. Sie waren nie dazu gedacht, solchen Schaden in der Welt der Sterblichen anzurichten. Sie mussten zu mir zurückkehren. Du hast meine Aufzeichnungen gelesen, nicht wahr?«

Langsam nicke ich.

»Du wusstest, dass Louve sterben muss, damit das Schattenreich zerfällt. Erst, nachdem sie dein Blut in sich trug, das Blut des Schattenreiches, vermochte sie es mit sich in den Tod zu reißen. Ihr wart miteinander verbunden, du, sie, die beiden Relikte, dein Reich.«

»Du hättest uns niemals gehen lassen, nicht wahr?«

Anstelle einer Antwort streckt sie einen Arm aus, weist auf das prunkvolle Anwesen hinter dem Dorf. »Alle Toten fahren von jetzt an an diesen Ort, Enean. Die Aufgabe ist zu groß für nur eine Göttin. Besteige den Thron auf einer Hälfte meines Reiches und ich regiere über die andere.«

Ungläubig schaue ich sie an. »Du machst mich zum Gott des Lichts?«

»Ich mache dich zum Mann deiner Frau. Hast du ihr nicht die Ewigkeit versprochen? Und nun geh, Fürst Enean. Sie wartet auf dich.«

62. Kapitel

Louve

Ich bin einundzwanzig, als ich sterbe.

Einundzwanzig, als ich zum ersten Mal nach so vielen Zyklen des Kampfes, der Wut und des Verlusts meine Hände nach den verschwommenen Gold- und Violetttönen der Morgenröte ausstrecke, nach so langer Zeit der Finsternis wieder einen Sonnenaufgang erleben darf. Dass es damals nicht das letzte Mal war, neben meiner Mutter im feuchten Gras zu liegen, gebettet in den Duft ihrer geliebten Rosensträucher, einhundert und einen Stern am Himmel zählend. Dass die Wärme der Arme meines Vaters mehr sein wird als eine bloße Erinnerung, wie strahlende Farben auf Papier. Die Farben des Lebens.

Meine Mutter atmete in Märchen und lebte in Wundern. Sie verließ die Schattenassassinen, weil ihr nicht einmal der Tod das Verlangen nach *mehr* aus der Seele schneiden konnte. Und ob ich will oder nicht – ein Teil dieses Wunders träumt bis heute in ihrer Tochter. Habe ich mich deshalb in die magischste Illusion von allen verliebt? Meine Freiheit?

Sie alle sind hier.

Meine Eltern. Gría. Das Kinderlachen ihrer kleinen Schwester Nadija. Sâl. Ich habe geweint, als mir Wren in seiner ursprünglichen Gestalt in die Arme fiel, die Deformierungen der Schattenwandler existieren nicht in unserem Licht. Alles, was ich verloren glaubte, war nie wirklich weg. Es ist hier, an diesem Ort. Es war immer hier. Ich habe es nur nicht gesehen, wagte es nicht, in mich hineinzuhorchen. Weil ich Angst hatte. Mich schuldig fühlte. Ehe die Liebe zu meinem Schicksal, zu meinem Mann, die Liebe zu mir selbst dafür sorgte, dass die Scham nach und nach hinfortgespült wurde. In meinem Herzen ist jetzt kein Platz mehr für Angst.

Mit beiden Händen umfasse ich die steinerne Brüstung des Balkons. Vor mir liegt ein neues Reich, eine Ewigkeit voller Möglichkeiten und Chancen. Voller Heilung und Frieden. Ich weiß, ich werde glücklich sein. Mich fallen lassen, vielleicht zum ersten Mal.

Nur ist da diese eine Scherbe in meiner Brust, die ich nicht losbekomme. Natürlich wollte ich, dass Enean in Sicherheit ist. Dass das Schattenreich oder zumindest die Barriere mit mir fällt und er den Rest seines Lebens in Freiheit verbringen kann. Doch was bedeutet die Ewigkeit ohne den einen Menschen, dessen Namen du wie deinen eigenen in der Seele trägst?

Ein Gedanke aber bringt mich zum Lächeln: Die Gewissheit, dass er mich finden wird. Möge Leben um Leben verrinnen, mögen die Sterne fallen und neu erstrahlen. Unter Millionen Gesichtern, unter zahllosen Herzen wird er das meine finden. Und ich ihn. Ich spüre diese Wahrheit als Teil von mir, so fest in mir verankert wie mein Ich.

Seine Worte, damals wie heute. Ein Versprechen, jetzt und immer.

Ich verspreche dir, mich selbst dann noch an deinen Namen zu erinnern, wenn Abertausende Sonnen- und Mondläufe ins Land gezogen sind und von all dem hier nicht mehr übriggeblieben ist als Sternenstaub. An diesen Moment. Und an dein Lächeln.

Ich schlage die Augen auf, lege den Kopf in den Nacken. Kühler Wind weht mir das Haar aus der Stirn, kitzelt meine Haut. Ich tauche meine Lippen in ein Lächeln, damit er mich finden kann. Es wird Augenblicke geben, die mir Tränen abverlangen oder Wut. Doch keiner davon wird mir je wieder mein Lachen rauben.

Ich bin so in dieses Gefühl versunken, dass ich die Schritte nicht kommen höre.

Als sich von hinten ein Arm um meine Taille schlingt und mich jemand an sich zieht, ich ein wild rasendes Herz an meinem Rücken spüre, den Duft nach Minze, Sommerregen und *für immer* einatme, glaube ich zu träumen. Und zum ersten Mal begreife ich, dass dieser Traum die ganze Zeit über mein Leben war.

Keuchend öffne ich die Lippen, warme Finger verschränken sich mit meinen. Meine Ewigkeit senkt den Kopf zu mir hinab, die weichen Lippen dicht an meinem Ohr. Und Enean flüstert: »Dein Lächeln im Sternenstaub, Love.«

GLOSSAR

Athaír und **Sôl** [Athär und Sol]: Zwillingssonnen Solitudes
Arzaê [Arsae]: selbst ernannte Elite Solitudes, erkennbar an spitz zulaufenden Ohren und makellosem Äußeren, oft mit besonderen Fähigkeiten geboren; werden bis zu 200 Jahre alt
Cåraidt [Koraid mit kurzem o]: Kampfpartnerschaft der Schattenassassinen; ein zeremonieller Treueschwur bindet die sich im Zweikampf als ebenbürtig erweisenden Assassinen im Kindesalter sowohl aneinander als auch an die Gemeinschaft
Dall: unterirdische, verwahrloste Labyrinth-Stadt unter Solitude; für die meisten Solituder ein Ammenmärchen; Heimat der **Mæscån**; Zugangspunkt zur **Schattenbarriere**
Dòchaş [Dochasch]: Ritual, in dem die Geistgefährten der **Cåraidt** zu einer einzigen mythischen Kreatur verschmelzen
Geistgefährte: Das personifizierte Trauma des gewaltsamen Todes eines Schattenassassinen, manifestiert in einem tierförmigen Mal auf dessen Körper; sein Besitzer ruft ihn im Kampf
Iron Claw: Zitadelle und Ausbildungsstätte der Schattenassassinen; Zentrum von Solitude
Lichtlose: aus dem Schattenreich entkommene Seelen Verstorbener, die noch nicht zu Schattenwandlern wurden und versuchen, im Diesseits die Körper der Lebenden zu besetzen
Mæscån [Mäscon]: artenübergreifende Mischwesen zwischen Menschen, Schattenwandlern und Arzaê; unerwünscht in Solitude, verbannt nach Dall
Litíjr [Litier]: Mental-Arzaê; mit 5 % die zweitseltensten Arzaê;

sind dazu imstande, Gedanken zu lesen, telepathisch zu kommunizieren und Erinnerungen zu manipulieren
Sanguê [Sangue]: Blut-Arzaê; mit nur 1 % stellen sie die seltensten und mächtigsten Arzaê dar; können ohne Berührung das Blut eines jeden lebendigen Organismus kontrollieren und ihn dadurch gefügig machen
Schatten: Seelen Verstorbener
Schattenassassinen: Beschützer Solitudes; ein Eid im Augenblick ihres gewaltsamen Todes verwandelt sie in Wesen zwischen Leben und Tod, die dazu imstande sind, beide Seiten zu betreten
Schattenbarriere: nebelartige Grenze zwischen Diesseits und Jenseits; trennt Solitude/Dall und das Schattenreich; kann von Schattenassassinen in Dall unterirdisch passiert werden
Schattengott: Herrscher über das Schattenreich und die Schattenwandler
Schattenreich: Reich der Toten; Eneans Herrschaftsgebiet; Heimat der **Schattenwandler**; nur von Schattenassassinen betretbar
Schattenwandler: über viele Jahrzehnte, manchmal sogar Jahrhunderte nach ihrem Tod zu animalischen Dämonen mutierte Verstorbene; da sie über keinen physischen Körper verfügen, können sie die Schattenbarriere ins Diesseits nur für kurze Zeit überqueren, ehe sie sich in Asche auflösen
Verídha: Solitude ist die Hauptstadt des Verlorenen Reiches Verídha, in dem primär Anarchie herrscht

<u>Zeitangaben:</u>
Rå-Uhrenfluss: etwas mehr als 1 Stunde
Sonnenlauf: 1 Tag; 30 Rå-Uhrenflüsse
Mondlauf: 1 Monat
Zyklus: 1 Jahr

DANKSAGUNG

Band 2 hat mich sogar als Autorin ein bisschen sehr zerstört und ich fürchte, ich habe mit diesem Ende kollektiv Herzen gebrochen, einschließlich meinem eigenen. Hätte ich Enean nicht einfach einen Rucksack voller Erdnussbuttergläser in die eine und seine Louve in die andere Hand drücken können – sie hätten gemeinsam die Stadt verlassen und ein Buchcafé gegründet?! Aber nein, alles ist dramatisch und schrecklich und schön und irgendwie richtig. Denn am Ende sind all die Figuren, die meinem Game-of-Thrones-Schachmatt zum Opfer gefallen sind, wieder vereint und durften endlich nach all den Kämpfen ihren Frieden finden.

Ich habe lange überlegt, ob ich Louve das Mal ihrer Geistgefährtin komplett nehmen soll. Stattdessen ist es zum Großteil verblasst, als sie ihren Schmerz, ihre Ängste, ihre Wut als einen Teil von sich angenommen hat, der sie zwar nicht als Person definiert, aber zu dem Menschen gemacht hat, der sie heute ist. »Es dauerte eine ganze Weile, aber der Schmerz wurde leichter. Denn er steht nicht für das, was ich verloren, sondern für all die Menschen, die ich geliebt habe, die mir alles bedeuteten.«

Trotz Louves reflektiver Entwicklung habe ich mich also gegen eine Rosa-Brille-Message entschieden, die Romance-Plots zwar oftmals optimiert, aber nicht unbedingt der Wahrheit entspricht. Es gibt kein Wundermittel gegen Traumata. Okay, vielleicht spaziert zufällig ein pretty Bookboyfriend in dein Leben, aber wie Enean sagt: Du kannst jemandem ein Schwert reichen, aber nicht seinen Kampf führen. Trotz dieser Narbe in ihrer Seele hat Louve ihr Happy End gefunden – und das wünsche ich von Herzen jedem einzelnen Menschen, der hin und wieder glaubt, seine Wunden lägen so tief, dass sie oder er niemals wieder richtig ganz wird. Denn die Wahrheit ist, du warst nie etwas anderes als vollkommen ♥

Mein größter Dank für dieses Buch gilt meiner wundervollen Lektorin Stefanie Liske. Ich würde ja gern aufzählen, wiiiie wundervoll sie ist, aber sie streicht mir immer die Adjektive. Liebe Stefanie, tausend Dank, dass du von Anfang an an diese Geschichte geglaubt hast. Dass du mit mir, Louve und Enean gezittert, gelacht und gehofft hast. Wahrscheinlich hast du niemals derart oft das Wort »pathetisch« tippen müssen – bei jedem weiteren Mal habe ich mehr den Drang verspürt, dir irgendwas zwischen Schokolade und einer Eigentumswohnung kaufen zu müssen. Ich könnte mir keine tollere Lektorin für meine Buchprojekte wünschen und hoffe von Herzen, dass wir noch viele weitere gemeinsam in die Welt bringen ♥

Natürlich flattert hiermit auch wieder ein metaphorischer XXL-Dankes-Loveletter an meine liebe Agentin Simone, die sogar in Elternzeit eifrig mit mir fiebert ♥

Diejenigen, die mich über das Jahr hinweg immer wieder gestützt haben, wissen, wie sehr mir die Krebsdiagnosen meiner Eltern im Januar den Boden unter den Füßen weggezogen haben, ganz besonders als der Begriff »palliativ« fiel. Tausend Dank für euren Support und euer stets offenes Ohr, auch dann, wenn ich nicht die Kraft hatte, nach eurer Hand zu greifen. Das Schreiben war schon immer mein Rettungsring, weswegen ich dem Loomlight-Verlag und dem gesamten

Team unglaublich dankbar bin, ihn mir zugeworfen zu haben. Ich freue mich jetzt schon unglaublich auf mein drittes Buchbaby im Frühjahr 2025 und hätte keine wundervollere Verlagsheimat für meine Schätze finden können ♥

Zuletzt möchte ich mich noch bei meinen Leser:innen und den Blogger:innen bedanken, die Louve und Enean so sehr in ihr Herz geschlossen haben. Eure Beiträge, Nachrichten und lieben Worte berühren mich unglaublich. Ich hoffe euch auch mit diesem Band wieder in Solitudes Bann ziehen zu können und bin jetzt schon super aufgeregt, wenn wir alle das fertige Buch in der Hand halten können. Tausend Dank für euren wertvollen Support ♥

Eure Franzy

Content Note

Tod (u. a. Kinder ohne explizite Beschreibung)
Gewalt
Blut
Mobbing
Ableismus
Alkohol- und Drogenmissbrauch
Suizid (i. d. Vergangenheit, nicht explizit beschrieben)

Winkel, F. M.
Solitude 2 – Unleash the Shadows
ISBN 978 3 522 90013 3

Umschlaggestaltung: Giessel Design unter Verwendung
von Bildern von Shutterstock.com:
sergio34/Taklongchara/EVKA/NadzeyaShanchuk/Weerachai Khamfu/
Chaikom/Ilina93/VRVIRUS/ivan_kislitsinIllustration
Karte: © Copyright F. M. Winkel
Vignetten Kapitel 41, 42 und 56 von Adobe Stock: paprika
Satz: Tanja Haaf, Oberhausen-Rheinhausen
Reproduktion: DIGIZWO Kessler + Kienzle GbR, Stuttgart
Druck und Bindung: CPI books GmbH

FSC www.fsc.org MIX Papier | Fördert gute Waldnutzung FSC® C083411

PRODUZIERT MIT VERANTWORTUNG

in der Thienemann-Esslinger Verlag GmbH,
Blumenstraße 36, 70182 Stuttgart
Bei Fragen zum Produkt: service@thienemann.de
1. Auflage 2025

www.thienemann.de